HEYNE JUBILÄUMS REIHE

In derselben Reihe
erschienen außerdem als Heyne-Taschenbücher:

Spannung · Band 50/1
Thriller · Band 50/6
Heiteres · Band 50/7
Liebe · Band 50/8
Unheimliches · Band 50/9
Klinik · Band 50/19
Horror · Band 50/21
Das endgültige Buch der Sprüche und Graffiti · Band 50/26
Amerikanische Erzähler des 20. Jahrhunderts · Band 50/27
Sinnlichkeit · Band 50/31
Schocker · Band 50/33
Noch mehr Witze · Band 50/34
Super-Thriller · Band 50/38
Das Buch der Sprüche und Graffiti · Band 50/39
Lust · Band 50/40
Mord · Band 50/42
Englische Erzähler des 20. Jahrhunderts · Band 50/43
Beschwingt & heiter · Band 50/47
Superhorror · Band 50/48
Frauen · Band 50/49
Sex · Band 50/50
Deutsche Erzähler des 19. Jahrhunderts · Band 50/52
Sehnsucht · Band 50/53
Ratgeber Versicherung · Band 50/54
Begierde · Band 50/56
Körner, Sprossen, Keime · Band 50/57
Horror Pur · Band 50/58
Glück muß man haben · Band 50/59
Schweizer Erzähler · Band 50/60
Leidenschaft · Band 50/61
Männerwitze · Band 50/62
Super-Spannung · Band 50/63
Russische Erzähler · Band 50/64
Zauber der Leidenschaft · Band 50/65
Super-Sex · Band 50/67
Ärzte · Band 50/68
Immer fröhlich immer heiter · Band 50/69
Alptraum · Band 50/71
Bürosprüche · Band 50/72
Louisiana · Band 50/74
Ratgeber Karriere · Band 50/75
Samurai · Band 50/76
Obsession · Band 50/77
Das Böse · Band 50/78
Ratgeber Bauen und Wohnen · Band 50/79
Ekstase · Band 50/81
Ratgeber Versicherung · Band 50/83
Grauen Pur · Band 50/84
Fröhlich und beschwingt · Band 50/85
Arztpraxis · Band 50/86
Bombenstimmung · Band 50/87
Starke Frauen · Band 50/88
Heiter und so weiter · Band 50/89

HEYNE
JUBILÄUMS
REIHE

FRAUEN-KRIMIS

Drei ungekürzte Romane

WILHELM HEYNE VERLAG
MÜNCHEN

HEYNE JUBILÄUMSBÄNDE
Nr. 50/90

QUELLENHINWEIS:

Printed in Germany 1994
Umschlaggestaltung: Atelier Ingrid Schütz, München
Umschlagillustration: Michael Nischke/Kleinerts Archiv, München
Satz: Schaber Satz- und Datentechnik, Wels
Druck und Bindung: Elsnerdruck, Berlin

ISBN 3-453-07612-5

Inhalt

LIA MATERA

AM RANDE DES GESETZES

1

Mein Cousin Hal hatte gerade einen abbruchreifen Bungalow in der Nähe des Hafens bezogen. Die anderen Bewohner hatten die Siedlung alle verlassen, als sich in den Fundamenten Risse zeigten und die Dünen sich wieder in den Straßen breit machten. So waren Hals Petroleumlampen die einzige Beleuchtung der Privatstraße, über die der Wind fegte. Es gab nicht den mindesten Komfort, keine Heizung, kein Wasser und keine Gesellschaft – außer den Sandflöhen, die überall herumkrabbelten, und anderem hungrigem Ungeziefer. Aber Hal schien es nichts auszumachen, seine Vorräte in Einmachgläsern zu verschließen, an denen die Mäuse und Mistkäfer verzweifelt kratzten – wie im Märchen das kleine Mädchen mit den Schwefelhölzern an den Fensterscheiben.

Ich stand vor dem Eingang zu seiner Bruchbude. Die Funzeln warfen schwaches Licht auf die mit Brettern vernagelten Fenster, eine Veranda, die der Sand fast erstickte, und die rissigen, feuchten Außenwände. Hinter dem Haus, auf der anderen Seite der Bucht, sah man das stillgelegte Atomkraftwerk, angestrahlt, wie ein Dinosaurier aus Neon. Mein Heimatort.

»Sieh da, die Frau Staranwältin!« Mein Cousin sah mich mit unverhohlenem Mißmut an. »Macht in der düsteren Provinz ein Büro auf, nur um es ihrem Ex-Gatten zu zeigen.«

»Du hast's erfaßt.« Der Wind peitschte mir den Sand um die Füße, und mein Nacken war steif vor Kälte. »Ich erfriere, Hal.«

Er winkte mich herein und führte mich über einen zugigen Flur. Sein Pullover war zu kurz, der Hosenboden seiner Cordjeans abgewetzt.

Henry Di Palma, Junior – früher hatte er gestärkte Hemden und Hosen mit Bügelfalten bevorzugt. Dutzende davon hingen noch in den mit Zedernholz getäfelten Wandschränken im Haus seines Vaters, des Bürgermeisters.

In Hals Wohnzimmer flackerten über einem zerschlissenen Sessel drei Petroleumlampen, und das Kaminfeuer kämpfte vergeblich gegen den kalten Luftstrom, der durch den Schornstein herunterdrückte. Hal mußte einfach nur dagesessen haben, ohne irgendwas zu tun. Es lagen keine Bücher oder Zeitungen um den Stuhl herum. Nur ein Marmeladenglas stand da, mit einem Rest Rotwein drin.

Ich fand einen Holzstuhl und wischte ihn ab; als ich den Staub auf meiner Handfläche sah, rümpfte ich die Nase.

»Muß die Putzfrau übersehen haben«, kommentierte Hal.

Ich setzte mich und musterte ihn: finstere Brauen, tiefe Furchen auf den Wangen, bis zum Kinngrübchen hinunter; in den Augen ein ständiges, unruhiges Flackern: graumeliertes Haar, dem eine ungeduldige Hand, vermutlich die eigene, einen stümperhaften Schnitt verpaßt hatte. »Was man nicht alles tut, um sich die Familie vom Leib zu halten, wie?«

»Immerhin mache ich keine Umwege, nur um jemandem hinterrücks ein Bein zu stellen.«

»Dein Mitleid für meinen Ex-Mann kannst du dir sparen. Der hat's nicht anders verdient.« Gary Gleason, mein heißer Schwarm aus der Oberschule; er hatte den Posten des Pflichtverteidigers in der Stadt. Und den wollte ich ihm abjagen, nur zu meinem persönlichen Vergnügen. »Ich mache hier nur ein Büro auf. Nicht gesagt, daß die Stadt meine Bewerbung um den Posten auch annimmt.«

»Du bist eine Berühmtheit!«

»Da hast du recht.«

Ein Jahr zuvor hatte ich einen Mann namens Wallace Bean verteidigt. Er hatte zwei republikanische Senatoren erschossen, als sie aus einem Privatjet stiegen. Es war mir gelungen, eine Gruppe von Geschworenen zusammenzustellen, wie sie in einer Million Fällen nur einmal vorkommt, und die einem Expertengutachten genug Respekt entgegenbrachte, um Bean wegen Unzurechnungsfähigkeit freizusprechen. Die ganze Nation war in Aufruhr – besonders die konservativen Anhänger der Senatoren und ihrer ›Bomben-für-den-Sieg‹-Propaganda zum Vietnamkrieg. Aber für mich war das der Startschuß zu meiner Karriere. *Time, Newsweek,* sämtliche überregionalen Zeitschriften brachten ausführliche Artikel über den Fall – und über mich.

»Aber ich bin nicht unbedingt beliebt, Hal.«

Mein Heimatstädtchen bestand nur aus konservativen Rednecks – Waldarbeiter, Fischer, Arbeiter aus den Konservenfabriken und Molkereien. Diese Leute hatten zweifellos nichts als Mißbilligung übrig für das, was der Präsident einen ›Irrweg der Justiz‹ genannt hatte. Andererseits war ich ein Star in diesem Städtchen, in dem nichts Aufregendes mehr passiert war, seit vor Jahren einmal Robert Goulet für eine Nacht im Hillsdale Inn abgestiegen war.

Ich lächelte meinen Cousin an. »Alles in allem würde ich sagen, was das Geldverdienen betrifft, habe ich einen echten Volltreffer gelandet.«

Hal strich sich mit seinen langen, schwieligen Fingern über das – erstaunlich glattrasierte – Kinn. »Es ist komisch, aber mir geht es mit dem Geld wie mit den Mädchen: es fliegt mir einfach zu.«

Ich ließ meinen Blick durchs Zimmer schweifen. Überall auf dem Boden Staubflusen, Holzkisten, die als Tische dienten, im Feuer glühende Teile von irgendwelchen Möbelstücken. »Merkt man gar nicht, wenn man sich hier so umsieht.«

»Keine Gewissensbisse wegen Bean? Nur ein Verrückter mehr, der frei herumläuft?«

»Das war eine Prüfungskommission von Medizinern, die meinen Mandanten für gesund erklärt hat, nicht ich.«

»Aber du hast ihn vertreten ...«

»Bei der medizinischen Anhörung? Natürlich hab' ich ihn da vertreten. Das ist mein Job. Der Generalstaatsanwalt hatte mir vorgehalten: ›Wie kann ein Mensch im Mai verrückt sein, und im April schon wieder gesund?‹ Worauf einer der Psychiater ihm trocken geantwortet hatte: ›Wie kann der Gouverneur den Etat für die Nervenkliniken beschneiden und weiterhin davon ausgehen, daß wir jahrelange stationäre Behandlung im Angebot haben?‹ Es war nicht meine Entscheidung, Bean wieder auf die Straße zu lassen.«

»Ach, die Lorbeeren nimmst du an, aber die Verantwortung lehnst du ab?«

»Wenn du so willst.« Ein kalter Luftzug wehte mir um die Beine, ich zog den Rocksaum über die Knie. »Warum dieses Einsiedlerleben, Hal?«

Er lächelte. Sein Gesicht erschien – bis auf die Augen – mit einemmal beinahe freundlich. »Haben sie dir das zu Hause nicht erzählt?«

»Der Krieg ist doch für dich nur eine gute Entschuldigung, um als undankbarer Taugenichts herumzugammeln und dich selbst kaputtzumachen.«

»Bleib ruhig bei deinem ›Ich hab's dir ja gleich gesagt‹, wenn's dir Spaß macht.« Hal senkte die Augenlider, sein Lächeln verzog sich zu einem Grinsen.

Ich hatte mich lautstark darüber entrüstet, daß Hal sich der Einberufung nicht widersetzt hatte – und ich hatte tatsächlich etwas wie Genugtuung empfunden, als ich hörte, er sei nur noch launisch und gereizt seit seiner Rückkehr aus Vietnam. Ich hatte ihn seitdem ganze zweimal gesehen. 1981 lief er mir im Golden Gate Park über den Weg. Er sah ausgezehrt und heruntergekommen aus und erzählte, daß er seit sechs Jahren nicht mehr zu Hause gewesen sei. Im Winter 1983 stand er eines Tages vor meiner Tür, mit einer ölverschmierten Zange in der Hand. Er blieb ein paar Tage, nur so lange, bis sein stotternder alter Bus repariert war. Da wirkte er viel entspannter, beinahe ausgelassen, mit seinem trockenen, etwas unbeholfenen Humor. Aber was er die ganze Zeit über getrieben, wo er gewesen war, das wollte er nicht erzählen. Zu Hause ließ ich von Hals Besuch nichts verlauten, ich hätte ja schlecht behaupten können, daß er mir wohlauf oder gar glücklich vorgekommen wäre. Soviel ich wußte, hatte Hal sich auch in den zwei Jahren seit damals nicht bei seiner Familie gemeldet. Und eines Tages letzte Woche war er einfach in dieser verlassenen Siedlung aufgetaucht.

»Weißt du, wie lange der Krieg schon vorbei ist, Hal? Seit über zehn Jahren!« Für mich genug Zeit, um mich scheiden zu lassen, in die Großstadt zu ziehen, College und Jurastudium abzuschließen, eine Anstellung bei einem Oberlandesgericht zu bekommen, ein Jahr beim Bundesgericht, Abteilung Strafrecht, zu arbeiten und schließlich bei einer der besten Anwaltskanzleien von San Francisco, bei White, Sayres & Speck, unterzukommen. »Worum geht's dir eigentlich? Was soll diese ganze dick aufgetragene Seifenopern-Tragödie?«

»Bitte. Verschone mich mit deinem Moralgewäsch!«

»Wenn du mich mit deinem verschonst…«

Hal verschränkte die Hände hinter dem Kopf und musterte mich. Ich lehnte mich zurück und ließ ihn schauen. Meine helle Haut hatte sich gut gehalten – mit dreiunddreißig immer noch keine Falten – und die meisten Männer fanden meine dunklen Augen und meine vollen Lippen so faszinierend, daß ihnen die etwas zu große Nase gar nicht auffiel. Ich trug ein Kostüm, dessen Gürtel meine schmale Taille sehen ließ, und das wahrscheinlich mehr gekostet hatte als Hals sämtliche Habseligkeiten zusammen. Mit meinen feinen Schuhen ließe sich problemlos die Monatsmiete für ein komplettes Einfamilienhaus in diesem Provinznest decken. Und meine Haare, ehemals eine wilde Lockenmähne, hatte ich zu einem verflucht teuren, aalglatten Bubikopf mit Seitenscheitel trimmen lassen. Wenn ich nicht wie eine kompetente, äußerst erfolgreiche Anwältin aussah – an mir lag es nicht.

»Mir hast du als Mogli besser gefallen«, war das Urteil meines Cousins.

»Du bist nicht mehr auf der Höhe der Zeit, Hal. Die Mode im Dschungel hat sich geändert.«

»Nun sag schon, warum bist du hierher zurückgekommen? Regen hast du doch immer gehaßt.«

»Wie du schon sagtest, um es meinem Ex-Mann zu zeigen.«

Er schüttelte den Kopf. »Und dann? Angenommen du kriegst deinen verdammten Posten als Pflichtverteidiger, Gleason strampelt ein bißchen und dann fängt er sich wieder. Der hat's noch immer geschafft.«

»Darauf würde ich mich nicht verlassen.« Ich hatte einen gehässigen Ton erwischt, der mich überraschte. Schließlich hatte ich jede Menge Übung darin, meiner Stimme irgendwelchen Ärger nicht anmerken zu lassen (»Bei allem Respekt, Euer

Ehren …«). Ich wechselte das Thema. »Kommst du zu meiner Einstandsparty im Büro?«

»Sind meine Eltern auch da?«

»Was glaubst du denn?« Kein Wort hatte ich all die Jahre von ihnen gehört, seit sie mich ›verloren‹ glaubten, weil ich nach San Francisco gegangen war, aber bei der Examensfeier, da hatten sie mit ihren Kameras in der ersten Reihe gesessen.

»Ich glaube, ich habe schon eine Verabredung.« Seine Wangenfurchen sahen im Schein des Kaminfeuers noch tiefer aus.

»Und ich glaube, dein ewiger Krieg ist als Ausrede ziemlich ausgeleiert.«

»Weißt du vielleicht eine bessere für mich?«

Ich wies mit der Hand in den verwahrlosten Raum. »Im Grunde ein Jammer, daß sich die Planungskommission von deinem Vater damals diese idiotische Siedlung aufschwatzen ließ.«

Er setzte sich mit einem Ruck auf. »Du solltest meinem Vater dankbar sein. Um diese kleine Höhle hier bauen zu können, mußte unser Herr Bürgermeister nämlich deinen Ex-Mann ins Krankenhaus bringen.«

»So hat jedes Unglück eben auch sein Gutes, Hal.«

Hal legte die Ellbogen auf die Knie. »Was hat Gleason dir eigentlich angetan?«

»Darum geht's nicht. Er wird etwas tun, und zwar *für* mich.« In meiner Stimme lag immer noch eine Spur Bosheit, aber nur eine Spur. »Wenn er erst eingesehen hat, daß er mich anders nicht wieder aus der Stadt kriegt.«

Das flackernde Feuer ließ die Schatten tanzen, über die kahlen Wände und die Decke, von der lauter Spinnweben hingen. Hals Stimme war ungewöhnlich ruhig. »Kommt Gleason auch zu deiner Einstandsparty?«

»Das nehme ich doch an. Er wird ja nicht unhöflich sein wollen.«

»Du hast ihn also eingeladen?«

»Aber natürlich, Hal! Ich freue mich auf keinen so sehr wie auf ihn.«

2

Ich hängte meine Jacke an der Dielengarderobe auf und kämpfte gegen das Gefühl an, lebendig begraben zu sein. Dieses Gefühl überfiel mich jedesmal, wenn ich die vergoldeten Rokokospiegel und die Satinsofas mit Blumenmuster sah, die zum festen Inventar der Villa gehörten, in der mein Vater mit Hals Eltern wohnte. Mein Vater war seit dreißig Jahren Witwer, aber er und ich hatten die ganze Zeit, zusammen mit einer Haushälterin, in dem Haus gewohnt, das meine Mutter einst für uns ausgewählt hatte. Erst als ich heiratete, verkaufte mein Vater den Backstein-Bungalow und zog zu ›Onkel‹ Henry, der ein Cousin zweiten Grades von ihm war.

Ich fand Papa in seinem Arbeitszimmer. Er hatte die Beine hochgelegt – die Füße ruhten samt den blanken schwarzen Schuhen auf seinen Geschäftsbüchern – und schaute zum Fenster hinaus, während er eine kleine Zigarre rauchte. Seine schwarzen Haare waren glatt zurückgekämmt, auf seinem runden, lustigen Gesicht lag ein seriöser Ausdruck. Er war ein kleiner, aber energischer Mann mit feisten Wangen, einer großen, knolligen Nase und wachen Augen mit kurzen, borstigen Wimpern.

»Ich war bei Hal«, sagte ich.

Er nahm die Füße auf den Boden herunter. »›Hal‹! Der Name meines Cousins ist für seinen Sohn wohl nicht gut genug?«

»Also gut, bei Henry.« Ich hatte wenig Lust, schon wieder den Kampf um den Namen für Hal zu fechten. Als mein Cousin sechzehn wurde, bestand er darauf, daß seine Zeitgenossen ihn fortan ›Hal‹ nannten. (Jahre später erst las ich *Heinrich IV, Teil 1* und kapierte den Witz.) Gleichzeitig weigerte er sich strikt, sein Geburtstagsgeschenk anzurühren – einen nagelneuen Fiat Spider, für den ich damals gestorben wäre.

Papa schüttelte den Kopf und brummte: »In einem Palast könnte er leben – und haust statt dessen in einem Rattenloch!«

Eine leichte Übertreibung. Das ›Haus des Bürgermeisters‹ (das man leicht für sein eigenes halten konnte, nachdem mein Onkel seit siebenundzwanzig Jahren Bürgermeister war) war das Imitat eines Schweizer Zehn-Zimmer-Chalets, das sich grotesk von den Bungalows und viktorianischen Häusern in der Stadt abhob. Aber ein Palast war das ganz sicher nicht, auch wenn es auf Kosten des Steuerzahlers völlig übertrieben ausgestattet war.

»Ich glaube, daß Tante Diana für seinen, hm, sagen wir, rauhen Charme nicht sehr empfänglich ist.« Die Untertreibung des Jahres. Hals Mutter hatte nichts als Geringschätzung übrig für jeden, der weniger oberflächlich, weniger wohlhabend und weniger falsch war als sie selbst. Die Spießbürger der Stadt schätzten sie dafür, für ihre ungenierte Raffgier und die Protzigkeit, mit der sie ihren Reichtum zur Schau stellte. Aber das waren natürlich nicht gerade die Eigenschaften, die man sich von einer Mutter wünschte, vor allem nicht, wenn man so ein misanthropisch veranlagter Habenichts wie Hal war.

»Hal ist – Henry ist doch sowieso zu alt, um noch zu Hause zu wohnen.«

Papa drückte seine Zigarre aus und schnippte sich Asche von der Weste. »Zu alt, um wie ein Zigeuner zu leben, wolltest du wohl sagen.«

»Ich hab' mir ein Haus gemietet heute.«

Papas Nasenflügel zitterten, aber er sagte nichts; ein Punktsieg für mich, daß er es für sinnlos hielt, Einwände zu machen. Wir wußten alle beide, daß Tante Diana mutmaßen würde, ich lebte allein, um ungestört Männerbesuche zu empfangen – eine Vorstellung, die für meinen Vater auch dann noch unerträglich bliebe, wenn ich hundert Jahre alt wäre. Er hatte es noch immer nicht verdaut, daß ich mich hatte scheiden lassen. Männer, so hatte er damals ständig gesagt – immer wieder, so lange, bis ich die Flucht aus der Stadt ergriff –, Männer bleiben immer Kinder, und eine Frau muß Verständnis haben, so ist nun mal die Welt.

»Ein viktorianisches Haus in der Clarke Street«, fuhr ich fort.

Papa zuckte zusammen; ich achtete darauf, mein Lächeln im Zaum zu halten. Die drei viktorianischen Blocks in der Clarke Street waren das Teuerste, was es in der Stadt gab. Man hatte sie von oben bis unten im Landhausstil restauriert, mit Bleiglasfenstern und Eichenholzfußböden. Sie lagen im selben Teil der

Stadt, in dem mein Ex-Mann eine Haushaltsgemeinschaft mit seiner Freundin Kirsten Strindberg unterhielt. Um genau zu sein, lag mein neues Zuhause, ein zugiger Sechs-Zimmer-Bau, direkt gegenüber dem Haus meines Ex-Manns.

Tante Diana trat herein. Sie war eine hochgewachsene Frau mit hohen, geschwungenen Brauen und einer langen, schmalen Nase, aber einem winzigen Kinn und einem zu kurzen, plumpen Hals. Sie grüßte mich mit kalter Herzlichkeit. Heute morgen hatte sie mir den Vorschlag gemacht, daß bei meiner Einweihungsparty sie und mein Onkel als Gastgeber auftreten könnten. (»Es macht sich nicht gut, wenn sich eine junge Dame selbst einführt.«) Meine Ablehnung war natürlich ziemlich brüsk ausgefallen, also hatte Tante Diana beschlossen, mich zu strafen, indem sie sich plötzlich an eine ›andere Verpflichtung‹ erinnerte.

»Soll ich ein Gedeck für dich auflegen lassen zum Abendessen?« fragte meine Tante.

»Ich habe um sieben eine Verabredung«, log ich. »Tut mir leid.«

»Du bist doch nicht auf Diät?« Sie zog die Nase hoch und musterte meine schlanke Figur. »Man sagt, mit dreißig muß eine Frau sich entschieden haben, entweder für ihr Gesicht, oder für ihre Figur.«

Zwei gleichermaßen trostlose Alternativen, was meine Tante betraf.

Ich verbrachte den größten Teil des Abends damit, durch die Gegend zu fahren. Elf Jahre lang hatte ich mit Hillsdale immer nur das Gefühl verbunden, in der Falle zu sitzen und langsam vor die Hunde zu gehen, von meiner Familie erdrosselt zu werden und – das war das Schlimmste – von meinem Ehemann blamiert. Jetzt fuhr ich durch diese Straßen und hatte allenfalls das Gefühl, daß der Ort mir irgendwie bekannt vorkam, nichts weiter. Es war einfach nur eine beliebige Küstenstadt am Pazifik, im Nordwesten der Staaten, eingehüllt in grauen Nieselregen, mit großen quadratischen Häusern auf quadratischen Grundstücken, breiten Straßen mit hohen Bordsteinen, tiefen Abflußrinnen, einer Menge schlammiger Straßengräben und Gullis, und einem fischigen Geruch überall, der vom sanierten Hafenviertel herüberkam. Hier und da ragte am Rande des Gehwegs noch ein Eisenpfosten hervor, an dem früher die Boote festgebunden wurden. Die billigen Pensionen in der Hafengegend hatte man mit einem frischen Anstrich und historischen Gedenktafeln herausgeputzt. Nach dem hektischen Trubel San Franciscos wirkten diese behäbigen alten Häuser richtig ehrwürdig auf mich, mit ihrem herabhängenden Rhododendron und den riesigen Rosensträuchern. Der meterhohe Zehrwurz im Graben hinter meinem alten Haus fiel mir plötzlich ein, an den ich seit Jahren nicht mehr gedacht hatte.

Ich parkte den Wagen vor meinem frisch gemieteten Haus, drehte drinnen erst mal die Heizung kräftig auf und schaute hinaus, auf die andere Seite der Straße. Mein Ex-Mann hatte ein zweistöckiges viktorianisches Haus mit gewölbtem Dach, das einen recht gepflegten Eindruck machte. Die Fassade war beige, mit rostroten und marineblauen Einfassungen. Davor stand ein grüner Peugeot, kuschelig zwischen die Rabatten gebettet. Überall blühte roter und violetter Rhododendron, der Rasen war mit Sorgfalt geschnitten, die Veranda hing voller Fuchsien.

Ich dachte darüber nach, wo Lennart Strindbergs Grab sein mochte und ob es wohl ebenso manikürt wäre wie der Garten meines Ex-Mannes. Aber vermutlich zog Kirsten es vor, die Lebenden zu verwöhnen.

Die Lebenden. Ich hielt meinen Plan für klug; es war der beste, der mir unter den gegebenen Umständen hatte einfallen können. Trotzdem war er nur eine halbe Sache. Keine echte Bombe; kein Messerstich direkt ins Herz.

Ich mußte an Kirstens widerliche Angewohnheit denken, Lennart herumzukommandieren; an die Art, wie sie ihr kleines, rundes Puppengesicht wehleidig verzog und sagte: »Len, würdest du uns ein wenig Kaffee nachschenken?« oder: »Len, könntest du zum Einkaufen fahren?«

Lennart Strindberg, einsneunzig groß, blondes, seidiges Haar, weiße, durchscheinende Haut, hohe Wangenknochen, eine feingeschnittene Nase, schmale lange Hände, graue Augen, die immer in der Ferne waren, und ein leicht melancholischer Zug um den breiten Mund: Lennart Strindberg war, daran gab es für mich keinen Zweifel, der schönste Mann der Welt.

Und er ließ es sich gefallen, von Kirsten zum Handlanger gemacht zu werden, und das auch noch mit der größten Gelassenheit. Nicht ein einziges Mal hatte ich gesehen, daß Lennart auch nur eine Sekunde lang zögerte. Das Wort ›Nein‹ gehörte einfach nicht zu seinem Wortschatz.

Mich zog Kirsten immer auf, in Garys Gegenwart. »Du verdirbst Gary!« rief sie affektiert, wenn sie erfuhr, daß ich irgendeine Kleinigkeit für ihn getan hatte. Dann kniff sie die Augen zusammen und fügte hinzu: »Bei mir hätte er innerhalb kürzester Zeit den richtigen Drill!«, worauf Gary sein ›Ach, tatsächlich?‹-Grinsen aufsetzte.

Das letztemal, als ich ihn sah, erzählte Lennart Strindberg mir, daß Kirsten es haßte, wenn man nach ihrer Pfeife tanzte, weil es ihr ein unweibliches Gefühl gab.

»Warum tust du es dann?«

Lennart hatte die Achseln gezuckt. »Gute Manieren sind da am nötigsten, wo sie keine Wertschätzung finden.«

Lennart Strindberg. All die Jahre hatte ich an ihn gedacht wie an einen lebenden, atmenden Menschen. All die Jahre hatte ich mich gefragt, ob wir uns wohl jemals wiedersehen würden, ob er je seine Meinung über mich ändern würde – ›klüger würde‹.

Und all diese Jahre war Lennart Strindberg tot gewesen. So lange tot, daß Kirsten und Gary wahrscheinlich nur noch selten an ihn dachten – und wenn, dann ohne großes Schuldgefühl und ohne die geringsten Gewissensbisse.

Aber das würde sich ändern. Dafür wollte ich schon sorgen.

3

Die Einweihungsparty lief gut.

Ich hatte jede Menge teuren Champagner eingekauft, und ich tat mein Bestes, um die Richter und Justizbeamten für mich einzunehmen – denn von ihren inoffiziellen Empfehlungen hing bei der Auswahl des Pflichtverteidigers einiges ab.

Ich ließ mich von Onkel Henry herumführen und lauter Leuten vorstellen, die ich bereits kannte. Onkel Henry ähnelte äußerlich sehr meinem Vater, genauso klein und beleibt, die gleiche gute Farbe und straffe Haut im Gesicht, das glatte schwarze Haar. Aber Onkel Henry hatte eine Art von aufgesetzter Offenheit oder Verbindlichkeit an sich, die mein Vater nie hätte vortäuschen können – was er allerdings auch nie nötig gehabt hätte.

Onkel Henry war in bester Laune an diesem Nachmittag, klopfte jedem auf die Schulter und erzählte Witze, bei denen Tante Dianas Lippen vor Mißbilligung schmal geworden wären.

Ich stand beim Kongreßabgeordneten unseres Kreises, einem aufgeblasenen Kahlkopf mit einer roten Nase, die an eine matschige Erdbeere erinnerte. Ich erläuterte – zum tausendstenmal – das ›TV-Syndrom‹, ein Ausdruck, den ich im Prozeß gegen Wallace Bean geprägt hatte. Bean war süchtig nach der Sorte von Fernsehkost, die Gewalt und Intrigen verherrlichte und zeigte, wie ein einzelner mutiger Mann sich über das Gesetz hinwegsetzte, gegen die Gesellschaft kämpfte und den Lauf der Welt veränderte. Als Bean mit seiner Fünfundvierziger vor die Flugzeugtreppe trat, sah er sich als Retter des Liberalismus, als Rächer der gefallenen Soldaten, als der Mann, der Amerikas Seele reinwaschen würde von der Schuld eines ungerechten Krieges.

Die Geschworenen hatten Beans Freispruch wegen Unzurechnungsfähigkeit gar nicht mit dem TV-Syndrom begründet. Es hatte sich lediglich um ein Rückzugsargument gehandelt: selbst *wenn* Bean gesund war, so hatte ich behauptet, war er zu verwirrt von der Fernsehbotschaft Gewalt-für-einen-guten-Zweck, um zu erkennen, daß seine Handlungsweise gesellschaftsfeindlich oder falsch war.

Bedauerlicherweise war die Presse – und mit ihr sogar viele Anwälte, die es hätten besser wissen sollen – der Meinung, Bean sei freigesprochen worden, weil er zuviel ferngesehen hätte. Das TV-Syndrom wurde über Nacht zu einem Schlagwort für das Untergraben der Gesetze durch gerissene Anwälte. In dem Jahr seit dem Prozeß war ich in einem Dutzend Talkshows aufgetreten und hatte an die hundert Interviews für Zeitungen und Magazine gegeben, um dem Mißverständnis abzuhelfen. Aber die Leute schienen in ihrem Glauben an die Pervertiertheit des Rechtssystems unerschütterlich zu sein.

Mittlerweile hatte ich es satt, die Dinge klarzustellen. Zu dem fetten Kongreßabgeordneten sagte ich daher nur: »Sir, Bean gehörte zu der ersten Generation, deren Vorstellung von Realität auf dem basierte, was sie im Fernsehen sah. Das ist ziemlich erschreckend, wenn man es bedenkt.«

Ich hatte die Entgegnung des Kongreßabgeordneten so oft gehört – *wir alle sehen fern, aber wir bringen keine Senatoren um* –, daß ich mein Gehirn auf Warten schaltete und mich diskret im Raum umsah, auf der Suche nach einer Entschuldigung, mit der ich mich empfehlen könnte.

Da sah ich Gary Gleason in der Nähe der Tür.

Er trug einen Anzug aus Haifischleder, der aussah, als käme er direkt aus einem Paket, mit einem Poststempel von Tokyo. Der Kerl hatte sich verflucht schlank gehalten; er war nicht sehr gealtert. Aber ich hatte ihn nicht so klein in Erinnerung, vor allem nicht so kurzbeinig. Seine Haare waren dünner geworden, aus dem braunen Krauskopf war eine Lockenfrisur geworden, die mehr von seiner Stirn sehen ließ als in seiner Jugend. Und sein Gesicht – nun, es war dem Gesicht, in das ich mich einst verliebt hatte, ähnlich genug, um ein klein wenig von dem alten Gefühl in mir zu wecken. Ein klein wenig, nicht mehr.

Er sah noch immer so finster und nachdenklich drein, hatte immer noch die verschatteten, dunklen Haselnußaugen und seine gerade, kurze, ebenmäßige Nase. Auch den dicken Schnurrbart über der breiten Oberlippe hatte er noch, nur die buschigen Koteletten hatte er sich abrasiert.

Trotzdem wirkte er älter. Seine Wangen waren nicht mehr ganz so voll, um die Augen hatte er Lachfältchen und auf der Stirn Furchen vom Stirnrunzeln. Und er verbreitete eine Aura von Wachsamkeit, die ganz anders war als die überhebliche Arroganz in seiner Jugend – vielleicht aber auch nur eine natürliche Reaktion unter den gegebenen Umständen.

Mein Ex-Mann, der nichts von meinem forschenden Blick bemerkte, sah sich in meinem gut ausgestatteten Büro um und schüttelte leicht den Kopf.

Ich entschuldigte mich und schlenderte zu ihm hinüber. Im Augenwinkel sah ich Papa, wie er mich beobachtete, sah, wie er stumm und steif wurde, die Hand blieb in der Luft stehen, das Feuerzeug mit offener Flamme wie eine Fackel. Gary merkte, daß ich mich ihm näherte, musterte mich und vergaß dabei zu lächeln.

»Es ist einfach zu lange her«, log ich. Ich schüttelte die einst so vertraute Hand und dachte: *Du mieser Kerl, warte nur!* »Wie geht deine Kanzlei?«

Er ließ meine Hand schnell los. »Gut – großartig. Ja, wirklich großartig. Hier gibt es genügend Arbeit, die Stadt könnte noch gut ein paar Anwälte mehr gebrauchen.« Dabei streifte er mit dem Blick die vier Räume, aus denen mein Büro bestand.

»Ich arbeite allein«, sagte ich zu ihm. »Ich werde hier drin sitzen.« Ich zeigte in den Raum, von dem aus man auf das Gerichtsgebäude sehen konnte. »In dem Zimmer ganz hinten werde ich meinen Detektiv unterbringen, und in dem neben mir das EDV-System. Und hier vorne natürlich den Empfang.«

Er schaute zum nächstgelegenen Fenster hinaus, um seine Überraschung zu verbergen; ich erinnerte mich an diesen Spleen. Das Fenster ging zur Hauptstraße im Zentrum hinaus, die gleichzeitig ein Teil des Highway 101 war. Ein zwanzig Meter langer Holztransporter ratterte vorbei, mit einer Ladung von Redwood-Stämmen auf dem Anhänger, und verfinsterte einen Moment lang die Aussicht auf Woolworth.

»Dein eigener Detektiv, ja?«

Ich nickte. »Ich finde es besser, einen eigenen zu haben; es ist so viel bequemer. Und ich bin ziemlich high-tech geworden in letzter Zeit. Wie steht's bei dir? Bist du schon ins Computerzeitalter eingestiegen?«

Er schüttelte den Kopf. »Wir arbeiten immer noch mit Schreibmaschinen. Übrigens wirst du hier möglicherweise Schwierigkeiten haben, eine geeignete Sekretärin zu finden, wenn dein System sehr anspruchsvoll ist.«

»Ich habe für die erste Zeit eine der Anwaltsgehilfinnen von White, Sayres & Speck, so lange, bis sie die neuen Räume bezogen haben. Die ist ein echtes Computer-As.« Ich lächelte. »Ich glaube, sie ist auf mein Angebot ganz allein wegen Sandy eingestiegen – mein Detektiv; er hat nämlich eine verblüffende Ähnlichkeit mit Gary Cooper.«

Eine kleine Steifheit in seiner Kinnpartie verriet mir, daß Gary sich ärgerte. »Großartig.«

»Wie geht es Kirsten?« Ich haßte es, ihren Namen auszusprechen.

Er erwiderte meinen Blick. »Gut.«

»Kinder?«

Kinder wären eine Komplikation gewesen, die ich in meinem Plan nicht berücksichtigt hatte. Ich atmete innerlich auf, als Gary sagte: »Nein. Noch nicht.«

Der richtige Augenblick für den Eröffnungsschlag: »Ich habe neulich erfahren, daß das Bürogebäude von White, Sayres & Speck Kirsten gehört.«

Gary sah erstaunt aus. Vom Hals stieg eine leichte Röte auf. Er sagte nichts.

»Sie ist sogar der Grund, warum das Büro umzieht. Der Vertrag ist ausgelaufen, und die Miete ging beinahe um tausend Prozent hoch.«

Gary runzelte die Stirn. »Ich glaube, die einzigen Büros, die in San Francisco noch billige Mieten haben, sind die mit fünfzehn oder zwanzig Jahre alten Verträgen.«

»Im Gegensatz zu hier«, stimmte ich ihm zu. »Ich konnte es kaum glauben, als ich hörte, wie niedrig die Miete für die Räume hier ist.« Ich wartete, bis Gary sich wieder gefangen hatte. »Aber vielleicht kannst du ja jetzt, wo Kirsten eine angemessene Marktmiete für ihre Immobilien in San Francisco bekommt, in ein paar Computer investieren.«

Gary kniff die Augen zusammen und überlegte, was er antworten sollte.

Ich fügte beiläufig hinzu: »Übrigens, weißt du, daß wir Nachbarn sind?«

»Nachbarn?« Er schaute entsetzt.

»Mein Vater sagt, du wohnst in der Clarke Street. Ich hab' gerade ein Haus da gemietet. Nummer einhundertsiebenundfünfzig.«

»Nein, tatsächlich ...?« Einen Augenblick lang sah es aus, als würde Gary die Fassung verlieren. Aber er fing sich wieder, vergrub die Fäuste in den Taschen und beobachtete mich. »Dann wohnst du direkt gegenüber von mir.«

»Sag mal, siehst du Lennart Strindberg noch manchmal?« Ich bemerkte, wie die Röte sich auf einen Schlag in Blässe verwandelte. »Das muß, warte mal, etwa elf Jahre her sein, seit ich ihn das letzte Mal gesehen habe. Ich dachte, ich ruf ihn mal an, wenn er noch in der ...«

»Er ist gestorben.« Garys Tonfall war zögerlich. Er nahm mir nicht ab, daß ich nichts davon wußte.

Es war mir egal, was er glaubte. »Lennart Strindberg *gestorben?*«

»Vor ein paar Jahren.« Vor elf Jahren. »Ich hätte dich benachrichtigt – aber ich dachte, du wüßtest.« Er ließ mich nicht aus den Augen, ich hatte ihn verunsichert.

»Und wer, dachtest du, hätte es mir sagen sollen?« Ich ließ ihn etwas von der Wut spüren, die ich in mir hatte.

Gary wandte den Blick ab. »Ich dachte, dein Vater – tut mir leid.«

»Ach ja?«

Unsere Blicke trafen sich wieder; ich hatte ihn ziemlich überrascht.

»Tut mir wirklich leid«, murmelte er.

»Dann solltest du nachher auf einen Sprung bei mir zu Hause vorbeikommen und mir erzählen, was passiert ist.«

Er runzelte die Stirn und zögerte.

»Hier ist nicht der Ort, um darüber zu sprechen«, sagte ich.

Er furchte die Stirn. »Also gut.«

»Sieben Uhr?«

Er nickte.

Ich drehte mich rasch um und begrüßte einen neuen Gast, bevor Gary mein Lächeln auffallen konnte. Aber Papa, der sein Feuerzeug wieder verschlossen hatte, war es nicht entgangen.

Was er sich dabei dachte, weiß ich nicht.

4

Der Empfang löste sich gegen fünf Uhr auf. Ich hatte einen kleinen Schwips von dem Champagner und war zu aufgedreht, um mit Papa und meinem Onkel nach Hause aufzubrechen.

Ich schnappte mir zwei Flaschen Champagner und raste zu Hal hinaus. Ich hatte plötzlich den Einfall, ihn betrunken zu machen und dann zum Lachen zu bringen.

Mir gelang weder das eine noch das andere. Mein Cousin wollte mich gar nicht erst hereinbitten in seine morschen Gemächer. Statt dessen nahm er mir die Flaschen ab und marschierte los, offensichtlich in der Annahme, ich würde schon mitkommen. Ich folgte ihm, ging auf dem Gehsteig, dessen Belag aufgeworfen war, kämpfte mich durch den Müll aus sandigen Teppichstücken, Glasbruch, verzogenem Holz von den Fensterstöcken, Dünengras und Bierdosen. Links und rechts von uns ragten zweistöckige Häuser aus dem ganzen Schrott. Die Türen und Fenster waren mit Brettern vernagelt, überall hingen warnende Anschläge der Baupolizei, die sich langsam ablösten und im salzigen Wind flatterten. Hier und dort hatten Neugierige eine Tür aufgebrochen, und man konnte ins Innere sehen, auf kahle Fußböden, Bruchstücke von zurückgelassenen Möbelstücken und geplünderte Einbauküchen, aus denen die Geräte geklaut waren. Die Wände waren voller Graffiti, die meisten verhöhnten das Motto der Stadtplaner, »Luxus, den Sie sich leisten können«.

Am Ende der Straße überquerten wir die Sandfläche, die die sinkende Siedlung von der Bucht trennte. Wir mußten uns gegen den eiskalten Wind stemmen. Hal führte mich zu einer riesigen Mole aus großen Felsbrocken, die wie ein gekrümmter Finger ins Meer hinausragte.

Ich schlug den Kragen meiner Jacke hoch. Immer war es elend kalt da draußen auf der Mole, eine schmerzende Kälte, und an diesem Abend war es nicht anders. Die Wellen schlugen auf die kantigen Granitbrocken, der Wind heulte und die Gischt spritzte hoch.

»Keine Angst um die edlen Klamotten?« fragte Hal und grinste hämisch.

»Keine Sorge. Davon hab' ich noch mehr«, beruhigte ich ihn.

Er ließ beide Korken gleichzeitig knallen und reichte mir eine der Flaschen herüber, während er bei der anderen den Schaum abschlürfte. »Teurer Geschmack bei Genußwaren.«

»Bei allem.«

»Allen Waren.« Er setzte sich auf einen schmalen Felsbrocken an meiner Seite. »Die sind für dich das wichtigste, was?«

»Waren – Unsinn. Verpackung, Erscheinung, darauf kommt es doch nur an. Das sind meine Arbeitsmittel, Hal. Meine Kleidung, mein Auto, meine ganzen Sachen sagen den Männern um mich herum – und bei einigen von ihnen ist das der einzige Weg, um sie überhaupt zum Zuhören zu bringen, das kannst du mir wirklich glauben –, daß ich Grips habe, daß ich Erfolg habe, daß ich Macht habe.«

»Quatsch. Es sagt ihnen, daß du Geld hast.«

»Trink von dem Champagner. Dann wirst du froh sein, daß ich Geld habe.«

Hal trank. Fast ein Drittel der Flasche. Ein routinierter Trinker, wie es schien.

Am Ende der Mole öffnete die Bucht sich ins offene Meer. Von meinem Platz aus konnte ich die ganze Hillsdale Bucht überblicken, von den Wellblechgebäuden der Fischfabriken und Austernfarmen bis zu den großen viktorianischen Hafenbauten der ersten Holzmagnaten. Auf der anderen Seite der Bucht, hinter einem kahlen Band aus schlammigem Sand, erhob sich eine skurrile Lichtskulptur aus weißen Scheinwerfern und Metallstreben, das Atomkraftwerk. Es war eines der ersten Projekte, die mein Onkel für Hillsdale an Land gezogen hatte, nachdem er Bürgermeister geworden war. Inzwischen war die Anlage veraltet und stillgelegt, ein potentieller Katastrophenherd für die nächsten hundertfünfzigtausend Jahre.

»Was hast du eigentlich vor, Laura, meine Liebe?« Hal klemmte sich die Flasche zwischen die Knie und legte die Hände um ihren Hals. »Wozu machst du mich betrunken? Was willst du?«

»Vielleicht deinen Körper?«

»Nein.« Charme ließ er sich nicht so leicht entlocken, mein Cousin.

»Du stehst auf schöne Körper. Gehört zu deinem Image. Der Sportwagen, die Edelfummel – und der Macker im Fünfhundert-Dollar-Anzug.« Seine Augen begannen allmählich zu glänzen, aber nur ein bißchen.

Ich musterte ihn: breite Schultern, kräftige Arme, schmale Hüften. Er war ein Yves-Saint-Laurent-Typ.

»Mein letzter Liebhaber hat nicht mal einen Anzug besessen, Hal. Er war ein ganz einfacher und ruhiger Mensch. Aber an seinen Augen konnte man sehen, daß er Seele hatte, verstehst du, was ich meine?«

Hal sah auf seine Flasche hinunter und fuhr mit dem Finger um die Öffnung, um sie zum Summen zu bringen. »Und was ist aus deinem seelenäugigen Schatz geworden? Hast du dir eine hübsche Gemeinheit für ihn einfallen lassen, so wie jetzt für deinen Ex-Mann?«

»Er ist tot.«

Hal lächelte zu mir herunter. Sein Lächeln hatte etwas Verführerisches. »Passiert 'ner Menge netter Leute, Mogli.«

Ich starrte ihn von unten an und merkte, daß ich schon mehr als einen kleinen Schwips hatte.

Er rutschte auf seinem schmalen Felsbrocken von mir weg. »Schau mich nicht so an.«

»Wie?«

»Als wäre ich ein Paar Schuhe im Schaufenster.« Er schüttelte den Kopf. »Ich bin nicht zu kaufen. Hörst du, nicht zu kaufen!«

»Du meinst, ich bin nicht dein Typ? Das weiß ich bereits. Du stehst auf Frauen, die genauso sind wie dein Geld. Geborgt, ohne Zinsen, schnell auf den Kopf gehauen, sozusagen. Dumm wie die Nacht müssen sie sein.«

»Oh, ich würde auch eine schlaue vögeln.« Er grinste spöttisch. »Wenn es ihr nichts ausmacht, im Slum zu wohnen. Bloß keine ohne Herz. Bloß nicht so eine Eiskönigin wie dich.«

Wenn er sich einbildete, er könnte mich beleidigen, indem er meine Gefühle verletzte, dann hatte er mich noch nicht im Umgang mit Prozeßgegnern erlebt.

Ich goß den restlichen Champagner aus meiner Flasche und starrte in die schäumende Pfütze, die er in einer Felsmulde bildete. »Männer glauben gern, daß erfolgreiche Frauen unweiblich sind, Hal. Sie können sich einfach nicht vorstellen, daß eine es zu etwas bringen kann, wenn sie nicht eine echte Schreckschraube ist.«

Ich sah ihn an. Der Frauenhaß stand ihm ins Gesicht geschrieben. »Ich weiß nicht, wer dich in den Krallen hatte, aber die Frau hat ganze Arbeit geleistet. Wenn ich ein Zehntel soviel bei Gary kaputtgemacht hätte, ich wäre wunschlos glücklich.«

Ich gab ihm die leere Flasche. »Hier, hol dir das Pfand ab, vielleicht kannst du dir dann eines Tages eine neue kaufen.«

Ich drehte mich um und trat in eine Wand von Gegenwind. Ich war noch keine zwanzig Schritte entfernt, da hörte ich die Champagnerflasche auf dem Fels zerspringen.

5

Ich nahm den langen Weg nach Hause, durch das sanierte Hafenviertel. In dem ehemaligen Slum mit seinen Lagerhäusern, Gebrauchtwarenläden und schmuddeligen Hafenkneipen war jetzt alles brandneu auf ›alt‹ gemacht. Hier ein Springbrunnen, da ein Denkmal, die Straße neu gepflastert und die Fassaden frisch gestrichen. Kleine Kunstgalerien, ›Tavernen‹ und ein paar Geschäfte mit Importwaren gab es, aber nirgends ein Tourist in Sicht. Es war eben etwas mehr nötig als ein Hauch von Disneyland, um irgend jemanden in ein verregnetes Nest, dreihundert Meilen von der nächsten Stadt, zu locken. Und es brauchte etwas mehr als ein paar Austernrestaurants, um die Wirtschaft wiederzubeleben, nachdem im Holzgeschäft Kahlschlag herrschte und die Bucht leergefischt war. Es war mir ein Rätsel, wie die Einwohnerschaft von Hillsdale Wahlperiode für Wahlperiode meinen Onkel wiederwählen und glauben konnte, er würde die Probleme schon lösen, nachdem er immer nur eine schlechte Idee nach der anderen in die Tat umgesetzt hatte.

Es wurde schon dunkel, als ich in die Clarke Street einbog.

Die Uhr auf meinem Armaturenbrett zeigte zehn vor sieben, und die ging immer richtig. Ich hatte gerade noch Zeit, mir den Mogli-Look aus dem Haar zu bürsten, bevor Gary Gleason um sieben kam. Ich hoffte nur, daß die Umzugsmänner meine Toilettensachen schon ausgepackt hatten; da bemerkte ich auf einmal den Aufruhr in meiner Straße.

Zwei Polizeiautos, ein Krankenwagen und ein Wagen von der nächsten Feuerwache – alle mit blinkendem Blaulicht – blockierten die Straße vor meinem Haus. Schaulustige drängten sich davor, stumme, düstere Grüppchen im Halbdunkel. Weißgekleidete Männer knieten in der Straßenmitte am Boden. Direkt hinter ihnen standen die Feuerwehrmänner. Die Polizei forderte die Umstehenden auf, wieder nach Hause zu gehen.

Einer der Polizisten stand hinter einer großen Frau in einem mexikanischen Folklorekleid. Er hatte sie an den Schultern gepackt und zerrte sie rückwärts, weg von dem, was da auf der Straße lag.

Ich parkte den Wagen und ging auf die Menge zu. Ich wollte gerade jemanden fragen, was hier los sei, als ich einen genaueren Blick auf die Frau im Folklorekleid erhaschte. Es war Kirsten Strindberg.

Sie war schöner als ich sie in Erinnerung hatte, ein herzförmiges Gesicht, weit auseinanderstehende blaue Augen, makelloser Pfirsichteint. Ihre Haare waren goldblond, schulterlang, in weichen, vollen Locken. Von ihrer Figur war in dem weiten, lose fallenden Kleid nicht viel zu erkennen, aber ich war ziemlich sicher (und ziemlich sauer), daß sie noch immer fabelhaft war.

In dem Moment, als ich sie im Blick hatte, waren ihre Lippen schmal und blaß vor Angst, ihre Augen verquollen und tränenverschmiert, und ihre Frisur sah aus, als ob sie sich kräftig die Haare gerauft hätte.

Gary Gleason mußte irgend etwas Schlimmes zugestoßen sein, das war die einzige Erklärung für diese dramatische Szenerie.

Ich drückte mich durch die Zuschauermenge, stieß den Arm eines Polizisten beiseite und bahnte mir mit den Ellbogen den

Weg, bis ich zwischen zwei Feuerwehrmännern hindurch zu den knienden Sanitätern gelangt war.

Da lag er, mein Ex-Mann, direkt auf dem Asphalt, zusammengekrümmt, auf dem Gesicht ein paar Schmutzstriemen, mit flatternden Augenlidern. Ein Notarzt tastete seinen Leib ab.

»Gary! Was ist passiert?«

Einer der Feuerwehrmänner fluchte. »Herrgott noch mal!« und versuchte mich wieder abzudrängen. Er duftete aufdringlich nach Englisch-Leder.

Ich stieß ihm den Ellbogen in die Rippen, was ihn für einen Moment aus der Fassung brachte. »Was ist passiert?« wiederholte ich.

Gary Gleason blinzelte. »Kirsten?«

»Laura.«

Ein Zucken lief über sein Gesicht, er sah zu mir herauf und murmelte: »Franco war's.« Dann schloß er die Augen wieder und schüttelte sich unter einem Schauder.

Der Notarzt bellte: »Weg mit ihr!«

Ein Bulle tauchte hinter mir auf, packte mich am Arm und zerrte mich nach hinten.

»Er hat was zu ihr gesagt«, meldete Englisch-Leder sich.

Ich sah den Bullen an. Er war ein junger Kerl, hinter seinen Augen tat sich eine Wüste von Dummheit auf.

»So?« Der Bulle bemühte sich, einen hartgesottenen Eindruck zu machen. »Was hat er gesagt?«

»Ich hab's nicht verstanden«, log ich.

Der Griff des Bullen um meinen Arm wurde fester. Er wandte sich zu Englisch-Leder und wiederholte seine Frage.

»Weiß nicht.« Der Feuerwehrmann nahm die Mütze ab und wischte sich mit dem Ärmel die Stirn. »Hörte sich an wie ›Danke für alles‹ oder so ähnlich.«

»Er ist heute auf einer Party von mir gewesen. Wahrscheinlich hat er das gemeint.« Ich riß meinen Arm los. »War es Fahrerflucht?«

Der Bulle nickte mißmutig. »Wer sind Sie? Mit ihm verwandt?«

»Die Nachbarin.«

»Dann gehen Sie jetzt nach Hause. Wir haben alles unter Kontrolle.«

Gary wurde von den Sanitätern auf eine Bahre gehoben.

Englisch-Leder murmelte: »Wie viele Punkte gibt's, wenn man einen Anwalt überfährt?« und sein Kollege kicherte.

Kirsten sah mit ihren erschreckten Augen zu mir herüber und stieg hinter dem Sanitäter in den Krankenwagen.

Die Sirene ging los, der Krankenwagen fuhr davon, gefolgt von der Feuerwehr und einem der Polizeiautos. Der andere Streifenwagen blockierte weiterhin die Straße, mit weit geöffneten Türen, aus denen der Polizeifunk plärrte.

Ich blieb noch einen Moment stehen und schaute zum Haus meines Ex-Mannes hinüber. Die Vorhänge waren zugezogen, und die Lichter waren an. Die Eingangstür stand offen, nur eine Handbreit.

Ich grübelte. Was hatte Gary Gleason da gerade zu mir gesagt? Nein, das konnte nicht sein. Das durfte auch gar nicht sein.

Ich ging in mein Haus hinein. Die Umzugsmänner hatten die Möbel einigermaßen so aufgestellt, wie ich es haben wollte, und das Ergebnis war zufriedenstellend, wenn auch alles noch furchtbar unbewohnt wirkte. Ich hatte die meisten Möbelstücke von einem Antiquitätenhändler in Miete genommen, und die alten Prachtstücke machten sich gar nicht so schlecht in den kleinen viktorianischen Zimmern.

Ich wanderte durch das Haus und dachte an meine eigenen Sachen in San Francisco, allesamt weniger elegant, aber ich hätte etwas darum gegeben, wieder dort zu sein.

Sechs Monate. In sechs Monaten wäre ich ja wieder daheim. Länger hätten White, Sayres & Speck mich wohl auch nicht weggelassen. Daß ich den Bean-Fall gewonnen hatte, hatte ihnen gute Publicity gebracht; sie waren mir wohlgesonnen – für eine Weile. Aber mein Konto würde auch nicht sehr viel länger mitmachen als sechs Monate – nicht, wenn ich weiterhin so mit dem Geld um mich warf.

In fünf Monaten vergaben die Stadträte von Hillsdale wieder den Vertrag für den Pflichtverteidiger. Ich hatte vor, mich so schnell wie möglich zu etablieren, Gary Gleason den Vertrag vor der Nase wegzuschnappen und ihm dann meinen Handel vorzuschlagen. Sobald Gary sich meinen Bedingungen gebeugt hätte, würde ich von dem Vertrag zurücktreten und die Stadt wieder verlassen.

Aber was, wenn Gary sich nun nicht schnell genug erholte, oder sich nicht vollständig erholte ... Dann gab es hier nichts zu holen. Dann war jeder Tag, den ich in der Stadt blieb, um irgendwelche Rednecks zu verteidigen, die einen über den Durst getrunken hatten, ein Tag zuviel. Nein, wenn Gary einen ernsthaften Schaden davongetragen hatte, dann war die Sache gelaufen.

Hol ihn der Teufel! Nicht genug damit, daß er meinen ausgeklügelten Plan gefährdete – er verwickelte mich auch noch in eine völlig neue Schwierigkeit.

Ich mußte dafür sorgen, daß er das, was er eben zu mir gesagt hatte, nicht der Polizei gegenüber wiederholte. Erstens, weil es einfach nicht wahr sein konnte. Gary hatte sich in dem Dämmerlicht bestimmt geirrt. Und zweitens – oder aber er hatte gelogen.

Mein Vater, Franco Di Palma, hätte jedenfalls niemals im Leben Fahrerflucht begangen.

6

Nachdem ich mich geduscht und umgekleidet hatte, rief ich das Krankenhaus an. Eine Stimme mit Südstaatenakzent teilte mir mit, Garys Zustand habe ›sich stabilisiert‹, was immer das zu bedeuten hatte. Die Frau wollte sich nicht näher auslassen.

Ich ging zum Straßenfenster und sah zwischen den Vorhängen hinaus, auf das Haus meines Ex-Mannes. Die eineinhalb Jahre unserer Ehe gingen mir durch den Kopf: unser Mescalin-Rausch in dem Zimmer mit den roten Glühbirnen; unsere Diskussionen über J. D. Salinger, mit der Musik von Leon Russell im Hintergrund; unsere Besuche in den schmuddeligen Hafenkneipen, mit denen wir uns bewiesen, daß wir den bildungsbürgerlichen Hintergrund abgestreift hatten; das ›Friedenszentrum‹, das wir eröffneten, und die ›Friedensbriefe‹, die wir auf der alten Gestetner tippten; die George-Carlin-Platten; das Firesign-Theatre; die Nacht im Haus von Jay Bartolis Eltern, als wir alle zusammen nackt in den Swimming-pool sprangen, bei Eiseskälte, und uns fast den Tod holten (käseweiß waren wir alle, keine Spur Sonnenbräune auf der Gänsehaut), Bartolis Annäherungsversuche im Wasser, seine knackigen Muskeln – die mich nicht im mindesten beeindruckten, weil Gary derjenige war, der den meisten Grips hatte, und Grips war das einzige, was für mich zählte.

Sie hatten alle Bescheid gewußt über Gary und Kirsten, alle unsere Freunde vom Friedenszentrum; und ich war davongelaufen, weil ich ihnen nicht mehr ins Gesicht schauen konnte.

Ich ließ den zerschlissenen Vorhang wieder zufallen. Geblümter Damast. Der mochte schon seine dreißig Jahre da hängen, obwohl er kaum ausgebleicht war. Es fiel ja fast keine Sonne drauf. Ich hatte gesehen, was ich sehen wollte: Gary Gleasons Eingangstür stand nach wie vor einen Spalt offen.

Nur ein Idiot hätte sich eine solche Gelegenheit entgehen lassen.

Ich wartete, bis der Streifenwagen weggefahren war und die letzten Nachbarn heimgegangen waren. Als ich sicher sein konnte, daß niemand mich beobachtete, schlich ich mich über die Straße. Im Zweifelsfall konnte ich behaupten, ich hätte die Tür offenstehen sehen und sei als gute Nachbarin hinübergegangen, um sie zu schließen.

Aber niemand bemerkte mich; ich trat ungehindert ins Haus hinein.

Die Möblierung meines Ex-Mannes war genauso wie seine Kleidung: praktisch, aber stillos. Sofas und Sessel paßten nicht zusammen, alles war recht abgewohnt. In jedem Winkel, auf jedem Regalbrett standen Pflanzen und Bücher. Die Räume waren einigermaßen aufgeräumt, aber es mußte eine Weile her sein, seit jemand mit einem Staubsauger über die Flickenteppiche gegangen war oder mit einem Staubwedel über die Großvater-Uhr.

Mir war nicht klar, wonach ich eigentlich suchte. Nach irgend etwas, das mich an Lennart erinnerte, vermutlich. Wenn sein Geist irgendwo lebendig war, dann zweifellos in der Umgebung der Frau, die ihn monatelang belog, während sie mit meinem Mann ein Verhältnis hatte.

Ich schaute in sämtliche Räume im Erdgeschoß. In der Küche war der Tisch gedeckt und im Ofen brutzelte ein Auflauf. Die Zeitschaltuhr am Herd hatte noch ein paar Minuten, bis sie abgelaufen war. Bei der Hintertür lag eine halbfertige Stickarbeit auf dem Boden, an der noch Nadel und Faden hingen.

Ich warf einen Blick in den Garten. Er war mit Margeriten gesäumt und sah hübsch, wenn auch nicht sonderlich gepflegt aus. Ein zerbrochener Blumentopf lag auf der steilen Treppe, mit einer Azalee in der losen Erde, die allmählich die Köpfe hängen ließ. Unter der Regenrinne hing an einem Nagel eine leere Makramee-Blumenampel, in deren Netz sich eine Holzlatte verfangen hatte, die immer wieder gegen die Geländerstützen schlug.

Im oberen Stockwerk fand ich in der untersten Schublade von Kirstens Frisierkommode etwas, das sich mitzunehmen lohnte. Es war ein Bündel alter Briefe. Einige davon trugen Lennarts Handschrift, die meisten waren von Gary. Ich überlegte kurz, ob ich die von Gary dalassen sollte, nahm aber dann doch alle mit.

Ich las sie an diesem Abend in meinem Haus, mit einer Flasche Wodka neben mir. Die brauchte ich auch, um meinen Ekel im Zaum zu halten. Männer waren solche Idioten, solche Arschlöcher!

7

Ich rollte in die Parklücke von Papas Lincoln. Das schwarze Monster sah grau aus in dem fahlen Schein der Laterne auf der anderen Straßenseite.

Im ›Palast‹ des Bürgermeisters war kein Licht mehr. Die Uhr auf dem Armaturenbrett zeigte zwölf Minuten vor Mitternacht. Ich hatte ein ganzes Weilchen getrunken beim Lesen von Kirstens verfluchten Briefen.

Ich stellte die Scheinwerfer ab und stieg aus dem Wagen. Die vordere Stoßstange des Lincoln war schlecht zu sehen in dem

Schummerlicht. Verbeult war sie nicht, so viel war immerhin zu erkennen. Aber mit einem Wagen wie diesem konnte man auch einen Elch rammen, ohne daß er ernsthafte Kratzer abbekam.

Ich holte einen Lappen aus meinem Auto und wienerte die Schnauze des Lincoln von oben bis unten ab. Die meisten Unfallflüchtigen wurden wegen Blut- und Faserspuren überführt.

Dann tastete ich in der Dunkelheit nach kleineren Blechschäden. Ich griff in ein paar Nacktschnecken, die feuchte, klebrige Bahnen über die Stoßstange zogen. Und ich fand auch eine unebene Stelle, harmlos, nur ein paar winzige Kratzer und Dellen, knapp über dem Scheinwerfer auf der Fahrerseite, nichts, weshalb man die Versicherung benachrichtigen würde. Papa hatte wahrscheinlich beim Rangieren in einer engen Parklücke mal zu weit nach vorne gesetzt.

Trotzdem. Ich stieg in mein Cabrio – einen Mercedes 380 SL mit sechswöchiger Wartezeit –, fuhr gute zehn Meter nach vorn, legte den Rückwärtsgang ein und steuerte auf den Lincoln zu, mit etwa dreißig Stundenkilometern.

Das Geräusch tat in den Ohren weh, Blech auf Blech. Die Chance, hier in der Provinz eine neue Stoßstange für einen 380 SL zu finden, war verschwindend gering. Aber darauf sollte es mir nicht ankommen, solange nur Papas und meine Stoßstange haargenau zusammenpaßten.

Morgen wollte ich Papa anrufen und mich entschuldigen. Ich wollte ihm erzählen, ich sei spät abends noch auf einen Sprung vorbeigekommen, hätte beim Einparken seine Stoßstange erwischt und sei wieder heimgefahren, als ich kein Licht mehr im Haus gesehen hätte.

Wenn er dann wütend wurde, konnte ich erleichtert sein. Wenn er aber erleichtert klang? Ich hatte keine Ahnung, was, zum Teufel, ich dann tun sollte.

Ich wollte gerade wieder ausparken und mich auf den Heimweg machen, da huschte eine graue Gestalt neben meine Tür, duckte sich und klopfte an meine Scheibe. Ich war nahe dran, laut loszuschreien.

Aber dann erkannte ich die Büschel des stümperhaften Haarschnitts und drückte den automatischen Fensterheber.

»Ziemlich mangelhafter Fahrstil, Mogli«, lästerte mein Cousin Hal.

»Du hast mir vielleicht einen Schrecken eingejagt«, fuhr ich ihn an. »Außerdem kannst du dir deine ständigen Anspielungen auf meinen ehemaligen Krauskopf sparen.«

Er kicherte. »Möchte nicht sehen, wie du dich jetzt bei einer Blutprobe aufführen würdest, Mog ... äh ... Laura.«

»Ich habe ein tadelloses Reaktionsvermögen, wenn ich betrunken bin, Hal.«

»Das hab' ich von mir auch immer gedacht – bis sie mich einen Monat eingelocht haben.«

»Eingelocht? Im Ernst? Wo?«

»In Massachusetts. Komm«, er öffnete die Tür, »rutsch rüber. Ich fahre. Vorausgesetzt, ich kriege die Stoßstangen wieder auseinander.«

Ich wollte erst protestieren, aber dann machte ich ihm Platz.

Hal fuhr vorsichtig an und horchte, ob irgend etwas zu Boden fiele in dem Moment, als wir uns von Papas Lincoln lösten. »Willst du ihm vielleicht eine Nachricht dalassen?«

Ich schüttelte den Kopf. »Ich rufe ihn morgen früh an.«

»Du besuchst deinen Vater wohl immer um diese Uhrzeit, Mogli?«

»Du ja scheinbar auch.«

Hal kämpfte einen Moment lang mit dem Schaltknüppel, und ich mußte an Lennart denken, mit seinen zwei linken Händen. Er hatte es nie geschafft, in meinem alten VW-Käfer mit den Gängen zurechtzukommen.

Er fuhr aus der Parklücke heraus und sagte: »Guter Wagen, so einen guten verdienst du gar nicht, wenn du immer so fährst.«

»Was machst du eigentlich hier? Wie bist du überhaupt hergekommen?« Seinen Bus hatte er schon lange nicht mehr.

»Zu Fuß.«

»Zu Fuß? Das müssen zehn Meilen sein.«

»Du glaubst also, daß dein Papa versucht hat, Gary Gleason umzufahren?« Hals Gesicht sah finster aus in dem grünlichen Licht der Armaturenlämpchen. »Deswegen hast du seine Stoßstange ruiniert, stimmt's?«

»Woher weißt du, daß Gary angefahren worden ist?«
»Kam in den Nachrichten.«
»Du hast doch gar keinen Strom.«
»Aber ein Transistorradio.«
»Du bist also zehn Meilen in die Stadt marschiert, nur um dich vor dem Haus deines Vaters herumzudrücken?«
Er ließ sich tief in den Sitz sinken und gab sich ein paar Augenblicke still dem Fahrgenuß hin. »Ich bin reingelaufen, um ein Telefon zu suchen. Im Krankenhaus heißt es, Gleason geht's gut.« Er verzog den Mund zu einem Lächeln. »Aber ich nehme an, du hast sowieso alle zehn Minuten angerufen …«
»Und mir dazwischen vor Sorgen die Absätze schiefgelaufen. Natürlich. Was hast du vor dem Haus deines Vaters gesucht?«
»Dich.«
»Und was wolltest du von mir?«
»Dir beistehen, in dieser schweren Stunde. Weißt du, wie du riechst? Wie eine ganze Clique von Säufern nach der Samstagssause. Interessant.«
»Das meiste an mir ist interessant, Hal.«
Wir hielten an einer Ampel. Hal drehte sich zu mir herum und sah mich prüfend an. Mir war nicht recht klar, was in seinem Kopf vorging. Die Ampel schaltete um.
Als wir bei mir ankamen, folgte Hal mir ins Haus. Er machte es sich auf dem Kamelrückensofa bequem, während ich nach oben ging. Ich wollte mich frisch machen und versuchen, wieder etwas nüchterner zu werden.
Als ich wieder runterkam, sah ich ihn an meinem Schreibtisch sitzen, mit einem Glas – meinem Glas – Wodka in der Hand. In der anderen hielt er einen von Kirstens Briefen, einen von Lennart. Auf seinem Gesicht lag ein Ausdruck von Bitterkeit, der mich verblüffte.
Ich stürzte quer durch das Zimmer auf ihn zu und riß ihm den Brief aus der Hand. »Zum Teufel mit dir, Hal!«
»Liebesbriefe? Meine Güte, bist du sentimental, Mogli!«
Ich schielte auf Lennarts verkrampfte Handschrift. *Ich liebe dich über alles. Bitte tu mir das nicht an!* Der Satz sprang einem sofort ins Auge.

»Sentimental? Schon möglich. Genug Rechtsbrüche hab' ich jedenfalls begangen, um an sie ranzukommen. Hör zu, sei so gut und vergiß einfach, daß du sie hier gesehen hast, ja?«

Hal starrte auf den Stapel Briefe, den ich mir geborgt hatte. »Genug Rechtsbrüche begangen«, wiederholte er versonnen. Er hielt mir das Wodka-Glas hin. »Erzähl mir von dem Kerl mit der Seele in den Augen und ich vergesse, daß ich die Briefe gesehen habe.« In seinem Lächeln war ein deutlicher Anflug von Ironie.

»Jetzt mach aber mal einen Punkt, Hal! Was geht dich der überhaupt an?«

»Die ganze Familie ist auf einmal hinter Gary Gleason her. Ich will wissen, weshalb. Und dieser seelenäugige Kerl hat irgendwas mit der Sache zu tun.«

»Niemand ist ›hinter Gary her‹ außer mir.«

»Gleason ist in den letzten paar Jahren zweimal im Krankenhaus gewesen. Das erstemal ging auf das Konto meines Vaters.«

»Indirekt. Sehr indirekt.« Gary hatte ein Sit-in organisiert, um den Bau der Siedlung zu verhindern, in der jetzt Hal mit seinen Kakerlaken hauste. Die ›Luxus‹-Planer ließen ein wertvolles Sumpf-Biotop planieren, in dem Silberreiher ihre Brutstätten hatten, und Gary machte einen auf konservativ. Nicht so mein Onkel Henry. Er verhielt sich vor allem loyal, und zwar den Bauträgern gegenüber, die seine Freunde waren, und wandte sich an den Polizeichef mit der Bitte, die Demonstration aufzulösen, falls nötig, mit Gewalt. Und im Fall von Gary, wie nicht anders zu erwarten, war die Gewalt besonders nötig; Bullen mögen nun mal keine Pflichtverteidiger.

»Und jetzt«, fuhr Hal fort, »fährst du deinen Wagen zu Schrott, nur damit keiner behaupten kann, dein Vater hätte Gary über den Haufen gefahren.«

»Hat er nicht! Hab' ich nicht! Ich wollte bloß...«

Hal hob ein paar von Kirstens Liebesbriefen hoch. »Ich kenne jemanden, der würde Gold darum geben, zu wissen, daß du die hier hast, Laura.«

Ich ging durch das Zimmer zum Sofa, ließ mich hineinfallen und kippte den Rest von dem Wodka. »Himmel, ich möchte wissen, wie viele Leute von den eigenen Verwandten erpreßt werden.«

»Warum nicht? Warum nicht Erpressung? Schau dir doch unsere schöne Familie an! Wo bitte findest du mehr Machtgier, Habsucht und Hohlheit auf einem Haufen?« Hal raufte sich die Haare. »So, nun erzähl mir von Seelenauge!«

Also erzählte ich.

8

»Das war alles?« Hal klang enttäuscht. »Du versuchst monatelang diesen Strindberg dazu zu bringen, daß er seine Frau betrügt, und die ganze Zeit über treibt sie es mit deinem Mann?«

»Tut mir leid, daß ich dir nichts Prickelnderes zu bieten habe.«

»Und was hat Seelenauge gemacht, als er seiner Alten und Gleason auf die Schliche kam?«

»Er kam zu mir.«

»Und?«

»Was glaubst du wohl?«

»Wenn du mich fragst, du hättest ihn in seinem Gefühl von moralischer Überlegenheit lassen sollen.«

»Ich war in ihn verliebt!«

Hal schüttelte den Kopf. »Nein, das warst du nicht.«

»Was weißt du davon?« Eine schwache Entgegnung, zugegeben. Aber ich hatte inzwischen noch ein paar mehr von den Wodkas gekippt.

»Nicht gerade verflucht viel. Du hast mir immer noch nicht erzählt, wie Seelenauge gestorben ist und warum zehn Jahre später die ganze Familie hinter Gary Gleason her ist.«

Ein eigenartiges Brummen erfüllte den Raum. Hal schaute verärgert. »Na gut, die Klingel hat dich gerettet. Erwartest du jemanden?«

»Um zwei Uhr morgens? Was denkst du denn?« Ich griff hinter das Sofa, zog den Vorhang ein wenig zur Seite und streckte mich, bis ich den Eingang sehen konnte. »Es ist Kirsten!« Ich schaute Hal an, aber er zeigte kein Mitleid. Er saß an meinem Schreibtisch, die Arme verschränkt, und sah mich abwartend an.

Ich stand auf. »Laß du sie rein, ich räume inzwischen die Briefe weg, ja?«

Er sah die Briefe an, dann wieder mich, irgend etwas wie Bewunderung in seinem Blick.

»Bist du schwer von Begriff? Hal, würdest du?«

Er schmunzelte, plötzlich wirkte er fröhlich. »Aber mit Vergnügen, Mogli.« Er stand auf und ging in den Flur. Ich hörte, wie er die Eingangstür aufmachte, während ich Kirstens Briefe in meine Schreibtischschublade schob.

Einen Augenblick später führte Hal sie schon ins Wohnzimmer.

Kirsten Strindberg sah sich im Zimmer um, dann sah sie mich an. Sie war blaß, man sah ihr an, daß sie gerade geweint hatte. In der Hand knetete sie ein Taschentuch, mit dem sie sich immer wieder feuchte Strähnen aus dem Gesicht wischte.

Ich liebe dich über alles. Bitte tu mir das nicht an! Ich spürte, wie mein Magen sich zusammenkrampfte, ich haßte sie.

»Gary hat mir gesagt, daß du dieses Haus gemietet hast«, jammerte sie und blickte um sich. »Ich wollte bis morgen warten, aber dann sah ich, daß noch Licht an ist.« Sie zögerte. »Was hat Gary zu dir gesagt da draußen? Ich habe gesehen, wie er die Augen öffnete und etwas zu dir sagte.«

Mein Cousin stand hinter Kirsten in der Tür. Sein Gesicht sagte: *Aha, das ist es also!*

»Ich habe es wirklich nicht verstanden. Einer der Feuerwehrmänner meinte, es sei irgend etwas wegen meiner Einweihungsparty gewesen, ein Dank.«

»Worüber wolltest du mit Gary sprechen, heute abend?«

Das war es also, was ihr keine Ruhe ließ, was sie um zwei Uhr morgens aus dem Haus trieb. »Lennart«, sagte ich.

Kirsten spitzte ihre spröden, schmalen Lippen und bekam weiche Knie. Ich hatte kein Mitleid mit ihr.

Hal offenbar schon. »Biete deinem Gast einen Drink an!« sagte er kühl.

Ich gehorchte widerwillig.

Kirsten blinzelte und schluckte ihre Tränen hinunter. »Gary hat am ganzen Körper Schürfwunden, und zwei Rippen sind gebrochen.«

Hal trat zu ihr und führte sie zum Sofa. »Das ist schmerzhaft, aber harmlos«, tröstete er sie. »Mit gebrochenen Rippen hatte ich schon oft zu tun.«

»Mit deinen eigenen hoffentlich«, brummte ich.

Sein vernichtender Blick ließ mich kalt. »Gib ihr was zu trinken!«

»Ich will nichts«, sagte Kirsten. Sie sah erschöpft aus, aber sie behielt anstandslos Haltung. »Warum bist du hier heraus gezogen, Laura?«

»Ich bin hier aufgewachsen, du erinnerst dich vielleicht?«

»Aber du hast immer gesagt ...«

Wieder klingelte es an der Tür. Hal machte einen Diener. »Darf ich öffnen?«

Ich nickte und lehnte mich gegen die Wand. Den ganzen Nachmittag Champagner, die halbe Nacht Wodka. Mein Hirn fühlte sich taub an, meine Lippen und Finger auch.

Ich hörte, wie Hal zu jemandem sagte, er möchte lieber draußen warten, und dachte, *ja, draußen warten, am besten bis Montag.*

Als mein Cousin wieder in die Tür trat, sah er erschreckend ernst aus, sogar für seine Verhältnisse. Er suchte meinen Blick und versuchte mir mit den Augen irgend etwas zu bedeuten, ein tiefes Bedauern, vielleicht auch eine Warnung. Ich kapierte nichts, ich war zu betrunken. »Was du so für Freunde hast, Mogli«, sagte er ruhig.

»Wer ist es?«

»Eine verfluchte Knarre, ungefähr 'nen halben Meter lang.«

»Was?«

Er nickte. »Ich hab' sie im Kreuz, jetzt, in diesem Moment.«

»Ich muß betrunkener sein als ich dachte.«

»Ist das ein Scherz?« stotterte Kirsten.

Hal stolperte vorwärts. Erst jetzt bemerkte ich den Mann, der hinter ihm im dunklen Flur stand. Er hatte meinem Cousin scheinbar einen kleinen Stoß mit dem Lauf seiner Knarre versetzt.

Ich schüttelte den Kopf. »Das darf doch wohl nicht wahr sein.«

Der Neuankömmling grinste mich an. Es handelte sich um einen kleingewachsenen Mann, in zu engen Jeans und einem T-Shirt, das über dem Bauch spannte. Rundes Gesicht, Doppelkinn, schwulstige Lippen, auf der Stirn markante Pickel. Haare schwarz, etwa schulterlang, auf dem Oberkopf bereits gelichtet. Und traurige, braune Augen.

Als Kirsten wieder und wieder meinen Namen bellte und ich Hal grimmig auf das Schießeisen starren sah, wurde ich endlich wieder nüchtern.

Ich stürzte quer durch das Zimmer auf den Kleinen zu und riß ihm den Revolver aus der Hand. »Sind Sie noch zu retten? Mit einer Waffe herumzulaufen!«

Das runde Grinsen machte einem dummen Schafsgesicht Platz, und ich hörte, wie Hal hinter mir die Luft ausstieß.

Ich zerrte den Kleinen ins Zimmer. »Kommen Sie rein hier! Himmel noch mal. Hat irgend jemand Sie gesehen mit dem Ding?«

Der Kleine schüttelte den Kopf. »Draußen auf dem Pier hab' ich einen Kumpel getroffen, der hat mich gebeten, ein Weilchen drauf aufzupassen.«

»Na großartig! Wieso machen Sie nicht einfach einen Einbruch im Knast, da hätten die Bullen noch weniger Arbeit.«

»Wer ist der Kerl?« warf Hal ein.

Kirsten bekam einen Schluckauf.

»Du liest wohl keine Zeitung, Hal?«

»Nein. Wer, zum Teufel ...«

Ich drehte mich zu meinem Cousin um. »Darf ich vorstellen: Henry Di Palma junior, Wallace Bean.«

Hals Kinnlade fiel herunter. Hinter mir hörte ich Bean kichern.

Ich wollte schon hinzufügen, daß Wally harmlos sei, als mir wieder einfiel, daß er zwei Senatoren gekillt hatte.

»Da, würdest du das für mich irgendwo hinlegen, bitte?« Ich gab Hal den Revolver und drehte mich wieder zu meinem Klienten herum. »Und Sie, Wally, unterstehen Sie sich, mir ein Wort mehr über das verdammte Schießeisen zu sagen, wie Sie drangekommen sind oder was Sie damit vorhatten, verstanden. Nicht, solange diese Leute hier sind.«

Ich schaute nach hinten, um zu sehen, was Hal mit dem Revolver gemacht hatte. Er starrte mich noch immer an und verzog den Mund zu einem schrägen Lächeln.

»Wartest du auf eine schriftliche Einladung, Hal? Bitte schaff das Ding endlich außer Sichtweite!«

Mit einem Schlag erfaßte das Lächeln auch seine Augen. Er öffnete meine Schreibtischschublade und legte den Revolver direkt auf Kirstens Liebesbriefe.

Damit hatte ich es nun auf vier Verbrechen innerhalb von sechs Stunden gebracht: Hausfriedensbruch, Diebstahl, nachweislicher Versuch, eine Fahrerflucht zu verdunkeln und jetzt auch noch Besitz einer ganz offensichtlich nicht registrierten Feuerwaffe.

Es war kaum zu glauben, daß ich den Nachmittag damit verbracht hatte, Richter zu umgarnen.

Ich wandte mich wieder meinem ungebetenen Gast zu. »Was wollen Sie hier?«

»Ich hab' davon gehört, daß Sie in Ihre Heimatstadt zurückgekommen sind.«

»Na und?«

»Und ich wollte Sie etwas fragen.« Bean wurde rot bis über die Ohren.

»Was denn?«

»Es ist privat.«

»Nein, das ist es nicht«, sagte Hal bestimmt.

Beans Miene trübte sich, als er Hal ansah. »Wer ist das?«

»Mein Cousin. Hören Sie, Wally, was wollen Sie von mir? Es ist spät. Und für anwaltliche Dienste bin ich heute abend zu betrunken. Können Sie nicht morgen in mein Büro ...«

Er schüttelte den Kopf, sein Blick wurde vollends kummervoll. »Es ist persönlich.«

»Persönlich? Wally, ich bin Ihre *Anwältin!* Unsere Beziehungen sind nicht ›persönlich‹.«

Beans Stimme wurde heiser und wimmernd. »*Nur* meine Anwältin?«

Ich sah ihn an und begriff schlagartig. Das hatte mir gerade noch gefehlt – ein Psychopath, der sich in mich verguckt hatte.

Hal sprang an meine Seite und legte mir den Arm um die Schultern.

»Wo wohnen Sie, Wally?« fragte ich kurz angebunden.

»Nirgends. Ich bin pleite. Ich dachte, ich könnte vielleicht ...« Er blickte fragend zu meinem Sofa.

»Nein. Können Sie nicht. Aber ich gebe Ihnen genug Geld, dann können Sie – wohin auch immer.« Auch wenn der Moment alles andere als passend war, ich spürte plötzlich unter dem schützenden Arm meines Cousins die Formen eines perfekt gebauten Körpers.

Beans Gesichtsausdruck hatte sich zu dem eines enttäuschten Zehnjährigen gewandelt. Er sah aus, als ob er ebensogut in Wut oder in Tränen ausbrechen konnte. Hals Arm legte sich fester um mich.

Im Augenwinkel nahm ich wahr, wie Kirsten aufstand und im Raum umherging, aber meine Aufmerksamkeit blieb fest auf Bean gerichtet.

Er war rot wie eine Tomate, seine Hände flatterten.

»Raus hier!« rief plötzlich Kirsten Strindberg, ihre Stimme kippte leicht ins Hysterische.

Hal flüsterte: »Achtung, Laura, er ist nicht gesichert!« Ich folgte seinem Blick.

Kirsten stand direkt vor meinem Schreibtisch. Sie hatte Beans Revolver in der Hand.

»Leg ihn wieder hin!« forderte ich sie auf. »Was tust du da? Du wirst noch jemanden verletzen!«

Ich machte mich von Hals Arm los und ging auf sie zu, um ihr den Revolver abzunehmen. Auf halbem Weg richtete Kirsten plötzlich – allerdings unabsichtlich, das nahm ich jedenfalls an – den Lauf auf mich.

Ich blieb stehen, hörte Hal sagen: »Sachte, sachte! Ein Revolver hat keine Sicherung.«

Kirsten und ich sahen uns in die Augen. Sie sah ziemlich blaß aus, und ihr Blick war voller Haß.

In dem autoritärsten Ton, den ich aufbrachte, sagte ich: »Bean, hauen Sie hier ab, auf der Stelle.« Egal, was Kirsten vorhatte, ich wollte nicht zulassen, daß sie meinen Klienten mit hineinzog.

Ich hörte das Getrappel schneller Schritte. Kirsten richtete ihren angsterfüllten Blick Richtung Flur. Ich sah ihr nach und stellte fest, daß Bean meiner Aufforderung gefolgt war. Als mein Blick Hal streifte, bemerkte ich wieder diesen intriganten Zug um seine Mundwinkel. Er hatte Kirsten im Auge.

Ich sah zu ihr hinüber, als sie gerade den Revolver wieder aus der Hand legte.

Genau in meine Schublade, auf die Briefe ihrer Liebhaber.

Ihr Mund stand offen, sie starrte hinab.

Als sie den Blick wieder hob und mich ansah, hatten ihre Augen etwas vollkommen Dämonisches, so wütend war sie. »Woher, zum Teufel, hast du? – Wann hast du? – Das kostet dich deine Lizenz!« Sie schrie. »Das sind meine Briefe!«

»Wenn das so ist, kannst du sie natürlich an dich nehmen.«

Hinter mir gab Hal ein Hüsteln von sich, um sein Kichern zu verbergen.

»Wie kommst du zu diesen Briefen?«

Ich schwieg. Regel Nummer eins der Strafverteidigung: Nichts zugeben.

»Du hast sie *gestohlen!*« lautete ihre Anklage, ihre Wangen leuchteten rot auf. »Ich zeige dich an. Ich erzähle der Polizei ...«

»Daß Lennart Strindberg keine Autos mit Gangschaltung fahren konnte?«

Schlagartig war der Wind aus ihren Segeln. Sie starrte mich mit offenem Mund an, ihr Kinn zitterte, die Brauen kräuselten sich.

»Selbst wenn Lennart gewußt hätte, wie man einen Schlauch vom Auspuff ins Wageninnere leitet ...«

»Was hast du vor?« flüsterte Kirsten.

»... er hätte es einfach nicht geschafft, den Volkswagen bis zur Mole raus zu fahren.«

Kirstens blaue Augen füllten sich mit Tränen. Sie faßte in die Schublade und sammelte ihre Briefe ein.

Als sie an mir vorbei hinausging, konnte ich ihr Parfüm riechen. Es war leicht und frisch. Garys Lieblingsduft. Die ganze Highschoolzeit über hatte ich es benutzt, ihm zuliebe.

Ein paar Sekunden später hörte man die Eingangstür zuknallen. »Donnerwetter, Mogli!« sagte Hal, »du bist ein echter ...«

»Ja, ich weiß. Danke.«

Er setzte ein Grinsen auf. »Ich hab' nicht gesagt, *was!*«

9

Ich erwachte auf dem Sofa. Ich konnte mich nicht daran erinnern, mich da hingelegt zu haben. Hal war weg.

Ich rief Papa an.

»Ich wollte dich noch besuchen gestern abend. Aber es war kein Licht mehr an, da hab' ich nicht mehr geklopft.«

»Alles in Ordnung?«

»Ja. Aber, hör mal, als ich wegfuhr, beim Ausparken, da hab' ich deinen Wagen angefahren.«

Schweigen.

Ich fuhr fort. »Ich glaube, ich hab' ihn nicht so schlimm erwischt, nur ein paar Kratzer wahrscheinlich. Ich weiß es nicht. Es war schon so dunkel.«

Ich hörte seinen Atem lauter werden.

Ich wartete – ich hoffte – auf einen Wutausbruch. Es kam keiner. Ich sagte: »Meine Versicherung wird dafür aufkommen.«

»Na ja, wenn es deine Versicherung zahlt.«

Das war nicht die Antwort, die ich haben wollte. Mein Magen begann zu rumoren. Die Rache für den Wodkaexzeß gestern abend.

Papa sagte: »Und dein Wagen? Ist der in Ordnung?«

»Ja. Warst du gegen sieben mit dem Lincoln unterwegs? Ich glaube, ich hab' dich gesehen.«

»Sieben? Ich glaube, das war früher. Henry hat ihn genommen gestern, um zur Stadtratssitzung zu fahren. Laura ...«

»Ja?«

»Nichts.«

Ich legte auf. Papa hatte auf der Einweihungsparty gesehen, wie ich auf Gary Gleason zugegangen war, und er war nahe genug dabeigestanden, um uns zu belauschen, falls er wollte.

Wenn er das getan hatte, hatte er mitbekommen, daß Gary mich gegen sieben zu Hause besuchen wollte. Er konnte seinen Lincoln am Ende der Straße geparkt und gewartet haben. Er konnte Gary überfahren haben, um unsere Zusammenkunft zu vereiteln.

Aber natürlich hatte er das nicht getan.

Ich rief im Krankenhaus an, sie stellten mich zu Gary durch.

»Gleason«, er hörte sich erschöpft an. Seine Stimme versetzte mir einen Stich. All die Demütigung stieg wieder in mir auf, und die Wut, so wie ein altes Lied alte Gefühle wiedererweckt. »Laura hier. Wie fühlst du dich?«

»Wie unter Drogen.«

»Früher hast du alles mögliche getan, um dich so zu fühlen.«

»Tja.«

Ich versuchte mir etwas anderes einfallen zu lassen, irgendeine verbindliche Bemerkung, der Situation angemessen, aber es ging nicht. »Was hast du gestern abend zu mir gesagt?«

»Weißt du das etwa nicht mehr?« Er sprach leise, vorsichtig.

»Nein.«

Eine Schweigepause dehnte sich, ich wußte, Gary wog genau ab, was er sagen wollte. Er würde mir genau das sagen, wovon er dachte, es wäre in seinem Interesse, daß ich es höre. So hatte er es jedenfalls immer gemacht, als wir verheiratet waren. Er war genauso gesprächig wie ein Prozeßgegner, keinen Deut mehr. Aber ich wollte meinen Nutzen daraus ziehen, zu wissen, daß Gary wollte, daß ich glaube.

Schließlich kam seine Antwort: »Ich kann mich auch nicht erinnern.«

»Du weißt nicht, wer dich überfahren hat?«

»Nein.«

»Aber er hat dich von vorne erwischt, oder?«

»Der Wagen kam von hinten. Ich drehte mich um, als ich ihn hörte, aber ich lag schon auf dem Boden und der Wagen war schon wieder davon, bevor ich überhaupt begriff, was geschehen war.«

Papa war nett zu Gary gewesen, als wir verheiratet waren. Er hatte sich auf ihn eingelassen und ihn kennenzulernen versucht, obwohl Garys lange Haare und radikale Ansichten ihm gegen den Strich gingen. Er hatte sich dazu durchgerungen, ihn für einen intelligenten, vielversprechenden jungen Mann zu halten, für eine gute Investition. Er half uns mit der Miete, bezahlte unsere Studiengebühren im Junior College und kaufte uns den gebrauchten Volkswagen.

Falls Gary mir gestern abend die Wahrheit gesagt hatte, dann revanchierte er sich jetzt bei Papa, indem er schwieg.

Ich rang mir ein paar anteilnehmende Fragen zu seinen Blessuren ab und überlegte die ganze Zeit, ob er vorhatte, mich zu erpressen.

Es wäre einfach zu jammerschade gewesen, wenn mein Plan in letzter Minute hochgehen sollte, weil Gary sich ganz plötzlich ›erinnerte‹, wer ihn angefahren hatte.

Und wenn er den Fahrer wirklich nicht gesehen hatte – wenn er tatsächlich so verschlagen war, daß ihm in dem Moment genau das eingefallen war, womit er mich danach in der Hand hatte –, dann hatte ich keinen blassen Schimmer, wie ich das herausfinden sollte.

Mir wurde ganz übel vor Ärger. Ein paar Tage war ich erst ›wieder daheim‹, und schon lief alles daneben. Ich mußte mir irgend etwas einfallen lassen, um Garys Vorteil mir gegenüber zu neutralisieren.

Mein Blick fiel auf den Schreibtisch, und ich mußte wieder an Kirsten denken, wie sie dort gestanden war, mit dem Revolver in der Hand.

Als Gary ein schläfriges ›Danke für den Anruf‹ von sich gab, fiel ich ihm ins Wort: »Deine Geliebte hat mich letzte Nacht mit einem Schießeisen bedroht.« Viel war das nicht, aber es war alles, was ich hatte.

»Du meinst Kirsten? Wovon redest du da?«

»Sie wird dir bestimmt alles erzählen.« Ich legte auf. Ich ging zum Schreibtisch hinüber und wünschte, der Revolver wäre mir schon eher eingefallen. Das verfluchte Ding war wahrscheinlich geladen; so was wollte ich gar nicht erst in meinem Wohnzimmer herumliegen haben.

Ich machte die Schublade auf.

Sie war leer.

Mir stand das Herz still. Der Revolver hatte Beans Fingerabdrücke, und es gab keinen Bullen, keinen Journalisten und erst recht keinen Durchschnittsbürger (schon gar nicht unter den Republikanern), der Bean nicht hinter Gittern sehen wollte, wenn schon nicht für den Mord an den Senatoren, dann für irgend etwas anderes.

Hal mußte die Kanone haben. Außer ihm wußten nur Kirsten und Bean von dem Ding, und von beiden konnte ich mir nicht vorstellen, daß sie sich mitten in der Nacht in mein Haus schlichen, um es sich zu holen. Ich griff nach meiner Jacke, ich wollte meinen Cousin suchen und ihm einen Kinnhaken dafür verpassen, daß er mich derart zu Tode erschreckte.

Ich kam aber nicht dazu. Jemand polterte gegen meine Tür, und als ich sie öffnete, standen zwei Kripo-Beamte da und hielten mir ihre Erkennungsmarken hin.

In aller Höflichkeit teilte man mir mit (bat mich nicht etwa), daß ich sie ins Präsidium begleiten werde.

Die Beamten fuhren mich in die Stadt, ins Gerichtsgebäude, in dessen obersten zwei Stockwerken das Polizeipräsidium und das Gefängnis untergebracht waren. Ich mußte allein in einer sparsam möblierten Zelle sitzen, die nach Desinfektionsmittel stank. Mein Magen reagierte auf den Geruch, und vor die Augen mußte ich mir die Hand halten, gegen das flackernde Neonlicht. Nie wieder wollte ich Champagner und Wodka durcheinander trinken.

Man ließ mich warten, zehn Minuten lang, in denen ich fürchtete, Gary Gleason zu weit getrieben zu haben, in denen ich meinen Vater schon verhaftet sah und seinen Lincoln beschlagnahmt.

Schließlich ging die Tür auf, und die beiden Beamten traten ein, begleitet von einem dritten, einem attraktiven Mann mit welligem grauen Haar, hellen blauen Augen und einer tiefen Kinnfurche. Sein blauweißes Nadelstreifen-Hemd (ohne Sakko) sah frisch gestärkt aus. Er stellte sich als Captain Loftus vor.

Der Name zog irgendein Register in meinem Kopf.

Ich stand auf und ließ den Captain meine Hand schütteln.

»Wir haben natürlich alle von Ihnen gelesen.« Dabei beließ er es. Bullen waren keine großen Fans der TV-Syndrom-Verteidigung.

»Warum hat man mich hierher gebracht, Captain?« Aber Loftus schien sich erst noch ein bißchen mit mir anfreunden zu wollen, bevor man zum Geschäftlichen kam.

»Mein Sohn ist mit Ihnen zur Schule gegangen, Miß Di Palma. Mein Sohn John.«

John Loftus. Natürlich. Ein Football-Star war er gewesen an meiner Highschool. Und ein reaktionärer Hohlkopf war er auch gewesen. Seine Vorstellung von Kurzweil hatte darin gegipfelt, mit einem Luftgewehr auf die Fenster des Friedenszentrums zu schießen. Gary hatte oft genug seinen Pazifismus ausgesetzt, um sich mit John deswegen zu prügeln.

»Ich erinnere mich an John. Arbeitet er immer noch in der VW-Werkstatt?« Nach der Highschool war John Mechaniker geworden. Er hatte meinen alten Käfer ein paarmal repariert – nicht allzu oft, Garys Vorbehalte ließen ihn die Zange selber in die Hand nehmen, wann immer es ging.

Der Captain sah zur Seite. »In Vietnam gefallen.« Vi-itnam sagte er, mit Südstaatenakzent.

Ich seufzte. Es war zu früh am Morgen, um Mitgefühl mit fremden Leuten auf einem Polizeipräsidium zu zeigen. »Das tut mir leid.«

»Oh, dafür gibt es keinen Grund.« Wieder dieser Akzent, Oklahoma wahrscheinlich. Tausende von Okies hatten sich gegen die Staubhölle ihrer Heimat die hiesige Schlammhölle eingehandelt. »Es war für eine gute Sache, die Ehre unseres Vaterlands. Ich und seine Mutter, Gott hab sie selig, waren stolz auf John.«

»Bestimmt«, murmelte ich.

Er hatte Falten um die Augen, wenn er lächelte. »Man muß die Dinge im richtigen Verhältnis sehen. Natürlich, er war mein einziger Sohn, aber ...« Er zuckte die Achseln. »Vi-itnam war unter uns um einiges besser dran als jetzt unter den Kommunisten. Daran läßt sich nicht rütteln.«

Die Kriminalbeamten wechselten Blicke, offenbar hörten sie die Leier nicht zum erstenmal.

»Warum hat man mich hierher gebracht?« wiederholte ich.

»Holt Miß Di Palma eine Tasse Kaffee, Jungs!« Er wartete, bis die beiden draußen waren. »Setzen Sie sich, setzen Sie sich!« Er bot mir einen Stuhl an. Eiche, auf Hochglanz poliert. Die Stühle bei der Polizei in San Francisco sind meistens verkratzt und klebrig; ich sehnte mich nach ihnen.

Ich setzte mich, der Captain auch.

»Miß Di Palma, wir wüßten gerne, wann Sie Wallace Bean zuletzt gesehen haben.«

Bean – ich hätte es mir denken können. Ich fragte mich, was, zum Teufel, er nun wieder angestellt hatte.

»Sie haben mich hierher bringen lassen, um mich über Wallace Bean zu befragen? Ist er in Haft? Hat er nach mir verlangt?« War das der Fall, dann verletzten die Bullen Beans Recht auf anwaltliche Hilfe, wenn sie mich zu ihm vernahmen; das konnte genügen, um zu erreichen, daß die Anklage fallengelassen wurde.

Der Captain zögerte und fuhr sich mit der Hand über den Hinterkopf. »Nein. Nicht direkt in Haft. Aber sagen Sie, haben Sie ihn in letzter Zeit gesehen, hier, in dieser Gegend?«

Wenn er einfach nur versuchte, irgend etwas über Bean in Erfahrung zu bringen, dann tat er mehr, als ihm sein Amt erlaubte. Mein Ton war scharf. »Warum fragen Sie mich über Bean aus?«

Der Captain beugte sich zu mir herüber und sah mir mit sorgenvollen Augen ins Gesicht. »Nun, weil ich glaube, wir haben seine Leiche hier im Keller, Miß Di Palma.«

Ich schüttelte den Kopf und hörte mich murmeln: »Was ist ihm zugestoßen?«

Er tätschelte mir die Hand. »Ziemlich häßlich, das Ganze, fürchte ich. Eine Kugel, Kaliber zweiundzwanzig.« Er verdrehte seinen Kopf und zeigte auf eine Stelle unterhalb des Schädelknochens. »Und genau hier, direkt unter der Nase, trat sie wieder aus. Sieht nicht sehr nach Selbstmord aus.«

»Jemand hat ihn erschossen.« Die Magazine hatten es alle vorhergesagt. Sie hatten Bean zum meistgehaßten Mann seit Sirhan Sirhan gestempelt. »Armes Schwein.«

Der Captain rückte mit seinem Stuhl von mir weg und machte ein pikiertes Gesicht. Meine unfeine Ausdrucksweise gefiel ihm nicht, mein Mitleid mit Wally noch weniger. Er schaute zur Tür. »Wo, zum Teufel, bleiben Bill und Marty? Sie sehen aus, als könnten Sie den Kaffee jetzt wirklich brauchen.«

»Haben Sie schon jemanden verhaftet?«

»Nein, leider nicht. Keine Waffe, keine Zeugen, kein Verdächtiger, kein gar nichts.« Er holte tief Luft.

»Wo haben Sie Wally gefunden? Wer hat Sie verständigt?«

»Kennen Sie den Lucky Logger?«

Ich nickte. Eine schmierige Kneipe, in einem heruntergekommenen Block hinter den Fischfabriken, den sie bei der Hafensanierung übersehen haben mußten.

»Der Wirt hat ihn in der Einfahrt gefunden, als er den Müll rausbrachte. Ich könnte Sie hinbringen, jetzt gleich. Aber vielleicht sind Sie nicht in der Verfassung ...«

Ich stand auf. »Fahren wir!«

11

Ich stellte mir Wallace Beans Exekution vor, auf den Knien, in der dreckigen Durchfahrt, hingerichtet wie ein Kriegsgefangener.

»Aus dem Einschußwinkel der Kugel läßt sich schließen, daß er auf den Knien war«, erläuterte Captain Loftus seelenruhig. Er winkelte den Arm ab, streckte zwei Finger aus, wie den Lauf eines Revolvers. »So muß der andere über ihm gestanden haben. Hier können Sie sehen, wie er gefallen ist.« Eine Kreidelinie auf dem Boden zwischen zwei Müllcontainern zeigte seine Umrisse. »Er fiel erst nach vorn, dann zur Seite.«

Ich schaute weg. Auf den Blättern der Kapuzinerkresse und der Geranien, die aus dem verrottenden Müllhaufen zwischen den Scherben zerbrochener Bierflaschen hervorwucherten, lag dick der Tau. Vor den Hinterausgängen der Kneipen, Ramschläden und Anglergeschäfte war kreuz und quer das gelbe Absperrband der Polizei gespannt. Streifenwagen blockierten beide Ausgänge der holprigen Gasse. Polizeibeamte schickten die Neugierigen – Fabrikarbeiter in karierten Flanellhemden und Gummistiefeln – weg.

»Ganz schön feucht hier draußen«, bemerkte der Captain und wischte sich über das Gesicht. »Wir können uns im Logger unterhalten, wenn es Ihnen recht ist.« Er machte zwei Polizisten ein Zeichen, daß sie weitermachen sollten, was immer sie da in den Müllcontainern taten, und wir gingen in die düstere Kneipe.

Ich setzte mich weit hinten in eine Nische und versuchte den schwachen Geruch von erbrochenem Bier zu ignorieren. Die Tischplatte war dick mit flüssigem Plastik beschichtet, klebrig und voller Krümel von Salzbrezeln, die Wand hinter dem Captain mit Aufklebern zugekleistert, ein Spruch deftiger als der andere.

Captain Loftus leerte ein Päckchen Kaffeesahne in seine Tasse. »Sie sagen, Bean kam zu Ihnen nach Hause?«

Meine Tasse hatte einen Schmutzrand und ein paar angeschlagene Stellen. Hundehaare wären appetitlich dagegen gewesen. Ich schob sie weg.

»Es muß kurz vor zwei Uhr morgens gewesen sein. Wally sagte, er sei abgebrannt. Er wollte auf meinem Sofa nächtigen.«

Der Captain runzelte die Brauen und blickte mißbilligend. Ein Aufkleber direkt über seinem Kopf verkündete: *Frauen sind wie Kaviar – nutzlos, aber wunderbar.*

»Ich lehnte ab. Ich bot ihm an, ihm etwas Geld zu leihen, aber...« Ich zuckte die Achseln. »Ich achte bei meinen Klienten immer auf eine distanzierte, geschäftsmäßige Beziehung.«

»Das ist unumgänglich, bei Ihrer Art von Arbeit. Hat Bean das Geld angenommen?«

»Nein.« Ich zögerte. Bis jetzt hatte ich meine anderen Gäste noch nicht erwähnt. Ich hatte wenig Lust, zu erzählen, daß Bean geflohen war, weil Kirsten ihn mit einem Revolver bedroht hatte – Beans Revolver. Und ich hatte noch weniger Lust, zuzugeben, daß der Revolver – den ich in meine Obhut genommen hatte – anschließend verschwunden war. »Wally war beleidigt und ging. Sein Besuch dauerte keine zehn Minuten.«

Ich hatte nicht gelogen; ich hatte lediglich ein paar Einzelheiten weggelassen. Ich konnte den Captain auch nicht belügen; die Anwaltskammer würde mir sofort die Lizenz entziehen, wenn das rauskam. Ich wartete darauf, daß Loftus haarklein Beans Besuch mit mir durchgehen wollte, jedes Wort, jede Bewegung. Ich wartete darauf, daß er mich zwang, zuzugeben, daß noch mehr Leute anwesend waren zu diesem Zeitpunkt; daß er mich unumwunden fragte, ob Bean bewaffnet gewesen sei.

Statt dessen schlürfte er seinen Kaffee und schwieg nachdenklich. Ich versuchte mir nicht anmerken zu lassen, wie erstaunt ich über seine Unfähigkeit war.

Ein paar Minuten später kam einer der beiden Polizisten, die mich am Morgen abgeholt hatten, in die Kneipe hereingestürzt. Dem Mann war, trotz der miserablen Lichtverhältnisse, auf den ersten Blick anzusehen, daß er von irgend etwas ganz aus dem Häuschen war. Der Captain ging auf ihn zu und hielt nahe bei der Eingangstür eine hastige Unterredung mit ihm, die auf seiten des Beamten von heftigem Gestikulieren begleitet war. Der Captain stand mit dem Rücken zu mir, aber ich konnte sehen, wie seine Schußhand zitterte, als er kurz an seinen Revolver faßte.

Loftus kam zurück an den Tisch, entschuldigte sich und bot mir an, mich von einem Streifenwagen zurückbringen zu lassen.

»Haben Sie neue Erkenntnisse über Wally?«

Er schüttelte bedächtig den Kopf. »Zu früh, um irgend etwas sagen zu können. Aber wir bleiben in Verbindung. Sie können sich auf mich verlassen, Miß Di Palma.«

12

Es sah sehr danach aus, daß Bean sich zurück in mein Haus geschlichen hatte, während ich schlief, daß er sich seine Waffe wieder geholt hatte und am Ende womöglich selbst damit erschossen wurde.

Das hieß, ich würde ziemlichen Ärger kriegen. Wenn ein

Klient eine tödliche Waffe seinem Anwalt zur Aufbewahrung überläßt, dann hat der Anwalt das Ding tunlichst irgendwo wegzusperren und nicht einfach in eine Schublade zu werfen und nicht mehr daran zu denken. Ich sah schon das Ethik-Komitee der Anwaltskammer, diesen Haufen konservativer alter Knacker, die öffentlich die TV-Syndrom-Verteidigung verurteilt hatten, auf meinem Disziplinarverfahren Popcorn verkaufen.

Freilich gab es immer noch eine kleine Chance, daß Bean mit einer anderen Waffe getötet worden war und daß mein *Cousin* Beans Waffe mitgenommen hatte.

Wenn Hal den Revolver hatte – erwürgen wollte ich ihn! Mich in eine derart unhaltbare Lage zu bringen! Der Polizei Informationen vorenthalten! Aber wenigstens zurückbekommen könnte ich das Ding, es in ein Taschentuch einwickeln, zu Captain Loftus bringen und mich vor ihm in den Staub werfen, mich vielmals entschuldigen, daß ich ›vergessen‹ hätte zu erwähnen, daß ich Bean entwaffnet hatte am vergangenen Abend.

Ich muß die Schallmauer durchbrochen haben, so schnell raste ich hinaus zu Hals Bruchbude.

Und Hal, in seiner üblichen ungefälligen Art, war nirgends zu finden.

Die Eingangstür war unverschlossen, also trat ich ein. Drinnen war es dunkel, vom Tageslicht fielen nur die schmalen Streifen herein, die durch die Ritzen in den Brettern vor den Fenstern drangen. Ich ließ die Tür offen, um das bißchen Helligkeit dieses wolkenverhangenen Morgens hereinzulassen.

Es sah aus, als ob vor kurzem jemand saubergemacht hätte, und über die paar Sitzmöbel waren Decken gebreitet, die einen einigermaßen sauberen Eindruck machten und die Löcher in den Polstern verdeckten. Aber diese Anstrengungen hatten nur zur Folge, daß die trostlose Unpersönlichkeit des Raumes, das Fehlen von Erinnerungsstücken, die ganze unwohnliche Atmosphäre noch deutlicher zutage trat. Sogar Durchreisende in billigen Pensionen hängen Bilder auf, stellen liebgewonnene Gegenstände auf, haben ein paar Lieblingszeitschriften herumliegen. Hal hatte nichts von alldem.

Ich lief durch Hals Haus, auf der Suche nach Spuren von ihm, aber ich fand überall nur die einfachsten Überlebensnotwendigkeiten: in der Küche Konservendosen, Wasserflaschen, billigen Wein; im Schlafzimmer ein Bett, aber ohne Matratzen und Kissen, nur zwei dünne Decken, auf einem Haufen ein paar Kleidungsstücke; im Wohnzimmer ein Transistorradio, Stühle, ein paar Kisten als Tische.

Ein paar Petroleumlampen gab es hier und da, aber ich sah keine Veranlassung, sie anzuzünden; es gab nichts zu sehen und nichts zu tun in Hals Haus.

Ich brauchte keine fünf Minuten, bis ich alles nach dem Revolver durchsucht hatte. Ich holte mir eine Taschenlampe aus dem Wagen und sah unter dem Bett nach, in allen Küchenschränken, in allen Wandschränken (die nur noch dem Mäusedreck als Lager dienten).

Ich wollte schon wieder hinausgehen, als mir noch eine letzte Möglichkeit einfiel, wo ich suchen könnte. Weil Hal keinen Schlüssel hatte, mußte er die Eingangstür immer offenlassen. Wenn er irgendwelche Wertgegenstände hatte, dann bewahrte er sie sicher in irgendeinem Versteck auf.

Ich ging noch einmal zurück, durch das Haus, leuchtete mit meiner Taschenlampe alle Decken ab. Im Flur fand ich, was ich suchte. Wie in fast allen Neubauten gab es an der Decke eine Klappe, die man aufschieben konnte, um in den Dachspeicher zu kommen. Ich zog mir einen Stuhl in den Flur, probierte aus, ob er mein Gewicht aushalten würde, und stieg hinauf. Ich schob die Klappe auf und leuchtete mit der Taschenlampe in das Loch hinein. Auf der Seite entdeckte ich etwas, das aussah wie ein Sack. Ich zog daran und wurde fast von ihm erschlagen, als er herunterfiel.

Es war ein Armee-Seesack, auf dem Hals Familienname in Schablonenschrift aufgesprüht war. Ich trug ihn ins Wohnzimmer, stellte ihn in das Licht, das durch die offene Tür hereinfiel, und fing an, ihn zu durchsuchen.

Hals Armeesachen waren darin – Mütze, Uniform, Drillichzeug. In der Uniformjacke fand ich ein Verwundetenabzeichen. Ich zog es heraus und hielt es ans Licht; eine herzförmige Tapferkeitsmedaille aus Plastik, George Washingtons Profil auf violettem Grund. Man hatte uns nie benachrichtigt, keinen aus der Familie, daß Hal im Krieg verwundet worden war. Ich fragte mich, was für eine Verwundung er gehabt hatte, und wie schlimm sie gewesen war.

Unter der Uniform fand ich Papiere. Ich blätterte sie durch. Obenauf lagen zwei handgeschriebene Adressen: die einer Bostoner Klinik für Kriegsversehrte und die der Sozialversicherungsanstalt, Abteilung Invalidenrente. Die Handschrift war geziert und weiblich; ganz sicher nicht die von Hal.

Die anderen Papiere schienen allesamt Fotokopien von Einkommensteuerbescheiden zu sein, jeweils zusammengeheftet mit dem Anmeldeformular. Im Lauf der Jahre hatte mein Cousin scheinbar als Bohnenpflücker, Putzmann, Stallbursche, Gärtner, Steinbrucharbeiter gearbeitet – und in allen anderen erdenklichen Aushilfsjobs auch. Was auch immer seine Kriegsverletzung sein mochte, körperlich hatte sie ihn offensichtlich nicht beeinträchtigt.

Darüber hinaus bekam ich heraus, daß sein Jahreseinkommen im Schnitt um die viertausend Dollar gelegen hatte, daß er nie lange bei ein und derselben Arbeitsstelle geblieben war und daß er ganz ordentlich im Land herumgekommen war.

Aus irgendeinem Grund, vermutlich Faulheit, hatte Hal seine Steuerformulare nicht selbst ausgefüllt. Jedes Papier trug in der Ecke die Unterschrift eines anderen Buchhalters aus einer anderen Stadt.

Außerdem fand ich in der Tasche noch einen abgelaufenen Führerschein, mit einem Foto von Hal aus früheren Tagen – mit Pausbacken, Wangengrübchen und glänzenden, gut geschnittenen schwarzen Haaren. Der Führerschein war 1978 abgelaufen, aber hinten drauf klebte eine Vierjahres-Verlängerung, wie sie einem automatisch zugeschickt wird, wenn man keine Strafmandate bekommen hat. Eine zweite Verlängerung hatte er offenbar nicht gekriegt.

Ich wühlte noch mal in der leeren Tasche und machte noch einen letzten Fund. Es war eine kleine Dose, wie man sie in der Apotheke bekommt, bei verschreibungspflichtigen Medikamenten. Sie war voll mit runden, gelben Pillen. Ich konnte gerade noch Hals Namen auf dem Etikett lesen und die Aufschrift *Thorazin, 500 mg, 3 x täglich,* als mir jemand das Döschen aus der Hand schnappte. Ich sah auf, da stand Hal, blickte mich böse an und hielt die Faust so fest um die Pillendose, daß die Knöchel weiß hervortraten.

Ich starrte ihn an und brachte vor Schreck kein Wort heraus. Thorazin. Wallace Bean hatte Thorazin bekommen, in der psychiatrischen Klinik. Ich hatte mich bei den Ärzten darüber erkundigt, und man hatte mir erklärt, daß es sich bei Thorazinen um Psychopharmaka mit stark sedativer Wirkung handle, die in der Behandlung von gewalttätigen und aggressiven Patienten angewendet werden. Beans Tagesdosis waren 300 mg gewesen.

Hals Nasenflügel flatterten. Sein Gesicht, eben noch gerötet von der Morgenkälte, wurde langsam weiß.

Zum allererstenmal, seit ich ihn kannte, hatte ich Angst vor meinem Cousin. Ich stand hastig auf und trat von ihm zurück.

»Du verdammtes Miststück«, keuchte er. Er warf die Pillen mit aller Wucht gegen die Wand, daß die Dose zersprang. »Was fällt dir ein, in meinen Sachen herumzuschnüffeln?«

»Ich hab' den Revolver gesucht, Hal. Das ist alles.« Mein Gott, was war nur aus dem gutaussehenden sympathischen Jungen geworden, der mich aus dem alten Führerschein-Foto angelächelt hatte?

Wütend schaute Hal auf die Pillen, die kreuz und quer über den Boden rollten, dann sah er die Armee-Uniform und das Bündel Papiere neben dem Seesack. Aber da war etwas in seinem Gesicht, etwas Müdes, Verletztes, Wehmütiges, das seine Wut untergrub.

»Hal?« Ich ging einen Schritt auf ihn zu und streckte die Hand nach ihm aus.

Mein Cousin wich zurück. »Was für ein Revolver? Du hast gesagt, du hast einen Revolver gesucht.«

»Den von Wallace Bean. Hast du ihn mitgenommen, Hal?« Ich betete, daß er ja sagen würde.

Aber er sagte: »Nein. Warum sollte ich?«

»Vielleicht um ihn aufzubewahren, um mich zu beschützen?«

Sein Lächeln war voller Häme. »Du brauchst keinen Beschützer, Laura; was du brauchst, ist lediglich eine Tracht Prügel.«

Ich ließ mich in den nächsten Stuhl fallen. »Also gut, wenn du in der Laune bist, zuzuschauen, wie mein Leben in Stücke fällt, dann hast du gerade den richtigen Moment erwischt.«

Nach seinem Gesichtsausdruck zu urteilen, war er tatsächlich in genau der Laune.

13

Hal warf mich nicht raus, und ich machte keine Anstalten, zu gehen. Vor meiner Tür standen inzwischen bestimmt schon die Reporter. Und wenn ich zu meinem Papa fuhr, würde ich mir bloß wieder den Kopf zerbrechen, ob er versucht hatte, Gary Gleason zu überfahren oder nicht.

Ich saß in Hals Lehnstuhl, rutschte auf den gebrochenen Sprungfedern hin und her und brütete vor mich hin. Hal hatte sich auf eine der Kisten mir gegenüber gesetzt, er starrte mich an und war ebenfalls in eisernes Grübeln vertieft. Er ließ sich jede Menge Zeit, bevor er das Schweigen brach. »Der Revolver ist also verschwunden?«

»Jawohl, der Revolver ist also verschwunden.« White, Sayres & Speck waren stets streng darauf bedacht, daß ihre Anwälte sich aus Schwierigkeiten jeglicher Art heraushielten; sie würden mich mit Sicherheit nicht mehr haben wollen, wenn die Anwaltskammer erst ein Disziplinarverfahren gegen mich eingeleitet hatte. Und wenn man mir die Lizenz entzog, auch nur vorübergehend, konnte ich meinen Job an den Nagel hängen.

»Dann ist vielleicht Bean zurückgekommen. Warum gehst du nicht einfach hin und fragst ihn?«

»Du meinst, warum mach' ich nicht einfach die Fliege und laß dich in Frieden?«

Hals Mundwinkel zuckten, und er hielt sie mit den Fingern fest. »Das hast du gesagt, Mogli.«

»Hör auf mit dem Mogli-Quatsch, bitte!«

Ich war mir nicht sicher, ob Hal die Wahrheit gesagt hatte über den Revolver. Vielleicht hatte er ihn doch genommen und sich auf die Jagd nach Bean gemacht. Vielleicht hatte er es ihm krumm genommen, daß er ihm die Kanone in den Rücken gepreßt hatte; der Krieg konnte ihn rachsüchtig gemacht haben.

»Was hast du gestern abend getan, nachdem ich weggeschlummert war?«

Hal schmunzelte. »Keine Unanständigkeiten, meine Liebe. Dachtest du, ich bin dir unter den Pullover gegangen?«

»Du bist doch nirgends hingegangen, oder?«

»Ich hab' in deinem Bett geschlafen, wenn du's genau wissen willst. Schien mir einfacher, als dich nach oben zu transportieren und mich auf das Sofa zu legen.«

»Du warst also oben, du warst nicht im Wohnzimmer.« Ich stand auf und begann, auf und ab zu gehen. »Irgend jemand, wahrscheinlich Bean, ist einfach in mein Haus eingedrungen und hat sich das Schießeisen gegriffen.«

»Wirklich ein Jammer. Ein richtiges Sammlerstück. Du hättest es verkaufen und ein paar schöne Dollar dafür …«

Ich drehte mich auf dem Absatz zu ihm herum. »Ein Sammlerstück? Du weißt, was für ein Revolver das war?«

Hal nickte, meine Reaktion irritierte ihn. »Eine echte Cowboy-Knarre. Eine Buntline Scout.«

»Was für ein Kaliber?«

»Zweiundzwanzig. Seit wann interessierst du dich …«

»Eine Zweiundzwanziger! Ich wußte es. Ich hab's gewußt.« Meine Stimme war weinerlich. »Jetzt können sie mir gleich das Jura-Diplom in Fetzen reißen.« Ich sah Hal mißtrauisch an. »Wieso kennst du dich mit Kanonen so gut aus?«

»Ich war eine ganze Weile im Südwesten. Unter Leuten, mit denen du dich nicht abgeben würdest.«

»Bohnenpflücker und Putzkolonnen?«

Hal brauste auf. »Ich hatte auch schon entschieden üblere Jobs, Laura.«

»Und ich hab' auch schon fertigere Typen als dich verteidigt, Hal.«

Er warf den Kopf zur Seite. »Ich dachte, man braucht 'ne Menge Geld, um sich deine Dienste leisten zu können.«

»Entweder 'ne Menge oder gar keines. Ich hab' schon einige Leute umsonst verteidigt.«

»Jemand, der auf Geld so scharf ist wie du?«

»Ich bin ein Workaholic, Cousin. Ich arbeite, weil's mir Spaß macht. Oder hat Bean vielleicht einen wohlhabenden Eindruck auf dich gemacht?«

Hal lachte. »Klar. Sieh mal an, wer hätte das gedacht.«

»Komm schon! Steh auf! Jetzt können wir auch gleich in den sauren Apfel beißen.«

Hal stand auf. »Unbedingt. Aber was für einen Apfel ...«

»Wir gehen zur Polizei.«

Hal setzte sich wieder hin. »Ich dachte, Anwälte sollen ihre Mandanten nicht verpfeifen!«

»Verpfeifen! Ach so, hab' ich dir noch nicht erzählt, daß Bean tot ist?« Ich fand es erleichternd, zu sehen, daß Hal einen echten Schreck bekam. »Höchstwahrscheinlich ermordet mit der Waffe, die mir aus dem Haus gestohlen wurde, während ich drei Meter daneben einen halben Liter Wodka ausdünstete. Jetzt komm schon, Hal, ich hab' bei den Bullen heute morgen keinen Ton von dem Revolver gesagt, und je länger ich noch warte, desto schlechter sind meine Karten vor der Anwaltskammer.«

Hal schüttelte den Kopf. »Jetzt komme ich nicht mehr mit. Wieso vor der Anwaltskammer?«

»Die hängen mir ein Disziplinarverfahren an, weil ich es nicht auf die Reihe gebracht hab', die Waffe irgendwo sicher unter Verschluß zu halten. Weil ein Verrückter einfach bei mir reintanzen und sich eine geladene Kanone aus meiner Schreibtischschublade nehmen konnte.«

»Was heißt Disziplinar ...«

»Ganz einfach. Ich werde gevierteilt. Geteert und gefedert. Blutige Rache, verstehst du?«

»Wieso Rache? Ich dachte, du bist eine berühmte, mächtige Anwältin.«

Mein Geduldsfaden wurde dünner. »Sag mal, wo bist du letztes Jahr gewesen, Hal? Klar, die Leute bewundern mich dafür, daß ich Bean freibekommen habe, und daß ich keinen Pfennig dafür genommen habe; aber sie hassen mich auch, weil sie meinen, das war höchst subversiv. Himmel noch mal, nach dem Prozeß haben sie ein Gesetz erlassen, ein eigenes Gesetz, nur um die TV-Syndrom-Verteidigung ausdrücklich zu verbieten. Du solltest mal die Akten von dem Ausschuß lesen und die Protokolle der Plenardebatten. Die machen aus mir einen …« Ich suchte nach einem passenden Vergleich, »einen Richard Nixon, verdammt noch mal!«

Hal grinste, das breiteste Grinsen, das ich in dreizehn Jahren auf seinem Gesicht zu sehen bekam. »Mich laust der Affe.«

»Ja, mich auch, Hal.« Ich packte ihn am Arm, um ihn von seiner Kiste hochzuziehen. »Los, nun komm. Ich bin gern Anwältin. Und je schneller ich die Sache hinter mich bringe, desto größer stehen meine Chancen, daß ich auch eine bleiben kann. Laß uns machen, daß wir loskommen.«

Hal blieb sitzen, er grinste mich unverwandt an. Ich hatte immer noch seinen Arm im Griff und merkte plötzlich, was für ein gewaltiger Bizeps das war.

Ich konnte mich nicht erinnern, in siebzehn Jahren Familienfeiern jemals auf Hals Körper geachtet zu haben – das einzige, was ich von ihm mitbekam, war der ewige Sarkasmus, mit dem er über alles herzog, was mich interessierte (angefangen mit den Papierpuppen zum Ausschneiden bis zu den Friedensmärschen).

Ich ließ seinen Arm los und wandte mich ab. Es war einfach zu lange her, daß ich mit einem Mann geschlafen hatte. Ich wünschte, Sandy …

»Sandy!« schrie ich auf und sah mich vergeblich nach einer Uhr auf Hals schimmeligen Wänden um. »Sandy hab' ich ganz vergessen!«

»Wer ist Sandy?«

»Mein Detektiv. Er wartet seit neun auf dem Flughafen.«

»Dein was?«

»Mein Detektiv. Für die Kanzlei. Los, beeil dich! Wir holen Sandy ab und dann gehen wir zu John Loftus' verdammtem Vater.«

14

Die Bezeichnung ›Flughafen‹ war eine schamlose Schmeichelei. Viel Flug war da nicht, viel Hafen auch nicht. Jeden Morgen kam eine Maschine aus San Francisco, jeden Nachmittag ging eine ab, nach San Francisco. Und jeden Abend kam eine aus San José vorbei, auf dem Weg nach Seattle. Der Flughafen lag auf dem nebligsten Hügel der ganzen Gegend, so daß es keinen Start und keine Landung ohne Verspätung gab (Onkel Henry hatte sich für diesen Standort stark gemacht, einige seiner Freunde aus dem Elch-Club, namentlich ein paar Bodenspekulanten, waren dadurch reiche Männer geworden). Das Gebäude selbst sah aus wie eine zu groß geratene Sanitärbaracke auf einem Campingplatz – ein düsterer Betonklotz. Es enthielt einen Abflugschalter, eine Autovermietung und eine Ecke mit Kaffee-, Kaugummi- und allen möglichen anderen Automaten.

Als Hal und ich um halb zwölf dort ankamen, enthielt es darüber hinaus einen gelangweilten Detektiv namens Sander Arkelett.

Sandy stierte zum Fenster hinaus, in die Nebelschwaden, und gähnte. Er war einer von diesen Männern, die sehr groß sind und sich nicht gerade halten können, er hatte ein schmales Gesicht, schläfrige blaue Augen und blonde Haare. Er war unglaublich blaß und dünn geworden, seit er vor sechs Monaten ein Messer in den Bauch bekommen hatte. Er war einem Taschendieb hinterhergejagt, und der Junge hatte sich zu ihm umgedreht und ihm den Bauch aufgeschlitzt, bevor er entkam. Deshalb war Sandy jetzt hier. Er war noch immer bei der Detektei angestellt, mit der White, Sayres & Speck zusammenarbeiteten; aber die Firma hatte Sandy, weil der Arzt es so wollte, nur noch zum Wühlen in irgendwelchen verstaubten Aktenbergen eingesetzt, und das war Sandy aufs Gemüt geschlagen. Es hatte keiner großen Überredungskunst bedurft, ihn dazu zu bringen, daß er sich Urlaub nahm, um sich in meinen Schaukasten von Büro zu setzen und meinen Ex-Mann neidisch zu machen.

Als er Hal und mich auftauchen sah, schaute er auf seine Uhr und schüttelte den Kopf.

»Tut mir leid, Sandy. Aber du wirst mir verzeihen, wenn du hörst ...«

»Klar werd' ich das«, stimmte er ein, und seine Lider gingen nach unten und die Mundwinkel nach oben. Wie von einer Plakatwand prangte die Zuneigung zu mir in seinem Gesicht.

Hal verschlug es die Sprache, er blieb stehen und gaffte uns an.

Ich schlang den Arm um Sanders Hüften und zog ihn mit mir Richtung Ausgang, während ich ihm erklärte, daß Bean erschossen worden war und daß ich den Vormittag im Polizeipräsidium verbracht hatte.

Sandy legte mir den Arm um den Nacken und zog mein Gesicht an seine knochige Brust. »Ich darf doch mein Gepäck mitnehmen, oder?«

»Aber ja!« Ich wartete, bis er zurückgegangen war und seine Tasche geholt hatte, einen weichen Lederkoffer. Als er damit wieder auf mich zukam, sah ich, wie das Mädchen von der Autovermietung ihm ein breites, warmes Lächeln herüberwarf. Sander war nicht schön, aber er hatte eine Ausstrahlung, die auf Frauen wirkte.

Hal bemerkte das Lächeln auch und unterzog Sandy einem taxierenden Blick.

Sandys Hemd war ungebügelt und seine Hosen ausgebeult, der Gürtel war ins letzte Loch geschnallt, das Ende hing lose herunter. Staubige Stiefel und ein abgetragener Anorak – alles an ihm war schlampig. Und trotzdem – vielleicht auch gerade deswegen – war Sandy sexy.

Ich war diejenige, die das Sexuelle in unsere Beziehung gebracht hatte, Sander war derjenige, der die Probleme hineingebracht hatte, indem er sich verliebte.

»Also, Wallace Bean«, sagte Sandy und hakte sich wieder bei mir ein.

Auf dem Weg zum Auto erzählte ich ihm die ganze unglückselige Geschichte mit dem verschwundenen Revolver. Ich vergaß völlig, ihm Hal vorzustellen, bis wir vor dem Auto standen und uns zu dritt in meinen Zweisitzer zwängen mußten.

Die beiden Männer schüttelten sich die Hand und sahen sich dabei mit einigem Interesse und unverhohlenem Argwohn an.

Im Geiste hielt ich das Bild ihrer verschränkten Hände fest wie einen Schnappschuß. Sandys Hand war schmal, weiß und geschmeidig, an einem Finger hatte er etwas Tinte. Hals Hand war grob und breit, seine Knöchel waren rauh und gerötet. Das machte mich wütend. Sander hatte auch eine schwere Verletzung hinter sich; er war ziemlich angeschlagen gewesen, während sein Bauch wieder zusammenwuchs. Aber er hatte sich nicht gehenlassen, war nicht wehleidig geworden. Er hatte nicht aufgehört, seinen Grips zu benutzen; er hatte sich nicht darauf beschränken lassen, nur noch niedere Arbeiten zu machen.

Ich sagte Hal, er solle sich ans Steuer setzen. Sandy setzte sich auf den Beifahrersitz, ich drückte mich auf seinen Schoß, und mein Cousin röhrte mit quietschenden Reifen vom Parkplatz auf die Straße.

»Wohin?« fragte er.

»Wir müssen zur Polizei und ihr die Sache mit dem Revolver erzählen.«

Sandy schlang die Arme um mich und schmiegte sich an meinen Nacken. »Ach, Laura, ich würde mir nicht zu viele Gedanken um den Revolver machen.«

Ich zog die Schultern hoch und drehte mich herum, so daß ich ihm ins Gesicht sah. Mir war absolut nicht nach Zärtlichkeiten. »Ich hab' das verdammte Ding verloren, Sandy. Ich hatte es gestern abend in meinem Haus, und es sieht alles danach aus, daß Bean kurz darauf damit erschossen wurde. Und, weiß der Himmel, wo es jetzt steckt.«

Sandy lächelte träge. Er sah schläfrig aus, aber er sah eigentlich immer schläfrig aus. »Nichts, was du den Bullen erzählen könntest, bringt sie auf ihrer Suche nach der Waffe weiter. Wenn man sich die Sache genau besieht, du weißt weder, wann sie verschwunden ist, noch, mit wem sie verschwunden ist oder wo sie hingekommen ist – und schon gar nicht, ob es überhaupt dieselbe war, mit der Bean getötet wurde. Und, gesetzt den Fall, die Polizei findet sie, wem sollte es helfen, zu wissen, daß sie vorher in deiner …«

»Alle unsere Fingerabdrücke sind drauf, Sandy. Wir hatten sie alle in der Hand gestern abend, ich und Hal und Bean und die dumme Zicke von meinem Ex-Mann. Wenn sie sie finden, bevor ich ihnen...«

»Wenn eure Fingerabdrücke es überhaupt überlebt haben, daß Bean oder sonstwer den Revolver angefaßt und herumgetragen hat; und dann auch noch, daß ein anderer damit geschossen hat...« Sandy strich mir sanft über die Haare. »Nein, ich sage dir, vergiß es, spar dir die ganze Aufregung.«

Ich lehnte mich wieder zurück gegen seine Brust und schaute hinaus in die vorbeifliegende Landschaft; die weitgestreckten Hügel auf der einen Seite, hüfthohes Dünengras auf der anderen. Ein kräftiger Wind jagte die Nebelschwaden davon, drückte das Gras nieder und blies den Sand auf den zweispurigen Highway. Hillsdales einzige Zeitung würde von einem ›wunderschönen Frühlingstag‹ sprechen.

Vielleicht hatte Sandy recht. Ich wußte tatsächlich nicht viel, was der Suche nach dem Mörder dienlich sein konnte. Und wenn ich den Mund hielt, konnte ich womöglich sogar den Wölfen von der Anwaltskammer entgehen.

Ich warf einen Blick auf meinen Cousin. »Mach's dir nicht zu einfach, meine Liebe«, sagte er. »Ich schätze, Kirsten Strindberg hätte nichts dagegen, dich ein bißchen zappeln zu sehen, was meinst du?«

Ich stöhnte auf. Kirsten. Klar wollte die mich zappeln sehen. Und als brave Staatsbürgerin würde sie selbstverständlich zur Polizei gehen und denen alles über das kleine Drama letzte Nacht in meinem Wohnzimmer erzählen.

»Ich könnte dieses Weib erwürgen!« zischte ich.

Sandy machte ein mürrisches, genervtes Gesicht. Und mein widerlicher Cousin lachte.

15

Als es ein Uhr war, drehte Sandy das Autoradio an und fummelte an der Senderwahl, bis er Nachrichten auf einem Lokalsender fand.

Der Nachrichtensprecher hatte vor Aufregung ein Zittern in

der Stimme: »*Wallace Bean, der vor knapp zwei Jahren tödliche Schüsse auf zwei amerikanische Senatoren abgegeben hat, ist in den frühen Morgenstunden des heutigen Tages in einer Durchfahrt hinter dem Lokal ›Lucky Logger‹, in der Pier Street, erschossen aufgefunden worden. Die Polizei hat bis zur Stunde noch keine Erklärung darüber abgegeben, ob eine Mordwaffe gefunden oder Verdächtige festgenommen wurden.*«

Ich drehte mich zu Sandy um. Er starrte mit gespannter Konzentration auf das Radio.

Der Sprecher fuhr fort: »*Bean ist vor genau zwei Wochen aus der staatlichen psychiatrischen Klinik Talmadge entlassen worden, nachdem ihm von den dortigen Ärzten seine psychische Gesundheit bescheinigt worden war. Vor elf Monaten und drei Wochen war Bean zwangsweise in die Anstalt eingewiesen worden, nachdem ihn ein Geschworenengericht wegen Unzurechnungsfähigkeit für nicht schuldig an dem tragischen Tod der Senatoren Harley Hansen und Garth Dzhura befunden hatte. In einem aufsehenerregenden Prozeß war es Beans Rechtsanwältin, Laura Di Palma, einer ehemaligen Bürgerin von Hillsdale, gelungen, die fünf Männer und sieben Frauen der Jury davon zu überzeugen, daß Bean eine Gehirnwäsche durch die übermäßigen Gewaltdarstellungen im Fernsehen erlitten hatte.*«

Sandy kam meinem üblichen Protest mit einem versöhnlichen »Ich weiß, ich weiß« zuvor.

»*... hat vor kurzem eine Anwaltskanzlei im Zentrum Hillsdales eröffnet. Polizeilichen Verlautbarungen zufolge ist noch unklar, ob Bean wegen Miß Di Palma hierher gekommen ist oder ob er nach seiner Ankunft Kontakt zu ihr aufgenommen hat oder aufnehmen wollte. Wie die Polizei mitteilt, gibt es bisher noch keine Spur, die darauf hindeutet, wer Bean erschossen haben könnte, oder mit welchem Motiv. In den vergangenen Monaten hatte es immer wieder Spekulationen darüber gegeben, daß Bean, sobald er aus der Psychiatrie entlassen würde, Gefahr liefe, von einer Bürgerwehr ermordet zu werden. Die Klinikverwaltung gab an, Bean habe verschiedentlich Morddrohungen von aufgebrachten Bürgern erhalten, die sich über die Milde des Urteils entrüsteten, und ...*«

»Verschiedentlich«, ich wiederholte die Untertreibung trokken. Ich selbst hatte ›verschiedentlich‹ Morddrohungen erhalten;

und Bean hatte bestimmt zwanzigmal so viele bekommen wie ich.

Hal schaute mich an und geriet dabei auf die Gegenfahrbahn. Sandy drehte das Radio lauter.

»... ein bekanntes, ortsansässiges Paar ist ebenfalls gestern abend und heute morgen Opfer einer Tragödie geworden. Der städtische Pflichtverteidiger Gary Gleason wurde gestern abend gegen achtzehn Uhr vierzig vor seinem Haus in der Clarke Street von einem Auto angefahren, dessen Fahrer Unfallflucht beging. Er erlitt neben leichten Verletzungen zwei Rippenbrüche, befindet sich aber nach Auskunft des Gemeindekrankenhauses wieder auf dem Weg der Besserung. Gleasons Ehefrau Kirsten Strindberg, mit der er seit zehn Jahren verheiratet ist...«

»Ehefrau?« Wieso hatte Kirsten Lennarts Familiennamen behalten? Und warum hatte Sandy nichts von der Heirat erwähnt, als er mir seinen Bericht gab?

»... wurde heute morgen, von Freunden, erschossen in ihrem Haus aufgefunden.«

»Was?«

»Die Polizei geht davon aus, daß der Tod weniger als zwei Stunden davor eingetreten ist. In den Nachrichten von KXTV wurde berichtet, daß ein Revolver des Kalibers zweiundzwanzig am Tatort sichergestellt worden sei ...«

»Sieht aus, als ob wir deine Kanone gerade gefunden haben«, stellte Sandy kühl fest.

»... lehnt es ab, darüber zu spekulieren, ob es sich dabei um die Waffe handelt, mit der Kirsten Strindberg ermordet wurde, oder ob es sogar einen Zusammenhang des Mordes an Strindberg mit dem an Wallace Bean geben könnte.«

Hal fuhr rechts ran.

»Die Polizei hat ihre Untersuchung noch nicht abgeschlossen, ob aus dem Haus von Strindberg und Gleason Wertsachen entwendet wurden, will aber nicht ausschließen, daß ...«

»Ihre ganze Frisierkommode ist voll mit meinen Fingerabdrücken!« Ich merkte, wie Sandys Gesichtsausdruck sich verhärtete; es stieß ihn zweifellos ab, daß ich ständig nur an mich dachte.

»... sagt, es werde auch der Möglichkeit nachgegangen, daß ein und derselbe Täter Gleason überfahren und Strindberg ermordet hat.«

Der Nachrichtensprecher wurde abgelöst von einer weiblichen Stimme, die die Nachrichten in einem zweiten Aufguß im Kaffeeklatschton der Sensationspresse noch mal von vorn erzählte. Hal drehte das Radio ab.

Wir saßen eine Weile schweigend da. Hal war der erste, der wieder etwas sagte: »Fahren wir nun zur Polizei oder nicht?«

Mir tat der Kopf weh, die Luft im Wagen war stickig, und die Scheiben waren beschlagen. »Keine Ahnung.«

»Wie wär's, wenn wir bei einem Mittagessen drüber reden?« schlug Sandy vor.

»Dann gehen wir besser zu mir.« Hal legte den Gang wieder ein. »In der Öffentlichkeit haben wir heute keine Minute Ruhe, mit unserer berüchtigten Miß Di Palma.«

Ich dankte ihm für sein rührendes Zartgefühl.

16

Aber wir kamen nicht bis zu Hals Haus. Eine Polizeistreife hielt uns an, als wir in Richtung Hafen hinausrasten.

Der Beamte spähte ins Wageninnere. »Laura Di Palma?«

Ich nickte. Sandy preßte seine Arme fester um meine Hüften.

»Ich habe Anweisung, Ihren Wagen zu stoppen und Sie ins Polizeipräsidium zu bringen, Miß Di Palma.«

»Wir fahren hinter Ihnen her.«

»Tut mir leid. Ich muß Sie persönlich hinbringen.« Er wandte sich an Hal. »Ihre Fahrerlaubnis, bitte.«

»Ist abgelaufen.«

Das Gesicht des Polizisten, quadratisch mit Doppelkinn, nahm diesen universalen Bullenausdruck an, der sagt ›Du hast meinen Tag gerettet, Junge‹, aber im wirklichen Leben immer nur ein matter Abklatsch von dem Gesicht ist, das Clint Eastwood dabei macht. »Aussteigen«, befahl er und trat einen Schritt zurück.

Hal gehorchte.

Der Beamte drückte ihn mit unnötiger Gewalt gegen den Mercedes und durchsuchte ihn. Er teilte meinem Cousin mit, daß er im Präsidium warten müsse, bis geklärt sei, ob er auf der Fahndungsliste stehe. »Das kann ein paar Stunden dauern«, nuschelte er unfreundlich. »Der Computer hat den Kopf heute ziemlich voll.«

Dann kam der Bulle auf die Beifahrerseite herüber und hielt mir die Tür auf.

Ich rutschte von Sandys Schoß und sagte: »Gehen Sie eine Kleinigkeit essen, Arkelett, und holen Sie uns nachher im Gerichtsgebäude ab. Sie können es nicht verfehlen, es ist das höchste Gebäude in der ganzen Gegend.« Vier Stockwerke. »Wenn etwas dazwischenkommt, treffen wir uns draußen, bei Hal.« Der Bulle wartete sichtlich ungeduldig, bis ich Sandy den Weg zu Hals Bude eingehend beschrieben hatte.

Als wir im Präsidium ankamen, wurde Hal von zwei Beamten abgeführt.

Mich begleitete Captain Loftus persönlich in ein feudal eingerichtetes Büro mit lauter Grünpflanzen und schönem Blick hinüber auf das Rialto-Kino. Der Aufschrift auf der Markise war zu entnehmen, daß man es in vier kleine Kinos unterteilt und in ›UA Cinemas‹ umbenannt hatte. Ich wurde wehmütig. Ich hatte meinen ersten Film da gesehen, *Schneewittchen.* Hal hatte Popcorn vom Balkon heruntergeworfen.

»Tut mir leid, daß wir Ihren Wagen anhalten mußten.« Der Captain wollte sich in den Sessel hinter dem Schreibtisch sinken lassen, erhob sich aber noch mal und trat um den Tisch herum, um mir einen Stuhl anzubieten. Mir fiel auf, daß seine Koteletten unmodisch lang waren und daß er eine leichte Pomade in seinem grauen Haar hatte, so wie die Damen in den Provinzbars es gerne mögen. Wahrscheinlich drehten sich da noch eine Menge auftoupierter Köpfe nach ihm um.

»Ich habe die Nachrichten im Radio gehört.«

Der Captain ging zum Fenster und schaute ein paar Sekunden in den wolkigen, grauen Himmel hinauf. Dann straffte er die Schultern und drehte sich wieder zu mir um. »Nur ein paar Kleinigkeiten, die wir noch klären müssen.« Seine Stimme klang müde, aber das tat seiner Autorität keinen Abbruch. »Sie haben ausgesagt, daß Wallace Bean gestern abend in Ihrem Haus erschien, Sie um ein Nachtlager auf Ihrem Sofa bat, beleidigt reagierte, als Sie ihm Geld anboten und Sie dann wieder verließ.« Er ging wieder hinter seinen Schreibtisch, unterwegs wischte er ein paar Krümel Erde von einem Philodendronblatt. »Haben Sie dem noch irgend etwas hinzuzufügen, das uns vielleicht weiterhelfen könnte?«

Mir war klar, daß der Captain sich nicht die Mühe gemacht hatte, meine Autonummer ausfindig zu machen und nach mir zu fahnden, nur um noch ein, zwei weitere Details in Erfahrung zu bringen. Seine Leute hatten meine Fingerabdrücke im Haus von Gary und Kirsten gefunden, wahrscheinlich auch die auf der Frisierkommode, womöglich sogar die auf der Zweiundzwanziger. Oder Gary hatte ihnen erzählt, daß ich ihm gegenüber behauptet hatte, Kirsten hätte mich mit einem Revolver bedroht.

»Als wir heute morgen miteinander gesprochen haben, wußte ich noch nicht, daß Wallace Bean tot ist. Ich konnte zu diesem Zeitpunkt wegen der Verantwortung, die ich ihm, als einem Klienten gegenüber habe, nicht davon sprechen«, – o Gott, das klang, als ob ich schon unter Eid aussagen müßte – »daß Bean einen Revolver bei sich hatte, als er gestern zu mir kam.« Ich nahm innerlich Anlauf für die erste Hürde: »Als Sie mir dann sagten, daß Bean tot sei, war ich so durcheinander, daß ich die Waffe vollkommen vergaß.«

Captain Loftus stützte sich mit beiden Händen auf den Schreibtisch. An seiner rechten Hand bemerkte ich, daß die ganze Kante vom Zeigefinger bis zum Daumen verhornt war. Vom Holzhacken, vermutete ich. »Manchmal werden die Leute hier bei uns vor lauter Aufregung ein bißchen vergeßlich, Miß Di Palma. Deshalb habe ich Sie heute nachmittag noch einmal hierhergebeten. Sie haben Zeit gehabt, sich zu entspannen und über alles nachzudenken.« Er zeigte seine Handflächen – eine Geste, die ich schon oft in Verhandlungen benutzt hatte, wenn es darum ging, den Eindruck zu erwecken, daß ich nichts zu verbergen hatte. Ich fragte mich, ob der Captain sich auch mit Körpersprache beschäftigt hatte. »Haben Sie vielleicht die Marke des Revolvers erkannt?«

»Er hatte einen langen Lauf. Das ist alles, was ich mit Bestimmtheit sagen kann. Die einzige Waffe, die ich erkennen würde, ist eine Fünfundvierziger Automatik. Die kenne ich aus dem Prozeß gegen Bean.« Ich glaubte, ein ärgerliches Zucken in seinem Gesicht zu sehen. »Eine Fünfundvierziger war es mit Sicherheit nicht.«

»Hat zufällig noch jemand anderes die Waffe gesehen?« Sein Tonfall blieb freundlich; vielleicht war das aber im Oklahoma-Akzent auch nur höflich.

Ich erzählte ihm, daß Hal und Kirsten bei mir waren. Als Kirstens Name fiel, gab Loftus sich sichtlich Mühe, keine Reaktion zu zeigen.

»Wissen Sie was, Miß Di Palma, jetzt lassen Sie sich Zeit und erzählen mir in aller Ruhe, wie alles passiert ist.«

Ich wußte immer noch nicht, weshalb er das nicht schon fünf Stunden früher von mir verlangt hatte.

Ich erzählte ihm, daß Bean vor der Tür gestanden sei und Hal gezwungen habe, ihn einzulassen; daß ich Bean eine Strafpredigt gehalten und ihm den Revolver abgenommen hatte; daß Bean sich aufgeregt habe, als ich mich weigerte, ihn auf meinem Sofa schlafen zu lassen; daß Kirsten in Panik geraten sei und Bean mit vorgehaltener Waffe gezwungen habe, das Haus zu verlassen.

Nun war ich an der zweiten Hürde. Das, was ich jetzt über das Verschwinden des Revolvers sagte, würde Loftus möglicherweise in einem Disziplinarverfahren gegen mich wiederholen müssen. Ich wollte auf keinen Fall zugeben, daß ich betrunken war und fahrlässig gehandelt hatte. »Der Revolver war in meiner Schreibtischschublade; dorthin hat Kirsten ihn gelegt, als Bean draußen war. Der Schreibtisch läßt sich nicht abschließen, aber einen Safe oder einen anderen abschließbaren Aufbewahrungsort besitze ich nicht. Also ließ ich den Revolver dort, wo er war, und blieb die Nacht im Wohnzimmer. Ich schlief auf dem Sofa, das dem Schreibtisch gegenüber steht – jedenfalls muß man an ihm vorbei, wenn man zum Schreibtisch will. Aber als ich aufwachte ...«

Die blauen Augen des Captains sahen mich mit einer Mischung aus Neugier und Mitleid an.

»Das erste, was ich tat, war, in die Schreibtischschublade zu sehen. Der Revolver war weg.«

Loftus runzelte die Stirn und spitzte den Mund. »Haben Sie die Eingangstür verriegelt, Miß Di Palma?«

Betrunkene scheren sich nicht um ihre Eingangstüren. »Ich kann mich wirklich nicht erinnern.« Den Satz hatte ich von Richard Nixon.

»Und Mr. Henry Di Palma Junior, verließ er das Haus auch, nachdem Mrs. Strindberg gegangen war?«

»Nein. Da ich vorhatte, auf dem Sofa zu schlafen, ging mein Cousin nach oben und benutzte mein Bett. Er verließ mich sehr früh heute morgen.«

Der Captain zog seine grauen Augenbrauen hoch. Wer hätte die Waffe leichter an sich nehmen können als jemand, der sich bereits im Haus befand, der wach bleiben konnte und nur darauf zu warten brauchte, bis ich eingeschlafen war? Und wenn Loftus sich jetzt schon für Hal als den maßgeschneiderten Verdächtigen entschied, dann wäre der Fall für ihn vollends klar, sobald er Hal erst persönlich vor sich hatte. Hal hatte die Sorte von Visage, die allenfalls bei Charles Manson Vertrauen erweckt hätte.

Ich machte wohl einen ziemlich angeschlagenen Eindruck, der Captain bot mir moralischen Zuspruch. »Ich glaube«, sagte er leise, »weder Bean noch Kirsten Strindberg mußten lange leiden. Das ist natürlich ein schwacher Trost. Aber ein schwacher ist besser als gar keiner, finde ich.«

»Können Sie mir noch Genaueres sagen, Captain? In den Nachrichten hieß es, Sie hätten eine Waffe gefunden …«

»Eine Buntline Scout – ein großer altmodischer Colt, Kaliber Zweiundzwanzig. Komisch.« Er kratzte sich mit dem Knöchel an der Schläfe. »Diese alten Dinger bekommt man nicht mehr häufig zu Gesicht. Ich bin selbst ein Sammler, aber eine Scout ist mir noch nicht untergekommen. Die Dinger sind nicht annähernd so zielsicher wie ein Gewehr. Und für eine Handfeuerwaffe ausgesprochen unhandlich.«

Eine Buntline Scout. Die gleiche Marke, als die Hal Beans Waffe identifiziert hatte – die Waffe, die ich verloren hatte. »Wo haben Sie sie gefunden?«

»Im Wohnzimmer«, er nickte abwesend. »Schönes Haus, wirklich. Aber Sie sind sicher schon selbst drin gewesen?«

Leugnen hatte keinen Zweck; es war so gut wie sicher, daß irgendwo meine Fingerabdrücke waren. »Ja.«

»Aha. Wahrscheinlich hat Mrs. Strindberg es Ihnen gezeigt?«

Ich hätte alles dafür gegeben, einfach sagen zu können »Ja, das hat sie«, weil Kirsten keine Chance mehr hatte, das abzustreiten. Aber ich mußte damit rechnen, daß Gary dem Captain sagte, ich sei bis zu seinem gestrigen Unfall nie in seinem Haus gewesen. Von den Sanitätern und Nachbarn konnte er erfahren, daß ich unmittelbar nach dem Unfall mit meinem Wagen angekommen war. Die Krankenschwestern würden bestätigen, daß Kirsten zusammen mit Gary in der Klinik angekommen und bis spät in der Nacht bei ihm geblieben war – so lange, bis sie eben zu mir nach Hause kam. Wenn ich Captain Loftus also sagte, ich hätte sie besucht, mußte er automatisch zu dem Schluß kommen, daß das nur heute morgen gewesen sein konnte – als sie umgebracht wurde.

»Nein, das hat sie nicht«, räumte ich zögernd ein. »Als sie ihren Mann ins Krankenhaus begleitete, da ließ sie ihre Haustür offen – sie vergaß nicht einfach, sie abzuschließen, ließ sie richtig offenstehen. Ich ging hinüber, um sie für sie zuzumachen.« Unsere Blicke trafen sich. Ich bin ziemlich gut darin, Leuten direkt in die Augen zu schauen. Bei mißtrauischen Geschworenen macht sich das sehr bezahlt. »Sie wissen wahrscheinlich, daß Gary und ich früher verheiratet waren.«

Er nickte.

»Na ja, ich war neugierig.« Ich lächelte entschuldigend. »Ich wollte nur mal einen Blick reinwerfen, verstehen Sie das? Ich habe es Kirsten erzählt, als sie später zu mir kam.«

»Ich verstehe.« Er runzelte verständnisvoll die Stirn. »Und Mr. Gleasons Büro?«

»Da bin ich noch nie gewesen.«

»Mhm. Es soll da ein kleines Problem wegen irgendwelcher Papiere geben?«

Ich erschrak. Wer konnte der Polizei von den Briefen erzählt haben? Ich konnte mir nicht vorstellen, daß Kirsten Gary mitten in der Nacht aus dem Schlaf gerissen hatte, um ihm vorzujammern, daß ich sie gestohlen hätte. Außerdem hatte Gary heute morgen am Telefon überrascht geklungen, als ich auf die Sache mit dem Revolver anspielte. *Wenn* Kirsten ihn angerufen hatte, dann hatte sie ihm mit Sicherheit von der Begegnung mit Bean erzählt, und wenn Gary von Bean nichts wußte, dann wußte er von den Briefen auch nichts.

Und wenn die Polizei nicht über Gary von den Briefen erfahren hatte, dann auch über keinen anderen.

Das bedeutete, daß sie irgendeine Rolle im Zusammenhang mit Kirstens Tod spielten. Vielleicht war sie gerade dabei, sie wieder zu lesen, als der Mörder sie überraschte. In den Briefen war natürlich von mir die Rede: Gary ließ sich über seine Schuldgefühle mir gegenüber aus, und Lennart jammerte, daß ihm meine Verliebtheit Probleme machte.

Aber ich ging davon aus, daß die Polizei nicht wußte, daß ich die Briefe je in Händen gehabt hatte.

Also spielte ich auf Risiko. Es wäre aber auch zu peinlich gewesen, wenn ich zugegeben hätte, daß ich meiner Rivalin die Liebesbriefe gestohlen hatte. Ich sagte: »Nein, davon weiß ich nichts. Es kann gut sein, daß da auf irgendeinem Tisch oder Schreibtisch Papiere lagen, als ich durch das Haus ging. Aber ich wollte lediglich wissen, wie mein Ex-Mann wohnt, Captain. Ich war neugierig und bin in seine Privatsphäre eingedrungen, das weiß ich – aber nicht so weit, daß ich in seiner Post geschnüffelt hätte oder so etwas.«

Der Captain nickte verbindlich. »Gut, ich glaube, das wäre soweit alles.«

Einen Moment saß ich starr da und versuchte, meine Überraschung zu verbergen. Die Beiläufigkeit dieser ganzen Vernehmung und die Nachlässigkeit, mir die Schlüsselfragen erst so spät zu stellen: vielleicht war er nur ein netter, inkompetenter kleiner Provinz-Bulle.

Aber vielleicht war er auch zu raffiniert, um mir gegenüber Methoden anzuwenden, die ein Strafverteidiger sofort durchschaute.

17

Kaum hatte ich den Fuß hinaus in den windigen Nachmittag gesetzt, fielen die Leute über mich her. Ich hatte gehofft, daß die Reporter mich gar nicht erkennen würden, in Jeans und Pullover, wo sie mich doch sonst nur im Tweed-Kostüm zu Gesicht bekamen. Aber ein aufgeregtes »Da ist Beans Anwältin« genügte, und schon klickten und surrten die Kameras los.

Freiwillig wäre ich in meinem Aufzug allenfalls vor einem Exekutionskommando erschienen, aber nicht vor einer Kamera. Ich mußte Glück haben, wenn ich auf dem Bildschirm maximal zehn Pfund schwerer aussehen und mich anhören würde wie Julia Child mit Schnupfen.

Ein paar der Nachrichten-Crews erkannte ich; sie hatten sich beeilt, von San Francisco heraufzukommen. Ich sagte »Hallo!« zu einem gut aussehenden, gut angezogenen schwarzen Reporter von KRON (schwul, wie alle gut aussehenden, gut angezogenen Männer in San Francisco); »Wie geht's?« zu einem mageren *Chronicle*-Reporter, der wie immer nach Knoblauch stank; und »Immer noch hinter der Kamera?« zu einer Blondine auf hohen Absätzen, die (davon war jedenfalls sie selbst überzeugt) auf dem besten Weg war, die Wetterfee von KPIX zu werden. Eine dicke Frau im Trevira-Kleid warf sich nach vorn und platzte heraus: »Laura, erinnern Sie sich an mich? Judy Britt? Aus der Highschool?« Sie kicherte pausenlos und sagte, daß sie inzwischen beim *Hillsdale Union-Messenger* sei. Eine Welle entsetzlichen Mitleids stieg in mir auf.

Der KRON-Reporter schob sie gekonnt beiseite und fragte: »Können wir eine Stellungnahme bekommen, Miß Di Palma?«

»Wallace Bean hat die volle Schwere des Gesetzes zu spüren bekommen, und diese Art von Selbstjustiz ist eine Attacke gegen jeden korrekten, fairen Prozeß«, tönte ich großspurig. Tiefgründig war diese Stellungnahme nicht gerade, aber sie würde ihre Wirkung im Fernsehen nicht verfehlen. Ich schloß mit dem obligatorischen »Kein weiterer Kommentar, solange die polizeilichen Nachforschungen nicht abgeschlossen sind«.

Nichtsdestotrotz wurde ich mit Fragen bombardiert: »Ist Bean Ihnen hierher gefolgt?« »Hat er Sie angerufen?« »Haben Sie ihn getroffen?« »Warum ist er hierhergekommen?« »Ist noch jemand mit ihm gekommen?« »Wußten Sie, daß Jeanne Dixon diesen Mord vorhergesagt hat?« »Was ist mit diesem anderen Mord?« »War Kirsten Strindberg nicht mit Ihrem geschiedenen Mann verheiratet?« »Stehen Sie unter Verdacht, Miß Di Palma?« Eine Frau rief: »War Bean in Sie verliebt?«, und jemand anderes rief noch lauter: »Fühlen Sie sich moralisch verantwortlich für seinen Tod?«

Ich versuchte, mich durch die Menge zu drücken, aber die Reporter wichen nicht von der Stelle. Der Knoblauchsüchtige vom *Chronicle* bettelte: »Seien Sie ein Kumpel, Laura. Was ist Ihrer Meinung nach *wirklich* los hier?« Ich versuchte mich an ihm vorbeizudrängen, aber die Wetterfee in spe stellte sich mir in den Weg und hielt mir die Kamera ins Gesicht. Und wieder ging es von allen Seiten los: *Hat er Sie angerufen? Haben Sie ihn getroffen? Haben Sie seine Leiche gesehen? Bereuen Sie es, für ihn den Freispruch erkämpft zu haben?*

Es war mein Cousin Hal, der den Tag rettete (meinen jedenfalls), indem er sich zu mir durchschlug. Er legte den Arm um mich und schob mich durch den Pulk, ohne sonderlich viel Rücksicht auf teure Kameraausrüstungen zu nehmen. Er bugsierte mich in ein wartendes Taxi, und als ich protestierte, wir müßten noch auf Sandy warten, überbrüllte er die ganze Kakophonie: »Mach, daß du wegkommst, ich passe ihn ab«, schlug die Autotür zu und stöhnte zum Himmel hinauf, wo sich dicke Regenwolken zusammenbrauten.

Der Taxifahrer zwinkerte mir neugierig zu. »Sind Sie vom Fernsehen oder so was?«

»Ich bin die Tochter von Sophia Loren.«

»Mensch, natürlich!« rief der Taxifahrer. »Mein Gott, Sie

sehen ihr aber wirklich ähnlich! Wie in dem Film über den Brunnen!«

Das war es, was ich jetzt brauchte, ein blinder Taxifahrer. »Fahren Sie mich zum Kreiskrankenhaus, ja?«

Es war kein Kinderspiel, überhaupt zu Gary durchgelassen zu werden. Die Schwester wollte die Zustimmung eines Arztes einholen, der aber offenbar wie vom Erdboden verschluckt war. Schließlich gab ich ihr einen Zettel mit sieben frei erfundenen Ziffern. »Der Doktor ist unter dieser Nummer zu erreichen. Er sagt, ich dürfe rein.«

»Na gut, er ist der Boß.« Sie warf nicht einmal einen Blick auf den Zettel. Statt dessen beugte sie sich über die Aktenberge auf ihrer Theke und sagte mir im Vertrauen: »Es ist sowieso nur wegen der Polizei, sonst hätten wir ihn heute morgen schon entlassen können.«

Hinter ihr sah eine andere Schwester von ihren Karteiblättern hoch: »Janet! Hast du das mit seiner Frau noch nicht gehört?«

Ich überließ sie ihrem Klatsch und machte mich auf die Suche nach Garys Zimmer. Ich kam an einer Tür mit der Aufschrift STATIONSSCHWESTER vorbei und erkannte den Namen auf dem Schild: eine Highschool-Kameradin, die immer davon geträumt hatte, nach Paris zu gehen. Mir lief ein klaustrophobischer Schauder über den Rücken. Ich wollte es von den Dächern schreien, daß ich nicht zurückgekommen war, um hierzubleiben; daß ich nicht so war wie meine beschränkten Klassenkameraden; daß ich eingehen würde in der Gesellschaft all dieser Hinterwäldler.

In Garys Zimmer wurde das Gefühl noch stärker, ich müßte auf und davon rennen. Das Linoleum war so ramponiert, daß es auch geputzt schmutzig aussah. Die Wandfarbe war so nachgedunkelt, daß man das ursprüngliche Beige nur noch ahnen konnte.

Garys Gesicht in den Kissen sah vollkommen ausdruckslos aus – kaum wiederzuerkennen, wenn man sein übliches Stirnrunzeln und den abschätzigen Blick vor Augen hatte.

Als er mich bemerkte, zog er leicht die Mundwinkel hoch. Ich sagte: »Ich habe das von Kirsten gehört.«

»Warum bist du hergekommen?« flüsterte er, es klang nicht begeistert.

Ich zog mir einen Stuhl an sein Bett. »Ein Freund von mir ist Privatdetektiv. Er hatte vor ein paar Monaten hier zu tun, und ich bat ihn, herauszufinden, ob Lennart noch hier lebte.« In Wirklichkeit hatte Sandy mir von sich aus angeboten, nachzuforschen, was aus Lennart geworden sei. Ich hatte ihm eines Abends die ganze verwickelte Geschichte erzählt, als er mich nach dem Grund meiner Scheidung gefragt hatte. »Als er zurückkam, sagte er mir, daß Lennart – tot sei. Daß er einen Schlauch vom Auspuff in …« Ich schloß die Augen.

Als ich sie wieder öffnete, traf ich Garys Blick. Er sah mich an, die Wut stand in seinen hellen Augen.

»Mein Freund«, fuhr ich fort, »brachte mir eine Fotokopie mit, von der Zeitungsmeldung über Lennarts Tod. So erfuhr ich, daß er in unserem – in dem alten VW umgekommen war. Daß er ihn angeblich zu der Mole hinausgefahren hatte und …« Ich schaute zu Garys Hand auf der Krankenhaus-Bettdecke. Er trug einen breiten Weißgold-Ehering. Der Schweinehund. »Du weißt ganz genau, daß Lennart den Wagen gar nicht fahren konnte. Du selbst hast versucht, ihm beizubringen, wie man mit Gangschaltung und Kupplung umgeht, und du …« Ich schluckte. »Kaputtgelacht hast du dich, als du heimgekommen bist und erzählt hast, was für ein ungeschickter Kerl er ist. Der lernt das nie, hast du gesagt.«

»Was willst du denn hören? Ich hab' mich eben getäuscht. Er hat's gelernt. Und er hat es bis zur Mole hinaus geschafft.«

»Ich habe auf Lennart gewartet, an dem Abend. Ich saß im Trade-Winds-Motel. Wir wollten zusammen nach San Francisco gehen. In der Zeitungsmeldung stand, daß Lennart einen Koffer bei sich hatte.«

Garys Miene verfinsterte sich zusehends. »Und? Hast du nach Lennart gesucht, als er nicht auftauchte? Hast du versucht, rauszukriegen, warum er nicht kam?«

»Nein. Lennart rief mich im Motel an.«

Gary wollte etwas sagen.

Ich kam ihm zuvor. »Punkt zwölf.«

»Punkt zwölf«, wiederholte er. »Die Polizei sagte damals …«

»Richtig. Ich bekam einen Anruf von Lennart, fünfzehn Minuten nach seinem Tod.«

Lennart Strindberg war bereits um dreiundzwanzig Uhr fünfundvierzig tot gewesen, als eine Polizeistreife den Volkswagen am Ende der Mole fand, mit laufendem Motor und abgeschalteten Scheinwerfern. Es stand alles im Polizeibericht.

»Er sagte zu mir, er hätte sich mit Kirsten wieder versöhnt und daß er nicht mit mir kommen würde.«

»Und du hast nicht – die Stimme kam dir nicht irgendwie sonderbar vor?«

»Ich kann mich nicht erinnern, daß mir irgendwas aufgefallen wäre. Aber ich war ziemlich aufgewühlt.«

Gary schloß die Augen. Ich hörte ein leises Trommeln gegen die Fensterscheiben hinter mir. Regen.

»Du kanntest Lennarts Stimme gut genug, um sie nachzumachen«, stellte ich fest. Lennart hatte eine ungewöhnliche Stimme gehabt, und einen leichten deutschen Akzent. »Und du kanntest die Situation. Du wußtest, was du sagen mußtest.«

Gary riß die Augen auf. »Was willst du damit …«

»Als ich erfuhr, wie Lennart gestorben war, wußte ich sofort, daß es Mord war.«

Gary öffnete die Lippen zu einem ›Nein‹, aber er brachte keinen Ton hervor.

»Und ich bin hierhergekommen, um euch – dir und Kirsten – mit allen mir verfügbaren Mitteln Schaden zuzufügen.«

»Du hast geglaubt, ich und Kirsten – ich und *Kirsten?*«

In Garys Gesicht trat eine Spur von jenem selbstgerechten, märtyrerhaften Zorn, den er zu Beginn unserer Ehe immer bei den Protestmärschen aufgesetzt hatte. »Sie ist zwei Jahre mit ihm zusammengewesen. Und für mich war er ein guter Freund.«

Mit Mühe konnte ich mich davon abhalten, ihm ins Gesicht zu spucken, trotz seines Zustands. Er hatte fünf Monate lang mit der Frau seines »guten Freundes« geschlafen, bis Lennart und ich davon Wind bekamen.

»Mit dem Geld, das Kirsten von Lennart geerbt hat, bist du

durch das College und das Jurastudium gekommen«, rief ich ihm in Erinnerung. Sandy hatte einiges herausgefunden. Lennart war der älteste Sohn eines verstorbenen deutschen Industriellen gewesen, der Lennarts neunjährigem Bruder Dieter ein Treuhandvermögen hinterlassen hatte und Lennart selbst Bargeld und ein Bürogebäude im Herzen von San Franciscos Bankenviertel. Ein paar Wochen vor diesem angeblichen Selbstmord durch Einatmen von Auspuffgasen hatte Lennart Kirsten als Alleinerbin seines gesamten Vermögens eingesetzt.

Garys Augen wurden schmal, seine Nasenflügel zitterten. Aber er konnte nicht leugnen, daß Lennarts Tod finanziell gesehen ein Glücksfall für ihn war.

Und bis zu diesem Nachmittag, an dem ich von Kirstens Ermordung erfuhr, hätte ich meine Seele dafür verwettet, daß sie und Gary Lennart wegen seines Geldes umgebracht hatten. Nun, da Gary im Krankenhaus lag und Kirsten tot war, war ich mir da nicht mehr so sicher.

18

Der Wind peitschte den Regen in alle Richtungen. Mit einem Regenschirm kam man nicht gegen ihn an; ich hatte schon einen gesehen, umgestülpt und mit gebrochenem Gestänge, wie eine verwundete Riesenfledermaus torkelte er im Wind die Straße hinunter. Ein Regenmantel wäre besser gewesen, aber unterhalb der Knie schützte er auch nicht gegen die Nässe. Ich kannte das, Jahre meines Lebens hatte ich damit zugebracht, mir triefende Strümpfe von der feuchten Gänsehaut zu ziehen.

Ich kam an großen viktorianischen Herrenhäusern mit mächtigen Palmen im Vorgarten vorbei, an Privatauffahrten, mit Gehsteig links und rechts, so lang wie ein ganzer Block, an rustikalen Villen im Landhausstil mit dürren Rotholzwäldchen drum herum, an heruntergekommenen Bungalows, vor denen Lieferwagen in morastigen Einfahrten standen. Meine Wildleder-Halbschuhe waren aufgeweicht; meine Hosenbeine hatten sich vom Saum bis zu den Schenkeln mit Wasser vollgesogen; mein

Pullover war pitschnaß; und meine Haare hatten sich zu Korkenzieher-Locken hochgeschraubt, die mir in Kaskaden um die Ohren baumelten. Um mich herum war alles voller Nacktschnecken, die wie winzige Boote über das abfließende Regenwasser glitten.

Als ich das letztemal in den Straßen meiner Heimatstadt herumlief, hatte ich so bitterlich geheult, daß der Regen mir gar nichts anhaben konnte.

Es war der Tag, für den Gary einen Ausflug zum Fern Canyon für uns abgemacht hatte, mit Lennart und Kirsten. In letzter Minute hatte er einen Rückzieher gemacht, weil er für eine Prüfung büffeln mußte, Biologie-Grundkurs im Junior College. Als Kirsten auch noch absagte, freute ich mich. Ein Tag allein mit Lennart. Jedesmal, wenn ich in dem Käfer in einen anderen Gang schaltete, warf ich einen verstohlenen Blick auf sein himmlisches Profil.

Aber auf halbem Weg zum Canyon hatten wir eine Panne. Es war an einer Lagune, an der die Elche sich immer sammelten. Lennart und ich wanderten zur nächsten Telefonzelle und riefen einen Abschleppdienst. In einem Anfall von Übermut nahm ich seine Hand, er zog sie nicht zurück, aber er erwiderte auch nicht meinen Druck. Wir gingen zurück und warteten bei den Elchen. Riesentiere waren das, mit Geweihen von bestimmt drei Metern Spannweite, aber sie waren träge und zutraulich und ließen sich von uns mit Brombeeren füttern.

Als John Loftus mit seinem Abschleppwagen endlich kam, regnete es. Er setzte uns bei mir zu Hause ab und nahm den VW mit zu seiner Werkstatt.

Die Wohnungstür war verriegelt, ich öffnete mit meinem Schlüssel. Und da lagen sie, auf dem Wohnzimmerboden, mitten auf dem Schafsfell, das meine Mutter für mich gekauft hatte, als ich noch ein Baby war, und das ich immer gebürstet und reingehalten hatte und nie auf den Boden, sondern immer auf einen Sessel gelegt hatte.

Kirsten lag oben.

»Ihr verdammten Schweine«, flüsterte ich in den Regen, elf Jahre zu spät. »Ihr verdammten Schweine!«

Damals sagte ich nichts. Ich drehte mich um und rannte weg.

»Ich hätte etwas sagen müssen!« Ich hätte sie zwingen müssen, von ihm runterzusteigen und sich zu bedecken. Ich hätte ihn zwingen sollen, vor mir zu kriechen und um Verzeihung zu betteln. Ich hätte sie zum Heulen bringen sollen.

Statt dessen ließ ich sie auf meinem Schafsfell (und in meiner Erinnerung) zurück in *medias res*.

Ich stürzte hinaus, gleich hinter Lennart, der mit einem skurrilen Händeringen durch den Regen torkelte.

Ich wischte mir nasse Haarsträhnen aus den Augen. Damals war ich ein ganzes Stück gelaufen, ohne von der Kälte etwas zu spüren. Das war heute anders.

Ich fand eine Telefonzelle, drückte mich hinein, zitternd vor Kälte, und wählte mit tauben Fingern. Ich bat das Taxi um Beeilung.

Am Tag des Schafsfells hatte ich Jay Bartoli angerufen und ihn gebeten, mich abzuholen. In meiner rasenden Wut hatte ich darauf bestanden, daß er mit zu mir kam und mit mir schlief. Auf dem Schafsfell liegend, im Fieber der Demütigung, hatte ich die ganze Wahrheit erfahren. »Wir dachten alle, ihr wüßtet Bescheid. Die sind doch schon seit fünf, sechs Monaten ständig scharf aufeinander«, hatte Jay beiläufig verkündet. Und ich hatte geschrien, daß mir das überhaupt nichts ausmachte, weil ich sowieso in einen anderen verliebt wäre.

An jenem Abend hatte ich Garys sämtliche Kleider – und das Schafsfell von meiner Mutter – hinaus in den kalten Schlamm geworfen, damit es da vermodern sollte. Niemand tauchte auf, um mich davon abzuhalten. Auf dem Küchentisch lag ein Zettel, auf dem stand: »Ich glaube, es ist besser, wenn ich für ein Weilchen abhaue.«

Spät in der Nacht kam Lennart zu mir. Lennart mit seinen unvermeidlichen guten Manieren. Er war zu galant – vielleicht auch zu unglücklich –, um mich und meine Liebe zurückzuweisen.

Zwei Tage darauf hatte Gary endlich seine aufgeweichten Sachen aus dem Garten geholt. Ich stand hinter dem Vorhang und schaute zu, gelähmt von meinem Haß. Er packte die nassen

Sachen in den frisch überholten VW, den mein Vater bezahlt hatte, und den ich seitdem nie wieder zu Gesicht bekam.

Eine Woche später starb Lennart in diesem Auto.

Elf Jahre später erfuhr ich von seinem Tod.

Ich hatte nicht geplant, Gary und Kirsten des Mordes an Lennart anzuklagen, nicht öffentlich; dafür waren die Beweise zu dürftig. Aber ich hatte mich darauf gefreut, ihnen damit zu drohen, daß ich es tun würde, genauso wie ich mich darauf gefreut hatte, Gary anzudrohen, ihn aus seinem Job zu kicken. Ich hatte keinerlei Scheu vor der Konfrontation, nicht mehr.

Gary Gleason war schlau genug, um sich auszurechnen, daß eine Mordanklage, die von mir käme, zu einem Medienereignis aufgeblasen würde. Und er war gewiß nicht daran interessiert, sich und Kirsten ins Licht der Öffentlichkeit zu bringen – und schon gar nicht daran, eine Untersuchung zu riskieren.

Also hatte ich mir überlegt, den Mistkerl vor die Wahl zu stellen: entweder sein guter Ruf und sein gutes Auskommen – oder Kirsten. Wenn er sich bereitfand, Kirsten zu verlassen, ohne ihr eine Erklärung dafür zu geben, dann würde ich Stillschweigen bewahren über Lennarts Unfähigkeit, einen Volkswagen zu fahren. Und ich würde auch meinen Pflichtverteidiger-Vertrag zerreißen und zurück nach San Francisco gehen.

Und wenn er zögerte, seine wahre Liebe zu verlassen? Ich hatte noch einen letzten Trumpf in der Hand – und ich war bereit, ihn auszuspielen. Ich würde Lennarts Bruder Dieter ausfindig machen und ihm meine Dienste als Rechtsanwältin anbieten, unentgeltlich natürlich.

Dieter war noch ein kleiner Junge, als Lennart starb, und lebte irgendwo in Deutschland bei seinem Vormund. Lennarts Testament, das Kirsten als Alleinerbin einsetzte, hatte Dieter den Pflichtanteil an dem amerikanischen Grundbesitz seines Vaters vorenthalten – zu dem auch das Bürogebäude in San Francisco gehörte, in dem White, Sayres & Speck saßen und dessen Wert sich bereits um ein Vielfaches gesteigert hatte und weiter stieg.

Nach meiner Rechnung mußte Dieter vor kurzem volljährig geworden sein. Wenn er geltend machte, daß sein Vormund seine treuhänderische Pflicht schuldhaft vernachlässigt hatte und die Verjährungsbestimmung dadurch unwirksam war, konnte Dieter Lennarts Testament anfechten.

Es ist gesetzlich unzulässig, daß eine Mörderin von ihrem Opfer beerbt wird; und in einem Erbschaftsverfahren muß der Nachweis eines Mordes nicht bis zu dem Punkt geführt werden, bis ›jeder vernünftige Zweifel ausgeräumt‹ ist, wie im Strafprozeß. Es genügte, wenn sechs von neun Geschworenen zu der Meinung gelangten, die Annahme, Kirsten sei in den Mord an Lennart verwickelt, sei ›wahrscheinlicher als die Annahme des Gegenteils‹ und Dieter würde das ihm nach der gesetzlichen Erbfolge zustehende Vermögen Lennarts zugesprochen.

Selbst wenn Gary also seine Karriere und seinen Ruf zu riskieren bereit war, auf Kirstens Vermögen zu verzichten, davor würde er doch zurückschrecken, davon war ich überzeugt.

Garys und Kirstens Trennung zu erzwingen, das war für mich das mindeste, was ich im Andenken an Lennart Strindberg tun wollte.

Nun war genau das erreicht, aber durch jemand anderen und auf eine Weise, aus der ich überhaupt keine Genugtuung ziehen konnte. Ich war nicht mehr sicher, ob mein Ex-Mann die Strafe verdiente; ich war nicht mehr sicher, ob er wirklich Lennart Strindbergs Mörder war.

19

Das Taxi hielt vor Hals Haus, wo ich ihn und Sandy anzutreffen hoffte.

Erst als das Taxi schon wieder davonfuhr (»Sind Sie sicher, daß das die richtige Adresse ist?«), merkte ich, daß mein Mercedes gar nicht in der Einfahrt stand.

Ich lief durch das zugige Haus und fühlte mich wie ausgesetzt auf einer einsamen Insel. Zur nächsten Telefonzelle war es ein verdammt langer Marsch. Ich hörte, wie draußen die Wellen über die Mole schlugen, und glaubte die Fundamente unter den Dielen erzittern zu spüren.

Im Haus war es genauso kalt wie in einem Kühlschrank, nur

feuchter. Die Tür konnte ich nicht aufmachen, um Licht hereinzulassen, weil der Regen und der Wind gleich mit hereingekommen wären. Ich suchte in der Küche nach Streichhölzern, um eine der Petroleumlampen anzuzünden, aber ich fand keine.

Ich tappte weiter bis in Hals Schlafzimmer und zog meinen eisigen, triefenden Pullover aus. Als ich gerade in einen von Hals flauschigen Wollpullovern geschlüpft war, hörte ich plötzlich ein kratzendes Geräusch und spürte einen kalten Luftzug. Die Eingangstür war aufgegangen. Ich wollte den Namen meines Cousins rufen, da sah ich einen Schein von künstlichem Licht auf dem feuchten Boden.

Eine Taschenlampe. Heute morgen hatte ich Hals sämtliche Habseligkeiten durchstöbert. Eine Taschenlampe war nicht dabei gewesen.

Ich weiß nicht, ob es der Sturm war, der an den Brettern vor den Fenstern rüttelte oder die Dunkelheit in diesem zerfallenden Haus. Irgend etwas versetzte mich derart in Angst, daß ich instinktiv vorsichtig wurde. Ich schnappte meinen nassen Pullover und versteckte mich hinter der offenen Tür von Hals Schlafzimmer, um nicht gesehen zu werden.

Einen Augenblick später fegte der Lichtkegel durchs Zimmer. Er hielt kurz auf Hals Bett, auf dem Kleiderhaufen, auf den Rissen der Außenwand und der immer größer werdenden Pfütze unter dem Fenster, wo das Wasser von dem durchweichten Fensterbrett tropfte.

Es dauerte eine Ewigkeit, bis die Taschenlampe sich wieder zurückzog und der Raum wieder dunkel war. Ich steckte den Kopf in den Türspalt und sah hinaus. Der Lichtschein hüpfte den Flur entlang, verdeckt von der Silhouette einer großen Gestalt mit Jacke und Kapuze.

Plötzlich hörte ich Schritte vom anderen Ende des Hauses, aus dem Wohnzimmer. Die Taschenlampe schwenkte herum und leuchtete mir voll ins Gesicht, so daß ich einen Moment lang geblendet war. Dann wurde sie ausgeknipst.

Im Gang war so gut wie kein Licht, nur das bißchen, was aus den anliegenden Zimmern durch die verbretterten Fenster hereindrang. Während die Schritte aus dem Wohnzimmer lauter wurden, konnte ich erkennen, wie die Gestalt mit der Kapuze die Taschenlampe von der rechten in die linke Hand wechselte, mit der rechten unter die Jacke griff und einen zweiten Gegenstand von der Größe einer Taschenlampe hervorzog.

Ich spähte in Richtung Wohnzimmer und sah die Umrisse eines großen Mannes mit wilden Haaren – meinen Cousin Hal. Während er durch den Gang näher kam, wurde mir plötzlich klar, was der Mann mit der Kapuze gerade getan hatte.

»Hal!« schrie ich. »Er hat eine Kanone!«

Mein Cousin blieb abrupt stehen, dann machte er einen Satz nach vorn, in den Gang.

Die Schüsse hörten sich an wie Kanonenkugeln. Ich sah, wie Hal zu Boden fiel.

Ich stürzte aus meinem Versteck und warf mich über ihn. Dann kam ein Geräusch, das sich anhörte wie der Schrei eines Esels – das war ich, es war mein Schrei.

Hal versuchte fluchend, sich unter mir herauszuwinden.

»Hat's dich erwischt? Bist du verletzt?« stammelte ich. War er nicht: er stieß mich zur Seite, kam auf die Beine und rannte durch die Küche zum Hinterausgang des Hauses.

Ich rappelte mich hoch und lief mit weichen Knien hinter ihm her. Ich fand ihn, wie er in den dichten Regen hinausstierte. »Scheiße!« fluchte er und knallte die Tür zu.

Er wandte sich um, sein Blick war finster, die grauen und schwarzen Strähnen klebten ihm auf der Stirn, aus seinen Kleidern tropfte es.

Er nahm eine Petroleumlampe von einem Haken neben der Tür, packte mich am Handgelenk und zog mich wieder mit zurück, durch den Gang. Als wir ins Schlafzimmer traten, kramte er Streichhölzer aus seiner Tasche hervor und zündete die Lampe an. Er hielt sie hoch, gegen den Türrahmen.

»Genau, was ich mir dachte«, murmelte er.

Ich stand hinter ihm, zitternd vor Kälte und vor Schreck, und sah über seine Schulter auf die Türfüllung. »Was ist das?«

»Einschüsse, Mogli.« Er drehte sich zu mir und schaute mir ins Gesicht. »Auf dich – in die Richtung, aus der deine Stimme kam – hat er geschossen, nicht auf mich.«

20

Hal hackte ein paar Stücke Treibholz und einen Hocker klein und machte Feuer. Ich kauerte mich davor, während er ging, um sich etwas Trockenes anzuziehen.

Ich fing gerade an, ein bißchen warm zu werden, als ich von draußen das Geräusch von durchdrehenden Reifen hörte. Ich fuhr hoch und starrte auf die Eingangstür. Ich war der Ohnmacht nahe, so eine Angst hatte ich. Es war das erstemal in meinem Leben, daß jemand auf mich geschossen hatte, und ich konnte diesem Gefühl wirklich nichts abgewinnen.

Ich rannte zu Hals Schlafzimmer. Wenn ich dem Mann mit der Kapuze noch einmal begegnen sollte, dann wollte ich Hal bei mir haben. Ich riß die Tür auf, ohne mir irgend etwas dabei zu denken.

Hal stand vor seinem Bett und trocknete sich mit einem Handtuch die Haare. Er hatte kein Fädchen am Leib.

Und was für ein Leib! Die jahrelange körperliche Arbeit hatte seine Muskeln gestählt, Brust, Schultern und Arme, alles wohlgeformt. Sein Bauch war straff, die Hüften schmal, die Schenkel stramm. Erst schaute er überrascht, daß ich so plötzlich in der Tür stand. Als mein Blick wieder bei seinem Gesicht ankam, ließ er das Handtuch fallen und lächelte mich an.

Ich wurde verlegen. »Ich hab' ein Auto gehört.«

Er trat zu mir heran und legte mir die Hände um die Taille. Er lächelte mich an. Es war ein schönes Lächeln, ohne ein Wölkchen von Mißgunst oder Zynismus. Ich legte die Hände auf seine feuchte Brust und fühlte die Bewegung seiner Muskeln, als er die Arme um mich schlang.

»Danke«, flüsterte er mir ins Ohr, »daß du dich vorher so schützend auf mich geworfen hast.«

Er küßte mich, ganz und gar nicht wie ein Cousin.

Ich erwiderte seinen Kuß und fuhr mit den Fingern durch sein Haar.

Erst viel später registrierte ich, daß meine Finger dabei über eine Narbe geglitten waren – obwohl die Narbe immerhin so groß war, daß die Haare von dieser Stelle aus in alle Richtungen abstanden, daran hätte der beste Haarschnitt nichts ändern können.

Hal sagte: »Du hattest recht mit dem Auto, Mogli.«

Meine Lider blinzelten: »Mit dem Auto?«

Er nickte. »Ich hab' gerade eine Autotür zufallen gehört. Willst du wissen, wer es, meiner Meinung nach, ist?« Jemand begann an die Eingangstür zu hämmern. »Ich würde sagen, es ist Sandy.«

Mein Cousin ließ die Hand unter meinen geborgten Pullover gleiten.

Wir hörten, wie die Haustür aufging, und Hal lächelte schelmisch zu mir herab.

Ich wich von ihm zurück, meine Hormone spielten verrückt. Dann drehte ich mich um, zog mir den Pullover zurecht und ging aus dem Zimmer.

Fast wäre ich mit Sandy zusammengestoßen, in der Tür vom Flur zum Wohnzimmer. Seine Hose war dunkel von der Nässe, bis zu den Schenkeln hinauf, und sein Anorak tropfte.

Er wischte sich mit dem Ärmel über die Wangen, als er mich erblickte.

Er sah an mir vorbei, runzelte die Stirn und fing an zu grinsen. Ich schaute noch mal über die Schulter zurück und sah, wie die Tür zu Hals Schlafzimmer zuging.

»Wo bist du gewesen, Sandy?« Ich packte ihn resolut am Arm und führte ihn ins Wohnzimmer. »Ich hab' dir eine ganze Menge zu erzählen.«

Ich berichtete von dem Mann, der auf mich geschossen hatte.

Sandy betrachtete mich mit ernsten Augen, sein zerzaustes nasses Haar glänzte kastanienbraun im Schein des Feuers.

Hal kam dazu, er hatte ausgefranste Jeans und einen eng sitzenden Rollkragenpullover angezogen. Ein Lächeln blitzte in seinem Gesicht, als er mich ansah.

Ich schaute Sandy an. Seine Augen wurden schmal, als er Hal musterte; er hatte das Lächeln auch bemerkt. Sein Ton war nicht gerade freundlich, als er Hal fragte: »Warum sind Sie nicht hinter dem Kerl hergelaufen? Er muß mit einem Wagen dagewesen sein. Wenn Sie den gesehen hätten, dann hätten wir jetzt wenigstens einen Anhaltspunkt.«

Mein Cousin erwiderte seinen Blick kühl. »Und Laura allein im Haus zurücklassen? Auf die Gefahr hin, daß der Kerl einmal um das Haus herumgeht und durch die Hintertür wieder reinkommt?«

Die beiden Männer tauschten frostige Blicke. Hal kniete sich vor das Feuer und legte noch ein paar Scheite von dem Treibholz nach.

Sandy wandte sich an mich und bat mich, ihm die Gestalt noch mal genau zu beschreiben. Während ich sprach, konnte er den Blick immer noch nicht von Hals Rücken abwenden, seine Brauen waren grimmig zusammengezogen.

»Viel ist das nicht«, sagte er und starrte vor sich hin.

»Nein«, gab ich zu. »Bist du zu mir nach Hause gefahren, Sandy? Wo warst du die ganze Zeit? Hat Hal dir nicht gesagt, warum ich vor dem Gerichtsgebäude nicht auf dich warten konnte?«

»Ich hab' eine ganze Weile auf Sie gewartet«, sagte Hal mürrisch und sah Sandy an. »Als keiner kam, bin ich zu Fuß nach Hause.«

»Zu Fuß? Den ganzen Weg?«

»Kein Führerschein, schon vergessen?«

»Warum eigentlich nicht?«

Mein Cousin zuckte die Achseln. »Hatte keine Lust auf die Prüfung.«

Es gab wirklich nicht eine einzige Unbequemlichkeit, die mein Cousin sich freiwillig erspart hätte.

Ich fragte noch mal. »Nun sag schon, wo bist du gewesen, Sandy?«

»Nun«, er machte es spannend. »Ich schätze, ich habe etwas herausgefunden, das dich interessieren dürfte.« Sandy lehnte sich in den Sessel zurück und schlug die Beine übereinander. »Ich hab' eine Polizistin zum Lunch eingeladen. Hab' ihr ein paar wilde Stories erzählt, von damals in L. A., als ich bei der Polizei war.«

»Du bist mal Bulle gewesen?« Das war das erste, was ich davon hörte.

Er senkte die Lider. »Das ist lange her.«

Hal hakte nach: »Und, was haben Sie herausgefunden?«

Sandy setzte sich auf und schaute ihn an. »Für Sie könnte das auch von Interesse sein. Die Waffe, die sie in Gleasons Haus gefunden haben, ist zwar eine Zweiundzwanziger. Aber sie kriegen nicht mit Sicherheit raus, ob es sich um die gleiche Waffe handelt, mit der Bean ermordet wurde.«

Ich war erstaunt. »Ich dachte, die haben diese ganzen ausgeklügelten Testverfahren, mit denen ...«

Sandy schüttelte den Kopf. »Im Prinzip feuern sie einfach nur mit der Waffe einen Schuß ab und schauen dann, ob die kleinen Kratzer auf der Patrone die gleichen sind wie die auf der Patrone, die sie aus dem Toten rausgefischt haben. Aber diese Kanone ist eine Antiquität. Sie ist kaputt. Sie haben das Ding nach San Francisco runtergeschickt, zu ihren Ballistik-Spezialisten, aber nicht einmal die kriegen das gute Stück dazu, einen Schuß abzufeuern. Alles, was sie mit Bestimmtheit sagen können, ist, daß vor kurzem ein Schuß daraus abgefeuert wurde. Und die Kugel, die sie aus Bean rausgezogen haben, ist jedenfalls dieselbe Marke – das gleiche Kaliber. Sie stammt eindeutig aus einer Zweiundzwanziger mit langem Lauf. Und so eine haben sie nun schon mal in Gleasons Haus gefunden, also gehen sie davon aus, daß es sich dabei um die Mordwaffe handelt.«

Hal fragte: »Und was ist mit der Kugel, die sie ...«

Sandy unterbrach ihn. »Dazu wollte ich gerade kommen. Die Kugel, die sie aus Strindberg rausgeholt haben, hat Kaliber achtunddreißig. Wir haben es hier entweder mit zwei Mördern zu tun, oder mit einem Mörder und zwei ...«

»Achtunddreißig?« warf Hal ein. »Ich nehme an, Sie tragen eine Detective Special.«

Sandy sah ihn irritiert an. »*Wenn* ich eine Waffe trage, was so gut wie nie vorkommt.«

»Eine Detective Special?« Mir war das zu hoch. Sandy klärte mich auf. »Das ist ein kurzer Colt. Den haben viele Bullen und Privatdetektive. Aber darüber hinaus auch noch Unmengen anderer Leute. Ist nämlich zufällig eine ziemlich beliebte Handfeuerwaffe.«

»Wo genau haben die Bullen die Zweiundzwanziger gefunden? Hat Ihnen das Ihre Lunch-Verabredung auch erzählt?« Hal hatte einen höhnischen Unterton in der Stimme, den ich nicht recht zu deuten wußte.

»Die Zweiundzwanziger lag in einer Schublade.«

»Zusammen mit etlichen Briefen?« fragte ich ihn.

In Hals Gesicht leuchtete Neugier auf. »Haben die Bullen dich etwa nach deinen Briefen gefragt, Mogli?«

Sandy sah erst Hal an, dann mich. Er schaute etwas pikiert drein, wie jemand, dem ein Insider-Witz nicht erklärt wird. »Von irgendwelchen Briefen hat sie nicht gesprochen.«

Das sah meinem verdammten Cousin wieder ähnlich, die Briefe als ›meine‹ Briefe zu bezeichnen. »Briefe an Kirsten, von Gary und von Lennart«, stellte ich klar. »Der Captain, heute morgen auf dem Präsidium, hat mich danach gefragt, und ich wußte nicht weshalb.«

Sandy sah mich unverwandt an und ich spürte, wie ich rot wurde. Gerade so, als wollte er Sandy auch noch in dem Eindruck bestärken, daß ich alles andere als aufrichtig war, gluckste Hal in sich hinein, ehe er sich umdrehte und eine Lampe nahm.

Er winkte uns, ihm zu folgen, und ging voraus in sein Schlafzimmer. Er machte die Tür von innen zu und hielt die Lampe hoch, so daß wir sehen konnten, was die Kugeln an der billigen Tür angerichtet hatten. Das Furnier war in großen Stücken weggesplittert und hatte gezackte, fast quadratische Löcher hinterlassen.

Dann hielt er die Lampe hinter der Tür an die Wand, an der ich gestanden hatte. Einen halben Meter über meinem Kopf waren zwei kleine Kratzer in dem Gipsputz.

»Kein Talent für Spurensicherung.« Sandy zog sein Taschenmesser heraus. Er pulte eine Kugel aus der Wand, die in einem Pfosten steckengeblieben war. Er hielt sie in der hohlen Hand, ins Licht der Petroleumlampe.

»Da haben wir's, eine Achtunddreißiger«, stellte er fest.

21

Die Dämmerung sank schon herab, als wir drei in der Clarke Street ankamen. Es hatte aufgehört zu regnen, die Luft war klar und eisig. Das Wasser floß noch immer in Sturzbächen am Straßenrand entlang und verschwand an den Straßenecken, durch die Gullis, laut tosend in der Kanalisation. Am anderen Ende des Blocks, in dem ich wohnte, räumte ein alter Mann mit einem Stock die verstopfte Dachrinne aus, während seine Frau ihm die Leiter hielt. Ein anderer Nachbar zog eine Plastikplane von seinem Narzissenbeet, das der Regen trotzdem arg mitgenommen hatte. Auf einer nassen Veranda saß ein kleines Kind, das mit den Fingern über das glitschige Holz fuhr und sie dann ableckte.

Dagegen fehlte an meinem Ende der Straße jede Spur von Normalität. Ein halbes Dutzend Reporter hatten auf meiner Treppe ihre Zelte aufgeschlagen, und mindestens ebenso viele campierten in ihren Übertragungswagen und Bussen. Wallace Bean hatte sein festes Plätzchen in den Nachrichten seit zwei Jahren, bisweilen allgegenwärtig, bisweilen unsichtbar, wie ein Herpes-Virus, das sämtliche Kanäle befallen hatte. Nun, da er ermordet – hingerichtet – war, war er noch einmal der Aufmacher für die Hauptnachrichtensendung um elf Uhr. Ich war seine Anwältin, er starb in meiner Heimatstadt. Die Reporter wollten einen Kommentar.

Ich entdeckte den gut aussehenden KRON-Reporter vor Garys Haus, er interviewte jemanden – einen Nachbarn vermutlich. Gelbes Absperrband hielt sie außerhalb des Vorgartens, eine Kette von Polizeifahrzeugen hielt die Straße von Schaulustigen frei. Der zweite Mord innerhalb weniger Stunden nach dem Mord an Bean, in derselben kleinen Stadt – die Presse konnte nicht anders, als jedes noch so winzige Detail auszuschlachten.

Judy Britt winkte mir zu, als ich aus dem Mercedes stieg, und wie auf Kommando begannen die Busse der Nachrichtensender, sich zu leeren. Die Reporter vor meinem Eingang sprangen auf die Beine; Kameras wurden hochgehievt; Scheinwerfer wurden hastig auf Ständern befestigt, Mikrofone und Kassettenrekorder aufnahmebereit gemacht. Ich bahnte mir den Weg zum Fuß der Treppe und versicherte ständig: »Kein Kommentar; kein Statement.«

Das hielt mir natürlich nicht die Fragen vom Leib. »Hat Bean Sie kontaktiert?« »Was hat Bean hier gemacht?« »Glauben Sie, daß er von Rechtsradikalen ermordet wurde?« Und persönlichere Fragen gab es auch: »Ist es Zufall, daß Sie genau gegenüber von Kirsten Strindberg wohnen?« »Wissen Sie irgendwas über den Mord an ihr?« »Kannte sie Wallace Bean?« »War sie nicht mit Ihrem früheren Mann verheiratet?« »Hat Ihr früherer Ehemann Sie gebeten, hierher zu ziehen?« »Kannte er Bean?« »War er eifersüchtig auf Bean?« »War Frau Strindberg eifersüchtig auf Sie?« »Hat Ihre Anwesenheit hier etwas mit dem Mord an ihr zu tun?« »Lieben Sie Ihren früheren Gatten noch immer?«

»Nein, zum Teufel!« platzte ich heraus, als Antwort auf die letzte Frage. Ein Lachen ging durch die Reportermenge, und ich begann meine Ellbogen zu benutzen, um endlich zu meiner Haustür zu kommen. Hal und Sandy waren dicht hinter mir.

Dann warf Judy Britt den Piranhas einen Leckerbissen zu: »Gleason hat Sie wegen Frau Strindberg verlassen, stimmt's?«

Sie stand direkt vor meiner Haustür. Sie sah grauenhaft aus, in ihrer braunen Trevira-Kombination, mit dem Pagenkopf-Schnitt in dem Schnittlauch-Haar und ihrem Doppelkinn, das bis zum Kragen reichte. Da endlich erinnerte ich mich an sie. »Sie haben doch damals eine Petition an den Direktor verfaßt, daß er Antikriegsdemonstrationen auf dem Schulgelände untersagen soll.« Ein Schwall Reporter warf mich gegen ihre Brust, Chanel Nr. 5 stieg mir in die Nase; altmodisch und billig – das paßte.

Ich schaffte sie mir mit dem Ellbogen aus dem Weg und schloß die Tür auf. Man durfte sich mit der Presse nicht einlassen, das gab nur noch weiteren Spekulationen Raum; so viel hatte ich beim Prozeß gegen Bean gelernt. Britt würde ohnehin schreiben, was sie wollte, und die anderen würden mißverstehen, was sie mißverstehen wollten. Der KRON-Reporter übertönte den allgemeinen Tumult: »Ist das wahr? Hat Ihr Ehemann Sie wegen Strindberg verlassen?«

Ich fuhr auf dem Absatz herum und stieß meinen verblüfften Cousin zur Seite. »Nein, hat er nicht!« Ich wandte mich an alle Mikrofone und Kameras. »Ich liebte jemand ...«

Judy Britt grinste, und ich kapierte, daß ich mich um ein Haar verplappert hätte. Hal gab mir einen kräftigen Schubs nach hinten und verdeckte mit seinem Körper die Sicht auf mich. Bevor ich einen weiteren Ton von mir geben konnte, hatte er mich schon ins Haus gedrängt und Sandy die Tür hinter uns geschlossen.

Keiner von beiden sagte ein Wort. Hal ging ins Wohnzimmer; ich sah, wie er sich Wodka in das Glas von gestern abend einschenkte. Sandy zog eine Telefonkarte aus der Tasche und wedelte mir damit fragend vor der Nase herum.

Ich deutete auf das Telefon im Flur, dann flüchtete ich nach oben.

Nach einer heißen Dusche ging es mir besser. In trockenen Kleidern noch besser.

Ich war gerade dabei, meine Haare wieder in Reih und Glied zu zwingen, als ich an der Hintertür ein Klopfen hörte.

Mein Schlafzimmerfenster ging auf das überwucherte Stückchen Sumpf hinter dem Haus hinaus. Ich öffnete es und lehnte mich hinaus, um zu sehen, ob ein besonders waghalsiger Reporter vielleicht über den Gartenzaun gestiegen war.

Ich sah einen Mann im Geschäftsanzug, konnte aber in der Dämmerung nicht erkennen, wer es war. Die Hintertür ging auf und spülte Licht heraus.

Es war Onkel Henry.

Hal trat auf den Treppenabsatz heraus und machte die Tür hinter sich zu. Ich hörte etwas, das ich nie für möglich gehalten hätte: Ich hörte Onkel Henry schluchzen.

Hal, der die kleine, gedrungene Figur seines Vaters um gut zwanzig Zentimeter überragte, schaute ihn an. Er hielt sich auf Distanz und schwieg.

Allmählich gewann Onkel Henry seine Fassung wieder. Er stand da und schaute seinem Sohn ins Gesicht (hätte er an ihm vorbeigesehen, hätte er auch mir ins Gesicht geschaut). Als er sich mit einem Taschentuch die Tränen aus den Augen wischte, wankte er leicht. Ich fragte mich, ob er getrunken hatte.

»Du hättest es mir auch sagen sollen«, sagte mein Onkel.

Hal klang ungerührt. »*Ich* habe es niemandem gesagt.«

Mein Onkel senkte die Stimme und sagte in vertraulichem Ton: »Ich hätte mich um dich gekümmert, eine Hilfe engagiert…«

»Ich hab' keine Hilfe gebraucht.«

»Henry, bitte. Ich bin dein Vater; laß mich dir helfen, wenigstens jetzt. Es ist keine Schande, behindert zu sein, heutzutage nicht mehr, und…«

»Ich bin nicht behindert. Wenn du Behinderte sehen willst, mußt du schon in die verfluchte Klinik gehen, zu den Kriegsversehrten.«

Mein Onkel ließ die Hand vom Gesicht sinken. »Immer gleich eingeschnappt. Wie deine Mutter.«

Hals Schultern hoben sich, als er die Hände in den Hosentaschen vergrub. »Ich glaube nicht, daß ihr der Vergleich gefallen würde.«

»Nein«, räumte mein Onkel niedergeschlagen ein. »Aber ich nehme an, dir auch nicht.«

»Was willst du hier?«

Mein Onkel antwortete so leise, daß ich nichts verstand.

»Das Gefühl kenne ich«, sagte Hal.

Er hielt seinem Vater die Tür auf, und die beiden Männer gingen hinein; mit dem Lauschen war es vorbei. Ich stand am offenen Fenster, atmete die feuchte Gartenluft ein und lauschte den Wassertropfen, die von der Dachrinne auf die Terrasse fielen.

Hal behindert.

Ich dachte an das Verwundetenabzeichen, an das Thorazin in seinem Seesack. Es mußte etwas Ernstes sein, wenn mein Onkel es sich so zu Herzen nahm. Trotzdem, ich hatte eher damit gerechnet, daß mein Onkel es mit Erleichterung aufnähme, wenn plötzlich eine physische Erklärung für die Anspruchslosigkeit und Zurückgezogenheit meines Cousins herauskam.

Ich hätte sonst etwas darum gegeben, zu wissen, was meinem schrulligen Cousin fehlte; den Rest dieses Wortwechsels zwischen ihm und Onkel Henry mitzubekommen.

Da hatte ich einen Geistesblitz: ich *konnte* mithören, wenn auch durch einen Mittelsmann. Mir fiel ein, daß Sandy im Flur stand, beim Telefon – ein perfektes Plätzchen zum Lauschen.

In meinem Zimmer war auch ein Apparat, am Boden neben dem Fenster (ich hatte noch nicht genug Möbel gemietet, um alle Räume richtig auszustatten). Ich nahm den Hörer ab, um mich in Sandys Gespräch einzuschalten und ihn zu bitten, für mich die Ohren aufzuhalten.

Aber die Stimme in der Leitung verschlug mir die Sprache. Es war eine ruhige, angenehme Stimme, mit einem leichten deutschen Akzent. Sie sagte: »Und was will Laura unternehmen, um…«

Wenn ich nicht gewußt hätte, daß er tot war, ich hätte geschworen, daß ich eben Lennart Strindberg sprechen gehört hatte.

Sandy unterbrach die Stimme. »Warte, da ist jemand in der Leitung. Hallo? Wer ist da?«

Ich war zu erschüttert, ich konnte nicht sprechen und legte wieder auf.

Es war elf Jahre her, daß ich zuletzt mit Lennart Strindberg gesprochen hatte. Ich hätte seine Stimme nach der langen Zeit nicht beschreiben können. Aber als ich diesen Mann am Telefon hörte, war sie wieder da: dieser weiche, immer ein wenig traurige Klang, dieser feine, melodische Akzent.

Ich hörte Schritte auf der Treppe, rennende Schritte: Sandy. Ich merkte, daß ich nicht wissen wollte, wer das war, mit dem er gesprochen hatte. Ich weiß nicht, warum ich so reagierte; ich hatte Angst, zu erfahren, daß es Lennart war, ich hatte Angst, zu erfahren, daß er es nicht war.

Ich beugte mich rasch hinunter und zog das Telefonkabel aus der Wand. Die Schritte waren schon auf dem Treppenabsatz und kamen immer näher zu meiner Tür.

Ich tat genau das, was zu tun war. Ich stellte das Telefon draußen auf das Fensterbrett und schloß leise das Fenster.

Sandy kam herein, ohne zu klopfen, ich stand immer noch am Fenster.

Ich wollte nicht, daß er näher zum Fenster herankam, also ging ich auf ihn zu. In der Mitte des Zimmers, am Fußende des

Bettes, standen wir einander gegenüber. Ich wußte, ich hätte ihn umarmen sollen; das wäre das Normalste gewesen. Aber ich stand einfach nur da.

»Irgendwas stimmt hier nicht.« Er merkte es sofort.

»Ich hab' Onkel Henry kommen gehört.«

Sandy nickte. »Er ist mit Hal in der Küche.« Seine Stimme wurde kühl, als er den Namen aussprach. »Dein Onkel hat bereits einen im Kahn, und jetzt tun sich die beiden an deinem Whisky gütlich. Aber was ich sagen wollte«, fügte er arglistig hinzu, »in deinem Flur kann man nicht gerade in Ruhe telefonieren. Gibt es vielleicht noch irgendwo einen zweiten Anschluß?«

Ich schüttelte den Kopf. »Ich glaube nicht. Aber ich hab' noch einen bestellt.«

Sandy sah sich im Raum um. Er entdeckte die Anschlußdose an der Wand unter dem Fenster.

»Hier drin nicht«, schwindelte ich. »Ich hab's nicht gern, im Schlaf gestört zu werden.«

Sandy lächelte. »Schon gemerkt.«

Jemand lehnte sich gegen die Türglocke – ein schriller, ohrenbetäubender Lärm.

»Diese Reporter! Kannst du die Klingel für mich abstellen, Sandy?«

»Aber klar«, sagte er, als anstelle des Klingelns ein derart lautes Poltern und Brüllen zu hören war, daß es bis in den letzten Winkel des oberen Stockwerks drang. Reporter erlauben sich das nicht, einen solchen Radau zu veranstalten; da war irgend etwas anderes los.

Hals Stimme übertönte den Krach: »Was, zum Teufel, wollen Sie?«

Ich hörte jemanden in Normal-Lautstärke etwas sagen, dann eine Pause, und wieder Schritte auf der Treppe.

Hal erschien in meiner Schlafzimmertür. Er setzte sein übliches zynisches Grinsen auf, als er Sandy und mich neben dem Bett stehen sah. »Bullen an der Tür, meine Liebe«, verkündete er, »die meinen, sie hätten einen Durchsuchungsbefehl dabei.«

Ich drückte mich an Hal vorbei durch die Tür und ging nach unten.

Und tatsächlich standen zwei Zivile und zwei Uniformierte vor der Tür, zur größten Freude und Aufregung der Reporter. Ich zog die Bullen schnell über die Schwelle und schloß die Tür, um den Fragen der Reporter zu entkommen: »Ist das eine Verhaftung? Wonach suchen Sie? Werden Sie sich kooperativ verhalten, Miß Di…?«

Einen der Zivilen erkannte ich als den Nervösen aus dem Lucky Logger heute morgen. Einer der Uniformierten kam mir auch bekannt vor.

Ich wandte mich an den Zivilen: »Zeigen Sie mir Ihren Durchsuchungsbefehl.«

Er händigte mir das Schriftstück aus. Es war von nicht sonderlich geübten Händen ausgefüllt und von einem Richter unterschrieben, dem ich am Tag zuvor um den Bart gestrichen war, auf meiner Einweihungsparty. Und es ermächtigte die Polizei, mein Haus nach »Waffen, insbesondere, aber nicht ausschließlich Handfeuerwaffen der Kaliber Zweiundzwanzig und Achtunddreißig sowie Schriftstücken aus dem Besitz oder von der Hand Kirsten Strindbergs sowie jeglichem Hinweis auf eine etwaige Anwesenheit von Wallace Bean am…« zu durchsuchen.

»Hier, dieser Passus über Hinweise auf die Anwesenheit von Wallace Bean«, ich wedelte mit dem Durchsuchungsbefehl, »ist gesetzeswidrig. Die vierte Novellierung verbietet genau diese Sorte von willkürlicher Schnüffelei. Sie haben nicht das Recht, einfach drauflos zu suchen, nach beliebigen Verdachtsmomenten. Und dieser Absatz hier über die Handfeuerwaffen ›insbesondere, aber nicht ausschließlich‹ ist genauso zu vage. Also, Gentlemen, ich weise Sie darauf hin, daß ich Ihr Recht, sich hier umzusehen, lediglich hinsichtlich der Kirsten-Strindberg-Papiere und der Handfeuerwaffen der angegebenen Kaliber anerkenne. Und ich weise Sie zusätzlich darauf hin, daß ich auch in diesen Fällen bezweifle, ob ein rechtskräftiger Anlaß vorliegt, nach diesen Dingen bei mir zu suchen, aber das wird gerichtlich zu klären sein.«

Die Zivilbeamten warfen sich ›Nur-nicht-aufregen!‹-Blicke zu und einer der Uniformierten – der, der mir bekannt vorkam –, grinste mich freundlich und anerkennend an, ungefähr so, wie man einen Pausenclown im Zirkus angrinst.

Genau in diesem Moment kam Onkel Henry aus der Küche. Seine Augen waren schon etwas unterlaufen, in der Hand hielt er ein Glas Whisky. Als er den Menschenauflauf im Flur sah, blieb er sofort stehen.

»Dick! Was ist hier los?« Jahrelange Übung hatte seiner Stimme Autorität in jeder Lebenslage verliehen. Dick, der Bulle aus dem Lucky Logger, straffte die Schultern und zupfte sich den Kragen zurecht. »Herr Bürgermeister, wir haben Befehl, hier eine Haussuchung durchzuführen.«

Mein Onkel nahm dem Zivilen den Durchschlag des Durchsuchungsbefehls aus der Hand, überflog ihn kurz und tippte mit dem Finger auf die Unterschrift. »Sieht aus, als ob der Richter es immer noch nicht verwunden hat, daß ich ihm den Präsidentensessel im Elch-Club unterm Hintern weggezogen habe.«

Der Zivile unterdrückte ein Kichern. »Alles, was ich weiß, ist, daß der Captain mir Befehl gegeben hat, hier eine Haussuchung…«

»Der Captain soll sich gefälligst um seinen eigenen…«

»Onkel Henry!« bremste ich ihn. Es war taktisch unklug, den Captain in Anwesenheit seiner Untergebenen anzugreifen.

Mein Onkel sah mich an, wankte ein wenig auf seinen Beinen und brach dann in schallendes Gelächter aus. »Jeder alte Suffkopf müßte einen Anwalt in der Familie haben, was, Dick?«

Ich hielt es für besser, den Bürgermeister aus dem Verkehr zu ziehen, solange er nicht ein bißchen nüchterner wurde. »Wir werden solange im Garten warten«, sagte ich zu den Bullen. Ich rechnete damit, daß sie uns aufhielten oder uns durchsuchten oder wenigstens im Auge behielten, während sie das Haus auf den Kopf stellten. Aber nichts davon geschah – was einiges über die Position meines Onkels aussagte.

Ich nahm den Arm meines Onkels und zog ihn zur Hintertür. Er hatte eindeutig einen in der Krone; alle paar Schritte blieb er stehen, um mir liebevoll die Hand zu tätscheln.

»Du hast was aus dir gemacht, Laura. Ich dachte immer, mit deinem vorlauten Mundwerk handelst du dir bloß überall

Schwierigkeiten ein, aber du bist einfach losgezogen und hast eine Goldmine draus gemacht.«

Als wir bei der Hintertür ankamen, fragte ich mich, wo Sandy eigentlich abgeblieben war. Ich fand es seltsam, daß er gar nicht heruntergekommen war, um zu sehen, wer hier so rumbrüllte.

Draußen im Garten schaute ich nach oben, zu meinem Schlafzimmerfenster. Eine blaue Uniform war im Fenster zu sehen, aber kein Zeichen von Sander Arkelett.

Hal trat hinter mich. »Hältst wohl Ausschau nach deinem Liebling?«

»Er ist nicht mein ...« Doch, natürlich war er das. »Er muß immer noch oben sein.«

Hal schüttelte den Kopf. »Das glaube ich nicht. Es sei denn, er ist wieder hineingegangen.«

»*Wieder* hinein?«

»Er ist aus deinem Schlafzimmerfenster geklettert. Ich hab' ihn gerade noch raussteigen gesehen, bevor ich hinter dir her nach unten gegangen bin.« Mein Cousin wirkte zufrieden. »Übrigens, wenn mich mein Blick in der Dunkelheit nicht sehr getäuscht hat, dann muß dein Freund die Geranien ganz schön zugerichtet haben.«

Hal ging um die Treppe herum zu einem Strauch, der etwas gestaucht aussah. »Was, zum Teufel ...« Er bückte sich und hob einen viereckigen Gegenstand auf.

»Was ist das? Was hast du da?« fragte mein Onkel beunruhigt.

Hal hielt den Gegenstand hoch. »Ein Telefon.«

Ich sah nach oben, zum Fenstersims. Sandy mußte bei seinem Abgang das Telefon runtergestoßen haben. Ich hätte nur gern gewußt, ob er gesehen hatte, was es war, bevor es ins Gebüsch gefallen war.

Ich nahm Hal den Apparat aus der Hand und stellte ihn auf die Treppe. »Ich glaube daran, daß ich mit meinen Pflanzen sprechen kann, Hal.«

Hal stand auf und sah von den Büschen zum Fenster hinauf. »Angenommen, du hättest jemanden beim Telefonieren belauscht und nicht gewollt, daß derjenige dir draufkam, daß du in der Leitung warst, da wäre es doch das Schlauste gewesen, den Telefonstecker rauszuziehen und das Ding aus dem Fenster zu werfen.«

Mein Onkel murmelte etwas von Kosten, die die Telefongesellschaft nicht übernimmt, wenn man einen Schaden durch unsachgemäßen Gebrauch verursacht.

In dem Licht, das die Küchenlampe durch das Fenster herauswarf, konnte ich sehen, wie Hal mich von oben herab angrinste. Er sah jung und unbeschwert aus, wie früher, als wir noch Kinder waren und er sich einen Spaß daraus machte, mit Bierdosen nach mir zu kicken.

Ihn so zu sehen, wühlte eine Menge Gefühle und Erinnerungen in mir auf, die mir ganz und gar nicht in den Kram paßten.

22

Es sah aus, als ob eine Bombe eingeschlagen hätte. Die ganze Aufräumarbeit, für die ich drei Umzugsmännern vierzehn Dollar pro Kopf und Stunde bezahlt hatte, hatten die Bullen innerhalb kurzem wieder rückgängig gemacht.

Mein Onkel und ich standen in der Küche und besahen uns den Schaden. Hal blickte mich forschend an.

»Ich werde nicht in Tränen ausbrechen, wenn es das ist, worauf du wartest«, schnauzte ich ihn an und wischte mir eine feuchte Strähne aus dem Gesicht.

»Hab' ich gar nicht erwartet, Mogli. Aber sag mal, was würde dich eigentlich in Tränen ausbrechen lassen?«

»Eine richterliche Verfügung.« Ich schob mit dem Fuß einen Haufen beiseite, dem man kaum noch ansah, daß er vor langer Zeit der Inhalt meiner Küchenschubladen gewesen war.

Onkel Henry konnte seine Empörung nicht mehr zurückhalten: »Mit einem *Anwalt* können die das nicht machen. Du zeigst sie an, Laura! Du erteilst ihnen eine Lektion!«

»Trink noch einen Schluck Whisky, Onkel Henry!« Hal entdeckte die Flasche und reichte sie seinem Vater. Wir ließen ihn am Küchentisch sitzen und gingen hinaus, um uns den Schaden im übrigen Haus anzusehen.

Das dachte ich jedenfalls, daß wir das vorhätten.

Kaum hatten wir die Küchentür hinter uns zugemacht, packte Hal mich am Handgelenk und zog mich zur vorderen Eingangstür.

»Was hast du vor?« Im Vorbeigehen warf ich einen Blick ins Wohnzimmer, auf die übereinander getürmten Sitzkissen, die die Polizei vom Sofa und den Sesseln gerissen hatte, auf die umgedrehten Schubladen, die sie aus dem Schrank und dem Schreibtisch gezogen hatten und die Filzunterlagen, die sie unter den Lampen weggerissen hatten.

»Wir fahren zum Flughafen«, teilte Hal mir mit.

Ich dachte, ich hätte nicht richtig verstanden. In meinem Kopf ging es drunter und drüber. Ich versuchte mich von ihm loszumachen, aber er zerrte mich durch das Zimmer in den Flur hinaus. Er schnappte meine Handtasche vom Geländer. »Autoschlüssel sind drin?«

»Hey!« Ich nahm ihm die Tasche weg und kontrollierte, ob er mir die Riemchen beschädigt hatte.

Hal öffnete die Haustür, schob mich quer durch die quasselnde Mauer der Reporter. Es war trotzdem genug Zeit, um zu sagen, nein, ich wüßte leider nicht, was die Polizei bei mir zu finden gehofft hatte, nein, sie hätte auch nichts gefunden. Die Wetterfee in spe fragte: »Sie lassen uns wohl nicht einen schnellen Blick hineinwerfen?« Nein, sagte ich. Ich sah mich nach Judy Britt um, aber sie war nicht da. Wahrscheinlich daheim, beim Kochen, für einen fetten, reaktionären Ehemann.

Schließlich saß ich doch im Auto und fuhr Hal und mich zum Flughafen, ohne einen Schimmer, warum wir dorthin fuhren. Aus Hal war nichts rauszukriegen außer: »Ich muß dort jemanden sprechen.«

Dieser Jemand erwies sich als das Mädchen von der Autovermietung, das Sander Arkelett heute morgen mit seinem strahlenden Lächeln beschenkt hatte. Sie wollte ihren Schalter gerade schließen. Die Abendmaschine war angekommen und wieder abgeflogen, und der Flughafen war wie leergefegt, bis auf einen Putzmann, der einen Walkman aufhatte und leise ›Oh, Baby‹ vor sich hinsummte.

Das Mädchen, eine mollige Blondine mit kurzem Oberkörper, sagte uns, der Flughafen sei schon geschlossen. Dann musterte sie uns eingehend. Ihr Gesicht fiel nach unten und sie schüttelte den Kopf.

Hals Stimme wurde einschmeichelnd. »Sie erinnern sich doch an uns? Heute morgen, wir haben unseren Freund hier abgeholt.«

»Ich hoffe, ich hab' ihn nicht in Schwierigkeiten gebracht«, platzte das Mädchen heraus. »Ich dachte, ich müßte die Fragen des Polizisten beantworten.« Sie wich zurück, als ob sie sich vor uns in acht nehmen müßte.

Hal schüttelte den Kopf. »Nein, es ist alles in Ordnung. Sie haben das ganz richtig gemacht. Er ist Ihnen bestimmt nicht böse, auf keinen Fall.«

Das Mädchen sah erleichtert aus. »Nein? Wissen Sie, ich wollte ihm wirklich keine Scherereien machen, ich dachte nur...«

»Ich weiß.« Hal beugte sich über die Theke. »Aber sagen Sie, könnten Sie uns genau erzählen, was passiert ist?«

»Dieser Mann kam her, ein Polizist, aber mit einem normalen Anzug, wissen Sie?« Sie fügte rechtfertigend hinzu: »Ich hab' mir natürlich seine Marke zeigen lassen, bevor ich...«

»Können Sie sich an den Namen des Polizisten erinnern?«

Die Blondine schüttelte den Kopf. »Oje, keine Ahnung. Ich war so aufgeregt. Aber ich glaube, er hat ihn mir gar nicht gesagt. Es war ein älterer Herr, mit grauen Haaren. Älter als Sie«, setzte sie dazu, als ob das fast nicht vorstellbar wäre.

»Wonach hat er Sie gefragt?«

»Er fragte nach einem der Autos, nach dem schwarzen Mustang. Er wollte wissen, wer ihn gestern abend gemietet hatte.«

Hal wischte Radiergummikrümel von der Theke. »Und Sie haben dann für ihn nachgesehen.«

»Das mußte ich gar nicht.« Sie senkte den Blick auf ihre zinnoberroten Fingernägel und wurde rot. »Ich meine, ich wußte es noch. Und ich hab' ihn bestimmt nicht in Schwierigkeiten gebracht? Sie sind ganz sicher? Er schien nämlich wirklich nett zu sein.«

Mein Cousin grinste selbstzufrieden vor sich hin, den ganzen Weg bis zum Wagen.

Ich wartete, bis wir eingestiegen waren, bevor ich seinem Ego Zucker gab: »Okay, wie bist du drauf gekommen?«

»Die Art, wie sie ihn heute morgen angelächelt hat. Wir sind hier nicht in der Großstadt. Die Mädchen hier lächeln keinen so großartig an, wenn sie ihn nicht schon kennen.« Es hörte sich an, als ob er das schade fände.

Als ich den Motor anließ, redete er weiter. »Das Interessante an der Sache ist, warum haben die Bullen nach diesem Wagen gefragt?«

»Ich schätze, die nehmen sich immer die Autovermietungen vor nach einem Mord. Routinemäßig, um zu wissen, was für Fremde in der Stadt sind.« Für mich war das viel interessantere Rätsel, warum mein Kollege und Liebhaber sich schon einen Tag früher in Hillsdale eingeschlichen hatte und das vor mir geheimhalten wollte.

Ich fuhr mühelos neunzig Meilen pro Stunde auf der geraden Strecke an den Dünen entlang.

»Sag mir doch, Laura, warum ihr wirklich hier seid, du und Sandy!«

»Dann sagst du mir aber, warum du Thorazin nimmst.«

»Das nehme ich überhaupt nicht.«

»Wofür hast du's verschrieben bekommen?« Ich sah meinen Cousin an. Das grünliche Licht der Armaturenbeleuchtung zeichnete die scharfen Linien in seinem Gesicht nach und ließ die Augen im Schatten. »Geht dich einen feuchten Kehricht an«, sagte er ruhig.

Ich schaltete in einen niedrigeren Gang. Wir schwiegen uns an, aber darunter knisterte die Spannung.

Als wir zurück zu meinem Haus kamen, sahen wir schon von weitem Scheinwerferlicht auf der Veranda. Eine elegant gekleidete Frau, die ich nicht kannte, ergriff ein Mikrofon und machte eine Handbewegung in Richtung Eingangstür.

Ich fuhr kurz vor meinem Haus rechts ran und kniff die Augen zusammen, um das Signet auf ihrem Mikrofon zu identifizieren. »Du lieber Himmel, ein Sender aus Washington D.C.

Hal, ich will deinen Vater wirklich nicht im Stich lassen. Aber einen nationalen Fernsehauftritt von Küste zu Küste verkrafte ich nicht. Nicht heute abend.«

»Wir können ja immer noch zu mir.«

»In diesen Eisschrank?« Ich drehte wieder um und fuhr uns zum Trade Winds Motel. Sentimental? Meinetwegen.

23

Ich erkannte den Besitzer wieder. Es war derselbe fette Kerl in Filzlatschen, der mir vor elf Jahren ein Zimmer vermietet hatte. Damals war ich völlig schüchtern gewesen, weil ich Angst hatte, daß mein Papa mich finden würde, bevor Lennart kam. Mein Vater hatte mich einst eigenhändig und mit Gewalt aus dem Collegeball herausgezerrt, weil er auf der Tanzfläche Paare gesehen hatte, die sich küßten. Mit Gary Gleason hatte ich durchbrennen müssen, weil es keine andere Möglichkeit gegeben hatte, ihn zu treffen. Wenn mein Papa mich dabei erwischt hätte, wie ich in einem Motel auf einen Mann wartete – ich hatte den Besitzer angefleht, keinem ›älteren Herren‹ zu verraten, daß ich mich eingemietet hatte; und er hatte mich davor gewarnt, in seinem Motel ›gewerblichen Aktivitäten‹ nachzugehen.

Heute händigte ich dem fetten Mann völlig gelassen meine Goldene Kreditkarte aus und sagte ihm, ich wollte sein bestes Zimmer haben. Ich schaute durch die Milchglastür auf die Silhouette meines Cousins. Ich hatte meine Aufregung zu verbergen gelernt in all den Jahren, eigentlich überhaupt meine Gefühle.

»Ach Gott, das mit der schönsten Aussicht hat schon mein anderer Gast. Aber wenn es Ihnen nichts ausmacht, auf die Straße hinaus zu schauen, dann hab' ich ein wirklich hübsches ...«

»Es macht mir nichts aus.« Die ›schöne Aussicht‹, die er meinte, ging zu den Fischereikuttern hinaus, die in der Brühe aus schwarzem Öl und Fischeingeweiden kreuzten.

Das Zimmer war in Ordnung. Es hatte alles, was ich brauchte: ein Doppelbett.

Hal betrachtete es mit Stirnrunzeln, die Hände in den Hosentaschen. »*Ein* Bett?« Um seinen Mund lag ein Zug von Eigensinn und in seinen Augen ein streitsüchtiger Glanz.

»Nicht in der Stimmung, Cousin?« fragte ich aufgeräumt. »Jetzt, wo mein Freund nicht vor der Tür steht?« Seine Lippen verzogen sich zu einem säuerlichen Lächeln. »Sandy hat dich wohl in Stimmung gebracht, da droben in deinem Schlafzimmer?«

Ich zog meinen Pullover aus. »Kann schon sein.«

Ein wenig Farbe kroch in seine Wangen. Aber er hielt sich auf Distanz.

»Was ist, Hal? Ich dachte, du magst Frauen, die dir zufliegen. Bin ich dir noch nicht leicht genug zu haben?«

»Leicht zu haben? Daß ich nicht lache. Du bist die zugeknöpfteste Heimlichtuerin, die ich ...«

»Willst du wirklich dein eigenes Bett?«

Seine Augen flohen meinen Blick. Und ich wußte, ich hatte ihn. Zumindest für diese Nacht.

24

Die Kälte weckte mich. Es war schon hell draußen, wenn auch noch nicht lange, und der Nebel über der Bucht war durch die Mauern des Motels gekrochen und hatte das Bettzeug klamm gemacht. Hal lag auf dem Bauch und machte keine Anstalten, aufzuwachen.

Ich wärmte mich unter einer heißen Dusche, die das winzige Badezimmer in eine Sauna verwandelte. Als ich das Badezimmerfenster einen Spalt öffnete, um den Dampf hinauszulassen, bemerkte ich auf dem Parkplatz hinter dem Motel ein einsames Auto: einen schwarzen Mustang.

Mir fiel ein, daß das Mädchen am Flughafen gesagt hatte, Sandy hätte einen schwarzen Mustang gemietet; daß er ihn wieder zurückgegeben hätte, davon hatte sie nichts gesagt, soweit ich mich erinnerte.

Ich sagte mir, daß es schon ein extra großer Zufall wäre, wenn

Sandy im selben Motel gelandet wäre wie wir. Ich sagte mir, daß es Dutzende von schwarzen Mustangs in der Stadt geben mußte.

Aber trotzdem – ich selber hatte Sandy vom Trade Winds erzählt. Er hatte sich um eine Liste der Telefonate bemüht, die in der Nacht von Lennarts Tod in dem Motel geführt worden waren und versucht, den Anruf, den ich in jener Nacht bekommen hatte, zurückzuverfolgen. Jedenfalls war er schon einmal hier gewesen und kannte den Weg. Da war es gut möglich, daß er sich hier im Trade Winds ein Zimmer genommen hatte.

Ich sah auf den Mustang hinaus und dachte an meinen Mercedes, der auf der anderen Seite des Motels, vor der Rezeption, geparkt war. Sandy mußte unweigerlich an ihm vorbeikommen, wenn er zurück auf die Straße fuhr. Und das letzte, was ich mir jetzt gewünscht hätte, war, daß Sandy Arkelett meinen Wagen entdeckte und nach mir suchte. Das letzte, was ich jetzt brauchen konnte, war, daß er zur Tür hereinkam und mich und Hal zusammen sah.

Hal schlief immer noch, und ich zog mich rasch an. Ich war schon auf dem Weg nach draußen, um mein Auto wegzufahren und weiter unten an der Straße abzustellen, als mir einfiel, daß Hal aufwachen konnte, während ich draußen war. Ich wollte nicht, daß er aus meiner Abwesenheit falsche Schlüsse zog.

Ich stöberte in den Schubladen, bis ich Briefpapier mit dem Aufdruck des Motels und einen billigen Stift gefunden hatte, und schrieb: *Da draußen steht ein schwarzer Mustang – Du kannst ihn vom Badfenster aus sehen. Ich fahre den Mercedes weg, für den Fall, daß es Sandy ist. Ich will nicht, daß er hereinplatzt.* Dann schrieb ich noch schnell dazu – so schnell, daß ich keine Zeit hatte, es mir wieder auszureden: *Hal, so wie mit Dir hab' ich mich noch nie mit jemandem gefühlt.* Ich starrte den Satz an. Es war die Wahrheit. Und es war ein verdammter Schock.

Ich ging zu meinem Wagen hinaus, der Nebel legte sich in winzigen Tropfen auf meinen Pullover, meine Haare, meine Wimpern. Ich fuhr den Mercedes eine Straße weiter, auf den Parkplatz eines anderen Motels.

Das Problem wäre gelöst, sagte ich zu mir. Aber es stellte sich heraus, daß ich gar nicht wußte, wie groß mein Problem war.

Ich zog die Schlüssel ab, und die verdammten Dinger fielen mir auf den Boden. Ich tastete die Fußmatte ab, als meine Finger auf etwas Kaltes stießen, etwas, das leicht unter dem Sitz hervorstand. Ich zog daran, aber es hatte sich in den Federn unter dem Sitz verhakt. Ich beugte mich hinunter, um zu sehen, was es war.

Kein Zweifel: es war der Lauf einer Kanone. Ich rüttelte daran, bis ich das Ding freibekommen hatte.

Es war ein Revolver mit langem Lauf. Wallace Beans Kanone, oder eine, die genau wie seine aussah. Ich ließ sie liegen und starrte sie an, mir wurde übel.

Zwei gleiche Waffen. Eine landete in Kirsten Strindbergs Haus, die andere in meinem Wagen. Und eine davon hatte aller Wahrscheinlichkeit nach Wally, den armen Einfaltspinsel, getötet. Welche von beiden, das wußte ich nicht.

Das einzige, was mir im Moment noch mehr Sorgen machte, war, wie die Kanone in mein Auto gekommen war.

Nur drei Personen hatten ihren Fuß in meinen Wagen gesetzt in den letzten zwei Tagen: ich, Hal und Sandy. Hal schloß ich aus, er war kein einziges Mal allein im Auto gewesen, soviel ich wußte.

Übrig blieb Sander Arkelett, der einen Tag früher in die Stadt gekommen war und mich darüber belogen hatte; der in Hals Haus erschienen war, just einen Augenblick, nachdem ein bewaffneter Eindringling es verlassen hatte; der einen nassen Anorak getragen hatte, der dem Kapuzending des Eindringlings nicht unähnlich war; der im ersten Stock aus dem Fenster geklettert war, nur um der Polizei in meinem Haus nicht zu begegnen.

Ich schob die Kanone wieder unter meinen Sitz, hob die Schlüssel auf und stieg aus dem Wagen. Das wichtigste war, Hal zu wecken und auf der Stelle aus diesem verdammten Motel zu verschwinden, nichts wie weg von diesem schwarzen Mustang.

Ich dachte über Sandy nach, während ich zu Fuß zum Trade Winds zurückging. Ich hatte ihm von Lennart Strindberg erzählt, an einem Abend, an dem wir ziemlich tief in die Gläser geschaut hatten. Und nur kurze Zeit später hatte er behauptet, er müsse wegen eines Falles in meine Heimatstadt. Er bot sich an, sich umzuhören, was aus Lennart geworden war. Und ich hatte mich gewundert, daß er es nicht bei ein paar simplen Erkundigungen belassen hatte, sondern sich sogar in alte Zeitungsmeldungen vertieft hatte.

Er hatte sich Lennarts Testament besorgt, hatte sich die Pachtverträge zu den Grundstücken und Häusern angesehen, die im Testament genannt waren, auch den des Gebäudes, in dem White, Sayres & Speck ihr Büro hatten. Ich hatte geglaubt, daß er mich mit all dem bloß beeindrucken wollte. Aber jetzt ...

Mein großartiger Plan – in meine Heimatstadt zurückzukehren und Gary und Kirsten meine unbarmherzige Rache spüren zu lassen – kam mir allmählich nicht mehr wie mein eigener vor, sondern wie der von jemand anderem, der mich wie eine Marionette darin tanzen ließ. Ich fing langsam an, zu glauben, daß ich in eine Falle geraten war.

Ich hatte langsam den Verdacht, daß Sandy Arkelett um eine ganze Portion gerissener war als ich – und um einiges gefährlicher.

Ich ging die Einfahrt zum Trade Winds hinauf, und da war er: fuhr direkt auf mich zu in seinem schwarzen Mustang.

Sandy wirkte überrascht, im ersten Moment, dann mißtrauisch – eine Stimmung, in der ich ihn nicht unbedingt bestärken wollte. Nicht, solange ich nicht herausgefunden hatte, was er im Schilde führte.

Ich holte tief Luft und schlenderte auf ihn zu. Als er das Fenster herunterkurbelte, hielt ich ihm vor: »Das ist jetzt das dritte Motel, in dem ich nach dir suche!«

Sandy strich sich nachdenklich übers Kinn. »Ohne dein Auto?«

»Mein Auto hab' ich in der nächsten Straße stehen beim letzten Motel, in dem ich's versucht hab'. Wo, zum Teufel, bist du heute nacht gewesen? Und wo hast du den Wagen her?«

Sandy streckte die Hand aus dem Fenster, faßte mich hinter dem Nacken und zog mich zu sich heran, um mich zu küssen.

Wenn Sandy Arkelett ein Mörder war, wollte ich das nicht auf brutale Weise erfahren. Ich erwiderte seinen Kuß.

»Warum hast du dich gestern abend aus meinem Haus verdrückt?«

»Ich mag Parties nicht, besonders, wenn die Bullen sie erst mal gesprengt haben.« Er lächelte, man sah seine Augenfältchen. »Ich bin später noch mal zurückgekommen, aber da war keiner mehr da.«

»Ich hab' meinen Onkel heimgebracht und bin ein Weilchen dortgeblieben. Nachdem die Bullen wieder weg waren, haben sich die Reporter aufgeführt wie Haie im blutigen Wasser.«

Sandy nickte. »Ich hab' mir den Wagen hier gemietet und bin zum Übernachten hier rausgefahren.« Er reckte sich zur Beifahrerseite hinüber und entriegelte die Tür. »Steig ein.«

Ich ging um das Heck herum und warf einen Blick zu dem Zimmer, in dem ich mit Hal geschlafen hatte. Die Vorhänge waren noch zugezogen. Ich stieg in den Mustang.

Aber anstatt hinaus auf die Straße zu fahren, setzte Sandy zurück und wendete den Wagen, er wollte offenbar um das Motel herumfahren, auf die andere Seite, die zur Bucht hinausging.

»Was machst du da?« Mit Mühe unterdrückte ich die Panik in meiner Stimme.

Er lächelte mich mit träumerischen Augen an. »Ich hab' noch meinen Zimmerschlüssel und muß ihn auch erst um zwölf abgeben.«

»Ich hab' den Kopf voll«, sagte ich bestimmt. »Und ich muß den Saustall in meinem Haus aufräumen.«

Er bremste, rieb mit dem Daumen über den Mustang auf dem Lenkrad und sagte ruhig: »Also gut. Ich helfe dir beim Aufräumen.«

Wenn mir irgendeine Ausrede eingefallen wäre, egal wie lächerlich, wäre ich auf und davon gesprungen. Aber mir wollte partout nichts einfallen. »Okay«, sagte ich.

25

Ich verbrachte den ganzen Tag in meinem verbarrikadierten Haus, zusammen mit Sandy, und räumte Geschirrschränke und Schubladen wieder ein. Wir ließen die Vorhänge geschlossen (draußen saßen, die Kameras auf den Schultern, die Reporter wie Bussarde), das machte die Arbeit noch trostloser. Mit Wodka wäre es zu ertragen gewesen, aber so weit traute ich meinem Freund nicht über den Weg, daß ich es riskiert hätte, meine grauen Zellen zu betäuben.

Es war schon beinahe Abend, als Tante Diana anrief, um sich zu erkundigen, was ich auf dem ›Fest‹ tragen würde.

»O nein!« Ich hatte ihre verfluchte Party völlig vergessen. »Ich kann nicht kommen! Das würde herzlos aussehen, wenn ich auf eine Party gehe, einen Tag nachdem mein Klient ermordet worden ist! Und dann auch noch Kirsten, mit der ich früher befreundet war.«

Die Entrüstung war nicht zu überhören in ihren kurzen, heftigen Atemzügen. »Diese Party findet *dir* zu Ehren statt!« erinnerte mich meine Tante. »Die Vorbereitungen laufen seit *Wochen!*«

Vor ein paar Wochen war mir eine Party im Haus des Bürgermeisters als ausgezeichnete Gelegenheit erschienen, die Drähte zu den Säulen der Gesellschaft zu knüpfen, denen Gary Gleason sich über die Jahre entfremdet hatte – zu all den Honoratioren, die mit den obersten Richtern im Kiwany- und im Elch-Club kungelten. Aber jetzt ...

Eine Stimme in meinem Innern sagte: *Tu es trotzdem. Zieh ihm und seiner verdammten Karriere den Boden unter den Füßen weg.*

Meine Tante begann, eine schrille Litanei vom Stapel zu lassen, über all die Umstände, die sie sich meinetwegen gemacht hätte. Sie hatte noch bei jeder Party, die sie gegeben hatte, seit ich wegen Bean in den Landesnachrichten zu sehen gewesen war, versucht, mich zum Kommen zu bewegen. Da dachte sie gar nicht daran, mich jetzt, wo sie mich an der Angel hatte, davonspringen zu lassen.

Ich hielt mir den Hörer vom Ohr weg. Ich hatte Gary so

schmerzhaft wie möglich von Kirstens Seite wegreißen wollen, und das war nun erreicht, wenn auch nicht so, wie mein Plan es vorgesehen hatte. Da ich nicht die Absicht hatte, als die Pflichtverteidigerin einer Kleinstadt zu enden, war das Spiel vorbei. Warum also wollte ich immer noch gegen Gary Gleason Punkte sammeln?

»Also gut«, unterbrach ich meine Tante. »Meinetwegen, ich komme.«

Kirsten war tot, und irgend jemand hatte versucht, Gleason umzubringen. Das entlastete die beiden aber nicht automatisch von dem Mord an Lennart. Vielleicht war es sogar – auf eine Weise, die ich nicht verstand – der Beweis, daß sie es waren. Es konnte nicht schaden, Gleason noch ein Weilchen zappeln zu lassen. Denn, weiß Gott, er hatte *mich* …

Ich hängte schnell auf. Was ich tat, das tat ich für Lennart Strindberg. Nicht für mich. Herrgott noch mal. Nicht für *mich.*

Sandy flüsterte mir ins Ohr: »Setz dich, Liebling. Du siehst ein bißchen erledigt aus.«

Ich hatte ihn nicht kommen gehört. Meine Schultern krampften sich zusammen, als er mir einen Kuß auf den Nacken drückte. Angst vor dem Freund, Feigheit vor dem Feind …

Ich fuhr herum, schubste ihn weg. »Diese hohle dumme Kuh!« fauchte ich. »Ich hasse meine Tante! Ich hab' sie immer gehaßt! Sie lief immer in der Gegend rum und erzählte allen Leuten, daß sie mir die Mutter ersetzte! Und was für eine riesengroße Verantwortung das wäre! Was hieß, daß sie zweimal in der Woche mit Coffee Cake aus der Bäckerei vorbeikam! Und sie wollte nicht, daß Hal und ich miteinander spielten, als Kinder. Und weißt du, warum nicht? Weil sie Hal lieber mit den Bonzenkindern zusammen sah, mit den Arztsöhnchen. Damit einmal ein Macho von einer Sportskanone aus ihm würde. Was er eine Zeitlang ja auch war.« Wenn man's genau nahm, hatte ich gerade eben erst aufgehört, ihn deswegen nicht ausstehen zu können. »Sie hat ihm sogar einen roten Fiat Spider gekauft, als er sechzehn wurde. Ließ einen *Reporter* kommen, damit er ihn und Onkel Henry bei der Schlüsselübergabe fotografierte! Da hatte Hal endgültig die Schnauze voll. Er ließ den Wagen in der

Einfahrt herumstehen und ging zu Fuß überall hin. Weißt du, daß er sich geweigert hat, in Princeton zu studieren und statt dessen hier in der Stadt aufs Junior College gegangen ist? Deshalb bekam er auch keine Zurückstellung vom Militär, wie andere Studenten.«

»Hat sich seines Geldes geschämt?« Sandy zwinkerte mir zu. »Das sollte mir mal passieren!«

Ich ging die Treppe hinauf.

»Um wieviel Uhr gehen wir auf die Party?« fragte er liebenswürdig.

Wir? Ich schaute zu ihm hinunter. »Hab' ich schon was davon zu dir gesagt?«

Er nickte. »Du hast gesagt, ich soll einen Smoking einpacken.« Es machte mich ganz nervös, wie entspannt er aussah. Vertraut. Genauso wie immer.

Ich wollte ihn fragen, warum er einen Tag früher in die Stadt gekommen sei. Warum er mich darüber belogen hatte. Mit wem er gestern telefoniert hatte. Aber ich mußte an seinen tropfenden Anorak denken und an seine Achtunddreißiger Detective Special: zwei Dinge, die er mit dem Mann gemeinsam hatte, der auf mich geschossen hatte.

Und die erste Regel im Kreuzverhör lautet: *Stell keine Frage, von der du nicht vorher schon die Antwort weißt.* Ich konnte keine falsche Antwort riskieren, nicht, wenn wir allein waren.

»Du mußt nicht mitkommen«, sagte ich, so arglos wie möglich.

Sandy strich sich eine helle Locke aus der Stirn und zuckte die Achseln. »Wär' doch schade um den schönen Smoking.«

Ich rief mir die weiche Ledertasche ins Gedächtnis, die er aus dem Flughafen getragen hatte. Darin hatte er sicher keinen Smoking verstaut. Versuchte er mich dazu zu bringen, daß ich fragte, ob er schon früher angekommen sei und noch Gepäck hätte, das ich nicht gesehen hatte? Versuchte er, mich zu einem Vorwurf zu provozieren? Um herauszukriegen, wieviel ich wußte?

»Okay«, sagte ich und wandte mich von ihm ab.

Ich ging hinauf und schloß die Schlafzimmertür von innen ab. Ich hörte, wie Sandy aus dem Haus ging. Dann nahm ich eine Dusche und zog mein grünes Seidenkleid an.

Als ich wieder hinunterkam, hatte Sandy eine schwarze Krawatte um und zupfte sich den Hosenbund zurecht.

»Mein Lieblingskleid«, sagte er geschmeichelt.

Und ich antwortete wahrheitsgemäß: »Deshalb hab' ich es eingepackt.«

Wir brauchten ein paar Minuten bis zu meinem Wagen. Die Herde der Reporter war etwas ausgedünnt, aber diejenigen, die ausgeharrt hatten (darunter keine mehr aus San Francisco; nur noch Ortsansässige und ein paar aus Oregon), bestanden darauf, mein finsteres Gesicht auf ein paar Meter Film zu bannen. Sie nahmen den Mercedes beim Ausparken auf.

»Fahr doch hier um die Ecke, Laura. Ich will meinen Wagen holen. Für den Fall, daß ich früher gehen möchte.«

Ich folgte Sandys Anweisungen bis zum Mustang und wunderte mich, daß er ihn so weit entfernt von meinem Haus abgestellt hatte. Ich fragte mich, ob das etwas damit zu tun hatte, daß der Polizist am Flughafen Erkundigungen über den Mustang eingezogen hatte.

Sandy fuhr hinter mir her zum Haus meiner Tante und meines Onkels, so daß ich keine Gelegenheit hatte, etwas wegen des Schießeisens zu unternehmen, das (so nahm ich jedenfalls an) immer noch unter den Sprungfedern meines Autositzes festklemmte. Ich mußte das verdammte Ding so schnell wie möglich wegwerfen. Diesmal aber irgendwohin, wo es sicher war.

Ich fuhr in eine Parklücke nahe bei dem Alpenschlößchen-Imitat des Bürgermeisters und ließ Sandy selber auf Parkplatzsuche gehen.

Die Veranda war vom Licht der künstlichen Kandelaber vor der Eingangstür überflutet. Und drinnen im Haus brannten sämtliche Lampen und beleuchteten durch die Fenster die Rotholzbäume und Rhododendronsträucher, die um das Haus herum standen. Mein Auto stand in einer dunklen Nische zwischen dem Licht, das aus dem Haus kam, und dem Lichtkegel der Laterne auf der anderen Straßenseite. Die Straße hinauf und hinunter konnte man das Schlagen von Autotüren hören.

Paare mittleren Alters, die meisten von ihnen in altmodische Abendgarderobe gezwängt, kamen auf dem Weg zur Party an mir vorbei. Die Frauen versuchten ihre Frisuren gegen den Wind zu schützen.

Diskret vor dem Haus geparkt war das zivile Polizeiauto, in dem ich am gestrigen Morgen zum Lucky Logger kutschiert worden war.

Ich sah Sandy auf meinen Wagen zuschlendern. Der Smoking saß perfekt auf seinem großen, schlanken Körper, und das Schwarz schmeichelte seinen blonden Haaren und der hellen Haut.

Ich kletterte aus dem Auto und nahm zögernd seinen Arm. Er legte seine Hand auf meine Hand.

In der Auffahrt stießen wir auf Judy Britt; sie sah besser als sonst aus, in marineblauem Crêpe. »Laura! Daß Sie gekommen sind!«

Ich denke immer automatisch, ich bin auf Aufnahme, wenn ich mit einem Journalisten spreche. »Nichts kann Kirsten Strindberg oder Wallace Bean wieder lebendig machen. Also habe ich meine Gefühle beiseite geschoben und bin einer seit langem eingegangenen Verpflichtung nachgekommen.« Pompös und hohl – sollte sie es doch drucken!

Papa kam heraus, um uns zu begrüßen. Er machte eine Verbeugung vor Judy Britt und schüttelte Sandy die Hand, wobei er ihn kühl beäugte. Mich zog er ins Haus, küßte und umarmte mich und bewunderte mich über die Maßen, während ich die ganze Zeit sorgenvoll an die Dellen und Kratzer dachte, die ich an der Stoßstange seines Lincoln entdeckt hatte.

Meine Tante warf einen verächtlichen Blick auf mein Kleid und sagte: »Auf Taille geschnitten – das sieht aber altmodisch aus!« Sie steckte in einem Schlauch von Kleid Glitzerstoff, mit einem kurzen Chiffon-Cape um die Schultern, das aussah, als ob der Friseur es vergessen hätte.

Ich stellte sie Sandy vor, und ihr Lächeln wechselte von aufgesetzt zu hingerissen. Sie trat ein wenig zu nah an ihn heran und fing an, ihm Fragen zu stellen. Ich hörte, wie er ihr erzählte, er sei Computer-Fachmann und in die Stadt gekommen, um meine Anlage zu installieren. Meine Tante kicherte, als fände sie, es gäbe nichts Charmanteres und Amüsanteres auf der Welt, als Datenverarbeitungsanlagen zu installieren.

Ich sah mich in dem hohen Raum um. Meine Tante hatte ihre Möbel entfernt (die Möbel der Stadt, sollte ich sagen), um Platz für eine Menge Gäste zu machen, und sie hatte goldgedeckte Tischchen aufgestellt, mit Eiswürfel-Behältern, Flaschen und Gläsern, damit man sich selbst bedienen konnte. Bis jetzt waren dreißig, vierzig Leute da. Fast alles Paare, mittleres bis Rentenalter, einige wenige in meinem Alter; ein paar der Gesichter kamen mir bekannt vor – unvermeidlich in einer Stadt mit nur einer Highschool. Einige Gäste hatten herübergeschaut, als ich hereinkam, und ich lächelte sie flüchtig an.

Junior-College-Studenten, als Jungs vom Partyservice verkleidet, trugen Tabletts durch die Menge und boten Häppchen an.

Am anderen Ende des Raumes entdeckte ich Hal, er lehnte an der Wand und starrte mich an. Er hatte einen dunklen Anzug an, der ihm irgendwann einmal gepaßt haben mußte; jetzt jedenfalls war er um die Brust zu eng und um die Hüften zu weit.

Ich hatte erwartet, daß er mich anrufen würde, nachdem er mein Briefchen gefunden hatte. Schulmädchenhaft von mir, nehme ich an.

Er löste sich ganz langsam von der Wand. Seine Augen funkelten, und sein Beinahelächeln war geringschätzig. Er drehte sich weg.

Ich ließ Sandy mit meiner Tante allein und ging zur nächsten behelfsmäßigen Bar. Ich mischte mir einen Wodka-Martini, wobei ich den Martini wegließ. Ich stand allein, als ich ihn trank. Eine Menge Leute gafften mich an, keiner kam näher. Vielleicht hatten die vielen Morde ihnen die Zunge gelähmt; vielleicht war es meine ›Berühmtheit‹. Lang würde die Lähmung nicht dauern, sagte ich mir.

Und ich hatte recht. Eine gedrungene kleine Frau, mit Dutt und Schmetterlingsbrille (»Mrs. Oriellini, erinnern Sie sich, meine Liebe?«), krallte ihre Hand in meinen Seidenärmel. »Sind Sie nicht mit diesem Jungen verheiratet gewesen, den sie gestern überfahren haben? Ich kann mich noch erinnern, wie ich Ihr Hochzeitsfoto in der Zeitung sah. Sie hatten so ein kurzes Kleid an, daß ich dachte, bestimmt ist sie von zu Hause ausgerissen.« Sie hielt den Kopf schief und sah mich fragend an.

Ich lächelte und versuchte meinen Arm aus ihrer Umklammerung herauszuwinden. Schließlich füllte ich mein Glas eben einhändig nach.

»Und dann weiß ich noch, wie ich von Ihrer Scheidung gelesen habe, in den amtlichen Bekanntmachungen.« Mrs. Oriellini kniff die Augen zusammen und tippte sich mit einem beringten Finger auf ihren orangefarbenen Mund. »Und dann natürlich auch noch die Sache mit Ihrem Auto.«

»Meinem Auto?« Ich hätte mir gewünscht, meine Tante hätte ein paar Dollar in ordentlichen Wodka investiert.

Mrs. Oriellini beugte sich zu mir, wobei sie einen Teil ihres Cocktails auf dem Teppich verschüttete. »Dieser Junge, der an den Abgasen erstickt ist, wegen diesem Polizistensohn.«

Mein erster Martini stieg mir langsam zu Kopf. »Es tut mir leid, ich weiß nicht, was Sie meinen.«

»Aber natürlich wissen Sie das, meine Süße. Sein Name war Hamburg, oder Frankfurt, oder so ähnlich. Nein, nein, Strongberg, das war's. Leonard Strongberg.« Sie nickte, und ihr steif gesprayter Dutt nickte mit.

»Damals wohnte ich nicht mehr hier.« Ich riß mit einem Ruck meinen Arm los. »Bitte, wenn Sie mich jetzt entschuldigen, ich muß ...«

»Ach ja«, sagte sie mitleidig, »bestimmt wollten Sie Ihren Wagen danach sowieso nicht wiederhaben, nicht?«

»Nein.« Ich drehte mich um und wollte gehen.

»Selbst wenn Sie es hätten reparieren lassen, Sie hätten bestimmt immer Angst gehabt, daß das noch mal passiert.«

Nun hatte sie mich, das verdammte Biest. Ich drehte mich wieder zu ihr. »Daß was noch mal passiert?«

»Na, das mit dem ausströmenden Gas. Kohlendioxyd.«

»Monoxyd«, verbesserte ich. »Aber ich habe gehört, daß ...« Ich konnte mich nicht überwinden, seinen Namen auszusprechen. »Ich habe gehört, daß er einen Schlauch vom Auspuff ins Wageninnere gelegt hat.«

Die Augen der Frau funkelten, und ihr Doppelkinn quoll noch

mehr hervor, als sie den Kopf senkte und flüsterte: »Tja, *irgend jemand* hat das gemacht. Aber sie haben einen Riß gefunden unter dem Auto – im Verkrümmer, so heißt das, glaube ich –, durch den das Kohlengas direkt in die Heizung kam. Wußten Sie das nicht?«

»Es ist schon so lange her. Da gab es doch noch einigen Ärger hinterher?«

»Tja, das sollte man glauben! Aber weil er der Sohn eines Polizisten war, ist die Sache fallengelassen worden! Und er wurde in die Armee gesteckt.«

Ich merkte, wie meine Finger in das schlaffe Fleisch ihrer Arme griffen. »Wenn Sie sagen, *irgend jemand* hat den Schlauch vom Auspuff ins Wageninnere gelegt …«

»Wenn Sie mich fragen – der Polizist.« Ihre Stimme war wie elektrisiert und ihr Tonfall streng vertraulich. »Sein Sohn hatte nämlich ein paar Monate davor schon mal Ärger wegen genau derselben Sache. Da wurde zwar keiner verletzt, aber die arme Lady ist von dem Gas eingeschlafen und von der Straße abgekommen. Sie konnte von Glück sagen, daß das bei den Dünen passiert ist. Wenn ihr das oben im Wald passiert wäre …« Mrs. Oriellini schüttelte mit tragischer Miene den Kopf.

Ich ließ den Arm der alten Tratschtante fallen und trat einen Schritt zurück, direkt auf die Füße eines vergreisten Gynäkologen, der im Ruf stand, seine Kumpel über den Zustand der Jungfernschaft ihrer Töchter aufzuklären, wenn sie bei ihm zur Untersuchung waren. Ich hatte einen Schreikrampf bekommen, als es meiner Tante eingefallen war, meinem Vater zu sagen, er solle mich mal zu ihm schicken. Jetzt machte ich irgendeinen Smalltalk mit ihm; über Restaurants in San Francisco, glaube ich. Ich lernte auch seine Frau kennen. Sie wollte wissen, ob ich den Namen eines Anwalts aus L.A. schon einmal gehört hätte, der sie verklagt hatte.

Eine Menge Leute begann sich um uns herum zu scharen, und ich schaltete um auf Automatiksteuerung, schüttelte Hände und hörte mir die bescheidenen Erfolgsmeldungen über Schulkameraden an, an die ich mich nicht erinnern konnte, versicherte

Freunden der Familie, daß ich die Sanierung der Altstadt reizend fand.

Aber in Gedanken war ich bei Captain Loftus. Sein Name war mir gleich bekannt vorgekommen, als ich ihn kennenlernte. Er hatte von seinem Sohn John gesprochen, aber das war es nicht – den hatte ich seit Jahren vergessen. Nein, jetzt fiel es mir wieder ein: in der Zeitungsmeldung über Lennarts Tod war mir dieser Name begegnet. Da war von einem ›Polizei-Sergeant Emmanuel Loftus‹ die Rede, der die Leiche von Lennart gefunden hatte.

Ich sah Mrs. Oriellini bei dem ehemaligen Direktor der Highschool von Hillsdale stehen, diesem alten Faschisten. Sie blinzelte mir scharfsinnig und kurzsichtig zu.

Wenn Lennart Strindberg den VW an der Mole geparkt hatte – vielleicht, um auf irgend jemanden zu warten? –, dann hatte er mit Sicherheit den Motor laufen lassen und die Heizung an. Es war eiskalt gewesen da draußen, wie immer.

Vielleicht hatte Captain Loftus (damals noch Sergeant Loftus) Lennart durch Zufall gefunden, erstickt an Auspuffgasen, die durch die Heizung eingedrungen waren. Sein Sohn John hatte den Wagen ja kurz davor in Reparatur gehabt, vielleicht wußte der Sergeant das. Und vielleicht hatte er plötzlich Angst gehabt, daß die Geschichte eine ewige Wiederkehr ist, daß es seinem Sohn John noch einmal passiert ist, einen tödlichen Riß im Krümmer zu übersehen. Vielleicht hatte der Sergeant ein Stück Schlauch vom Auspuff in das Fenster geführt. Auf diese Weise konnte Lennarts Tod selbst dann, wenn die Polizei das Auto untersuchte und auf die undichte Stelle stieß, nicht auf diese Panne zurückgeführt werden. Wenn die Selbstmordabsicht Lennarts offensichtlich war, dann gab es keinen Grund für weitere Nachforschungen.

Vielleicht hatte Loftus seinen Sohn gezwungen, sich freiwillig bei der Armee zu melden, um genauere Nachforschungen über die mangelhafte Autoreparatur von vornherein obsolet zu machen. Wenn das alles so war, dann hatte er John keinen Gefallen getan. Auf fahrlässige Tötung stand eine relativ kurze Gefängnisstrafe; Vietnam war ein Todesurteil.

Aber eine Sache ließ mir noch keine Ruhe. Wie, zum Teufel,

hatte Lennart es geschafft, meinen Wagen bis hinaus zur Mole zu fahren?

Und wenn er dort gestanden hatte, mit laufendem Motor, auf wen hatte er gewartet?

Die einzige Antwort, die es gab, ließ mich frösteln, so verdammt kaltblütig war sie.

26

Meine Tante hatte Sandy schon wieder am Wickel. Sie gestikulierte ausladend, blickte ihn unablässig mit ihrem strahlenden Partylächeln an und hörte nicht auf, zu blinzeln. Sandy neigte sich zu ihr hinab, um sie besser zu verstehen, eine Hand in der Tasche, in der anderen einen Drink, auf den Lippen ein laues Lächeln.

So oft wir schon über Lennarts Tod gesprochen hatten – Sandy hatte nie etwas von einer polizeilichen Untersuchung des VW verlauten lassen; er hatte nie etwas von einem Leck im Auspuff und dem Gas-Austritt gesagt. War das etwas, auf das elf Jahre danach auch ein guter Detektiv nicht kommen konnte? Oder nur eine Kleinigkeit mehr, die Sander Arkelett mir mit Absicht verheimlichte?

Ich hatte ihm mein ganzes Herz ausgeschüttet; alte Wunden wieder aufgerissen. Ich hatte mich mit ihm verbündet, strategisch, emotional, und sogar körperlich. Was, zum Teufel, trieb er für ein Spiel mit mir?

Neben mir flüsterte eine Stimme: »Bei meiner Mutter scheint er blendend anzukommen.«

»Hal«, ich blinzelte mich wieder zurück ins Hier und Jetzt. »Nett, daß du mir guten Tag sagen kommst.«

»Ihr gebt ein tolles Paar ab«, fuhr er fort. »Gebildet, elegant.« Er beobachtete Sandy, der gerade eine grüne Olive aus seinem Glas in seinen Mund schüttelte. »Ich nehme an, er hat dir inzwischen erklärt, warum er einen Tag früher in die Stadt geflogen kam?«

»Ich hab' ihn nicht gefragt.«

Ein winziges Stirnrunzeln trübte das gleichmütige Gesicht meines Cousins. »Du vertraust ihm«, schloß er daraus.

Ich konnte die Bitterkeit nicht ganz aus meiner Stimme verbannen. »Das tust *du* offensichtlich.«

»Was soll das heißen?«

»Hast du meinen Zettel nicht gefunden?«

Er zögerte, bevor er es zugab. »Doch.«

Meine Tante sah zu uns herüber. »Henry!« rief sie, ihr Tonfall war gereizt. Sie hakte sich bei Sandy unter und nötigte ihn, sie in unsere Ecke herüber zu eskortieren. »Du solltest dich anstrengen, dich ein bißchen unter die Leute zu mischen, anstatt hier herumzustehen und Laura mit Beschlag zu belegen.«

Hal ignorierte die Wange, die seine Mutter ihm zum Kuß hinhielt.

Sie machte einen spitzen Mund, dann lachte sie ihr künstliches Lachen. »Unsere Provinz-Jungs kommen dir sicher schrecklich langweilig vor im Vergleich zu *deinen* Freunden, was, Laura?« Sie warf Sandy ein kokettes Zwinkern zu.

Sandy drapierte beiläufig seinen freien Arm um meine Schulter. Er nickte Hal zu. »Nett, dich wiederzusehen.«

Meine Tante zupfte an Hals Revers herum; der Anzug saß danach nicht besser als davor. »Sie kennen meinen Sohn bereits?«

»Sicher«, lächelte Sandy. »Wir haben Hal zu Hause besucht, gestern.«

Die aufgemalten Brauen meiner Tante konnten ein Stirnrunzeln nicht verbergen, das sehr an das von Hal erinnert hätte, hätte man der Natur ihren freien Lauf gelassen. Sie bemerkte zu Sandy: »*Hier* ist natürlich Henrys Zuhause.« Sie betonte den Namen Henry. »Und er würde der Stadt eine Menge Ärger ersparen, wenn er mit dem Unsinn aufhören würde, da draußen zu campen.«

Hal bekam vor Ärger schmale Lippen.

Aber meine Tante ließ nicht locker. »Die Polizei muß jeden Tag zwei-, dreimal einen Streifenwagen zu ihm rausschicken, um nachzusehen, ob er nicht irgendwas angezündet hat mit seinen Laternen! Der einzige Grund, warum sie ihn noch nicht längst da rausgeworfen haben wie jeden anderen auch, ist, daß er *unser*

Sohn ist.« Ihre Stimme triefte vor Ironie, als sie die Verwandtschaft zugab.

Hal trat einen Schritt zurück und machte ein Gesicht, als hätte er gerade etwas Grauenerregendes erblickt. Dann schüttelte er den Kopf und wandte sich ab. Ich sah ihm nach, wie er sich durch die Menge schlängelte und die Versuche Zuspätkommender ignorierte, ihn zu begrüßen, als er durch den Vordereingang flüchtete.

Sandy brach das ungemütliche Schweigen. »Wo ist denn Bürgermeister Di Palma heute abend, Madam? Ich wollte ihm noch meine Aufwartung machen.«

Wenn Sandy die Stimmung wieder ein bißchen auflockern wollte, dann hatte er das falsche Thema erwischt. Meine Tante wurde rot, ihr Kopf begann auf dem kurzen Hals zu zittern. »Er fühlt sich nicht wohl«, sagte sie knapp. »Wenn Sie mich jetzt entschuldigen wollen, ich muß unbedingt mit dem Partyservice reden.«

Wir sahen ihren staksigen Schritten zum Speisezimmer nach. »Eine große, glückliche Familie«, sagte Sandy trocken. Dann fügte er hinzu: »Ist nicht böse gemeint.«

»Ich hab' genug, Sandy! Ich gehe!«

Von rechts warfen zwei Matronen mit Nerzstolas mißbilligende Blicke auf uns. Ich hörte die eine flüstern: »Wir sind ihr alle nicht mehr fein genug!«

Ich stellte mein Glas mit dem Rest des Drinks auf einem der goldgedeckten Beistelltischchen ab, absichtlich neben das Tablett. Als ich aufsah, steuerte Captain Loftus auf mich zu. Wo, zum Teufel, kam der plötzlich her?

Sandys Arm glitt von meiner Schulter. Als der Captain mich begrüßte, hatte er schon den halben Weg ins Speisezimmer zurückgelegt.

»Sie sehen wunderschön aus heute, Miß Di Palma.« Der Captain fuhr sich mit einem Finger in den gestärkten Kragen. »Wenn ich in dieser Verkleidung auftreten muß, wünsche ich mir oft, ich wäre statt dessen bei der Entenjagd.« Er konnte sagen, was er wollte, wie ein Bauer sah er beileibe nicht aus. In dem marineblauen Wollstoff mit der roten Seidenkrawatte machte er eine ausgezeichnete Figur, schlank und stattlich. »Ich finde es schön, daß Sie sich die Mühe gemacht haben, zu kommen, trotz allem, was passiert ist. Solche Gesten bedeuten der Familie immer sehr viel.«

Familie. Ich dachte mir, daß ein guter Vater jederzeit Beweise fälschen würde, um seinem Sohn Ärger zu ersparen. Ich hatte ja auch meine Stoßstange ruiniert, um meinen Vater zu decken.

»Kann ich Ihnen noch was zu trinken bringen, Miß Di Palma? Manchmal wird einem erst bei solchen Willkommensfeierlichkeiten wieder klar, daß man einst gute Gründe hatte, wegzugehen.«

Loftus hatte scheinbar unseren kleinen Familienkrach mitbekommen.

Ich ließ mir noch einen Drink von ihm bringen. Er kam mit Wodka pur. Noch etwas, das er im Lauf des Abends mitbekommen hatte.

»Sind Sie dienstlich hier oder zum Vergnügen, Captain?«

Er fuhr sich mit der Hand durch die grauen Wellen und grinste dämlich. »Nun, eine Einladung habe ich.«

»Das ist aber nicht der einzige Grund, warum Sie hier sind? Behalten Sie mich im Auge?« Ich nahm einen kräftigen Schluck aus meinem Glas. Billiger Wodka läßt sich nicht nippen.

»So würde ich es nicht ausdrücken.« Die Stirn des Captains legte sich in ernste Falten. »Sie sind ein Profi, Miß Di Palma. Auf Ihrem Gebiet wahrscheinlich eine der besten. Nun ...« Er zuckte die Achseln. »Ich bilde mir gern ein, daß ich auch einer bin – auch wenn Hillsdale ein ziemlich kleiner Rahmen für so was ist. Ich will Ihnen also nichts vormachen. Natürlich interessiere ich mich für Sie. Und für Ihren Freund.« Er machte eine Bewegung zum Speisezimmer, in dem Sandy gerade verschwunden war. »Aber ich lasse Sie nicht beschatten oder so was. Ich versuche nur, mir ein Bild von Ihnen zu machen, wenn Sie verstehen, was ich meine.«

»Jetzt wissen Sie also, daß ich meine Tante nicht gerade innig liebe.« Ich hob mein Glas hoch. »Und daß ich dieses Zeug am liebsten pur trinke.«

Er lächelte entschuldigend. »Ich glaube, ich weiß noch ein bißchen mehr als das.«

»Zum Beispiel?« Das war's dann zur ersten Regel des Kreuzverhörs.

»Nun«, sein Lächeln wurde onkelhaft. »Ich würde sagen, Ihr langer Freund« – wieder machte er eine Kopfbewegung in Richtung Speisezimmer – »sollte Ihren Cousin mal im Auge behalten.«

Ich ging davon aus – in dem Moment jedenfalls –, daß er das im romantischen Sinn meinte.

Wir wurden unterbrochen von einer redseligen Brünetten, die übersprudelte von ›großen Plänen‹ für das nächste Klassentreffen unseres Highschool-Jahrgangs. Beim Zuhören hoffte ich nur, daß ich nicht lange genug hierbleiben würde, um daran teilzunehmen. Captain Loftus entschuldigte sich irgendwo zwischen den Namenskärtchen mit Fotos aus dem Jahrbuch drauf und der Gedenkmedaille für unseren geliebten Englischlehrer.

Ich brauchte fünf oder zehn Minuten, bis ich dem Enthusiasmus der Frau entkommen war. Ich ging an dem Buffet im Speisezimmer vorbei (keine Spur von Sandy) und schlüpfte durch die Küchentür ins Freie.

Ich stand im kalten Wind auf der hölzernen Veranda, atmete die frische Luft und betrachtete die Fuchsien, die in den Blumenampeln hin und her schaukelten. Was, wenn Mrs. Oriellini recht hatte? Captain Loftus war zweifellos intelligent genug, um es klar zu erkennen, wenn sein Sohn sich in einer ausweglosen Lage befand. Und er war intelligent genug – und Vater genug –, um in einer solchen Lage zu handeln.

Ich rieb mir die Arme, um sie zu wärmen; die Seide fühlte sich an wie Eisplatten.

Wenn Loftus diesen Schlauch vom Auspuff in das Vorderfenster des VW gelegt hatte, dann verkomplizierte das eindeutig die Sachlage. Aber ich war mir nicht sicher, ob es irgend etwas änderte.

Ich ging in den gut beleuchteten Garten an der Seite des Hauses, auf den Fußspitzen, um nicht mit meinen Fünf-Zentimeter-Absätzen im nassen Gras zu versinken.

Ich bildete mir ein, etwas oder jemanden durch die hohen Rhododendron-Sträucher streichen zu hören, die das Grundstück zum Bach hin begrenzten.

»Hal?« rief ich mit gedämpfter Stimme.

Das Geraschel hörte auf, aber es kam keine Antwort. Ich sah mich im Garten um; außer mir war niemand da, außer mir und den schwankenden Schatten der Fuchsientöpfe. Ich fühlte das Frösteln einer schlimmen Ahnung. Ich versuchte es noch einmal, mit mehr Autorität in der Stimme: »Wer ist da?«

Dann hörte ich Zweige brechen und das saugende Geräusch von Schritten auf morastigem Grund. Sie schienen aus der Richtung des Baches zu kommen.

Mir waren hier entschieden zu viele Leute unterwegs, die man nicht sehen konnte. Ich lief über die Wiese zu meinem Auto.

Ich drehte den Schlüssel im Schloß und wunderte mich, daß ich die Tür zu- statt aufschloß. Ich wußte, daß ich den Mercedes nicht offengelassen hatte. Nicht mit der Kanone unter dem Sitz.

Ich stieg in den Wagen und tastete unter dem Sitz nach dem Revolver. Ich suchte volle zwei Minuten, brach mir dabei etliche Nägel und zwickte mir die Finger in den Federn ein.

Die verdammte Kanone war verschwunden. Zum zweitenmal!

27

Meine Tante stand auf der Veranda und hielt den Gästen ihre Wange zum Abschied entgegen. Ich saß im Mercedes und betrachtete die Szene gedankenverloren. Sie schaute immer wieder über ihre Schulter nach hinten in die Eingangshalle, als ob sie jemanden suchte. Meinen Vater wahrscheinlich. Ich dachte beiläufig darüber nach, was wohl aus ihm geworden war. Seit der Begrüßung am Anfang hatte ich ihn nicht mehr gesehen.

Weniger beiläufig dachte ich darüber nach, wer, zum Teufel, die Buntline Scout aus meinem Wagen geholt haben konnte. Sandy wußte, wie man Schlösser knackt. Und Zeit genug für einen kleinen Autoeinbruch hatte er auch gehabt, als ich das Schwätzchen mit Captain Loftus und der Klassentreffen-Organisatorin hielt. Aber warum sollte er an einer Zweiundzwanziger interessiert sein? Er hatte seine eigene Kanone.

Ich startete den Wagen. Wenn Sander Arkelett die Zweiundzwanziger hatte, dann hieß das, daß er seine eigene nicht benutzen wollte. Aber benutzen wozu? Für wen?

Ich gab kräftig Gas, nachdem ich ausgeparkt hatte. Ich wollte plötzlich sehr weit weg sein, und das sehr schnell. Weg von Sandy, weg von meiner unausstehlichen Tante, weg von dem scharfsinnigen, leutseligen Captain, und vor allem weg von meinem Cousin, diesem feinen Kavalier.

Die Nachricht, die ich Hal in dem Motel zurückgelassen hatte – als er sie las –, als ich nicht zurückkam –, es mußte ihm klar geworden sein, daß ich draußen Sandy in die Arme gelaufen war. Und obwohl er einige Mühe darauf verwendet hatte, mein Mißtrauen gegen Sandy zu schüren, war er nicht einmal auf die Idee gekommen, mich anzurufen und sich zu vergewissern, daß ich das Treffen heil überstanden hatte.

Davon ganz abgesehen, hatten wir eine ausgesprochen fantastische Nacht zusammen verbracht. Und dafür nicht mal ein ›Danke, Madam‹.

Ich fuhr mit quietschenden Reifen um die nächste Ecke in die lange Seitenstraße, die an dem Bach im Grundstück meiner Tante entlangführt. Als ich das Gaspedal schon fast bis zum Anschlag durchgetreten hatte, streiften meine Scheinwerfer einen Wagen, der im Straßengraben geparkt war, in einer großen Pfütze: Sandys Mustang.

Es war das einzige Auto weit und breit. Auf beiden Seiten der Straße lief ein Bach; keine Häuser, keine Straßenlampen. Nur das eine schwarze Auto.

Ich hielt neben ihm an, zog die Handbremse und stieg aus dem Mercedes. Ich lugte in den dunklen Innenraum des Mustang. Keiner drin.

Wenn Sandy die Zweiundzwanziger genommen hatte, standen die Chancen gut, daß er sie in seinem Mietwagen verstaut hatte. Die verdammte Kanone war fast einen halben Meter lang, ließ sich also schlecht einfach in den Bund einer Smokinghose stecken.

Ich zögerte, meine Hand lag schon auf dem Fenster auf der Fahrerseite. Sandy hatte mir mal gezeigt, wie man einen Draht unter dem Fensterrahmen durchschiebt und den Türriegel hochzieht. Ich wußte, daß ich einen Kleiderbügel im Mercedes hatte. Die Frage war nur, ob ich den Revolver wirklich finden *wollte* und was ich mit ihm machen sollte, falls ich ihn fand.

Auf jeden Fall von Sandy fernhalten. Soviel konnte ich immerhin tun.

Ich holte den Kleiderbügel aus meinem Kofferraum, als ich plötzlich Schüsse hörte. Zwei Schüsse, sekundenschnell hintereinander, nicht lauter als Knallfrösche, bloß dumpfer im Ton. Sie kamen vom Bach her, oder von dahinter, aus den Rhododendronsträuchern meiner Tante.

Ein plötzlicher Windstoß wehte mir den fauligen Geruch von Zehrwurz-Stauden um die Nase. Eine Minute lang stand ich da und rührte mich nicht. An meinem Finger baumelte der Kleiderbügel. Der Wind peitschte mir ins Gesicht, mein Rock flatterte, auf meinen Armen und Beinen stellten sich die Haare auf. Ich versuchte mir einzureden, daß ich nur Fehlzündungen von einem Auto gehört hatte. Oder Chinakracher. Ich ließ den Kleiderbügel fallen und stieg wieder in den Mercedes.

Ich mußte mich zwingen, aber ich wendete und fuhr zum Haus meiner Tante zurück. Mit den hohen Absätzen konnte ich zwar nicht durch den Schlamm im Bach waten, aber die Rhododendronsträucher konnte ich mir ansehen. Ich wollte es mir nicht zugeben, aber ich hatte das dumpfe Gefühl, daß Sander Arkelett soeben auf meinen Cousin Hal geschossen hatte.

Was ich fand, war genauso furchtbar.

Von der Veranda meiner Tante und dem Garten auf der Seite fiel das Licht spärlich durch die dichte Hecke und beleuchtete schwach das schwarze, sturmzerzauste Gestrüpp auf dem Boden. Am Rand des einigermaßen trockenen Streifens zwischen den Sträuchern und dem Wasserlauf fand ich Sandy Arkelett.

Er lag zusammengesackt an einem dürren Rotholzbäumchen. Ein Bein war angewinkelt unter ihm, das andere nach vorn ausgestreckt. Ein schwacher Glanz lag auf seinem Haar und ich konnte sehen, wie sein Kopf nach unten sank. Ein weißer Fleck hob sich auf seinem schwarzen Anzug ab, das war seine Hand, die um das Herz gekrampft war. Gegen das graue Weiß seines Hemds hob sich ein dunkler Fleck ab, der sich nach oben ausbreitete, Richtung Kragen.

Ich spürte, wie meine Absätze in den weichen Grund sanken. Auch meine Knie sanken. Ich spürte den kalten Schlamm und das stachelige Gestrüpp an meinen Waden. Ich merkte, wie meine Finger sich in meine Haare krampften, und ich hörte mich einen Laut ausstoßen. Kein Wimmern, keinen Schrei, irgendwas dazwischen.

Fast im selben Moment kniete Emmanuel Loftus neben mir, drückte mein Gesicht gegen seine Brust und rief jemandem etwas zu. Seine Stimme war nur ein unverständliches Donnergrollen hinter der wohligen Wärme seines Hemdes.

Sandy bekam ich nicht mehr zu Gesicht. Zwei Kriminalpolizisten schlugen sich durch die Büsche zu uns durch, fluchend und Äste knackend, und der Captain übergab mich einem der beiden, mit der Anweisung: »Bringen Sie sie rein, lassen Sie niemanden zu ihr! Und sorgen Sie um Himmels willen dafür, daß sie wieder warm wird!«

Als mich einer der Polizisten abschleppte, fast buchstäblich abschleppte, gelang es mir, doch noch einen Blick auf Sandy zu erhaschen.

Der Captain und der andere Polizist knieten über ihm und nahmen ihm die Hand von der Brust.

28

Ich sank auf das Bett meines Vaters. Der Kriminalbeamte, der gestern abend noch mein Haus durchsucht hatte, legte mir eine Bettdecke um die Schultern. Ich schüttelte sie wieder ab.

Sandy angeschossen. Hatte das zu bedeuten, daß ich recht hatte, ihn wegen Gott weiß was allem zu verdächtigen? Oder bewies es, daß er unschuldig war?

Vielleicht spielte das gar keine Rolle mehr. Vielleicht war es bloß, weil ich einen langen, bitteren Winter lang mit ihm Liebe gemacht (wenn ihn nicht sogar geliebt) hatte. Und nun lag er im Sterben. Oder war vielleicht schon tot.

Ich war zu erschüttert, um zu weinen. Ich hörte meinen Vater gegen seine Schlafzimmertür pochen und fragen, was los sei. Der Bulle sagte: »Tut mir leid, Sir. Polizeiliche Anweisung. Ich kann Sie nicht zu Miß Di Palma hereinlassen, bevor der Captain mir die Erlaubnis dazu gibt.«

Meine Tante antwortete entrüstet: »Das ist *mein* Haus, daß Sie es wissen!«

Wer konnte Sandy angeschossen haben? Warum?

Warum genau, daß wußte ich nicht. Aber ich wußte, daß es etwas mit meinem Plan zu tun haben mußte, Gary Gleason zu verletzen, ihn so zu verletzten, wie er mich verletzt hatte.

Und mir wurde auf einmal mit einer Klarheit, von der mir ganz übel wurde, bewußt, daß es mir bei dieser Rache um mich selbst – um meinen Schmerz – ging; nicht um Lennarts Tod, nicht wirklich. Hal hatte recht – ich hatte Lennart Strindberg nicht geliebt; ich hatte mir das nur eingebildet, um mein Gesicht zu wahren.

Mein Gott, was für einen Stein hatte ich ins Rollen gebracht, daß am Ende Menschen…

»Ist er tot?« fragte ich den Polizisten zum zwanzigstenmal.

Der Mann spielte mit irgend etwas in seiner Tasche, während er aus dem Schlafzimmerfenster meines Vaters auf die Holzveranda hinabschaute. »Ich hab' ihn nicht richtig gesehen«, sagte er zum zwanzigstenmal.

Nach etwa einer Stunde klopfte endlich Captain Loftus an der Tür. In seinem angenehmen Oklahoma-Akzent versicherte er meinem Vater: »Sie können sie in einer Minute sehen, Mr. Di Palma. Ich lasse Sie von Dick holen, sobald wir fertig sind.«

Dann schlüpfte er durch die Tür herein und schloß sie gut hinter sich. Sein marineblauer Anzug war mit Schlamm bespritzt, in seinen Haaren hingen ein paar Laubreste, und er rieb sich mit einem Stofftaschentuch die Hände ab. »Zwei Kugeln im Brustkorb«, sagte er ohne Umschweife. »Es hätte ihn schlimmer erwischen können. Der Notarzt glaubt, daß das Herz nicht getroffen ist. Wahrscheinlich ist die Lunge verletzt. Aber es ist zu früh, um irgendwas zu sagen.« Er kauerte sich neben das Bett und zwinkerte mir freundlich zu.

»Er ist nicht tot?«

»Nein. Eindeutig nicht tot.« Der Captain legte seinen Arm um mich, und ich brach in Tränen aus.

Ich hörte den Polizisten nervös durch den Raum schlurfen und nahm mich zusammen. »Hat er irgend etwas gesagt? Hat er gesagt, wer auf ihn geschossen hat?«

Der Captain brummte. »Etwas gesprochen. Gutes Zeichen. Er mußte sich nicht übergeben. Gutes Zeichen für die Lungen.«

Ich packte Loftus am Revers. »Was hat er gesagt?«

»Daß es zu dunkel war, um zu erkennen, wer auf ihn geschossen hat.«

»Haben *Sie* jemanden gesehen da draußen?«

Er schüttelte den Kopf. »Aber wir suchen weiter. Wir werden schon was finden, keine Sorge. Sie sollten vielleicht versuchen, ein bißchen Schlaf zu finden.«

»Schlafen! Mein Gott! Ich muß rüber ins Krankenhaus!«

»Das dachte ich mir schon, daß Sie das wollen. Dick, fahren Sie sie rüber ins Kreiskrankenhaus, ja?« Er schüttelte mir freundlich die Hand. »Ich würde Sie heute abend nicht gerne fahren sehen, Miß Di Palma.«

Als ich in Dicks Zivilstreifenwagen saß, fiel mir ein, daß Captain Loftus mich gar nicht gefragt hatte, was ich da draußen in den Büschen gesucht hatte, kurz nachdem die Schüsse auf Sandy gefallen waren (nach allem, was er wußte, mußte er sogar annehmen, daß ich in dem Moment, als sie fielen, schon dort war).

Ich fragte mich, warum er das nicht getan hatte.

29

Sandy wurde gerade operiert, als ich im Krankenhaus ankam. Fünf Stunden später teilte mir die diensthabende Schwester mit, sie hätten ihn ›wieder zugemacht‹ und auf die Intensivstation gebracht. Sie sagte, dort wären nur enge Angehörige zugelassen.

Ich verbrachte die Nacht auf einer Polsterbank in der Halle.

Papa kam ins Krankenhaus, er wollte mich überreden, mit ihm heimzukommen. Er setzte sich eine Weile zu mir, aber seine Gegenwart war mir unangenehm. Schließlich bat ich ihn, wieder zu gehen. Ich hätte ihn gern noch gefragt, ob er wüßte, wo Hal ist. Aber ich ließ es bleiben; ich hatte Angst, er würde sagen, auf dem Polizeipräsidium.

Ich schlurfte den Korridor auf und ab, bis die Stationsschwester – die, deren Name mir am Tag davor an einer Tür aufgefallen war – kam, um nach mir zu sehen. Sie brachte mir eine Tasse Kaffee und meinte, wie schön es sei, mich nach so vielen Jahren wiederzusehen. Sie erzählte, daß die Ärzte zwei Kugeln aus Sandys Brust entfernt hätten. Keine der beiden hätte das Herz berührt, und wenn er nicht eine Lungenentzündung bekäme, würde er auf jeden Fall durchkommen. Die Schwester war über die Jahre ziemlich fett geworden. Als ich mich nach dem Kaliber der beiden Kugeln erkundigte, schien sie schockiert. Sie wisse es nicht, sagte sie, und als ich sie bat, es für mich herauszufinden, meinte sie, sie würde lieber erst mit der Polizei sprechen.

Ich zerdrückte gerade einen Styropor-Becher, als Captain Loftus mich fand.

»Captain!« Ich warf den Becher weg. »Was haben Sie herausgefunden? Wissen Sie, wer auf ihn geschossen hat?«

Er schüttelte bedauernd den Kopf und sank neben mich auf die Bank. Seine Hosenbeine – er hatte immer noch den marineblauen Anzug an – waren voller angetrockneter Flecken von dem Schlamm, und unter den Augen hatte er dunkle Ringe. »Fürchte, wir haben nicht viel gefunden da draußen. Schade, daß Ihr Freund nichts gesehen hat. Und *Sie* haben auch nichts bemerkt, nehme ich an?«

»Ich hab' mich schon gefragt, wann Sie mir endlich diese Frage stellen würden.«

Eine Sekunde lang war sein Blick irritiert.

Ich fügte rasch hinzu: »Aber ich dachte mir, Sie haben bestimmt Ihre Gründe, sich Zeit zu lassen.«

»Natürlich war ich neugierig, was Sie da draußen gemacht haben. Aber ich wußte ja, daß Sie nicht vorhatten, irgendwie wegzufahren.« Er blickte finster auf seine ruinierten Schuhe.

»Außerdem wußte ich, daß Sie es mir gleich gesagt hätten, wenn es irgendwas gegeben hätte, das uns bei der Suche behilflich sein könnte.«

Einfühlsam, wenn auch ungewöhnlich zivil für einen Bullen. »Was für ein Kaliber ...«

»Die Kugeln sind im Labor. In ein paar Stunden wissen wir mehr.«

»Aber Sie müssen doch wissen, welches Kaliber ...«

»Aus welchem Grund waren Sie da draußen in den Büschen, Miß Di Palma?«

Ich wollte noch einmal nach den Kugeln fragen. Aber ich kapierte, daß Loftus nicht antworten wollte. »Ich hatte gerade die Party meiner Tante verlassen und bog eben auf die Clegg Street ab, als ich die Schüsse hörte. Da habe ich sofort umgedreht und bin zurückgefahren. Um nachzusehen, was das war.«

Der Captain zog seine grauen Augenbrauen hoch und zwinkerte mich ein paarmal an. »Da waren Sie aber ganz schön mutig! Wo da draußen einer mit 'ner Waffe herumballerte.«

»Mutig? Ich weiß nicht. Ich hab' gar nicht nachgedacht. Ich hatte einfach nur Angst, daß jemandem etwas zugestoßen war, der – der mir nahestand.«

»Intuition? Nun, Sie hatten ja sogar recht.«

»Ja.« Ich sah nicht ein, warum ich ihm sagen sollte, daß ich mir um Hal Sorgen gemacht hatte – und Sandy verdächtigte. »Das erste, was ich sah, war Sandy. Und dann ...«

»Und dann habe ich Sie gefunden.«

»Haben Sie die Schüsse auch gehört?«

»Ja. Bin raus und hab' mich umgesehen. Hab' jemanden gehört auf dem kleinen Weg da, kurz bevor ich auf Sie gestoßen bin.« Er stand erschöpft auf und streckte sich ein bißchen. Unter seiner aufgeknöpften Anzugjacke konnte ich etwas Dunkles unter seiner Achsel erkennen. Ein Schulterhalfter. »Ich bin bald wieder zurück, Miß Di Palma. Denken Sie noch mal nach. Vielleicht fällt Ihnen noch irgendwas ein.«

Ich sah ihm nach, wie er den Gang hinunter ging. Die Mordkommission in San Francisco hätte mich in einen winzigen Raum mit schalldichten Korkwänden gesteckt. Ein ganzes Team, vielleicht sogar zwei, von Inspektoren hätte jedes Detail aus mir herausgequetscht: Wann genau ich die Schüsse gehört hätte? Wie sie sich angehört hätten? Was ich in diesem Augenblick getan hätte? Warum ich geglaubt hätte, es sei auf jemand geschossen worden? Warum ich mich getraut hätte, zurückzugehen? Warum ich nicht die Polizei gerufen hätte? Wie lange ich gebraucht hätte, um zurückzufahren? Wie lange ich in dem Gebüsch gewesen sei? Was genau ich gesehen und gehört hätte? Ob Sandy zu mir gesprochen hätte? Ob wir Krach gehabt hätten? Ob wir ein Verhältnis miteinander hätten?

Ich hätte meinen ganzen Grips zusammennehmen müssen, um eine widerspruchsfreie Aussage zustandezubringen. Bei Loftus zermarterte ich mir auch das Hirn – aber es brachte mich um keinen Schritt weiter, weil ich ihn einfach nicht durchschaute.

30

An diesem Abend schoben die Krankenschwestern Sandy in Gary Gleasons ehemaliges Zimmer. Gary, so erfuhr ich, war unmittelbar nach meinem Besuch entlassen worden.

Ich schlüpfte gleich hinter den Schwestern ins Zimmer und sah zu, wie sie das Bett in Position brachten, um ihn an irgendwelche Geräte mit Monitoren anzuschließen, deren Kabel sie in kleine Plastikteilchen steckten, die auf Sandys Nacken und Leib festgeklebt waren. Sandy war kreidebleich und lag mit sabberndem Mund im Schlummer der Narkose. Schläuche steckten in seiner Nase und kamen unter dem Leintuch hervor, wo sie an der Brust befestigt waren. Plastikbehälter hingen an Ständern neben dem Bett, aus denen irgendeine Flüssigkeit in seine Venen tropfte. Kleine Sauerstoffflaschen mit Tülle standen auf seinem Nachttisch aufgereiht.

Die Schwestern scheuchten mich aus dem Zimmer, noch bevor ich näher an ihn herankommen konnte. Ich hatte mich noch nie so deprimiert gefühlt. Ich schlich wieder zu meiner Polsterbank, nahm kaum Notiz von dem Mann auf dem Gang – bis er sich umdrehte und eilig zurück zum Ausgang schritt.

Einsfünfundachtzig, vielleicht auch einsneunzig; lange, blonde Haare; und vor allem die Haltung.

»Lennart!« Mein Aufschrei klang leicht hysterisch.

Der Mann blieb stehen. Er zog die Schultern hoch. Er drehte sich langsam um. Zögernd.

Ich zwinkerte ein paarmal mit den Augen, weil ich sicher war, daß der Spuk sich sofort wieder in Luft auflösen würde. Lennart Strindberg. Unverändert. Lennart mit einundzwanzig.

Er sagte: »Sie sind Laura Di Palma, hab' ich recht?« Die Stimme war wie ein Schlag in die Magengrube. Ich wußte, er konnte es nicht sein, ich wußte, das war er nicht, und trotzdem sah er aus wie Lennart – und sprach wie er. Ich machte den Mund auf. Konnte nicht sprechen. Fing zu weinen an.

Die Augen des Jungen waren tränenfeucht, seine blassen Wangen wurden rosa. Er fuhr sich mit der Hand – einer feinen Hand – durch das blonde Haar.

»Sie sind Dieter Strindberg. Sie müssen es sein.« Ich wischte mir die Tränen ab.

Er nickte. »Es tut mir leid, daß ich Ihnen so einen Schreck eingejagt habe.« Er ging auf mich zu und machte ein Stück vor der Polsterbank halt.

Jetzt, aus zwei Metern Entfernung, konnte ich die Unterschiede zwischen den Brüdern erkennen. Lennart war etwas kleiner gewesen, etwas schwerer. Seine Wangenknochen waren ausgeprägter gewesen, sein Kinn kräftiger.

Dieter Strindberg sagte, mit einem leichten deutschen Akzent: »Ich würde sehr gern Mr. Arkelett sehen. Ist er …? Ist er außer Lebensgefahr?«

»Wenn er keine Lungenentzündung bekommt, dann wird er wahrscheinlich durchkommen.«

Der junge Mann wandte den Blick zu einer Schwester, die aus Sandys Zimmer kam, mit einem Bündel Bettwäsche auf dem Arm. »Ich weiß nicht. Ich bin nicht sicher, was ich jetzt am besten tun soll.«

»Sie haben Sandy vorgestern am Telefon gesprochen. Arbeitet er für Sie?«

Er nickte. »Ja, Sander sammelt seit drei Monaten Beweise, daß

Lennart nicht Selbstmord begangen hat.« Drei Monate. Es war weniger als drei Monate her, seit Sandy mich nach meiner Scheidung gefragt und mich (so sah es jetzt aus) dazu gebracht hatte, von Lennart zu sprechen. Es war weniger als drei Monate her, daß Sandy angeboten hatte, in Erfahrung zu bringen, was aus Lennart geworden war. Es war weniger als drei Monate her, daß Sandy mir die Nachricht von Lennarts Selbstmord brachte und von Kirstens Erbschaft. Und es war weniger als drei Monate her, daß Sandy mich auf die Idee gebracht hatte, ein Büro in meiner Heimatstadt aufzumachen und ein Schuldbekenntnis von Gary Gleason zu erpressen.

Tatsache war, daß ich ihn seit über einem Jahr mehr oder weniger gut kannte, aber daß Sander Arkelett sich erst seit knapp drei Monaten näher für mich – und mein Schlafzimmer – interessierte.

»Warum hat Sandy mir nicht von Ihnen erzählt?«

Die Wangen des jungen Mannes fingen regelrecht Feuer. »Es gibt Gründe ...« Er schaute auf die Tür zu Sandys Zimmer. »Ich würde Ihnen nicht gern etwas erzählen, wovon er denkt, es wäre nicht gut, Ihnen das zu sagen.«

»Hat Sandy Sie darum *gebeten*, mir nichts zu erzählen?«

Der Junge nickte. »Ja, ja. Es gibt Gründe.«

»Jemand hat versucht, ihn heute nacht umzubringen! Ihr Geheimnis könnte etwas damit ...«

»Wenn ich nur mit ihm sprechen könnte!« Dieter Strindberg stützte die Hand gegen die Wand, sie zitterte.

»Sie werden nicht mit ihm sprechen dürfen! Nicht heute abend! Sie sollten sich an die Polizei ...«

»Nein!« Er trat von mir zurück und schüttelte den Kopf. »Das würde er nicht wollen!«

Würde er nicht wollen. »Dieses Geheimnis – geht es da um etwas gesetzlich Belangbares?«

Der Junge schluckte und befeuchtete sich die Lippen.

»Sandy würde wollen, daß ich es erfahre!« sagte ich. »Vielleicht wollte er das vorher nicht, aber jetzt bestimmt!«

Dieter Strindberg stand stumm da.

»Also gut, passen Sie auf. Ich muß nach Hause, ich muß aus

diesen Kleidern raus. Kommen Sie mit mir. Dort sind wir ungestört. Erzählen Sie mir nur soviel, wie Sie erzählen möchten ...«

»Nein, wirklich! Es wäre mir lieber – ich glaube, es wäre das beste ...«

»Mir gar nichts zu erzählen?«

»Bitte, nehmen Sie es mir nicht übel. Nicht mehr, als ich Ihnen bereits gesagt habe. Bis ich sicher bin, daß ...«

»Daß Sandy einverstanden ist?«

»Ja, ja.« Er nickte heftig.

Ich fragte mich, ob der Junge Angst um Sandy hatte oder nicht viel mehr Angst *vor* ihm.

Eine Krankenschwester schob einen hustenden alten Mann den Korridor entlang auf uns zu. Sie plauderte fröhlich auf ihn ein, und er keuchte und tätschelte ihr dankbar die Hand.

Ich schaute auf zu Dieter Strindberg. Es war ganz anders, als Lennart anzuschauen. Ich merkte den Unterschied jetzt, auch den Unterschied in mir. »Kommen Sie trotzdem mit. Dann reden wir eben über das verdammte Wetter.«

31

Wir nahmen ein Taxi zum Haus des Bürgermeisters, wo ich vor gut zwanzig Stunden meinen Wagen stehengelassen hatte. Wir fuhren über das Kopfsteinpflaster der Altstadt und überquerten den Highway 101, der das Zentrum der Innenstadt von Hillsdale genau in der Mitte, wo die Art-Deco-Fassaden stehen, durchteilt. Vor dem Gerichtsgebäude sah ich ein paar Übertragungswagen stehen und fragte mich, ob Captain Loftus vielleicht eine Pressekonferenz einberufen hatte. Als wir den kleinen Hügel zur Clarke Street hinauffuhren, hatten Dieter Strindberg und ich das Thema Wetter bereits abgehakt. Es regnete schon wieder. Dieter sagte, das erinnere ihn an Norddeutschland, wo er und Lennart aufgewachsen waren. Das war so ziemlich alles, was er sagte.

Als wir vor meinem Haus ankamen, standen keine Übertragungswagen mehr davor. Ich hatte damit gerechnet, daß noch ein paar da wären. Sandy war gefilmt worden, als er mit mir das Haus verließ. Zwei Stunden später lag er auf einer Bahre. Die Presse mußte sich doch fragen, warum auf meinen Freund – wie vorher schon auf meinen Klienten und auf meine Nachbarin – geschossen worden war. Daß kein Empfangskomitee auf mich wartete, schien meinen Verdacht zu bestätigen, daß es im Gerichtsgebäude irgendein Medienspektakel gab.

Ich ließ Dieter unten auf mich warten, während ich mir das zerknitterte und verdreckte Kleid auszog und eine Dusche nahm.

Ich hatte eine ganze Menge nachzudenken, aber am meisten dachte ich über Hal nach. Er war nicht zum Krankenhaus gekommen, um sich nach Sandys Zustand zu erkundigen. Ich hatte wenigstens einen Anruf erwartet.

Ich dachte an Captain Loftus' Äußerung, Sandy sollte meinen Cousin im Auge behalten. Ich hoffte, daß der Captain Hals Reserviertheit Sandy gegenüber nicht falsch interpretiert und Hal in Haft genommen hatte. Aber ich sagte mir, daß ich es von meiner Familie erfahren hätte, wenn er festgenommen worden wäre.

Ich machte mir eher Sorgen, daß Hal seine Sachen gepackt und die Stadt verlassen hatte. Seine Mutter hatte gehöhnt, daß man ihn nur deshalb in seiner Bruchbude hausen ließ, weil er der Sohn des Bürgermeisters war. Hal hatte Jahre damit zugebracht, den Mantel seiner Privilegien abzustreifen; er würde keine Sekunde länger dort bleiben wollen, wenn er seiner Mutter glaubte.

Wenn Hal die Stadt verlassen hatte, dann konnte ich ihn nicht finden. Und es konnten Jahre vergehen, bis es ihn wieder einmal nach San Francisco verschlug. Bei diesem Gedanken pochte mir das Blut in den Schläfen, und mein Magen fühlte sich an, als hätte ich einen Pflasterstein verschluckt.

Ich ging wieder hinunter und überlegte, ob es die halbe Stunde auf der holprigen Straße wert war, um meine Befürchtungen bestätigt zu finden.

Dieter Strindberg stand am Fenster zur Straße und hielt den alten Damastvorhang zur Seite. »Da draußen stehen lauter große

Busse.« Er öffnete die langen Hände, um mir zu bedeuten, wie groß. »Mit Satellitenschüsseln oben drauf.«

»Übertragungswagen. Ich glaube, die Polizei hat eine Art Pressekonferenz gemacht, und jetzt wollen die Reporter meine Reaktion wissen.« Ein lautes Klopfen an der Tür. »Sie sollten lieber vom Fenster weggehen.«

Ich sah, wie er einen Schreck bekam, als ich in den Flur ging. Aber ich hatte nicht vor, die Tür aufzumachen. Ich rief bei meinem Papa an und erfuhr, daß niemand aus der Familie Hal gesehen hatte, seit er die Party verlassen hatte.

»Ich bin auf der Suche nach meinem Cousin«, erklärte ich Dieter. »Ich will rausfahren, dahin, wo er gewohnt hat. Sie können gerne mitkommen, wenn Sie wollen. Aber ich kann Sie auch irgendwo hinbringen, zu Ihrem Hotel oder ...«

Er sah mich mißtrauisch an. Er wollte wohl nicht, daß ich wußte, wo er wohnte.

Ich öffnete die Tür und breitete sofort die Arme aus, um Judy Britt am Eintreten zu hindern. »Ich bin gerade dabei, wegzugehen«, sagte ich zu ihr. Sie rührte sich nicht vom Fleck.

Ein paar Reporter stiegen aus ihren Bussen und rannten durch den Regen zu meiner Veranda. Einer von ihnen, ein fetter Mann mit getrimmtem Bart, sagte: »Was meinen Sie, könnten wir uns fünf Minuten in Ihrem Wohnzimmer unterhalten? Wir hätten gern Ihre Reaktion auf die Erklärung des Captains.«

Ich blockierte weiter die Tür. »Was war denn der Kern seiner Erklärung?«

Der fette Mann schlug seinen Regenumhang zurück und brachte ein Klemm-Mikrofon zum Vorschein, dessen Logo ich nicht gleich einordnen konnte. Aha, ein Sender aus Oregon, dachte ich; Süd-Oregon, gar nicht weit weg. Die Sendeanstalten in San Francisco hatten ihre Teams inzwischen abgezogen; sie hatten über Feuer in Oakland und Kindesentführungen in Fremont zu berichten. Sie würden erst wiederkommen, wenn es eine Verhaftung gab. Bis dahin ließen sie sich über Leute wie Judy Britt auf dem laufenden halten.

»Können wir reinkommen?« insistierte der Mann.

»Was hat Loftus gesagt?«

Hinter ihm mußte ein älterer Mann niesen. Ich erkannte ihn wieder. Der Moderator der örtlichen Nachrichtensendung, seit dreißig Jahren.

Judy Britt ergriff das Wort. Sie sah aus wie ein Eskimo in ihrer Kapuze mit Pelzrand, Kunstpelz natürlich. »Er hat Sander Arkelett als Privatdetektiv aus San Francisco identifiziert, der offenbar für Sie arbeitet. Er sagte, auf Arkelett seien zwei Schüsse aus etwa sieben Metern Entfernung abgegeben worden, aus einer Waffe des Kalibers achtunddreißig. Über konkrete Verdachtsmomente wollte er sich noch nicht äußern.« Ihr Ton ließ keinen Zweifel daran, daß *sie* bereits einen konkreten Verdacht hatte.

»Lassen Sie uns rein«, versuchte der Fette mich zu beschwatzen. »Irgend etwas müssen wir sagen – und Sie wollen sicher nicht, daß wir zu spekulieren anfangen. Ein kurzes Statement, mehr nicht.«

Dieter Strindberg stand in der Wohnzimmertür, knapp außerhalb Sichtweite der Reporter. Ich griff nach seiner Hand, zog ihn heraus und schlug die Tür hinter uns kräftig zu.

Ich versuchte, ihn schnell die Stufen der Veranda hinunterzuziehen, bevor sich jemand in den Weg stellen konnte, aber Dieter ließ meine Hand los. Er stand Auge in Auge mit dem fetten Reporter, mit verschrecktem Blick, wie ein Reh, das im Scheinwerferlicht erstarrt ist. Ich mußte zurückgehen, den Reporter beiseite räumen und Dieter von hinten schieben. Währenddessen wurde aus dem Bus des Oregoner Senders heraus ein riesiger Scheinwerfer auf uns in Anschlag gebracht.

Als ich Dieter endlich in den Mercedes verfrachtete, waren wir beide klitschnaß. In der Türöffnung des Busses aus Oregon saß ein Mann mit gekreuzten Beinen und filmte die Szene. Der Bericht würde wahrscheinlich lauten, daß ich als Schuldige geflohen sei.

Ich ging auf die Fahrerseite hinüber, da bemerkte ich Gary Gleason hinter seinem Fenster stehen. Er sah zu mir heraus, gestikulierte und schüttelte den Kopf.

Ich sah auf meinen Ex-Mann, sah nach hinten zu den Reportern. Ich wußte nicht, was Gary mir mitteilen wollte und hatte wenig Lust, im Regen über die Straße zu laufen, um dahinterzukommen.

Auf dem Weg hinaus zur Mole übertrat ich ein paar Geschwindigkeitsbeschränkungen.

Ich versuchte, mit Dieter ein Gespräch anzufangen, über egal was, als Einleitung, um ihm ein paar Fragen zu stellen. Aber der Junge blieb hartnäckig einsilbig. Ich jagte durch das Industriegebiet mit den Fischfabriken, vorbei an den großen viktorianischen Hafenbauten der früheren Holzmafia.

Ich drosselte das Tempo, als wir auf das ungeteerte letzte Stück der Straße kamen, die an der nebligen Bucht entlangführt. Meine Scheibenwischer waren überfordert, sie waren zu langsam, um die Windschutzscheibe sauber zu halten.

Wir brauchten ungefähr zwanzig Minuten, bis wir in der Gegend ankamen, wo sich früher ein mehrere Hektar großes Wasservogelparadies befunden hatte und jetzt eine Siedlung im Sand versank.

Wie ich schon befürchtet hatte, war Hals Haus dunkel. Das Scheinwerferlicht wurde von den durchgeweichten Sperrholzverschalungen vor den Fenstern reflektiert, und ich konnte erkennen, daß auch die Haustür mit zwei oder drei Brettern vernagelt war, von denen eines ein altes, verwittertes Warnschild der Baupolizei trug.

»Verdammt! Verdammt noch mal!« Heulend vor Enttäuschung schlug ich auf die Hupe. Das übermütige Tuten war fast nicht zu hören, der Regen prasselte auf das Wagendach wie auf eine Trommelhaut.

Ich tastete auf der Gepäckablage hinter den Schalensitzen nach meiner Taschenlampe. Ich wollte es einfach nicht wahrhaben, daß Hal wirklich weg war. Ich hatte die vage Vorstellung, ins Haus einzubrechen, um nachzusehen, ob er irgend etwas dagelassen hatte, das darauf schließen ließ, daß er zurückkommen würde.

Ich griff nach einem kalten, metallenen Gegenstand und zog ihn hinter den Sitzen vor. Ich merkte gar nicht, daß es nicht die Taschenlampe war, bis Dieter Strindberg mit angehaltenem Atem nach dem Türgriff tastete. Erst dann schaute ich auf das, was ich in der Hand hatte, und sah, daß es die verfluchte Kanone war, die immer verschwand.

Ich ließ einen Schwall von Kraftausdrücken los, die einen Bierkutscher hätten erbleichen lassen; bei meinem Beifahrer lösten sie ein heftiges Zittern aus.

Noch im selben Augenblick tat mein Temperamentsausbruch mir leid. Dieter war ohnehin schon voller Angst und Mißtrauen mir gegenüber. Und da hielt ich ihm auch noch eine Kanone unter die Nase und keifte wie ein Fischweib.

Ich wollte gerade die Kanone wegpacken und ihm alles erklären, da schrie Dieter: »Sie wußten, wer ich bin! Sie haben sich verstellt!«

»Wer Sie sind? Sie sind ...« Plötzlich kapierte ich, daß er mir lediglich gesagt hatte, wer er *nicht* war.

Die Armaturenbeleuchtung warf grünliches Licht auf seine bleichen Haare und seine blasse Haut; er sah fast aus wie von einem anderen Stern.

Und mir wurde langsam klar, daß ich ganz allein irgendwo weit draußen mit einem wildfremden Mann war, von dem ich nichts wußte, außer daß er jemandem sehr ähnlich sah, den ich vor langer Zeit gekannt hatte.

Ich hielt den Revolver in beiden Händen, ganz vorsichtig, als ob er ein schwelendes Pulverfaß wäre. Ich wußte nicht einmal, ob er geladen war. Ich hatte das nie überprüft, weil ich gar nicht wußte, wie das geht. Also mußte ich aufpassen, daß ich mit dem Finger nicht an den Abzug kam. »Sie sind nicht Lennarts Bruder«, sagte ich und versuchte so zu klingen, als wüßte ich nicht nur, wer er nicht war, sondern auch, wer er war.

Der Junge neigte den Kopf und starrte auf die Kanone. Er murmelte etwas, ich mußte mich anstrengen, ihn durch das Getrommel des Regens hindurch zu verstehen.

»Lennart hatte keinen Bruder. Sander Arkelett und ich, wir haben ihn erfunden.«

Ich wollte widersprechen und sagen, daß ich Lennarts Testament gesehen hatte, aber mir fiel ein, daß darin niemand genannt war außer Kirsten. Es war Sandy, der mir gesagt hatte, daß das Testament einen Bruder leer ausgehen ließ.

Die Stimme des Jungen wurde flehend: »Sie werden mich doch nicht der Polizei übergeben?«

»Warum hat Sandy mich angelogen? Warum wollte er, daß ich glaube, Lennart hätte einen Bruder?«

Die Kanone fühlte sich an, als wiege sie zehn Pfund. Sie war kalt und schmierig, und es war ein ekelhaftes Gefühl, sie in der Hand zu haben. Ich dachte an Wallace Bean, er hatte seine Fünfundvierziger geliebt. In einem Gespräch, lange vor der Verhandlung, hatte er mir einmal anvertraut, daß er ›sein Teil‹ sexy fand, und daß er es sexy fand, sie abzufeuern.

Mein Beifahrer schien sich auf mein versunkenes Hantieren mit dem Revolver einen falschen Reim zu machen. Er war aus dem Wagen gesprungen, ehe ich irgendeinen Versuch machen konnte, ihn zurückzuhalten (dabei wußte ich nicht einmal so genau, ob ich das überhaupt gewollt hätte) und verschwand im Laufschritt hinter einem Regenvorhang in Richtung Mole.

Ich schlug die Beifahrertür zu und wischte mechanisch die Regentropfen von dem Ledersitz. Der Junge sah Lennart so verflucht ähnlich; wer, zum Teufel, konnte er sein? Wenn Lennart noch lebte, wäre er jetzt dreiunddreißig; zu jung, um einen Sohn in diesem Alter zu haben.

Womöglich war der Junge ein Schauspieler, angeheuert wegen seiner Ähnlichkeit mit Lennart Strindberg. Aber das war nicht nur eine oberflächliche Ähnlichkeit, es war auch die Stimme, der Gang.

Ich hielt noch einmal Ausschau nach dem Jungen, als ich zur Hauptstraße hinauffuhr – aber nirgends eine Spur von ihm. Hier draußen, Meilen vor der Stadt, wo es nur Sand und Felsen gab, tobte der Sturm mit viel größerer Wildheit. Aber ich dachte mir, ›Dieter‹ wäre schlau genug, um sich in einem der verfallenden Mahnmale von Onkel Henrys Unfähigkeit unterzustellen.

Früher oder später würde der Sturm nachlassen, und er könnte zurück in die Stadt laufen. Ich wußte nicht, ob und, wenn ja, was ich dagegen tun sollte.

32

Auf der Fahrt nach Hillsdale zerbrach ich mir den Kopf über die panikartige Flucht des Jungen in den Regen hinaus. Zugegeben, ich hatte eine Kanone hinter dem Sitz vorgezogen und ein paar deftige Flüche ausgestoßen, aber die Reaktion des Jungen schien mir doch übertrieben schreckhaft. Er hatte geglaubt, daß ich ihn mit einer Kanone bedrohte, weil ich wußte, wer er war, und war in den stürmischen Regen hinausgestürzt, weil er meine Reaktion fürchtete.

Aber er konnte nicht vor *mir* Angst gehabt haben, sonst hätte er nicht riskiert, bei seinem schwungvollen Abgang von mir auf der Flucht erschossen zu werden.

Wovor er Angst hatte, war, daß ich ihn den Bullen übergab. Das hatte er ja auch gesagt.

Daß der Junge auf Sandy geschossen hatte, hielt ich für ausgeschlossen – im Krankenhaus hatte er einen aufrichtig besorgten Eindruck gemacht. Und in Anbetracht seines deutschen Akzents – den ich für echt hielt – wußte ich nicht, was für eine plausible Verbindung es zwischen einem jungen Deutschen und Wallace Bean geben konnte.

Also blieb der Mord an Kirsten – nach wem konnte die Polizei in diesem Zusammenhang suchen?

Ich hatte mit genügend Mordprozessen zu tun gehabt, um zu wissen, daß die Polizei immer als erstes nach den Personen sucht, die einen finanziellen Vorteil von dem Mord haben.

Aber Kirstens Vermögen würde mit Sicherheit Gary Gleason erben. Dieses Gebäude im Bankenviertel von San Francisco gehörte ihm zwar nicht automatisch (ererbtes Vermögen wird immer dem in die Ehe eingebrachten Besitz zugeschlagen), aber Kirsten mußte es ihm testamentarisch vermacht haben. Leute mit wertvollem Grundbesitz machten meistens ein Testament, zumal wenn der begünstigte Ehemann Anwalt war.

Mir fiel ein, daß Captain Loftus mich nach Kirstens ›Papieren‹ gefragt hatte; ich hatte geglaubt – und befürchtet –, daß er die Liebesbriefe meinte. Aber vielleicht hatte er ja nach einem fehlenden Testament geforscht. Gary hatte der Polizei sicher gesagt, daß Kirsten eines gemacht hatte, und der Captain konnte mißtrauisch geworden sein, wenn die Polizei bei der Spurensicherung auf keines gestoßen war. Das konnte der Grund dafür sein, daß mein Haussuchungsbefehl die Polizisten ermächtigte, nach allerlei ›Schriftstücken aus dem Besitz oder von der Hand Kirsten Strindbergs‹ zu suchen. Vielleicht hatten die Bullen mir zugetraut, daß ich meinen geschiedenen Mann genügend haßte, um ihn um sein Erbe bringen zu wollen.

Der Gedanke faszinierte mich und hielt sich noch einige Meilen weit auf der dunklen, nassen Straße in meinem Kopf.

Was, wenn der Junge, den ich als Dieter Strindberg kannte, Kirstens Erbe in der gesetzlichen Erbfolge war? Was, wenn er *Kirstens* und nicht Lennarts nächster Verwandter war?

Ich ließ eine Ampel auf Grün umschalten, dann auf Rot und noch mal auf Grün, während ich darüber nachdachte.

Ich hatte angenommen, daß Kirsten und Lennart verheiratet waren, weil sie denselben Familiennamen trugen. Aber als Kirsten Gary heiratete, hatte sie *seinen* Namen nicht angenommen.

Vielleicht hatte Kirsten ja Lennarts Namen auch nicht angenommen. Vielleicht war das gar nicht nötig gewesen. Wenn die beiden zum Beispiel Cousin und Cousine gewesen waren, wie Hal und ich. Das würde auch erklären, warum Dieter Strindberg (falls er so hieß) Lennart so ähnlich sah.

Und der Junge hätte vielleicht ein Anrecht auf einen Teil des Grundstücks gehabt, wenn Lennart gestorben wäre, ohne ein Testament verfaßt zu haben. Das gäbe auch die Erklärung dafür, warum der Junge Sandy angeheuert hatte. Kirstens Grundstück im Bankenviertel hatte seinen Wert vervielfacht, seit die alten Pachtverträge ausgelaufen waren – Anreiz genug für den Jungen, den Umständen von Lennarts Tod nachzugehen.

Der Autofahrer hinter mir hupte und nötigte mich, zu fahren, statt nachzudenken. Ich startete mit Vollgas über die Kreuzung und fuhr dann rechts ran. Der Regen hatte sich zu einem Nieseln verdünnt, das das stillgelegte Kraftwerk auf der anderen Seite der Bucht in einen glitzernden Dunstschleier hüllte. Es warf Tausende von winzigen Lichtern herüber, die sich auf dem schwarzen Straßenbelag spiegelten und die Illusion eines romantischen – wenn auch potentiell tödlichen – Luftschlosses erzeugten.

Mein kleiner Gedankengang schien bis hierher plausibel zu sein. Er erklärte, warum der Junge in Panik verfallen war, als er dachte, ich hätte seine Identität herausbekommen. Ich hätte ihn ja mit vorgehaltener Knarre bei der Polizei vorführen und denen sagen können, daß er Kirstens nächster Verwandter war. Wenn der junge Deutsche in der Nacht von Kirstens Tod bereits in der Stadt gewesen war, hätte Loftus ihn erst einmal eingesperrt, um ihm später vielleicht Fragen zu stellen.

Das einzige, was meine Theorie nicht erklärte, war, warum Sandy mir vorgemacht hatte, der Junge sei Lennarts jüngerer Bruder. Sandy hätte mir die Wahrheit erzählen können; die Verwandtschaft des Jungen mit Kirsten hätte an meinem Plan nicht viel geändert.

Es konnte also nur so sein, daß Sandy mir die Wahrheit nicht erzählen konnte, weil das in *seinen* Plan nicht hineingepaßt hätte.

Ich befühlte meine Stirn, in der Hoffnung, Anzeichen von Fieber festzustellen. Ich wollte irgend etwas finden, das bewies, daß ich mich mit meinen Vermutungen verstiegen hatte; daß Sander Arkelett *nicht* von Kirsten Strindbergs nächstem Verwandten dazu angeheuert worden war, ihr Testament zu stehlen und sie umzubringen.

33

Groß war die Chance nicht, daß Hal im Haus seiner Eltern aufgetaucht war, aber ich fuhr trotzdem hin.

Als ich bei dem Pseudo-Schlößchen ankam, hatte der Regen aufgehört; nur der Wind rüttelte noch immer an meinem Cabriolet-Dach. Ich verriegelte die Beifahrertür und stieg aus. Um die Rhododendronbüsche meiner Tante war ein Absperr-Band der Polizei gespannt, an dem noch Wassertropfen hingen. Aber Bullen waren keine mehr zu sehen. Ich nahm an, daß sie auf Tageslicht warteten, um ihre Durchsuchung abzuschließen –

auf gutes Wetter konnten sie nicht warten, das hätte ewig gedauert.

Ich hatte die Hand schon auf dem Klingelknopf, als Onkel Henry die Tür öffnete. Er erschrak, als er mich davorstehen sah, und hätte fast die kleine Reisetasche fallenlassen, die er in der Hand hatte.

Nachdem er sich wieder gefangen hatte, faßte er mich am Ellbogen und nötigte mich die Verandastufen wieder hinunter. »Du bist mit dem Wagen da, Laura, nicht? Du mußt mich mitnehmen.«

»Ist Hal da?«

Mein Onkel schüttelte den Kopf und blickte nervös zu den Fenstern im oberen Stockwerk hinauf.

Ich öffnete ihm die Beifahrertür und warf seine Reisetasche nach hinten, ohne nachzudenken, auf die Gepäckablage – genau auf den Revolver drauf. Ich fluchte lautlos in mich hinein, über meine Dummheit. Ich mußte unbedingt daran denken, die Tasche nachher selbst rauszuholen, ehe er mir zuvorkam. »Ist Hal heute hier gewesen? Hast du ihn überhaupt schon gesehen seit der Party?«

»Puuh! Wenn du mitgekriegt hättest, was sie ihm alles an den Kopf geworfen hat! Nein, nein, der kommt nie wieder hierher.«

Ich stieg ein und ließ den Motor an. »Wohin?«

Er schaute immer noch nach hinten zum Haus und fingerte nervös an seinen Jackenknöpfen herum.

»Onkel Henry?«

»Oh, ich weiß nicht. In ein Hotel?«

In dem schwachen Licht der Straßenlampe sah er fast aus wie mein Papa. Die Ähnlichkeit war um so größer, als mein Onkel ausnahmsweise nicht sein joviales Politikerzwinkern im Gesicht hatte.

Mir fiel ein, daß meine Tante auf der Party zu Sandy gesagt hatte, mein Onkel fühle sich nicht wohl. Er sah tatsächlich anders aus als sonst, nicht unbedingt krank, aber erschöpft.

Ich fuhr sachte aus der Parklücke. »Du kannst zu mir kommen. Ich habe fünf Schlafzimmer frei, zwei davon haben sogar Betten.«

Mein Onkel nickte kaum merklich. Er sah so mitgenommen aus von seinen Problemen, daß ich ihm meine beinahe erspart hätte. Gott sei Dank tat ich es nicht.

Ich zögerte, dann drängte ich ihn: »Hast du irgendeine Ahnung, wo Hal sein könnte?«

Mein Onkel schüttelte niedergeschlagen den Kopf. »Sie hat ihn einen Idioten geschimpft, einen geistig Minderbemittelten – ihren eigenen Sohn. Sie hat's ihm ins Gesicht gesagt. Nein, der besucht uns nicht mehr, Jahre wird der nicht mehr kommen.«

»Meinst du, er ist wieder abgehauen?«

»Mein Sohn lebt wie ein Vagabund, aber sie will ihm nicht helfen, weil sie sich für ihn schämt. Sie verlangt ihm Versprechen ab, die er ihr nie geben wird.«

»Was ist mit Hal los, Onkel Henry? Im Krieg ist ihm irgend etwas zugestoßen, nicht?«

»Sie hat es nicht mal *mir* gesagt. Mein einziger Junge. Er hätte sterben können, und ich wußte nicht mal, daß er einen Schuß abgekriegt hat.« Seine Stimme war belegt, er hatte wahrscheinlich getrunken. »Jahre später erfahre ich es von einem verdammten Militärarzt, der zufällig durch die Stadt kommt!«

»*Was* hast du erfahren? Wann ist er verwundet worden? Wo?«

»Am Kopf. Die linke Gehirnhälfte wurde geschädigt, sagte der Arzt. Sehr ernst, sagte er. Und sie hält es elf Jahre vor mir geheim. Weil es nicht in Ausübung seines Dienstes passiert ist!«

»Was bedeutet das?«

»Ich weiß es nicht. Sie will es nicht sagen. Und Henry auch nicht.« Er hob die Hände in einer Geste der Verzweiflung. »Aber was kann es denn schon bedeuten, Laura? Selbstmordversuch, was sonst?«

Wir fuhren die restliche Strecke schweigend. Die linke Gehirnhälfte geschädigt. Ich hatte mal einen Physiologiekurs belegt, an der San Francisco State University, zehn Jahre war das her. Ein paar Grundlagen hatte ich noch im Kopf. Genug, um mir einen Reim auf die paar Dinge zu machen, die mir aufgefallen waren. Und genug, um mir eine Höllenangst einzujagen.

Judy Britt und der sechzigjährige Nachrichtenmoderator waren von meiner Veranda verschwunden, als ich vor dem Haus anhielt. Aber der Bus aus Oregon stand noch da, die Türen fest geschlossen, die Fensterscheiben beschlagen. Wahrscheinlich hatten sie Probleme, ihre Reisespesen zu rechtfertigen, wenn sie kein Interview machten.

Der fette Reporter kurbelte das Beifahrerfenster herunter, als wir vorbeikamen, aber ich kam seiner Frage zuvor und sagte mürrisch: »Vergessen Sie's!«

Mein Onkel und ich gingen hinein. Er machte sich sofort auf die Suche nach meinem Schnaps, und ich faltete ein Blatt Papier auseinander, das jemand durch den Briefschlitz meiner altmodischen Haustür gesteckt hatte.

Ich stand immer noch im Flur und rätselte über den Zettel, als mein Onkel dazukam.

»Willst du auch einen Schluck?« fragte er und hielt eine Literflasche Johnny Walker hoch.

»Sieh dir das an.« Ich reichte ihm die Nachricht, die offensichtlich schnell hingekritzelt war, in Druckbuchstaben.

Auf dem Zettel stand: *Laura, ich muß mit dir über Sandy sprechen. Du findest mich in seinem Zimmer. Die Besuchszeiten sind schon vorbei, aber du kannst über die Feuerleiter durch sein Fenster einsteigen. Es ist wichtig. Komm so schnell du kannst. Hal.*

Mein Onkel runzelte die Stirn, als er die Botschaft gelesen hatte. »Ich weiß nicht recht, Laura. Meinst du, du solltest da hin?«

»Nein, das sollte ich garantiert nicht.« Ich stopfte den Zettel in meine Hosentasche. »Wo hab' ich meinen Mantel hingetan, verflucht noch mal?«

34

Ich nahm den Wollmantel mit dem Fischgrätmuster. Er war das einzige Kleidungsstück in meinem Schrank, das über Taschen verfügte, in denen man einen großen Revolver unterbringen konnte.

Ich stieg in den Mercedes und griff zur Kontrolle nach hinten auf die Gepäckablage. Die verfluchte Kanone war ausnahmsweise einmal da, wo ich sie hingelegt hatte. Ich traute mich nicht, die Innenbeleuchtung anzuschalten, um sie hervorzuholen, solange hundert Meter entfernt dieser Bus voller Reporter stand; aber ich nahm sie in die Hand, zwang mich, mit dem Finger nach dem Abzug zu tasten. Mir fiel wieder ein, daß Hal, als Kirsten die Kanone in der Hand hielt, gesagt hatte, ich sollte aufpassen, weil sie nicht gesichert sei. Ich fand etwas, das der Hahn sein konnte, ein Hebelchen über dem Griff, das sich ähnlich anfühlte wie der Abzug.

Wenn es zum Äußersten kam, wollte ich mich hinstellen, den Hahn spannen und zielen. Ich wußte, ich wäre nie imstande, abzudrücken.

Ich mußte an die Filmaufnahmen von Senator Hansen und Senator Dzhura denken, wie es sie erst nach hinten warf und sie dann die Gangway herunterpurzelten. Wie viele Male hatte ich die Wirkung von Beans Schüssen heruntergespielt? Wie viele Male hatte ich die Geschworenen beschworen, nur an den armen, kranken Willy Bean zu denken und Harley Hansen und Garth Dzhura außer acht zu lassen?

Ich versuchte den Revolver in meiner Manteltasche zu verstauen, aber der Lauf war zu lang. Schließlich riß ich ein Loch in die Tasche und schob den Lauf unter das Mantelfutter. Das verfluchte Ding war so schwer; ich hoffte bloß, daß die Tasche nicht ausreißen würde.

Ich startete den Motor und schaltete die Scheinwerfer an, dann warf ich einen Blick auf die andere Straßenseite hinüber. Mein Ex-Mann stand schon wieder am Fenster und lugte durch die Vorhänge zu mir herüber. Seine Umrisse verschwammen hinter der nassen Scheibe.

Gary Gleason hatte mein Haus nicht aus den Augen gelassen. Er hatte mich mit Kirstens Verwandtem herauskommen sehen. Und er wußte, daß ich in die Stadt gekommen war, um Rache an ihm und seiner Frau zu nehmen; ich hatte es ihm selbst gesagt. Dachte er sich, daß ich mich mit dem Jungen verschworen hatte, um Kirsten zu töten? Ihr Testament zu stehlen?

Die Nachricht – Gary hatte gesehen, daß sie mir in den Briefschlitz gesteckt wurde. Er hatte auch gesehen, daß ich heimkam, lange genug blieb, um den Zettel zu lesen und dann wieder hinaus zum Wagen ging.

Ich sah, daß Garys Peugeot nicht mehr in der Einfahrt stand, sondern vor dem Haus geparkt war. Gary Gleason hatte vor, mir zu folgen, da war ich ganz sicher.

Ich stellte die Scheinwerfer wieder ab, schaltete den Motor aus und ging über die Straße.

Gary öffnete die Tür, bevor ich klopfen konnte. Er trug einen glatten braunen Pullover, Jeans und Turnschuhe. Sein Gesicht war blaß, er stand verkrampft da, auf der Stirn das übliche Runzeln, das ihn aber heute nicht wie den seriösen Geschäftsmann aussehen ließ, sondern wie jemand, der Schmerzen hat. Er war sorgfältig rasiert (bis auf den roten Schnurrbart), aber seine krausen braunen Haare sahen etwas feucht oder etwas fettig aus.

»Ich hab' dich kommen sehen«, sagte er.

Ich nickte. »Hast du die Sache von Sandy Arkelett gehört?«

»Ja. In den Nachrichten haben sie gesagt, daß er ein Privatdetektiv war, der für dich gearbeitet hat.«

»Ich dachte, daß er für mich arbeitet. Aber möglicherweise hat er für den Jungen gearbeitet, mit dem du mich heute schon gesehen hast.«

Auf Garys Stirn trat eine blaue Ader hervor, in der das Blut pochte. »Weißt du, wer das ist?«

»Ein Verwandter von Kirsten.«

»Was macht er hier?« Garys Ton schäumte vor Mißtrauen. »Weiß die Polizei, daß er hier ist?«

»Da bin ich ganz sicher«, sagte ich trocken.

Gary trat einen Schritt zurück. »Ja, ich hab' die Bullen angerufen. Sie war meine *Frau,* was erwartest du denn?«

»Ist mir egal, wen du angerufen hast. Ich hab' ihn heute abend zum erstenmal gesehen, im Krankenhaus.« Ich zog den Zettel, den ich gerade erhalten hatte, aus der Tasche. »Hier. Sieh dir das an.«

Mein Ex-Mann begann schwer zu atmen, als er die Nachricht las. Sollte er sich seinen eigenen Reim darauf machen – Hauptsache, er erriet nicht den meinen.

Er gab mir den Zettel zurück. »Und?«

Aus dem Augenwinkel konnte ich seinen Peugeot sehen. »Und? Es ist ein bißchen viel geschossen worden hier, in letzter Zeit.« Es war schwieriger – und unangenehmer – als ich gedacht hatte, Gary um einen Gefallen zu bitten: »Ich will da nicht allein hingehen.«

Gary sah mich argwöhnisch an. »Du willst, daß ich mit dir komme?«

Besser, als wenn du mir folgst, du Mistkerl. »Vielleicht bist du der Sache nicht gewachsen.«

Ich sah in seinen Augen, wie er mit sich kämpfte. Aber ich wußte, er würde ja sagen. Er hatte immer alles getan, um nobel zu erscheinen – solange es nicht seine Chancen schmälerte, das zu erreichen, was er wollte.

»Nein, nein. In Ordnung. Ich hole nur meine Jacke.«

Ich trat ein, während er nach oben ging. Der Revolver in meiner Tasche spannte das Mantelfutter. Ich ließ die Hand in die Tasche gleiten und hielt den Revolver einen Moment, damit die Naht nicht nachgab. Dabei sagte ich mir, daß ich mich lediglich für eine Gefahrensituation absicherte und es einfach besser so war. Aber in einem anderen Winkel meines Kopfes war ich so wütend, daß ich mich um etwas wie Sicherheit nicht scherte; mein Finger glitt über den Abzug. Als ich das merkte, erschrak ich und ließ die Kanone wieder ins Futter fallen.

Auf Garys Wohnzimmerboden standen überall Bücherstapel. Das deckenhohe Regal war fast leer. Die Schubladen eines kleinen Einbauschranks waren ausgeräumt, Papiere lagen zu unordentlichen Haufen sortiert herum. Gary hatte Kirstens Testament vermutlich in seinem Büro aufbewahrt, und eine Kopie hier im Haus. Wenn das Original aus der Akte verschwunden war, hatte er wahrscheinlich das Haus auf den Kopf gestellt, um die Kopie zu finden, sagte ich mir.

Als Gary wiederkam, sagte ich, indem ich mich anstrengte, Mitleid zu heucheln: »Captain Loftus sagte mir, daß in deinem Büro eingebrochen wurde.«

»*Loftus* hat das gesagt?« Er betonte den Namen spöttisch.

»Ja.«

Gary sah mich an, während er umständlich seine Jacke anzog. »Du bist sicher, daß du das von Loftus weißt?«

»Kann auch einer von den anderen Bullen gewesen sein«, ich blieb bei meiner Lüge und hielt ihm die Tür auf.

Als er sich an mir vorbeidrückte, empfand ich plötzlich ein Déjà-vu: hinter der Tür, die ich aufhielt, war eine Wohnung, die Gary und ich liebevoll eingerichtet hatten, an der Wand amerikanische Flaggen, die auf dem Kopf standen. Es traf mich wie ein Schlag ins Genick, daß wir da drin einmal glücklich gewesen waren.

Ich schlug Garys Tür hinter uns zu.

Der Oregon-Reporter blieb zu meiner Erleichterung in seinem Bus, als wir über die Straße zu meinem Auto gingen. Mit meinem Mistkerl von Ex-Mann wollte ich nicht gefilmt werden.

Gary sah während der Fahrt ins Kreiskrankenhaus die ganze Zeit aus dem Beifahrerfenster hinaus und schwieg.

Ich stellte den Wagen auf dem vorderen Parkplatz ab und ging auf die Glastür des Haupteingangs zu. Gary blieb zurück und sah mir erst unentschlossen nach, bevor er mir folgte.

An der Pforte saß eine verhutzelte alte Frau. Sie wies uns streng darauf hin, daß die Besuchszeiten vorüber seien.

Ich sagte: »Wir wollen keinen Besuch machen. Wir wollen zu einer der Schwestern im ersten Stock.« Ich wandte mich zu meinem stirnrunzelnden Begleiter: »Wie war gleich ihr Name, Gary?«

Mit einer kleinen Verzögerung lieferte Gary den Namen einer Schwester, vermutlich einer von denen, die er während seines Aufenthaltes hier kennengelernt hatte.

Die Frau sagte schließlich, wir sollten uns eintragen, dann könnten wir ihretwegen raufgehen. Ich schrieb unsere beiden Namen auf ein Blatt mit numerierten Zeilen. Ich überflog die Liste. Hals Name war nicht darauf. Aber das war auch nicht zu erwarten gewesen.

Wir fuhren mit dem Fahrstuhl hinauf, und Gary machte eine Bemerkung darüber, wie raffiniert ich uns bei der Pforte durchgemogelt hatte. Es schien ihm nicht zu gefallen.

Im Stationszimmer verkündete ich: »Mein Name ist Laura Di

Palma. Sander Arkelett arbeitete für mich, als jemand auf ihn geschossen hat. Und ich habe allen Grund zu der Annahme, daß dieser Jemand immer noch hinter ihm her ist. Und zwar zu dieser Stunde. Heute abend.«

Die beiden Schwestern schauten von ihren unordentlichen Aktenbergen auf. Sie sahen zum Umfallen müde aus und taub für alles, was ihnen zusätzliche Arbeit bescheren konnte.

Ein Lämpchen auf ihrer Kontrolltafel blinkte auf und eine der beiden stöhnte auf: »Ach du Schande, nicht schon wieder Mrs. P.!«

Die andere Schwester, ein blasses junges Mädchen mit Akne im Gesicht, sagte zu ihrer Kollegin: »Du bist dran«, und schaute ihr unverwandt ins Gesicht, bis sie mit rollenden Augen in den Flur hinaustrottete. Dann wandte sie sich wieder an mich: »So, was denken Sie sich, daß *wir* da machen sollen?«

»Ich möchte, daß Sie jetzt sofort Mr. Arkeletts Zimmer kontrollieren und sich vergewissern, daß niemand drin ist.«

Das Mädchen schaute skeptisch. »Wir sind hier allein, es ist keiner da außer uns.«

»Sehen Sie nach!«

»Ich kann hier nicht weg, solange Nina nicht zurück ist.«

Es war zwecklos, sich auf eine Diskussion mit ihr einzulassen. Ich zog Gary zu der Bank, auf der ich die letzte Nacht verbracht hatte.

Er sagte: »Ich dachte, du hast dich gut verstanden mit deinem Cousin Hal.«

Ich nickte und mied seinen Blick.

»Aber du scheinst ihm ja doch nicht zu trauen?«

Ich gab keine Antwort.

Gary strich sich nachdenklich über den Schnurrbart. »Er war immer schwer zu durchschauen. Es gab immer jede Menge Gerede über ihn in der Stadt, weil er der Sohn des Bürgermeisters ist.« Er ließ die Hand von seinem Schnurrbart sinken, seine Kinnbacken mahlten. Er hielt nicht viel vom Bürgermeister. »Die Leute glauben, er hätte eine Kriegsneurose oder so was; seit dem Krieg ist er sonderbar geworden, meinen sie.«

»Eine Kopfverletzung«, bestätigte ich.

Die zweite Schwester kam aus Mrs. P.s Zimmer zurück. Ich stand auf, das Mädchen mit der Akne flüsterte ihrer Kollegin etwas ins Ohr, das sie zum Kichern brachte, und sagte dann: »Okay, schauen wir mal nach.«

Sandy lag im Halbdunkel, angeschlossen an seine Monitore und Plastikflaschen. Seine Augen waren geschlossen, aus seinem Mund war eine Art Röcheln zu hören.

Ich stellte mich neben sein Bett. Die Schläuche, die an sein Gesicht geklebt waren, machten mir Angst und wühlten mich auf.

Die Schwester beugte sich mit einiger Theatralik in jeden Winkel des Raums, auf ihren Lippen hatte sie ein mokantes Lächeln. Mit ihrer Kollegin hätte sie gleich ordentlich was zu lachen.

Dann ging sie zu dem Schiebefenster gegenüber von Sandys Bett und drückte von unten gegen den Rahmen. Das Schiebefenster gab nach.

Die Schwester stand mit dem Rücken zu mir, aber ich hörte sie trotzdem flüstern: »Verdammter Mist.« Sie schloß das Fenster und schob den Riegel vor.

Ich ging zur Tür, wo Gary stand und zuschaute. Er sagte: »Was meinst du, was dein Cousin wollte?«

»Keine Ahnung.«

»Willst du ihn fragen?«

»Wenn ich ihn finde.«

Mit seinem noblen Gesichtsausdruck sagte mein Ex-Mann: »Dann laß mich lieber mitkommen.«

35

»Wo wohnt dein Cousin?«

Ich kramte nach meinen Autoschlüsseln. Ein Teil meines Vorhabens war erledigt: Sandys Zimmer war sicher.

»Er campiert in einem Haus, draußen bei der Mole.« Ich spürte wieder das Gewicht des Revolvers in meiner Tasche. Wenn ich im richtigen Augenblick... »In der verlassenen Siedlung.«

Gary pfiff leise. »Klingt, als hätte er Probleme. Was genau...«

Ich schnitt ihm das Wort ab. »Ich will's erst bei meinem Onkel probieren, bevor ich den ganzen Weg da hinausfahre.«

Aus dem Augenwinkel sah ich Gary mit der Hand leicht über seinen Pullover fahren, so als ob er seine Rippen befühlte. Mir fiel ein, daß eine Schwester mir gesagt hatte, Gary hätte durchaus schon am Morgen nach seinem Unfall wieder nach Hause gehen können. Vielleicht ja sogar schon in derselben Nacht? Durch das unverschlossene Schiebefenster und über die Feuerleiter?

Als wir vor dem Haus des Bürgermeisters ankamen, sagte ich, ich würde die Heizung für ihn anlassen. Ich ließ den Motor laufen und schlug die Tür zu.

Papa kam an die Tür, er trug die Smoking-Jacke, die ich ihm Weihnachten vor einem Jahr geschenkt hatte. Er fuhr sich nervös über die Haare, und sein Gesicht zuckte vor Ärger.

»Gott sei Dank!« Er zog mich nach drinnen. »Komm und sag *irgendwas* zu deiner Tante. Sie ist...« Er hob die Arme. Worte schien es dafür nicht zu geben, was meine Tante war.

Ich fand Tante Diana in ihrem vergoldeten Wohnzimmer, auf und ab gehend, mit geballten Fäusten. Sie vergoß wütende Tränen. Bei meinem Anblick brach sie in eine kurze Schmähtirade aus, deren Kern etwa darin bestand, daß mein Onkel schon sehen würde, daß er sie nicht einfach wie einen alten Schuh wegwerfen könnte, nachdem sie ihn zu allem gemacht hatte, was er war. »Alle wissen, daß ich *zehnmal* besser qualifiziert bin für einen Bürgermeister als er.«

»Warum kandidierst du nicht gegen ihn?« schlug ich ihr vor. »Du hast doch die ganzen Kontakte.«

Meine Tante sah mich an, als wäre ich ein biblisches Ungeheuer. »Ich habe es nicht nötig, mich wie ein Mann aufzuführen, um zu beweisen, was *mein* Wert ist!«

Ich schaute zu meinem Vater. Sein Gesicht sagte: *Siehst du, was ich hier durchmache?*

»Bitte, *ich* bleibe hier«, tobte meine Tante. »Wenn er sich einbildet, ich schäme mich jetzt und gehe...« Sie führte den Satz fort, indem sie wieder zu gehen anfing.

»Ich bin sicher, daß die Gemeindesatzung nicht vorschreibt,

daß der Bürgermeister hier wohnen *muß*, aber du solltest dich vielleicht erkundigen, ob sie nicht eine anderweitige Nutzung des Hauses vorschreibt, wenn er nicht hier wohnen *will*.«

Meine Tante mußte mehrere Male schlucken, ehe sie antworten konnte: »Wenn ich Hilfe brauchen sollte, dann werde ich mir einen Anwalt mit einer besseren Reputation suchen, als du sie hast, Fräulein!«

Schade, daß ich mir nicht eine Tante mit einer besseren Laune suchen konnte.

Ich nahm Papa am Arm und zog ihn aus dem Zimmer.

Ich sagte ihm, daß Onkel Henry bei mir zu Hause sei.

»Nach vierzig Jahren Ehe!« Er schüttelte den Kopf. »Henry muß verrückt geworden sein!«

»Papa, hat Tante Diana dir jemals erzählt, was Hal im Krieg zugestoßen ist?«

Papa schaute stirnrunzelnd zum Wohnzimmer hinüber. Er hatte einen gequälten Ton. »Ich wünschte, du würdest ihn Henry nennen. Was für ein Name soll das sein – Hal?« Dann sah er mich an. »Ich hab' neulich gehört, wie sie sich über ihn gestritten haben.«

»Ich glaube, Tante Diana weiß schon seit langem, was mit Hal los ist; ich glaube, die Army muß sie benachrichtigt haben, als es passiert ist. Aber sie wollte, daß niemand davon erfährt, weil sie glaubte, es sei zu …« Ich mußte eine Pause machen und tief Luft holen; ich hatte eine solche Wut auf diese Frau. »Ich weiß nicht, zu peinlich. Soviel ich verstanden habe, ist Onkel Henry vor kurzem zufällig dem Militärarzt begegnet, der Hal wegen einer Kopfverletzung behandelt hat …«

»Eine Kopfverletzung!« Papa schaute skeptisch. »Ich hab' nie etwas von einer Kopfverletzung gehört.«

»Darum geht es ja!«

Papa wurde blaß, seine gesunde Hautfarbe wurde gelblich. »Nein. Nein. So etwas hält eine Mutter nicht vor der Familie geheim.«

»Ich hab' sein Verwundetenabzeichen selbst gesehen. Und Onkel Henry behauptet, der Doktor hätte zu ihm gesagt, Hal hätte einen …« Ich konnte es nicht aussprechen; allein der Gedanke daran war schon so schmerzvoll. »Daß er einen Gehirnschaden hat.«

»Aber er wirkt doch ...« Papa hielt inne; Hal wirkte *nicht* normal. »Was für eine Art von Schaden?«

»Hal will nicht darüber sprechen. Und Tante Diana offensichtlich auch nicht.«

»Gehirnschaden.« Papa sah wieder zum Wohnzimmer hinüber, die Stirn in Furchen. »Der Junge hätte es uns selbst erzählen müssen! Wir hätten ...«

»Ich weiß. Wir hätten.« Ich fühlte eine unendliche Müdigkeit im Geist. »Hal hat das nicht gewollt. Dafür hat er uns nicht gern genug.«

Mein Vater hörte nicht auf, den Kopf zu schütteln, als könnte ein heftiges Leugnen der Tatsachen unsere Familie wieder zusammenkitten.

Ich ließ ihn stehen und ging nach oben, um zwei Telefonate zu führen.

36

Gary hatte den Motor abgeschaltet. Er saß zitternd vor Kälte auf dem Beifahrersitz.

»Du hättest die Heizung anlassen können«, bemerkte ich. »Ich habe noch genügend Sprit.«

Gary brummte irgend etwas, von wegen, er habe nicht gewußt, wie lange ich da drin bleiben würde.

Ich schaute ihn an, bis er zurückschaute, Überraschung in seinen Augen. Dann ließ ich den Motor an, drehte aber die Heizung ab.

Ich fuhr aus der Parklücke und zog langsam an Papas Lincoln vorbei.

»Ich hätte es eigentlich nicht tun dürfen«, beichtete ich, »aber als Kirsten in dem Krankenwagen mit dir mitgefahren ist, habe ich ein bißchen in eurem Haus herumgeschnüffelt.«

Gary flüsterte: »Himmel!«

»Auf der hinteren Terrasse war ein ziemlicher Saustall.« Gary gab keine Antwort, aber er schnaubte vor Wut. Ich fuhr zur Mole hinaus. Ich fuhr an der Geistersiedlung vorbei, die die Silberreiher vertrieben und bis vor kurzem meinen Cousin Hal beherbergt hatte. Ich überquerte den breiten Streifen harten Sand, der sich zwischen den Häusern und den Felsbrocken der Mole erstreckte, und hielt den Wagen etwa dreißig Meter vor den großen, zerklüfteten Felsbrocken an, die sich ins Meer hinausstreckten.

Vielleicht war ein Mond da; sehen konnte man keinen, es war zu bewölkt. Die Felsen waren nur als ein schwarzer Schattenriß gegen den grau-schwarzen Himmel zu erkennen. Das Meer, aufgepeitscht von den Stürmen der vergangenen Woche, brandete gegen die Felsen und ließ meterhoch die salzige Gischt aufspritzen, die auf meine Windschutzscheibe herabregnete und in kleinen Rinnsalen ablief.

Garys Tonfall war schroff. »Du sagtest doch, dein Cousin hätte in einem der Häuser da hinten sein Lager aufgeschlagen.«

»Kein Licht. Wenn er überhaupt hier ist, dann sitzt er irgendwo auf den Felsbrocken.«

Ich hörte, wie Gary nach dem Türgriff tastete, beugte mich zu ihm hinüber und zog ihn am Handgelenk zurück. »Nein, wenn Hal da ist, will ich allein mit ihm sprechen. Ich werde mit ihm herauskommen, wo du uns vom Auto aus sehen kannst, aber ich will allein mit ihm reden.«

Ich stellte den Motor wieder an und schaltete die Scheinwerfer ein. In den beiden Lichtkegeln tanzten Dunstwolken.

Die Armaturenbeleuchtung warf von unten Licht auf Garys Gesicht und ließ seine gefurchte Stirn noch markanter erscheinen.

Ich beugte mich vor und schaltete die Heizung an. Dann stieg ich rasch aus und warf die Tür zu.

37

Kaum war ich aus dem Licht der Scheinwerfer herausgetreten, da stolperte ich auch schon über Hal.

Erst war ich begeistert. Ich fiel ihm um den Hals und küßte ihn. Seine Reaktion fiel zufriedenstellend aus. Dann fiel mir wieder ein, warum ich hier war. Ich trat einen Schritt zurück.

Der Wind fegte über den Boden, wirbelte Sand und Gischt durch die Luft, die auf der Haut stichelten.

»Was machst du hier, Hal?« Sogar auf eine Armlänge Entfernung war er nur ein schwarzer Schatten. Ich faßte in meine Tasche nach der Kanone und zog sie ein wenig schräg nach oben, damit sie wieder richtig steckte, mit dem Lauf im Futter und dem oberen Teil in der Tasche. »Dein Haus ist vollkommen verbarrikadiert.«

»Ich hab' die Sache mit Sandy erst vor ein paar Stunden erfahren«, sagte er in den pfeifenden Wind und das Klatschen der Wellen. »Ich bin zu dir nach Hause gegangen, aber du warst nicht da. Ich hab's im Krankenhaus probiert, der Drachen am Eingang wollte mich nicht durchlassen, aber ich bin trotzdem rauf. Da warst du auch nicht. Dann hab' ich bei dir angerufen...« Er brüllte fast, trotzdem war seine Verwirrung zu spüren. »Mein Vater sagte mir, daß du hier rausgefahren bist, zur Mole!«

»Wie bist du so schnell hierhergekommen?«

»Bin mitgenommen worden, bis zur Abzweigung. Warum, zum Teufel, hast du den ganzen Weg hier raus gemacht?«

»Hat Onkel Henry dir von dem Zettel erzählt? Daß ich zum Krankenhaus gefahren bin, um dich zu treffen?«

Ich hörte die Wellen gegen die Felsen donnern und den Wind dazwischen heulen. Es dauerte eine Ewigkeit, bis Hal antwortete: »Er sagte, du hättest eine Nachricht von mir bekommen. Aber, Laura ...«

»Ich wußte, daß sie nicht von dir stammte.« Ich drehte mich um zu den Lichtbögen meiner Scheinwerfer. »Ich habe Gary dabei.«

»Gleason? Warum?«

»Ich hab' ihm gesagt, daß ich dich suchen gehe. Ich werde erzählen, ich hätte dich nicht gefunden.«

»Was sollte ich denn hier draußen, deiner Meinung nach? Und wozu hast du Gleason mitgebracht? Du hast doch nicht *Angst* vor mir?«

»Hör zu, Hal, wenn wir reden wollen, laß uns hinter die...« Ich ging in Richtung Felsen los, aber mein Cousin packte mich so fest am Arm, daß sein Griff durch die zwei Schichten Pullover hindurch wehtat.

»Mein Vater hat gesagt, du hast ihn ausgefragt…«

In diesem Augenblick fuhr Gary Gleason in meinem Auto an, so daß die Scheinwerfer über den Sand schwenkten und uns beide erfaßten, wie wir da standen und ich mich aus Hals Griff zu befreien versuchte.

Ich sah Hal an und kehrte dem Mercedes den Rücken. Sein Gesicht war kalkweiß, im Licht der Scheinwerfer.

»Warum hast du Gleason mitgebracht? Warum ausgerechnet *ihn?*«

»Er ist in einer Sekunde hier! Verdammt, Hal – benutz deinen Verstand!«

»Was davon übrig ist, meinst du wohl?«

Ich hätte an meinen Plan denken sollen. Und mich genau an ihn halten. Aber der Schmerz in Hals Stimme lähmte mich. Ich streckte die Hand aus, im Rampenlicht meiner eigenen Scheinwerfer, und strich ihm über die Wange.

Dann war es zu spät. Gary Gleason stand schon mit uns im Lichtkegel, sein krauses Haar leuchtete wie ein Heiligenschein.

Er sah von Hal zu mir. Sein Gesicht war wutverzerrt. »Du hast keine Angst vor ihm!« sagte er, gerade noch laut genug, daß ich es hörte. »Das ist gar nicht der Grund, warum du mich hierhergebracht hast, stimmt's? Dieses ganze Getue mit deiner Heizung; was, zum Teufel, hast du vor? Mich den ganzen Weg hier rauszulocken!«

»Ich habe Hal gesucht«, sagte ich und schaute meinen Cousin scharf an, um ihn mit den Augen zu warnen, mir nicht zu widersprechen. Aber er sah nicht her, er schaute gebannt auf eine Stelle neben Garys Gürtelschnalle. Er riß den Arm hoch, um darauf zu zeigen, und erstarrte. Dann ließ er den Arm langsam wieder sinken, ohne den Blick abzuwenden.

Gary sagte währenddessen: »Was versuchst du mir zu beweisen, Laura? Daß du weißt, wie wir es gemacht haben?«

Ich folgte Hals Blick. Mein Ex-Mann hielt eine kleine, schwarze Kanone in der Hand, mit kurzem Lauf.

Ich ließ meine Hand in die Manteltasche gleiten. *Bitte, lieber Gott, gib, daß ich den richtigen Moment erwische.* »Was gemacht?«

»Egal. Vergiß es. Warum hast du mich ins Krankenhaus mitgeschleppt?«

Ich starrte auf die Kanone in der Hand meines Ex-Mannes. In Gedanken sah ich wieder die beiden Senatoren, winkend auf der Gangway.

Dann das Entsetzen auf ihren Gesichtern, ihre stürzenden Körper.

Zwei Männer tot. Und ich hatte mir nicht gestattet – und auch den Geschworenen nicht – entsetzt zu sein.

»Ich wollte dir zeigen, daß du dich nicht in Sicherheit wiegen konntest«, sagte ich zu Gary. »Egal, was du vorhattest, du solltest wissen, daß Sandys Fenster verriegelt und die Schwestern alarmiert waren.«

»Woher hast du gewußt, daß der Zettel von mir war?« Der Wind und die Wellen waren lauter als Garys Stimme, aber ich hörte ihn so klar und deutlich, als ob alle anderen Geräusche nicht da wären. Die Kanone war eine mächtige Gehörhilfe.

»Du hast im Krankenhaus im selben Zimmer gelegen wie Sandy; du wußtest, daß das Fenster unverschlossen war. Und du hast mein Haus ständig im Blick. Du wußtest, wann ich nicht da war, wann du mir die Nachricht in den Briefkasten stecken konntest.«

Mein Ex-Mann fuhr sich mit der Hand durch seinen vom Wind zerzausten Heiligenschein. »Ach, komm, Laura! Dein Cousin könnte ebensogut zum Krankenhaus gefahren sein und sich am Fenster zu schaffen gemacht haben, woher willst du das wissen? Und an deiner Tür ist er auch gewesen, heute abend, ich hab' ihn gesehen, wie er klopfte. Deshalb hab' ich mit seinem Namen unterschrieben. Woher wußtest du, daß nicht er dir die Nachricht geschrieben hat?«

Gary hielt die Waffe ganz ruhig. Ich starrte auf den Lauf wie das Karnickel auf die Schlange. Krank oder nicht, woher, zum Teufel, nahm Bean sich das Recht …

Mein Cousin antwortete an meiner Stelle: »Weil ich weder lesen noch schreiben kann.«

»Hal!« Ich hatte es mir gedacht; aber es fühlte sich trotzdem an wie ein Schlag ins Gesicht.

»Blödsinn!« Gary rang nach Atem vor Wut. »Natürlich kannst du...«

»Ich hab' in Vietnam eine Kugel in den Kopf gekriegt.« Ich hatte meinen Cousin noch nie mit so tiefer Stimme sprechen gehört. »Jeder Vierjährige kann besser lesen als ich.«

Das Schreib- und Lesezentrum ist in der linken Gehirnhälfte; soviel wußte ich noch. Da fiel mir auch wieder ein, daß Hal nicht ein einziges Buch und nicht eine einzige Zeitung im Haus hatte.

Und noch ein paar andere Dinge fielen mir ein. Hals Steuerformulare: nicht leicht, einen Job zu finden, wenn man nicht schreiben konnte – unmöglich, irgend etwas anderes als niedere Hilfsarbeiten zu finden, wenn man nicht einmal lesen konnte. Kein Führerschein: nicht ohne die Prüfung noch mal zu machen. Sogar das Thorazin: ein Mittel, um mit den langen Abenden ohne Bücher, Zeitungen, Zeitschriften fertig zu werden; mit dem Los, keine Briefe schreiben zu können oder Briefe zu lesen, wenn man welche bekam; mit dem Los, keine Preisschilder oder Busfahrpläne oder Straßennamen lesen zu können. Ganz ohne Drogen – und Hal behauptete ja, er nehme sie nicht – lief man bestimmt ständig Gefahr, dumpf vor sich hinzubrüten, zu viel zu trinken und schön langsam zu verbittern.

Was für ein höllisches Werkzeug, so ein Schießeisen!

Ich starrte Garys Waffe an und fragte mich, ob es eine Achtunddreißiger war. Ob es die war, die Sandy die Kugeln in die Brust gejagt hatte. »Was hättest du getan, wenn du Sandy und mich im Krankenhaus allein vor dir gehabt hättest?«

»Deinem Detektiv die Kanone an den Kopf gehalten und dir die gleiche Frage gestellt, die ich dir jetzt stellen werde.«

Ich konnte meinen Ex-Mann schlecht sehen. Hal und ich standen mit dem Gesicht zu den Scheinwerfern, Gary mit dem Rücken. Ich hoffte nur, daß seine Aufmerksamkeit ganz auf mein Gesicht gerichtet war. Ich schloß meine Finger um den Griff der Buntline Scout. Der Revolver war wärmer als meine taube Hand, es fühlte sich seltsam an. Ich wußte, was Gary mich fragen wollte, und ich wußte, meine Antwort würde ihm nicht gefallen.

»Du bist vom Dach gefallen, als du deine Regenrinne saubermachen wolltest«, sagte ich, um irgend etwas zu sagen. Ich zog den Scout zentimeterweise aus der Manteltasche. »Mein Papa hat dich nicht überfahren, das hast du lediglich erfunden, das sollte eine Warnung für mich sein.«

Ich fühlte mich hilflos ausgeliefert in dem blendenden Licht der Scheinwerfer, mit dem Riesending von Revolver, der an meiner Hand baumelte. Ich wußte nicht, wie man den Hahn spannte und schoß – und selbst wenn ich es gewußt hätte, war die Frage, ob ich es fertigbrachte. Und Gary war schlau. Schlau genug, um es sofort zu merken, wenn ich ein Fünkchen von meiner Abscheu vor dem Ding zeigte, um sofort zu wissen, daß ich nicht abdrücken könnte. Aber wenn es mir mit dem Reden gelang, seine Aufmerksamkeit auf meinem Gesicht zu halten, dann konnte ich die Kanone vielleicht an Hal weitergeben. In Hals Händen wäre die Waffe eine wirksame Bedrohung für ihn.

Ich redete schnell weiter. »Ich war mir sicher, daß die Sache mit Papa eine Lüge war, als du deine Anschuldigung vor niemandem wiederholt hast. Anwälte sind vorsichtig mit Verleumdungen. Und dann sah ich neulich jemanden, der mit einem Stock seine Dachrinne ausräumte. Und mir fiel wieder ein, was ich hinter deinem Haus gesehen hatte. Auf der Treppe hat ein kaputter Blumentopf gelegen und darüber, unter deiner Dachrinne, hat eine Blumenampel gehangen, Makramee, in deren Netz sich eine Holzlatte verfangen hatte. Ich kam auf die Idee, daß du vielleicht über das Geländer der Veranda auf das Dach geklettert bist, um die Regenrinne freizuräumen – als Einheimischer hast du gemerkt, daß sich ein Unwetter zusammenbraute. Und dann fiel mir ein, daß ich Kirstens Stickerei in der Nähe der Küchentür auf dem Boden gesehen habe, so als ob sie plötzlich hinausgerannt wäre. Sie lag nicht etwa beim Vordereingang, wie man es erwartet hätte, wenn sie wegen eines Unfalls auf die Straße hinausgelaufen wäre.«

Ich hielt die Kanone hinter meinem Rücken, wo Gary sie nicht sehen konnte. Ich wackelte ein bißchen damit, um Hals Blick darauf zu lenken.

Gary mühte sich um einen sarkastischen Ton. »Ich falle also vom Dach herunter und humple dann, aus irgendeinem hinterhältigen Grund, um das Haus herum, nach vorn zur Straßenseite.«

»Ich hab' dich nervös gemacht, auf meiner Büroparty, als ich von Lennart sprach, als ich erwähnte, daß ich einen eigenen Detektiv habe und über Kirstens Hausbesitz in San Francisco Bescheid weiß, und daß ich ein Haus gemietet habe, das direkt dem deinen gegenüberliegt. Und da wolltest du mich glauben machen, du hättest gegen mich auch was in der Hand. Du wolltest, daß ich denke, du könntest mich jederzeit erpressen, wenn es dir einfiele. So schlimm warst du gar nicht verletzt – das hat mir eine Schwester im Krankenhaus verraten. Und trotzdem hatte Kirsten alles alarmiert, was ihr nur einfiel – Notarzt, Bullen, Feuerwehr. Du wußtest, daß ich jeden Moment heimkommen mußte wegen unserer Verabredung, und da hast du eine nette kleine Vorstellung für mich inszeniert. Du wolltest meinen Vater mit hineinziehen – aber nur ich sollte es wissen. Du wolltest mir Angst einjagen. Damit ich über Lennart den Mund hielt.«

Gary sagte: »Das wirst du nie beweisen können, daß es keine Fahrerflucht war.«

Da hatte er recht, das wußten wir beide. Aber ich wollte Gary auch gar nicht dazu bringen, sich wirklich bedroht zu fühlen. Nicht, solange die Kanone genau auf meinen Bauch gerichtet war. Ich wollte Zeit gewinnen, um die unvermeidliche Frage hinauszuzögern.

Sie kam trotzdem. »Wo, zum Teufel, ist das Testament meiner Frau?«

Jetzt oder nie. Mir mußte etwas einfallen, wie ich Hal auf die Waffe in meiner Hand aufmerksam machen konnte. Gary würde mir nie abnehmen, daß ich das Testament nicht gestohlen hatte. Ich hielt ihn für Lennarts Mörder; also wäre es nur logisch, daß ich ihn um Lennarts Geld bringen wollte.

Völlig unvermittelt sagte ich: »Heute abend sagte mir Tante Diana, ich hätte den einheimischen Jungs ganz schön die Köpfe verdreht.«

Ich sah meinen Ex-Mann verwundert den Kopf schütteln. Ich wagte es nicht, den Kopf nach Hal zu drehen, ich wagte überhaupt nichts zu tun, weil alles Gary Gleason von meinem Gesicht ablenken konnte.

Aber ich wußte, mein letzter Satz würde Hal dazu bringen, *mich* anzuschauen – nicht Gary, nicht Garys Kanone, sondern mich. Ich hielt die Waffe hinter meinem Rücken ein paar Zentimeter höher und streckte sie Hal entgegen.

Ich sagte: »Das Testament war nicht bei Kirstens Briefen, Gary. Wenn du es nicht gefunden hast, hat sie es wahrscheinlich selbst zerrissen. Vielleicht hatte sie Schuldgefühle.«

Ich glaubte nicht, was ich sagte. Gary sicher auch nicht.

Es tut mir leid, meine Herren Senatoren, betete ich, *ich hab' nur meinen Beruf ausgeübt.*

Ich erschrak, als Hals Finger die meinen streiften. Ich zuckte unwillkürlich zusammen, und Gary hielt sofort die Waffe hoch. Die andere Waffe, meine Waffe, hinter meinem Rücken, wurde mir aus der Hand gerissen; und irgend etwas – Hals Faust – versetzte mir einen Schlag gegen die Schulter, der mich zur Seite auf den Sand warf. Ich schlug mit Wucht auf dem Boden auf, ritzte mir die Wange an einem Stück Treibholz auf und hatte sofort Sand in den Augen, der mich blind machte.

Es gab einen Knall, der sich wie eine Bombe anhörte. Aber ich wußte, es war ein Schuß. Von den Felsen hörte man sein Echo. Es roch nach Schießpulver.

Ich blinzelte, um den Sand und den Rauch aus den Augen zu kriegen, versuchte mich am Scheinwerferlicht des Mercedes zu orientieren. Ich mußte sehen, ob mein Cousin noch stand.

Als ich wieder auf die Knie kam, warf sich einer der Männer – ich war zu benommen, um zu unterscheiden, welcher von beiden – über mich. Eine Sekunde später schlugen beide auf dem nassen Boden auf und hüllten mich in einen Wirbelsturm aus feuchtem Sand. Ich hörte, wie sie im Kampf stöhnten, aber ich war nicht sicher, wer oben war.

Aber noch bevor ich meine Orientierung wiederfand, war einer der beiden wieder auf den Beinen.

38

»Alles okay«, keuchte Hal. »Alles in Ordnung, Laura. Ich hab' beide Kanonen.«

Ich blinzelte zu ihm hoch, die Augen noch immer voller Sand. Neben mir lag Gary Gleason auf dem Rücken, mit angezogenen Beinen, hielt sich die Rippen und hustete.

»Halt lieber eine auf ihn, Hal!« rief ich gegen den Wind, der um die Felsen pfiff. »Er hat Lennart Strindberg umgebracht, und er wird es gestehen, das schwöre ich dir.«

Ich kniete mich neben meinen Ex-Mann. Meine Knie sanken ein paar Zentimeter in den eisigen Sand. Die oberste Sandschicht wirbelte um mich herum, prasselte mir auf die Wangen, sauste mir um die Ohren.

»Es war dumm von dir, diese Fahrerflucht vorzutäuschen, Gary. Als ich rausbekommen hatte, daß diese Geschichte nicht stimmte, war ich sicher, daß du Lennart auf dem Gewissen hast. Sonst wärst du niemals so entschlossen gewesen, mich zum Schweigen zu bringen.«

Mein Ex-Mann lag vollkommen unbewegt da und hielt sich die Seite.

»Und wie schäbig von dir, den armen John Loftus mit hineinzuziehen! An der Auspuffanlage eine undichte Stelle zu manipulieren und darauf zu spekulieren, daß es deinem Mechaniker als Fehler angehängt würde!« Ich mußte daran denken, wie ungerührt Captain Loftus vom Heldentod seines Sohnes in Vietnam gesprochen hatte. Heldenhaft oder nicht, das Opfer war auf jeden Fall unnötig gewesen. »John hatte schon einmal Ärger gekriegt, weil er eine Auspuffanlage vermurkst hatte. Und er hatte gerade eben den VW in seiner Werkstatt gehabt. Er bot sich als Sündenbock geradezu an – und du hattest ihm sowieso nie verziehen, daß er mit seinem Luftgewehr auf die Fenster des Friedenszentrums geschossen hatte!«

Gary setzte sich auf und sah an mir vorbei. Wir saßen genau andersherum als vorher, jetzt hatte er die Scheinwerfer im Gesicht. Aus seinem eingeschüchterten Blick schloß ich mit Genugtuung, daß Hal tatsächlich eine Kanone auf ihn gerichtet hatte.

Ich fuhr fort: »Erst hast du die Auspuffanlage manipuliert, irgendwas dran gedreht, daß Kohlenmonoxyd durch die Heizung ins Wageninnere drang. Und dann hast du Lennart von Kirsten mit unserem Wagen abholen lassen. Wahrscheinlich hat sie ihm erzählt, sie wollte sich wieder mit ihm versöhnen, aber erst müßte sie es dir noch sagen. Dann fuhr sie mit ihm los zu – was weiß ich, wo du eben gewartet hast. Sie ließ ihn bei laufender Heizung im Wagen zurück und ging rein zu dir, angeblich, um sich mit dir auszusprechen. Ihr beiden müßt einfach da drin gesessen haben – wie lange? Fünf, zehn Minuten? – und abgewartet haben, bis Lennart von den Dämpfen erledigt war.«

Gary sah mich nicht an; er sah weiterhin über meine Schulter hinweg. Ich drehte mich um und sah den Lauf eines Revolvers blinken.

»Du hattest immer einen Sinn fürs Praktische, Gary. Fürs Idealistische auch, aber nur, weil es gerade ›in‹ war; jedenfalls warst du praktisch genug, dein Verhältnis mit Kirsten so lange geheim zu halten, bis Lennart ein Testament zu ihren Gunsten geschrieben hatte. Solange du mit mir zusammengelebt hast, hat mein Vater dich finanziell unterstützt. Als du dann zu Kirsten gezogen bist, hast du einen Gönner gebraucht. Da kam Lennart dir gerade recht. Sein Geld ersparte dir die Schinderei in einem miesen Job wie dem von John Loftus. Es lieferte dir die Mittel, die du brauchtest für deine Ausbildung, die du brauchtest, um ein engagierter junger Anwalt zu werden, der Sit-ins zur Rettung der Silberreiher organisierte.«

Gary schwenkte den Blick auf mein Gesicht. Aber er sagte nichts, gab nichts zu.

»Es muß dich wütend gemacht haben, als Lennart aus dem Wagen stieg, um eine Telefonzelle zu suchen und mich im Motel anzurufen.«

Ich sah, wie er ein böses Gesicht machte, den Mund öffnete, um etwas zu sagen, dann einen Moment zögerte. Er griff nach jedem Strohhalm; wie jeder Strafverteidiger, wenn er sich vernichtenden Beweisen gegenübersieht. »Du hast gesagt, du hättest den Anruf im Motel um Mitternacht erhalten. Im Polizeibericht steht, Lennart starb um dreiundzwanzig Uhr fünfundvierzig.«

»Captain Loftus muß den Polizeibericht noch mal umgeschrieben haben. Als er Lennart tot in dem VW fand, hier draußen bei der Mole«, ich schaute auf die gezackte schwarze Silhouette hinaus, die sich gegen den etwas helleren Himmel abhob, »als er feststellte, daß Lennart an Auspuffgasen erstickt war, muß er Panik bekommen haben. Sein Sohn reparierte Volkswagen, und er hatte schon mal eine Auspuffanlage vermurkst. Ich glaube, der Captain ist in die Stadt gefahren, hat einen Schlauch gekauft, ist damit wieder zurückgekommen und hat ihn vom Auspuffrohr ins Wageninnere gelegt. Ich glaube, er hat den Polizeibericht geändert und angegeben, er hätte die Leiche schon um dreiundzwanzig Uhr fünfundvierzig gefunden, für den Fall, daß jemand sich erinnerte, ihn nach Mitternacht in der Stadt gesehen zu haben, als er den Schlauch und das Werkzeug besorgte.«

»Ich dachte, nach deinem Szenario müßte der Volkswagen vor meinem Haus gestanden haben?« Mein Ex-Mann schaffte es, herablassend und versöhnlich zugleich zu klingen.

»Hat er auch. Aber als Lennart den Motor abstellte und ausstieg, um mich anzurufen, mußtet du und Kirsten euren Plan natürlich ändern. Als Lennart zurückkam, hast du im Volkswagen schon auf ihn gewartet. Du hast ihm vielleicht erzählt, du wolltest mit ihm reden – liebenswürdig, wie er war, hat er natürlich nicht nein gesagt. Also bist du mit ihm zur Mole rausgefahren, bist unter irgendeinem Vorwand ausgestiegen, so wie ich vorhin. Du hast die Heizung aufgedreht und bist weggegangen. Du hast gewartet, bis Lennart bewußtlos war, dann hast du ihn auf die Fahrerseite gehievt. Du hast den Wagen bei laufendem Motor und angeschalteter Heizung abgeschlossen. Dann bist du raus zur Straße, wo Kirsten dich mit ihrem Wagen abgeholt hat.«

Mein Ex-Mann sah auf die Kanone in der Hand meines Cousins. »Das wirst du nie im Leben beweisen können – vor allem nicht, wenn du vorhast, unseren guten alten Captain eines Vergehens im Amt zu beschuldigen.« Er sah wieder mich an. Und lächelte.

Hätte ich die Kanone in der Hand gehabt, hätte es mir passieren können, daß ich meine Scheu vor dem Abdrücken überwunden hätte. Gary Gleason hatte mich mit seinem Selbstbewußtsein schon immer zum Wahnsinn gebracht. Ich hätte ihm liebend gern eine Höllenangst eingejagt, nur ein einziges Mal.

Ich sah zu Hal hinauf, um zu schauen, ob er bedrohlich genug aussah. Er blickte in die Ferne, über die Sandfläche.

»Scheinwerfer«, sagte er.

Ich folgte seinem Blick. Ein Auto fuhr langsam durch die verlassene Siedlung.

»Captain Loftus«, vermutete ich. »Ich habe ihn von Tante Diana aus angerufen.«

»Himmel!« explodierte Gary. »Wieso hast du das getan?«

»Ich hatte vor – wenn ich Hal nicht getroffen hätte –, mich irgendwo hier draußen zu verstecken, bis dir das Warten zu lange gedauert hätte und du nach mir gesucht hättest. Dann wäre ich zum Wagen zurückgerannt und ohne dich davongefahren. Ich wußte nicht, was du Sandy antun wolltest – und wollte dich für eine Weile aus dem Verkehr haben.«

Hinter mir sagte mein Cousin: »Warum hast du die Bullen herbestellt?«

»Für den Fall, daß irgendwas schiefgehen sollte. Und wenn nicht – nun ja, ich dachte, es wäre eine nette kleine Ironie des Schicksals, wenn Gary mit Captain Loftus nach Hause fahren müßte.«

»Eine ›Ironie des Schicksals‹?« Mein Ex-Mann rutschte auf dem harten Sand ein Stück von mir weg. »Ich hab' eine Ironie des Schicksals für dich. Was glaubst du, wer meine Frau umgebracht hat? Was glaubst du, wer auf deinen verdammten Detektiv geschossen hat?«

Ich sah, wie das Auto von Captain Loftus auf die Sandfläche zusteuerte. Er hatte die Scheinwerfer des Mercedes entdeckt.

Gleason schaute zu Hal hinauf. »Ich würde an deiner Stelle zusehen, wie ich die Kanone loswerde.«

Hal trat zurück, aus dem Lichtschein hinaus.

»Du beschuldigst den Captain des Mordes?« Gary hatte schon

immer einen Haß auf Bullen gehabt, und in seiner Amtszeit als Pflichtverteidiger hatte sich das gewiß nicht gebessert.

»Kirsten hat Beans Revolver aus deinem Schreibtisch geholt, als du schliefst. Sie wollte Bean suchen und ihm die Waffe zurückgeben. Sie wollte dafür sorgen, daß er wegen Waffenbesitz aus der Stadt gejagt wird, und du mit ihm. Sie hat mich im Krankenhaus angerufen und es mir erzählt. Das war das letztemal, daß ich mit ihr gesprochen habe. Die Schwestern sagten mir, sie hätte später noch mal angerufen, als ich schon schlief, und sie hätten das Gespräch nicht durchgestellt.«

»Ach? Und daraus schließt du, daß Loftus sie getötet hat?«

»Wer sonst hätte es gewesen sein können? Kirsten rief mich gegen drei an. Bean wurde kurz darauf getötet. Ziemlich genau um die Zeit, als Kirsten am Pier entlangfahren und ihn suchen wollte. Ich schätze ...« Gary starrte gebannt auf den Wagen, der vorsichtig über die Sandfläche heranrollte. »Ich schätze, sie kam gerade recht, um Zeugin von Beans Hinrichtung zu werden.«

»Hinrichtung«, wiederholte ich. Eine Menge Leute hätten Bean gern hingerichtet. »Warum Loftus?«

»Sie starb erst nach sieben Uhr. Wenn Beans Mörder Kirsten erkannt hätte oder ihrem Peugeot gefolgt wäre, wäre sie schon viel früher am Morgen erschossen worden. Aber wenn er nur die Marke und das Modell von ihrem Auto erkannt hat, sonst nichts, dann mußte er erst mal den Eigentümer rauskriegen. Um diese Uhrzeit geht das nur per Computer. Und das kann nur ein Bulle.«

Ein Bulle konnte ein paar Daten eines Autos in seinen Computer füttern und binnen Stunden einen Ausdruck mit einer Liste sämtlicher Autos dieser Marke und ihrer Besitzer bekommen. Und in einer Kleinstadt wie Hillsdale gab es wahrscheinlich genau einen grünen Peugeot.

Ich dachte an das Mädchen von der Autovermietung, das uns erzählt hatte, daß ein ›älterer Mann‹, ein Polizist, nach dem schwarzen Mustang gefragt hätte. Ich war davon ausgegangen, daß die Polizei routinemäßig sämtliche Autovermietungen durchging, um die Namen aller Fremden zu bekommen, die sich in der Stadt aufhielten. Aber das Mädchen hatte ja gesagt, der

Polizist hätte speziell nach dem schwarzen Mustang gefragt – was nur bedeuten kann, daß er ihn irgendwo gesehen hatte und bei seinen Nachforschungen auf die Autovermietung gekommen war.

Ich fragte mich, ob Sandy vielleicht auch unten am Pier gewesen war, als Wallace Bean ermordet wurde. Wenn dem so war, dann erklärte das einiges. Es erklärte, warum er nicht zugeben wollte, daß er schon einen Tag früher in der Stadt war; es erklärte auch, warum er aus meinem Fenster gehüpft war, um der Polizei nicht zu begegnen.

»Warum Loftus? Warum gerade er?«

»Weil der verdammte Kerl reaktionär genug ist, um es für sein patriotisches Recht zu halten, jemanden wie Bean hinzurichten. Hast du schon mal gehört, wie er über Vietnam redet? Hansen und Dzhura waren Helden für einen Faschisten wie ihn.« Mein Ex-Mann bekam schmale Lippen vor Abscheu. »Und er hat nicht die geringsten Hemmungen, das Gesetz selbst in die Hand zu nehmen, glaub mir. Ich weiß mit Bestimmtheit, daß er seinen Männern angeordnet hat, mich nach Strich und Faden zu verprügeln, als wir für den Erhalt des Sumpfgebiets demonstrierten.«

Der Captain hielt neben dem Mercedes an, die Scheinwerfer parallel zu den meinen ausgerichtet, so daß der beleuchtete Streifen jetzt doppelt so breit war. Er stieg flink aus seinem schwarzweißen Wagen und kam auf uns zu. Er hatte eine dicke Jacke mit Kapuze an und lief mit dem Rücken zum Licht. Ich konnte sein Gesicht nicht sehen.

»Miß Di Palma? Ich habe Ihre Nachricht erhalten.« Seine Stimme klang freundlich, neugierig, sogar ein wenig amüsiert. Er holte seine Taschenlampe heraus und leuchtete mit ihr langsam den Sand ab, wo die Scheinwerfer kein Licht mehr hinwarfen. »Hab' ich hier nicht noch jemanden gesehen, vor einer Minute?«

Die Jacke und die Taschenlampe. Genau wie der Mann, der in Hals Haus vom Korridor aus auf mich abgedrückt hatte. »Nein«, sagte ich matt. »Es sind nur Gary und ich hier.«

Ich stand auf und hielt Gary die Hand hin, um ihm aufzuhelfen.

Aber Captain Loftus drängte sich dazwischen und packte Garys Arm, um ihm auf die Beine zu helfen. Er riß ihn zu heftig hoch, so daß Gary nach vorn purzelte und über das Bein des Captains stolperte. Er fiel schwer, und der Stiefel des Captains erwischte ihn an den Rippen. Loftus entschuldigte sich in aller Liebenswürdigkeit, aber mir war klar, daß der Sturz kein Zufall war.

Mein Gott, ich hatte mich an der Schulter des Captains ausgeweint, als auf Sandy geschossen worden war. Ich hatte den angenehmen Geruch seines Hemds noch in der Nase, ein leichtes Eau de Cologne, und seine beruhigende, offene und – so war es mir vorgekommen – freundliche Ausstrahlung.

Aber die Kapuzenjacke, die Taschenlampe, der hinterhältige Tritt in die Rippen – mir fiel wieder ein, daß Sandy gesagt hatte, Bullen haben Achtunddreißiger; er und Kirsten hatten Schüsse aus einer Achtunddreißiger abgekriegt.

Der Wind heulte um die Felsen und verschluckte das Zittern in meiner Stimme. »Gary und ich haben uns Sorgen um meinen Cousin gemacht, Captain.« Gary rappelte sich auf die Beine und trat von mir und Loftus zurück. »In dem Haus, in dem er campiert hat, ist jedoch keine Spur von ihm. Wir hatten Angst, daß er ertrunken ist oder so was.«

»Ich fürchte, das läßt sich heute abend nicht mehr herausfinden, Miß Di Palma. Wir könnten höchstens die Felsen absuchen.« Der Captain winkte uns, ihm zu folgen, aber anstatt hinaus zu den Felsen ging er zurück zu seinem Wagen.

Er öffnete die Beifahrertür und stand da, eine dunkle Gestalt hinter den Scheinwerfern, und wartete darauf, daß wir einstiegen. Gary legte sich die Arme über die Rippen und ging ganz langsam rückwärts.

Ich sagte mir, daß Loftus wohl näher an die Mole heranfahren wollte. Egal, was er wollte, er sollte auf keinen Fall spüren, daß sich seit unserem Telefonat irgend etwas verändert hätte. Ich stieg in seinen Wagen.

Der Captain steuerte langsam an Gary vorbei, ohne ihn eines Blickes zu würdigen. Er fuhr bis zum äußersten Rand der Sandfläche, wo die großen, kantigen Felsbrocken sich ins Meer hinausstreckten. Er blendete die Scheinwerfer auf.

Ich bildete mir ein, am flimmernden Rand des Lichtkegels einen Schatten zu sehen. Hal, der aus dem Licht weghuschte.

»Da draußen«, ich deutete auf ein erleuchtetes Felsdreieck direkt vor uns. »War da nicht jemand?«

Das Fernlicht ließ eine unwirkliche Landschaft aus grellen, nassen Flächen und schwarzen Schatten, aus flirrendem Dunst und glitzernden Gischtvorhängen vor uns erstrahlen.

Captain Loftus öffnete seine Autotür und stellte sich einen Schritt neben den Wagen, die Hand noch immer am Lenkrad, den Blick in die Felsen gerichtet. Und ich sah aus meinem Beifahrerfenster, jetzt ganz sicher, daß sich da etwas bewegte, daß mein Cousin da draußen war.

Ich glaubte zu sehen, daß er mit irgend etwas wedelte.

Ich hörte den Captain rufen »Ist da jemand?«, und im gleichen Moment etwas auf dem Felsen aufschlagen.

Der Captain zog die Kanone aus dem Halfter, zögerte eine Sekunde und pirschte los, über die glitschigen, scharfkantigen Felsbrocken. Mit einer Hand stützte er sich immer wieder ab, in der anderen hielt er die Knarre, senkrecht nach oben, jeden Augenblick bereit, zu zielen und abzudrücken.

Als Loftus vielleicht hundert Meter weit weg war, tauchte Hal an der Beifahrertür auf. Er streckte den Arm herein und knipste die Scheinwerfer aus.

»Steig aus! Lauf weg!«

»Aber dann weiß er doch, daß...«

»Warum hat er sein Schießeisen gezückt? Er weiß es längst!« Hal riß mich am Arm hoch und fing mich auf, als ich stolperte. »Quatsch nicht, lauf!«

Ich rannte. Rannte neben Hal her über die Sandfläche. Rannte, was ich konnte, auf den Mercedes zu.

Wir hatten ihn schon fast erreicht, als der Sportwagen plötzlich rückwärts fuhr, wendete und in Richtung Hauptstraße davonraste, hinter sich eine Wolke von nassem Sand aufwirbelnd.

Gary Gleason hatte meinen Wagen gestohlen. Einen Moment lang stand ich da, schaute ihm nach und ärgerte mich, daß ich ihn nicht umgelegt hatte, als noch Zeit dazu war. Und ich wußte, daß es mein eigener verfluchter Fehler war, daß er uns hier im Regen stehen ließ; ich hatte ihn beschuldigt, Lennart ermordet zu haben, hatte deutlich genug gemacht, daß ich über jede Einzelheit Bescheid wußte; ich hatte ihm wenig Interesse daran gelassen, mich am Leben zu lassen.

Hal packte meine Hand. »In die Häuser! Komm!«

Und wieder rannte ich, so schnell ich konnte, und schaute meinem schönen Auto nach, bis es in der Ferne auf dem Highway verschwand. Ich mußte Gleason kriegen, verdammt – wenn nicht Loftus vorher mich zu fassen kriegte.

Mein Wagen brauste davon und mit ihm der einzige Anhaltspunkt in der Dunkelheit. Es war, als ob wir ins Nichts rannten, in eine gähnende Leere. Ich schaute zur Mole zurück, mir tat der Hals weh vom Keuchen in dieser naßkalten Luft.

Die Scheinwerfer des Polizeiautos schwenkten in einem weiten Bogen über den Sand.

Sekunden später trafen meine teuren – und unpassenden – Schuhe auf Beton und liefen eine verlassene Straße hinauf. Ich konnte die Umrisse der vom Sand zerstörten Häuser ausmachen.

Und schon jagte das Polizeiauto über den Sand auf uns zu.

39

»Fast wie in Vietnam«, sagte Hal.

Wir befanden uns in einem der teureren Häuser der Siedlung, in einem Schlafzimmer im ersten Stock. Hal stand am Fenster und lugte durch die Ritzen der Bretter auf die Sandfläche hinaus. Ich stand an dem anderen Fenster und verfolgte jede Bewegung auf der dunklen Straße.

»Wer hat auf dich geschossen, Hal?«

Der Wind rüttelte an einer der wenigen übriggebliebenen Fensterscheiben. Unter den Bodendielen, ganz in der Nähe, hörte man Mäuse nagen.

Endlich antwortete er: »Es gab da ein Mädchen, Phuyen. Die Army, in ihrer üblichen dummen Manier, hatte beschlossen, daß ihr Dorf ›störte‹, weil unsere Jeeps seinetwegen einen kleinen

Umweg durch den Dschungel machen mußten. Also haben sie die Vietnamesen umzingelt und in ein kleines, erbärmliches Zeltlager getrieben. Und dann haben sie mit den Panzern die Hütten niedergewalzt. Aber irgendeinen hatten sie übersehen, der gab aus dem Hinterhalt Schüsse auf die Soldaten ab.«

»Was war mit diesem Mädchen?«

»Das war so«, er senkte die Stimme, »sie war nicht dabei, als die Leute eingekesselt wurden. Ich wollte Phuyen heiraten. Sie wohnte bei mir; mein Kommandeur war in solchen Dingen ziemlich leidenschaftslos. Er kam sogar auf die glänzende Idee, ich könnte sie ja mit hinaus nehmen auf die Jagd nach dem Heckenschützen, da wäre sie eine nützliche Hilfe.«

»Ist auf sie auch geschossen worden, Hal?«

Er schwieg. Ich starrte in die Dunkelheit hinaus. Man konnte kaum die Häuser auf der anderen Straßenseite erkennen.

»Ich war allein mit ihr, in einer der Hütten, der ihrer Familie. Es sah alles danach aus, daß der Heckenschütze sich da versteckt hatte, wahrscheinlich einer ihrer kleinen Brüder. Da hatte Phuyen plötzlich diesen Blick in ihren Augen, den ich nie vergessen werde. Sie schaute mich an, als wäre ich etwas absolut Entsetzliches, ein Scheusal, ein Ungeheuer. Und als würde sie alles tun, um ihre Brüder vor mir zu beschützen. Sie riß mir das Gewehr aus der Hand und schoß mir eine Kugel in den Kopf.«

Es dauerte einige Sekunden, bis ich die Frage herausbrachte: »Was ist mit ihr geschehen, Hal?«

»Erschossen. Auf der Stelle. Nachdem sie mehrmals vergewaltigt wurde. Auch ihre Brüder haben sie erschossen – sogar den siebenjährigen.«

Ich dachte mir, daß Tante Diana die Geschichte erfahren haben mußte, als die Army sie von Hals Verwundung benachrichtigte. Offenbar hatte sie sich vor die Wahl gestellt gesehen: Wenn sie irgend jemandem von der Verwundung erzählte – und wenn es nur ihr Ehemann war –, dann würde bald die ganze Stadt davon wissen. Und jeder würde erfahren wollen, wie es passiert war. Natürlich konnte sie eine Lüge erfinden, aber Hal – er würde ihr mit Genuß einen Strich durch die Rechnung machen: er hatte sein Geburtstagsgeschenk verächtlich in der

Einfahrt herumstehen lassen; er hatte sich geweigert, auf den Namen Henry, Junior, zu hören; er hatte die Princeton University verschmäht und sich statt dessen im Junior College der Stadt angemeldet, wie irgendein Arbeitersohn. Nein, Hal würde allen Leuten die Wahrheit erzählen: daß er mit einem Vietnamesen-Mädchen liiert war (daß er mit dem Feind verkehrt hatte, würde es hinter vorgehaltener Hand heißen); daß er dem Flittchen – einer von *denen* – erlaubt hatte, ihm eine Waffe der Army zu entreißen; und, was der Gipfel der Schande war, daß er mit seinem eigenen Gewehr niedergeschossen worden war. Auf der anderen Seite war Hal geradezu krankhaft verschwiegen. Wenn meine Tante von der Verwundung nichts sagte, konnte sie sich darauf verlassen, daß auch Hal sie mit keinem Wort erwähnte. Also dachte sie wohl, besser, man wartet erst einmal ab. Wenn Hal keine Behinderung davontrug, die man sehen konnte, müßte niemand etwas davon erfahren.

»Er kommt.« Hals Atem wurde schnell und laut. »Er kommt ins Haus. Versteck dich hinterm Schrank. Und rühr dich nicht. Es knarzt überall in diesem Haus.«

Ich duckte mich, unter mir knisterte es nur so von zerreißenden Spinnweben, Dutzenden davon. Ich versuchte mich still zu halten. Meine Hände zitterten, ich vergrub sie in den Taschen. Nahm kurze, flache Atemzüge. Da war er schon.

Emmanuel Loftus. (Man gestatte den Geschworenen zehn Sekunden, um diese stattliche, weise, freundliche Erscheinung genau zu betrachten.) Er hat den geliebten Sohn im Krieg verloren. Mit diesem Verlust tagein, tagaus gelebt seit elf Jahren – wie vielleicht auch einige von Ihnen. Mit schmerzlicher, leidenschaftlicher Hingabe daran geglaubt, daß der Krieg gewonnen würde – daß sein Sohn, *Ihre* Söhne verschont bleiben könnten. Nicht durch einen feigen Rückzug. Das ist nicht unsere Art, als Nation. Sondern durch den Sieg.

Emmanuel Loftus war nicht der einzige Amerikaner, der an den Sieg glaubte. Und es gab zwei Männer, die diesen Geist ganz besonders verkörperten, diesen Patriotismus, diesen Idealismus, mit dem man einen Krieg gewinnen, ein Volk hätte befreien können. Mit dem man einen amerikanischen Traum hätte lebendig erhalten können. Ich spreche natürlich von Senator Harley Hansen und Senator Garth Dzhura. (Zehn Sekunden.) Wie Sie alle wahrscheinlich wissen, machte sich eines Tages ein Mann namens Wallace Bean auf, um nicht nur diese beiden gewählten Repräsentanten unseres Volkes zu vernichten, sondern um das Amerika selbst zu vernichten, das von ihnen symbolisiert wurde. Das Amerika, das die Freiheit so sehr liebt, daß es bereit ist, dafür Opfer zu bringen, daß es bereit ist, dafür zu kämpfen, *wirklich zu kämpfen.*

Emmanuel Loftus war ein guter Vater. Ein Patriot. Ein Vertreter des Gesetzes. Und als Vater, als Patriot, als Vertreter des Gesetzes beleidigte es ihn zutiefst, ja es machte ihn krank, daß ein Mann ein amerikanisches Ideal töten konnte. (Fünf Sekunden.) Und ein knappes Jahr später schon wieder frei auf unseren Straßen herumlaufen konnte! Es beleidigte ihn und verletzte ihn und machte ihn krank, daß ein Mann zwei Frauen zu Witwen und sieben Kinder zu Waisen machen konnte – und keine Strafe dafür bekam! –, weil er *zuviel Fernsehen geschaut hatte!*

»Hal«, flüsterte ich, »glaubst du an höhere Gerechtigkeit?«

»Ich glaube an überhaupt keine Gerechtigkeit.«

Ich hörte von unten einen dumpfen Schlag.

Gott im Himmel, Loftus hatte kein Recht dazu! Kein Recht, Beans Blut zu vergießen oder das von irgend jemand sonst!

Und was war mit Bean? Und mit mir – hatte ich nicht den Mörder der Senatoren gerechtfertigt, entschuldigt, in Schutz genommen?

Leise Schritte von unten. Ich schaute zu meinem Cousin; ich sah seine Umrisse im Dunkeln. Es war nicht fair – wenn einer büßen mußte durch Loftus, dann *ich,* nicht er.

Als die Schritte sich der Treppe näherten, setzte ich mich über Hals Warnung hinweg und ging auf Zehenspitzen durch das Zimmer zu ihm. Er kauerte hinter einem alten Schreibtisch. Ich wollte bei ihm sein.

Fast im selben Moment öffnete sich die Tür; man hörte die rostigen Scharniere quietschen. Licht drang in die Staubwolken. Loftus' Taschenlampe war schon trainiert von den Treppenstufen.

Ich war so vollständig auf den Schein der Lampe und Loftus' Schritte konzentriert, daß ich die Geräusche von draußen gar nicht wahrnahm, bis der Captain stöhnte: »Allmächtiger, was jetzt?« Das Licht ging aus. Er polterte hinüber zu dem Fenster, an dem ich eben noch Wache geschoben hatte.

Loftus stand genau da, wo ich gestanden hatte, und spähte durch die Bretterritzen.

Ich hörte das Geräusch von Reifen, die über Schlaglöcher holperten, nicht direkt vor dem Haus, sondern etwas weiter weg, am Ende der Siedlung. Irgendwo wurde eine Autoschiebetür aufgezogen, mit einem Quietschen, das in den leeren Straßen widerhallte. Es war ein Bus, der Übertragungswagen des Nachrichtensenders aus Oregon, das wußte ich. Ich hatte meinem Onkel gesagt, er solle genau um Viertel vor zwölf rausgehen und den Bus mitsamt den ganzen Reportern zur Mole rausschicken.

Ich hatte mich zusätzlich absichern wollen, falls mein Trick mit dem Abhauen schiefgegangen und ich Gary Gleason nicht entwischt wäre. Und falls Captain Loftus meine Nachricht nicht rechtzeitig bekommen hätte.

Ein Prickeln der Erleichterung lief mir durch den Körper. Vielleicht würde Loftus jetzt das Haus verlassen, vielleicht würde er hinausgehen, um die Reporter wegzuschicken.

Ich hörte, wie er vom Fenster zurücktrat und irgend etwas vor sich hin murmelte. Dann blieb er plötzlich stehen, zwei Meter vor dem Schreibtisch, hinter dem Hal und ich steckten.

Im ersten Moment war ich nicht sicher, ob Loftus uns bemerkt hatte. Ich blieb im Zweifel, bis ich das Geräusch hörte. Es war nur ein ganz leises Klicken in der Dunkelheit, aber ich erkannte es sofort. Er hatte bei seinem Revolver den Hahn gespannt.

Hal hatte das Geräusch offenbar auch gehört. Er stürzte sich auf mich und warf mich mit dem Gesicht nach unten auf den rauhen Holzboden. Der Sand schnitt mir in die Lippen und kroch mir in die Nasenlöcher. Mein Handgelenk knackte unter dem Gewicht unserer aufprallenden Körper, und ich hörte mich aufschreien. Ich konnte die Angst meines Cousins riechen. Vielleicht war es auch meine eigene.

Ich krümmte den Rücken und drehte mich auf die Seite, brachte Hal aus dem Gleichgewicht und warf ihn von mir runter. Kroch auf allen vieren. Der Captain sollte mich zuerst erschießen; vielleicht konnte Hal dann entkommen.

»Das sind Reporter!« keuchte ich. »Sie sind hier, weil ich Sander Arkelett gesagt habe, daß wir hierherkommen würden.« Ich redete, weil ich das Reden gewohnt bin. Ließ mir kaum das Luftholen anmerken. Alles, was ich von Loftus sehen konnte, war ein dunkler Schatten vor dem vernagelten Fenster. »Ich hab' Sie hierhergelockt, damit Sandy im Krankenhaus eine Pressekonferenz abhalten konnte!« Eine mitternächtliche Pressekonferenz? Ich erstickte einen Anflug von Panik. »Die Reporter wissen Bescheid, daß Sie auf Sandy geschossen haben. Und sie wissen auch, warum. Es hat also keinen Sinn, wenn Sie uns auch noch umbringen. Man wird Ihnen nicht glauben...«

Die Stimme des Captains klang überraschend freundlich. »Zwei Verdächtige ergriffen die Flucht, als ich sie aufforderte, stehenzubleiben. Ich rief sie an, gab einen Warnschuß ab, erst dann schoß ich scharf. Ich hatte keine Ahnung, wer sie waren. Eine große Tragödie.«

Loftus stand jetzt vor mir; noch immer nichts als ein dunkler Schatten. Ich versuchte, seinen Revolver auszumachen; konnte mich nicht erinnern, ob er ihn in der rechten oder in der linken Hand hielt. Starrte auf den Schatten, ohne zu blinzeln, bis vor meinen Augen die Sterne tanzten.

»Gary Gleason wird ihnen erzählen, daß Sie genau wußten, daß ich es war!« Meine Stimme klang atemlos; wie die eines Kindes, das beim Lügen ertappt worden ist. Ich zwang mich, die Augen zu schließen. Mir vorzustellen, ich hätte die Geschworenen vor mir. Die Spannung in meiner Kehle ließ nach, und mein Brustkorb dehnte sich aus.

Loftus hatte gerade gesagt: »Sie sind von einem unbekannten Verdächtigen in ein Haus gezerrt worden. Er riß Sie vor seine Brust, als ich den Schuß abgab. Eine große Tragödie.« Der warme Oklahoma-Akzent hauchte seinen Worten Glaubwürdigkeit ein. »Natürlich mußte ich den Verdächtigen auch erschießen.«

»Ihr ›Verdächtiger‹ ist der Sohn des Bürgermeisters!« Ich machte eine Pause. Vier Sekunden: genug, um Angst zu bekommen, aber nicht genug, um vernünftig nachzudenken. »Außerdem hat Sandy den Reportern schon erzählt, daß Sie auf ihn geschossen haben. Man wird die Kugeln mit Ihrem Revolver vergleichen.«

Ein leichtes Stocken kam in den Atem des Captains. »Ihre auswärtigen Nachrichtenschreiber, die sind alle schon wieder nach Hause gefahren.« Er schien sich selber Mut zuzusprechen. »Und die hiesigen, die kennen mich. Die werden einem schmierigen Privatdetektiv aus der Großstadt keinen Glauben schenken. Schon gar nicht, wenn ich ihn wegen des Mordes an Kirsten Strindberg verhafte.«

Er fügte nachdenklich hinzu: »Vielleicht werde ich mir trotzdem zur Sicherheit eine neue Achtunddreißiger zulegen.«

»Man wird die Seriennummer in den Polizeiakten nachprüfen.«

»Polizeiakten sind leicht zu ändern.« Seine Stimme war wieder selbstbewußt. »Damit habe ich Erfahrung.«

Es gibt einen Moment, in beinahe jedem Gerichtsverfahren, wenn der Anwalt seine besten Argumente vom Richter ignoriert oder sogar lächerlich gemacht sieht; wenn der Richter sagt: »Nun, wenn das alles ist, was Sie uns dazu zu sagen haben …« In diesem Moment wird der Anwalt, so kurz und knapp wie ein Komma in einem Satz, dessen Ende keiner hören will, irgendeinen Einwurf machen, der ihm gerade in den Sinn kommt.

Ich sagte: »Sander Arkelett ist vom FBI.«

Sein Tonfall war skeptisch. »Das FBI ist hier nicht zuständig.«

Er hatte recht – aber er schoß nicht. Irgendwo in ihm mußte noch ein Fünkchen Angst stecken. Vielleicht genug, um es wieder aufflackern zu lassen.

»Fortgesetzte Überwachung von Wallace Bean, um abzuklären, ob er noch eine Bedrohung für andere Staatsbeamte darstellte.«

Loftus stand reglos in dem dunklen Raum und ließ sich offensichtlich durch den Kopf gehen, was ich da sagte. Schließlich antwortete er: »Leute vom FBI melden sich immer bei uns an.«

»Sie haben Bean erschossen, bevor Sandy sich bei Ihnen anmelden konnte.«

»Und warum hat Arkelett mich nicht verhaftet?«

Er fing an, mir zu glauben. Ich mußte genau die richtige Tonlage treffen; er würde auf den Klang hören, nicht auf die Worte. »Sandy hatte den Auftrag, zu untersuchen, ob noch andere Polizeibeamte in die Sache verwickelt waren.«

Loftus sagte nichts mehr. Er ging vorsichtig rückwärts Richtung Fenster. Ich konnte von draußen Stimmen hören, aber noch nicht nah genug.

»Gehen wir, Captain. Ihre Glückssträhne war schon in dem Moment zu Ende, als Sie Sander nicht getötet hatten. Er hat all den Reportern da draußen erzählt, daß er gesehen hat, wie Sie Bean ermordet haben, und daß er Sie wenig später, am selben Morgen, in Kirstens Haus gehen sah. Er ist ein Augenzeuge, und ein FBI-Agent obendrein. Es hat keinen Zweck mehr, jetzt noch jemanden zu töten.«

Ich hörte Hals unruhigen Atem und die Schuhe des Captains, die auf dem sandigen Boden scharrten. Einige Minuten lang – vielleicht auch nur einige Sekunden – hielt Loftus uns in seinem Schweigen gefangen.

Dann stürzte er sich auf mich.

Seine Waffe schlug mir gegen die Wange, sein eiserner Griff verrenkte mir die Schulter. Ich fiel nach vorn, meine Finger fuhren durch etwas Glitschiges auf dem Boden. Und Loftus' Arm schlang sich um meinen Hals. Sein nasser Ärmel stopfte mir den Mund, als er mich wieder auf die Füße hievte.

Ein stechender Schmerz fuhr mir die Wirbelsäule hinunter.

Ich hörte, wie Hal zu uns herankroch.

Ich stoppte ihn mit der Warnung: »Die Kanone sitzt mir an der Kehle.«

Die Achtunddreißiger des Captains grub sich schmerzhaft unter meinen Kiefer. Sie stank nach Schmieröl. Er hatte mir den Arm auf den Rücken gedreht und das Handgelenk umgeknickt, daß es fast knackte. Im Nacken spürte ich seine nasse Jacke, sein Atem blies mir über die Schulter, daß mir der Geruch von seinem Zimtkaugummi ins Gesicht schlug. Seine Stimme war ruhig und entschlossen. »He, Junge! Du gehst vor uns, damit ich dich sehen kann, und die Hände schön oben halten! Wir gehen jetzt einfach mal runter und hören uns an, was die Reporter zu sagen haben.« Er riß meinen Arm noch weiter nach hinten und oben, daß mir ein brennender Schmerz bis in die Brustmuskulatur schoß. »Und das Reden übernehme ich, Miß Di Palma, wenn ich darum bitten darf.«

40

Der Übertragungswagen war am Ende der Siedlung geparkt. In seiner Umgebung war niemand zu sehen. Ich konnte nur den hellen Fleck des Busses und den etwas dunkleren seiner offenen Tür erkennen.

Fünfzig Meter weiter hinten sah man die Lichtbahnen von Taschenlampen über den Sand schweifen. Drei Gestalten zeichneten sich in ihrem Licht ab, die durch den aufgewirbelten Sand zur Mole hinaus liefen. Die Reporter hatten meinen Onkel offenbar wörtlich genommen, als er ihnen meine Nachricht hinterbrachte, sie sollten mich ›draußen an der Mole‹ treffen.

»Hallo!« rief Loftus. Das Echo der Wellen, die an die Felsen brandeten, erstickte seinen Ruf. Loftus versuchte es noch einmal, wieder ohne Erfolg.

Der Wind blies mir das Haar aus der Stirn, fuhr mir in den Mantel und fegte mir klümpchenweise den nassen Sand und das schneidende Dünengras um die Beine. Ich rührte mich nicht; es fehlte nur eine Haaresbreite und mein Arm wäre ausgekugelt, mein Cousin hatte Loftus' Kanone am Hinterkopf. Ich schaute auf das Licht der Taschenlampen hinaus, das sich über den Sand immer näher auf die Mole zubewegte.

Ich hatte in Loftus eine Quelle der Angst und des Schuldgefühls aufgetan; das war der einzige Grund, weshalb er meinen Schwindel nicht sofort zurückgewiesen hatte. Aber in dem Augenblick, wo die Reporter hier meine Behauptungen bestritten…

Eine dunkle Gestalt ging um den hellen Bus herum. Verflucht! Sie hatten einen bei der Ausrüstung zurückgelassen.

Ein FBI-Agent würde niemals eine Pressekonferenz geben, *bevor* er seinen Verdächtigen verhaftet hat – da könnte er ihm gleich ein Flugticket nach Brasilien kaufen. Nach zwei Morden und einem Mordversuch hatte die Angst Loftus leichtgläubig gemacht – aber es brauchte nur eine Kleinigkeit, um sein Selbstvertrauen wieder herzustellen. Nur ein Wort oder zwei von diesem Reporter.

Und dann würde es nicht lange dauern, bis Loftus, unter Berufung auf seine polizeiliche Autorität, alle vier Reporter weggeschickt hätte.

Hal stand etwa einen halben Meter vor dem Captain und mir, die Hände hinter dem Kopf verschränkt. Dem Reporter, der bei dem Übertragungswagen stand, würde das sofort auffallen. Er würde sich daran erinnern, wenn der Captain später behauptete, sein ›Verdächtiger‹ hätte zu fliehen versucht und mich dabei in die Schußlinie gezerrt. Er würde sich denken – und so würde er es auch berichten –, daß ich froh über Hals Festnahme war. Natürlich würde es eine polizeiliche Untersuchung geben. Hal war trotz allem der Sohn des Bürgermeisters; und ich war eine öffentliche Person, mehr oder weniger.

Aber die Welt würde von Hals Verwundung erfahren – wie es passiert war, welche Folgeschäden es bei einer Hirnverletzung gab, daß er sich geweigert hatte, Psychopharmaka zu nehmen und daß er einen unsteten Lebenswandel gehabt hatte. Im Frühstücksfernsehen von San Francisco würden Psychiater auftreten und behaupten, daß Hals psychologisches Profil typisch für geisteskranke Mörder sei. Und der Captain würde für die Verhaftung Hals gepriesen, auch wenn es sich nicht hatte vermeiden lassen, ihn zu töten. Und was mich betraf – alle wären der einhelligen Meinung, daß mein Tod eine ›schreckliche Tragödie‹ sei.

Ich atmete tief ein und füllte meine Lungen mit der stärkenden Seeluft. Wenn ich dem Reporter nur irgendwie die Worte hätte in den Mund legen können – es war aussichtslos; wenn ich mir auch nur erlaubte, zu niesen, würde der Captain auf der

Stelle die Reporter mitsamt ihrem Bus wegschicken und Hal und mich im Gänsemarsch abführen.

Der Captain rief der Gestalt neben dem Bus zu: »Polizei! Treten Sie vor!«

Der Reporter duckte sich zur Seite, als ob er abhauen wollte.

»Polizei!« rief Loftus mit noch größerer Autorität. »Kommen Sie heraus!«

Die Gestalt zögerte und kam dann langsam näher. Es war ein sehr großer Mann, durchschnittlich gebaut. Das Gesicht konnte ich nicht erkennen.

Loftus keifte: »Haben Sie mit einem Mann namens Arkelett gesprochen?«

Der Mann strahlte eine Vorsichtigkeit aus, die man sogar in der Dunkelheit fühlen konnte.

»Beantworten Sie meine Frage!« brüllte Loftus. Er quetschte mir das Handgelenk vor Wut.

»Sander Arkelett?« kam gepreßt die Antwort. »Ja, Sir.«

Diese Stimme mit dem leichten Akzent hätte ich unter Tausenden wiedererkannt. Sie gehörte dem Jungen, den ich als Dieter Strindberg kennengelernt hatte. Dem Jungen, der vor ein paar Stunden vor mir das Weite gesucht hatte.

Er hatte sich also tatsächlich in diese gottverlassene Vorortsiedlung geflüchtet. Wahrscheinlich hatte er sich dem Reporterbus genähert, um zu fragen, ob er mit in die Stadt fahren könnte.

Und jetzt verhalf mir sein ›Ja, Sir‹ zu einer einminütigen Lebensverlängerung. Ich holte tief Luft: Als Kind hatte ich solche wilden, stürmischen Nächte geliebt. Damals war mir Hillsdale als genau der richtige Platz für mich erschienen.

Noch eine Frage, und Loftus würde die Wahrheit erfahren. Ich dachte über Wiedergeburt nach und sagte mir traurig, daß man mich nach diesem Leben im nächsten bestimmt nicht wieder Anwältin werden ließe.

»Hat er irgend etwas darüber gesagt, wer Wallace Bean getötet hat?« Loftus' Worte hallten durch die leeren Straßen, und die Mauern echoten *Bean, Bean.*

Ich wartete. Die Geschworenen nahmen ihre Plätze ein.

Der Junge antwortete. »Ja.«

Erst dachte ich, ich hätte eben gehört, was ich hören wollte. Ein Fall von akustischer Täuschung.

»Was hat Sander Arkelett gesagt?« Aus Captain Loftus' Stimme hatte sich jeder Anschein von Selbstvertrauen verflüchtigt.

»Er sagte ...« Der Junge brach ab, er hatte Angst vor dem Mann, der ihm da in der Dunkelheit Fragen stellte. Er drehte sich um.

Hinter dem Bus konnte man in der Ferne erkennen, daß zwei der drei Taschenlampen sich wieder auf uns zubewegten, hundert Meter etwa waren sie noch weg.

»Sprechen Sie, verdammt!« In dem Befehl knisterte die Verzweiflung.

Der Junge drehte sich wieder zu Loftus um, verschränkte die Arme vor der Brust und zog die Schultern hoch. »Er sagte, es war der Polizeichef selbst. Und er sagte, daß er aufpassen muß, weil ...«

Der Junge brachte seinen Satz nicht zu Ende. »Heilige Mutter Gottes!« stöhnte Captain Loftus und ließ meinen Arm los.

Ich fühlte eine Woge der Entspannung, von den Fingerspitzen bis zum Schulterblatt. Ich sah, wie Hal die Arme sinken ließ und den Kopf herumdrehte.

Und ich realisierte, was der Junge gesagt hatte. Er hatte den einen, den einzigen Satz gesagt, der Captain Loftus in seinem Wahn bestätigen konnte, daß meine ganze abenteuerliche Geschichte die reine Wahrheit war. Ich drehte den Kopf nach hinten.

Ein Blitz aus blauen und orangefarbenen Flammen explodierte direkt hinter mir. Der ohrenbetäubende Krach ließ meine Gelenke zucken. Ich schlug die Hände über meine Ohren, das Echo donnerte durch die leeren Straßen. Ich mußte husten von dem beißenden Rauch, und in den Augen brannte mir der Schwefel.

Vor mir klappte mein Cousin zusammen.

Ich sah ihn hinfallen, irgendwo im Hintergrund schrie jemand auf deutsch.

Und ich fiel auch zu Boden, schlug mir die Knie auf dem rissigen Beton auf. Mein Cousin war erschossen. Erschossen. Weil ich ihn in meinen dummen Plan hineingezogen hatte.

»Hal!« Ich konnte eher fühlen als hören, wie ich den Namen rief. Der Wind wirbelte ihn davon.

Ich legte die Hand auf den Rücken meines Cousins. Und zu meiner großen Erleichterung bewegte er sich. Er schubste mich weg und krabbelte über meine Beine zum Captain hinüber.

Dann hielt er inne, immer noch auf allen vieren, immer noch zwischen meinen Beinen. Er rührte sich nicht. Keuchte. Starrte.

Ich rollte mich unter ihm auf die Seite, taub vor Angst. Darauf gefaßt, die dunklen Umrisse eines Kanonenlaufs zu sehen, der auf seinen Kopf zielte.

Loftus war auf den Knien. Er hatte immer noch die Achtunddreißiger in der Hand, aber sein Arm hing herunter, der Lauf schrappte über den Beton. Trotz der Dunkelheit sah ich, wie sein Kopf gesenkt war, wie er leicht wankte. Er betete, dachte ich bitter. Bitte, Gott, vergib ihm nicht.

Und dann klappte Loftus nach vorn und fiel auf die Seite.

Ein Lichtstrahl zuckte über die holprige Straße, glitt über die Kapuze des Captains und über seine Hand, wo er einen Augenblick verharrte, so daß man sehen konnte, wie die Finger noch immer um den Revolvergriff gekrallt waren.

Ich hörte ein Stampfen, spürte, wie der Betonboden vibrierte. Schritte, die herbeirannten. Ich sah mich um. Licht blendete mich.

Hal kletterte über mich drüber und legte sich zwischen mich und Loftus. Die Reporter hatten uns erreicht, atemlos, krächzend vor Aufregung riefen sie: »War das ein *Schuß?* Wo ist Di Palma? Sind Sie unverletzt?«

Dann entdeckten beide Taschenlampen auf einmal den Captain. Blieben auf ihm. Kamen näher heran.

Im Widerschein der Lampen erkannte ich den fetten Reporter mit dem getrimmten Bart. Die Haare hingen ihm in wilden Strähnen ins Gesicht, sein Bart glänzte feucht. Er starrte mit offenem Mund auf den Boden.

Hinter ihm murmelte der andere Reporter: »Mitten ins Auge! Volle Kanne!«

Der fette Reporter blinzelte einen Moment zu seinem Kollegen hinüber. Dann streckte er den Arm Richtung Bus. »Du fängst am besten mal an, ein paar Lampen aufzustellen.«

41

Es war ein aufreibendes Unternehmen und dauerte eine lange, harte Nacht, bis die Untergebenen des Captains so weit waren, sich vorzustellen, daß er sich oder sonst jemanden umgebracht haben könnte. Ich trug ein paar zusätzliche blaue Flecke davon, die ich einem Bullen zu verdanken hatte, der mich, mit verzerrtem Mund und Tränen der Wut in den Augen, gegen die Wand gestoßen hatte. Ich wurde ohne triftigen Grund einer Leibesvisitation unterzogen, bei der ich mich bis auf die Haut ausziehen mußte. Und nicht ein einziger Schluck Kaffee kam in meine Nähe während des ganzen Verhörs, obwohl ich wiederholt darum bat.

Aber am frühen Morgen war es schließlich vorbei. Die Aussagen von Hal und dem deutschen Jungen untermauerten meine Geschichte. Sie deckte sich auch mit dem, was die Reporter aus Oregon bezeugten. Aber ausschlaggebend war am Ende der physikalische Nachweis. Eine Kugel, die aus dem achtunddreißiger Standard-Revolver des Captains abgefeuert wurde, erwies sich als exakt die gleiche wie die Kugeln, die man bei Sander Arkelett entfernt und in Kirsten Strindbergs Leiche gefunden hatte. Und natürlich in der von Loftus selbst.

Als ich das Gelände verlassen wollte, fing mich einer der Bullen, die mein Haus durchsucht hatten, am Eingang ab.

»Ich bin Terry Dickens. Sie erinnern sich nicht mehr an mich, was? Wir waren zusammen in Algebra II.«

Ich erinnerte mich an ihn, nach einem kleinen Moment. Er war mir schon bei der Hausdurchsuchung bekannt vorgekommen.

Er sagte: »Schätze, die Jungs haben Ihnen ziemlich eingeheizt, was?«

»Kann man wohl sagen.«

»Wir mochten den Captain alle.« Er trat näher. Seine Haut war fettig und von winzigen schwarzen Pünktchen übersät, genau wie damals in der Highschool. »Aber, ganz unter uns, mich hat das nicht überrascht. Ich war mit John, dem Sohn des Captains, gut befreundet. John war damals stocksauer, als der Captain ihn zwang, sich zum Militär zu melden.«

Ich überlegte, ob ich Terry Dickens erzählen sollte, daß der Captain John Loftus gar nicht in die Armee hätte schicken brauchen; daß John gar nicht schuld gewesen war an dem kaputten Auspuff an meinem Wagen. Aber die Geschichte war ziemlich lang, und ich hatte Männer mit blauen Uniformen reichlich satt.

»Als John dann gefallen war, da wurde der Captain so eine Art Superpatriot, wissen Sie? Als ob er sich einreden müßte, daß es einen Sinn gehabt hätte, John da rüberzuschicken. Wenn Wallace Bean mich gefragt hätte, oh, Mann, dem hätte ich gesagt, bleib bloß weg von Hillsdale, je weiter, desto besser. Der Captain war nämlich ein großer Fan von den zwei Senatoren, und er hat gar nicht viel davon gehalten, daß Sie Bean da so rausgeschlagen haben.«

»Ich hab' ihn nicht rausgeschlagen«, erklärte ich automatisch. »Ein Geschworenengericht hat ihn freigesprochen.«

»Jetzt, wo ich darüber nachdenke«, Dickens rieb sich die Nase, worauf sie etwas weniger glänzte. »In der Nacht, als Bean entlassen wurde, da hat der Captain mich und ein paar Kollegen in die Altstadt geschickt, zu Personalkontrollen. Sie wissen schon, die übliche Penner-Schikane. Vielleicht *wollte* er, daß wir Bean finden. Verstehen Sie? Damit diese wandelnde Versuchung aus dem Weg wäre.«

»Könnten Sie mich ein Stück mitnehmen?«

Dickens schmuggelte mich durch die Tiefgarage aus dem Gebäude (draußen warteten jede Menge Reporter, erklärte er mir). Ich bat ihn, mich zum Kreiskrankenhaus zu fahren.

Von unserer kleinen Unterhaltung erzählte ich Sander Arkelett.

Sandy sah schrecklich aus, blaß und voller Schläuche. Aber die Ärzte sagten, es gebe keine Anzeichen für eine Entzündung.

Er konnte nur in einem krächzenden Flüsterton sprechen. »Ich hatte eine Scheiß-Angst, Laura. Ich hab' einen Flug am Abend vorher genommen, und da saß Wallace Bean in der Maschine. Ich hab' ein Auto gemietet und ihm angeboten, ihn mit in die Stadt zu nehmen. Hab' ihn rausgefahren zu einer billigen Pension bei den Fischfabriken. Ich bin noch drei, vier Stunden in der Gegend rumgeschlichen und hab' ihn nicht aus den Augen gelassen. Bis ich prompt so einen Zivilbullen aus einem Wagen steigen sehe.« Er lächelte ein wenig und stöhnte auf, als sich der Schlauch, der auf seiner Oberlippe festgeklebt war, verschob. »Ich erkenne diese Zivilautos einfach immer auf den ersten Blick. Und einen Bullen schon am Gang. Egal, Bean und der Bulle fangen an, ein Schwätzchen zu halten, und das nächste, was ich sehe, ist, wie der Bulle Bean einen Revolver in die Hand drückt.«

Ich seufzte. »Loftus muß die gleiche Idee gehabt haben, wie kurz darauf Kirsten. Er muß gemerkt haben, daß Bean in der Stadt ist und sich gedacht haben, er stattet ihn einfach für eine Razzia aus, mit einer unregistrierten Kanone. Und dann hat er eine Handvoll von seinen Leuten losgeschickt, sie sollen jeden Fremden filzen. Nur, daß zu diesem Zeitpunkt Bean aus der Altstadt schon wieder weg war. Weil er sich aufgemacht hatte, mir einen Besuch abzustatten. Die Bullen haben keinen erwischt, also war Loftus gezwungen, sich noch mal auf die Suche nach ihm zu machen. Als er ihn endlich beim Lucky Logger aufgegabelt hat, hatte Bean die Waffe aber nicht mehr. Vielleicht hat Loftus versucht, ihm eine gleiche noch mal aufzudrängen, aber da war Wally ja von mir schon eingeschärft worden, vorsichtig zu sein. Da ist die Sache Loftus schätzungsweise langsam zu bunt geworden – ein unberechenbarer, schäbiger Mörder, nach ganzen elf Monaten schon wieder auf freiem Fuß. Ich glaube, Loftus beschloß kurzerhand, keine halben Sachen mehr zu machen und ihn gleich zu erschießen. Ihn hinzurichten für die Verbrechen, die er schon begangen hatte.«

»Wahrscheinlich hast du recht«, krächzte Sandy. »Ich bin Bean zu deinem Haus gefolgt. Ich hab' gesehen, wie er mit dem Revolver reinging und wie er ohne ihn wieder rauskam – mir war klar, daß du ihm das verdammte Ding abnehmen würdest. Ich bin ihm nachgegangen, wieder runter zum Pier. Und wer steht da schon wieder? Derselbe nette Zivilbulle, mit etwas, das aussieht wie dieselbe verdammte Kanone.« Das Keuchen wurde schlimmer.

»Schon gut, Sandy. Sprich nicht. Was dann passiert ist, weiß ich.«

Loftus erschoß Bean, und als er sich umsah, bemerkte er gerade noch, wie am Ende der Straße ein Wagen um die Ecke bog. Kirsten Strindberg. Sie war zum Pier gefahren, weil sie damit rechnete, daß Bean sich da herumtrieb. Das hatte sie aufgeschnappt, als sie bei mir im Haus war. Kirsten nahm an, daß ich in der Stadt war, um ihr Ärger zu machen, da beschloß sie, ihrerseits mir ein wenig Ärger zu machen. Sie hatte den Revolver aus meiner Schublade genommen, während ich im Koma auf meinem Sofa lag, weil sie ihn Bean zurückgeben wollte. Wahrscheinlich hoffte sie, daß er irgendeine Dummheit damit anstellen würde, wie beispielsweise sie abzufeuern; oder sie hatte vor, einen Bullen zu suchen, der ihn dann wegen illegalen Waffenbesitzes festnehmen sollte. Aber statt dessen wurde sie Zeugin seiner Hinrichtung. »Kirsten hat gesehen, wie Loftus Bean erschossen hat. Und Loftus hat Kirstens grünen Peugeot gesehen.«

Sandy nickte schwach und schloß die Augen. Als sein Atem wieder weniger mühsam war, sagte er: »Ich hatte Gleasons Haus schon bei meinem letzten Besuch hier in der Stadt ausgekundschaftet, deshalb wußte ich natürlich, wem der grüne Peugeot gehörte. Ich kam gerade rechtzeitig bei Gleasons Haus an, um zu sehen, wie Kirsten Strindberg über die Straße ging und dann die Kanone in deinem Mercedes versteckte, unter dem Fahrersitz. Ist gar nicht dein Stil, Laura, das Auto nicht abzuschließen.«

»Weil Hal mich nach Hause gefahren hatte. Auf der Fahrerseite ist *er* ausgestiegen, ich hab' nicht dran gedacht, die Tür zu kontrollieren.«

»Die Strindberg sah aus, als ob sie vor Nervosität gleich zusammenbrechen würde.«

»Dummes Weib.« Meine Antipathie hatte sie überlebt. »Ist das nicht Ironie des Schicksals, Sandy? Sie wird die eine Kanone los, während Loftus die gleiche in ihrem Haus versteckt. Es muß ihn verdammt nervös gemacht haben, daß die Zweiundzwanziger beim zweitenmal nicht losgehen wollte und er seinen eigenen Revolver nehmen mußte, um Kirsten zu töten. Ich schätze, er hat die Zweiundzwanziger dagelassen, um ihr eine Verbindung mit dem Mord an Bean anzuhängen, und um noch ein bißchen mehr Verwirrung zu stiften in einem Fall, dessen Lösung er vereiteln wollte.«

»Na ja, mir war dieses ganze Hin und Her von irgendwelchen Waffen egal. Ich hab' die Nacht in meinem Wagen verbracht, ein Stück von deinem Haus entfernt, um die Augen für dich offenzuhalten. Und was mache ich? Ich nicke ein. Als ich die Augen wieder aufschlage, sehe ich schon wieder den Zivilbullen, er kommt aus Strindbergs Haus heraus. Er geht die Straße auf und ab und sieht sich um; ich schlüpfe schleunigst aus dem Wagen und gehe in Deckung. Ich drücke mich gerade noch hinter einen der Büsche vor deinem Haus, da kommt er schon über die Straße und sieht sich den Mustang näher an. Unschwer zu erraten, was ihm durch den Kopf geht: daß er den Mustang früher am Tag schon mal unten bei der Fischfabrik stehen gesehen hat. Er verschwindet, und ich stehe da, mit diesem Problem am Hals. Wer, zum Teufel, wird mir glauben, daß der Polizeichef jemanden erschossen hat? Er wird natürlich alles abstreiten – und was wird dann aus mir? Aus der Stadt wird man mich jagen, und wenn Loftus gemein sein will, dann kommt es noch zu einem Hearing vor dem Ausschuß, und ich bin meine Lizenz als Privatdetektiv los. Ich brauchte handfeste Beweise. Etwas mehr als nur mein Wort gegen das seine.«

»Loftus muß die Autonummer von dem Mustang überprüft haben. Das führte ihn nämlich zu der Autovermietung, wo er sich von dem Mädchen – das übrigens ein Auge auf dich geworfen hat, Sandy – deinen Namen geben ließ. Dann hatte er deinen Namen, aber noch keine Ahnung, wer du warst oder wie du aussiehst. Jedenfalls nicht bis zu dem Moment, wo einer seiner Beamten meinen Wagen gestoppt hat, um mich ins Polizeipräsidium zu bringen. Weißt du noch, Sandy, bevor Hal und ich in das Polizeiauto einstiegen, hab' ich dir gesagt, du sollst zu Hal nach Hause kommen, um mich dort zu treffen? Da hab' ich dich mit Namen angesprochen. Der Bulle muß den Wortwechsel an Loftus weitergegeben haben. Es war Loftus, der diese Schüsse auf mich abgegeben hat. Er wußte, in welchem Haus Hal wohnte; die Bullen haben es ständig überwacht, um sicherzugehen, daß Hal nicht eine Feuersbrunst auslöste. Er ist da rausgefahren, um dich loszuwerden, Sandy, für den Fall, daß du irgendwas gesehen hattest. Er hätte wahrscheinlich aus Versehen Hal erschossen, wenn ich nicht seinen Namen gerufen hätte. Aber mich hat er, glaube ich, mit Absicht nicht getroffen. Er hatte nicht den geringsten Grund, mich umzubringen. Er wollte mir nur Angst einjagen. Jedenfalls«, schloß ich, »wundert es mich jetzt nicht mehr, daß du bei mir aus dem Fenster geklettert bist und dich aus dem Staub gemacht hast, als die Polizei in meinem Haus auftauchte.«

Sandy lächelte, mehr mit den Augenlidern als mit den Lippen.

»Und auch nicht, daß du auf der Party meiner Tante so schnell weg warst.«

»Ich wollte nicht, daß du mich Loftus vorstellst. Meinen Wagen hatte ich weit genug weg geparkt, um sicher zu sein, daß er ihm nicht gleich ins Auge sprang. Aber ich dachte mir, ich bleibe lieber noch ein bißchen in der Nähe, um sicherzugehen, daß du heil nach Hause kommst. Zehn Minuten nach mir kommt Loftus raus und stöbert in deinem Wagen rum.«

»Dann war es Loftus, der den Revolver wieder rausgeholt hat«, ich begann zu kapieren. »Er fand Beans Waffe – *seine* Waffe – unter meinem Sitz, da, wo Kirsten sie hingesteckt hatte. Ich frage mich bloß, warum er sie rausgeholt hat?«

»Nun, Liebling, jedes Wort, das du von dir gibst, wird kurz darauf über den Äther ausgestrahlt. Vielleicht dachte er, es wäre sicherer, dich aus dem ganzen Schlamassel herauszuhalten, soweit es ging.«

»Vielleicht«, räumte ich ein. Loftus war von ausgesuchter Höflichkeit mir gegenüber gewesen. Und von erstaunlicher Zurückhaltung, jedesmal wenn er mich zu vernehmen hatte. »Aber warum hat er sie nachher wieder zurückgelegt?«

»Weil er in der Zwischenzeit auf mich geschossen hatte. Er brauchte einen Sündenbock. Und du warst ja meine...« Er wandte den Blick ab. »Vielleicht wollte er irgendwas gegen dich konstruieren, für den Fall des Falles, um etwas in der Hand zu haben.«

»Im Krankenhaus kam er an, um mit mir zu sprechen. Da hab' ich ihn zur Rede gestellt. Warum er mich nicht angriffslustiger ausgefragt hätte.«

»Schlimmer Fehler, Laura. Das war wahrscheinlich der Moment, wo er beschlossen hat, die Kanone wieder zurückzulegen.«

»Wenn wir schon mal bei den Fehlern sind, Sandy, wie bist du in dieses Gebüsch gekommen?«

»Nachdem Loftus sich in deinem Auto umgesehen hatte, fuhr er mit seinem Zivilwagen davon. Ich dachte, nun wäre er auch weg. Aber vermutlich hat er mich doch gesehen, seinen Wagen irgendwo abgestellt, und ist noch mal zurückgegangen.« Sandys Gesicht sah eingefallen aus. Man sah ihm an, daß er nicht scharf drauf war, diesen Teil der Geschichte zu erzählen. »Du kamst von der Party, und ich wollte dir nachfahren, bis nach Hause. Ich bildete mir ein, besonders vorsichtig zu sein, als ich den Weg am Bach entlang nahm, zu meinem Wagen, für den Fall, daß Loftus doch noch in der Nähe war. Na ja – es stellte sich raus, daß Loftus geradewegs durch den Bach auf mich zukam. Aber ich bemerkte ihn erst, als ich schon drei Viertel des Weges hinter mir hatte. Ich machte sofort kehrt und hätte es fast noch geschafft, bis zum Garten deiner Tante, bevor er mich eingeholt hatte.«

Ich starrte aus dem Fenster, das die Schwestern auf meine Veranlassung in Gary Gleasons Gegenwart verriegelt hatten. Die Vorkehrung, die Sandy selbst getroffen hatte, war die schlaueste gewesen: Er hatte den Bullen erzählt, es sei zu dunkel gewesen, um seinen Angreifer zu erkennen. Er hatte gewußt, daß er andernfalls hier drin in der Falle gesessen hätte.

»Warum hast du mir nicht von diesem jungen Deutschen erzählt – egal, wie er heißt?«

»Er heißt Dieter Strindberg. Soviel ist wahr. Eigentlich ist alles wahr. Fast. Nur, ich kannte dich noch nicht so besonders gut, als ich dir zum erstenmal von ihm erzählte. Und damals hatte ich den Eindruck, daß du Kirsten Strindberg so sehr haßtest, wie man überhaupt jemanden hassen kann. Ich wußte nicht, was du davon halten würdest, ihrem Neffen zu helfen, dem einzigen Kind ihres verstorbenen Bruders. Also hab' ich dir erzählt, der Junge sei der Bruder von Lennart.«

»Warum hast du mir nicht gesagt, daß du für ihn arbeitest?«

Sandy ließ die Lider sinken. Aber er wirkte mehr leidend als müde. »Ich erzähle nie jemandem, wer meine Klienten sind, Liebling. Das darf ich auch nicht. Das ist die private Hälfte vom Privatdetektiv.«

»Es gibt noch was, was du mir nicht gesagt hast.«

Sandy sah mich erwartungsvoll an, von sich aus sagte er gar nichts.

»Du hast Kirstens Testament gestohlen, stimmt's? Das hast du in deiner Geschichte ausgelassen, aber es stimmt doch, oder? Als Loftus aus Kirstens Haus kam, bist du rein und hast sie tot aufgefunden. Die meisten Leute haben eine Kopie ihres Testaments im Haus – das weißt du. Also hast du rumgeschnüffelt, bis du es gefunden hast. Du hast Kirstens Testament geklaut.«

»Woher weißt du denn, daß sie überhaupt ein Testament gemacht hat? Nur weil Gary Gleason dir das gesagt hat? Er ist Anwalt – würde der nicht eine Kopie davon noch irgendwo anders aufbewahren?«

»In seinem Büro. Die Kopie hast du auch gestohlen. Du mußt es getan haben, als Gary noch im Krankenhaus war, an dem Morgen, nachdem Kirsten ermordet worden ist. Bevor ich dich am Flughafen abgeholt hab'.«

Sandy schloß die Augen.

»Gary muß getobt haben, als er merkte, daß alle beide verschwunden waren – und er hat es mit Sicherheit den Bullen gesagt. Und als die meine Fingerabdrücke auf Kirstens Frisierkommode gefunden haben – die müssen sie gefunden haben –, mußte Loftus wohl oder übel eine Hausdurchsuchung bei mir anordnen. Es hätte seltsam ausgesehen, wenn er's nicht gemacht hätte. Aber *ich* hab' dieses Testament nicht gestohlen. Und *Loftus* hatte keinen Grund, es zu stehlen. Es bleibt also nur eine Person übrig, die Grund dazu hatte, nämlich Dieter Strindberg – und du hast für ihn gearbeitet.«

Ich schaute auf Sandys Arme. Die Schläuche malträtierten die wunde Haut in seinen Armbeugen. Ein dünnerer Schlauch schlängelte sich hinauf in seine Nase. Unter den müden Augen hatte er dunkle Ringe. Meine Fragerei war nicht das, was er jetzt gerade brauchen konnte.

»Du hast Kirstens Testament vernichtet, damit Gary Gleason nicht das ganze Vermögen erben konnte, das Kirsten in die Ehe eingebracht hat – unter anderem dieses Gebäude in San Franciscos Bankenviertel. Wenn ich mich an die Regelung der gesetzlichen Erbfolge recht erinnere, bekommt Kirstens Bruder – in unserem Fall, da er gestorben ist, sein Sohn – die Hälfte. Dein Klient bekommt die Hälfte.«

»Wenn es nach mir ginge, bekäme Dieter den ganzen Brocken, verdammt noch mal!« Sandy schlug die Augen auf. Der Zorn brachte wieder Leben in sein aschfahles Gesicht. »Gleason hat Lennart Strindberg umgebracht, aber das werden wir nie und nimmer beweisen, Laura! Da hast du dein verdammtes Rechtssystem!«

Ich nickte. Die Gerechtigkeit war ziemlich grausam, die sich da durchgesetzt hatte; aber ich war die letzte, die das Recht gehabt hätte, sich darüber zu beklagen.

42

Ich fand meinen Mercedes vor meinem Haus geparkt. Mein Mistkerl von Ex-Mann hatte ihn zurückgebracht, nachdem er mir am Sandstrand davongebraust war.

Und ich fand Onkel Henry in meinem Wohnzimmer, in Strumpfsocken am Eßtisch sitzend, Whisky schlürfend und in die Lektüre von etwas vertieft, das nach einem Haushaltsbericht aussah.

»Bleib ruhig sitzen.« Ich bückte mich nach einem Umschlag auf dem Fußboden vor dem Briefschlitz.

Es war ein Telegramm von Doron White höchstpersönlich, dem Senior-Partner von White, Sayres & Speck. Darin stand folgendes: *Beileid bzgl. Wallace Bean Stop Glückwunsch zur Aufdeckung des Mordes Stop Nehmen an, Arkelett arbeitet in Ihrem Auftrag an Bean-Sache Stop Haben Versicherung verständigt wg. Krankenhauskosten Stop Veranlassen Hubschraubertransport zum San Fran General Stop Bitten um Urlaubsabbruch Stop Sog. Juristenmörder wünscht unverzügl. Ihre Dienste Stop.*

Als ich aufsah, stand mein Onkel neben mir und machte ein besorgtes Gesicht. »Hoffentlich keine schlimme Nachricht, Laura?«

Ich schüttelte den Kopf. »Nein, eine gute. Ich packe meine Sachen und gehe zurück nach San Francisco. Ich hab' einen großen Fall. Wahrscheinlich die heißeste Sache im ganzen Land.«

Mein Onkel sah sich um in meinem schönen, alten viktorianischen Haus. »Aber du hast doch einen Mietvertrag?«

»Aus dem kann ich mich auslösen.«

Er legte mir den Arm um die Schulter und sah mich aus funkelnden Augen an. Der Geruch von Whisky und Rasierwasser stieg mir in die Nase. »Weißt du, was ich dir sage, Laura, warum überläßt du das Haus nicht fürs erste mir, als Untermieter?«

Tante Diana wäre begeistert. »Großartig. Und ein Zimmer bekommt Papa, ja?«

Mein Onkel lächelte verschmitzt. »Er hat schon darum gebeten.«

Ich ging die Treppe hinauf und stieg in die Badewanne. Als ich beim Anziehen war, klopfte es an meiner Schlafzimmertür.

»Ich bin's, Hal.«

Mein Magen zog sich zusammen, dann flatterte er. Wie er es jedesmal vor dem Schlußplädoyer tut.

Ich öffnete die Tür.

Einen Augenblick lang sahen wir uns nur an. Hal hatte ein blaues Auge, seine Lippe war aufgerissen. Er war nicht rasiert, seine Haare waren noch feucht von dem Fußmarsch durch den Nebel, vom Polizeipräsidium hierher.

Aber er sah jünger aus als noch vor ein paar Tagen. Seine Miene war ernst, aber nicht vergrämt. Er hatte Falten um die Augen, aber das nervöse Zucken war verschwunden.

Ich strich ihm über die geschwollene Braue. »Du kannst nicht behaupten, daß man sich in meiner Nähe langweilt.«

»Das wäre mir nie eingefallen«, pflichtete er mir bei.

»Ich gehe zurück nach San Francisco, Hal. Ich hab' einen Fall bekommen, von dem jeder Strafverteidiger träumt. Mehrfacher Mord, jede Menge Publicity. Spannende Sache, wirklich, nicht ein billiger Panik-Schuß im Schnapsladen.«

»Verstehe.«

»Ich meine, ich weiß, daß niemand auf der Welt das Recht hat, einen anderen zu töten. Aber ...«

»Mördern steht es zu, exzellent verteidigt zu werden. So war doch das Klischee, oder?«

»Nein. Ich will mich gar nicht hinter so einem Altruismus verstecken. Ich liebe die Strafverteidigung. Und obendrein bin ich darin ziemlich gut.« Warum gab ich dann in einem fort Rechtfertigungen von mir?

»Grübelst wohl immer noch über höhere Gerechtigkeit, Cousinchen?«

»Ja«, gestand ich zögernd ein. »Ich glaube schon. Du kannst es auch Karma nennen, oder sonstwie.«

»Oder noch einfacher: Berufsrisiko - das hat auch jeder.« Er lächelte. »Nach der Woche, die du hinter dir hast - ist doch Gewäsch. Ich würde eher sagen, du hast vielleicht einen kleinen Vorsprung in dem Spiel.«

»Ich nehme nicht an, daß du mit mir nach San Francisco kommen würdest?« Eine Frage schon in der Verneinung zu stellen - daß so etwas mir noch passierte! »Du würdest mich gar nicht so oft sehen. Ich bin ein echter Workaholic; siebzig, achtzig Stunden die Woche.«

»Und den Rest der Zeit *erzählst* du von deiner Arbeit, da wette ich was.«

»Kann sein.« Ein Zugeständnis, das meinem Interesse widersprach; ich war dabei, meinen Fall zu verlieren. Ich trat auf ihn zu und legte ihm die Hände auf die Brust. »San Francisco ist die großartigste Stadt der Welt, Hal. Du könntest tagelang herumwandern, ohne Langeweile zu bekommen. Du könntest die Buslinien auskundschaften; du kommst überallhin ohne Auto.« Ich merkte, wie sich die Hoffnungslosigkeit in meine Stimme einschlich. »Wenn du auf die Idee kämst, zu reisen, das würde ich verstehen. Ich würde jedesmal mitkommen, wenn es geht. Ich verdiene so einen Haufen Geld, Hal. Es würde dich umhauen, wenn ich dir sage, wieviel. Ich könnte dir jede beliebige Reise zahlen. Und ich könnte dir Musik kaufen und Literaturkassetten. Und einen Fernseher. Ich könnte einen richtig schönen großen kaufen, mit Videorekorder, dann könntest du dir Filme ausleihen.«

Je länger ich redete, desto verletzender schien ich zu werden. Bei meinem neuen Klienten würde ich mich etwas mehr anstrengen müssen.

»Ich brauche keinen Haufen Geld. Und einen Fernseher kann ich ungefähr so gut brauchen wie Wallace Bean.«

»Klar - du hast bewiesen, daß du ohne den ganzen Krempel auskommst. Aber ich will dir nicht anbieten, was dein Vater dir angeboten hat. Ich will dir nicht *helfen.*«

»Aber darauf würde dein Arrangement hinauslaufen, oder?« Es klang, als ob ihn das alles unberührt ließ.

»Und was wäre daran so schlimm?«

»Ich sollte die Gelegenheit beim Schopf packen, das meinst du wohl, ja?«

»Du kannst es auch als Spielglück sehen. Als Volltreffer im Glücksspiel.«

»Nein. Daß wir zwei so ein Glückspaar sind, das glaube ich nicht, Laura. Aber ...« Er sah mich stirnrunzelnd an. »Wenn ich nein sage, dann riskiere ich, daß du dir genauso eine bösartige Intrige für mich ausdenkst, wie du's bei Gary Gleason gemacht hast. Und nachdem ich mit ansehen mußte, wie du einen Bullen geradewegs ins Grab geredet hast – Teufel, Teufel…«

»Riskier es nicht, Hal.«

»Behinderter alter Kriegsveteran, der ich bin«, Hal schüttelte den Kopf. »Ich werde mich hüten.«

MARIAN BABSON

ALLE JAHRE WIEDER…

1. Kapitel
Am ersten Weihnachtstag …

Es war unnötig beleidigend von ihm, das Thema Broadmoor in dem bislang freundschaftlichen Gespräch anzuschneiden.

Zuerst glaubte ich, nicht recht gehört zu haben. Ich konnte mir einfach nicht vorstellen, daß er es ernst meinte.

Aber ich hatte recht gehört. Er meinte es ernst.

»Sie müssen begreifen, daß es mit Ihnen so nicht weitergeht«, sagte er. »Natürlich begreifen Sie das, sonst wären Sie ja nicht zu mir gekommen. Und das wird Ihnen bei der Polizei auch als Pluspunkt angerechnet werden …«

»Ich kam, um Sie als meinen Rechtsberater wegen eines kleinen Problems um Rat zu fragen«, sagte ich steif. »Ich halte es nicht für notwendig, die Polizei einzuschalten.« Ich würde seine vorherige Erwähnung von Broadmoor nicht noch aufwerten, indem ich zugab, sie bemerkt zu haben.

»Nicht für notwendig!« Er schien zu ersticken und schnappte nach Luft. Nach einer Weile lächelte er schwach und fing wieder an. »Na ja, vielleicht haben Sie recht …« Er sah mich nicht an. »Warum trinken wir nicht etwas und besprechen es ausführlich?«

Er streckte die Hand aus, um nach seiner Sekretärin zu läuten, verzog dann aber nervös das Gesicht. »Ich habe nicht daran gedacht«, sagte er. »Es ist ja schon nach Büroschluß. Sie wird längst nach Hause gegangen sein.« Sein Ton war ein wenig vorwurfsvoll. »Ich habe heute länger gearbeitet, um vor dem Fest noch einige Sachen in Ordnung zu bringen.«

»Ich bin auf Grund einer spontanen Regung hereingekommen«, gab ich zu. »Ich kam gerade vorbei und hatte wirklich nicht an die Uhrzeit gedacht. Aber Sie haben recht. Es fiel mir auf, als ich durch den Vorraum des Büros ging. Alle anderen sind schon nach Hause gegangen.«

»Nun«, meinte er, »wir können es ja trotzdem ausführlich besprechen. Nehmen Sie doch bitte wieder Platz.«

»Es gibt nichts zu besprechen.« Ich spüre es sofort, wenn man mich zu beschwichtigen versucht, und nehme dies sehr übel. »Ich hätte es wissen müssen, daß ich von dieser Seite keine Hilfe erwarten kann.«

»Nein, nein«, wehrte er ab. »Es ist noch Zeit. Sie dürfen nicht verzweifeln. Uns wird schon etwas einfallen.«

Ich behaupte schon seit langem, daß man wirklich *niemandem* trauen kann. Dieses Gespräch war ein Beweis dafür. Wenn man sich nicht einmal auf seinen Rechtsberater ganz und gar verlassen kann, der doch angeblich auf das Wohl seines Klienten bedacht ist, wem auf der Welt kann man ...

»Es gibt immer eine Lösung«, fuhr er ziemlich nervös fort, so als ob er allmählich spürte, wie tief er mich gekränkt hatte. »Sie dürfen nicht verzweifeln.« Er sagte das bereits zum zweitenmal.

»Ich bin nicht verzweifelt«, sagte ich mit fester Stimme. »Ich weiß nicht, warum ich verzweifelt sein sollte. Sie haben ein kleines, im Grunde unbedeutendes Problem unverhältnismäßig aufgebläht. Vermutlich tun Sie das, um die aufgeblasene Honorarberechnung, die Sie mir bald schicken werden, zu rechtfertigen.«

»Klein!« Er erstickte wieder fast. »Unbedeutend! Begreifen Sie nicht, allein die Tatsache, daß Sie sagen können, daß ...«

Er wiederholte sich. Ich hörte nicht mehr zu. Wirklich, er wurde äußerst langweilig. Mir kam der Gedanke, daß es vielleicht günstiger wäre, wenn ich mir einen neuen Rechtsberater suchte. Ich sah mich in dem altmodischen Büro um. Einen, der moderner war. Jemanden, der nicht auf seinem Schreibtisch ein riesiges viktorianisches Tintenfaßgestell aus Messing hatte, in dem ein schweres, bis zum Rand mit roter Tinte gefülltes Glas und ein weiteres mit schwarzer Tinte war, obwohl er, wie jedermann heutzutage, einen Kugelschreiber benutzte. Jemanden mit einer modernen Schreibtischleuchte statt einer Studentenlampe mit grünem Schirm, an der Teile einer Kerzenhaltervorrichtung nutzlos herunterhingen, obwohl seine Studentenzeit viele Jahre zurücklag und die Lampe schon lange einen elektrischen Anschluß hatte.

»Im Augenblick natürlich«, er entblößte seine Zähne zu einem falschen Lächeln, »und ich erwähne das nur, weil wir über die derzeitige Alternative nachdenken sollten, im Augenblick scheint die beste Möglichkeit, Broadmoo ...«

Ich nahm das lange Tintenfaßgestell in die Hand. Er nahm die Bewegung aus den Augenwinkeln wahr, und obwohl sein Gesicht seit Beginn unseres Gesprächs schon eigenartig grau aussah, wurde es jetzt noch grauer.

»Warten Sie – bitte ...« Er hob eine Hand, um seine leicht verwundbare Schläfe zu schützen. »Ich hab's nicht so gemeint ... Beruhigen Sie sich doch ... Wir können doch darüber reden wie kultivi ...«

Ich hatte nicht gemerkt, daß in dem roten Tintenfaß so viel Tinte war. Es vermengte sich mit dem kleineren, schwarzen Rinnsal und verlief auf seinem semmelblonden Hinterkopf und auf dem mattgrünen Löschpapier des Schreibtisches zu merkwürdigen Mustern.

Die Ehre war gerettet.

»Das soll Ihnen eine Lehre sein!« sagte ich, als ich die Bürotür hinter mir schloß.

Er antwortete nicht. Vermutlich aus reinem Groll darüber, bei unserer Zusammenkunft besiegt worden zu sein.

Draußen auf der Straße war die Dunkelheit schon hereingebrochen. Natürlich, der kürzeste Tag des Jahres kam zügig näher. Wie die Zeit vergeht!

Ich ging die Straße zum Trafalgar Square und nach Whitehall hinunter, um mit dem Bus zurück zu meiner Unterkunft in einer Seitenstraße der Bakerstreet zu fahren. Die Dunkelheit verstärkte sich noch, als ein feiner Schneeregen einsetzte. Die Straßenlampen über den Köpfen der Fußgänger bildeten seltsame Flutlichtkegel, die gespenstische Schatten warfen und alle Gesichter in grotesk bedrohliche Masken verwandelten.

In dem breiteren und tieferen Lichterpfuhl am Charing-Cross-Bahnhof verkündeten die Reklameflächen der Zeitungen in schicksalhaft schwarzen Lettern ZEITUNGSHÄNDLERIN IN SOHO ERSCHLAGEN, desgleichen die Schlagzeilen der Abendzeitungen, die von den Zeitungsverkäufern zur Schau ausgehängt waren. Wie es sie doch bestürzt, wenn es jemanden aus ihren eigenen Kreisen betrifft!

Ich kaufte eine Zeitung, um sie später zu lesen, und dachte dabei, daß es vielleicht ebenso gut war, daß meine arme, geliebte Mutter dieses *Zeitalter einer neuen Härte* nicht mehr erlebte und daher nicht erfuhr, was aus all unseren Hoffnungen und Träumen geworden war. Wirklich, in was für einer Welt lebten wir doch!

In der Schlange am Bus waren Kinder, und ich lächelte ihnen zu. Ich mag Kinder und komm' gut mit ihnen zurecht. Abgesehen von ein oder zwei unglücklichen Ausnahmen. Aber daran darf ich nicht denken. Ich bekomme davon Kopfweh, und mein Kopf schmerzt schon genug.

Tatsächlich habe ich manchmal entsetzliche Kopfschmerzen.

Es war noch kein Bus in Sicht, und wenn einer kam, würde er zweifellos voll sein. Einen Augenblick zögerte ich noch, und dann fingen die Kinder an, sich gegenseitig zu schubsen und miteinander zu streiten. Ihre kleinen schrillen Stimmen gingen mir durch Mark und Bein. In meinem Kopf begann es zu klopfen, und das gab schließlich den Ausschlag. Ich rief ein Taxi.

Manchmal, wenn ich besonders heftige Kopfschmerzen habe, überlege ich, ob ich nicht doch einen Arzt deswegen konsultieren sollte.

Aber natürlich kann man auch Ärzten nicht trauen …

2. Kapitel

Schmückt die Hallen mit Stechpalmenzweigen …

Als Anne Christopher heimkam, war Iris Loring oben auf der Leiter gerade dabei, über die Kreppapierstreifen im Vorderteil der Halle Rauschgoldlitze zu hängen. Am Fuß der Leiter gab Mrs. Daneson zu ungefähr gleichen Teilen Glitzerkram und Anweisungen aus.

»Mehr nach links rüber. Nein, nicht dahin. Vorsicht – das dort rutscht herunter …« Sie bückte sich und hob es vom Boden auf, um es Iris zurückzureichen.

»Ein scheußlicher Abend.« Zerstreut begrüßte sie Anne. »Graupelt es immer noch?«

»Schlimmer denn je.« Anne schüttelte ihren Schirm aus, spannte ihn wieder auf und stellte ihn in die Ecke des Flurs zu den anderen, die dort wie monströse, vielfarbige Giftpilze in Büscheln zusammenstanden. »Gott sei Dank brauch ich heute abend nicht noch einmal hinauszugehen.«

»Ich kann mir nicht vorstellen, daß jemand heute abend noch hinausgehen möchte.« Maude Daneson trat einen Schritt zurück, um Iris' schöpferisches Werk zu begutachten. »Ich glaube, da muß noch mehr in die Ecke dort, meine Liebe. Es sei denn, du hast daran gedacht, dort Luftballons anzubringen. Ich würde aber davon abraten. Es ist zu dieser Jahreszeit leicht möglich, daß einige Mieter ein bißchen angeheitert nach Hause kommen und Luftballons für unwiderstehlich halten. Es ärgert mich, in den frühen Morgenstunden von Geräuschen, die wie Gewehrschüsse klingen, geweckt zu werden. Deshalb, keine Luftballons.«

Anne nahm ihre Post vom Anschlagbrett und ihre Zeitung vom Flurtisch und faltete sie auseinander, um einen raschen Blick auf die erste Seite zu werfen. »ZEITUNGSHÄNDLERIN IN SOHO ERSCHLAGEN … entdeckt von einem frühen Kunden … offensichtlich ein Mord ohne Motiv …«

»Schrecklich, nicht wahr?« Maude Daneson blickte ihr über die Schulter. »Man sollte etwas dagegen *unternehmen*.«

»Die Polizei versucht das sicher schon, Mrs. Daneson«, sagte Anne und überflog die Zeitung weiter, um Einzelheiten der Geschichte zu erfassen.

»*Das* meinte ich nicht«, sagte Mrs. Daneson. »Jeder weiß, daß die ohne Motiv begangenen Verbrechen am schwersten zu lösen sind – und manchmal werden sie überhaupt nicht gelöst. Ich meinte, daß man es nicht ganz und gar der Polizei überlassen sollte. Jemand, der so etwas tut – der ist ganz bestimmt verrückt. Du willst doch wohl nicht behaupten, daß niemand das bemerkt hat? Er muß zwischen anderen Leuten leben. Er muß Kontakt haben mit seiner Familie, Freunden, Bekannten, Leuten, mit denen er zusammen arbeitet – *jemand* muß doch *etwas* Verdächtiges wahrgenommen haben. Sie sind verpflichtet, ihn bei der Polizei anzuzeigen – ganz gleich, wie eng ihre Beziehung auch sein mag.«

»Es ist vielleicht nicht ganz so einfach.« Iris sprach oben von der Leiter herunter, wo sie Maude Danesons Unaufmerksamkeit ausgenutzt hatte, um den Glitzerkram neu zu verteilen und zwar so, wie sie es für richtig hielt. »Er ist vielleicht die meiste Zeit völlig normal – bis irgend etwas bei ihm auf den Auslöser drückt. Wenn keiner ihn jemals provozierte, würde man es nie erfahren. Er wäre nur der freundliche Mann da unten auf der Straße, der immer gut ist zu seiner Frau, seine Kinder anbetet, auf Bäume klettert, um Katzen zu retten, und der kleinen alten Dame über die Straße hilft.«

»Diesmal hat er eine kleine alte Dame umgebracht«, sagte Anne. »Und zwar mit ihrer eigenen Schere. Eine Zeitungshändlerin. Völlig harmlos. Keine Feinde. In der Kasse fehlte kein Geld – aber aus dem oberen Regal waren Sex-Zeitschriften auf den Boden gefegt worden. Die Polizei glaubt, daß dies vielleicht eine Art Schlüssel sein könnte.«

»Na, da haben wir's ja.« Iris stieg die Leiter hinunter. »Es ist ein Sexualverbrecher, ein religiöser Spinner, ein Literaturkritiker – oder möglicherweise nur jemand aus dem Volke, der es satt hat, ständig mit solchem Zeug konfrontiert zu werden, das früher in einfachem braunen Packpapier an Leute geschickt wurde, die sich das wirklich ansehen wollten. Das dürfte den Kreis der Verdächtigen auf zehn Millionen begrenzen. Davon ausgehend ist meine ...«

»Ich finde, daß du dich nicht darüber lustig machen solltest«, sagte Maude barsch. »Die Frau ist tot. Sie ist, während sie ihrer Arbeit nachging, in ihrem eigenen Laden umgebracht worden. Entsetzlich! Man ist nirgends mehr sicher.«

»Die Polizei sucht nach Zeugen ...« Anne las immer noch. »Oder nach jemandem, dem etwas auch nur im weitesten Sinne Verdächtiges aufgefallen ist ...«

»Die Polizei!« schnaubte Maude verächtlich. »Sie hat den gleichen Aufruf veröffentlicht wegen dieser beiden Kinder, die man letzte Woche im Regent's-Park-See fand – und was hat es genützt? Keiner bemerkt je etwas oder gibt es zu, wenn ihm tatsächlich etwas auffällt. Und noch dazu zu dieser Jahreszeit! Ich weiß nicht, warum alles zu Weihnachten immer noch schlimmer zu sein scheint. Schlimmer oder besser. Aber neuerdings scheint es stets schlimmer als besser zu sein. Vielleicht ist das eine Folge des Älterwerdens.«

»Soll ich die Tür abschließen, Maude?« fragte Iris.

»Ja, mach das. Anne ist als letzte heimgekommen. Wenn noch jemand bei diesem Wetter ausgehen will – nun, es haben ja alle einen Schlüssel. Wir werden selbstverständlich in einer solchen Nacht, in der sich ein Wahnsinniger im West End herumtreibt, nicht die Haustür offen lassen.«

»Unsinn«, sagte Iris und ließ das Schloß einrasten. »Er treibt sein Unwesen weit entfernt von der Baker-Street-Gegend, und es gibt keinen Grund anzunehmen, daß ihm das Wetter weniger ausmacht als uns allen. Wahrscheinlich sitzt er in diesem Augenblick vor einem prasselnden Kaminfeuer, röstet Kastanien für seine Kinder und überlegt sich, was er den Weihnachtssängern anbieten kann, wenn sie vorbeikommen.«

»Wenn er sie nicht vergiftet«, meinte Maude düster.

Anne überließ sie ihren freundschaftlichen Streitereien und begann die Treppe hinaufzusteigen.

Sie war schon halb oben, als sie plötzlich die Hand vom Geländer wegzog. »Oh!«

»Was ist los?« Unten in der Eingangshalle wandten sich Mrs. Daneson und Iris gleichzeitig nach oben.

»Meine Hand ist voller Tinte! Sie kam geradewegs vom Geländer. Feuchte, schwarze Tinte!«

»O je. Hoffentlich hat Ihr Mantel nichts abbekommen?« Maude blickte besorgt drein.

»Nein.« Anne reinigte ihre Hand mit einem Papiertaschentuch und rieb dann an dem Fleck auf dem Geländer. »Nein, schon gut. Ich glaube, ich habe es weggewischt.«

»Man kann wohl nichts anderes erwarten, wenn man so viele Studenten im Haus hat.« Mrs. Daneson verlor das Interesse und wandte sich ab. »Aber sie sollten vorsichtiger sein. Ich werde am Anschlagbrett einen Zettel anbringen, der sie darauf hinweist.«

Obwohl sie Iris beim Schließen der Haustür beobachtet hatte, ging sie hinüber und überprüfte sie.

»Ich habe wirklich abgeschlossen, Maude«, sagte Iris.

»Ja, ja, ich weiß. Ich vergewisser' mich halt gern.« Maude kam von der Tür zurück und strahlte vor Erleichterung. »So«, sagte sie. »Jetzt sind wir alle für die Nacht sicher und geborgen eingeschlossen.«

3. Kapitel

Am zweiten Weihnachtstag …

Ich weiß nicht, warum dieses dumme Lied mich ständig verfolgt. Ich mag es nicht einmal. Ich habe seine Bedeutung nie verstanden. Als Kind glaubte ich, daß die zwölf Weihnachtstage die Tage vor dem eigentlichen Weihnachtsfest wären. Ich hatte sie vermutlich mit dem Adventskalender verwechselt, aber so ergab es einen Sinn.

Als ich älter wurde und herausfand, daß man am ersten Weihnachtsfeiertag anfängt zu zählen, schien mir das einfach töricht – und irgendwie *fremd.* Das war jedenfalls nicht die Art, in der Engländer zählen sollten.

Sogar jetzt noch, wenn ich daran denke … Obwohl ich sehr selten daran denke. Vor kurzem scheint es sich allerdings in meinen Kopf geschlichen zu haben und kreist dort ständig herum – es scheint mir immer noch so, als sollten in dem Lied die Tage gemeint sein, die auf Weihnachten zuführen. Diese Tage, die wir jetzt haben. Noch zehn Tage bis Weihnachten. Und dann kann ich ausruhen.

Viele Leute hassen das englische Weihnachtsfest, weil dann an drei oder vier aufeinanderfolgenden Tagen die Geschäfte geschlossen sind und keine Zeitungen erscheinen, aber ich mag das recht gern. Es nimmt einem die Qual der Wahl. Wenn nichts offen ist, gibt es auch keinen Grund, das Zimmer zu verlassen. Man kann nirgends hingehen, und niemand wird es komisch finden, wenn man im verschlossenen Zimmer bleibt und nur liest und sich ausruht.

Seit kurzem verspüre ich ein Bedürfnis nach Ruhe. Ich weiß nicht, wieso. Ich habe nicht mehr unternommen als sonst, und auch meine Arbeitsbelastung ist nicht größer geworden.

Vielleicht hat es etwas mit diesen Kopfschmerzen zu tun, die ich neuerdings habe? Nach Weihnachten muß ich wirklich einen Arzt aufsuchen. Aber erst einmal muß man Weihnachten hinter sich bringen. Es wird gut sein, wenn es vorbei ist.

Aber über die Ruhe werde ich mich freuen. Es macht mir nicht einmal etwas aus, daß einige Tage keine Post zugestellt wird. Ich bekomme sowieso nicht viele Briefe.

Mutter erhielt gewöhnlich viel Post, besonders zu dieser Jahreszeit. Briefe, Karten und oft Geschenke bei jeder Zustellung. Manchmal war es schwierig, noch Platz zum Aufstellen all der Karten zu finden – jede verfügbare Fläche war bedeckt. Ach, wie sie das liebte!

Aber nach Mutters Tod kamen bald keine Karten mehr.

In den ersten beiden Jahren verringerten sie sich zu einem kleinen Häufchen, und dann kamen gar keine mehr, obwohl ich immer eine Antwortkarte zurückschickte. Ich weiß nicht, wieso. Ich fürchte, mir mangelt es am Talent zur Freundschaft, wie es Mutter besaß. Ich weiß, ich bin gesellschaftlich steif und unbeholfen. Mutter klagte ständig darüber. Allerdings waren viele der Karten von ihren Altersgenossen. Vermutlich sind die auch schon gestorben.

Nein, ich bin recht froh, daß die Postzustellung dann aufhört. Dann kann wenigstens niemand sehen, wie wenige Karten ich nur bekomme. Denn man beobachtet mich in diesem Haus, ich weiß es. Ich erwisch' sie manchmal dabei, wie sie mich anstarren. Sie halten sich dabei für sehr raffiniert, lächeln und sagen »Guten Morgen« oder »Guten Abend«, wenn ich ihnen in die Augen sehe. Gerade so, als ob das alles wäre, was sie wollten. Und ich antworte ihnen freundlich. Ich zeige ihnen nicht, daß ich Bescheid weiß. Ich glaube, daß ich nicht viel länger in diesem Haus bleiben sollte. Nach Weihnachten werde ich mir vielleicht eine angenehmere Umgebung suchen, einen Ort, wo die Leute mit den Augen genauso lächeln wie mit den Lippen und nicht beobachten und beobachten – und warten. Worauf warten sie eigentlich?

Ja, nach Weihnachten.

Nach Weihnachten gibt es für mich so viel zu tun. Allein der Gedanke daran macht mich schon müde. Vielleicht freue ich mich deshalb auf die lange Feiertagszeit in diesem Jahr. Wenn alles verschlossen und verriegelt ist, fühlt man sich seltsam *frei,* entbunden von jeglicher Verpflichtung zum Handeln, weil man einfach nichts tun kann.

Ja, nach Weihnachten.

Vielleicht sollte ich eine Liste machen. Ich muß einen Arzt aufsuchen, mich nach einer neuen Unterkunft umsehen. Und, o ja, ich wollte ja meinen Rechtsberater aufsuchen …

Aber anscheinend habe ich im Augenblick vergessen, warum ich ihn konsultieren wollte.

Mein Kopf! O nein, nein! Ich hatte geglaubt, ich könnte diesen Tag ohne Kopfschmerzen überstehen. Vielleicht, wenn ich's rechtzeitig in den Griff bekomme … Wenn ich einige Aspirin nehme – und mich ruhig hinlege …

Vielleicht …

4. Kapitel

Ich träum' von einer weißen Weihnacht …

»Iris, Vorsicht!« Unten an der Treppe sprang Patti James rasch zur Seite und versuchte so dem wirbelnden, weißen Spray aus der Sprühdose auszuweichen. »Was machst du da übrigens?«

»Entschuldigung.« Iris nahm den Finger vom Sprühknopf und ließ die Dose sinken. »Ich habe das Ding noch nicht im Griff. Ich *versuche,* den Flurspiegel in ein altenglisches Kreuzrahmenfenster zu verwandeln – sieht man das nicht?«

»O doch.« Patti kam vorsichtig näher und sah sich den besprühten Spiegel genau an. »Meinst du nicht, daß du es ein wenig übertreibst? Ich meine, es wäre schön, wenn wir darin noch wenigstens Teile unserer Erscheinung sehen könnten. Wir könnten vielleicht unser Make-up überprüfen wollen, bevor wir ausgehen oder dergleichen.«

»Genau das hat Miß Manning auch gesagt. Na ja, mehr oder weniger. Sie wollte sich vergewissern, ob ihr Hut auch gerade saß, bevor sie fortging. Als ob das nicht egal ist – bei ihr jedenfalls.«

»Ach, sie ist gar nicht so übel«, meinte Patti. »Manchmal richtig menschlich.« Vorsichtig begann sie den Schaden an ihrem Kostüm zu begutachten. »Weißt du, du hast mit diesem abscheulichen Zeug meinen ganzen Mantelsaum bespritzt.« Sie tupfte ihn vergebens ab. »Das geht doch wohl wieder raus, oder?«

»Ich hoffe es. Es ist mir heute morgen gelungen, alle in diesem Haus damit zu taufen.«

»Sie waren sicher begeistert.« Sogar Patti klang allmählich verärgert. »Hättest du nicht warten können, bis wir alle an diesem Tag das Haus verlassen haben, bevor du anfingst, mit dem Zeug herumzuspritzen? Woher hast du das übrigens?«

»Es wurde bei Selfridges zum Verkauf angeboten. Eine Menge Leute haben es gekauft. Ein beliebter Artikel.«

»Beliebt bei wem?« Patti putzte weiter mit wenig sichtbarem Erfolg an ihrem Saum herum.

»Ich fürchte, du reibst es gerade erst rein, wenn du so weitermachst«, sagte Iris reumütig. »Wenn du wartest, bis es trocken ist, kannst du es vielleicht abkratzen.«

»Oh, Iris!« Patti hielt ihren Ärger nicht länger zurück.

»Ich weiß. Es tut mir leid«, sagte Iris. »Ich konnte ja nicht wissen, daß es überall hinspritzen würde. Ich glaube, der Zerstäuber ist undicht oder so. Vor allem aber habe ich Major Entwistle gegenüber ein schlechtes Gewissen. Sein ganzer Ärmel war vollgesprüht, und ich glaube nicht, daß er viel Geld für eine Reinigung übrig hat. Er war schrecklich verärgert, und ich konnte es ihm nicht verdenken. Ich bot ihm an, den Ärmel versuchsweise mit einem Schwamm zu reinigen, aber er stapfte einfach hinaus. Ich werde es später noch einmal versuchen – wenn er sich ein wenig beruhigt hat.«

»Du kannst meinen Mantel auch mit dem Schwamm bearbeiten«, sagte Patti. »Falls ich's nicht selber herausbekomme.«

»Mach ich«, sagte Iris zerknirscht. »Es ist das wenigste, was ich für dich tun kann. Vielleicht sollte ich einen Zettel aufhängen mit dem Angebot ...«

»Nun übertreibst du's aber«, meinte Patti.

»Na ja ...« Iris' Gesicht hellte sich auf. »Ich biete es nur denjenigen an, die noch mehr Aufhebens darum machen. Ich glaube, einige von ihnen haben es noch gar nicht gemerkt und, wenn ich Glück habe, trägt das Zeug sich im Laufe des Tages ab.«

»Ich finde, du bist furchtbar optimistisch«, sagte Patti. »Aber ich kann hier nicht den ganzen Morgen stehen und reden. Ich komme jetzt schon zu spät zum Unterricht.«

»Wiedersehen«, sagte Iris freundlich. »Paß auf dich auf.«

»Du solltest lieber auf dich aufpassen!« Die Tür schlug hinter Patti zu, ein beängstigendes Zeichen dafür, daß sie immer noch ziemlich ärgerlich war.

»Ich *will* nicht, daß die Leute immer so mit den Türen knallen!« Maude tauchte aus ihrer Parterre-Wohnung auf. »Ich glaube, ich werde deswegen mal wieder einen neuen Zettel aufhängen müssen. Sie werden schon wieder nachlässig. Manche Leute kennen so gar keine Rücksicht anderen gegenüber.«

»Da hast du recht, Maude«, murmelte Iris und ließ die Sprühdose hinter ihren Rücken gleiten. Aber Maude schien die vorausgegangenen Unannehmlichkeiten vergeben und vergessen zu haben. Abgesehen davon glänzte ihr Haar vom ausdauernden Bürsten, was scheinbar geholfen hatte, denn es war nicht eine Spur von Sprühschnee im Haar zurückgeblieben.

»Da ist allerdings nicht mehr viel Platz.« Maude stand mit gerunzelter Stirn vor dem mit grünem Flanell bezogenen Anschlagbrett, auf dem ein Gitter aus Bändern die Post der Mieter hielt. Im Augenblick war es leer, da alle Mieter beim Hinausgehen ihre Post herausgenommen hatten, aber die Nachmittagszustellung würde es erneut füllen, besonders zu dieser Jahreszeit.

»Ich glaube, die Tür ist ihr nur aus der Hand geglitten«, sagte Iris hilfsbereit. »Patti hat sie sicher nicht zuschlagen wollen. Es wird nicht wieder vorkommen.«

»Patti also!« Maude Daneson hob die Augen gen Himmel. »Nein, dann hat es keinen Zweck, einen neuen Zettel zu schreiben. Ich bezweifle, daß sie sich überhaupt die Mühe machen würde, ihn zu lesen, und selbst wenn sie es täte, käme sie sicher nie auf die Idee, daß er auf sie gemünzt sein könnte. O diese Kanadier!«

Die Bemerkung war typisch, und Iris machte sich nicht die Mühe, darauf zu antworten. Außerdem deutete Maudes Blick einen Themenwechsel an. Iris nahm sich liebevoll und umsichtig zusammen. Aus purer Dankbarkeit war sie bereit, eine beliebige Anzahl von Maudes Schwächen hinzunehmen.

Als sie frisch von der Kunsthochschule aus dem Norden heruntergekommen war, mit dem Willen, sich als freischaffende Künstlerin einen Weg durch den Londoner Dschungel zu bahnen, hatte ihre Ausrüstung lediglich aus Maudes Adresse bestanden und den Beteuerungen älterer Mitglieder der Familie, daß es einige Verwandte gab – Cousins, die unsagbar oft umgezogen waren.

Maude jedoch hatte sie mit offenen Armen und berechnendem Glitzern in den Augen empfangen, was, wie sich später herausstellte, darauf zurückzuführen war, daß eine Reihe von Au-Pair-Mädchen sich plötzlich aus dem Staub gemacht hatten und Maude verzweifelt nach einer im Haus wohnenden Haushälterin suchte, auf die sie sich verlassen konnte. So kam die verwandtschaftliche Beziehung beiden Seiten zugute.

Beider Probleme waren gelöst gewesen, als Iris erst einmal die zu ihrem Job gehörende, vollkommen eingerichtete Souterrainwohnung gesehen hatte, deren bis zum Boden reichende Flügelfenster auf einen großzügig angelegten Garten führten und die den größten Teil des Tages in herrliches Licht getaucht war. Die Arbeit war nicht anstrengend – eine Haushaltshilfe kam täglich, um die Betten zu machen und die Räume zu putzen –, und Iris hatte viel Zeit für ihre eigene Arbeit.

Ihre Abmachung hatte besser geklappt, als sie es beide hätten erwarten können, und seither lebten sie in einer Art freundschaftlicher Symbiose zusammen. Maude sparte das Taschengeld, das einem Au-Pair-Mädchen zugestanden hätte, und Iris wohnte mietfrei in einer Wohnung, die sie sich sonst nie hätte leisten können. Nicht einmal jetzt, da Iris bekannt wurde, ja, auf ihrem Gebiet der Illustration sogar gefragt war, dachte eine von ihnen an eine Veränderung der beiderseitig zufriedenstellenden Abmachung.

»Ich nehme an, wir müssen Patti einiges nachsehen«, seufzte Maude. »Das arme Kind, so weit weg von zu Hause. Sie fliegt zu Weihnachten nicht heim, nicht wahr?«

»Es ist eine weite Strecke, wenn man nur für ein paar Tage fährt«, meinte Iris. »Und es ist teuer. Außerdem glaube ich, daß sie sich so recht auf ein altmodisches Weihnachtsfest in England freut.«

»Ja«, fuhr Maude fort. »Wir haben ziemlich viele Studenten, die zu Weihnachten nicht werden nach Hause fahren können. Die Ärmsten! Ganz zu schweigen von unseren älteren Mietern. Ich habe auch bisher nicht gehört, daß Major Entwistle irgendwo hingeht, du etwa? Ich vermute, daß er niemanden hat, zu dem er gehen könnte. Er hat zu lange außerhalb des Landes gedient. Als er schließlich zurückkehrte, mußte er feststellen, daß seine ehemaligen Freunde sich in alle Himmelsrichtungen zerstreut hatten, und es ist sehr schwierig, wieder völlig von vorne anzufangen, besonders für einen alleinstehenden Mann. Es ist vielen ehemaligen Soldaten so ergangen«, seufzte Maude. »Das ist der Preis des Empire – und wofür? Auch das Empire ist in alle vier Winde zerstreut.«

»Den Gesprächsfetzen nach zu urteilen, die ich beim Umhergehen hörte, werden wir über Weihnachten ein ziemlich volles Haus haben«, fügte Iris hinzu. »Mindestens ein gutes Dutzend wird da sein.«

»Genau das habe ich vermutet!« Maude nickte zufrieden mit dem Kopf. »Daher habe ich mir gedacht, daß ich in dieser Angelegenheit etwas unternehmen sollte.«

»Ach ja?« Iris war auf der Hut. Aufgrund von Erfahrung wußte sie, daß Maudes *›Ich's‹* stets *›Wir‹* bedeuteten und häufig auf ein *›Du‹* hinausliefen.

»Wir können sie am Weihnachtstag nicht allein in ihren Zimmern sitzen lassen«, erklärte Maude. »Das wäre nicht *anständig*.«

»Ich glaube nicht, daß es ihnen etwas ausmacht«, sagte Iris. »Ich meine, wenn es ihnen etwas ausmachte, würden sie doch etwas dagegen unternehmen, nicht wahr?«

»Was denn?« fragte Maude. »Sollen sie versuchen, ein Stück Hühnchen auf dem kleinen Gaskocher in ihrem Zimmer zu braten? Oder sollen sie in irgendein teures Hotel oder Restaurant gehen um eines Essens willen, das zu viel kostet und seinen Preis nicht wert ist? Und dann werden sie immer noch allein sein.«

»Vielleicht möchten sie allein sein«, sagte Iris, aber es war ihr letzter Versuch, den Sachverhalt zu ihren Gunsten zu färben. »Sie ziehen es vielleicht vor.«

»Nein!« Maude schüttelte entschieden den Kopf. »Am Weihnachtstag kann ich das nicht zulassen. Nicht bei Leuten, die ich gerne als Gäste des Hauses betrachte. Nicht, wenn ich eine geräumige Küche, einen Herd und einen großen Eßzimmertisch habe. Ich kann ein Dutzend Leute leicht unterbringen. Ich werde alle in meine Wohnung einladen, und *wir* werden ihnen ein Weihnachtsmahl servieren.«

»Ich dachte, du wolltest zu Weihnachten deinen Neffen besuchen«, sagte Iris.

»Sie haben gestern abend angerufen.« Maude wirkte leicht verlegen. »Die Kinder liegen mit Mumps im Bett. Ich könnte doch nicht hingehen und dadurch riskieren, den Mumps auf meine Gäste hier zu übertragen. Abgesehen davon habe ich ihn selber auch noch nicht gehabt. Es wird also für mich sehr viel besser sein, in diesem Jahr zu Hause zu bleiben und Gäste zu empfangen.«

»Verstehe«, sagte Iris, der plötzlich alles klar wurde, besonders Maudes plötzliche Sorge um das Wohlergehen ihrer Mieter, um das sie sich im vergangenen Jahr überhaupt nicht gekümmert hatte.

»Na ja …«, Maude zog ihre Handschuhe an. »Ich muß mich jetzt beeilen, um noch einige Besorgungen zu machen. Ich habe bei weitem nicht genug Vorräte, um für uns alle ein Weihnachtsessen zu bereiten. Das wird noch eine Menge Organisation kosten. Ich mache jetzt einige vorbereitende Einkäufe, und wenn ich zurückkomme, dann kann ich eine Einkaufsliste aufstellen, und vielleicht kannst du heute am späteren Nachmittag einkaufen gehen.«

Iris stellte fest, daß sie hätte wissen müssen, was kam. »Ich könnte dich begleiten, Maude«, schlug sie vor, »und das Eingekaufte tragen.« Schließlich brauchte Maude nichts anderes als einen Packesel, und ihr persönlich war es egal, ob sie jetzt oder später hinausging.

»Nein …« Maude schüttelte gereizt den Kopf. »Ich gehe nicht

gleich in die Geschäfte. Ich will erst noch eine Weile spazierengehen – ich habe das Gefühl, ich brauche ein bißchen frische Luft. Ich fürchte, ich bin auch nicht in der Verfassung, mich noch weiter zu unterhalten.«

»Na gut«, sagte Iris. »Es war auch nur so ein Gedanke.«

»Du *verstehst* das doch, nicht wahr?« Maude verhielt an der Tür, da sie offenbar befürchtete, Iris beleidigt zu haben. »Ich *muß* wirklich allein sein. Tatsächlich ...«, sie fuhr sich mit der Hand über die Stirn, »habe ich mal wieder meine Kopfsch ...«

»Möchtest du ein Aspirin?« Iris war sofort wieder besorgt.

»Ich habe schon welche genommen. Ich brauche jetzt lediglich frische Luft.« Maude lächelte leicht. »Ich werde bald wieder in Ordnung sein.«

5. Kapitel
Am dritten Weihnachtstag ...

Dieses scheußliche, ekelhafte Zeug! Es ist überall! Man kann ihm nicht entkommen. Nicht einmal hier in der Drogerie. Und diese Verkäuferin, diese Schlampe! Es ist ihre Aufgabe, die Kunden zu bedienen und nicht mit dieser schrecklichen Sprühdose herumzuspielen.

Da schau her – sie schenkt mir überhaupt keine Beachtung. Schenkt mir *absichtlich* keine Beachtung. Sie kann doch sehen, daß ich hier schon eine ganze Weile stehe und warte. Vielleicht, wenn ich mich räuspere ...

Zwecklos. Sie hat nicht die Absicht, sich mit Kunden abzumühen. Das ist heutzutage das Schlimme an England. Keiner schert sich um etwas. Keiner ist zu irgendwelchen Diensten bereit. Alle streichen den Lohn ein und tun so wenig wie möglich dafür. Keine Rede davon, daß man ihn sich *verdienen* muß. Das paßt nicht in ihre Berechnungen. Engherzige, selbstsüchtige Wesen. Sie interessieren sich nur für sich selbst und ihre augenblicklichen Liebhabereien.

Dieses hier ist wirklich eine abscheuliche Modetorheit. Künstlicher Schnee zum Aufsprühen. Was kann man nur daran schön finden? Und doch scheint es überall zu sein. Man sieht es auf fast jedem Fenster und Spiegel.

Da – jetzt hat sie die Dose geleert. Vielleicht wird sie jetzt …

Nein. Sie hat nur die leere Dose in den Papierkorb geworfen, unter den Ladentisch gelangt, eine andere hervorgeholt und angefangen, mehr von dem Zeug auf das Fenster zu sprühen. Wenn sie noch viel mehr draufstäubt, werden die Passanten bald nicht mehr die Waren in der Schaufensterauslage sehen können. Vielleicht ist das ihr Plan. Der letzte Versuch, Kunden abzuschrecken. Wenn sie nicht mehr sehen können, was zum Verkauf angeboten wird, können sie auch nicht hereinkommen und sie belästigen. Sie kann ungestört ihre Tage verbringen.

»Fräulein!« Das ist mir jetzt egal, ich werde sie stören. Ich muß. Ich muß etwas gegen diese Kopfschmerzen bekommen. Aspirin-Tabletten scheinen nicht mehr stark genug zu sein. Vielleicht irgendein Pulver …

»Fräulein! Ich warte jetzt schon zehn Minuten! Wenn Sie schon keine Zeit haben, mich selbst zu bedienen, könnten Sie vielleicht so gut sein und den Geschäftsführer rufen?«

»Der ist nicht da.« Das Mädchen wandte sich kaum um und blickte sehr gelangweilt drein.

»Das hätte ich mir denken können. Jedenfalls würden Sie nicht so weitermachen, wenn eine Respektsperson da wäre. Vielleicht sollte ich später wiederkommen und mit dem Geschäftsführer sprechen.«

»Sie sind niemals schon zehn Minuten hier!« Sie wandte den Kopf zu mir herum. »Sie sind gerade erst in den Laden gekommen. Ich kann nicht alles stehen- und liegenlassen, nur um Sie zu bedienen. Die Schaufensterdekoration gehört auch mit zu meiner Arbeit.«

In ihrer Erregung ließ sie den Finger auf dem Knopf der Sprühdose.

Das Fenster war jetzt völlig bedeckt. Man konnte kaum mehr die Leute erkennen, die wie Schatten auf der anderen Seite des Glases vorübergingen.

Es würde eine häßliche Arbeit sein, das alles abzuputzen und noch einmal von vorne anzufangen. Es geschah ihr recht. Vielleicht lächelte ich, denn sie fuhr herum, um zu sehen, was ich betrachtete.

»Nun schauen Sie nur, was ich durch Ihre Schuld gemacht habe!«

Wirklich, diese Geschöpfe sind schrecklich schlecht gelaunt. Wenn sie ihrer Arbeit gewissenhaft nachgegangen wäre, hätte das niemals geschehen können.

Bevor ich ihr das sagen konnte, richtete sie die Sprühdose auf mich.

»Oh!« Das scheußliche ekelhafte Zeug – auf meinen ganzen Ärmel. Zum zweitenmal in zwei Tagen. »Das haben Sie absichtlich getan!«

»Und das können Sie auch dem Geschäftsführer erzählen!« Sie kam hinter dem Ladentisch hervor, ging auf mich zu und zielte mit dem Zerstäuber *mutwillig* auf mein Gesicht.

Ich wich einen oder zwei Schritte zurück. Das hätte ich nicht tun sollen. Es war eine Reflexhandlung. Jetzt dachte sie, sie hätte mich in die Flucht geschlagen. Niemals! Ich stoppte und hielt meine Stellung. Sie kam weiter auf mich zu. Gott sei Dank war niemand sonst im Laden.

Man will ja kein Aufsehen erregen, aber sie ließ mir keine andere Wahl.

»Wagen Sie es ja nicht!« brüllte ich sie an.

»Wagen?« Sie gab ein kurzes häßliches Lachen von sich. »Sie haben *mir* keine Befehle zu geben! Was glauben Sie eigentlich, wer Sie sind? Ich werde Ihnen zeigen ...«

Aus Notwehr packte ich sie am Arm und versuchte, sie wegzustoßen. Wir kämpften eine Weile ungeschickt miteinander, aber ich war stärker. Da zeigt sich eben die straffe Erziehung. Dann glitt sie – recht passend – auf dem scheußlichen Zeug aus, das sie auf den Boden geschüttet hatte. Es war noch nicht getrocknet und anscheinend ziemlich rutschig.

Sie ging schwer zu Boden und schlug dabei mit dem Kopf gegen den Ladentisch. Geschah ihr recht. Bewegungslos lag sie da. Die Dose mit dem Sprühschnee rollte aus ihrer ausgestreckten Hand und blieb vor meinen Füßen liegen.

Man sollte ihr eine Lektion erteilen! Ich merkte, daß ich vor

Wut zitterte. Sie hatte vorgehabt, mir das Zeug ins Gesicht zu sprühen… Ich hatte diese Absicht in ihren kleinen, glänzenden Augen gelesen. *Auge um Auge, Zahn um Zahn!* Das stand sogar in der Bibel.

Ich bückte mich und nahm die Dose auf. In dem Moment stöhnte sie leicht. Sie würde in einer Minute zu sich kommen. Ihr häßlicher, rotrandiger Mund war geöffnet, und ich wußte, welche gemeinen Worte da herauskommen würden, wenn sie das Bewußtsein zurückerlangt hatte. Man sollte ihr den Mund mit Seife auswaschen!

Jedenfalls brauchte sie eine Lektion. Ich hatte zwar keine Seife, aber ich hatte ja die Sprühdose. Und ich hatte immer noch Kopfschmerzen, die von Sekunde zu Sekunde schlimmer wurden und von einem Dröhnen in meinen Ohren begleitet wurden.

Auch das war ihre Schuld! Wenn sie mich bedient hätte und mir etwas gegeben hätte, könnte ich…

Aber sie denken ja nur an sich. Vielleicht bereitete *ihr* Kopf ihr nie Scherereien. Vielleicht wußte *sie* nicht einmal, wie es war, wenn ein endlos pochender, rasender Schmerz einem fast den Kopf zerreißt. Vielleicht sollte sie *das* einmal erfahren!

Ich bückte mich wieder und steckte den Zerstäuber der Sprühdose in ihren geöffneten Mund. Als ihre Augenlieder zu zucken begannen, drückte ich kräftig auf den Sprühknopf. Das Zeug zischte, als es in ihren Mund schoß. Ich ließ meinen Finger auf dem Knopf.

Es war eine neue, noch kaum benutzte Dose. Es war genug darin, um ihr eine gehörige Lektion zu erteilen.

Sie hatte einen Erstickungsanfall, würgte, versuchte mit aller Macht, das Bewußtsein zurückzuerlangen, bemühte sich, den Kopf zu heben…

Ich stieß sie zurück. Ich wollte fertig sein, wenn sie aufwachte. Sie sollte erfahren, wie sich so etwas anfühlte.

Nach einer Weile hörte sie auf, sich zu winden. Ihr Mund schien voll zu sein, der Schnee begann schon aus ihren Mundwinkeln zu triefen. Sie sah aus, als hätte sie Schaum vor dem Mund.

Anscheinend war immer noch reichlich künstlicher Schnee in der Dose.

Ich schob den Zerstäuber nacheinander in jedes Nasenloch und spritzte einen schönen Strahl hinein.

Jetzt sah es aus, als ob auch ihre Nase liefe. Zerlaufender Schaum, zerlaufender Schnee.

Ich mußte wirklich lachen. Ich merkte plötzlich, daß ich mich allmählich besser fühlte. Das Dröhnen in meinen Ohren wurde schwächer, der Schmerz in meinem Kopf schien nachzulassen. Vielleicht würde ich schließlich gar kein Kopfwehpulver mehr brauchen.

Das war gut. Ich bezweifelte nämlich, daß sie, wenn sie ihr Bewußtsein zurückerlangt hatte, bereit sein würde, mir das Pulver zu besorgen. Diese Leute hassen es, besiegt zu werden! Ich mußte mich auf die Suche nach einem anderen Laden machen.

An der Tür verhielt ich und drehte mich um. »Das soll Ihnen eine Lehre sein«, sagte ich zu ihr.

Sie lag bewegungslos. Sie würde nicht antworten.

Mürrische Zicke!

6. Kapitel

Weihnachten kommt, die Gans hängt fett ...

Die steifen, weißen Umschläge steckten hinter dem Gitter aus Bändern auf dem Anschlagbrett in der Eingangshalle. Es waren Briefumschläge, die statt einer Briefmarke in der oberen rechten Ecke einen Weihnachtswohlfahrtsstempel trugen. Sie ragten drohend hinter den kleineren, weniger ansehnlichen Umschlägen hervor, die mit der regulären Post gekommen und davorgeklemmt worden waren.

Iris saugte am Ende des Flures Staub und dachte dabei flüchtig daran, daß es zum inoffiziellen Teil ihrer Aufgabe gehörte, harte Angriffe zu Unbedachtsamkeiten herabzumildern.

Maude merkte gar nicht, wie überwältigend sie manchmal sein konnte. Auch hatte sie keine Ahnung, das mußte man ihr zugute halten, wie anstrengend das Hauswirt-Mieter-Verhältnis häufig sein konnte.

Um halb fünf Uhr kam der erste der Mieter nach Hause. Iris verbarg sich und wartete vorsichtig, bis sie sehen konnte, wer von ihnen es war. Patti. Das war in Ordnung. Sie kam lässig heraus, so als ob sie gerade zufällig vorbeikäme.

»Hallo!« Patti grüßte freundlich und langte eifrig nach dem Bündel leuchtendbunter Briefumschläge in ihrem Teil des Gitterwerkes. Sie blätterte sie glücklich durch und erkannte dabei Freunde an der Handschrift und an den Poststempeln, bis sie auf den letzten, den steifen, in formalem Weiß gehaltenen Briefumschlag stieß. Sie betrachtete ihn ahnungsvoll von allen Seiten und blickte dann ängstlich zu Iris auf. »Was ist los?«

»Nichts Beunruhigendes«, beschwichtigte Iris sie schnell. »Maude hat nur mal wieder eine von ihren Madame-Gütig-Anwandlungen. ›Kommet, ihr Hirten, ihr Männer und Fraun ...‹. Das heißt«, erklärte sie, »Maude lädt alle Mieter am ersten Weihnachtstag zu einer Weihnachtsfeier in ihre Wohnung ein. Es gibt Truthahn mit allem Drum und Dran, Knallbonbons und Papierhüte, Plumpudding und Branntweinsoße. Und wahrscheinlich auch Scharaden – falls du das ertragen kannst!«

»Na, großartig!« Patti drehte ihre Einladung unschlüssig hin und her, ohne sie zu öffnen. »Allerdings ...«

»Allerdings was?« Iris stellte fest, daß sie bereit war, Maude ebenso verbissen zu schützen wie die Mieter. Maude hatte sich zu einer Party entschlossen, um ihrer aller Dasein zu verschönern – und es wäre unfair, sie um diese Freude zu bringen.

»Na ja, ich werde über die Festtage nicht allein sein. Pammi, meine Schwester, kommt mit dem Flugzeug herüber, um Weihnachten bei mir zu verbringen. Wir wollten gern zusammensein, sie hat angefangen zu arbeiten und verdient gut, daher ist es für sie leichter herüberzukommen, als für mich, nach drüben zurückzureisen. Außerdem«, Patti sah beiseite und war sorgsam darauf bedacht, Stimme und Ausdruck unter Kontrolle zu halten, »ist es unser erstes richtiges Weihnachtsfest ohne unsere Eltern. Sie sind im letzten Jahr einen Monat vor Weihnachten bei einem Autounfall umgekommen, und danach war ich lange Zeit ziemlich krank. Ich kann mich tatsächlich nicht an Weihnachten oder Neujahr letzten Jahres erinnern. Deshalb haben wir beschlossen, uns in diesem Jahr in anderer Umgebung aufzuhalten und Weihnachten an einem Ort zu verbringen, der für uns keine bösen Erinnerungen birgt …«

»Das ist bestimmt vernünftig«, sagte Iris hastig, da Pattis Stimme zu brechen drohte. »Und ich bin auch *sicher,* daß Maude es gerne sehen würde, wenn ihr beide kämt.«

»Das wäre *wirklich* schön«, meinte Patti sehnsüchtig. »Wir wollten eigentlich zu Weihnachten in Pammis Hotel essen, aber hier unter Freunden wäre es natürlich viel schöner. Bist du *sicher,* daß es Maude nichts ausmacht …?«

»Maude wird entzückt sein«, sagte Iris mit fester Stimme. »Sie plant eine große Party, und nicht alle Mieter werden kommen können. Einige …«, Iris deutete mit einer Handbewegung auf das Anschlagbrett, »werden ihre eigenen Pläne haben, und andere werden für die Feiertage zu Verwandten fahren.«

»Ja, vermutlich.« Patti sah wieder fröhlicher drein. »Na ja, wenn du meinst …«

»Ich werde deine Hilfe bei den Festvorbereitungen brauchen«, sagte Iris. »Es wird ein bißchen schwieriger werden, als Maude es sich, glaube ich, vorstellt. Ich meine, hast du schon daran gedacht, daß wir nicht alle dasselbe feiern?«

»Das stimmt.« Patti griff den Gedanken auf. »Mr. Stein wird in Wirklichkeit Hanukkah feiern, nicht wahr?«

»Und Achmed wird wahrscheinlich Ramadan feiern. Und«, Iris breitete verzweifelt die Hände aus, »was in aller Welt glaubst du, wird Major Entwistle feiern?«

»Vielleicht die Wintersonnenwende.« Patti lachte fröhlich. »In Ordnung, Pammi und ich werden versuchen, dir in der Hitze des Gefechts, wenn es zu unangenehm wird, einiges abzunehmen. Vielleicht kann Anne auch mithelfen.«

»Anne ist vielleicht selbst ein Teil des ganzen Problems«, sagte Iris. »Ihr Freund zieht für die Feiertage bei ihr ein. Ich habe mich noch nicht getraut, es Maude gegenüber zu erwähnen. Ich weiß nicht, wie sie darüber denken wird. Vielleicht gibt sie sich modern und tut es mit einem Schulterzucken ab, oder sie wird ganz altmodisch und ärgert sich darüber.«

»Glaubst du?« Patti runzelte besorgt die Stirn. »Hoffentlich nicht. Ich – ich finde immer, dieses ist so ein *fröhliches* Haus. Ich möchte nicht, daß das durch irgend etwas beeinträchtigt wird. Ich erzähle Pammi immer wieder, was für ein Glück ich hatte, so eine Unterkunft zu finden.«

»Es *ist* wirklich eine gute Unterkunft«, pflichtete Iris bei und dachte an andere Wohnungen, in die sie schließlich hätte geraten können, solche Behausungen zum Beispiel, wie sie einige ihrer Freunde hatten. »Und ich glaube auch nicht *wirklich*, daß es Maude etwas ausmachen wird. Jedenfalls nicht *sehr* viel. Es kommt eben darauf an, den rechten Zeitpunkt abzupassen und es ihr in der richtigen Weise beizubringen.«

»Wenn ich dir dabei irgendwie helfen kann …?«

»Nein, ich glaube nicht, danke.« Iris' Gedanken arbeiteten schnell, und sie überlegte, daß beide Probleme gleichermaßen harmlos klingen würden, wenn sie Pattis Schwester mit Annes Freund in einen Topf werfen und mit Maude einfach über das Problem zweier zusätzlicher Gäste sprechen würde. Es war wenigstens einen Versuch wert. Oder machte sie aus einer Mücke einen Elefanten, wenn sie befürchtete, daß Maude sich überhaupt daran stoßen könnte? Maude gehörte der Kriegsgeneration an, die zwar diskreter, aber kaum harmloser gewesen war.

»Ich glaube einfach nicht, daß Maude Schwierigkeiten machen wird«, sagte sie, um sich selbst und Patti Mut zu machen. »Jedenfalls hat das nichts mit dir und deiner Schwester zu tun. Maude wird euch beide gern dabei haben, das *weiß* ich.«

»Nun, wir werden alles tun, um zu helfen«, versprach Patti. »Wenn du irgend etwas brauchst, laß es uns nur wissen. Und sieh mal, wie wäre es, wenn wir etwas mitbrächten – als unseren Beitrag zur Feier sozusagen? Was meinst du – Wein, Schokolade oder Obst?«

»Ich nehme an, daß alle so etwas fragen werden«, antwortete Iris ehrlich. »Warum warten wir nicht einfach eine Weile, bis wir wissen, was die anderen anzubieten haben? Sonst stecken wir nachher bis zum Hals in Sherry und Mandarinen, haben aber zu wenig andere Dinge, die wir brauchen. Macht es dir etwas aus, noch ein Weilchen auf die Antwort zu warten?«

»Natürlich nicht«, sagte Patti. »Sag mir nur rechtzeitig Bescheid, damit ich noch einkaufen gehen kann, bevor die Läden schließen. Und …«, ihre Augen waren plötzlich sehr hell und glänzend, »und danke schön. Und danke auch Maude von mir. Es – ist so lieb von ihr …«

Die Klinke der Eingangstür gab plötzlich ein krächzendes Geräusch von sich. Patti drehte sich um und floh die Treppe hinauf, bevor irgend jemand sehen konnte, wie gefährlich nahe sie den Tränen war.

7. Kapitel

Gott erhalte euch euren Frohsinn, ihr noblen Herren,
Auf daß nichts euch in Schrecken versetze …

»Sie wissen, was das bedeutet, nicht wahr?« fragte Detective-Superintendent Knowles seine Mitarbeiter vorwurfsvoll.

Sie sahen ihn voller Unbehagen an und suchten dabei vorsichtig nach der richtigen Antwort, oder versuchten vielmehr, die unausweichliche Antwort nicht zuzugeben – nicht einmal vor sich selber.

»Es gibt keinerlei Anzeichen für ein Sittlichkeitsverbrechen«, sagte einer von ihnen, sichtlich bemüht, die positive Seite zu sehen. »Der Pathologe muß das natürlich noch bestätigen. Aber es sieht jedenfalls nicht so aus.«

»Danke ergebenst«, sagte Knowles sarkastisch. Nach dieser Information schien er noch tiefer in Trübsinn zu versinken. Er hatte das schon gewußt.

»Es scheint nichts zu fehlen«, fügte ein anderer hinzu. »Die Kasse ist nicht angerührt worden, und auch der Medikamentenschrank ist anscheinend unversehrt. Der Drogist muß natürlich den Inhalt noch überprüfen, um ganz sicher zu sein. Später. Sie war seine Nichte, fünfzehn Jahre alt, und es war ihr erster Job während der Schulferien. Die Eltern dachten, es wäre schöner für sie, wenn sie das erste Mal, da sie von zu Hause fort war, für jemanden aus der Familie arbeitete. Er sollte sie einarbeiten und – irgendwie – auf sie aufpassen …« Die Stimme verlor sich in Schweigen.

Sie alle hatten sie gesehen. Sie hatten schon eine Menge gesehen im Laufe ihres Dienstes im West End, aber nie zuvor war ihnen etwas Ähnliches unter die Augen gekommen. Und sie hofften, nie wieder so etwas sehen zu müssen.

»Wer auch immer es getan haben mag, es war ein Verrückter!« platzte Detective-Sergeant Preston heraus. »Nur ein Wahnsinniger kann so etwas machen.«

»Genau«, nickte Knowles. »Und ich wette, es ist *derselbe* Wahnsinnige.« Er schwieg, aber niemand ging auf sein Angebot ein.

»Die Kinder im Regent's-Park-See, die Frau im Zeitungsladen in Upper Soho, der Anwalt in Middle Temple – als jener Fall hereinkam, hatte ich gehofft, unser Schurke würde wegziehen. Aber nun dieses.« Knowles schüttelte den Kopf.

Sie wußten, was er meinte. Bei einer Serie von Verbrechen, die von derselben Person begangen wurden, ging die Gerichtsbarkeit an den Bezirk, in dem das erste Verbrechen stattgefunden hatte. Jene kleinen Leichen, die man aus dem Regent's-Park-See gezogen hatte, waren der Anfang dieser gegenwärtigen grotesken Serie, und das bedeutete, daß der Fall ihnen übertragen wurde. Auch die Zeitungshändlerin war nur eben jenseits der Grenze ihres Gebietes umgebracht worden. Die Polizei der Londoner Innenstadt würde ihnen freudig den Mord in Middle Temple übergeben, ebenso jeder andere Bezirk, der Grund hatte zu der Annahme, daß derselbe Mörder am Werke gewesen war. Gerade so, als ob ein unachtsam verlegtes Stück Eigentum in ihrem Gebiet aufgetaucht wäre, würden sie sagen: »Ich glaube, das gehört Ihnen.« Nicht daß man irgendeinem anderen Bezirk das hätte vorwerfen können; alle hatten in dieser Zeit einer steigenden Verbrechensrate zu viel mit ihrer eigenen Arbeit zu tun. Auch sie würden liebend gern den ganzen Fall jemandem übergeben haben, der Anspruch darauf erhob, aber das ging nicht, denn es war ihr Fall. Sie wußten es.

»Er gehört uns!« faßte Knowles die Gedanken aller in Worte. »All diese brutalen, grundlosen Überfälle auf unschuldige Bürger. Er arbeitet hauptsächlich in unserem Bezirk, so daß eine Chance besteht, daß er in unserem Bezirk wohnt. Irgendwo …«

Sie schwiegen und dachten dabei an die Größe ihres Bezirkes.

Er erstreckte sich von den teuren Hotels bis zu den exklusiven Apartmenthäusern um den Regent's Park herum und bis zu den Frühstückspensionen, die nicht groß genug waren, um sich Hotels zu nennen, ganz zu schweigen von den Stundenhotels am Rande des Fremdenverkehrs. Es gab zu viele Herbergen und Gasthöfe, die zusammen mit den Hotels einen beträchtlichen Teil der nicht fest ansässigen Bevölkerung aufnahmen, Junge und Alte, Ausgestoßene, Einsame und Exzentriker – und jetzt auch Verrückte.

Preston war immer noch in Gedanken versunken. Zufällig hatte er die richtige Antwort gegeben. *Zufall.* Als er heute morgen aus dem Haus gegangen war, hatten die Kinder mit zwei Dosen Sprühschnee gespielt, genau wie … Er überlegte, wie rasch er zu einem Telefon gelangen könnte, um seine Frau anzurufen und sie zu bitten, den Kindern diese Dosen wegzunehmen. Sie waren gefährlich.

»Wenn wir diese Sache nicht bis Weihnachten erfolgreich abschließen können«, fuhr Knowles fort, »heißt das, daß *wir* kein Weihnachtsfest haben werden. Jeder Urlaub wird gestrichen, und wir werden über die Feiertage Dienst haben. Kein schönes Truthahnessen im Kreise der Familie. Wir werden in der Kantine essen – wenn wir Glück haben …«

In Prestons Erinnerung tauchte das Bild des toten Mädchens auf, den Mund voll von zerlaufendem Schnee, die Nasenlöcher verstopft. Der Druck des komprimierten Gases mußte ihr den feinen Stoff tief in die Lungen und in die Stirn- und Nebenhöhlen um Augen, Nase und Ohren getrieben haben; er hatte sie gefüllt und war dort dann fest geworden … Er schüttelte den Kopf, um das Bild aus seinen Gedanken zu verscheuchen. In seinem Magen rumorte es gefährlich.

»Ich habe keinen Hunger«, sagte er. Um ihn herum erhob sich zustimmendes Gemurmel.

»Meines Erachtens …« die Stimme war sanft und zögernd, so als wollte sie keine Aufmerksamkeit auf sich ziehen. »Meines Erachtens müssen wir den Onkel und auch die Tante überprüfen – nur um sicherzugehen.«

»Selbstverständlich.« Knowles seufzte müde. »Aber sie werden in Ordnung sein. Dafür kann ich mich verbürgen. Dieses ist ein weiterer Mord aus der Serie – und die Serie wird sich noch fortsetzen. Wir müssen sie so schnell wie möglich aufhalten. Die Medien haben sich noch nicht darauf gestürzt, aber wenn sie von diesem Fall hören ...«

Dieser Fall. Der scheußlichste von allen. Bislang.

»Sie wissen, was geschehen ist, nicht wahr?« Knowles sah seine Männer an. »Ein Alptraum ist wahr geworden. Ein mordgieriger Wahnsinniger findet zufällig die Formel für den perfekten Mord: Töte einen Fremden, jemanden, mit dem du keine Verbindung hast, jemanden, dessen Spur nicht zu dir zurückführt.

Und er wechselt jedesmal die Methode. Er *hat* keine Methode, keinen hübschen, sauberen *modus operandi,* mit dem man den Computer füttern kann. Dieser Verbrecher folgt bei seinem Vorgehen einer plötzlichen Eingebung und benutzt als Werkzeug, was ihm gerade in die Finger kommt. Er verwandelt so die scheinbar harmlosesten Gegenstände in tödliche Waffen, normale Artikel des alltäglichen Gebrauchs finden bei ihm eine Verwendung, die sich ein normaler Mensch gar nicht vorstellen kann ...«

Preston verdrängte den Gedanken an die Sprühschneebehälter in den zarten Händen seiner Sprößlinge. Vielleicht sollte er seine Frau doch lieber nicht anrufen, damit sie die Dosen an sich nahm. Vielleicht wäre es klüger zu warten – falls er es aushielt –, bis die Kinder heute abend ins Bett gegangen waren, die Dinger dann wegzuschmeißen und den Kindern später zu erzählen, sie seien aufgebraucht gewesen. Um die Kinder abzulenken, würde er ihnen schon eines ihrer Weihnachtsgeschenke geben – vielleicht den Malkasten oder den Bausatz. Er hatte eine kurze, peinigende Vorstellung von dem spitzen Griff eines Tuschpinsels, der in ein kindliches Auge gestoßen wurde, von einem Klötzchen aus dem Bausatz, das in den Hals oder die kleine Nase eines Kindes gezwängt würde. Nichts auf der Welt war völlig harmlos. Alles konnte bei einem Irren, der auf Zerstörung erpicht war, eine tödliche Verwendung finden.

Preston erschauderte und war sich plötzlich darüber im klaren, daß dieser Fall sie alle verändern würde, ihn schon jetzt veränderte. Ein Teil seiner Arglosigkeit, einer Arglosigkeit, von der er nicht gewußt hatte, daß er sie noch besaß, ging unwiederbringlich verloren. Die Menschen waren doch so schwach und so sehr den Leuten ihrer Umgebung ausgeliefert. Wenn nur einer geistig ausflippte, waren Unzählige – ohne es zu wissen – in Gefahr und ahnten nicht, daß irgendein unbedachter Blick, eine unbewußte Handbewegung von einem geistesgestörten Beobachter als feindliche Bedrohung ausgelegt und entsprechend geahndet werden konnte.

»Er ist in *unserem* Bezirk...« Knowles sagte gerade ungefähr das gleiche. »Er spaziert herum und sieht wahrscheinlich wie jeder andere aus, nur daß er ein mordgieriger Wahnsinniger ist mit einem überempfindlichen Gemüt – und niemand weiß, was das auslösende Moment sein könnte. Wir müssen *ihn* finden, bevor er wieder zuschlägt.«

8. Kapitel
Am vierten Weihnachtstag...

Wie ich die Hauptverkehrszeit hasse! Diese Menschen! Das Geschiebe und Gedränge! Der absolute Mangel an Rücksicht gegenüber anderen! Und um diese Jahreszeit ist es noch schlimmer. Man sollte meinen, die Leute würden ihre Weihnachtseinkäufe zeitlich so einteilen, daß sie nicht in die Hauptverkehrszeit geraten; wenigstens um ihrer selbst willen, wenn sie sich schon um niemanden sonst kümmern.

Aber nein. Sie denken gar nicht daran. So wird alles noch einmal so schlimm durch diese abscheulichen Kreaturen aus den Vororten, die mit ihren Plastiktüten und Einkaufskörben und mit ihren ungezogenen, vor Übermüdung winselnden Bälgern im Schlepptau die U-Bahn verstopfen. Es ist dumm, rücksichtslos und geradezu boshaft, wie sie die Leute aus dem Weg stoßen. Als ob sie mehr Rechte hätten als die ständigen Pendler, die diese Strecke das ganze Jahr hindurch fahren.

Da ist zum Beispiel dieser Mann dort in der Ecke, der gegen

die Tür gequetscht wird von dieser gräßlichen Frau mit dem rosa Weihnachtsbaum, der aus ihrer Einkaufstasche ragt, und diesem entsetzlichen Kind, das jede Minute in Weinen ausbrechen kann. Ich habe den Mann schon einmal gesehen, ein normaler netter Kerl, aber jetzt hat er eine ungesunde Gesichtsfarbe und sieht aus, als bekäme er gleich einen Herzanfall. Entweder das, oder er wird, sobald die Tür sich öffnet, aus dem Zug fallen und totgetrampelt. Eigentlich sollte er einen Platz haben, aber die Sitze sind ja alle belegt von Frauen und Kindern, die ihre Einkäufe an sich morgens tätigen könnten und jetzt zu Hause sein sollten – und nicht den anderen die Plätze wegnehmen. Aber das stört sie nicht. Sie denken überhaupt nicht an andere Leute.

Ich wünschte, ich wäre heute abend nicht diese Strecke gefahren. Ich hasse es, am Oxford Circus umzusteigen. Es ist hier wie in einem Viehpferch. Ich hätte den Bus nehmen sollen. Aber da ist es auch nicht besser um diese Jahreszeit. Die Menschenschlangen sind widerwärtig, und den Frauen kann man hier sogar noch weniger entgehen, wenn sie sich neben einen auf einen Sitzplatz drängen mit ihren Einkäufen, die genausoviel Raum einnehmen wie sie selbst und einem nicht einmal Platz zum Atmen lassen.

Ich wünschte, Weihnachten wäre schon vorbei, obwohl es danach auch nicht viel besser wird, da dann all die Ausverkäufe beginnen. Ich kann diese gezwungene Fröhlichkeit nicht ausstehen. Sie fahren einem mit den Einkaufswagen hinten gegen die Beine, oder sie stechen einem mit irgendeinem langen, sperrigen Gegenstand, den sie tragen, fast die Augen aus, und dann erwarten sie auch noch, daß man lacht und ihnen vergibt, weil ja Weihnachtszeit ist.

Es wird mir wieder besser gehen, wenn Weihnachten vorüber ist. Es ist die nervliche Belastung, die mich fertigmacht: Zu viele Leute, die versuchen, zur gleichen Zeit am gleichen Ort zu sein. Das und, um ehrlich zu sein, die Erinnerung an andere, glücklichere Weihnachtsfeste, reibt mich auf. Aber Mutter ist jetzt nicht mehr da. Werde ich mich je daran gewöhnen? Sie würde nicht wollen, daß ich unglücklich bin, aber ich kann nichts dafür.

Ein neuer Ort, neue Gesichter, ein neues Jahr. Ja, ich glaube, das wird helfen. Aber zuerst muß ich durch die Überreste des alten Jahres hindurch. Irgendwie.

Oh! Genau in mein Kreuz! Und nicht einmal eine Entschuldigung! Ich habe mich umgedreht und sie wütend angefunkelt, aber sie sah geradewegs durch mich hindurch und versuchte den Anschein der Unschuld zu erwecken. Gerade so, als ob der Angelstock, der aus ihrer Tasche ragte, jemand anderem gehörte. Welche schamlose Unverfrorenheit! Und dann erst ihr Balg!

Und jetzt hält der Zug in diesem heißen, stickigen Tunnel direkt vor dem Bahnhof. Warum muß das immer so sein? Warum können die Behörden das alles nicht besser organisieren?

Ich muß mich beruhigen. Ich bin sicher nicht der einzige in diesem Wagen, der einen Anflug von Klaustrophobie spürt. Ich darf nicht als einziger zusammenbrechen. Keinesfalls!

Aber jetzt fängt mein Kopf wieder an zu klopfen. Ich hätte zu Fuß nach Hause gehen, draußen an der frischen Luft bleiben sollen. Dann ginge es mir gut.

So ist's besser. Der Zug bewegt sich wieder, läuft in den Bahnhof ein. Ich werde endlich von diesen gräßlichen Leuten loskommen. Leider werde ich dann wahrscheinlich in eine andere, genauso üble Gesellschaft geraten. Sie scheinen zu dieser Jahreszeit geradezu unter den Steinen hervorzukriechen! Sieh nur, wie die Massen den Bahnsteig füllen, eng zusammengepfercht bis zur Mauer hinten. Es ist erstaunlich, daß die Leute hinten die vorderen nicht geradewegs vom Bahnsteig vor den einlaufenden Zug schubsen. Besonders jetzt, da so viele von ihnen sperrige Pakete tragen und vielleicht nicht merken, wie sie andere Leute herumstoßen. So können gräßliche Unfälle passieren.

Au! Wie schade, daß dieser ekelhaften Frau hinter mir kein Unfall zustoßen kann. Leider ist sie eher der Typ, der einen verursacht. Warum kann sie nicht aufpassen?

Und dieses Kind fängt jetzt tatsächlich an zu weinen. Was für eine durchdringende Stimme es hat, fast genauso durchdringend wie die seiner Mutter. Warum müssen diese Frauen nur immer ihre Kinder anschreien? Das verschlimmert die Situation und macht sie für die Umstehenden noch einmal so unangenehm.

Diese Stimmen gehen geradewegs durch meinen Kopf. *Oh, mein Kopf!* Ich kann das nicht länger ertragen. Warum öffnen sie nicht die Türen? Worauf warten sie denn noch?

Ah, so ist's besser. Oh, ich hab's ja geahnt! Dieser arme Mann an der Tür ist beinahe hingefallen. Nicht etwa, daß er das tatsächlich könnte – die Leute sind nämlich zu eng zusammengedrängt. Es gibt nur eine Möglichkeit, während der Hauptverkehrszeit an der U-Bahn-Station zu fallen, und es ist ein Jammer, daß es nicht mehreren dieser Leute widerfährt.

Also, nun warten Sie doch, bis wir aussteigen, ja? Warum versuchen sie nur immer, sich hineinzudrängen, ohne jemanden hinauszulassen? Können sie denn nicht begreifen, daß sie mehr Platz haben, wenn sie die anderen erst aussteigen lassen? Sie müssen ähnlich wie die Lemminge von einer Art Hysterie befallen sein. Sie sehen kaum mehr menschlich aus, wenn sie so schieben und drängen, aus Angst, jemand anderes könnte die zehn Zentimeter Platz einnehmen, die sie für sich beanspruchen möchten. Tierisch!

Endlich draußen – aber die Angelrute stößt mir die ganze Zeit in den Rücken. Ich werde heute abend blau und grün sein. Warum konnte sie nicht im Zug bleiben? O nein – sie geht in meine Richtung und schwenkt auch hinüber zur Bakerloo-Linie!

Soll ich sie denn nie loswerden? Und dann hat *ihr* Balg angefangen zu schreien, und *ihre* scheltende Stimme klingt genauso scharf und schmerzhaft in den Ohren wie die Stimme, die wir gerade hinter uns gelassen haben. Ich glaube nicht, daß ich das noch viel länger ertragen kann.

Wie ihre Stimmen von den gewölbten Wänden des Tunnels zurückgeworfen werden! Trotz all der anderen Leute schmerzen die scheltende Stimme und das Geschrei in den Ohren. Wenn ich nur weiter von ihnen fort könnte, aber vor mir sind so viele Leute Schulter an Schulter zusammengepfercht und drängen alle in die gleiche Richtung. Es ist unmöglich, da hindurchzukommen.

Verdammt! Wieder diese Angelrute. Es ist wirklich unerträglich! Schreckliche Leute! Warum nur gibt es so viele schreckliche Leute auf der Welt? Niemand würde sie vermissen, wenn sie alle fortgingen. Sogar dem Mann, für den die Angelrute wohl bestimmt ist, ginge es besser, wenn er die Frau nicht mehr am Hals hätte. Er könnte fortgehen und dann in Frieden angeln. Vielleicht geht er deshalb angeln – um von ihr und dem Balg wegzukommen und etwas Frieden und Ruhe zu haben. Das würde mich nicht wundern. Ich merke allmählich, daß ich alles tun würde, um selber von ihnen wegzukommen.

Das Klopfen in meinem Kopf will nicht aufhören. All das Gekreische des Kindes, all das Geschimpfe der Mutter geht direkt durch meinen Kopf. Keine Rücksichtnahme – ihrem Verhalten nach zu urteilen könnte man meinen, sie wären die einzigen Menschen auf der Welt.

Der Tunnel ist endlos lang. Ich habe ihn schon immer gehaßt. Und da drüben hat sich jemand übergeben. Wie widerlich! Vielleicht kann ich ja den Atem anhalten, bis ich daran vorüber …

Aber dann geht's meinem Kopf noch schlechter. Ich fühl' mich ziemlich schwindlig. Ich muß, *muß* atmen …

Warum können sie nicht den Mund halten? Warum kann sie nicht aufhören, mich mit dem Ding zu stoßen? Ich hätte niemals diese Strecke nehmen sollen. Vielleicht sollte ich jetzt geradewegs die Treppe hinaufsteigen und für den Rest des Weges einen Bus nehmen.

Ah, so ist's besser, aber nicht viel besser. Endlich das Ende des Tunnels, aber dieser Bahnsteig ist ebenso überfüllt wie der, den wir gerade verlassen haben. Doch wir können uns ein bißchen mehr verteilen. Ich kann endlich von der gräßlichen Angelrute weg …

So, nur ein kurzer Schritt zur Seite und nun ist *sie* vor *mir.* Jetzt kann ich endlich schubsen. Sie soll mir nur nicht in die Quere kommen …

Seltsam, wie der Wind vor dem einlaufenden Zug den Tunnel entlangfegt. Das ist für die Ankunft eines Zuges eine zuverlässigere Informationsquelle als die Anzeigetafel: verbrauchte, trockene Luft, die aber trotzdem kühl übers Gesicht streicht und leicht erfrischend wirkt.

So viele Menschen irren ziellos auf dem Bahnsteig umher, und keiner schenkt irgend jemandem die geringste Beachtung, es sei denn, er will jemanden aus dem Weg drängen. Diese schreckliche Frau ist jetzt schubsend und stoßend bis zum äußersten Rand des Bahnsteigs vorgedrungen. Sie hat allerdings die Mittel dazu. Ich habe sie den Weg durch die Menge hindurch bahnen lassen und mich direkt hinter ihr gehalten.

Aber das bedeutet auch, daß ich wieder mit ihr in demselben Wagen sein werde. Nein, der Gedanke gefällt mir gar nicht. Wenn ich nur einen klareren Kopf hätte. Dann wäre ich auch in der Lage gewesen, früher auf diese Idee zu kommen. Nein, das halte ich nicht aus …

Zuerst der Luftzug im Gesicht, dann das Dröhnen des Zuges, der näher – näher – näher kommt, während alle Leute um einen herum sich dichter und dichter an die Bahnsteigkante herandrängeln …

Oh! Wie schrecklich, wie gräßlich! Ich habe immer geahnt, daß etwas Ähnliches eines Tages passieren würde. Aber sie ließ die Hand des Kindes los, bevor sie hinunterstürzte. Das ist wirklich ein Jammer.

Mein Kopf! Das Geschrei! Das Quietschen der Bremsen! Zu spät, natürlich. Der Zug hatte zuviel Fahrt drauf, um noch rechtzeitig bremsen zu können. Aber der Lärm, die Panik, der Aufruhr!

Damit ist der Fall erledigt. Ich werde jetzt endgültig die Treppe hinaufgehen und den Bus nehmen. Sie werden den Verkehr hier für Stunden stillegen, während sie alles wieder in Ordnung bringen. Und sieh nur, wie die Leute sich zusammengedrängt haben, um zu sehen, was da vor sich geht, bis auf diejenigen, die den kleinen Jungen zu trösten versuchen. Nein, es ist an der Zeit, mich leise davonzumachen, um da nicht hineingezogen zu werden.

Ich habe ja schon immer gesagt, daß es eines Tages einen gräßlichen Unfall geben würde.

9. Kapitel
Die Tür ist immer offen, die Nachbarn kommen …

Die Mieter kamen spät an diesem Abend. Iris lungerte oben an der Kellertreppe herum, bereit, rasch zurückzuspringen, falls Maude sie sehen sollte, aber genauso darauf gefaßt, sofort hervorzustürzen, sobald die Mieter hereinkamen, um mit ihnen eine improvisierte Konferenz abzuhalten. Aber die Zeit, da der erste von ihnen normalerweise kam, war überschritten – schon längst überschritten. Um diese Zeit sollte eigentlich der letzte von ihnen schon heimkommen, und dabei war der erste noch nicht einmal da.

Irgendwas stimmte da nicht.

Sie gab sich innerlich einen Ruck und verwarf den Gedanken gleich wieder. Warum sollte irgend etwas nicht stimmen? Die Geschäfte waren heute abend lange offen, Weihnachten rückte ständig näher, natürlich würden die Leute bis zur letzten Minute einkaufen. Auch die Mieter mußten irgendwann ihre Einkäufe machen.

Nur, sie spürte irgendein wachsendes Unbehagen, das in der Luft zu liegen schien. Es gab eigentlich keinen Grund dafür. Den Mietern konnte unmöglich etwas geschehen sein – nicht allen auf einen Schlag –, sie waren zu verstreut, arbeiteten oder studierten an Plätzen, die viele Meilen voneinander entfernt waren. Natürlich ging es ihnen gut. Sie wurden natürlich einfach nur aufgehalten von – *von dem plötzlichen, spontanen Wunsch, Weihnachtseinkäufe zu machen, der jeden von ihnen genau an diesem Abend befallen hatte.*

Iris ging voller Unbehagen auf die Haustür zu. Sie fand es idiotisch, aber sie konnte dem Drang nicht widerstehen, die Tür zu öffnen und die Straße hinauf- und hinunterzublicken, um zu sehen, ob nicht irgendeiner von ihnen schon kam.

Keiner. Die ganze Straße lag tatsächlich, gemessen an der Tageszeit, eigenartig verlassen da. Normalerweise wimmelte die Straße um diese Zeit von heimkehrenden Einwohnern, die der

Wärme und dem Licht ihrer jeweiligen Unterkünfte entgegeneilten.

Iris spürte, wie ihr Unbehagen noch größer wurde. Irgend etwas stimmte nicht.

Sie trat in den Flur zurück, schloß die Tür hinter sich, wandte sich um und – stand Maude gegenüber.

»Du machst dir auch Sorgen«, sagte Maude. »Wo *sind* sie nur alle heute abend?«

»Irgend etwas stimmt da nicht...« Iris sprach diesen Gedanken zum erstenmal aus. »Irgendwo auf der Strecke muß eine Verkehrsstörung sein.«

»Ich bin vor knapp einer halben Stunde heimgekommen«, sagte Maude, »*da* war noch alles in Ordnung.«

»Es dauert eine Zeitlang, bis sich so etwas zusammengebraut hat«, sagte Iris. »Genau um die Zeit herum, als du heimkamst, könnte etwas schiefgegangen sein.«

Maude runzelte die Stirn. »Laß uns die Nachrichten anschalten.« Maude winkte sie in ihre Parterrewohnung. »Vielleicht bringen sie etwas darüber.«

»Es dauert eine Zeitlang, bis etwas in den Nachrichten kommt.« Iris folgte ihr in die Wohnung. Sie bemerkte, daß Maude die Tür einen Spalt offen ließ, damit sie hören konnte, wenn jemand ankam.

Die Mattscheibe wurde hell und unter Flimmern und Flackern lebendig. Sie fing den Nachrichtensprecher mitten im Satz ein, der, so aus dem Zusammenhang gerissen, plump und ungeschickt wirkte. Er beendete eine unbedeutende Nachricht und fuhr dann mit zunehmend fester wirkender Stimme und Erscheinung mit einem Bericht fort, über ein Ereignis von nur geringem Interesse, das sich auf der anderen Seite der Erde zugetragen hatte. Danach bahnte er sich seinen Weg weiter durch verschiedene andere uninteressante Themen.

»Du hattest recht.« Maude schaltete den Apparat ab. »Wenn *wirklich* etwas geschehen ist, so war offensichtlich noch nicht genug Zeit, die Nachrichten auf den neuesten Stand zu bringen.«

»Versuch's doch mal mit dem Radio«, schlug Iris vor. »Die

können aktuellere Nachrichten bringen, sie brauchen sich nicht darum zu kümmern, wie sie aussehen, während sie die neueste Kurzmeldung verlesen. Und sie sind darauf spezialisiert, über Verkehrsstockungen, Wasserrohrbrüche und – solche Sachen zu berichten …« Sie brach kraftlos ab, da sie sich darüber ihm klaren war, daß weder sie noch Maude daran glaubten, daß etwas so Harmloses die Mieter aufgehalten haben könnte.

Wortlos schaltete Maude das Radio ein und verriet dadurch, daß auch sie ein Opfer des wachsenden Unbehagens war, das sich über der Stadt ausbreitete.

Aber bislang wurde auch im Radio nichts darüber berichtet.

»Natürlich«, murmelte Iris und wunderte sich nicht weiter, woher ihr dieser Gedanke kam. »Sie müssen doch warten, bis man die nächsten Angehörigen benachrichtigt hat, nicht wahr?«

»Mir gefällt dieses Jahr nicht!« Maude erschauerte. »Alles scheint plötzlich schiefzugehen. Ich bin froh, wenn es vorüber ist.«

»Das dauert jetzt nicht mehr lange«, tröstete Iris. »Nur noch ein paar Wochen …«

Sie hörten beide gleichzeitig das harte Klicken der Türklinke. Sie stürzten vor, stießen in der Türöffnung zusammen und tauchten in der Eingangshalle auf, gerade als Eva Manning die Tür hinter sich schloß.

»Einfach *zu* schrecklich …«, hauchte Miß Manning. *Sie* fand das Verhalten der beiden keineswegs verwunderlich. Es sah eher aus, als ob Eva Manning sie dort erwartet hätte, damit sie ihr Trost und Unterstützung gewährten.

»Einfach entsetzlich …« Sie streckte die Hände aus und wandte sich ihnen zu.

»Wirklich, es gibt unglaubliche Leute. Stellen Sie sich vor, ein Selbstmord mitten in der Hauptverkehrszeit in der U-Bahn-Station Oxford Circus. Und auch noch zu Weihnachten! Die Leute sind so rücksichtslos … Das sollte gesetzlich verboten sein.«

»So, das war's also!« rief Maude aus. »Ich bin selber vor etwa einer Stunde durch Oxford Circus gekommen. Da war noch nichts passiert.«

»Vor einen Zug …« Eva Manning hob die Hand vor die

Augen, als wollte sie das Bild verscheuchen. »Ich – ich habe es nicht gesehen ... Ich habe gehört, wie man darüber sprach – habe die Schreie gehört ... Sie soll – sie soll einfach vor den Zug *gesprungen* sein ...«

»Kommen Sie herein, und trinken Sie etwas.« Maude hielt Eva Manning auf der einen Seite und bedeutete Iris mit dem Kopf, sie am anderen Arm zu nehmen. Gemeinsam brachten sie Miß Manning in Maudes Wohnung, Maude goß einen großzügigen Schluck Weinbrand ein und schob ihr das Glas in die schlaffe Hand.

Das Schnappschloß an der Haustür klickte wieder, Iris stürzte in die Eingangshalle und sah, wie Anne Christopher blaß und wankend an der Haustür lehnte, als ob sie, nachdem es ihr gelungen war, die Tür zu schließen, keine Kraft mehr für irgend etwas anderes hätte.

»Sie auch?« Iris winkte sie heran. »Na, kommen Sie schon. Hier gibt es Erste Hilfe.«

Maude sah Anne nur kurz an und goß dann noch ein Glas Weinbrand ein.

»Laß die Tür offen«, wies sie Iris an. »Es werden offensichtlich noch mehr sein. Ich glaube, praktisch alle in diesem Haus kommen durch den Oxford-Circus-Bahnhof.« Mit nachdenklichem Blick maß sie die Menge des Weinbrands ab. »Würde es dir etwas ausmachen, zum Ausschank hinüberzuflitzen ...?«

Die Haustür schlug laut zu.

Bevor Iris oder Maude hingehen konnten, stand Patti schon in der Tür.

»Es ist irre!« erklärte sie. »Ich habe noch nie so etwas gesehen! Dickens hat nicht einen Bruchteil davon geschrieben. Es ist das erste Mal in meinem Leben, daß ich gesehen habe, wie Polizisten von der Straßenmitte aus mit Lautsprechern den Fußgängerverkehr auf den *Gehsteigen* regeln! Das ist also der echte altmodische, altenglische Weihnachtseinkauf. Pammi wird mir das niemals glauben!«

Maude goß mechanisch ein weiteres Glas Weinbrand ein, obwohl Patti in ihrer euphorischen Verfassung wohl weit davon entfernt war, einen nötig zu haben.

»Danke.« Patti nahm das Glas, kam ins Zimmer und fuhr dabei mit ihrem Thema fort. »Und dann *versuch* mal, dich um die Ecke bei Selfridges herumzukämpfen – ich dachte schon, ich würde dort nie vorbeikommen. Woher kommen nur all die Leute?« Patti nahm einen Schluck aus ihrem Glas und redete weiter.

»Ehrlich, ich empfand zum erstenmal eine gewisse Sympathie für Kerle, die alle möglichen Leute umbringen. Je mehr sich die Bevölkerungszahl verringert, desto besser. Wenn ich, als ich halb um diese Ecke herum war, ein Maschinengewehr gehabt hätte …«, sie nahm ein imaginäres Gewehr in den Arm, legte an, schwenkte es langsam und: »rattattatta-taa …«

»Patti, bitte …«, sagte Maude leise. »Die anderen haben einen ziemlich schlimmen Schock gehabt. Miß Mannings und Anne …«

»Was ist los?« Patti hielt plötzlich inne. Sie sah die anderen an und nahm ihren angewiderten Gesichtsausdruck wahr. »Was ist passiert?«

»Iris, meine Liebe …« Maude öffnete ihr Portemonnaie und schob Iris einen Geldschein in die Hand. »Der Ausschank, würdest du bitte …«

Iris ging sofort zur Tür, denn sie spürte, daß sie die Erklärung, die jetzt folgte, gar nicht hören wollte. Die allzu lebendige Fantasie einer Künstlerin hatte sie schon mit Einzelheiten versorgt: das düstere Schwarz des Tunnels, der trüb-graue Streifen, das hervorschießende Karmesinrot, die bleichen, entsetzten Gesichter, die …

»Entschuldigen Sie!« Major Entwistle trat zur Seite, um sie vorbeigehen zu lassen. Obwohl er beinahe strammstand, schien er unter der soldatischen Oberfläche innerlich erregt. Er war blaß im Gesicht, und ein leichtes Zucken hob seinen linken Mundwinkel in unregelmäßigen Abständen.

»Sind Sie über Oxford Circus gekommen?« fragte Iris und wußte die Antwort schon, bevor er sie ihr gab.

»Warum … Ja, ich – ich hab's versucht.« Sein Mund zuckte nach oben zu einer Parodie eines einseitigen Lächelns. »Aber sie ließen die Züge nicht durch. Wir hatten einen langen Aufenthalt, und dann mußten wir aussteigen und eine andere Route ausfindig machen. Anscheinend hat es dort eine Art Unfall gegeben…« Sein Mund zuckte wieder. »Die Schaffner waren nicht sehr entgegenkommend. Wir werden wohl abwarten müssen, bis wir morgen in der Zeitung darüber lesen können…«

»So lange brauchen Sie nicht zu warten.« Iris deutete auf Maudes Tür, die immer noch einladend offenstand. »Einige von ihnen waren näher dran als Sie…«

Annes bleiches, entsetztes Gesicht tauchte wieder in ihrer Erinnerung auf. Anne hatte kein Wort gesagt.

»Gehen Sie hinein und trinken Sie etwas…«, sie schob Major Entwistle freundlich in diese Richtung, »man wird Ihnen davon erzählen.«

»Aber Sie…« Er zögerte, sein Mund zuckte. »Sie gehen doch heute abend nicht noch aus?«

»Nur um Nachschub zu holen«, beschwichtigte Iris ihn. »Ich bin gleich zurück.«

Plötzlich stellte sie fest, daß sie heute abend nicht allein in die Dunkelheit hinaus mochte.

10. Kapitel

Hierher, Knabe, tritt näher, und künde, was du weißt…

Der Junge und der Mann waren ins Krankenhaus gebracht worden in Begleitung einer Polizistin, die bei dem Jungen bleiben würde, bis er eingeschlafen war. Danach war es Aufgabe der Nachtschwester, falls das Beruhigungsmittel nicht ausreichte und der Junge in der Nacht aufwachte. Das wäre vielleicht sogar wünschenswerter als die Alpträume, die er während des Schlafes haben mochte.

»O Gott! Ich bin froh, daß das vorbei ist!« sagte Preston.

Knowles nickte. Es war nicht vorbei, es begann gerade erst, aber er wußte, was der Sergeant meinte.

»Es war wieder unser Bösewicht«, sagte er mit Bestimmtheit.

»Das ist nicht sicher.«

»Das ist meines Erachtens so sicher, wie nur irgend etwas

sicher sein kann. Oder möchtest du lieber glauben, daß zwei Wahnsinnige in unserem Bezirk ihr Unwesen treiben?«

Preston erschauderte. »Es könnte ein Unfall gewesen sein«, meinte er hoffnungslos.

»Du hast doch den kleinen Jungen gehört. Er sagt, daß er im entscheidenden Augenblick über die Schulter geschaut und gesehen hat, wie eine behandschuhte Hand seine Mutter ins Kreuz stieß …« Er streckte die Hand aus und ahmte die Stoßbewegung nach, die der Junge unbewußt jedesmal, wenn er die Geschichte erzählte, ausgeführt hatte.

»Aber er konnte nicht sagen, wer es gewesen war. Er konnte nicht einmal sagen, ob es eine weibliche oder männliche Hand war.«

»Hast du etwa erwartet, daß er dazu in der Lage sein würde? Nachdem seine Mutter direkt von ihm weg vor den einlaufenden Zug gestürzt ist? Sogar wenn er etwas beobachtet hätte, würde der Schock es wahrscheinlich aus seiner Erinnerung gelöscht haben. Vielleicht kann er sich aber an etwas mehr erinnern, das uns weiterhelfen könnte – später.«

»Wieviel später?«

»Nach einem guten Nachtschlaf. Nach einigen Sitzungen beim Psychiater …« Knowles zuckte mit den Schultern und gab es zu: »Vielleicht auch nie.«

»Wahrscheinlich nie«, verbesserte Preston. Er betrachtete die Pappbecher mit kaltem Kaffee auf dem Schreibtisch und fragte sich, wann sie wohl, wenn überhaupt, je wieder Appetit auf Essen und Trinken haben würden. »Ich muß gestehen«, sagte er, »der Vorfall trägt den charakteristischen Zug unseres Bösewichts: er ist ekelhaft.«

»Da ist auch das Moment der Spontaneität *und* der Gebrauch von Methoden, die sich gerade anbieten. Der Vorfall zeigt überall seine unverwechselbaren Spuren.«

»Wenn es nun kein Unfall ist – und der Junge könnte unrecht oder sich getäuscht haben, denn wenn der Zug einläuft, gibt es immer viel Geschiebe und Gedränge. Es ist ein Wunder, daß nicht mehr Unfälle passieren. Aber wenn es nun kein Unfall ist – was machen wir dann?«

»Wir *sagen*, daß es ein Unfall war.« Knowles seufzte schwer. »Wir müssen über diesen Fall Schweigen bewahren. Die Bevölkerung wird allmählich nervös, jetzt, wo die Medien angefangen haben, Anspielungen zu machen. Aber all die anderen Morde haben sich in der Abgeschiedenheit zugetragen, daher wähnen sich die Leute immer noch sicher, solange sie nicht mit einem Fremden allein sind. Kannst du dir vorstellen, was geschehen würde, wenn sie erführen, daß unser Wahnsinniger seine Vorgehensweise geändert hat und daß sie nicht einmal mehr in der Menge sicher sind?«

»Heiliger Strohsack!« Preston setzte sich auf die Schreibtischkante, die näher war als der Stuhl, da die Beine unter ihm nachzugeben drohten. »Der Ausruf ›Feuer‹ in einem überfüllten Kino wäre nichts dagegen!«

»Genau«, nickte Knowles. »Panik – reinste Panik. Das wird das nächste sein, womit wir uns auseinandersetzen müssen, wenn das hier vorzeitig bekannt wird. Die Medien würden wie verrückt toben, und die Leute würden ihnen kaum nachstehen.«

»Ich weiß nicht, ob ich's ihnen verdenken könnte.«

»Ich auch nicht, aber das hätte uns zweifellos gerade noch gefehlt, um unsere Arbeit gründlich zu blockieren. Unser Telefon würde klingeln, und wir müßten unentwegt Berichte über verdächtige Wahrnehmungen entgegennehmen. Die Anzahl der Anrufe von Spinnern würde in die Höhe schnellen, und wir bekämen noch ein paar mehr Geständnisse von jenen Kunden, die stets bereit sind, die Schuld für das Verbrechen eines anderen auf sich zu nehmen ...«

»Was meinst du, warum machen die das?« unterbrach Preston ihn.

»Wer weiß? Vielleicht auf Grund eines übergroßen Schuldgefühls wegen irgend etwas oder – jemand, vielleicht glauben sie auch, sie könnten so auf Kosten Ihrer Majestät günstig Urlaub machen, oder vielleicht träumen sie davon, ihre Geschichte an die *News of the World* verkaufen zu können und so reich zu werden.« Knowles zuckte mit den Schultern. »Mich darfst du nicht fragen. Du hättest den Psychiater fragen sollen, aber der ist jetzt fort.«

»Er wird alle Hände voll zu tun haben.« Beiden fiel plötzlich ein, wie der Ehemann der Frau zusammengebrochen war. Nach anfänglicher Ungläubigkeit, als er die Nachricht vernahm, hatte er unter Schock den Polizisten bereitwillig zur Polizeiwache begleitet, um der Polizei bei ihren Ermittlungen zu helfen und seinen Sohn abzuholen. Noch eingehüllt in den schützenden Panzer des Schocks hatte er sein Kind umarmt, das ebenso ungerührt und ungläubig war wie er, und dann versichert, daß seine Frau keine Feinde gehabt habe. Jedenfalls keine richtigen Feinde.

Sie hatten das auch nicht erwartet. Vorstadtfehden endeten normalerweise nicht mit blut- und hirnverspritzten U-Bahn-Gleisen am Oxford Circus.

Sogar die Nachricht, daß seine Frau vom Bahnsteig gestoßen worden war, hatte er ruhig aufgenommen. Wenn sein Sohn gesagt hatte, daß es so geschehen war, dann stimmte das auch. Sein Sohn war kein Lügner.

Irgendwann zu diesem Zeitpunkt öffnete sich die Tür, und ein anerkannter Psychiater vom Innenministerium hatte sich zu ihnen gesellt. Sie waren in mehrerlei Hinsicht froh darüber. Die emotionale Spannung in der Luft drohte Ausmaße anzunehmen, die ungeschulte Leute nicht handhaben konnten. Während sie fortfuhren, die Hinterbliebenen so sanft wie möglich zu verhören, war die Polizistin zum Psychiater hinübergegangen, um leise mit ihm zu sprechen. Sie hatten beide den Kopf geschüttelt. Die notwendige Formalität der Leichenidentifizierung stand noch aus, aber das mußte verschoben werden, bis die Tote beträchtlich mehr hergerichtet war. Inzwischen hatte ein Polizist einige Pakete hereingebracht, die man entlang den Schienen geborgen hatte – die am wenigsten blutbefleckten Weihnachtseinkäufe.

Seltsamerweise war es der am harmlosesten erscheinende Gegenstand, eine zerbrochene Angelrute, der Vater und Sohn zusammenbrechen ließ.

»Es sollte eine Überraschung sein«, jammerte der kleine Junge. »Sie hätten es ihm nicht vor Weihnachten zeigen dürfen!«

»O mein Gott! O mein Gott!« würgte der Vater hervor. »Wir haben in der vorigen Woche eine für dich gekauft. Sie wollte uns beide überraschen – damit wir zusammen angeln gehen konnten. Im Frühling!«

Sie hatten sich aneinandergeklammert, und unter großem, erschütterndem Schluchzen waren die Tränen gekommen. Knowles hatte den Telefonhörer abgenommen, um den Krankenwagen zu rufen, und die Polizistin und der Psychiater waren vorgetreten. Beide sahen jetzt froher aus. Wenn der Sturm erst einmal vorüber war, konnte man mit der langwierigen Arbeit der Behandlung beginnen ...

»Der Psychiater hat genügend zu tun«, bemerkte Preston.

»Und wir auch«, sagte Knowles. Er langte nach dem Telefon. »Wir sollten lieber die Aussagen, soweit sie bislang schriftlich vorliegen, überprüfen. Es ist höchst unwahrscheinlich, daß wir etwas Nützliches finden, aber man kann ja nie wissen.«

»Du glaubst doch wohl nicht, daß unser Verbrecher auf dem Bahnsteig herumlungerte, um seine Aussage zu machen?«

»Nein, nicht einen Augenblick. Bevor das Gebiet abgesperrt und der ganze Betrieb stillgelegt wurde, waren viele ein- und auslaufende Züge auf den Nebengleisen. Diejenigen, die da herumlungerten, waren Sensationslüsterne, Neugierige und möglicherweise auch einige verantwortungsbewußte Bürger, die meinten, sie könnten vielleicht etwas zu den Ermittlungen beitragen. Unser Bösewicht war längst in seinen geheimen Schlupfwinkel zurückgekehrt, bevor unsere Jungs herumgingen und Namen und Adressen aufschrieben.«

»Er ging davon aus, daß es als Unfall registriert würde«, grübelte Preston, während Knowles ins Telefon sprach.

»Und das wird es auch ...« Knowles legte den Hörer wieder auf die Gabel. »Es sei denn, wir holen etwas Positives aus den Zeugenaussagen heraus. Wenn nicht, werden wir ihn schließlich wegen einem der anderen Morde festnageln, und dieser hier wird ein ungeschriebener Punkt in seiner Anklageschrift sein. Er wird es wissen – und wir werden es wissen –, aber für seine Verurteilung wird dieser Punkt nicht notwendig sein.«

»*Wenn* wir ihn fassen«, meinte Preston düster.

»Du hältst also weiter an der Theorie fest, daß die Verrückten gerissener sind als wir, nicht wahr? Oder neigst du zu der Ansicht, daß er derartig stark ist, daß er alle, die ihn zur Strecke zu bringen versuchen – Hunde und Männer –, in Stücke zerreißt und ins Dunkel entkommt?«

»Ich glaube, daß es vielleicht sogar noch schlimmer wird«, gab Preston zögernd zu. »Es besteht meines Erachtens sehr wohl die Möglichkeit, daß er so verrückt ist, daß er nicht einmal um seine Verrücktheit weiß. Was auch immer in einem verborgenen Winkel seines Gehirns nicht richtig funktioniert, wird vielleicht von selbst wieder in Ordnung kommen. Vielleicht ist er sich dieser Taten gar nicht bewußt, und falls er wieder ins Gleichgewicht kommt, wird er nie davon erfahren.«

»Ach so«, Knowles nickte verständnisvoll. »Du neigst zu einer der obskureren Theorien aus den wissenschaftlichen Berichten über Jack the Ripper. Das ist eine Möglichkeit. Du wirst entschuldigen, wenn ich daran lieber nicht denken möchte, denn in dem Fall fassen wir ihn möglicherweise nie. Und ich möchte nicht wie in dem aktenkundigen Fall der Stümper mit einer Serie ungelöster Morde sein.«

»Du gibst aber zu, daß es möglich ist?«

»Natürlich gebe ich das zu. Das ist immer möglich. Aber es gibt eine andere und, wie ich fürchte, wahrscheinlichere Möglichkeit. Angenommen, es wird mit unserem Verbrecher zunehmend schlimmer, bis er schließlich völlig überschnappt? Vielleicht wieder in der U-Bahn-Station Oxford Circus, vielleicht im Victoria-Bahnhof oder vielleicht in einem der Kaufhäuser, die von Weihnachtseinkäufern überfüllt sind.

In diesem Falle, mein Freund, fassen wir ihn. Und zwar auf frischer Tat. Aber vorher könnte er vielleicht schon das schlimmste Blutbad in der Geschichte des Verbrechens angerichtet haben.«

11. Kapitel

Am fünften Weihnachtstag …

Meinem Kopf geht es heute morgen so viel besser, daß es mir fast unmöglich ist, mich an die Qualen zu erinnern, die ich in den vergangenen Tagen durchlitten habe. Ich wage aber kaum an eine Besserung zu glauben und bewege mich langsam und vorsichtig, aus Angst, daran zu rütteln und den schrecklichen, grellen Schmerz wieder zu wecken.

Auch die Sonne scheint. Sie ist zwar blaß, und in der Ferne drohen dunkle Wolken … Aber im Augenblick scheint alles ganz schön zu sein.

Sollte ich nicht, so frage ich mich, diese Erholungspause nutzen und versuchen, meine letzten Weihnachtseinkäufe zu machen? Oder wäre es sicherer, die Menschenmenge zu meiden und etwas Angenehmes und Friedliches zu tun? Vielleicht einen Spaziergang im Park? Oder einen Theaterbesuch? Einige Theater haben heute Nachmittagsvorstellung. Das könnte schön sein. Es ist so lange her, seit ich zuletzt im Theater war. Seit Mutters Tod … Aber ich darf daran nicht denken. Es wird mich wieder aus der Fassung bringen.

Ich muß versuchen, ruhig zu bleiben. Ich fühle mich heute wirklich sehr viel besser. Es wäre ein Jammer, wenn ich mir dieses wunderbare Gefühl der Ruhe durch irgend etwas verderben würde. Es scheint seltsamerweise zu wachsen und sich zu festigen.

Darf ich hoffen? Könnte es andauern? Könnte es sein, daß sich alles, was auch immer kürzlich nicht in Ordnung gewesen sein mag, irgendwie wieder von selbst eingerenkt hat? Wie herrlich, wenn das wahr wäre. Kein langes Warten in einer Arztpraxis, keine Tabletten, keine Medikamente, keine Angst vor Operationen. Schon allein bei dem Gedanken an eine solche Freiheit fühle ich mich kräftiger, glücklicher, unbekümmerter.

Ja, das könnte stimmen. Es ist nicht unmöglich. Heute kann mich nichts aus der Ruhe bringen. Ich bin frei. Ich bin glücklich. Ich bin …

Warum gaffen die da drüben im Fenster so über die Straße?

Wie ich sie verabscheue! Immer spionieren sie! Was glauben sie denn entdecken zu können? Mein Leben ist wie ein offenes Buch. Diese blöden Ausländer! Wie unverschämt sie sind – und wie dumm! Bilden sie sich etwa ein, ich könnte sie hinter dem dünnen Vorhang nicht sehen? Glauben sie etwa, ich würde nicht merken, wie sie mich mit Blicken durchbohren?

Nein! Nein, ich will mich nicht aus der Ruhe bringen lassen. Sie sind es nicht wert. Ich werde einfach die Vorhänge vorziehen... So, und hoffentlich merken sie, daß es ihnen gilt! Und nun werde ich sie vergessen. Sie sind unter aller Kritik. Eines Tages sollte jemand...

Nein! Ich muß aufhören, an sie zu denken. Sie dürfen mir diesen herrlichen Tag nicht verderben, diesen Tag, der für mich wie ein vorzeitiges Weihnachtsgeschenk ist und hell aus der dunklen Verpackung der vergangenen Wochen herausleuchtet. Dies wird ein vortrefflicher Tag – *mein* vortrefflicher Tag.

Vielleicht mache ich beides. Heute morgen einen kleinen Einkaufsbummel und heute nachmittag einen Theaterbesuch. Gibt es in einem der Theater nicht gerade ein Programm mit Gilbert O'Sullivan? Normalerweise gibt es das zu dieser Jahreszeit. Das ist so schön für Kinder, und den Erwachsenen gefällt es auch. Ich weiß noch, wie ich mit Mutter vor langer Zeit dort war. Ja, ich muß mir eine Zeitung besorgen und in der Theaterspalte nachsehen. Ich bin sicher, daß ich irgendwo eine Reklame für dieses Programm gesehen habe.

Und wenn das Wetter morgen einigermaßen gut bleibt, kann ich vielleicht meinen Spaziergang in den Park machen.

Wie dunkel es ist, wenn die Vorhänge zugezogen sind. Wie schwer es dann ist, sich daran zu erinnern, daß draußen die Sonne scheint. Dieser sonnige Tag scheint sich allmählich schon zu verflüchtigen. Ich darf das nicht zulassen.

Sie sind an allem schuld – diese Leute von gegenüber! Diese schrecklichen, neugierigen Leute. Warum können sie sich nicht um ihre eigenen Angelegenheiten kümmern? Warum müssen sie herumschnüffeln und anderen Leuten mit ihrer Bosheit den herrlichen Tag verderben?

Nein! Ich habe mir vorgenommen, mich nicht von ihnen aus der Ruhe bringen zu lassen. Vielleicht sollte ich das zu meinem Vorsatz für das neue Jahr machen: daß ich mich durch andere Leute nicht mehr so sehr aus der Fassung bringen lassen will. Ich darf mir diese Sachen nicht so zu Herzen nehmen. Mutter sagte immer, ich sei übersensibel. Ja, das muß zweifellos mein Vorsatz für das neue Jahr werden.

Wie herrlich es ist, wieder Pläne zu schmieden, festzustellen, daß ich mich auf das neue Jahr freue, statt Angst davor zu haben. Ja, es geht mir entschieden besser. Es sieht alles gleich ganz anders aus, wenn ich frei bin von diesem schrecklichen, bohrenden Schmerz tief in meinem Schädel.

Ich kann hören, wie Iris unten im Flur spricht – es ist so hellhörig in diesem Haus. Die gute Iris. So ein nettes Mädchen, sie hat für jeden ein Lächeln und eine freundliche Bemerkung. Sehr oft ist es allerdings eher eine Frage als eine Bemerkung. Man muß zugeben, daß unsere gute Iris oft – vielleicht zu oft – neugieriger ist, als es einem lieb ist.

Natürlich kann man ihr daraus keinen Vorwurf machen. Armes Mädchen, es muß ziemlich langweilig für sie sein, hier den größten Teil des Tages eingesperrt zu sein. Selbstverständlich nimmt sie Anteil an allem, was um sie herum passiert, an dem Leben anderer Leute im Haus. Nur manchmal hat man eben das Gefühl, daß so ein starkes Interesse – vielleicht – ungesund ist. Ungesund für sie natürlich, nicht für uns. Sie sollte mehr ausgehen und mit Leuten ihres Alters zusammen sein. Es gibt zu viele ältere Leute in diesem Haus. Ich spüre es ja selbst. Es gibt Augenblicke, in denen eine ältere Person eine zuviel ist.

Scheint die Sonne draußen immer noch? Vielleicht könnte ich einen schnellen, flüchtigen Blick riskieren, ohne die Vorhänge zu öffnen – ich werde sie nur leicht zur Seite ziehen …

Sie sind immer noch da. Diese gräßliche Frau und eines – vielleicht auch zwei – ihrer widerlichen Kinder. Sie gaffen zu mir herüber. Gaffen, gaffen, gaffen …

Wie können sie es wagen! Bilden sie sich etwa ein, die ganze Welt sei ein freier Guckkasten für sie? Ich sollte sie bei der Polizei anzeigen! Man hat schließlich Anspruch auf einen gewissen Teil Privatleben.

Aber die Sonne scheint immer noch – daran muß ich mich klammern. Das ist die Wirklichkeit. Nichts darf einen Schatten darauf werfen. Ich muß weitermachen mit meinen Plänen für diesen Tag. Diesen herrlichen Tag.

Aber zuerst muß ich ausgehen. Ich muß durch die Eingangshalle gehen, dort stehenbleiben und mit der lieben kleinen Iris sprechen.

Die liebe kleine, *neugierige* Iris …

12. Kapitel

Unentwegt lachend wandern wir über die Felder …

Heute morgen waren die Mieter alle gut gelaunt. Dankbar für kleine Freundlichkeiten schaltete Iris den Staubsauger ab und war bereit, ein wenig mit Patti zu plaudern, die gerade mit erwartungsvollem Lächeln auf dem Gesicht die Treppe herunterkam.

»Freitag, köstlicher Freitag!« Patti nahm die letzten drei Stufen in einem Sprung und landete mit dumpfem Aufprall neben Iris. »Und *dann* ist der Unterricht vorbei bis zum neuen Jahr. Ist das nicht herrlich?«

»Herrlich«, stimmte Iris ihr zu, da sie selbst sehr froh gestimmt war. Sie hatte Einladungen zu den Bürofeiern von zwei Modefirmen, die ihre Arbeit allmählich regelmäßig in Anspruch nahmen, und eine Verabredung mit einem Kunden, der ihr wahrscheinlich wieder die reizvollen Aspekte einer festen Anstellung vor Augen halten würde. Sie würde sich vermutlich entscheiden, freischaffender Künstler zu bleiben, aber es war schön, gefragt zu sein. Ja, die nächste Woche würde allem Anschein nach rundum erfreulich und interessant werden.

»Kommt deine Schwester nicht bald?« fragte sie Patti.

»Morgen«, stimmte Patti ihr zu. »Ich werde den weiten Weg nach Heathrow auf mich nehmen, um sie willkommen zu heißen und hierher zu bringen. Sie wird es nicht fassen können, mich dort zu sehen – sie weiß nämlich, wie sehr ich es hasse, morgens aufzustehen. Ich würde das nicht für jeden tun.«

»Na ja, sie ist schließlich deine Schwester«, sagte Iris.

»Der einzige Mensch, den ich habe …« Pattis Gesicht verdunkelte sich, die entschiedene Heiterkeit verblaßte. »Wir sind tatsächlich füreinander alles, was jeder von uns hat, seit dem Tode unserer Mutter.«

»Und Pammi wird morgens hier ankommen ...« Iris versuchte eiligst abzulenken und sah, wie Pattis Gesicht ein wenig von seiner Heiterkeit zurückgewann.

»Ja, das stimmt. Wir werden tolle Ferien miteinander verbringen. Es gibt so vieles, was ich ihr zeigen möchte. Für alles werden wir vermutlich gar nicht genug Zeit haben. Ich werde es ihr überlassen, was sie sehen möchte – es sind schließlich ihre Ferien. Aber wir werden ganz bestimmt in einige Theateraufführungen gehen und ...«

And someday it may happen
That a victim must be found ...

Das durchdringende, aber fröhliche Pfeifen schallte die Treppe hinunter.

I've got a little list
I've got a little list ...

Major Entwistle erschien und hörte sofort auf zu pfeifen, als er sie am Fuß der Treppe sah.

»Ach, guten Morgen, meine Damen.« Er schien nicht weniger froh gestimmt als sie. »Und wie geht es Ihnen an diesem wunderschönen Morgen?«

»Es ist wunderschön, nicht wahr?« sagte Iris rasch. Man sah den Major selten in so ausgelassener Stimmung, doch heute morgen war jeder in gleichermaßen fröhlicher Verfassung, so daß es sie gar nicht erstaunte. Vielleicht waren sie alle von der Weihnachtsstimmung erfaßt, oder vielleicht war es eher das Wetter. Was immer es sein mochte, man sollte es fördern.

»Und noch schöner, wenn man Sie beide sieht, meine Lieben.« Die Galanterie wirkte zwar leicht gezwungen, aber zweifellos meinte er es ehrlich. Er strahlte sie beide ungekünstelt an. »Sie freuen sich sicher schon auf unsere Feier, nicht wahr?«

»Ich glaube, das wird sehr lustig.« Patti strahlte ihn ebenfalls an. »Pammi kann es schon gar nicht mehr erwarten, alle meine Mitbewohner kennenzulernen – sie hat so viel über sie gehört in meinen Briefen. Sie sagt, es wird der Höhepunkt ihrer Reise sein.«

»Nun ja, dann müssen wir dafür sorgen, daß es das auch wird.« Major Entwistle hob seine Hand zum Schnurrbart und konnte sich anscheinend nur mit Mühe zurückhalten, ihn zu zwirbeln. »Wir können schließlich nicht zulassen, daß so ein kleines Mädel bis von Kanada hierher kommt und enttäuscht wird, nicht wahr?«

»Das würde sie niemals«, versicherte Patti. »Nur hierzusein, wäre schon ausreichend für sie. Und sie wird fast vergehen, wenn sie den Trafalgar Square und Big Ben und das alles sieht. Sie wird einfach vergehen! Ich hoffe nur, daß es ein bißchen schneit. Das ist dann, als wohnte man mitten auf einer Weihnachtskarte.«

»Eine ziemlich unbequeme Lebensweise, würde ich meinen.« Der Major schmunzelte. »Na ja, wir sollten aber nicht den ganzen Morgen hier herumstehen und tratschen, so angenehm es auch sein mag. Muß noch einige Weihnachtseinkäufe machen. Ein bißchen spät zwar, aber besser spät als gar nicht …« Er setzte sich in Bewegung. »Aber es war nett, mal wieder ein bißchen Zeit mit ein paar hübschen Mädchen zu verbringen.«

Er fing wieder an zu pfeifen, als die Haustür sich hinter ihm schloß, und Iris lachte leise.

Der Major war zwar immer noch Gilbert O'Sullivan treu, aber er hatte das Lied gewechselt, und die Tür schloß mit der heiteren Wiedergabe von

Oh, what a situation for
A highly susceptible Chancellor …

»Er ist großartig, nicht wahr?« Patti seufzte. »Geradewegs wie eine Person von Dickens. Ich kann es kaum erwarten, bis Pammi ihn sieht. Sie wird einfach vergehen!«

»Ein bißchen später als Dickens, nehme ich an.« Iris dachte wehmütig daran, wie erstaunlich alt sie sich Patti gegenüber manchmal fühlte. Und wie gut, daß die Tür sich hinter dem Major geschlossen hatte, bevor sie ihren Kommentar abgab. Schade um des armen Majors versuchte Galanterie. Es war nur gut, daß er nicht wußte, an wen er Patti erinnerte. Dickens, also wirklich!

»Ach, du weißt schon, was ich meine«, sagte Patti. »Aber er hat recht. Ich sollte hier auch nicht herumlungern und reden. Es wird meine letzte Gelegenheit sein, einige Kleinigkeiten für Pammi zu besorgen, um ihr den Strumpf zu füllen – weißt du, die Hauptgeschenke habe ich schon. Aber wenn ich sie im Schlepptau habe, werde ich nichts mehr auflesen können.«

»Dann fort mit dir«, drängte Iris, da sie merkte, daß Maudes Tür sich öffnete, und sie das Gefühl hatte, daß die Unterhaltung sich zu lang ausdehnen würde, wenn noch jemand daran teilnahm. Ihr lag recht viel daran, heute morgen ihre Haushaltspflichten hinter sich zu bringen, um dann mit einigen eigenen Besorgungen voranzukommen. Von jetzt an würden die Kaufhäuser zum Bersten voll sein von den in letzter Minute heranstürmenden Massen, und durch panikartige Käufe würden alle einigermaßen annehmbaren Sachen aus den Regalen geräumt werden – und auch einige wirklich unzumutbare Artikel, die dann zweifellos nach den Feiertagen an den Umtauschtischen wieder auftauchen würden.

»Bis später ...« Patti eilte mit immer noch hüpfenden Schritten davon.

Iris dachte, daß Pammi froh sein würde über die positive Veränderung, die in ihrer Schwester vorgegangen war. Obwohl Patti immer noch ihre guten und schlechten Tage zu haben schien, konnte man in den letzten Monaten einen spürbaren Auftrieb an ihr feststellen. Man konnte nur hoffen, daß die Weihnachtszeit sie nicht wieder in ihre depressive Stimmung zurückwerfen würde. Aber vermutlich hatte Pammi genau das befürchtet und wollte deshalb über die Festtage bei ihrer Schwester sein.

»Die Zeit wird knapp ...« Maude erschien in der Tür. »Und in den Geschäften wird auch alles knapp werden. Es ist das letzte Wochenende vor den Feiertagen. Meinst du, wir haben genug Vorräte?«

»Wir haben genug für eine ganze Armee«, versicherte Iris ihr mechanisch. Maude neigte dazu, wegen unwichtiger Angelegenheiten ins Flattern zu geraten, war aber normalerweise jedem Notfall gewachsen. Mit den Vorräten, die sie auf Lager hatte, hätte sie für alle geladenen Gäste mehrmals ein Festmahl ausrichten können.

»Ich weiß nicht recht...« Maude runzelte die Stirn. »Ich glaube, ich werde jetzt gleich ausgehen und noch einen kurzen Zug durch die Geschäfte machen. Ich hasse es, mit irgend etwas knapp zu sein...«

»Du wirst doch nicht etwa...« Aber die Haustür hatte sich schon hinter Maude geschlossen. Es war ihr sehr unähnlich, ohne einen längeren einleitenden Schwatz fortzueilen, aber die Hektik der Vorweihnachtszeit machte alle verrückt. Wenigstens war es eine angenehme Verrücktheit, denn Maude hatte bei aller Geplagtheit recht glücklich ausgesehen.

Iris summte leise vor sich hin, während sie den Staubsauger in den Schrank unter die Treppe zurückstellte und sich fertigmachte, um fortzugehen und ihre letzten Einkäufe zu tätigen.

13. Kapitel
Am sechsten Weihnachtstag...

Ich habe Queen Mary's Rose Garden schon immer gemocht. Sogar zu dieser Jahreszeit und nach dem Schneeregen vor kurzem gibt es noch tapfere Blüten, die sich an ihre Stengel klammern und stolz gegen das trübe Grau des Himmels und der Erde Farbe bekennen.

Aber die Erde sollte nicht grau sein. Sie sollte tief dunkelbraun, fast rot sein. Sie sollte fett und fruchtbar sein, um die zarten Pflanzen zur Reife zu bringen, sie zu nähren und ihr Wachstum und Blühen zu fördern, auf daß sie ihre Farbe und ihren Duft zur Bereicherung unserer kargen Welt aussenden.

Oh, ich verstehe. Wie schrecklich! Es liegt an diesen unordentlichen Lümmeln. Man findet ihre Spuren überall. Sogar hier kann man ihnen nicht entgehen.

Das ist kein echtes Grau. Es ist eine Schicht aus aufgeweichtem Papier und Abfall – Papiertaschentücher, Plastikkaffeebecher, alte Zeitungen, Vogelkot, Flaum- und Federteile, unidentifizierbare Gegenstände, die auf den Boden gefallen und in dem weit ausgedehnten Komposthaufen der Erde untergegangen sind. Mit der Zeit werden sie selbst zu Humus, zu Erde werden, zu einer weiteren Schicht, durch die sich die Archäologen der Zukunft durchgraben müssen, und bevor sie tiefer vordringen zu den sauberen, ordentlichen Zeitaltern der Bronzezeit und der Vorgeschichte, werden sie das zwanzigste Jahrhundert an seinen Trümmern erkennen.

O ja, sie werden das zwanzigste Jahrhundert immer an dem Ausmaß und der Tiefe unseres Drecks erkennen.

Man schau sich das doch nur mal an! Und die Parkgärtner sind bestimmt schon diese Woche da gewesen und haben versucht, Ordnung zu schaffen.

Und es ist ja nicht nur dieses Papier- und Plastikzeug – das wird mit der Zeit verschwinden – in einigen Jahrhunderten oder so.

O nein, es sind all die Metallstücke. Sieh dir das doch nur mal an! Sie entweihen die Landschaft. Überall. Flaschenkapseln, Dosen, Zugringe aus Metall – überall. Sie werden nicht schmelzen, zerfließen, sich auflösen. O nein, sie nicht. Sie bleiben bestehen.

Sogar in Queen Mary's Rose Garden. Im Regent's Park. Nichts ist geheiligt, nirgends ist man davor geschützt.

Diese Zugringe aus Metall – wie gräßlich! Und doch sind sie seltsam vertraut – rufen Erinnerungen wach. *Woran* erinnern sie mich nur?

Vor langer Zeit. Ja, genau. Meine erste Arbeitsstelle, als ich unter zwanzig war. Ich habe daran seit Jahren nicht gedacht. Und doch, wenn die Sonne hervorkommt und auf die Zugringe aus Metall fällt, wird mir alles gegenwärtig. Sie sind so ähnlich – und doch ganz und gar anders. Aber sie haben irgend etwas an sich, das mich geistig um Jahre zurückversetzt...

Der Postraum. Ja, genau. Jeden Nachmittag, wenn die Lehrlinge die Post zum Frankieren und Stempeln herunterbrachten – war *er* da. Da war *das Ding* – es glänzte bösartig an seinem Finger.

Es war ein Ring – und eigentlich doch *kein* Ring, sondern eine schwere Metallschlaufe, die er über den Finger gestreift hatte und von der eine scharfe, gebogene Klinge abstand. Zum Aufschlitzen von Paketen, zum Zerschneiden von Schnur, zum …

Ja, genau darin liegt die Ähnlichkeit, die Erinnerung. Diese Zugringe aus Metall – sie sind anders, und schließlich doch *nicht* so anders. Sie sind sicherlich schärfer, als sie aussehen.

Ja, natürlich sind sie das. Man schau sich doch nur diesen an, den ich gerade aufgehoben habe, er sieht so harmlos aus mit seinem stumpfen, dreieckigen Vorsatzstück. Ja, wenn man es richtig benutzen würde, wenn es nur ein wenig schärfer wäre …

Ich trage schon immer eine brauchbare Nagelschere bei mir. Mutter lachte mich wegen meiner Pedanterie gewöhnlich aus. Als ob es unschicklich wäre, für die kleineren Notfälle des Lebens gerüstet zu sein, wie zum Beispiel einen abgebrochenen Fingernagel oder die Notwendigkeit, ein Stück Schnur zu durchtrennen, oder in *irgendwelchen* entscheidenden Situationen, in denen man plötzlich eine Säge oder ein Instrument zum Glätten braucht …

Ja. Ja, das geht recht gut auf dem weichen Metall des Ringzipfels. Es ist jetzt schon glänzender und scharfkantiger. Sicher könnte man damit jetzt Schnur und schweres Papier durchschneiden. Wie interessant. Und der Ring paßt sogar über den Finger, genau wie jener Ring damals im Postraum. Die Sachen wandeln sich doch nicht so sehr, wie wir glauben. Sie ändern sich nur scheinbar.

Wie der Rose Garden, so überdauern auch die realen Gegebenheiten. Wenigstens hofft man das immer.

O nein! Nein! Nicht heute. Nicht *hier!* Dieses ist eine Stätte des Friedens – oder sollte es wenigstens sein. Ist es überhaupt erlaubt, daß sie diese dreckigen Transistorradios hier hereinbringen?

Aber sie würden sich ja doch nicht darum kümmern, ob es gestattet ist oder nicht. Nun sieh dir das nur an! Rüpel! Rocker! Sie rennen durch den Park, schreien, knuffen sich gegenseitig und übertönen ihre eigenen Transistorradios mit ihrem Lärm. Sie sind vermutlich wegen des Fußballspiels in die Stadt gekommen. Genau dieses Kaliber.

Und – ja – sie sind auch noch betrunken. Um diese Tageszeit! Vermutlich haben sie während der ganzen Fahrt im Zug getrunken, aus welcher Stadt im Norden sie auch immer kommen mögen. Wer spielt denn heute? Ich weiß es nicht mehr. Vielleicht sind sie auch gar nicht wegen eines Spiels hier. Vielleicht sind sie hier auf Betriebsausflug. Oder um in den Londoner Kaufhäusern einige Weihnachtseinkäufe zu machen. Das ist ja egal. Entscheidend ist, daß sie hier sind.

Um den Frieden zu stören. Um die Umgebung zu entweihen.

Warum ist nie ein Parkwächter in der Nähe, wenn man einen braucht?

Der Junge mit dem Transistorradio ist der schlimmste. Sieh ihn dir nur an! Er stolpert und schlägt dann betrunken hin. Ekelhaft! Es geschähe ihm recht, wenn er nie wieder aufstehen würde.

Ja. Ja, sogar die anderen scheinen das zu denken. Er ist schon wieder hingefallen, und sie lassen ihn dort einfach liegen.

Nein, nein, sie heben ihn auf. Nein, doch nicht.

Sie schleifen ihn nur vom Weg und legen ihn ins Gras neben die Rosenbeete.

Was hat der eine von ihnen gesagt? Er hat einen so starken Akzent, daß ich die Worte nicht verstehen kann. Aber die anderen lachen. Es scheint irgendein Witz zu sein übers Schlafen im Rosenbeet.

Ja, sie decken ihn mit seinem Mantel zu und haben das Transistorradio neben seinen Kopf gestellt. Er lacht auch, aber er kann nicht aufstehen.

Sie werden später wiederkommen und ihn abholen. Das habe ich verstanden. Und nun gehen sie weg und lassen ihn zurück. Ich glaube, sie meinen es wirklich ernst.

Das *muß* ja wohl der letzte Schrei sein bei diesen unordentlichen Lümmeln, einen der Ihren am Boden zurückzulassen! Nicht fähig aufzustehen – aber immer noch in der Lage, lästig zu sein! Er dreht das Transistorradio noch lauter – und es ist auf irgendeinen schrecklichen Schlagersender eingestellt, aus dem ein gewaltiger, schriller Mißklang heraushämmert.

Es hämmert – *wie mein Kopf! Nein! Nein!* Es hat wieder angefangen. Und das ist alles seine Schuld!

Vielleicht sollte ich ihn bitten, das Transistorradio auszuschalten, oder es wenigstens leiser zu drehen. Nein! Nein! Das würde nichts nützen. Er würde mir nur erzählen, daß ich fortgehen und ihm und seinesgleichen den Rosengarten überlassen sollte. Er könnte vielleicht sogar beleidigend, ausfallend werden. Nein, ich kann ihn nicht bitten. Vielleicht *sollte* ich gehen. Andere machen das. Dort geht zum Beispiel die würdige Dame, die ihren Hund ausführt, und die netten Studenten verlassen den Park auch. Niemand will mit seinesgleichen etwas zu tun haben. Ich glaube, sie haben Angst vor ihm. Sogar während er nur so da liegt und nicht aufstehen kann, terrorisiert er noch alle Leute in seiner Umgebung. Das sollte nicht erlaubt sein! Warum kommt denn der Parkwächter nicht vorbei? Bald wird niemand mehr im Rosengarten sein. Bis auf ihn – und mich.

Ich muß auch weggehen. Aber mein Kopf – *mein Kopf.* Er schmerzt nicht nur, sondern ist auch ganz benommen. Ich habe Angst, vornüberzufallen, wenn ich aufstehe. Wie demütigend das wäre. Die Leute könnten vielleicht denken, daß ich nicht besser bin als er.

Aber es wird auf jeden Fall Zeit, daß ich weggehe. Irgendwo wollte ich doch hingehen, irgendwo muß ich doch zu einer bestimmten Zeit sein … Wenn nur mein Kopf nicht so schmerzen würde, könnte ich mich erinnern. Ganz sicher.

Ich muß jetzt aufstehen. Sehr vorsichtig. Keine plötzliche Bewegung, die meine Kopfschmerzen noch verschlimmern oder die Aufmerksamkeit auf mich ziehen könnte.

Ich muß langsam, lässig gehen. Der einzige Weg aus dem Rosengarten heraus wird mich an ihm vorbeiführen. Er hat die Augen jetzt geschlossen. Vielleicht hat er das Bewußtsein verloren. Mit ein bißchen Glück werde ich an ihm vorbei sein, bevor er wieder aufwacht.

Nein, nein, er bewegt sich. Er öffnet die Augen. Und ich bin fast neben ihm. Wenn er seinen Kopf wendet, wird er mich sehen.

Nein, er sieht in die andere Richtung. Jetzt sucht er irgend etwas in seinen Taschen. Noch eine Dose Bier.

Welch scharfes, unangenehmes Geräusch, als er sie aufreißt – wie ein Schuß. Und das Bier hat sich über die nächsten Rosen ergossen. Bier ist nicht gut für Rosen, obwohl es ihnen vermutlich keinen unmittelbaren Schaden zufügt. Es gibt irgend etwas, das sehr gut, ja, sehr gut ist für Rosen, aber ich kann im Augenblick nicht darauf kommen, was es ist.

Und nun dreht er das Transistorradio noch lauter!

Ist es da verwunderlich, daß ich nicht mehr richtig denken kann? Wer könnte sich schon konzentrieren, wenn dieses beharrliche, hämmernde, hypnotische Getrommel die Gedankengänge unterbricht? Wie es mir durch meinen armen Kopf schneidet! Ich muß weg von hier.

Oh! Er hat diese ekelhafte kleine Zuglasche doch direkt vor mir auf den Weg geworfen. Das hat er absichtlich getan! Und sieh nur, wie er daliegt mit seinem schlaffen Grinsen und höhnisch darauf wartet, daß ich mich darüber beschwere!

Nun, ich werde nicht zulassen, daß er ungeschoren davonkommt! Ich werde diese Metallasche aufheben, damit hinübergehen und sie geradewegs auf sein Gesicht fallen lassen. Es macht nichts, wenn er anscheinend wieder eingeschlafen ist!

Wenn es doch in meinem Kopf nicht so arg klopfen würde! Es wird schlimmer, je mehr ich mich dem schrecklichen, schmetternden Transistorradio nähere.

Da! Er öffnet nicht einmal die Augen, obwohl er weiß, daß ich direkt über ihm stehe. Das ist eine weitere Form des Hohns.

Ich werde die Lasche geradewegs in sein Gesicht fallen lassen – *das* wird ihn schon zu einer Reaktion veranlassen. Oder vielleicht schiebe ich sie ihm dort in den Kragen, wo sein Halstuch zur Seite gerutscht und sein fetter, rosa Hals dem Wind ausgesetzt ist. Es geschieht ihm recht, wenn er sich eine Lungenentzündung einfängt.

Oh! Dieser Lärm! Und sieh mal, ich bin so zerstreut, daß ich *seine* Zuglasche überhaupt nicht aufgehoben habe. Ich habe immer noch die andere um meinen Finger geschlungen – die geschärfte.

Mein Kopf! Der Lärm! Aber ich darf das Transistorradio nicht ausschalten. Die plötzliche Stille würde Aufmerksamkeit erregen.

Übrigens, ich glaube, ich erinnere mich allmählich wieder an etwas – das hypnotische Getrommel der Musik erinnert mich daran. Jawohl. Mir fällt wieder ein, wohin ich gehen sollte. Und ich muß mich beeilen. Ich komme sonst zu spät …

Ach ja, und mir fällt noch etwas anderes ein:

Blut ist ein guter Dünger für Rosen.

14. Kapitel
Zu einigen armen Hirten auf dem Felde …

»War ja man nur'n S-paß«, beteuerte der Junge verzweifelt. »Sollt doch nur'n S-paß sein.« Er hatte dieselbe Aussage seit Stunden mit geringen Abänderungen wiederholt, jedesmal mit dem gleichen verzweifelten Eifer. Dahinter stand weniger der Wunsch, daß man ihm glauben möge, sondern die uralte Überzeugung, daß es, wenn er es nur häufig und ernst genug sagte, wahr würde. Sein Freund würde aufstehen, die klaffende Wunde an seinem Hals würde sich schließen und verschwinden, und sie würden alle herzlich lachen über das, was sich letzten Endes als vollendet gelungener Scherz herausgestellt hatte.

»Das war …« Der Schluchzer stieg ihm den Hals hinauf, er schluckte ihn wieder herunter und versuchte seine Absicht auszuführen. »Das war ja man nur'n S-paß.«

»Wir sin' dann wieder hin …« Ein anderer Bursche bekräftigte die Aussage seines Rädelsführers mit einem Argument, das er, seit sie auf der Polizeiwache angekommen waren, ständig wiederholt hatten. »Wir sin' dann wieder hin, gleich als die Kneipe zu war. Genau wie wir's vorhatten. Damit er sich kein' Schnuppen oder sons' was holen würde. Wir sin' dann wieder hin …«

Er sah die Polizisten, die ihn beobachteten und ihm zuhörten, mit tränenverschleierten, ungläubigen Augen an.

»Wir sin' dann wieder hin – un' da war er *weg*.«

Nicht weg im Sinne von *abwesend*, sondern weg im Sinne von *tot*. Keiner von ihnen konnte sich überwinden, dieses Wort zu benutzen.

Es waren noch drei weitere Burschen da, die sich in der Ecke des Zimmers zusammenkauerten. Sie waren am wenigsten beredt, aber nicht weniger schockiert und entsetzt, doch sie waren nicht in der Lage, ihre Gefühle in Worte, irgendwelche Worte zu kleiden. Daher waren auch die anderen beiden die anerkannten Führer gewesen.

Detective-Superintendent Knowles fragte sich, an welcher Stelle der Hackordnung der tote Junge wohl gestanden hatte.

»Das war ja man nur'n büschen Spaß.« Vielleicht war er bei Tagesanfang noch ein Raufbold, ein Fußball-Rowdy, ein gefährlicher Bursche gewesen. Vielleicht hatte das auf sie alle zugetroffen. Aber jetzt waren sie brutal auf die harten Tatsachen von Leben und Tod, von grobem Unfug und Ironie und auf die realen Gegebenheiten ihrer eigenen Sterblichkeit gestoßen worden.

Sie würden nie wieder sein wie früher. Das Leben war für sie nicht länger eine Geborgenheit verheißende Muschel, es war ein Gestrüpp voll lauernder Gefahren. Sie waren nicht mehr die jungen Löwen, deren Gebrüll den Dschungel erbeben ließ, sie bebten jetzt selber – potentielle Opfer wie alle anderen. Nur der Zufall trennte sie von dem Abgrund.

Einer von ihnen war schon hinuntergefallen.

»Wir sin' dann wieder hin«, beteuerte der stellvertretende Anführer. Er konnte nicht begreifen, warum andere nicht in der Lage gewesen waren, sich an die Spielregeln zu halten. »Genau wie wir's vorhatten … Wir sin' wieder hin …« Es hatte die Sache vollkommen ändern sollen – aber dem war nicht so gewesen. Keiner von ihnen würde je wieder so jung, unbekümmert und arglos sein.

»In Ordnung, Jungs.« Knowles empfand gegen seinen Willen Mitleid mit ihnen. Sie waren noch nicht einmal zwanzig. Den Rest ihres Lebens würden sie damit verbringen zu begreifen, was mit ihnen geschehen war und warum. Und es würde ihnen nicht gelingen.

Vielleicht gab es darauf auch keine Antwort. Vielleicht würden sie, wie die offizielle Religion ihnen scheinheilig versicherte, alles erst verstehen, wenn sie selbst einst gestorben waren. Das war für sie hier im Augenblick ein unschätzbarer kleiner Trost.

»Können wir das Ganze, bitte, noch einmal durchgehen?« Preston spürte auch Sympathie, aber da er ebenso wie der Polizist ihrem Alter näherstand, hatte er die Rolle des würdigen Herrn gespielt. Er versuchte zwar, die Stirn zu runzeln, was aber wenig überzeugend gelang, denn die beiden Burschen sahen so aus, als würden sie beim nächsten scharfen Wort in Tränen ausbrechen, und das konnte er nicht mit ansehen. Also schenkte er ihnen statt dessen ein schwaches Lächeln.

»Erinnert euch mal an den Zeitpunkt, als ihr in den Rosengarten gegangen seid. Ist euch irgend jemand besonders aufgefallen? Irgend jemand, der sich verdächtig benahm? Irgend jemand, der sogar ein bißchen komisch aussah?«

Sie schüttelten den Kopf. Sie hatten sich das schon zuvor überlegt. Sie hatten nichts bemerkt.

Sie hatten eine in sich geschlossene Einheit gebildet. Andere Leute sollten *sie* bemerken, es war nicht ihre Art zuzugeben, daß in ihrer Umgebung irgend jemand außer ihnen existierte. *Sie* standen im Mittelpunkt. Sie waren nie auf die Idee gekommen, daß es vielleicht besser, sicherer sein könnte, sich durch die Welt zu bewegen, ohne allzu viel Aufmerksamkeit zu erregen, und daß Angst, Neid, Haß und Gewalt Begleiterscheinungen der Beachtung sein könnten.

Jetzt waren sie klüger und älter, sie waren nicht in der Lage, sich an die jungen Burschen zu erinnern, die sie noch vor wenigen Stunden gewesen waren. Ihre einstige Welt hatte sich verschoben, war ins Schwanken geraten und hatte sie ins Leere geschleudert, wo sie sich an nichts klammern, keine Grenzen erkennen konnten. Sie waren verloren – vielleicht für immer.

»Wie wär's mit einer Tasse Kaffee?« schlug Knowles vor. »Und vielleicht ein Stück Gebäck?«

Sie wichen zurück – jeder einzelne von ihnen. Das war ihre

erste, instinktive Reaktion. Als ob man ihnen Zyankali- oder Arsengebäck angeboten hätte.

»Danke…« Der Rädelsführer riß sich zusammen und erinnerte sich an die guten Manieren, die er im Norden zurückgelassen hatte. »Ich… Ich hätte nichts gegen eine Tasse Kaffee…« Er schluckte trocken. »Aber ich – ich könnte nichts essen.«

Da er ihnen ein Beispiel gesetzt hatte, murmelten die anderen Zustimmung. Knowles sah Preston an und nickte ihm zu. Preston nickte zurück und schlüpfte leise aus dem Zimmer. Als er die Tür hinter sich schloß, spürte er eine allgemeine Entspannung. Sie hatten nicht bemerkt, daß der Stenograph noch immer in einer Ecke des Zimmers saß.

»Ist da wirklich nichts, an das ihr euch erinnern könnt, Jungs?« Knowles fragte so eindringlich und voller Hoffnung. »Nicht die geringste Kleinigkeit?«

Sie schüttelten den Kopf. »Da war'n erst 'ne Menge Leute, aber die sin' dann bald alle gegang', als wir so rumgetobt ham. Aber an denen war auch nix Besonderes. Die war'n ganz normal.«

Nur ein ganz normaler Verrückter. Unauffällig… Bis er sich eines Tages in seiner Wohnung mit einer Schrotflinte verbarrikadierte und auf alle losschoß.

Wenn der von ihnen Verfolgte das doch nur tun würde, würden sie ihn wenigstens fassen. Aber er war zu schlau. Oder nicht verrückt genug.

»Warum hat man das mit unserm Tom gemacht?« platzte der Rädelsführer heraus und schüttelte dabei den Kopf voller Zweifel, die ihn nie wieder verlassen würden. »*Wer* würde denn so was tun? Er hat nie in sein Leben jemand was getan. Es ist einfach nicht möglich…« Er brach ab, als er sich das Unmögliche wieder vor Augen führte. Es *war* passiert. Es war geschehen, und man konnte es nicht ungeschehen machen.

»Wir werden den Teufel schon fassen, Jungs.« Es gab keinen Trost für sie, doch Knowles tat sein Bestes. »Ich verspreche euch, wir werden ihn fassen.«

Er hoffte, kein Lügner zu sein.

15. KAPITEL
Wir drei Könige aus dem Morgenland …

»Ich möchte mich richtig verhalten.« Verlegen, aber mutig trat Achmed Iris entgegen. »Ich bin jedoch nicht sicher, wie das richtige Verhalten aussehen mag. Ich möchte keineswegs gegen Ihre Bräuche verstoßen.«

»Oh, Sie brauchen sich keine Sorgen zu machen«, versicherte Iris. »Jeder weiß, daß Sie kein Engländer sind. Man wird Nachsicht üben …«

Es war falsch gewesen, das zu sagen. Er warf ihr einen beleidigten Blick zu und richtete sich stolz auf.

»Ich will nicht, daß man Nachsicht übt. Ich möchte mich richtig verhalten. Es ist sogar noch wichtiger, gerade *weil* ich kein Engländer bin. Ich möchte nicht als der ungebildete Ausländer erscheinen. Ich will nicht, daß man über mich lacht.«

»O nein.« Iris versuchte die Situation zu retten. »Niemand würde auch nur im Traum daran denken. Es ist eine Zeit des Friedens, der Liebe und der Freundlichkeit. Haben Sie schon den Ausdruck ›Frieden auf Erden, und den Menschen ein Wohlgefallen‹ gehört …?« Sie hielt inne und fragte sich ängstlich, ob das nicht angesichts der taktvollen Ausgeglichenheit im Mittleren Osten als eine versteckte Form von Kritik aufgefaßt werden könnte.

Aber Achmed nickte ernst. »Ich habe diesen Ausdruck schon gehört«, bestätigte er. »Ich möchte nur gerne wissen, wie ich ihn richtig auslege.«

»Hm, ja«, sagte Iris unbestimmt und überlegte, was er mit dieser Aussage wohl meinte. Wie die meisten Ausländer beherrschte Achmed die englische Sprache auf eher archaische als auf idiomatische Weise. Es war manchmal nicht einfach, aus dem, was er gesagt hatte, das zu entschlüsseln, was er meinte.

»Wissen Sie, ich muß während des größten Teils der Ferien studieren«, sagte er ernst. »Das ist unbedingt notwendig für mich, so gern ich mich auch gemeinsam mit den anderen Mrs. Danesons Plänen anschließen möchte. Ich muß in meinem Examen gute Zensuren machen.«

»Das ist völlig in Ordnung«, sagte Iris und war dabei dankbar für eine Aussage, die sie verstehen konnte. »Ich glaube, die meisten von uns werden während der Feiertage arbeiten oder studieren. Ich habe selbst einen Auftrag von einer Illustrierten zu erfüllen. Maudes Einladung gilt nur für den ersten Weihnachtstag, wissen Sie.«

Sie fragte sich, ob er sich ein einwöchiges Gelage nach viktorianischer Art vorstellte.

»Genau gesagt für den Nachmittag und den Abend des ersten Weihnachtstages. Vorweg gibt es etwas zu trinken und dann das Weihnachtsmahl, hinterher vielleicht ein paar Spiele und Lieder. Wenn Sie möchten, können Sie früh weggehen, aber ich glaube nicht, daß es länger als bis elf Uhr oder so dauern wird.«

»Ach so.« Sein Gesicht hellte sich auf. »Das ist angenehm. Nur nachmittags und abends. Lediglich am ersten Weihnachtstag.«

»Genau«, sagte Iris. (Was hatte er sich denn nur vorgestellt?) »Für den Rest des Feiertagswochenendes können wir machen, was wir wollen. Sie *müssen* nicht kommen, nur weil Maude Sie eingeladen hat. Sie wird es sicherlich verstehen, wenn Sie lieber nicht ...«

»Nein, nein«, beeilte er sich zu sagen. »Das wird großartig. Ich möchte dabeisein und andere Bräuche kennenlernen. Wissen Sie, wenn ich mit meinem Studium fertig bin, werde ich in den diplomatischen Dienst gehen. Es kommt meinem Land zugute, wenn ich fremde Sitten und Gebräuche kennenlerne. Und dann, nach meinem Studium hier, werde ich dem Diplomatischen Korps angehören.«

»Wie schön«, sagte Iris fröhlich. »Dann werden Sie ja diplomatische Immunität haben.«

Er wurde bleich und trat einen Schritt zurück. Sein Gesicht wurde bedrohlich, und er ging auf sie los.

»Warum sagen Sie so etwas?« schrie er. »Wie können Sie es wagen, mir so etwas zu unterstellen? Wie kommen Sie zu der Annahme, ich könnte je diplomatische Immunität benötigen?«

Weil ich gesehen habe, wie Sie Auto fahren. Iris erinnerte sich lebhaft an den Tag, als sie Achmed am Steuer des Ferrari von seinem Cousin unter gründlicher Mißachtung von Verkehrsampeln und Zebrastreifen die Baker Street hinunterrasen sah. Aber sie sprach diesen Gedanken nicht aus. Sie war offensichtlich schon undiplomatisch genug gewesen.

»Es tut mir leid«, entschuldigte sie sich schnell. Achmed ging immer noch auf sie zu. Im nächsten Augenblick würde sie gegen die Wand gedrückt werden. »Ich wollte Sie nicht verärgern …«

»Warum sagen Sie dann so beleidigende Sachen?« Er war noch nicht beschwichtigt. »Sie haben nicht das Recht, so mit mir zu sprechen.«

»Es tut mir leid«, sagte Iris wieder. »Ich hatte wirklich nicht vor, Sie zu beleidigen …« Erleichtert hörte sie, wie die Haustür geöffnet wurde und Schritte den Flur entlanggingen.

Achmed hörte es auch. Er erstarrte in Wachsamkeit und kämpfte anscheinend eine spontane Regung nieder, sich umzuwenden, um zu sehen, wer da kam. »Na ja«, er zwang sich zu einem Lächeln, aber seine Augen glühten noch zornig. »Das ist nicht das Gespräch, das wir beabsichtigten. Wir sind anscheinend vom Thema abgekommen.«

»Das stimmt.« Iris brachte ein zittriges Lachen zustande. Wenigstens hatte er aufgehört, auf sie zuzugehen.

»Es ist in Ordnung«, erklärte Achmed ein bißchen lauter als notwendig. Die Schritte kamen näher. »Wir sollten zum Ausgangspunkt zurückkehren. Wo waren wir stehengeblieben?«

»Ich glaube, wir unterhielten uns gerade über ›Frieden auf Erden und den Menschen ein Wohlgefallen‹«, sagte Iris bestimmt. Sie reckte den Hals, um über Achmeds Schulter zu sehen, und grüßte mit betonter Freude. »Guten Abend, Mr. Stein. Wie geht es Ihnen?«

»Guten Abend, meine Liebe. Wie ich höre, sprechen Sie über mein Lieblingsthema. Frieden auf Erden und den Menschen ein Wohlgefallen – und Ihnen auch, Achmed. Schalom.«

»Guten Abend«, sagte Achmed steif, und er mußte dabei offensichtlich sein ganzes diplomatisches Geschick aufwenden, um diese Worte über die Lippen zu bringen. »Ich nehme an, Sie hatten einen schönen Tag, Mr. Stein?«

»Seien Sie doch nicht so förmlich«, sagte er mit einem schalkhaften Funkeln in den Augen. »Nennen Sie mich Isadore.« (Seine Freunde nannten ihn Jake.)

»Nein, danke«, sagte Achmed. »Das wäre nicht schicklich. Sie sind viel älter als ich.«

»Sie werden mich schon einholen«, sagte Mr. Stein. »Natürlich«, er zuckte nachdrücklich mit den Schultern, »bin ich dann vielleicht nicht mehr da. Warum sollten wir es also nicht zeitlich vorziehen? Es ein bißchen vorleben?«

»Nein, danke«, wiederholte Achmed. »Ich muß jetzt wieder zu meinen Studien zurück.« Er verbeugte sich ungeschickt vor Iris, und es gelang ihm, sich an Mr. Stein vorbeizuschieben, ohne ihn direkt ansehen zu müssen. Seine Schritte wurden immer schneller, während er die Stufen hinaufstieg, bis er schließlich auf der zweiten Treppe geradezu rannte.

»Jetzt habe ich ihn schon wieder in die Flucht geschlagen!« sagte Mr. Stein fröhlich und rieb sich die Hände.

»Das war sehr gemein von Ihnen, Mr. Stein.« Iris versuchte ein strenges Gesicht zu machen. »Ich sollte Sie auffordern, sich bei dem armen Achmed zu entschuldigen.«

»Entschuldigen? Wofür?« Jacob Isadore Stein riß die Augen so weit auf, daß die Augäpfel herauszufallen drohten. »Was habe ich denn gesagt? Ich habe ihn gebeten, mich mit meinem Vornamen anzureden und nicht so förmlich zu sein. Ist *das* jetzt verboten?«

»Das war's nicht.« Iris wußte, daß sie auf verlorenem Posten kämpfte. Wie üblich bei Mr. Stein. Außerdem war sie drauf und dran, jeden Augenblick loszukichern. »Es war die Art, in der Sie das taten.«

»Tun? Was habe ich denn getan? Habe ich ihm ins Gesicht gespuckt? Habe ich vor ihm ausgespien? Habe ich auch nur die Stirn gerunzelt? Wissen Sie, was Ihnen fehlt, schöne Maid?« Er beugte sich vor, nahm ihr Kinn zwischen Daumen und Zeigefinger und drückte es ein wenig zu begeistert.

»Sie leiden an zuviel Weihnachtsstimmung«, stellt er fest. »Eine Überdosis – und dabei ist doch noch eine Woche bis dahin. Ich könnte es vielleicht fast«, er verzog sein Gesicht zu einem Lächeln, das einer Grimasse gefährlich ähnlich war, »eine

Überbeanspruchung nennen. Sie müssen sich entspannen, ruhen Sie sich gründlich aus und essen Sie ausreichend – oder ich kann nicht für die Folgen garantieren.«

Plötzlich kam auch er ihr unangenehm nahe. Es stand jetzt auf des Messers Schneide, ob aus dem Spiel Ernst wurde.

Und wieder wurde die Haustür geöffnet und unverschämt laut zugeworfen. Zwei Paar Schritte kamen eilig näher und verhielten dann. »Oh!« rief Anne Christopher aus. »Ich hatte gar nicht bemerkt, daß jemand da war.« Das klang, als wäre sie nicht hereingekommen, wenn sie es gewußt hätte.

»Wir sind's nur, meine Liebe.« Mr. Stein drehte sich neugierig herum, so als ob er den seltsamen Ton in ihrer Stimme wahrgenommen hätte. »Sie werden uns doch nicht *jemand* nennen, oder? Hereinspaziert, hereinspaziert.« Er winkte sie heran und starrte dabei schamlos über sie hinweg. »Nicht so schüchtern.«

»Es gibt keinen Grund, schüchtern zu sein.« Anne hob stolz den Kopf und kam heran. »Iris, das ist mein Freund Tom. Er wird die Festtage mit mir verbringen. Tom Imutu.«

»Guten Tag.« Mr. Stein beeilte sich, Tom die Hand zu geben, und war über den Verlauf der Ereignisse so entzückt wie eine Dorfklatschbase. »Ich bin Jacob Stein.«

»Guten Tag.« Tom Imutu schien etwas verwirrt angesichts der Tatsache, einer Iris vorgestellt worden zu sein und einem Jacob die Hand zu schütteln.

»Und Iris Loring«, sagte Anne deutlich, löste ihn damit aus Mr. Steins Griff und lenkte seine Aufmerksamkeit auf Iris.

»Guten Tag.« Iris versuchte, Mr. Stein mit dem Ellbogen beiseite zu schieben. »Ich freu' mich, daß Sie mit uns zusammen Weihnachten feiern können.«

»Danke«, sagte Tom.

»Sie sind Chinese!« Mr. Stein war außer sich vor Freude. »Studieren Sie hier Englisch?«

»Wahrscheinlich sollte ich das«, sagte Tom Imutu. »Aber das ist nicht der Fall. Ich studiere Restaurierung von Antiquitäten.« Er hob die Hand, um der offenbar unvermeidlichen Frage zuvorzukommen. »Möbel, Bilder, Stoffe, Bücher. Instandhaltung und Wiederherstellung. In diesem Land lernt man es am besten.

Ihre Sachen haben so viel mehr Zeit gehabt zum Verfall als unsere.«

»Aber China hat eine viel ältere Kultur ...« Mr. Stein war verwirrt. »Es sei denn«, sein Gesicht hellte sich auf, »Sie wollen die allerneuesten Methoden kennenlernen.«

»Ich bin kein Chinese«, sagte Tom Imutu geduldig. Ein derartiges Verhalten war ihm offensichtlich vertraut. »Ich bin Amerikaner. Eigentlich Japano-Amerikaner.« Er lächelte und parodierte eine orientalische Verbeugung. »Das erklärt auch die Schlitzaugen.«

»Tom ...«, sagte Anne in warnendem Ton. Sie schien nervös. Iris fragte sich, ob Tom Imutu vielleicht unter seiner glatten und lächelnden äußeren Erscheinung ein hitziges Temperament verbarg oder ob es Anne nur allgemein nervös machte, ihren exotischen Freund den Mitbewohnern vorzustellen.

»Japano-Amerikaner!« Jacob Stein war entzückt. »Unser erster Weihnachtstag wird ein Fest der Vereinten Nationen!« Er hielt ängstlich inne. »Sie *kommen* doch zu der Feier? Sie wollen doch nicht die ganze Zeit allein sein?«

»Wir kommen schrecklich gerne. Es war sehr nett von Mrs. Daneson, mich, einen Fremden, einzuladen. Stimmt das auch ganz sicher?«

»Das hab' ich dir doch schon gesagt!« Annes Stimme klang leicht ungeduldig.

»Aber natürlich«, sagte Iris. »Maude wird sich freuen.«

»Je mehr, desto munterer«, stimmte Mr. Stein ein. »Genau darüber sprachen wir gerade, als Sie kamen. Frieden auf Erden und den Menschen ein Wohlgefallen.«

»Dann tun Sie auch was dafür«, murmelte Iris.

»Machen Sie sich Sorgen?« Mr. Stein sah sie übertrieben unschuldig an. »Achmed und ich werden schon nicht in Maudes Speisezimmer den Arabischen Konflikt ausfechten. Wenigstens *ich* nicht. Bei den Arabern kann man ja nie sicher sein.«

»In diesem Fall«, Tom Imutu grinste, »hört es sich ja gerade so an, als ob Sie vielleicht über einige neutrale Beobachter froh wären, die Ihnen helfen, den Frieden zu erhalten.«

»Genau wie ich sagte – je mehr, desto munterer.«

Eine größere Anzahl bietet auch mehr Sicherheit. Dieser zufällige Gedanke überrumpelte Iris geradezu. Selbst wenn Achmed und Jacob Stein tatsächlich handgemein werden sollten, würde diese Situation nicht gefährlich sein.

»Okay, dann«, sagte Tom Imutu. »Ich komme schrecklich gerne. Wir wissen die Einladung wirklich zu schätzen.«

»Tom...« Anne zog ihn am Ärmel und drängte ihn zur Treppe.

»Ja, ja, schon gut, Liebling.« Er schüttelte ihre Hand ab. »Aber ich möchte etwas zur Party *beisteuern* – das müssen Sie mir erlauben. Ich würde mich sonst nicht wohl fühlen.«

»Das stimmt.« Mr. Stein drehte sich wieder zu Iris herum. »Genau das wollte ich auch gerade sagen. Was können wir mitbringen?«

»Nun ja, ich weiß nicht.« Iris zögerte. »Ich glaube, Maude hat alles ausgesprochen gut vorbereitet...«

»Ach ja, das kann ich mir denken.« Mr. Stein seufzte. »Unsere gute Maude hat die Situation, sich selbst und ihr Dasein immer so vollkommen im Griff, daß man sie nur darum beneiden kann.«

»Ich weiß nicht, was ich vorschlagen soll«, sagte Iris. »Achmed wollte dasselbe wissen.«

»Vielleicht sollten wir alle eine Konferenz abhalten«, schlug Tom Imutu vor. »Uns könnte vielleicht etwas Großartiges als Überraschung einfallen.«

»Was für eine glänzende Idee«, lobte Mr. Stein. »Und ich habe auch schon eine Vorstellung. Aber wir brauchen Achmeds Mitarbeit. Eine Konferenz ist genau das Richtige.«

»Vielleicht könnte Tom erst seinen Koffer nach oben bringen?« Anne war ein bißchen bissig.

»Mein armes Kind.« Mr. Stein tätschelte ihren Arm. »Ich muß mich entschuldigen. Ich lasse mich fortreißen. Auf alle Fälle«, er wandte sich an Tom Imutu, »lassen Sie sich erst einmal häuslich nieder. Dann werden wir unsere Konferenz abhalten.«

16. Kapitel
Am siebenten Weihnachtstag …

Plötzlich scheint das Haus voller Fremder zu sein. Mir gefällt das nicht. Warum sind sie alle hier? Was machen sie? Was wollen sie? Warum hocken sie immer zusammen und schmieden Ränke und Pläne? Was führen sie im Schilde?

Sie sagen, daß es etwas mit der Weihnachtsfeier zu tun hat. Erwarten sie wirklich, daß ich das glaube?

Oh, ich gebe es vor. Sie versuchen, mich einzubeziehen, und ich lächle und nicke und stimme zu. Wenn ich dann fortgehe, höre ich, wie sie lachen. Sie glauben, daß sie mich von der richtigen Spur abgelenkt haben. Sie müssen mich für sehr dumm halten.

Sogar die ständigen Mieter machen mit. Sie haben sich verändert. Sie sind nicht mehr so nett wie früher. Ich glaube, ich mag sie nicht mehr.

Ich wünschte, sie würden alle fortgehen und mich allein lassen.

Frieden. Das ist alles, was ich möchte. Ruhe und Frieden. Warum ist das so schwer zu erreichen?

Vielleicht sollte ich mich hinlegen und versuchen, für eine Weile auszuruhen. Obwohl ich mich recht gut fühle, befürchte ich hin und wieder, mich vielleicht doch noch nicht ganz erholt zu haben.

Und der äußere Druck ist dem auch nicht gerade zuträglich. All dieses Herumgehetze gestern, weil ich zu einer bestimmten Zeit irgendwo sein *mußte*. Das verursacht Kopfschmerzen. Es *hat* Kopfschmerzen verursacht. Ich fühle mich noch immer ein wenig schwindlig, wenn ich daran zu denken – mich zu erinnern versuche … Nein, es ist besser, wenn ich nicht versuche, daran zu denken, mich nicht zur Erinnerung zu zwingen versuche. Woran könnte ich mich denn schon erinnern? Es war nur ein ganz gewöhnlicher Tag. Ich machte meine Besorgungen, ich war ständig in Angst, nicht alles rechtzeitig zu schaffen, aber ich packte es. Es ist nichts Besonderes geschehen – nichts, das eine Erinnerung wert wäre. Laß es – versuch's gar nicht erst.

Aber wovon könnte ich so müde sein? Ich habe heute morgen lange geschlafen. Es ist Sonntag. Der Druck ist weg. Ich muß nirgends zu einer bestimmten Zeit sein. Frieden.

Und das ist nun die Weihnachtswoche. Freitag ist Weihnachten, und das bedeutet herrlich lange Ferien. Von Freitag bis zum nächsten Dienstag, und das ganze Land wird stillgelegt sein. Keine Läden werden geöffnet sein, keine Zeitungen werden gedruckt, keine Post wird eingesammelt oder ausgetragen, keine Geschäfte werden abgewickelt.

Das gefällt mir. Niemand kann einen erreichen. Die ganze Stadt sinkt in eine Art Scheintod, der dem zeitlosen Frieden des ursprünglichen Ereignisses vermutlich so nahekommt, wie es in unserer modernen Welt nur möglich ist. Aber bevor man dieses Paradies erreicht, muß man noch die Zeit von Montag bis Donnerstag hinter sich bringen. Das gefällt mir nicht daran. Man nennt das den ›Endspurt zum Weihnachtsfest‹. Und genau das ist es. Laufen, laufen, laufen. Menschenmassen, Leute schubsen und schieben und werden allmählich immer schlechter gelaunt, da die Vorräte in den Geschäften zur Neige gehen, die Preise steigen und sie das, was sie haben möchten, nicht finden können. Sie kaufen in letzter Minute ein, hetzen herum und kaufen Sachen, die sie hassen, für Leute, die ihnen gleichgültig sind. Ein Alptraum. Bei dem bloßen Gedanken daran ziehen sich meine Nerven zusammen, und mein Kopf beginnt zu pochen. Aber zu viele Aspirin sind schädlich. Ich darf keine mehr nehmen. Vielleicht sollte ich einfach früh ins Bett gehen. Und dann morgen lange schlafen. Ja, schlafen. Das ist das beste. Aus irgendeinem Grund fühle ich mich ziemlich erschöpft.

Aber ich kann mich nicht entspannen... Ich spüre Augen – die mich beobachten. Mein Gefühl trügt mich nicht. Irgend etwas Unsichtbares – kriecht über mich.

Woher kommt es? Ich bin doch allein im Zimmer – und dennoch *weiß* ich, daß ich es mir nicht einbilde.

Ganz ruhig. Nicht bewegen. Nicht umdrehen. Sie dürfen nicht wissen, daß man einen Verdacht hat. Nur die Augen bewegen. Langsam. Und nun die Möglichkeit überprüfen.

Die Tür ist zu und abgeschlossen. Der Schlüssel steckt noch

im Schloß. Es wäre niemandem möglich, durch das Schlüsselloch zu sehen.

Der Schrank. Nein. Ich habe gestern abend, als ich heimkam, meinen Mantel hineingehängt, und da war er leer. Und danach habe ich die Tür abgeschlossen. Niemand konnte sich dort verstecken. Ich hätte es schon lange vor diesem Zeitpunkt gehört, gespürt, gemerkt.

Dann das Fenster. *Langsam umdrehen. Gleichgültig erscheinen.*

Ja – das ist es! Das Haus gegenüber – schon wieder. Sieh nur, wie sie so tun, als ob sie Weihnachtsdekorationen in den Fenstern aufhängen. Dekorationen – in Fenstern, die nach hinten hinaus gehen! Und so spät noch. Ich bin ihre Straße hinuntergegangen. Ich weiß, daß sie die Dekorationen in den anderen Fenstern schon vor Tagen angebracht haben.

Dekorationen – das ist zu dieser Jahreszeit die große Entschuldigung. Sie spionieren hinter mir her, das ist ihre eigentliche Beschäftigung. Schon wieder. Wie üblich. Sie spionieren ständig herum.

Die Nachbarschaft ist auch nicht mehr, was sie einmal war. Es geht mit ihr bergab seit kurzem. Seit sehr kurzer Zeit. Seit *sie* in das Haus eingezogen sind. Sie sind billig, vulgär und falsch – egal, wieviel sie für das Haus bezahlen mußten. Um guten Geschmack zu haben, braucht man mehr als nur Geld. Nun sieh doch nur, was sie da gemacht haben. Da steht doch der scheußliche Paraffinölbehälter in der Ecke des Gartens und verschandelt sein ganzes Aussehen. Er verpestet die Luft. Sogar bei geschlossenem Fenster kann ich das Paraffinöl riechen. Es sollte ihnen nicht erlaubt sein, es dort aufzubewahren.

Wahrscheinlich dürfen sie das auch gar nicht. So etwas müßte doch gesetzlich verboten sein. Es ist bestimmt nicht sicher, wenn man so viel Paraffinöl so nahe an Wohngebäuden aufbewahrt. Man sollte sie bei der Polizei anzeigen. Das ist ja das Schlimme heutzutage, niemand will mehr die Verantwortung übernehmen, zur Aufrechterhaltung der Ordnung beitragen und dafür sorgen, daß die Gesetze angewandt werden. Sie haben alle Angst, für übereifrig gehalten zu werden oder sich Feinde zu machen.

Ich könnte es natürlich nicht tun. Es tut mir leid, aber ich kann mich einfach nicht dazu überwinden, sie anzuzeigen. Allerdings, jemand muß es tun. Bevor es einen schrecklichen Unfall gibt. Die ganze Gemeinde wäre in Gefahr, wenn irgend etwas – geschehen sollte. Wenn der Paraffinölbehälter nun Feuer finge – explodierte.

Man mag gar nicht daran denken! Man hat kein Recht, andere Leute in Gefahr zu bringen.

Und die kleine Iris wäre am meisten in Gefahr. Sie hat die Kellerwohnung – Gartenwohnung. Der dürftige Zaun, der die beiden Gärten voneinander trennt, würde keinen Schutz bieten.

Oh! Und dazu noch diese Unverschämtheit! Als sie die Papiergirlanden quer über das Fenster hängten, haben sie gesehen, daß ich sie beobachte – und nun *winken* sie mir zu. Sie versuchen, sich harmlos zu verhalten, versuchen so zu tun, als würden sie nicht spionieren, sondern nur Dekorationen aufhängen.

Ich sollte …

Nein! Nein, sie dürfen nicht merken, daß ich ihre wahren Absichten durchschaue. Ich muß zurücklächeln, ich muß freundlich winken. Ich muß mich so verhalten, wie sie es von mir erwarten.

Dieses ist schließlich die Zeit der brüderlichen Liebe, des ›Frieden auf Erden und den Menschen ein Wohlgefallen‹. Ich lächle und winke noch einmal, bevor ich mich vom Fenster und ihren Blicken zurückziehe.

Ich hasse sie alle.

17. Kapitel

Es begab sich in sternenklarer Nacht …

»›Sonntag, verfluchter Sonntag‹ – wer immer das gesagt hat, er hat meines Erachtens verdammt recht gehabt.« Detective-Superintendent Knowles hob die Arme über den Kopf, schwang seine Beine hinter dem Schreibtisch hervor und streckte sich.

»Was soll's, in wenigen Minuten ist Montag!« Preston bot zweifelhaften Trost an und nahm zugleich die Gelegenheit wahr, sich auch vom Schreibtisch zu entfernen. Sie hatten sich beide seit Stunden darüber gebeugt und waren ihre eigenen Berichte und die aus anderen Bezirken über die bizarre Serie von Morden durchgegangen, die sich über ganz London erstreckten.

»Montag – und ein weiterer gerichtlicher Untersuchungstermin. Mit freundlicher Genehmigung unseres Lieblingsverrückten.« Knowles zog sich zu einer kurzen Lockerungsübung zusammen und streckte sich dann wieder. »Wird verflucht früh am Morgen abgehalten, damit die Presse nichts von den Vorgängen erfährt. Lohnt es sich überhaupt noch, ins Bett zu gehen? Das möchte ich gern wissen.«

»Um welchen Fall handelt sich's diesmal?«

»Kannst du dich nicht auf dem laufenden halten?« Knowles blinzelte zu dem Stoß von Berichten hinüber, die unordentlich über den Schreibtisch verstreut waren. »Die Zeitungshändlerin in Soho. Darum geht's beim morgigen Untersuchungstermin. Am Dienstag beginnt dann die gerichtliche Untersuchung wegen des Anwalts aus Middle Temple. Sie wird auch im Morgengrauen stattfinden. Die Stadtpolizei arbeitet gut mit uns zusammen. Sie stimmt auch unserer Theorie zu, daß alles das Werk unseres kleinen Freundes ist.« Knowles schnaubte wütend. »Warum sollte sie auch nicht? Wenn sie es uns zuschieben kann, desto besser für sie. Glaub mir, wenn ich irgend jemanden wüßte, dem ich es andrehen könnte, ich würde so schnell laufen, daß du außer Atem zurückbleiben müßtest.«

»Vielleicht gehört er ja gar nicht zu unserem Bezirk...« Preston versuchte optimistisch zu sein. Einer von ihnen mußte das schließlich sein. »Vielleicht ist er einer von den Typen, die nicht ihr eigenes Nest beschmutzen wollen. In Wirklichkeit wohnt er vielleicht nebenan in – St. John's Wood oder Edgeware Road oder Queensway...« Der Gedanke war für einen kurzen Augenblick reizvoll. »Im Bereich Queensway sind in den vergangenen Jahren eine Menge scheußlicher Sachen passiert. Und es sind auch noch nicht alle von ihnen aufgeklärt.«

»Regent's-Park-See...« Knowles sprach in langsamem Ton. »Baker Street... Queen Mary's Rose Garden...« Seine Stimme war wie der Stundenschlag einer Glocke. »Alle in unserem Bereich. Und die anderen – in den Grenzbezirken: Soho … Oxford Circus …« Er seufzte wieder.

»Nein, der Verbrecher gehört zu uns. Ich weiß es. Ich spür' es. Tändel du nur mit deinen Computern herum, *ich* beziehe meine Informationen aus meinem Innersten.« Er ging zum Fenster hinüber und blickte stirnrunzelnd in die Dunkelheit hinaus.

»Er ist irgendwo da draußen in dem alten Stadtteil St. Marylebone. Ich *weiß* es. Im Moment liegt er dort und wartet auf den rechten Augenblick. Aber er wird wieder und wieder zuschlagen, bis wir ihn aufhalten. Er hat sich nicht mehr unter Kontrolle, und wir müssen ihn finden und festsetzen. Aber – wo zum Teufel *ist* er?«

»Zwei Untersuchungstermine nacheinander …« Preston schwante dunkel, wem man es wohl zumuten würde, Aufzeichnungen zu machen und all die wichtigen Einzelheiten zu behalten. »Das ist ein bißchen dicke.«

»Und vergiß nicht unser armes kleines Mädchen aus der Drogerie in der Baker Street«, sagte Knowles. »Aus Gründen der Menschlichkeit und aus Respekt gegenüber den Gefühlen der Familie sollten wir diese Untersuchung auch noch, wenn möglich, vor Weihnachten hinter uns bringen. Das heißt am Mittwoch oder Donnerstag.« Er schwieg düster. »Wenn wir den Papierkram rechtzeitig fertig haben, um ihn sinnvoll einsetzen zu können.«

»Aber die anderen Fälle müssen bis nach Weihnachten warten«, sagte Preston. »Die Frau in der U-Bahn-Station von Oxford Circus – vielleicht geht sie als Unfall durch. Schließlich spricht nur die Aussage des Kindes dafür, daß seine Mutter von jemandem aus der Menge geschubst wurde. Vielleicht war es ja wirklich ein Unfall.«

»Glaub das nur ja nicht«, schnauzte Knowles ihn an. »Ich jedenfalls glaub es nicht. Es war unser kleiner Freund, als er auf dem Heimweg nach – Marylebone umstieg. Er nähert sich mit seinen Taten jetzt immer mehr seinem Heim. *Und* er schlägt in immer kürzeren Abständen zu.«

»Na ja«, Preston versuchte auch weiterhin die positive Seite zu betrachten. »Wenigstens ist heute nichts passiert.«

»Wie willst du das wissen?« Knowles ließ sich nicht aufmuntern. »Vielleicht haben wir nur noch nicht davon gehört. Vielleicht wartet schon irgend etwas darauf, morgen früh entdeckt zu werden – *heute* früh –, wenn die Putzkolonnen durch irgendein Gebäude ziehen. Oder später, wenn die Bürobelegschaft kommt.«

»Aber es war doch Sonntag«, wandte Preston ein.

»Und du glaubst, am siebten Tag würde *unser* Verbrecher ruhen? Ich nicht. Ich glaube, daß er überhaupt keine Ruhe in sich hat. Ich glaube, daß es mit ihm immer schlimmer wird, bis...« Knowles unterbrach sich.

»Hier höre ich auf, weiterzudenken. Denn nach allem, was wir bisher wissen, ist er schon schlimm genug. Woher sollen wir wissen, ob nicht noch viele andere Opfer in der Stadt verstreut sind – die als Unfälle abgeschrieben oder nicht entdeckt wurden? Die Tatsache, daß die Opfer sich immer an der Öffentlichkeit leicht zugänglichen Plätzen befanden, hat zwei Seiten. Vielleicht ist sie der einzige Grund, warum *diese* Leichen gefunden wurden. Vielleicht gibt es noch weitere, die in leeren Häusern oder öden Wohngebieten liegen. Es kann Tage – oder Wochen – dauern, bis die Nachbarn allmählich merken, daß sie den alten Soundso schon lange nicht mehr gesehen haben, und auf die Idee kommen, es uns mitzuteilen. Du kennst das ja.«

»Das könnte sein.« Preston nickte düster. Es war schon erstaunlich – und aufreizend ärgerlich –, wie lang die Leute sich beschwichtigen konnten, daß wahrscheinlich alles in Ordnung war. Tante Nellie oder Kusine Jane konnten ja vielleicht plötzlich zu einem Besuch bei irgendeiner anderen Verwandten eingeladen worden sein und in der Aufregung des Augenblicks vergessen haben, Milch und Zeitungen abzubestellen.

Wie Knowles schon sagte, es war unerträglich, darüber nachzudenken.

»Vielleicht ist es ja nicht *so* schlimm.« Preston kämpfte ein Nachhutgefecht. »Sieh mal, vielleicht war das Opfer am Samstag ja das letzte – in unserem Sprengel. Für einige Leute haben die Ferien schon begonnen. Wer weiß denn, ob das nicht das letzte Geschoß von unserem Burschen war, bevor er zu Weihnachten heimfuhr? Regent's Park ist in der Nähe der Hauptbahnhöfe Euston, King's Cross und sogar Paddington. Wer weiß denn, ob er nicht gerade auf dem Weg zum Zug nach Edinburgh oder – Cornwall – oder sonstwohin war ...«

»Und ganz sicher außerhalb unseres Bezirks?« Knowles lachte bitter auf. »Noch mehr solcher Märchen, und ich beginne allmählich, an dir zu zweifeln, mein Junge.«

»Es ist möglich.« Preston ging in die Defensive. »Du hast schließlich immer wieder gesagt, daß unser Bösewicht sich nach jedem Mord in den Schoß seiner nichtsahnenden Familie zurückzieht ...«

»Als ich das sagte, meinte ich, daß er seine Familie hier in der Nähe wohnen hat. Du sprichst von einer Familie, die zu weit weg ist, als daß er täglich in die Stadt zurückfahren könnte. Jedenfalls ist das jetzt nicht wichtig.« Knowles bewegte unbehaglich seine Schultern hin und her, so als versuchte er, eine unsichtbare Last abzuwerfen. »Ich glaube nicht mehr daran. Ich habe meine Meinung geändert. Es ist zuviel Wasser unter der Brücke durchgeflossen, seit ich diese Theorie aufstellte ...«

»Zu viele Morde, meinst du«, sagte Preston.

»Ja«, bestätigte Knowles. »Zu viele Tote – und das in einer zu gefühlsbetonten Zeit. Zu Weihnachten. Ich glaube nicht, daß unser Mörder überhaupt Familie hat. Vielleicht früher einmal – aber jetzt nicht mehr. Andernfalls könnte er sich nicht so verhalten.«

»Vielleicht bedeutet ihm Weihnachten nichts«, schlug Preston vor. »Vielleicht ist er nicht einmal Engländer.«

»Ich bete zu Gott, daß er keiner ist!« Knowles ließ ehrlichen Chauvinismus durchblicken. »Es wäre der einzige helle Punkt in diesem Fall, wenn sich herausstellen sollte, daß er keiner ist. Obwohl«, gab er düster zu bedenken, »die Nationale Front Gott weiß was daraus machen würde, wenn er ein Ausländer wäre.«

Preston erschauderte. Auch daran mochte man gar nicht denken. Es gab in der Tat in diesem Fall nicht viel, was man sich gedanklich vor Augen führen mochte. Doch man mutete ihnen nicht nur zu, darüber nachzudenken, sie sollten den Fall auch noch lösen.

»Nein«, fuhr Knowles fort, »ich wette, unser Wahnsinniger ist ein Engländer. Oder wenn er jemanden hat, so ist es nicht der, den er braucht. Mit wem er auch immer zusammenleben mag, es ist jemand, der ihm gleichgültig ist oder den er sogar haßt.

Und das verursacht mir auch Alpträume. Denn vielleicht ist sein überempfindliches Gemüt schon längst innerhalb seiner eigenen vier Wände provoziert worden.

Vielleicht«, Knowles machte eine ausladende Handbewegung, »vielleicht wartet irgendwo da draußen ein ›Leichenhaus‹ darauf, entdeckt zu werden.«

18. Kapitel
Unentwegt lachend gehen wir über die Felder …

Durch das Haus schallte fröhliches Gelächter. Maude sah lächelnd nach oben.

Plötzliche dumpfe Schläge und Gekreisch ließen das Lächeln etwas verschwinden. Mit nicht allzu düsterer Miene trat sie vom Fuß der Treppe zurück und wartete, während der Lärm näherdonnerte.

Die Treppe begann heftig zu beben, kurz bevor die beiden oben auf dem letzten Treppenabsatz erschienen. Hand in Hand stürmten sie lachend hinunter und machten dann am Fuß der Treppe halt für eine weitere Runde eines Gefechts, das offensichtlich schon einige Zeit im Gange war.

»Du willst doch wohl nicht allein weggehen!« protestierte Anne.

»Nur für eine Stunde, ich verspreche es.« Tom Imutu bemühte sich, seine Hand freizubekommen. »Ich treffe dich zum Mittagessen – wo immer du willst.«

Maude trat ins Dunkel zurück, damit man nicht sah, wie sich der Schmerz in ihrem Herzen auf ihrem Gesicht widerspiegelte. Sie waren so jung und so – fröhlich. Sie weckten in ihr wieder Erinnerungen, von denen sie meinte, daß die Zeit sie längst begraben oder zumindest abgestumpft hätte. Sie war jetzt schon so lange Witwe, daß sie glaubte, sie hätte jene sonnigen Tage von einst vergessen.

Aber sie sah sie hier wieder vor sich. Sie strahlten in Annes Gesicht, leuchteten in Toms.

Imutu. Spielte das eine Rolle? Heutzutage war alles so viel anders. Rassenmischung war das Schreckgespenst der vorigen Generation, die Kinder von heute störte dieses Wort nicht mehr. Falls sie es überhaupt je gehört hatten. Und was jene gefürchtete Schande der früheren Generation anbelangt – wer sprach denn heute noch flüsternd von *mésalliance?* Nach den Klatschspalten zu urteilen, gehörte es seit geraumer Zeit geradezu zum guten Ton. Niemand verschwendete einen zweiten Gedanken daran. (›Haben Sie gehört? Lady Sarah ist mit einem Fischhändler zusammengezogen.‹ – ›Oh, prima. Vielleicht bekommen wir dann das nächste Mal, wenn sie uns einlädt, einen anständigen Fisch vorgesetzt.‹)

»Ich treffe dich dann um eins – sag mir nur, wo.«

»Das ist länger, als du gesagt hast, du hast von einer Stunde gesprochen.« Die lachende Balgerei ging weiter.

Irgendwo unten wurde eine Tür geschlossen. Iris war sicher auf dem Weg zu ihren morgendlichen Haushaltspflichten.

Maude trat rasch an ihre Tür zurück, bewegte geräuschlos die Klinke, huschte ins Zimmer und schloß die Tür gerade, als Iris das obere Ende der Kellertreppe erreicht hatte.

An die Tür gelehnt, hörte sie Iris' Schritte im Flur. In der Ferne brachen plötzlich Stimmen in ein lautes, harmloses Gespräch aus, das in Lachen überging, als Iris dazukam.

Maude entfernte sich von der Tür und war immer noch erstaunt über den heftigen Schmerz. Sie hatte ihn so lange Zeit nicht gespürt, daß sie geglaubt hatte, er würde nie zurückkehren. Jedenfalls nicht als brutaler, quälender Schmerz einer frischen Wunde, oder einer frisch verheilten, von der man das Narbengewebe abgerissen hat. Er hatte sie unvermutet und unvorbereitet getroffen.

Seit vielen Jahren war der Schmerz eher in ihrem Kopf als in ihrem Herzen gewesen.

Iris winkte zum Abschied, als Anne und Tom hinausgingen,

nachdem sie sich geeinigt hatten, bis zum Bahnhof Baker Street zusammenzubleiben, um von dort getrennte Wege zu gehen. Sie zuckte zusammen, als die Tür heftig hinter ihnen zuschlug und im Flur widerhallte.

Der Widerhall wurde schnell übertönt von anderem Gelächter, irgendwo aus dem oberen Teil des Hauses. Rasch, bevor irgend jemand anderes zu ihrer Ablenkung herunterkam, stellte Iris den Staubsauger an und bearbeitete den Flurteppich. Sie rechnete nicht damit, über ein Anfangsbemühen hinauszukommen, und bevor sie auch nur einen Meter des Teppichs bewältigt hatte, war das Geplätscher von Stimmen und Gelächter auch schon über ihr.

»Schon so fleißig um diese Tageszeit?« Patti verhielt am Fuß der Treppe und hakte Pammi unter.

»*So* früh ist es nun auch wieder nicht.« Iris war entschlossen, sich nicht zu einer langen Unterhaltung verführen zu lassen. Sie war mit einem ihrer Kunden von der Werbeagentur zum Weihnachtsessen verabredet und wollte nicht zu spät kommen. Nicht daß Maude sich beklagen würde, aber sie wollte es nicht ausnutzen. Hin und wieder wurde ihr bewußt, wieviel Glück sie gehabt hatte mit ihrem kurzen Besuch bei Maude, der so erfolgreich ausgegangen war. Abgesehen davon würde dies ohnehin eine Woche voller Einladungen zu Weihnachtsfeiern von Agenturen und Zeitschriften sein, und sie wollte nicht zu früh anfangen, ihre Arbeit zu vernachlässigen.

»Für *uns* schon.« Patti und Pammi hatten untergehakt dagestanden und einander nicht besonders ähnlich gesehen, wenn man bedachte, daß sie Geschwister waren. Jetzt aber, als sie den Kopf gleichzeitig zurückwarfen und geradezu schwankten vor Ausgelassenheit, hätten sie eineiige Zwillinge sein können. Iris fand dieses Phänomen immer noch leicht unheimlich, obwohl sie es schon zuvor bei Mitgliedern ihrer eigenen Familie beobachtet hatte.

»Bei euch ist das auch in Ordnung«, verteidigte sich Iris. »Aber *meine* Ferien haben noch nicht richtig angefangen. Ich bin noch bis zum Ende der Woche im Dienst.«

»Die arme Maude. Du stellst sie ja wie einen schrecklichen

Sklaventreiber dar. Und das ist sie nun wirklich nicht …« Patti wandte sich ernsthaft an Pammi. »Maude ist einfach *süß* – auch wenn man es nicht immer merkt. Aber bedenk doch nur, wie sie jetzt für uns alle diese Weihnachtsfeier einrichtet. Sie ist wirklich sehr weichherzig.«

Iris blickte nervös zu Maudes Tür hinüber, aber sie schien fest verschlossen und schalldicht zu sein.

»Iris meint, wir sollten nicht über Maude direkt vor deren Tür reden.« Patti hatte Iris' schnellen Blick nicht übersehen. »Es wäre wirklich günstiger, wenn Maude nicht die Parterrewohnung hätte, nicht wahr. Dann würde sie auch nicht unser ganzes Kommen und Gehen genau verfolgen können …« Patti schwieg boshaft. »Es wäre für uns *alle* günstiger.«

»Na ja, ich finde auch, daß wir über die Dame nicht direkt vor ihrer eigenen Tür reden sollten.« Pammi wurde plötzlich die strenge, ältere Schwester. »Du weißt genau, daß du von uns am meisten verlegen wärst, wenn die Tür sich öffnete und sie herauskäme.«

»Ja, vermutlich.« Schulterzuckend gab Patti ihrer älteren Schwester recht, aber sie hatte immer noch einen Funken Boshaftigkeit in den Augen.

»Du weißt es *genau*.« Pammi sah ihre Schwester liebevoll an. »Du wärst so entsetzt, daß du nicht wüßtest, wie du dich entschuldigen solltest. Du würdest durchdrehen, und es wäre alles wieder wie in Ottawa …« Sie brach plötzlich ab, offensichtlich erschreckt über das, was ihr herausgerutscht war.

»Nein, ganz bestimmt nicht«, sagte Patti ruhig, aber sie war blaß geworden. »Nichts dergleichen wird je wieder passieren.«

Es war offensichtlich, daß jetzt keine von beiden der anderen in die Augen sehen konnte. Welche Tür auch immer versehentlich geöffnet worden war, anscheinend lauerte dahinter ein Gespenst von beträchtlicher Größe.

»Natürlich nicht«, sagte Pammi rasch. »Ich habe es nicht so gemeint. Du weißt, daß ich es nicht *so* gemeint habe.«

Beide blickten betreten zu Iris hinüber, die ihren Blick schnell auf den Staubsauger lenkte. Als sie verstohlen zu ihnen hinübersah, schienen sie erleichtert darüber, daß sie lediglich unvorsichtig gewesen waren vor jemandem, der nicht bemerken würde, wenn ein Gespenst vor seinen Augen tanzte.

»Herrje!« Patti schlug sich plötzlich mit der Hand gegen die Stirn. »Nun schau, was du angerichtet hast, Pammi...« Sie wandte sich an Iris und streckte mitleidheischend die Hände aus. »Sie hat mich so zur Eile getrieben, daß ich mein Scheckbuch vergessen habe!«

»Das ist das beste, wenn man zum Einkaufen geht«, sagte Pammi. »Sonst ist es verhängnisvoll – ich meine«, sagte sie schnell, »man gibt dann zuviel aus. Besonders zu Weihnachten. Die Geschäfte haben dann eine hypnotische Anziehungskraft, und man stellt plötzlich fest, daß man alles mögliche kauft, das man gar nicht will, nicht braucht und nicht einmal leiden mag.«

Aber sie sprach nur noch zu Iris. Patti hatte sich umgedreht und war – zwei Stufen auf einmal nehmend – die Treppe hinaufgeeilt.

»Ich bin Ihnen allen so dankbar«, sagte Pammi. »Sie sind so gut zu ihr gewesen – und so gut *für* sie. Ich kann Ihnen gar nicht sagen, wie dankbar ich bin. Sie ist schon fast wieder sie selbst, so wie sie einst war.«

»Wir haben nichts getan«, wehrte Iris ab. »Patti ist wie alle anderen Mieter behandelt worden.«

»Und *genau* das brauchte sie. Nur, ich schätze, wir schafften es nicht, uns ihr gegenüber locker zu verhalten. Sie brach nach dem Tod unserer Eltern so arg zusammen, daß wir anderen Angst hatten...« Sie brach ab und schüttelte den Kopf. »Wir waren erschrocken, als sie darauf bestand, ganz allein hierher zu reisen. Wir hatten Angst...«

»Patti geht es ausgezeichnet«, sagte Iris fest und versuchte damit, unerwünschten Geständnissen Einhalt zu gebieten. Sie fühlte sich, wenn sie ihnen zuhörte, Patti gegenüber ein wenig als Verräterin. »Es ging ihr, soweit ich es beurteilen kann, seit dem Augenblick ihrer Ankunft hier immer ausgezeichnet.«

»Sie hatte damals recht«, sagte Pammi. »Was sie betraf, meine ich. Sie sagte, sie brauche es mehr als alles andere, von allem weg an einen Ort zu kommen, wo niemand sie kannte oder wußte, wie sie gewesen war, und wo sie völlig von vorn anfangen konnte. Unter Fremden. Und daß sie dann herausfinden könnte, wer sie wirklich war und was sie machen konnte. Sie stellte selber die Diagnose und verschrieb sich ihre eigene Kur schließlich besser als jeder Doktor.«

»Patti ist in Ordnung«, beharrte Iris. (Protestierte Pammi zu sehr?) »Ich schätze, sie hatte eine schwere Zeit, aber sie hat ihr Gleichgewicht zurückgewonnen, und es braucht sich ganz sicher niemand mehr Sorgen um sie zu machen.«

»Ihr Gleichgewicht«, Pammi holte tief Luft. »*Genau* das ist es. All dieser Kummer, all diese Familienversammlungen – und sie hat ganz allein ihren Weg aus dem Gestrüpp gefunden. Und es war wahrscheinlich so auch besser für sie.«

»Ich bin sicher, daß sie ...« Iris brach schlagartig ab. Vom oberen Teil der Treppe war ein Geräusch gekommen. Sie und Pammi unterbrachen ihr Gespräch mit erwartungsvoll nach oben gerichteten Gesichtern und warteten.

Lächelnd in ein Gespräch vertieft stiegen Eva Manning und Major Entwistle die Treppe hinab. Ihr Lächeln verschwand, und ihre Stimmen verloren sich in peinlichem Schweigen, als sie die Mädchen gewahr wurden, die am Fuß der Treppe neugierig beobachteten, wie sie herunterkamen.

»Guten Morgen, Miß Manning, Major Entwistle.« Innerlich verfluchte Iris sich selbst und auch Pammi, die dafür eigentlich verantwortlich war. Sie hatte seit ihrer Ankunft hier gehofft, daß sich vielleicht ein romantischer Funke zwischen diesen beiden ältlichen Mietern entzünden würde. Aber jetzt blickten sie schuldbewußt drein, vermieden, einander anzusehen, und machten den Eindruck, als würden sie am liebsten in entgegengesetzte Richtungen laufen und nie wieder miteinander sprechen.

»Wir dachten, es wäre Patti«, sagte Iris schnell. »Ich meine, wir warteten darauf, daß sie herunterkam ...«

Sie brach ab, sie machte alles nur noch schlimmer. Die Situation war nicht mehr zu retten.

»Guten Morgen, Iris«, sagte Miß Manning. Sie nickte etwas kühler zu Pammi hinüber und stieg weiter die Treppe hinab, wobei sie ein oder zwei Stufen vor ihrem Begleiter ging. Sie schien zwar weniger verwirrt als Major Entwistle, aber sie hob eine Hand und fuhr sich über das Gesicht, als versuchte sie, Fliegen zu verscheuchen – oder den starrenden Blick der beiden Mädchen.

»Guten Morgen, meine Damen.« Major Entwistle war bedeutend weniger herzlich als bei ihrem letzten Gespräch – aber damals war er auch allein gewesen. Leicht nervös, aber entschlossen, holte er Miß Manning ein und griff nach ihrem Ellbogen. Dieses Mal fegte sie seine Hand beiseite, was seine Verwirrung noch vergrößerte.

Wie Fremde gingen sie steif die Eingangshalle hinunter und nahmen nicht länger Notiz voneinander.

»Oje«, sagte Pammi kleinlaut, als die Tür sich hinter den beiden geschlossen hatte. »Das war wirklich Pech.«

»Ich glaube, ich würde mich besser fühlen, wenn sie wenigstens die Tür zugeschlagen hätte«, pflichtete Iris bei.

»Es gibt *nichts*, wodurch ich mich besser fühlen könnte«, sagte Pammi. »Ich weiß nicht, wann ich mir je so sehr wie ein Aufdringling vorgekommen bin, der beim Bespitzeln der Nachbarn erwischt wird. Nicht einmal, als ich mich dessen tatsächlich schuldig gemacht hatte.«

»Also, wirklich...« Iris versuchte die Unterhaltung aufzulockern, »Sie haben sicher noch nie jemanden bespitzelt, Pammi.«

»Manchmal ist es notwendig«, meinte Pammi ernst. »Zum Vorteil des anderen...«

Es war unmöglich, vorzugeben, daß sie nicht wußte, worüber Pammi sprach. Es gab einen Punkt, von dem an verständnislose Naivität zu glatter Dummheit wurde. Iris wandte den Blick und ließ ihn instinktiv zum oberen Teil der Treppe schweifen. Sie rang unwillkürlich nach Luft, und Pammi sah auch hinauf.

Dort stand Patti und blickte auf sie herab. Das frühere Lachen war aus ihrem Gesicht gewichen, mit finsterer Miene hielt sie den Blick gesenkt.

»Ich habe mein Scheckbuch gefunden«, sagte Patti. Mit erhobenem Kopf stieg sie wie eine Fürstin die Treppe hinunter.

Iris und Pammi sahen einander bestürzt an. Wie lange hatte Patti schon da oben gestanden? Wieviel hatte sie gehört?

»Wir können jetzt gehen«, Patti hob ihren Kopf noch höher und sah ihre Schwester trotzig an. »Ich bin jetzt bereit.«

19. Kapitel
Am achten Weihnachtstag …

Sie beobachten mich schon wieder.

Sie alle.

Ich *fühle* es, auch wenn ich es nicht sehe.

Selbst diejenigen, die vorgeben, es gut mit mir zu meinen, die vorgeben, meine Freunde zu sein, die sich so zu verhalten versuchen, als wären sie auf *meiner* Seite.

Sie lügen. Sie alle.

Und ich muß mich so verhalten, als würde ich ihnen glauben. Muß lächeln, wenn sie lächeln. Muß lachen, wenn sie einen Witz machen. Sie dürfen keinen Verdacht schöpfen, daß ich *Bescheid weiß*.

Man kann niemandem trauen. Ich habe das schon immer gewußt. Und jetzt bestärkt mich jeder Tag mehr und mehr darin.

Dennoch – es war nicht immer so. Oder? Ich kann mich anscheinend nicht erinnern. Es ist heutzutage alles so schwierig.

Alles scheint schwieriger. Sogar dann, wenn mein Kopfschmerz aufhört. Aber der Schmerz kommt seit kurzem immer häufiger wieder – ist fast unaufhörlich da. Ich bekomme Angst, wenn ich daran denke.

Ich darf nicht daran denken.

Woran *kann* ich denken?

An das neue Jahr? Ja, an das neue Jahr.

Ich kann nicht an Weihnachten denken. Ich *will* nicht an Weihnachten denken. Worauf habe ich mich da nur eingelassen? All diese Leute – eine Weihnachtsfeier. Alle werden beobachten – müssen nicht länger vorgeben, es nicht zu tun.

Und ich werde lächeln müssen, und reden, und lachen, und

so aussehen, als ob ich mich amüsiere. Muß mich so verhalten, als unterhielte ich mich großartig – ich wünschte, du wärst da.

Nein! Das wollte ich wirklich nicht denken!

Ich hoffe, daß sie nicht auch noch Spiele spielen wollen. Es stört mich nicht, wenn sie Weihnachtslieder singen möchten, aber ich hasse Spiele. Ich fühle mich immer steif und unbehaglich und finde nie Zugang zu dem, was sie hartnäckig ›Stimmung‹ nennen. Ich hasse es.

Ich hasse sie.

Ich muß einen anderen Platz zum Wohnen finden. Sobald die Feiertage vorüber sind. Ich wollte eigentlich warten, bis es mir besser geht, bis ich diese schrecklichen Kopfschmerzen wieder unter Kontrolle habe, aber ich glaube nicht, daß ich all diese gräßlichen Leute noch viel länger ertragen kann.

Nach Neujahr. Direkt danach. Sogar noch, bevor ich einen Arzt aufsuche. Ich muß einen anderen Platz finden ...

Doch halt. Warum sollte gerade *ich* derjenige sein, der geht? Da sieht man, wie unscharf mein Denken durch diese Kopfschmerzen wird. Sollen *sie* doch gehen.

Ja. Sie sind es doch, die bespitzeln, lügen – mir meine Freiheit nehmen. *Sie* müssen gehen.

Ich hätte es sehr gemütlich hier, wenn sie nicht wären. Ich habe mich früher immer sehr wohl gefühlt. Und das wird auch wieder so. Wenn sie alle nicht mehr da sind.

Es geht mir jetzt besser, wo mir das völlig klargeworden ist.

Natürlich muß ich den rechten Augenblick abwarten. Ich muß fair sein. Es hat keinen Zweck, sie vorzeitig zu beunruhigen. In dieser Zeit können sie nichts unternehmen, um eine andere Unterkunft zu finden. Wie wir wissen, ist in England eine Woche vor und eine Woche nach Weihnachten alles stillgelegt. Ostern desgleichen.

Aber Ostern steht nicht zur Debatte. Ostern ist Lichtjahre entfernt. Um Ostern herum wird alles schon entschieden, wird alles vorbei sein.

Ich werde wieder Frieden haben.

Aber zuerst muß ich diese gräßlichen Feiertage hinter mich bringen. Ich *kann* es. Ich *muß* es.

Vor der Weihnachtsfeier fürchte ich mich am meisten. Wenn das nicht wäre, wäre alles nicht so schlimm.

Die Weihnachtsfeier – und das Weihnachtsessen. Sie alle werden um den Tisch herum sitzen, lächeln, lachen – und ihren Spott treiben. Ich seh' sie schon vor mir.

Und jedesmal, wenn ich wegen des Klopfens in meinem Kopf und des Rauschens in meinen Ohren die Augen schließe, sehe ich ein grelles Licht.

Ich sehe, wie sie alle um den Tisch herum sitzen und beobachten.

Sie starren zum oberen Ende des Tisches. Zum saftigen, brutzelbraunen Truthahn. Und zu dem hellen, gleißenden Licht – wie es in die zarte, braune Oberfläche und in das saftige, weiße Fleisch darunter stößt, schneidet, sägt.

Immer wieder. Zarte, saubere Scheiben fallen vom Knochen. Eine nach der anderen – bis sie alle weg sind.

Ich meine, bis der Truthahn tranchiert ist, bis das Skelett freigelegt ist. Dünne, weiße Knochen schimmern im Licht des Kaminfeuers.

Der Höhepunkt eines jeden Weihnachtsessens. Der unentrinnbare Höhepunkt. Unvermeidlich.

Es muß doch ein Tranchiermesser geben, nicht wahr?

20. Kapitel

Er macht eine Liste, und er prüft sie zweimal …

»Siehst du …« Preston versuchte seinen mürrischen Kollegen aufzuheitern. »Gestern ist nichts passiert. Und heute ist auch nichts passiert. Ich hab's dir ja gesagt. Unser Bösewicht weilt für die Feiertage zu Besuch bei seiner Familie oben im Norden oder woanders.«

»Der Tag ist noch nicht vorbei«, sagte Knowles düster.

»Für uns könnte er es schon sein.« In Preston stieg Hoffnung auf. »Vielleicht ist der ganze Fall damit zu Ende. Wenn wir Glück haben, zerstückelt er während seines Besuches seine liebe alte Tante. Oder er stößt einen kleinen Cousin in den Kanal. Oder er tut einem Nachbarn etwas Einfallsreiches an – und das wär's dann. Unsere Sorgen haben ein Ende. Er wird dann der örtlichen Polizei unterstellt sein. In einer kleinen Stadt werden sie in der Lage sein, ihn aufzuspüren ...«

»Wie kommst du darauf, daß es eine Kleinstadt ist?« Knowles ließ sich nicht aufmuntern. »Vielleicht ist es Glasgow oder Birmingham oder Edinburgh oder Sheffield oder ...« Er brach kopfschüttelnd ab. »Unser Bösewicht könnte die Bevölkerung um einen beträchtlichen Prozentsatz verringern und nach London zurückkehren, bevor überhaupt jemand gemerkt hat, daß er fort war. Er wird sich durch die Ferien um so erholter fühlen und bereit sein, mit erneutem Eifer hier unten an die Arbeit zu gehen.«

»Vielleicht hast du recht.« Preston ließ sich auf seinen Stuhl fallen. »Andererseits«, er bemühte sich weiter um die positive Sicht, die ihm zu entgleiten drohte, »habe *ich* vielleicht recht.«

»Und nur die Zeit wird es zeigen«, meinte Knowles trübsinnig. »In der Zwischenzeit ...« Er nahm den Stapel Berichte auf und sah ihn noch einmal flüchtig durch. Berichte, Zeugenaussagen, Autopsieergebnisse – irgendwo mußte es einen gemeinsamen Nenner geben, irgendeinen Schlüssel, der vielleicht weiterhelfen konnte.

»Du mußt diese Sachen mittlerweile schon so ziemlich auswendig können.« Preston langte nach seinem eigenen Stapel Kopien. »Mir geht es jedenfalls schon fast so.«

»Und die einzige gemeinsame Methode, die ich erkennen kann, ist, daß es da einfach keine gibt«, sagte Knowles bitter.

»Vielleicht kommt etwas heraus beim nächsten ...« Preston brach ab, als er den bösen Blick seines Kollegen wahrnahm.

»Und bei wieviel weiteren, meinst du, können wir ruhig zusehen und ihn gewähren lassen, bevor wir genügend Beweise haben? Wenn wir noch lange genug warten, wird unser Bösewicht vielleicht an Altersschwäche sterben.«

»So wie Jack the Ripper starb. Wenigstens nimmt man an, daß er starb. Er hörte einfach auf, und zwar so plötzlich, wie er begonnen hatte. Vielleicht wird es unserem Bösewicht auch so ergehen.«

»In dem Fall wird es uns wohl nicht gerade Lorbeeren einbringen, oder?« bemerkte Knowles. »Es wird nur ein ungelöster Fall in unseren Akten sein.«

»Und nicht nur in unseren«, meinte Preston.

»Außerdem ist der Fall so beschaffen, daß man ihn in den nächsten hundert Jahren ausführlich beschreiben und ausschlachten wird – wie deinen Jack the Ripper. Wir können nur froh sein, daß man damit noch nicht begonnen hat, was teilweise daran liegt, daß die Morde auf die ganze Stadt verteilt und die Methoden dabei so verschieden waren …«

»Auch die Festtagszeit trägt dazu bei. Die Medien suchen nach netten, heiteren, publikumswirksamen Geschichten: welche Pop-Stars in Heathrow ankommen, um Weihnachten bei Mama und Papa zu verbringen; Weihnachtssingen um den Christbaum am Trafalgar Square; die Verteilung von Weihnachtsgeschenken an unterprivilegierte Kinder …«

»Na gut, wir haben bislang Glück gehabt«, bestätigte Knowles. »Aber wir können nicht unbegrenzt darauf vertrauen. Irgendwo wird ein pfiffiger Reporter anfangen, aus der Sache seine Schlüsse zu ziehen …«

Das Telefon klingelte jäh und schreckte beide auf. Sie sahen einander voll finsterer Ahnung an, bevor Knowles die Hand ausstreckte und den Hörer abnahm. Schweigend lauschte er der Stimme am anderen Ende der Leitung. Preston beobachtete ängstlich, wie das Gesicht des anderen sich allmählich verfinsterte.

»Noch einer?« fragte Preston, als Knowles schließlich den Hörer auflegte, nachdem er nur einige undefinierbare Grunzer von sich gegeben hatte.

»Das wird uns verdammt noch mal lehren, vom Teufel zu sprechen!« knurrte Knowles. »Für morgen ist eine Pressekonferenz vorgesehen. Einige der Parasiten von den Nationalen haben es schließlich spitzgekriegt.«

Die Türklingel schellte anhaltend und ungeduldig. »Du kannst doch wohl einen Augenblick warten!« brummte Iris, während sie die Treppe hinaufeilte. »Ich komm' ja schon.«

»Oh, gut, ich bin froh, daß du zu Hause bist.« Da stand Maude und quälte sich mit einer Tanne von außergewöhnlich dichtem Wuchs ab. »Entschuldige, daß ich dich gestört habe, aber ich konnte einfach nicht mehr allein damit fertig werden.«

»Das wundert mich nicht.« Iris hielt die Tür weit auf, während Maude den Baum in den Flur manövrierte.

»Es war ein Gelegenheitskauf«, gestand Maude mit kläglichem Gesichtsausdruck.

»Es beruhigt mich, das zu hören«, meinte Iris. »Ich würde äußerst ungern annehmen, daß du mit der Absicht losgegangen bist, diesen – diesen – *Wald* zu kaufen.«

»Halt ihn doch mal bitte, meine Liebe, während ich meinen Schlüssel heraushole.« Maude neigte den Baum zu Iris hinüber. »Vorsicht, laß ihn nicht fallen – wir würden ihn dann nie wieder aufrichten können.«

»Du hast gut reden«, brummte Iris und versuchte ihr Gesicht davor zu bewahren, von Tannennadeln zerkratzt zu werden. »Hättest du nicht einen kleineren finden können?«

»Ich hatte gar nicht die Absicht, überhaupt einen Baum zu kaufen.« Maude schloß ihre Wohnung auf und stieß die Tür auf. »Aber ich kam an diesem Laden in Marylebone High Street vorbei, weißt du ...«

»Ich weiß ...« Aber Maude war schon hineingegangen. Iris knirschte mit den Zähnen und fing an, den Baum hinter sich herzuziehen.

»Und daher ...« In der Wohnung stellte sie fest, daß Maude immer noch bei ihrer Erzählung war. »Als ich dann sah, wie diese Nachbarn einen Baum kauften – weißt du, diese ziemlich neuen Leute, die Ausländer im Haus hinter unserem ...«

»Ich weiß.« Iris lehnte den Baum behutsam gegen die Wand neben den Kamin.

»Na ja, es überkam mich plötzlich. Ich dachte: Warum machen *wir* nicht auch ein richtig altmodisches Weihnachtsfest? Mit einem Baum und allem Drum und Dran. Wer A sagt, muß auch B sagen!«

»Vermutlich können wir nur dankbar sein, daß du zu dem Zeitpunkt nicht am Trafalgar Square vorbeigekommen bist«, meinte Iris. »Eine zehn Meter hohe norwegische Fichte wäre wirklich zu groß gewesen.«

»Obwohl ich sagen muß ...« Maude überhörte die Bemerkung. »*Ich* finde, er sollte gleich aufgestellt werden. Ich habe mit den Leuten gesprochen und, weißt du, sie werden ihn im Flur, kurz hinter der Haustür lassen und nicht vor Heiligabend aufstellen und schmücken.«

»Die Mieter würden wirklich liebend gern über dieses Monstrum klettern, wenn sie hereinkommen«, sagte Iris. »Ich würde sie animieren, die Kosten für kaputte Strumpfhosen von der Miete der nächsten Woche abzuziehen.«

»Das steht nicht zur Debatte«, sagte Maude mit souveräner Miene. »Ich hätte nicht im Traum daran gedacht, den Baum in *unserem* Flur zu lassen. Ich beabsichtige auch nicht, ihn bis Heiligabend hier an der Wand lehnen zu lassen. Wir werden ihn jetzt aufstellen. Iris, meine Liebe, ich glaube, in der Rumpelkammer unten im Keller am Ende des Ganges wirst du einen Baumständer finden. Ganz hinten, hinter dem leeren Reisekoffer, den der seltsame Ägypter bei seinem Auszug zurückließ ...«

Sie hätte es wissen müssen, dachte Iris gequält, daß all die schmutzige Arbeit ihr überlassen bleiben würde. Im wahrsten Sinne des Wortes. Sie sah auf ihre klebrigen Hände voller Harzflecken und kam zu dem Entschluß, daß es wohl am besten wäre, wenn sie die Hände vor dem Waschen schnell mit einem Terpentintuch abreiben würde. Und sie würde das tun, *bevor* sie sich daranmachte, in dem jahrzehntetiefen Staub hinten in der Rumpelkammer nach dem Baumständer zu wühlen. Allein der Gedanke an den Staub, der an klebrigem Harz haftete, war ihr unerträglich. Warum nur mußte Maude immer diese plötzlichen Einfälle haben? Wurde sie immer überspannter oder war es lediglich die Weihnachtszeit, die bei allen die sentimentalen Schwächen ans Tageslicht brachte ...

Der Baumständer war, wie erwartet, in der äußersten Ecke hinter einer Ladung abgenutzter, aber nicht ausrangierter Haushaltsgegenstände.

Sie nahm sich Zeit und schrubbte den Baumständer, nachdem sie ihn gefunden hatte, ebenso wie sich selbst. Ihre Strumpfhosen hatten, wie sie verdrießlich feststellte, irgendwo zwischen einem herrenlosen geflochtenen Wäschekorb und dem berüchtigten ägyptischen Reisekoffer ihren Geist aufgegeben. Der Koffer war, wie sich herausgestellt hatte, eine Masse aus blasigem, abschilferndem und ausgetrocknetem Leder, der erstaunlich schwer zu bewegen war und ihr beharrlich den Weg versperrt hatte. Im Hinblick auf die Kosten für zusätzliches Gepäck bei Flugverkehrsgesellschaften war es nicht überraschend, daß der Eigentümer beschlossen hatte, ihn zurückzulassen …

Als Iris mit dem Baumständer durch den Flur ging, wurde die Haustür geöffnet.

»Oh, Iris, Sie sind da.« Eva Manning kam leicht schwankend herein, denn ihre Arme wurden von zwei Einkaufstaschen herabgezogen, die offenbar schwere Sachen enthielten. »Gut. Dann kann ich schon etwas von dem hier loswerden und brauch es nicht erst hinauf- und später wieder hinunterzutragen.«

Sie stellte die Taschen mit einem Seufzer der Erleichterung ab und begann, in einer von ihnen zu wühlen. »Es ist hier. Ich weiß es. Jedenfalls glaube ich es. Es kann möglicherweise auch in der anderen Tasche sein. Ich habe sie einige Male von einer Hand in die andere gewechselt, obwohl beide Taschen anscheinend gleich schwer sind …« Sie kramte weiter.

Iris setzte ihre eigene Last ab und wartete geduldig. Auch sie war froh darüber, denn der Ständer war zentnerschwer. Natürlich mußte er schwer sein – aus Eisen oder Stahl oder so ähnlich –, um Gewicht und Höhe der Weihnachtsbäume, die er halten sollte, auszuwuchten.

»Hier …« Eva Manning richtete sich triumphierend auf, in der Hand eine bauchige Papiertüte. »Ein kleiner Beitrag zur gemeinsamen Weihnachtsfeier.«

»Das wäre doch nicht nötig gewesen …« Mechanisch nahm Iris die Tüte und hielt sie etwas schief, so daß sie sich öffnete und ein Teil des Inhalts fast herausgefallen wäre.

»Nur eine kleine Aufmerksamkeit …« Miß Manning trat errötend zurück. »Ich dachte …«

»Kastanien! Oh, wie herrlich!« Iris sah strahlend auf die funkelnden Schalen.

»Ich weiß, daß Mrs. Daneson einen herrlichen Kamin hat. Und da dachte ich – an geröstete Kastanien. Das paßt so gut. Genau das Richtige für ein echtes, altmodisches Weihnachtsfest.«

Es war die reinste Seuche. Das ›*Ein altmodisches Weihnachtsfest*‹-Syndrom griff voll um sich. Wie viele würden ihm noch unterliegen? Und das würde für *sie* ein altmodisches Weihnachtsfest bedeuten? Wenigstens war Eva Mannings Einfall ziemlich harmlos. Sie zog ihn Maudes Idee vor.

»Das ist ausgezeichnet«, meinte sie herzlich. »Und so viel …«

»Es sind zwei Pfund, hoffentlich reicht das«, sagte Miß Manning besorgt. »Schließlich werden wir ungefähr ein Dutzend Leute sein, nicht wahr? Ich möchte nicht, daß irgend jemand zu kurz kommt. Meinen Sie, ich sollte noch mehr besorgen?«

»Nein, nein, das ist genug«, wehrte Iris ab. »Es wird sicher auch noch für die Füllung des Truthahns reichen. Wie nett von Ihnen, daran zu denken.«

»Ich kam gerade beim Obsthändler in der High Street vorbei, und diese hier sahen so gut aus …«

»Es war ein Gelegenheitskauf«, beendete Iris ihren Satz.

»Genau.« Sie strahlte Iris an. »Wie gescheit Sie sind! Natürlich wollte ich sowieso irgend etwas kaufen, aber ich hatte noch keine Ahnung, was es sein sollte. Bis ich diese hier sah. Es war eine Eingebung.«

»Ganz bestimmt«, pflichtete Iris bei. »Maude wird entzückt sein. Sie hat heute nachmittag auch einen plötzlichen Einfall gehabt. Warum …«, sie machte eine Handbewegung auf Maudes Tür zu, »kommen Sie nicht herein und …«

»O nein, nein. Ich möchte nicht stören.« Eva Manning zog sich scheu zur Treppe zurück. »Ich wollte nur meinen eigenen kleinen Beitrag leisten, um mich an der *Stimmung* zu beteiligen …«

»Das ist genau richtig …«, versicherte Iris einem zurückweichenden Rücken. Mit einem leichten Seufzer bückte sie sich, um den Baumständer wieder aufzuheben. Wie zu erwarten war, kullerten die oberen Kastanien aus der Tüte und verteilten sich hüpfend auf dem Teppich.

Mit einem weiteren Seufzer stellte Iris den Baumständer wieder ab und machte sich daran, die Ausreißer wieder einzusammeln.

Sie hörte zwar, daß sich die Haustür öffnete, aber da sie gerade der letzten Kastanie auf der Spur war, die sich hinter die unterste Stange des Treppengeländers gezwängt hatte, bemühte sie sich nicht, sich umzusehen.

»Was ist denn das?« fragte eine vertraute Stimme. »Die Jagd nach dem Fingerhut? Fangen Sie schon mit Weihnachtsspielen an? Und das ganz allein?«

»Oh, Mr. Stein.« Sie ergriff seine ausgestreckte Hand und ließ sich von ihm hochziehen.

Nichts wäre für ihn so zweckmäßig gewesen wie eine Einkaufstasche. Er war völlig mit kleinen Päckchen behängt, die alle seine Taschen ausbeulten, und jonglierte außerdem noch eine Anzahl von Papiertüten.

»Darf ich Ihnen helfen ...« Iris streckte die Hand aus, als ihm ein paar Tüten zu entgleiten drohten.

»Ei, ei, wie ungezogen.« Er trat zurück. »Kleine Mädchen sollten sich zur Weihnachtszeit nicht neugierig an anderer Leute Einkäufen zu schaffen machen.«

»Oh, Sie haben doch nicht etwa ...«, rief Iris entsetzt aus.

»Wirklich nichts«, widersprach er. »Nur winzige Kleinigkeiten, kleine Zeichen.«

»Für ein altmodisches Weihnachtsfest«, murmelte Iris.

»Genau«, strahlte er sie an. »Aber was verstehe ich schon von diesen Dingen? Ich kenne sie ja nur von der Reklame im Fernsehen.«

Iris fragte sich, wo er wohl gerade vorbeigegangen war, als der Kaufdrang ihn überkam. Es war wohl zuviel verlangt zu hoffen, daß irgendeiner der Mieter vielleicht gerade durch Hatton Garden gegangen sein könnte.

»Ich meinte, ich hätte dich reden hören.« Maude stand in der Tür. »Hast du ihn gefunden?«

»Guten Abend, Mrs. Daneson.« Mr. Stein nickte Maude zu und hastete fast schuldbewußt die Treppe hinauf.

»Ich habe ihn gefunden«, Iris knipste das Licht in der Eingangshalle an. Die Dunkelheit war plötzlich heraufgezogen, und nichts war trübseliger für die Mieter, als in einen dunklen Flur treten zu müssen.

»Hier ist er.« Sie hob die Tüte mit Kastanien und den Baumständer auf, folgte Maude in die Wohnung und hatte sich schon damit abgefunden, sich wieder mit dem Baum abmühen zu müssen. Das alles geschah schließlich im Namen eines altmodischen Weihnachtsfestes.

21. Kapitel
Am neunten Weihnachtstag …

Nein, das ist nicht recht! Warum sollte mir so ein morbider Gedanke kommen?

Es heißt *Tag* – TAG… ›Am neunten Weihnachtstag…‹ Wie komme ich nur auf etwas anderes?

Es heißt doch der neunte Tag! Es ist so dunkel. Das ist das Dumme, wenn man so früh am Morgen aufwacht. Wie spät ist es denn?

Es ist nicht einmal hell genug, daß ich, ohne meine Nachttischlampe anzuknipsen, meine Armbanduhr sehen könnte. Das aber will ich nicht. Der Schein tut meinen Augen weh und könnte mir vielleicht erneut Kopfschmerzen bereiten.

Außerdem kann man, wenn Licht an ist, ins Zimmer sehen. Diese gräßlichen Leute von gegenüber zum Beispiel. Sie schlafen nie. Unser ganzes Haus ist jetzt still, und ich weiß, daß ich hier sicher bin. Aber *sie* brauchen keinen Schlaf. Sie sind nicht wie wir.

Der Wecker – er hat ein Leuchtzifferblatt. Was zeigt er an? Viertel nach sechs?

Nein. Nein, es ist halb vier Uhr morgens. Das ist die trübste und kälteste Zeit der Nacht – die Dunkelheit kurz vor dem Morgengrauen. Und ich weiß – aus ach wie langer, bitterer Erfahrung weiß ich es –, daß ich jetzt stundenlang nicht mehr schlafen werde. Bis kurz bevor der Wecker läutet.

Vielleicht sollte ich Schlaftabletten nehmen. Aber ich habe Angst davor. Ich möchte mein Bewußtsein nicht einem Gemisch aus Chemikalien unterwerfen. Und woher soll ich wissen, daß sie wirklich wirken? Sonst hilft ja auch nichts.

Nicht das warme Bad, nicht das heiße Milchgetränk, nicht das langweilige, angeblich beruhigende Buch, und auch nicht das Schäfchenzählen… Ich werde wach liegen und in die Dunkelheit starren, bis der Himmel hell wird und einen neuen Tag ankündigt. Und dann werde ich in einen so tiefen Schlaf fallen, daß es körperlich weh tut, vom schrillen Läuten des Weckers herausgerissen zu werden.

Und heute – gestern war so ein angenehmer Tag. Ein so erfolgreicher Einkaufsbummel mit so vielen glücklichen Funden.

Ist das ein Licht im Haus gegenüber?

Nein. Nein, sie sind zu schlau, ein Licht anzumachen. Aber ich weiß, daß sie auch wach sind. Sie beobachten – spionieren.

Aber ich darf nicht daran denken. Man kann es nicht beweisen. Sie sind zu gerissen – zu raffiniert.

Ich muß versuchen, an den schönen Tag zu denken – an den vortrefflichen Einkaufsbummel – an all die herrlichen, faszinierenden Sachen, die ich gefunden und gesehen habe.

Nicht daß ich alles, was ich sah, auch gleich kaufen wollte, aber einige Dinge waren schon höchst interessant, wenn auch nicht passend für irgend jemanden auf meiner Liste.

Diese Brosche – ein Abzeichen – in dem Antiquitätenladen zum Beispiel. Nur ein paar einfache, fast nüchterne, ineinander verschlungene Initialen: LFT. Während ich sie fasziniert betrachtete und überlegte, ob ich vielleicht jemanden kannte, zu dem sie passen könnten, hörte ich, wie der Ladeninhaber auf eine diesen Gegenstand betreffende Frage eines anderen Kunden antwortete.

LFT, so stellte sich heraus, stand für Londoner-Feuer-Teufel, ein geheimer viktorianischer Bund, der eine frühe Form der Schutz-Erpressung durchführte. Wenn die angehenden Opfer sie nicht voll bezahlten, steckten sie deren Haus in Brand. Sie waren so erfolgreich und kühn, daß sie das Abzeichen entwarfen und es furchtlos trugen. Nur wenige wußten, was die Initialen bedeuteten. Die Polizei hatte keine Ahnung, bis es längst zu spät war.

Dennoch muß man den Einfallsreichtum bewundern. So ein einfacher Vorgang, aber sehr wirkungsvoll.

Wenn ihre Geldforderungen nicht erfüllt wurden, steckten sie mitten in der Nacht ölgetränkte Lumpen durch den Briefschlitz in der Haustür des Anwesens ihres Opfers. Dann zündeten sie ein Streichholz an und schoben es durch den Briefschlitz, so daß es oben auf dem ölgetränkten Lumpen landete.

So einfach. So wirkungsvoll. Kein Wunder, daß sie so über eine lange Zeitspanne erfolgreich arbeiteten. Wenn das Feuer entdeckt wurde, konnten sie schon weit weg sein, so daß kein Verdacht auf sie fiel. Kein Wunder, daß sie es wagten, ein Abzeichen zu hämmern und es vor den Augen ihrer genarrten Widersacher, der Polizei, stolz zur Schau zu tragen.

Ich habe das Abzeichen natürlich nicht erworben. Zum einen paßten die Initialen zu keinem meiner Bekannten, zum anderen…

Da sind die abscheulichen Kopfschmerzen wieder!

Warum muß ich mich nur so quälen?

Reicht es nicht, daß diese schrecklichen Leute in dem Haus da hinten mich unaufhörlich bespitzeln? Es hat keinen Zweck. Ich kann nicht wieder einschlafen. Ich bin zu verärgert, obwohl ich doch weiß, daß sie es nicht wert sind, daß man sich über sie ärgert.

Vielleicht sollte ich aufstehen. Manche Schlafspezialisten empfehlen, daß man aufstehen und sich eine Tasse Tee oder heiße Schokolade machen soll. Andere wiederum behaupten, es sei das beste, sich anzuziehen, hinauszugehen, einen Spaziergang zu machen und dann wieder ins Bett zu gehen.

Ich habe es noch nicht ausprobiert. Alles andere habe ich schon versucht. Ich frage mich, ob das wohl hilft?

Oh, es ist kalt. Es ist dunkel.

Aber es ist auch ruhig. Und einsam – da draußen. Keine Spitzelaugen, keine lauschenden Ohren. Überhaupt niemand, der bemerken könnte, was vor sich geht.

Ja, vielleicht sollte ich wirklich hinausgehen und einen schönen, beruhigenden Spaziergang machen. Ich bin noch nie zuvor zu dieser Zeit draußen gewesen. Hemmungen sind unsinnig. Wer sollte mich denn bemerken?

Die Straßen werden völlig verlassen sein. Niemand sonst wird um diese Zeit draußen sein.

Halb vier Uhr morgens. Na ja, vielleicht viertel vor vier inzwischen.

Aber Stille ist draußen. ›*In der Stille der Nacht …*‹ Es kann nicht ruhiger werden als jetzt.

Sogar die Leute gegenüber schlafen jetzt. Ich *fühle* es. Es muß ihr letzter Blick aus dem Fenster gewesen sein, den ich bemerkt habe, kurz bevor sie ins Bett gegangen sind.

Sie dachten, ich schliefe. Sie dachten, sie könnten ihre Wache ruhig aufgeben.

Ja, ich muß aufstehen und mich anziehen. Ich muß dieses letzte Mittel ausprobieren – einen schönen, langen Spaziergang.

Es wird völlig ungefährlich sein. Schließlich bin ich kein Kind, das die unbekannten, unsichtbaren Gespenster der Nacht fürchtet.

Sie sollen mich fürchten!

Mein Kopf! Der Schmerz …

Vielleicht wird die frische Luft ihn klären. Ich werde kein Licht anmachen, denn es könnte die von gegenüber wecken. Ich kann mich auch im Dunkeln anziehen.

Draußen in den verlassenen Straßen wird es schön ruhig sein. Es ist noch zu früh, um den Milchmann bei seiner morgendlichen Runde zu treffen. Ich werde niemanden sehen. Niemand wird mich sehen.

Ich kann leise durch das Haus huschen und geräuschlos durch die Tür schlüpfen. Und dann zurückkommen. Und niemand wird je wissen, daß ich in der Dunkelheit draußen war. Alle schlafen noch.

Im Keller liegen ölgetränkte Lumpen.

Iris hat sie fortgeworfen. Ihre alten Farblappen. Sie sind sogar für ihre Zwecke in einem zu abscheulichen Zustand. Sie sind durchtränkt von Leinsamenöl und Terpentin und dort, wo sie ihre Pinsel normalerweise abwischte, mit schmutzigen Ölfarbetropfen bedeckt.

Iris wird nie bemerken, daß sie fehlen. Da sie sie schon ausrangiert hat, wird sie keinen weiteren Gedanken daran verschwenden. Sie wird annehmen, daß die Leute von der Müllabfuhr sie zusammen mit dem anderen Abfall abgeholt haben.

Warum sollte sie den Verdacht hegen, daß jemand sie weggenommen haben könnte?

Hätte ein anderer überhaupt eine Verwendung dafür? Aber ich muß leise sein.

22. Kapitel

Bringt eine Fackel, Jeanette, Isabella …
Bringt eine Fackel in den Stall …

Iris wachte mit brennendem Hals und trockenem, beißendem Rauchgeruch in der Nase auf.

Nebel, dachte sie flüchtig und drehte sich um. Sie öffnete die Augen, schloß sie und öffnete sie wieder. Sie schmerzten. Und auf der Wand war ein unheimlich flackernder Schein. Sie drehte sich wieder um, lag blinzelnd da und kam langsam zu sich.

Irgend etwas stimmte nicht.

Das Signal bahnte sich schließlich seinen Weg durch ihr Nervenzentrum. Sie warf die Bettdecke zurück und langte nach ihrem Morgenmantel.

In dem Augenblick schrie jemand.

Während sie zitternd in ihren Morgenmantel schlüpfte, schob sie die Vorhänge zurück und sah in den dunklen Hof hinaus. Sie konnte sich später selbst nicht mehr erklären, wieso sie instinktiv so flink und genau erkannt hatte, woher die Gefahr kam.

Entsetzt starrte sie auf das Schauspiel jenseits des Gartens.

Flammen loderten über Fensterscheiben und verschlangen die dort als Weihnachtsschmuck aufgehängten Papiergirlanden, flackerten in einem Zerrbild festlicher Dekoration. Dahinter leuchtete bedrohlich das Innere der Räume.

Offensichtlich war das Feuer an der Vorderseite des Hauses, zur Straße zu, noch schlimmer. Von dort kamen auch die Schreie.

Aber konnte man denn nichts *tun*?

Iris stieß die Terrassentür auf, trat in den Garten und ging auf den Zaun zu, der die beiden Anwesen voneinander trennte. Wenn sie vielleicht über den hinteren Zaun steigen könnte…

»Iris! Geh ins Haus zurück!« Über ihr wurde das Fenster aufgestoßen, Maude lehnte sich hinaus und schrie ihr Anweisungen zu. »Komm zurück! Sei vernünftig! Du kannst doch nichts machen!«

Iris ging verbissen weiter. Die Hitze nahm zu, und der Rauch war fast unerträglich. Löste sich im Haus unter der Schmelzkraft der Flammen gerade etwas in tödlichen Qualm auf?

»Iris! Halt!« Maudes Kopf verschwand, und das Fenster wurde zugeworfen.

Bevor Iris den Zaun erreichte, war Maude neben ihr und zog sie zurück. In der Ferne hörte man, wie sich die Sirenen der Feuerwehrautos und Unfallwagen dem lodernden Feuer näherten.

»Zurück ins Haus!« Maude riß Iris mit brutalem Ruck aus dem Gleichgewicht. »Es ist gefährlich hier! Direkt hinter dem Zaun bewahren sie ihren Paraffinölbehälter auf. Du kannst nicht helfen. Und wenn ein Funke auf den Ölbehälter fällt…«

»Sie hat recht, wissen Sie.« Major Entwistle trat zu ihnen. Der Garten füllte sich allmählich, da die Hausbewohner in mehr oder weniger unordentlichem Zustand herauskamen, um zu sehen, was da vor sich ging. Maude hatte den kürzesten Weg direkt durch Iris' Wohnung genommen, aber die anderen waren die Außentreppe heruntergekommen und hatten die Tür offen gelassen. Die meisten drängten sich draußen unmittelbar vor der Tür zusammen und starrten voll Entsetzen und Faszination auf das Schauspiel vor ihnen. Obwohl sie sich selbst deswegen haßte, ließ Iris sich in den Schutz des Hauses zurückziehen. Maude hatte recht, sie konnte nichts tun.

»Ach, du lieber Himmel!« Eva Manning rang unentwegt die Hände. »Wie schrecklich! Wie entsetzlich! Kann man denn nicht irgend etwas tun?«

Achmed, Mr. Stein und Tom Imutu machten sich auf.

»O Gott, so halten Sie sie doch auf!« Maude packte Major Entwistle am Arm. »Bringen Sie alle dazu, ins Haus zurückzukehren. Dieser schwache Zaun bietet überhaupt keinen Schutz, wenn das Paraffinöl in die Luft geht.«

»Alle Mann ins Haus!« In seiner Stimme lag ein Befehlston, und Pammi und Patti gehorchten ihm als erste. Patti zitterte und war drauf und dran zu weinen, und Pammi, die ihrer Schwester fürsorglich den Arm um die Taille gelegt hatte, führte sie ins Haus.

»Nach oben«, ordnete Maude an. »Wir können es von meinem Fenster aus beobachten. Ich werde Kaffee kochen. Ich nehme nicht an, daß irgend jemand nach diesem Ereignis ans Schlafengehen denkt.«

»Ins Haus! Nach oben!« bellte Major Entwistle. »Versammeln Sie sich in Mrs. Danesons Quartier!« Er wartete nicht ab, ob man ihm gehorchte, sondern marschierte quer durch den Garten zu den Männern, die gerade versuchten, in den anderen Hof zu gelangen.

»Ins Haus, Männer!« befahl er. »Sofort!«

In seiner Glanzzeit mußte der Major eine mächtige Persönlichkeit gewesen sein. Iris stellte fest, daß er immer noch ziemlich wirkungsvoll war. Das Trio der Möchtegern-Helden war unschlüssig stehengeblieben und blickte nun vom lodernden Haus auf Major Entwistle und wieder zurück. Vielleicht wäre es anders gewesen, wenn irgend jemand an einem der Fenster erschienen wäre, aber das Hauptgeschehen spielte sich offenbar im vorderen Teil des Hauses ab.

Und die Schreie hatten aufgehört. Man hörte jetzt nur noch das Prasseln der Flammen und die gedämpften Rufe der Feuerwehrleute vor dem Haus.

»Paraffinöl ...« Dieses Wort des Majors und seine Handbewegung zum Zaun schnappte Iris gerade noch auf, als Maude sie ins Haus zog.

»Schließ deine Fenster und zieh die Vorhänge zu, bevor wir nach oben gehen«, sagte Maude. »Das wird etwas schützen, falls es *wirklich* zu einer Explosion kommt.«

»Man sollte die Feuerwehrleute wegen des Paraffinöls warnen«, meinte Iris. »Sie werden nichts davon wissen, und es ist auch für sie gefährlich...« Sie begann die Treppe hinaufzusteigen.

»Wir werden einen von den Männern hinüberschicken«, sagte Maude. »Du mußt mir beim Kaffeekochen helfen.«

Nach einem letzten Blick auf den unheilvoll flackernden Schein, den man trotz der zugezogenen Vorhänge immer noch sah, folgte Iris Maude nach oben. In Maudes Wohnung würden sie auch sicherer sein. Wenn es zu einer Explosion käme, könnte die Druckwelle in gerader Richtung durch den Zaun kommen.

Oder vielleicht nicht? Aber jetzt war keine Zeit, sich darüber Gedanken zu machen. Die anderen hatten Maudes Wohnung schon vor ihnen erreicht.

Eva Manning rang die Hände wie eine Lady Macbeth der Neuzeit und blickte ab und zu zum Fenster. Patti und Pammi standen mit dem Rücken zum Fenster, und Patti zitterte unbezähmbar.

»Die Männer sind hinübergegangen, um festzustellen, ob sie der Feuerwehr helfen können«, berichtete Pammi, als Maude und Iris hereinkamen. »Major Entwistle meinte, daß man sie über das Paraffinöl im Garten informieren müßte, und die anderen sind mit ihm gegangen. Aber«, sie packte Patti am Arm, die sich gerade umzudrehen versuchte, um aus dem Fenster zu sehen, »ich glaube nicht, daß sie helfen können, ich glaube, daß nicht einmal die Fachleute noch irgend etwas tun können.«

»Es ist furchtbar«, klagte Eva Manning. »Furchtbar – und das nur zwei Tage vor Weihnachten.«

»Wir wollen keine Rührseligkeiten aufkommen lassen«, sagte Maude scharf. »Es wäre zu *jeder* Jahreszeit entsetzlich. Wir können nur hoffen, daß es nicht so schlimm ist, wie es aussieht. Aber dieses Haus war so schrecklich überbelegt – ich habe mich oft gefragt, ob ich es nicht der zuständigen Behörde melden sollte. Aber man zögert immer und...«

»Und dann ist es zu spät«, vollendete Anne Christopher den Satz für sie. Anne stand mit verschränkten Armen am Fenster und starrte hinaus. »Bevor man es auch nur gewahr wird, ist es zu spät.«

»Vermutlich haben Kinder mit Streichhölzern gespielt«, meinte

Eva Manning. »Oder jemand hat im Bett geraucht. Ausländer ...«, sagte sie abfällig und ließ dabei durchblicken, daß Engländer sich solcher Vergehen nicht schuldig machen würden.

»Es ist entsetzlich!« Patti brach in Schluchzen aus. »Daß es einfach so passiert. In ihrem eigenen Haus. Mitten in der Nacht – so plötzlich – ohne Warnung. Man ist nirgends mehr sicher! Nicht einmal hier!«

»Solche Sachen passieren eben«, sagte Maude scharf. »Es ist unnötig, darüber nachzugrübeln. Der Lauf der Dinge ...«

Sie brach mitten im Satz ab, da Pammi ihr einen grimmigen Blick zugeworfen hatte.

»Nimm es nicht so schwer, Patti«, versuchte Pammi sie zu beruhigen. »Sie hat recht. Solche Sachen werden immer wieder passieren. Es ist schrecklich, es ist entsetzlich, es ist unfair ... Aber siehst du, sie passieren dennoch.«

»Ich weiß«, schluchzte Patti. »Ich weiß. Aber sie dürften nicht ...«

Draußen in der Halle hörte man schwerfällige Schritte. Iris öffnete die Tür und sah, wie Major Entwistle einige Feuerwehrleute durch den Flur die Treppe hinabführte. Offensichtlich wollten sie versuchen, von dieser Seite des Zauns etwas wegen der Paraffinölbehälter zu unternehmen. Sie konnten natürlich nicht durch das andere Haus gehen, um sich der Sache anzunehmen. Das Feuer loderte zu ungestüm.

Hatte irgend jemand diesem Inferno entkommen können? Iris erschauderte und schloß die Tür. Sie würden es früh genug erfahren. Major Entwistle würde wahrscheinlich darüber berichten können, wenn er wieder zu ihnen kam.

»Patti, komm und hilf mir beim Kaffeekochen«, befahl Maude barsch. »Die anderen werden bald zurückkommen.«

Patti setzte sich gehorsam in Bewegung und schniefte dabei in ihr Taschentuch. Die Aussicht, etwas zu tun, munterte sie anscheinend auf. Pammi wollte mit ihr kommen, aber Maude schüttelte leicht den Kopf, und so trat Pammi wieder zurück.

»Ich überlege«, sagte Maude, »ob wir auch gleich genügend Kaffee für die Feuerwehrleute machen sollten?«

»Trinken sie denn im Dienst?« fragte Iris.

»Du denkst wohl an die Polizei«, meinte Maude. »Es gibt keinen Grund, warum die Feuerwehr nicht eine Tasse Kaffee annehmen sollte.«

»Sie werden zu beschäftigt sein, um sich im Augenblick damit abzugeben«, meinte Eva Manning. »Ganz bestimmt. Und wenn das Feuer gelöscht ist, müssen sie, glaube ich, direkt zu ihrer Feuerwache zurück für den Fall, daß dort noch andere Feueralarmrufe vorliegen.«

»Das meinte ich ja«, sagte Iris. »Sie sind im Dienst.«

»Jedenfalls arbeiten sie ja eigentlich in der nächsten Straße, und die Leute dort drüben werden sich schon um sie kümmern, wenn sie irgend etwas brauchen.«

»Vermutlich haben Sie recht.« Maude gab zögernd nach. »Aber ich finde doch, daß wir es ihnen wenigstens *anbieten* sollten. Vielleicht möchten die Feuerwehrleute im hinteren Garten…«

»Sie haben den Paraffinölbehälter…«, berichtete Anne vom Fenster. »Gott sei Dank. Sie tragen ihn durch das Haus fort.«

»Wahrscheinlich war ihr Ölofen für das Feuer verantwortlich«, sagte Maude. »Solche Sachen verursachen angeblich im Winter immer sehr viele Unfälle.«

23. Kapitel

Am zehnten Weihnachtstag…

Ich kann kaum glauben, wie schnell die Zeit vergeht. Der gestrige Tag ist anscheinend völlig verlorengegangen. Ich glaube, daß es jedem im Haus so vorgekommen ist. Nach dieser überaus entsetzlichen Tragödie direkt vor unserer Türschwelle – na ja, vor unserer *hinteren* Türschwelle.

Und wir alle konnten so wenig dagegen tun. Obwohl wir es versucht haben. Wir wollten helfen. Aber es war mächtiger als wir. Es war auch mächtiger als die Feuerwehr.

Für den Rest des Tages sprachen wir mit gedämpften Stimmen, wenn wir einander auf der Treppe begegneten. Ich bilde es mir nicht nur ein, daß die meisten von uns Begegnungen offensichtlich vermeiden wollten.

Das Geschehen breitete ein Leichentuch über die gesamte Nachbarschaft. Und nun steht das ausgebrannte Haus da als schwarze Mahnung für jeden, der es ansieht. Vom Feuer ausgehöhlt. Völlig ausgehöhlt.

Dennoch, es ist wirklich schön, nicht mehr überwacht zu werden.

Vermutlich ist kaum zu hoffen, daß die Weihnachtsfeier aus Respekt vor den Toten aufgehoben werden könnte. Wir sind kein Trauerhaus.

Schließlich war niemand von uns mit diesen Leuten befreundet. Wir haben sie außer vom Sehen kaum gekannt.

Nein, die Party wird wie geplant übermorgen stattfinden. Wahrhaftig, habe ich doch zufällig gehört, wie diese kleine Idiotin Iris sagte: »Die Show muß weitergehen.« Obwohl doch niemand von uns im Showgeschäft ist oder irgendeine vage Verbindung dazu hat.

Aber da sieht man's mal wieder, sie haben alle keinerlei Fähigkeit zu logischem Denken.

Wie sehr doch der Brandgeruch noch in der Luft hängt! Feuchte, verkohlte Balken und versengter Gips. Eine ständige, unangenehme Mahnung. Nach mehr als vierundzwanzig Stunden sollte man glauben, daß der Geruch sich verzogen hätte. Man würde nicht erwarten, daß er in der näheren Umgebung hängenbleibt, heimtückisch durch alle Türritzen kriecht und einen so stets an das schreckliche Schauspiel erinnert, das man vergessen möchte.

Die Luft ist verpestet.

Ja, genau. Verpestet. Verseucht. Dieses Haus. Die Luft draußen. Die ganze ...

Das ist ja Iris da unten im Garten. Was macht sie denn da? Sie hat ihren Skizzenblock bei sich und geht direkt auf das Loch im Zaun zu, das die Feuerwehrleute gestern hineingehauen haben, um zu dem Paraffinölbehälter zu gelangen und ihn fortzutragen.

Das ist Hausfriedensbruch! Ganz bestimmt. Nicht, daß ihr das etwas ausmachen würde! Sollte ich ans Fenster klopfen und zu ihr hinunterrufen?

Nein. Lieber nicht. Ich beobachte lieber nur still und warte ab, was sie vorhat.

Sie will eine Skizze von dem Haus machen, von dem, was davon übrig ist. Wie schrecklich! Wie grausig!

Und dennoch hat es vermutlich für das Auge eines Künstlers einen bestimmten Reiz. Die Starrheit der geschwärzten Balken dort, wo das Dach eingefallen ist, und der lange, schmale Finger eines Schornsteins, der steil in den Himmel ragt.

Für sie bedeutet das alles nur Linie und Komposition. Das grauenvolle Geschehen, das alles erst entstehen ließ, bedeutet ihr nichts. Sie ist gefühllos und gleichgültig – wenn nicht sogar brutal.

Wie alle heutzutage. Man braucht sich ja nur die gräßlichen Sachen anzusehen, die jeden Abend im Fernsehen gezeigt werden und von denen die Zeitungen berichten. Es wird anscheinend immer schlimmer.

Es unterscheidet sich alles so sehr von der Welt, an die ich mich erinnere, als Mutter noch lebte. Vielleicht hat sie letzten Endes Glück, daß sie nicht mehr hier ist, um das zu erleben. Was würde sie nur von alledem halten?

Wie lange will Iris wohl noch in dem anderen Garten bleiben? Ist sie schon vorher dort gewesen, um Skizzen zu machen? Sie bahnte sich ihren Weg sicher zu dem Loch im Zaun und ließ sich auf diesem Stein nieder, als wäre er ihr schon ganz vertraut.

Ist sie schon dort zum Zeichnen gewesen während der Stunden, die mir auf so unerklärliche Weise verlorengegangen sind? Hat sie um Erlaubnis gebeten, hinübergehen – und zeichnen zu dürfen? Und wen? Die Feuerwehr? Die Polizei ...?

Ich mag Iris nicht. Sie ist ein Störenfried. Schon durch ihr bloßes Dasein ist sie ein Störenfried. Und eine Gefahr. Aber sie darf nicht ahnen, daß ich sie hasse. Ich muß lächeln und freundlich sein. Es muß so aussehen, als könne ich sie wie die anderen im Haus gut leiden.

Sie sind verrückt – alle! Sehen sie denn nicht, wie sie wirklich ist?

Ich darf nicht daran denken. Ich darf mich nicht ärgern. Sonst fängt mein Kopf wieder an zu schmerzen. Und ich ziehe bestimmt die auf angenehme Weise von der Realität losgelöste

Verschwommenheit vor, die mich den ganzen Tag wie ein Nebel eingehüllt hat.

Es ist im ganzen kein unschöner Tag gewesen.

Ich habe mich angenehm müde gefühlt, als ob ich eine schwierige, aber notwendige Aufgabe erfolgreich beendet hätte. Das Gefühl einer wohlverrichteten Arbeit, die eine anschließende Erschöpfung wert ist.

Nein, es ist kein unschöner Tag gewesen. Bis jetzt jedenfalls.

Nun sieh dir das mal an!

Da sitzt sie ruhig und zerfetzt mit einem Stück Kohle die weiße Seite ihres Skizzenblocks. Vermutlich ist es wirklich Kohle. Es sieht aus wie etwas, das sie vom Boden aufgehoben hat – es liegen dort so viele verkohlte Stücke herum – oder von einem der Balken abgebrochen haben könnte, die so schwarz und drohend aussehen, als schwelten sie noch.

Angenommen, jemand hat sie da drüben gesehen? Angenommen, einer der Feuerwehrmänner käme zurück, um sich zu überzeugen, daß nichts mehr schwelt, und sähe sie dann dort und finge an, Fragen zu stellen?

Ich bekomme Kopfschmerzen, wenn ich nur daran denke!

Iris ist gefährlich. Ich habe es schon immer gewußt. Ich habe versucht, darüber hinwegzusehen, weil sie auf ihre Art nützlich war. Aber jetzt wird sie eine große Bedrohung.

Es muß etwas unternommen werden, sie unschädlich zu machen.

24. Kapitel

Über deinem tiefen und traumlosen Schlaf…

Knowles und Preston waren in Zivil und hielten sich versteckt. In stillem gegenseitigem Einverständnis hatten sie eine Kneipe gefunden, die von ihrem sonstigen Aufenthaltsort weit genug entfernt war.

Nach mehreren Drinks wurden sie zwar immer noch von gelegentlichem Schauder geschüttelt, fühlten sich aber ein wenig kräftiger.

»Nicht für allen Whisky in Schottland möchte ich Kommissar sein«, sagte Preston. »Stell dir nur vor, du wärst *jedesmal,* wenn irgend etwas passiert, damit konfrontiert.«

»Kannst du Hitze nicht ertragen, meide die Küche.« Knowles war nicht so schnell bereit, eines Tages auf die Stelle eines Kommissars zu verzichten. »Aber er verdient jeden Pfennig, den man ihm bezahlt, das kann ich dir sagen.«

»Ebenso wie die Jungens aus der Fleet Street.« Preston hatte sich so weit wieder erholt, daß er leise in sich hineinlachte. »Hast du ihre Gesichter gesehen? Denen braucht nur eine Geschichte wie diese auf den Tisch zu flattern – und schon haben wir vier Tage lang keine Zeitungen. Ich dachte, einige von ihnen würde der Schlag treffen.«

Knowles gestattete sich ein schiefes Grinsen. »Die Fernsehleute waren fast genauso hysterisch. Sie würden sich liebend gern daran gütlich tun, aber ihr Feiertagsprogramm ist schon zusammengestellt und fertig zum Abspielen. Sie könnten es sich nicht leisten, alle diese kostspieligen Spielfilme abzusetzen. Die Hölle wäre los, wenn sie es täten.«

»Die Hölle könnte auch los sein, wenn sie es nicht tun, und so die größte Story seit Jack the Ripper verpassen.«

»Sie haben den armen Alten wirklich fast zu Boden gedrückt, nicht wahr?«

»Aber du hast sie ganz schön nervös gemacht mit dem Gedanken, daß es das Werk irgendeines Studenten sein könnte, der jetzt für die Weihnachtstage nach Hause gefahren ist, und mit deinem: ›Er kann vielleicht inzwischen in Paris, Wien oder Abadan sein‹«, zitierte Preston aus dem Gedächtnis. »Das warf sie wirklich zu Boden. Sie wollten schließlich keine Geschichte anfangen, die vielleicht schon gestorben sein könnte – oder zumindest für die nächsten Wochen unbrauchbar ist, oder die plötzlich in einem anderen Land weitergeht. Dennoch, einige sahen so aus, als ob sie, wenn dem so wäre, auf einer kostenfreien Reise alle Seiten ablichten würden, um die Geschichte schreiben zu können. Das war ein guter Coup, den du da gelandet hast, und ohne Fehler.«

»Es könnte sogar wahr sein«, gab Knowles vorsichtig zu.

»Zwei Tage ohne erneute Aktivität unseres Bösewichts sind inzwischen vergangen. Er wurde doch immer schlimmer, und in der Zwischenzeit hätte schon wieder etwas Neues auftauchen müssen – wenn er noch in der Stadt wäre.«

»Vielleicht hat er inzwischen jemanden von der Ärmelkanalfähre gestoßen«, schlug Preston vor. »Wir werden es nie erfahren. Es würde als ein weiterer Unfall abgehakt werden. Oder vielleicht«, er strahlte, »vielleicht hat jemand ihn hinuntergestoßen. Vielleicht wird der Fall auf diese Weise ein Ende finden. Er wird schließlich von einem seiner zukünftigen Opfer umgebracht. Und auch das werden wir nie erfahren«, bemerkte er düster. »Es wird keine Möglichkeit geben, ihn als unseren Mörder zu indentifizieren. Wir würden nur merken, daß die Morde so plötzlich aufhören, wie sie begannen.«

»Das wird nicht geschehen«, sagte Knowles entschieden.

»Es könnte geschehen«, beharrte Preston.

»Nein«, sagte Knowles. »Und ich will dir auch sagen, warum nicht. Weil wir nämlich nicht so viel Glück haben.«

»Iris, wie *konntest* du nur?« Maude sah vorwurfsvoll auf die starre Leinwand. »Es war schon schlimm genug, daß du diese Ruinen gezeichnet hast – aber sie jetzt auch noch zu malen ...! Wie konntest du?«

»Ich finde, es ist unheimlich gut.« Pammie schaute es mit zusammengekniffenen Augen nachdenklich an. »Sie haben sich wohl nicht mit dem Gedanken getragen, es zu verkaufen, oder? Ich meine zu einem vernünftigen Preis. Es wäre wirklich toll, es mit nach Toronto zu nehmen und der ganzen Clique zu zeigen.«

»Pammi, Sie würden das doch nicht kaufen?« Maude verlagerte ihren Angriff und war immer noch voller Vorwurf.

»Aber sofort. Es wäre eine großartige Erinnerung an meine Reise. Los, Iris, wieviel wollen Sie dafür haben?«

»Hm, vierzig Pfund«, sagte Iris und machte sich darauf gefaßt, handeln zu müssen.

»Großartig!« Pammi zog ihr den Boden unter den Füßen weg. »Wickeln Sie es ein, Sie haben gerade ein Geschäft gemacht.«

»Es ist noch feucht«, warnte Iris, als Pammi fröhlich auf ihre

Beute zuging. »Wir müssen es sehr sorgfältig einpacken, wenn Sie es bei Ihrer Abreise mitnehmen wollen. Und Sie müssen es mindestens sechs Monate trocknen lassen, bevor Sie es versiegeln können. Ein Jahr wäre sogar besser.«

»Solange ich es aufhängen kann, ist es mir egal, wie lange ich mit dem Versiegeln warten muß«, versicherte ihr Pammi. Sie merkte anscheinend nicht, daß Patti sie fast ebenso zweifelnd ansah wie Maude.

»Irgendwie wird es dadurch, daß du es verkaufst, noch schlimmer«, klagte Maude. »Und was das tatsächliche Aufhängen des Bildes an der Wand anbetrifft«, sie wandte sich an Pammi, »wo Sie es immer vor Augen haben ... Und denken Sie an diese armen Leute ... Wie *können* Sie nur? Ich verstehe die jungen Leute heute einfach nicht.«

»Na ja, es ist irgendwie Geschichte«, erklärte Pammi. »Und noch dazu ein Stück Geschichte, bei dem ich Augenzeuge war. Außerdem, es *nicht* zu malen oder *nicht* zu kaufen würde auch nichts ungeschehen machen. Das schreckliche Erlebnis hätte dennoch stattgefunden, und alle diese Leute wären dennoch tot. Der Versuch, die Tatsachen zu ignorieren, ändert sie nicht.«

»Vermutlich nicht.« Maude schüttelte bekümmert den Kopf. »Aber wenn ich Sie so betrachte, fühle ich ...« Sie brach ab und hob eine Hand zum Kopf.

»Hören Sie, wollen Sie sich ganz bestimmt von dem Bild trennen?« Pammi wandte sich wieder Iris zu. »Es ist wirklich gut. Ich möchte es Ihnen nicht wegnehmen. Wenn Sie es lieber behalten möchten ...?«

»Das ist schon in Ordnung«, sagte Iris. »Ich werde noch einige andere Ansichten aus verschiedenen Perspektiven malen.«

»Oh, Iris!» Maude war entsetzt. »Das – das ist nicht anständig!«

»Das ist Kunst«, versicherte Pammi ernsthaft. »Es braucht nicht anständig zu sein. Künstler können nicht immer die Dinge verändern, die eine Anziehungskraft auf sie ausüben und sie zu ihrer Tätigkeit beflügeln. Und, wissen Sie, ich glaube, Iris wird eines Tages eine berühmte Künstlerin sein.«

»Ich will es versuchen«, sagte Iris ernst, während sie schon wieder über die anderen hinweg zu den Ruinen des ausgebrannten Hauses hinübersah. »Es tut mir leid, Maude. Ich möchte deine Gefühle nicht verletzen, aber – aber dieses Haus, dieses ausgebrannte Wrack, das schwarz in den blauen Himmel ragt, hat etwas Besonderes an sich. Ich weiß, es ist abstoßend, finster und sogar schauerlich, aber ich kann es nicht ändern. Ich möchte noch einige Entwürfe davon machen. In Öl.«

»Das ist grausig!« Maude erschauderte und wandte sich ab. »Aber vermutlich weißt du, was du tust. Ich hätte nie geglaubt, daß jemand ein solches Bild würde kaufen mögen, aber du hast es schon verkauft. Offensichtlich kennst du dich in deinen Angelegenheiten besser aus als ich.«

»Das ist Kunst«, wiederholte Pammi. »Und Kunst ist nicht immer schön. Dieses Bild ist nicht schön, aber es ist ausdrucksstark.« Anscheinend merkte sie allmählich, daß ihre Schwester die ganze Zeit schweigend dabeigestanden hatte. »Was hältst du davon, Patti?«

»Es ist gut«, sagte Patti langsam. »Das sehe ich auch. Aber – aber ich bin der gleichen Meinung wie Mrs. Daneson. *Ich* würde es mir nicht an eine meiner Wände hängen mögen. Es würde mich zu sehr an diese schreckliche Nacht erinnern.«

»Oh.« Pammi sah sie unsicher an. »Nun, in dem Fall werde ich es immer wegnehmen, wenn du mich besuchen kommst. Einverstanden?«

»Ja, das ist gut«, sagte Patti. »Es tut mir leid, Iris ...« Zu spät erinnerte sie sich daran, daß die Künstlerin ja neben ihnen stand. »Ich wollte nicht unhöflich oder sonst etwas sein, aber ...«

»Keine Sorge, ich bin nicht beleidigt«, sagte Iris. »Aber macht es euch etwas aus, wenn ich euch jetzt verlasse und mich wieder an die Arbeit mache? Ich brenne darauf, noch eine andere Leinwand anzufangen, und in diesen Tagen wird es früh dunkel. Ich möchte das Licht nicht ungenutzt lassen.«

Sie eilte davon, ohne wirklich das zustimmende Gemurmel abzuwarten.

»Vermutlich ist es in Ordnung.« Maude sah ihr voller Unbehagen nach. »Aber ich wünschte, sie würde nicht so besessen sein von diesem schrecklichen Haus. Es ist töricht, ich weiß...« Sie lachte nervös. »Aber irgendwie kommt es mir so vor, als forderte sie das Schicksal heraus...«

25. Kapitel
Am elften Weihnachtstag ...

Heiligabend. Der Tag vor Weihnachten. Heute abend wird Heiligabend sein.

Es ist bald soweit.

Ich werde froh sein, wenn es endlich dunkel wird und ich weiß, daß dieser Tag vorüber ist und ich nur noch den morgigen Tag zu überstehen habe.

Der zweite Weihnachtsfeiertag wird nicht so schlimm sein. Dann sind die langen Ferien bald vorbei. Obwohl der darauffolgende Tag auch ein öffentlicher Feiertag ist, werden die Festlichkeiten dann abklingen.

Alle werden die Feierei und die Ferien und das Bemühen, zu langweiligen Verwandten und Freunden nett zu sein, allmählich satt haben. Sie werden sich darauf freuen, wieder zur Arbeit zu gehen. Und ich auch.

Aber vor dem morgigen Tag liegt noch das Heute. Und dort geht Iris wieder! Direkt durch das Loch im Zaun zu dem ausgebrannten Wrack eines Hauses. Sie *muß* damit aufhören! Man wird allmählich darauf aufmerksam. Und Fragen stellen.

Da drüben sind auch noch andere Leute.

Ich kann durch die leeren Fenster sehen, wie sich ihre bleichen Gestalten im Haus bewegen. Wonach suchen sie? Was hoffen sie zu finden?

Da gibt es doch nichts mehr. Diese schrecklichen Leute sind weg. Ich kann wieder in Frieden leben – ohne daß sie mich bespitzeln.

Natürlich gibt es noch andere Spione. Hier in *diesem* Haus. Iris ist einer von ihnen.

Sie braucht nicht zu denken, daß sie *mich* täuscht mit ihrem

Gerede über Malerei und dadurch, daß sie Leinwand und Farbtuben mit sich herumträgt. Ich weiß, worauf sie *wirklich* aus ist. Wer sind diese Leute da drüben? Was erzählt sie ihnen?

Warum können sie alle denn keine Ruhe geben? Diese schrecklichen Leute sind weg, ihr Haus ist ausgebrannt – und damit basta. Sie werden nicht zurückkommen. Alle sollten dankbar sein, statt so ein Aufhebens davon zu machen. Niemand mochte sie wirklich, warum müssen sie sich jetzt alle so scheinheilig gebärden?

Sie sind alle gleich schlecht. Besonders Iris. Und dabei gibt es einen Tag vor Weihnachten so viel zu tun, warum hilft sie nicht in der Küche? Dazu ist sie doch eigentlich hier.

Vor einem großen Essen gibt es tausend Dinge zu erledigen – das weiß jeder.

Wenn ich doch nur nicht an die Abendgesellschaft gedacht hätte! Ich weiß nicht, wie ich das aushalten soll. Ich muß mich an einen Tisch setzen mit all diesen schrecklichen Leuten – und Iris. Muß mit ihnen lachen und reden, muß vorgeben, daß ich es genieße. Allein bei dem Gedanken daran beginnt es in meinem Kopf zu pulsieren.

Ich muß versuchen, sie nicht merken zu lassen, was ich wirklich von ihnen halte. Muß versuchen, nicht zu zeigen, wie sehr ich sie verabscheue.

Ich muß wirklich ein Aspirin nehmen, mein Kopf schmerzt so stark. Und hinter meinen Augen scheinen grelle Lichter aufzublitzen. Harte, grausame Lichter. Wie das reflektierte Licht, das von der Schneide eines Tranchiermessers zurückgeworfen wird.

Morgen wird ein Tranchiermesser auf dem Eßtisch liegen. Eine lange, scharfe, glänzende Schneide zum Zerteilen des Truthahns. Es gehört so sehr zum weihnachtlichen Zeremoniell, daß es niemandem mehr wirklich auffällt. Niemand denkt sich irgend etwas dabei.

Wenn ich es doch nur aus meinem Kopf vertreiben könnte.

Ich seh' es so deutlich vor mir, und diese hellen Lichtblitze, die von ihm ausgestrahlt werden, wenn man es handhabt. Es macht mich ganz krank.

Aber keiner der anderen wird es wissen oder sich darum kümmern. Selbstsüchtig – jeder einzelne von ihnen!

Sie werden dasitzen und lachen und essen und dabei niemand anderen beachten.

Man muß ihnen eine Lektion erteilen. Jemand sollte sie aufrütteln aus ihrer Selbstgefälligkeit und ihrer Selbstzufriedenheit – und aus ihrer Spitzelei.

Sie sind schrecklich – allesamt! Man sollte sie dafür bestrafen. Sie verdienen es – verdienen es …

Ausgebrannt zu werden. Wie dieses Haus.

26. Kapitel
O Tannenbaum, o Tannenbaum …

»Das war unser Bösewicht!« Knowles hob den Kopf und sah sich in dem geschwärzten Flur um, als erwarte er, den noch im qualmigen Dunkel lauernden Brandstifter zu fassen. »Es trägt überall seine Handschrift. Ich *weiß*, daß es sein Werk ist. Ich spüre es! Ich rieche es!«

Automatisch atmete Preston tief durch. Er begann zu husten. Die scharfe, beißende Luft hatte anscheinend seine Lunge angegriffen. Wie mußte es erst gewesen sein, als das Feuer seinen Höhepunkt erreichte?

»Er hält sich irgendwo ganz in der Nähe auf. Ganz bestimmt.« Knowles blickte nach draußen durch ein verkohltes längliches Loch, das einst verglast und von ordentlichen Vorhängen umrahmt gewesen war.

»Es sieht ganz so aus.« Preston bekam seinen Husten unter Kontrolle und atmete vorsichtiger. »Er ist also doch nicht zu Weihnachten nach Hause gefahren.«

»Dieses *ist* sein Zuhause. Dieser Bezirk. Diese Umgebung.«

»Irgendein Nachbar also!« sagte Preston. »Wir kesseln ihn ein.«

»Noch nicht«, widersprach Knowles. »Er hat immerhin sein Gebiet verengt. Wir hatten diesen Verdacht ja schon vorher, aber jetzt wissen wir es. Er ist irgendwo auf unserem Terrain.«

»Und er wird von Minute zu Minute gefährlicher. Das ist unser Pech.«

»Alle haben in diesem Fall Pech gehabt. Das Feuer hätte nicht so schlimm zu werden brauchen, wenn nicht dieser verdammte Christbaum gewesen wäre.« Knowles stieß mit dem Fuß nach einer verkohlten Balustrade, die auf den Boden gefallen war.

»Es war schon ein teuflisches Pech, daß der Baum da war«, stimmte Preston zu.

»Er konnte doch nicht *wissen*, daß der Baum da war, oder?« fragte Knowles die schwarze, zu Blasen aufgeworfene Decke.

»Das würde bedeuten, daß er die Anordnung des Hauses kannte«, wagte Preston zu sagen. »Vielleicht ist er hier mal zu Besuch gewesen, oder er hat sogar hier gewohnt.« Es war schon vorgekommen, daß Leute ihre eigenen Häuser in Brand setzten, obwohl diese Fälle Gott sei Dank in England selten waren. Natürlich waren alle Leute in dem Haus in Wirklichkeit Ausländer, trotz ihrer englischen Pässe. »Ich nehme an, der Versicherungsaspekt wird schon überprüft?« fragte er hoffnungsvoll.

»Ist alles schon in die Wege geleitet.« Knowles grübelte immer noch über den Christbaum nach. »Gott weiß, wie lange der schon gefällt war, bevor er auf den Markt gebracht wurde. Und hier stand er dann in der Ecke, trocknete vor sich hin und verwandelte sich allmählich in reinen Zunder. Es bedurfte nur noch eines Funkens. Sie hatten keine Chance. Weißt du, der Baum fiel quer vor die Türöffnung und versperrte ihnen jegliche Möglichkeit, hinauszugelangen, die sie vielleicht sonst gehabt hätten. Wenn das nicht gewesen wäre ...«

»Du glaubst also, jemand hat davon gewußt«, sagte Preston.

»Wir werden es herausfinden«, versprach Knowles finster. »Im Augenblick glaubt der Kerl sich noch in Sicherheit. Er konnte nicht wissen, daß das Feuer überspringen und dabei die Stelle seines Ursprungs verhältnismäßig unangetastet lassen würde. Wenn er in jener Nacht *nicht* die Verhältnisse im Haus kannte, würde er mit Recht erwarten, daß das Brennmaterial, das er durch den Briefschlitz schob, auf dem Flurteppich aufflammte, den Teppich entzünden und den Beweis mitsamt dem Haus zerstören würde.«

»Zumindest haben wir es mit einem Amateur zu tun«, meinte Preston.

»Was die Brandstiftung anbelangt, ja. In bezug auf Mord, nein. Wir haben es mit demselben Wahnsinnigen zu tun, mit dem wir uns schon die ganze Zeit beschäftigt haben. Die Mittel sind jedesmal anders, und die Motive werden wir vielleicht nie erfahren. Nicht einmal, nachdem wir ihn gefaßt haben. Aber, mein Gott, er ist ein Schweinehund, der sich den jeweiligen Verhältnissen anpaßt!«

»Man glaubt, daß das Feuer so gegen vier Uhr früh begonnen hat, nicht wahr? Das scheint mir keine sehr günstige Zeit zu sein.«

»Und da haben wir ihn!« Knowles sah seinen Sergeant herausfordernd an. »Oder haben zumindest einen starken Anhaltspunkt«, verbesserte er. »Diesmal ist es anders. Diesmal ist er näher nach Hause gerückt. Dafür spricht nicht nur, daß er zuviel über seine Opfer wußte, sondern auch die Methode, die er anwandte.«

»Jedesmal zuvor benutzte er irgend etwas, das er gerade zur Hand hatte, als improvisierte Mordwaffe. Aber sieh dir doch mal an, was er diesmal benutzt hat: ein angezündetes Streichholz, das er auf ölgetränkte Lappen warf. Niemand trägt ölgetränkte Lappen mit sich herum für den Fall, daß er sie vielleicht gebrauchen könnte. Nein, er wohnt hier irgendwo in der Nähe.«

»Oder er arbeitet irgendwo in diesem Bezirk«, meinte Preston. »Möglicherweise in einer Autowerkstatt.«

Knowles nickte. »Wir werden es besser wissen, wenn wir den Laborbericht bekommen und erfahren, von was für einem Öl diese Stoffetzen durchtränkt waren. Aber mein Gefühl sagt mir, daß er hier irgendwo lebt, nicht arbeitet. Es ist zu spät – oder zu früh – passiert, um mit irgendeiner Arbeitsschicht zusammenzufallen. In diesem Bezirk gibt es keine Reparaturwerkstätten, die während der ganzen Nacht geöffnet haben, aber jemand, der vielleicht an Schlaflosigkeit leidet, könnte jederzeit beschließen, seinen Hund auszuführen.«

»Nur ein netter, ruhiger Bürger, der sich um seine eigenen Angelegenheiten kümmert«, sagte Preston bitter.

»Bis er Amok läuft«, stimmte Knowles zu.

Preston betrachtete die Asche des Christbaumgerippes. »Bleibt die Frage: Wie finden wir ihn? Er ist immer noch ein privater Amokläufer, wie du es nennen würdest. Wenn er nicht öffentlich vor Zeugen Amok läuft, kann er es unbegrenzte Zeit für sich behalten. Dieses willkürliche Niedermetzeln unschuldiger Bürger ohne Warnung zu jeder Tages- und Nachtzeit …«

»Dem zu entgehen die Opfer keine Möglichkeit haben«, meinte Knowles mit dumpfer Stimme.

»Vielleicht wird der Laborbericht …«

»Der Laborbericht wird wie gewöhnlich zu spät kommen. Das Labor ist unterbesetzt, und es ist die Woche vor Weihnachten, wie du dich vielleicht erinnerst. Andere Leute machen jetzt Urlaub. Selbst wenn wir den Bericht bekommen, hängt es davon ab, ob sie genug Rückstände für all ihre Tests hatten.«

»Wir hatten Glück, daß überhaupt etwas übrig war. Wenn das Feuer nicht auf den Tannenbaum übergesprungen wäre …«

»Wenn nicht, wären vielleicht noch mehr Leute am Leben. Das Feuer hätte sich vielleicht ausgebrannt, ohne einen größeren Schaden zu hinterlassen als ein Loch im Teppich und eine versengte Haustür.«

»Vielleicht sollten wir auch die Möglichkeit in Betracht ziehen, daß es *nicht* unser Verrückter war«, schlug Preston vor. »Dieser Fall liegt auch in anderer Hinsicht außerhalb des bisherigen allgemeinen Musters. Sein Groll richtete sich bislang immer gegen eine Einzelperson und zeigte ganz bestimmte Ergebnisse. Dieser Anschlag aber war gegen irgendeinen oder alle Bewohner dieses Hauses gerichtet, und es war keinesfalls sicher, daß irgendeiner von ihnen verletzt würde oder ihm Schlimmeres als ein gehöriger Schrecken zustoßen würde. Es könnte durchaus jemand anderes gewesen sein.«

»Drei Leute sind tot, und vier sind noch im Krankenhaus, von denen zwei lebensgefährlich verletzt sind. Die übrigen sind erschrocken, na schön, aber ihnen ist das Ganze ebenso rätselhaft wie uns.«

»Das scheint alles so ohne Sinn und Zweck zu sein.« Knowles

wandte langsam den Kopf und durchforschte den Flur von neuem mit den Augen.

»Außer vielleicht für einen Geisteskranken, einen Geisteskranken aus der *näheren Umgebung.* Wir werden die Überlebenden erneut vernehmen: Vielleicht kommt dabei etwas heraus; eine Erinnerung löst vielleicht die nächste aus; irgend jemand erinnert sich vielleicht an etwas ...« Knowles brach ab und sah stirnrunzelnd durch die glaslose, geschwärzte Öffnung, die auf den hinteren Garten hinausging.

»Wir sollten auch allmählich die Nachbarn vernehmen ...«

Preston schwieg und folgte dem Blick seines Chefs. Am Ende des Gartens schlüpfte ein Mädchen durch das Loch im Zaun. Sie trug etwas bei sich, das aussah wie ein großes, flaches Schild. »Sie stellen doch wohl nicht ein ›ZU VERKAUFEN‹-Schild auf?« murmelte Preston. »Sie könnten wenigstens warten, bis die Glut kalt ist.«

»Dafür ist das nicht das richtige Schild, und es kommt auch aus der falschen Richtung.« Knowles sah, wie sie näher kam. »Wenn mich nicht alles täuscht, ist das eine Nachbarin, die sich das alles jetzt einmal ansehen möchte.«

»Hoffentlich kehrt sie nicht zum Tatort zurück«, meinte Preston. Es war zwar ein hübsches Mädchen, aber wenn man einen Fall wie diesen vor sich hat, konnte man nie wissen.

»Wenn, dann ist es das erste Mal.« Knowles wandte sich abrupt um und steuerte auf die Überreste der Hintertreppe zu. »Aber sie muß in der Nähe wohnen. Wir wollen mit ihr reden und sehen, ob sie uns etwas erzählen kann.«

27. KAPITEL
Alles schläft, einsam wacht ...

Ein Anfall von verspätetem Schuldgefühl trieb Iris weg von ihrer Malerei und zurück ins Haus. Schließlich war Heiligabend, und Maude konnte bei all ihrer Arbeit Hilfe gebrauchen. Außerdem bezog sich der Himmel – vielleicht würden sie in diesem Jahr eine weiße Weihnacht haben, das wäre recht schön. Würde auch ein gutes Bild geben, wenn auch ein bißchen kitschig wie auf Weihnachtskarten. Das ausgebrannte Haus würde freilich den Weihnachtskartenkitsch mildern.

Es sah aber eher so aus, als wollte es gleich regnen. Iris warf ihr Malwerkzeug auf den Tisch, lehnte die feuchte Leinwand neben die anderen an der Wand und ging nach oben.

Sie war kaum dazu gekommen, sich bei Maude zu melden, als es an der Tür klopfte.

»Ich dachte, ich lasse das hier gleich unter dem Baum.« Eva Manning stand in der Tür und umklammerte krampfhaft einen wackeligen Stapel bunt eingepackter Päckchen in Streichholzschachtelgröße. »Nur, damit ich sie los bin. Und fragen Sie Maude selbstverständlich, ob ich ihr irgendwie helfen kann. Sie muß heute ja arg beschäftigt sein. Sie *beid*e sicher.«

»Kommen Sie doch herein.« Iris trat zurück, und Eva Manning folgte ihr ins Wohnzimmer.

»Oh, wie schön!« rief sie aus, als sie den Baum sah. »Maude macht alles immer *so* wunderschön.«

»Nicht wahr?« pflichtete Iris ihr bei und dachte daran, wie sie sich mit den obersten Zweigen abgemüht hatte.

»Ich packe sie einfach hier hin ...« Eva Manning verteilte ihre Geschenke auf den weiten Fächern aus Kiefernnadeln, wo sie wie bunte exotische Vögel hockten. »Und hier ...« Sie hatte sie gerade zu ihrer eigenen Zufriedenheit angeordnet, als es wieder an der Tür klopfte.

»Guten Tag.« Major Entwistle sah lächelnd zu Iris hinunter. »Mir fiel ein, daß es ein außergewöhnlich anstrengender Tag für Sie und Mrs. Daneson sein muß. Da dachte ich, ich könnte mal vorbeischauen und meine Dienste anbieten. Es gibt sicher eine Menge zu tun ...«

»Sie beide können Kastanien schälen für die Füllung!« Maude war in der Küchentür erschienen und hatte offensichtlich mehr gehört, als man bei der Entfernung hätte annehmen können. Aber das war typisch Maude – es gab nur wenige Vorgänge in diesem Haus, von denen sie nichts wußte, obwohl sie es nur selten für angebracht hielt, ihr Wissen in vollem Umfang zu enthüllen. »Ich habe sie gerade gekocht, und wir könnten alle ein

Glas Sherry trinken, während sie soweit abkühlen, daß man sie anfassen kann. Und dann – an die Arbeit!«

»Es ist sehr nett von Ihnen, sich freiwillig anzubieten.« Iris versuchte Maudes schroffe Annahme ihrer Hilfe zu mildern.

»Überhaupt nicht«, sagte Major Entwistle. »Man kommt eher in Weihnachtsstimmung, wenn man etwas *tut*. Ich habe Mutter an Feiertagen immer in der Küche geholfen.« Er lächelte entschuldigend. »Das war meine Frau. Ich habe sie immer Mutter genannt, obwohl sie nach einigen Fehlgeburten ...«

»Jawohl!« Maude drückte ihm ein Glas Sherry in die Hand, unterband damit weitere möglicherweise peinliche Geständnisse und reichte dann Eva Manning eines.

»Weihnachten heißt doch, daß man zusammenkommt und einander hilft, stimmt's?« Von Eva Manning würden keine peinlichen oder sonstigen Geständnisse kommen. Sie führte das Gespräch gewandt auf eine andere Ebene. Zumindest versuchte sie es.

»So man es *kann*.« Major Entwistle blickte traurig zu dem ausgebrannten Haus hinüber. »Ich werde einfach das Gefühl nicht los, daß es bestimmt etwas gab, was wir hätten tun können ...«

»Wer waren die Leute, mit denen ich dich habe sprechen sehen?« wollte Maude von Iris wissen. »Sie hatten anscheinend eine Menge zu reden.«

»Sie haben größtenteils nur Fragen gestellt.« Iris nahm ihr Glas Sherry entgegen. »Es waren Polizeibeamte, die da drüben ihrer Arbeit nachgingen. Ich konnte allerdings nicht sehr nützlich sein. Ich kannte diese Leute kaum vom Sehen, ganz zu schweigen davon, daß ich wüßte, ob sie Feinde hatten oder nicht.«

»Feinde?« Eva Mannings Glas zitterte. »Warum stellt die Polizei solche Fragen? Warum ist sie überhaupt da?«

»Sie glauben doch nicht etwa, das Feuer sei vorsätzlich gelegt worden?« Major Entwistle war anscheinend ebenso verwirrt. »Sie können doch gewiß nicht annehmen, daß irgendein menschliches Wesen für diese – diese Massenvernichtung verantwortlich ist?«

»Das ist unvorstellbar!« protestierte Eva Manning. »Niemand

hätte so etwas mit Absicht tun können. Das ist – das ist ja ungeheuerlich!«

»Ich weiß, aber ...« Iris zuckte mit den Schultern. »Vermutlich muß die Polizei alles von der verdächtigen Seite betrachten. Das ist ihr Beruf. Und wenn ein Feuerteufel hier in dieser Gegend tatsächlich sein Unwesen treibt, so finde ich, daß sie sich lieber heute als morgen damit befassen sollen. Schließlich ...«

Da war noch jemand an der Tür. Iris unterbrach sich und ging öffnen.

»Heil, heil, da sitzt die ganze Schar versammelt«, sang Patti und platzte mit Pammi in den Raum. »Wir wollten sehen, ob Sie Hilfe brauchen, und stellen fest, daß Sie feiern, als wäre morgen nicht Weihnachten und als gäbe es auf der ganzen Welt nichts für Sie zu tun.«

»Alle anderen hatten dieselbe Idee«, sagte Maude. »Aber keine Sorge, da ist genug Arbeit für alle. Kommen Sie und trinken Sie etwas, und dann werde ich schon eine Aufgabe für Sie finden.«

»Zuerst«, Patti warf Iris einen aufrichtig bewundernden Blick zu, »möchte ich wissen, was du mit den beiden tollen Männern im Garten angestellt hast ...?«

Diese Frage wurde während des restlichen Nachmittags noch häufig wiederholt, als die anderen Mieter mit dem Angebot ihrer Hilfe hereinschneiten.

Iris hatte allmählich das Gefühl, als hätten alle an diesem Morgen nichts anderes zu tun gehabt als sie zu beobachten. Sie hatte keine Ahnung gehabt, daß ihre Malerei so ein beliebtes Zuschauervergnügen geworden war. Alle wußten, daß sie im Garten mit den Untersuchungsbeamten gesprochen hatte. Und alle waren neugierig auf die Fragen, die sie ihr gestellt hatten – und auf ihre Antworten.

»Ehrlich«, protestierte Iris schließlich, »wir haben uns lediglich unterhalten. Ich habe mir keine Aufzeichnungen gemacht.«

»Nächstes Mal solltest du das lieber tun«, sagte Patti finster. »Ich wette, *sie* machen das.«

»Ein nächstes Mal wird es bestimmt nicht geben!« stieß Eva Manning entsetzt vor. »Sie haben ihre Fragen gestellt und festgestellt, daß Iris ihnen nichts sagen kann. Niemand von uns kann irgend etwas sagen. Jetzt werden sie bestimmt weggehen.«

»Das können sie nicht«, sagte Major Entwistle mit wachsender Niedergeschlagenheit in der Stimme. »Es sind zu viele Leute gestorben.«

Patti gab einen leise klagenden Ton von sich.

»Es muß eine umfassende Untersuchung stattfinden«, stimmte Maude zu. »Und wenn es nur darum geht zu demonstrieren, daß die Polizei arbeitet.«

»Aber sie arbeiten *wirklich.*« Iris konnte das nicht durchgehen lassen. »Und sie arbeiten hart. Die beiden haben mir erzählt, daß sie während der gesamten Feiertage im Dienst sein werden. Sie werden nicht einmal ein richtiges Weihnachtsessen haben, weil sie die Asche immer noch nach Anhaltspunkten durchsuchen müssen.«

»Kein Essen?« Maudes soziales Gewissen rührte sich fast sichtbar. »Am ersten Weihnachtsfeiertag?«

Ein unbehagliches Rascheln ging durch den Raum, so als ob einige gespürt hätten, worauf Maudes Gastfreundlichkeit hinauslief, und es mißbilligten.

»Na ja, vermutlich werden sie spät am Abend, wenn sie nach Hause kommen, etwas zu essen bekommen«, gab Iris zu. »Aber es wird kein richtiges Weihnachtsessen mit allem Drum und Dran inmitten ihrer Familie sein.«

»Das ist nicht in Ordnung.« Maude blickte finster drein. »Wir müssen etwas dagegen unternehmen.«

»Wenn sie doch im Dienst sind«, murmelte Eva Manning versuchsweise.

»Vielleicht könnte ich ihnen einen Teller mit Truthahn-Sandwiches hinüberbringen«, schlug Iris vor.

»Vielleicht möchten sie lieber nicht gestört werden.« Eva Manning beharrte ungewöhnlich resolut auf ihrem ursprünglichen Standpunkt.

»Ich hasse die Bullen«, sagte Patti matt. »Warum sollen wir uns überhaupt um sie kümmern?«

»Patti!« rief Pammi mit empörtem Tadel aus.

»Na ja, wozu sind sie denn gut?« fragte Patti. »Sie sind doch nur aufgeputzte Müllmänner. Sie treten in Aktion, wenn das Unglück schon geschehen ist. Sie können die Trümmer zwar aufheben«, ihre Stimme geriet gefährlich ins Schwanken, »aber sie können sie nicht wieder zusammensetzen.«

»Patti ...«, Pammi sah ängstlich drein und packte ihre Schwester am Arm. »Komm, Patti. Ich finde, wir sollten jetzt gehen.«

»Versuch mich nicht wegzuziehen!« Patti schüttelte die Hand ab, die sie zurückhielt. »Es ist mir ernst damit!«

»Patti, bitte ...«

»*Unsere* Polizei ist anders.« Maude schloß sich der Verteidigung an. »Sie ...«

»Oh, sicher, wir haben alle schon davon gehört«, höhnte Patti. »*Ihre* Polizei ist wundervoll.«

»Unsere Polizei«, fuhr Maude mit fester Stimme fort, »ist dazu da, die Gesellschaft zu schützen, und die Gesellschaft sind *wir*. Wir sind verpflichtet, sie zu unterstützen, genauso wie es ihre Pflicht ist, uns zu schützen. Vielleicht können wir in so dramatischen Situationen wie bei einem Verkehrsstau nichts machen, aber wir können alle auf ruhige Weise unseren Teil Unterstützung leisten, auch wenn es vielleicht nicht mehr bedeutet, als für ihr Wohlbefinden zu sorgen, wenn sie im Dienst sind. Ich zum Beispiel habe die Absicht, das zu tun.«

»Hört! Hört!« Iris hatte eigentlich das Feuer des Streites nicht noch schüren wollen, aber Maude hatte die Sache so pathetisch vorgetragen, daß sie sich nicht zurückhalten konnte.

»Ich stimme Ihnen zu«, sagte Major Entwistle, und Eva Manning bekundete mit zitternder Stimme nervös ihr Einverständnis.

»Sie ist nie da, wenn man sie braucht«, beharrte Patti stur. »Nicht bei einem echten Notfall. Sie wissen genau, daß das stimmt.«

»Die Polizei leidet schrecklich unter Personalmangel«, murmelte Eva Manning. »Wie wir alle.«

»Genau!« Maude sah unwillkürlich zu Iris hinüber. »Das Leben ist heute für alle schwer.«

»Ich hasse die Bullen«, brummte Patti unnachgiebig. »Ich

hasse eine Menge Leute, aber die Bullen hasse ich am meisten von allen.«

»Wenn Sie weiterhin widersprechen …«, begann Maude frostig. Da Maudes Gastfreundschaft ein bißchen zu stark beansprucht worden war, erlahmte sie unter dem Druck der Anspannung.

»Über all das können wir uns morgen den Kopf zerbrechen«, unterbrach Iris eilig, bevor Maude ein Ultimatum stellen konnte, das sie später bereuen würde. »Ich habe im Augenblick ein weitaus interessanteres Problem. Was halten Sie davon? Mr. Stein hat mich heute morgen im Flur angehalten und drei Bettlaken ausgeliehen. Ich habe vergessen, es dir zu erzählen …«, entschuldigte sie sich eilig bei Maude, die von dieser Mitteilung entsprechend abgelenkt war. »Aber ich erzähl' es dir ja jetzt. Für was in aller Welt, glauben Sie, braucht er sie?«

»Hat er versprochen, sie zurückzugeben?« Maude kam gleich zum wichtigsten Punkt der Sache.

»Gleich nach Weihnachten, hat er gesagt. Aber wozu braucht er plötzlich all diese Laken?«

»Die Laken in seinem Bett sind am Anfang der Woche gewechselt worden«, sagte Maude entrüstet. »Er dürfte keine brauchen, es sei denn, mit denen, die er schon hat, ist irgend etwas passiert. Du glaubst doch nicht«, sie faßte den Alptraum einer Wirtin in Worte, »daß er im Bett geraucht und sie dabei verbrannt hat?«

»Das kann ich mir nicht denken.« Iris erschauderte und blickte unwillkürlich zum hinteren Teil des Hauses. »Ich glaube, daß niemand mehr in dieser Nachbarschaft künftig im Bett rauchen wird.«

Die Kälte war langsam ins Zimmer zurückgekrochen. Für kurze Zeit hatte der Streit sie von den Tatsachen der Tragödie abgelenkt, die sich in ihrer unmittelbaren Nähe abgespielt hatte. Ein unbehagliches Schweigen breitete sich aus.

»Oh, bitte!« flehte Eva Manning. »Es war ein so angenehmer Nachmittag …«

»Ganz richtig«, sagte Major Entwistle. »Es besteht kein Grund, ihn zu verderben, stimmt's? Was geschehen ist, kann nicht ungeschehen gemacht werden. Es hat keinen Zweck, darüber nachzugrübeln. Das ist nur ungesund.«

Die Haustür schlug zu, und sie alle ergriffen dankbar die Gelegenheit.

»Wer ist denn das?« fragte Maude und steuerte auf die Tür zu, aber Iris war näher dran, öffnete sie und sah hinaus. »Es sind Anne und Tom«, berichtete sie.

»Bitte sie herein«, befahl Maude. »Alle anderen sind ja auch hier, fast alle«, verbesserte sie mit einem Blick auf die Versammlung.

»Ich hab's!« Patti lachte plötzlich. »Der Weihnachtsmann braucht ein paar Säcke.«

Sie sahen sie verständnislos an.

»Verstehen Sie nicht?« Unter ihren gebannten Blicken geriet sie in die Defensive. »Er will den Weihnachtsmann spielen, und er braucht sie für seine Säcke. Die Bettlaken. Mr. Stein ...« Einen Augenblick sah sie ziemlich wirr aus. »Begreifen Sie nicht?«

»O ja, natürlich.« Eva Manning gab ein nervöses Lachen von sich. »Ja, Sie könnten recht haben.« Man merkte ihr an, daß sie nicht wirklich belustigt war.

»Ach ja. Ausgezeichnet«, stimmte Major Entwistle rasch mit ein. Seine Stimme klang zu beschwichtigend, sein Benehmen war zu versöhnlich.

»Na gut.« Pattis Augen verengten sich. »Dann war das eben nicht der großartigste Witz der Welt. Aber verflucht noch mal! Sie brauchen nicht auf mich einzugehen.«

»Nimm's nicht so schwer, Patti«, sagte Pammi. »Sie wollen ja gar nicht ...«

»Glaubst du, ich weiß es nicht?« schleuderte Patti ihrer Schwester entgegen. »Sie waren in Ordnung, bis *du* hierherkamst – da fingen alle an, sich zu ändern. Was hast du ihnen über mich erzählt?«

»Nichts, Patti«, Pammi begann sich zurückzuziehen. »Das bildest du dir nur ein ...«

Anne und Tom Imutu kamen in diesem Augenblick herein.

»Wag ja nicht, so etwas zu sagen! *Wag* es ja nicht!« Patti sah aus, als könnte sie gleich in gellende Schreie ausbrechen.

»Na, wo haben Sie beide denn den ganzen Tag gesteckt?« In ihrem verzweifelten Bemühen, eine heftige Szene zu vermeiden, überschüttete Maude Anne und Tom mit unerwarteter Herzlichkeit. »Wir hatten gedacht, daß wir Sie viel eher sehen würden.«

»Wurden wir erwartet?« fragte Tom verwirrt.

»Wir haben noch ein paar letzte Einkäufe gemacht«, sagte Anne sanft. Als Langzeitmieter nahm sie die feinen Stimmungsunterschiede schnell wahr. Die Art und Weise, wie sie Patti sorgfältig übersah, bewies es. »Und dann wollte Tom noch für den ersten Weihnachtstag einen Telefonanruf mit seiner Familie in Kalifornien anmelden, und das hat ziemlich lange gedauert. Wie sich herausstellte, hatte er es zu lange hinausgeschoben, daher wird er nun statt dessen nach dem zweiten Weihnachtsfeiertag mit ihnen sprechen müssen.«

»Wie schade«, sagte Maude. »Die Telefonleitungen sind immer schon *so* früh voll ausgebucht. Sie hätten ihn warnen müssen.«

»Ich kannte seine Pläne nicht, sonst hätte ich das auch getan.«

Tom Imutu lachte unvermittelt. »Verzeihung«, entschuldigte er sich. »Ich habe nur gerade an etwas gedacht.«

»Sie sollten uns alle an dem Witz teilhaben lassen«, meinte Maude. »Auch wir möchten ein bißchen Entspannung.«

»Vielleicht morgen«, sagte Tom Imutu. Er schwieg und überlegte. »Ja, morgen ganz bestimmt«, versprach er.

»Da müssen wir aber noch lange warten.« Patti hatte sich erholt. »Gerade jetzt könnten wir ein kräftiges Lachen gebrauchen.«

»Tut mir leid.« Tom grinste. »Ich nix kann machen.« Er deutete eine orientalische Geste des Bedauerns an. »Morgen.«

»Vielleicht gibt es kein Morgen mehr«, sagte Patti. Sie hatte sich um einen lockeren Ton bemüht, aber ihr Gesicht verdunkelte sich, als sie ihre eigenen Worte hörte.

»Wir wollten gerade gehen ...« Pammi trat vor und nahm ihre Schwester am Arm. »Heute abend ist in der Kirche ein Weihnachtsgottesdienst. Ich dachte, es wäre schön, dahin zu gehen.«

»Ich will nicht in die Kirche!« Patti befreite ihren Arm.

»Aber *ich!*« Zur Abwechslung blitzten jetzt Pammis Augen.

»Oh.« Patti war verblüfft. Es war offensichtlich selten, daß Pammi Widerstand leistete.

»Es wird nicht lange dauern«, redete Pammi ihr gut zu, aber ihre Stimme enthielt eine Spur Härte. »Und wenn wir erst einmal dort sind, wird es dir auch gefallen. Ganz bestimmt.«

Geschickt führte sie Patti durch die Tür in den Flur, während sie sprach.

Iris schloß dankbar die Tür, während ihre Stimmen verklangen. Sie lächelte den anderen zu, da sie erwartete, daß sie ihre Erleichterung teilten, aber sie waren anscheinend noch befangen durch die Tatsache, daß eine drohende Szene so knapp vermieden worden war.

Nur Tom Imutu lächelte zurück.

28. Kapitel

Am zwölften Weihnachtstag …

Erster Weihnachtstag morgens. Ich wünschte, es wäre nicht so.

Die Kirchenglocken begannen schon so früh zu läuten und weckten dabei die Ungläubigen und Agnostiker zugleich mit den Gläubigen. Sie weckten mich aus meinem ersten ununterbrochenen Nachtschlaf, den ich seit langer Zeit hatte. Ob wir wollen oder nicht, wir müssen alle an diesem schönsten aller Tage zusammengerufen werden, um unsere Freude zum Ausdruck zu bringen. Ich frage mich, ob ich sie bei der Gesellschaft für Lärmbekämpfung anzeigen könnte?

Das würde ihnen eine Lehre sein. Nicht jeder ist gewillt, sich ihren Unsinn gefallen zu lassen.

Und das ganze schrille Gebimmel hat meinen Kopf wieder zum Schmerzen gebracht.

Heute *muß* ich zwei Aspirin nehmen, so sehr ich es auch mißbillige, wenn ich mir selber die Dosis verschreibe. Aber vor mir liegt ein langer Tag – und *so* ein festlicher Nachmittag. Ich muß versuchen, mich von meiner besten Seite zu zeigen.

Ich muß diesen Tag irgendwie überstehen.

Wie sehr wünsche ich mir, ich könnte einfach alles überschlafen – einfach schlafen gehen und nach den Feiertagen wieder aufwachen. Nach Neujahr, wenn die Welt wieder zur Vernunft gekommen ist und die Geschäfte wieder ihren gewohnten Lauf nehmen.

Ich fühle mich stets besser, wenn ich mich im Rahmen eines Arbeitstages bewegen kann. Es gibt einem Sicherheit zu wissen, wo alle sein sollten und welches ihre Aufgabe ist.

Nicht daß sie sich immer daran halten würden!

Es wäre vieles einfacher auf der Welt, wenn die Leute nur nicht so unberechenbar wären.

Wie zum Beispiel Iris. Man weiß zur Zeit nie, wo sie im nächsten Augenblick ist oder was sie sagen wird.

Man sollte auch ihr eine Lektion erteilen.

Wo sind denn nur meine Aspirin? Ich bin ganz sicher, sie in diese Schublade gelegt zu haben. Ich habe erst vor kurzem ein neues Röhrchen gekauft. Ich kann sie doch noch nicht verbraucht haben. Aber sie sind jetzt nicht hier.

Die Putzfrau muß sie weggenommen haben. Diese Leute sind alle Langfinger. Ich würde ihr das Zimmer verbieten, wenn das nicht so viel Aufsehen erregen würde. Da ist es weitaus leichter, den alltäglichen Trott im Haus nicht zu stören und seine Wertsachen auf der Bank aufzubewahren.

Auch Iris kommt in alle Zimmer. Sie behauptet, es gehöre zu ihren Aufgaben als Haushälterin, sich zu vergewissern, daß alle Zimmer ordentlich gesäubert worden sind und daß wir alles haben, was wir brauchen. Aber ich kenne den wahren Grund dafür.

Sie schnüffelt!

Sie braucht nicht zu denken, daß sie *mich* täuscht. Die anderen mögen ihr vielleicht glauben, aber sie haben sie ja auch noch nicht so beobachtet wie ich. Ich weiß, was sie im Schilde führt.

Ich mag Iris nicht. Ich mag sie alle nicht.

Und doch steht mir jetzt ein ganzer Nachmittag und Abend in ihrer Gesellschaft bevor. Wie *konnte* ich mich nur auf so etwas einlassen? Was war nur in mich gefahren?

Stunde für Stunde in diesem stickigen Wohnzimmer, das durch zu viele Leute, zu viel Hitze, Getränke, Rauch und Lärm

Raumangst erzeugt. Zu viele krampfhafte Witze, zuviel gezwungenes Gelächter, zuviel Durcheinander, das als Fröhlichkeit ausgelegt wird. Von allem zuviel.

Ohne sie alle wäre es so ein schönes Haus. Das war es einst; es könnte wieder so sein. Wenn nur sie nicht darin wohnen würden.

Sie müssen gehen.

Dann könnte ich das ganze Haus für mich haben. Oder wenn ich möchte, könnte ich mir auch neue Mieter suchen. Die richtige Art von Leuten, die sich zurückhalten und nicht in anderer Leute Privatsphäre einzudringen versuchen. Leute, die, selbst wenn ich so verrückt wäre, sie zum Weihnachtsessen einzuladen, nicht im Traum daran dächten zu kommen.

Leute wie ich.

Aber ich darf hier nicht herumstehen und träumen. Geht die Uhr etwa richtig?

Wie lange war ich in Träumereien versunken? Ich muß mich ankleiden, bevor jemand an die Tür kommt. So etwas wäre früher unmöglich gewesen, aber die Sitten in diesem Hause haben sich so gelockert, daß man jederzeit auf ein Klopfen an der Tür gefaßt sein muß. Als Entschuldigung werden sie den Tag anführen. Sie glauben, am ersten Weihnachtsfeiertag sei alles erlaubt. Sie werden sich hereindrängen und herumgaffen, und das alles unter dem Vorwand der Kameradschaftlichkeit und Feiertagsstimmung. Ich kenne ihre Tricks.

Aber heute muß ich dieses Spiel mitspielen. Auch wenn ich es verabscheue, sie verabscheue.

Ich muß mich mit ihnen zusammentun und dabei lächeln. Ich muß an ihren dummen Spielen teilnehmen, Weihnachtslieder singen, mit ihnen um den Tisch herumsitzen, diese lächerlichen Knallbonbons aufreißen, einen von diesen abscheulichen Papierhüten tragen und Beifall klatschen, wenn der brennende Plum-Pudding hereingetragen wird ...

Aber zuerst gibt es den Truthahn.

Und neben dem Truthahn wartet das Tranchiermesser.

Das lange, scharfe, funkelnde Messer ...

29. Kapitel
O kommet, o kommet …

Iris stellte die letzte Schüssel mit Erdnüssen auf den Kaffeetisch und den vorletzten Teller mit Schnittchen oben auf den Fernseher. Sie hörte, wie sich Maude in der Küche mit den Eiswürfeltabletts aus dem Kühlschrank abquälte in dem Bemühen, den Eisbehälter für den Getränketisch zu füllen. Eine plötzliche klirrende Kaskade ergoß sich auf den Linoleumboden, und Maudes wütendes Gebrumm ging unter in dem Geräusch fließenden Wassers, als sie die Eiswürfel abzuspülen versuchte.

»Mach dir nichts draus«, rief Iris tröstend. »Man sagt, daß wir alle einen großen Haufen Dreck essen müssen, bevor wir sterben!«

Der Schärfe des Tones nach zu urteilen war es wahrscheinlich gut, daß man Maudes Worte wegen des laufenden Wassers nicht hören konnte.

Iris lächelte, sah sich im Raum um und geriet allmählich in Partystimmung. Es war wirklich eine gute Idee gewesen von Maude, trotz der Extraarbeit und Vorbereitungen. Partys brachten die Leute zusammen, und es war sehr viel netter, als wenn alle den ersten Weihnachtsfeiertag allein in ihren Zimmern verbracht hätten.

Sie hörte Geräusche in den oberen Stockwerken; das Knarren der Dielen und das unruhige Auf und Ab von Leuten, die zur Party pünktlich erscheinen, aber nicht die ersten sein wollten. Bald jedoch würde einer sich einen Ruck geben, und dann würden die anderen folgen. Bevor sie es gewahr würden, wäre die Party in vollem Gange.

»Sie werden doch wohl kommen?« Maude erschien mit dem Eisbehälter in der Tür und war offensichtlich mit ihren Gastgebernerven fast am Ende.

»Wenn nicht, bleiben wir auf einer ungeheuren Menge Essen sitzen«, sagte Iris fröhlich.

»Oh, *sei still!*« Maude knallte den Eisbehälter auf den Tisch, wobei sie die Flaschen zum Klirren brachte, und hob die Hand an die Stirn.

»O Maude!« Iris war sofort voller Mitleid. »Nicht wieder deine Kopfschmerzen! Ausgerechnet heute!«

»Ich glaube nicht«, Maude rieb sich nachdenklich die Stirn. »Es ist hoffentlich nur die Anspannung. Es wird verschwinden, sobald die Party anfängt. Aber ich habe etwas eingenommen, nur als Vorbeugung.«

»Das sollte dann schon in Ordnung gehen. Du würdest ja auch nicht wollen, daß irgend etwas deine wunderschöne Weihnachtsfeier zerstört.«

»*Falls* sie wunderschön wird.« Maude neigte noch immer zum Pessimismus. »*Irgend jemand* hätte doch inzwischen kommen müssen.«

»Setz dich doch«, schlug Iris vor. »Du hast den ganzen Vormittag gearbeitet. Ruh dich aus, und ich hole dir etwas zu trinken.«

»Ich kann nicht.« Maude hockte sich auf die Stuhlkante. »Ich sollte den Truthahn wieder begießen.«

»Das mach' ich schon.« Iris drückte einen Gin-Tonic in Maudes widerstandslose Hand und steuerte auf die Küche zu.

Der kräftige, köstliche Duft von gebratenem Truthahn war in alle Winkel der Küche gedrungen, begleitet von vereinzelt schwach hörbaren Brutzelgeräuschen aus dem Ofen. Auf dem Tisch wartete eine große Schüssel mit vorgekochten Kartoffeln darauf, in die Truthahnpfanne geschüttet und dort in dem gehaltvollen Bratensaft während der letzten Stunde des Bratvorganges gewälzt zu werden. Eine andere Schüssel hielt knackigen, aus seinen äußeren Blättern befreiten Rosenkohl bereit, dessen Unterseite zur Beschleunigung des Kochvorganges kreuzweise eingeschnitten war, so daß man ihn im letzten Augenblick ins Wasser werfen konnte. Fette Würstchen lagen bereit, um in der letzten halben Stunde dem Truthahn und den Röstkartoffeln beigefügt zu werden.

Ein altmodisches Weihnachtsfest, dachte Iris mit einem eigenartigen Gefühl der Befriedigung, während sie sich bückte und die Backofentür öffnete. Es war das seit langem vertraute Gefühl von Behaglichkeit und Frieden und von ›Gott ist im Himmel, also ist die Welt in Ordnung‹. Natürlich, das war es ja, was Weihnachten überhaupt ausmachte.

Ein Schwall heißer, aromatischer Luft traf ihr Gesicht. Sie zog den Truthahn nach vorn und begoß ihn schnell. Er war wirklich beängstigend groß; sie hoffte, daß Maude die erforderliche Kochzeit nicht unterschätzt hatte. Sie würden es sich nie verzeihen, ihre Gäste mit einer Ptomainvergiftung zu entlassen.

Maude ist nicht die einzige mit Party-Lampenfieber. Iris lächelte betreten und schloß den Backofen. Sie hoffte plötzlich heftig, daß alles ohne Zwischenfälle vorübergehen würde – schon allein wegen Maude.

Es war wirklich ein arg gemischter Haufen, der da zusammengewürfelt wurde. So viele Nationalitäten, so viele verschiedene Religionen. Und dennoch, es war so viel guter Wille da. Das würde sicherlich den Sieg davontragen, sogar bei so Erbfeinden wie Achmed und Mr. Stein.

Nichtsdestoweniger beschloß sie, diese beiden so weit wie möglich voneinander fernzuhalten. Nicht etwa, daß sie echte Unannehmlichkeiten befürchtete, aber sie mißtraute einfach Jacob Steins boshaftem Humor. Sei es nun, weil er selbst keinen Sinn für Humor besaß oder sei es, weil sein Englisch nicht ausreichend war, jedenfalls war der arme Achmed dem nicht gewachsen.

Im Eßzimmer blieb sie stehen, da sie plötzlich das vage Gefühl hatte, daß irgend etwas nicht stimmte. Auf der Suche nach dem Grund für ihre Beunruhigung ließ sie ihren fachmännischen Blick über den Tisch schweifen. Der Tisch wer fertig gedeckt. Skelettartige weiße Selleriestangen lagen eingebettet zwischen Häufchen grüner und schwarzer Oliven, die goldenen Butterlocken glichen fast dem Goldrand ihrer Schüsseln, und auf jedem Platz standen funkelnde, zarte Weingläser und strahlend weiße Serviettendreiecke auf Posten.

Die Blumen würden wahrscheinlich entfernt werden müssen, wenn das Essen aufgetragen wurde. Die kleinen Sträuße auf dem Tisch konnte man zu dem Service und den Weinflaschen auf der Anrichte stellen. Das ging schon in Ordnung.

Maude hatte ihr bestes Porzellan und Silber herausgeholt, das nun auf dem blütenweißen Damasttuch funkelte. Für *ihre* Gäste war das Beste gerade gut genug, auch wenn es nicht diejenigen waren, die sie normalerweise zu bewirten pflegte.

Eine große Fläche war schon der Truthahnplatte vorbehalten, Tranchiermesser und Auflegegabel lagen daneben. Iris lächelte verzerrt. Wenigstens würde sich Achmed beim Anblick des Tranchiermessers wohl wie zu Hause fühlen, denn es war fast so lang und scharf wie ein Schwert. Oder wurden dort, wo er herkam, orientalische Krummsäbel benutzt?

Nur die Gäste fehlten noch. Alles andere war fertig und bereit. Das Klopfen an der Tür platzte explosionsartig in die Stille.

Maude fuhr zusammen und lachte dann nervös, als Iris an die Tür ging.

»Wir haben uns überlegt, daß wir ebensogut als erste in See stechen können.« Patti und Pammi drängten sich lachend ins Wohnzimmer. »Alle anderen stehen schon herum und warten nur darauf, daß einer den Anfang macht.«

»Kommen Sie herein«, sagte Maude überflüssigerweise, denn sie waren ja schon drinnen. »Was möchten Sie trinken?«

»Oh, wie köstlich es duftet!« Pammi schnupperte verzückt in die Luft. »Ich könnte vermutlich schon fünf Pfund vom bloßen Einatmen zunehmen. Das wird katastrophale Folgen haben!«

»Es ist Weihnachten«, sagte Maude. »Am ersten Weihnachtsfeiertag darf keiner sich um seine Diät kümmern.«

»Genau«, stimmte Patti zu, »das ist absolut unsozial. Ich bringe dich um, wenn du nur das Wort Kalorien erwähnst!«

»Na gut«, sagte Pammi. »Aber wenn mir bei meiner Abreise mein blauer Rock nicht mehr paßt, mußt du mir einen neuen kaufen.«

»Abgemacht«, sagte Patti. »Vorausgesetzt, du läßt den blauen für mich hier.«

»Dann werde ich jetzt mit einigen Kartoffelchips beginnen!« Pammi stürzte sich triumphierend darauf.

»Crisps«, verbesserte Patti.

»Chips!«

»Crisps!«

»Chips! Das Schlimme an dir ist, daß du so verdammt englisch wirst. Das sind Chips, Chips, Chips!«

»Kinder, Kinder!« unterbrach Maude das liebenswürdige Geplänkel. »Nun erzählen Sie mir erst einmal, was Sie trinken möchten.«

Es klopfte wieder an der Tür.

»Und beeil dich!« Patti schob Pammi zu den Getränken hinüber. »Jetzt kommen die gierigen Horden – und wir waren schließlich zuerst hier. Schnell, sag, welchen Gifttrank du willst, sonst ist alles weg, bevor du dich versiehst.« Sie und ihre Schwester fingen an zu kichern.

»Ich habe anscheinend meinen Mann verloren ...« In der Tür stand Anne Christopher und neben ihr Eva Manning. »Hoffentlich nur vorübergehend. Aber Miß Manning sagte mir freundlicherweise, daß ich mit ihr hinuntergehen könnte.«

»Verloren, verschwunden, aber hoffentlich nicht gestohlen«, Patti drehte sich um, um sie zu begrüßen.

»Oh, das glaube ich nicht.« Anne winkte dementierend ab und wirkte dadurch plötzlich sehr linkisch.

Patti ignorierte es boshaft. »Das kann man heutzutage nie wissen.«

»Wenn *ich* es nicht weiß«, Annes linke Hand tanzte wieder durch die Luft, »dann weiß es *niemand*.«

»He!« Pammi kam näher heran und hob dabei die Hand scheinbar zum Schutz vor die Augen. »Hör auf, mit dem Ding herumzuwedeln – du blendest mich ja. Diamanten!«

»Na ja, einer jedenfalls.« Nachdem Anne ihren Auftritt gehabt hatte, zog sie sich in eine Bescheidenheit zurück, die aber niemanden täuschte.

»Tom hat ihn mir geschenkt. Er meinte, ein einzeln gefaßter Edelstein sei hübscher als viele kleine. Und ich muß ihm recht geben.«

»Genau«, grinste Patti. »Solange ihr euch in den *großen* Fragen einer Ehe einig seid, braucht ihr euch um die kleinen nicht zu kümmern.«

»Oh!« Etwas verspätet begriff auch Eva Manning. »Sie haben

sich verlobt!« Sie zögerte. »Mit diesem netten ... äh ... *amerikanischen* Jungen?«

»Mit diesem netten *japanisch*-amerikanischen Jungen«, stimmte Anne zu. »Er ist mein ein und alles.«

»Und Sie werden heiraten? Dann kommt ja alles wieder in Ordnung.«

»*Was* kommt in Ordnung?« Anne sah sie verwirrt an.

»Oh!« Da sie merkte, was sie gesagt hatte, trat sie zurück und wurde dunkelrot im Gesicht. »Es tut mir leid. Ich wollte mir kein *moralisches* Urteil anmaßen ...« Sie brach ab, weil sie offensichtlich merkte, daß sie alles noch schlimmer machte.

Und schon ging's los. Iris stöhnte.

»Entschuldigung.« Eva Manning hob den Kopf und sah Anne aufrichtig an. »Ich bin nun mal altmodisch. Ich kann nichts dafür. Wir sind in meiner Generation eben so erzogen worden.« Sie sah aus, als würde sie gleich anfangen zu weinen. »Ich bin hoffnungslos altmodisch, und ich kann nichts daran ändern.«

»Ist schon in Ordnung«, sagte Anne schnell. »Keine Sorge. Ich habe schon Schlimmeres gehört«, sie verzog kurz den Mund, »von meiner eigenen Familie.«

Daher also verbrachten Anne und Tom Weihnachten lieber in einer Londoner Pension als zu Hause bei Annes Familie.

»O mein Gott!« Eva Manning vergaß ihre Taktlosigkeit. »Das tut mir aber wirklich leid.«

»Halb so schlimm.« Anne wehrte das unerwünschte Mitleid ab. Sie hob die rechte Hand, um eine Haarsträhne zurückzustreichen. »Wir werden sowieso in den Staaten wohnen, sobald Tom seinen Lehrgang hier beendet hat. Dann macht das nichts mehr.«

»Getränke!« trompetete Maude ihnen zu. »Kommen Sie und holen Sie sich etwas zu trinken. Ich will hier nämlich nicht den ganzen Tag stehen.«

»O ja, Entschuldigung!« Eva Manning stürzte schuldbewußt vor. »Ich wollte Sie nicht warten lassen. Ich habe bloß ...«

»Haben Sie schon den Hochzeitstermin festgesetzt?« fragte Iris.

»Anfang des neuen Jahres, nehme ich an.« Anne Christopher

verzog das Gesicht zu einer zweideutigen Grimasse. »Ich habe einfach das Gefühl, und zwar schon seit geraumer Zeit: ein neues Jahr – ein neuer Anfang. Das klingt gut, nicht wahr? Tom ist meiner Meinung. Er meint, je eher, desto besser.«

»Ja.« Iris war sich gar nicht bewußt, daß sie leicht seufzte. »Ich muß zugeben, ich bin auch froh, wenn das neue Jahr da ist. Ich kann nicht erklären, warum, aber irgendwie habe ich das Gefühl, daß *dieses* Jahr schon viel zu lange währt.«

»Ich glaube, jeder empfindet so zu dieser Jahreszeit«, meinte Pammi. »Wenn Weihnachten erst mal vorbei ist, möchte ich mich einfach zusammenrollen, das alte Jahr verticken lassen und nicht vor einem hell strahlenden Neujahrstag aufwachen. Allerdings«, ihr Gesicht verfinsterte sich, »in den vergangenen Jahren waren die Neujahrstage gar nicht so hell und strahlend.«

»Sie sind so ruhig hier.« Maude erschien hinter ihnen und machte eine scheuchende Bewegung. »Kommen Sie doch und holen Sie sich etwas zu trinken. Dieses ist eine Party und keine Totenwache!«

Die anderen gingen gehorsam weg, während Iris auf ein schüchternes Klopfen hin die Tür öffnete. »Kommen Sie herein, Herr Major.«

Major Entwistle trat linkisch und noch stocksteifer als gewöhnlich ins Zimmer, offensichtlich packte ihn das kalte Grausen eines Mannes, der feststellt, daß er der erste männliche Besucher auf einer Party voller Frauen ist. Er ließ seinen Blick verzweifelt durch den Raum schweifen und wünschte sich offenbar, fortgehen und später, wenn er mehr Unterstützung hatte, wiederkommen zu können.

»O Major Entwistle, ich bin so froh, daß Sie da sind!« Maude begriff die Situation und machte sich sogleich daran, sie zu entschärfen. »Könnten Sie mich bitte am Getränketisch ablösen? Ich muß zurück in die Küche und nach den Kartoffeln sehen.«

»Natürlich. Selbstverständlich.« Jetzt, da ihm eine Rolle zugewiesen worden war, bewegte sich der Major mit mehr Sicherheit. »Mit Vergnügen«, fügte er im Ton ehrlicher Erleichterung hinzu.

Mit ermunterndem Lächeln ging Iris zu ihm hinüber und ließ

sich noch etwas zu trinken einschenken, damit er nicht davonlief, wenn er Zeit hatte, darüber nachzudenken. Die übrigen Männer würden sicher jeden Augenblick eintreffen. Aber warum waren sie eigentlich noch nicht da? Es war nicht zu befürchten, daß sie sich noch zu einem Drink trafen, bevor sie sich auf die Party wagten, denn sie hatten nicht so viel gemein. Tom Imutu wenigstens hätte doch mit Anne Christopher kommen können.

Eva Manning, die genauso steif aussah wie der Major, blickte mit gezwungenem Lächeln ins Leere. Ein seltsames Schweigen hatte sich plötzlich auf den Raum gesenkt, und man konnte Maude deutlich in der Küche herumklappern hören.

Geistesabwesend zählte Iris die Leute. Es waren sieben, sie selbst eingeschlossen. Drei weitere fehlten noch.

Dann bemerkte sie den Grund für ihr früheres Unbehagen im Eßzimmer.

Maude hatte den Tisch für zwölf gedeckt.

Sie hatten den steifen, weißen Umschlag gleich hinter der Haustür entdeckt, als sie an diesem Morgen in das Haus gekommen waren. Er hatte gefährlich nahe an der Stelle gelegen, an der das Feuer ausgebrochen war, und war offensichtlich ebenso wie das entfachte Streichholz durch den Briefschlitz geworfen worden. War es ein übler Scherz?

»An die beiden diensthabenden Polizisten.« Sergeant Preston hatte die Empfänger über der Anschrift entziffert. »Das sind wir.«

»Sieht ganz so aus.« Superintendent Knowles stand da und sah auf den Brief hinunter. Keiner von ihnen war in der Lage, ihn aufzuheben und sofort seinen Inhalt zu untersuchen.

Sie dachten als erstes an Briefbomben, während sie einander ansahen. In einer Reflexhandlung blickten sie beide wieder auf den Briefumschlag auf dem verkohlten Boden und prüften ihn dabei kritisch auf verräterische Kennzeichen.

Er war nicht sehr umfangreich und enthielt anscheinend nur ein einziges Blatt Papier. Es waren auch keine Drähte oder Spuren von Schmiere zu sehen. Die Adresse war nicht in plumpen

Blockbuchstaben gedruckt, sondern gewandt und wie gestochen mit der Hand geschrieben worden. Er war jedoch nicht mit der Post gekommen, sondern irgendwann während der Nacht persönlich abgeliefert worden.

»Sieht so aus, als ob er in Ordnung wäre«, meinte Preston. »Glaubst du, wir sollten ihn öffnen? Schließlich ist er an uns adressiert.«

»Hm.« Knowles stieß vorsichtig mit der Fußspitze gegen den Brief. Es schien nichts darunter zu liegen. Jedenfalls hätte ihr Bösewicht wenig Zeit oder Gelegenheit gehabt, während der Nacht eine Falle zu bauen. Außerdem ging ihr ungewöhnlicher Bösewicht nicht in dieser Weise vor – er handelte impulsiv.

Wie zum Beispiel das Schreiben eines spontanen Briefes an die Polizei, die den Fall untersuchte? Er hatte das zwar zuvor noch nicht getan, aber das einzige beständige Kennzeichen dieser Persönlichkeit war, daß sie keine Beständigkeit *besaß*. Alles war möglich.

»Denk an die Fingerabdrücke!« Knowles trat zurück, erteilte damit die Erlaubnis und beobachtete, wie Preston vorsichtig den Brief an den Rändern anfaßte und aufhob.

Es war eine langwierige Angelegenheit, aber sie hatten es nicht eilig. Als Preston schließlich ein einzelnes Blatt Hadernpapiers bester Qualität entfaltete, schnaufte er geradezu vor Vergnügen.

»Wir hätten uns um die Fingerabdrücke keine Sorgen zu machen brauchen – er ist unterschrieben.«

»Unterschrieben?« Knowles kam neugierig heran.

»Beruhige dich«, sagte Preston. »Es ist kein Geständnis.« Er starrte den Brief ungläubig an. »Es ist anscheinend eine Einladung.«

»Einladung?« Knowles drehte das Stück Papier so, daß er es lesen konnte.

»Weiß, daß Sie im Dienst sind … Zuvorkommenderweise …« Preston las ihm hilfreich die Höhepunkte des Briefes vor. »Aber am ersten Weihnachtsfeiertag … lediglich eine zwanglose Zusammenkunft … wäre entzückt, wenn Sie daran teilnehmen würden …«

»Das ist mal etwas anderes«, gab Knowles zu. »Das ist mir noch nie passiert.«

»Bist du je zuvor am ersten Weihnachtsfeiertag so im Dienst gewesen?« konterte Preston.

»Das stimmt natürlich«, pflichtete Knowles bei. »Aber ...« Er warf einen Blick auf die gewandte Unterschrift. »Maude Daneson – wer ist das? Haben wir ...?«

»Es ist das Haus gegenüber der Rückseite dieses Hauses«, sagte Preston. »Wir haben doch mit dem Mädchen gesprochen, erinnerst du dich? Sie ist eine Art Verwandte. Mrs. Daneson hat den größten Teil ihres Lebens in dem Haus gewohnt. Sie ist eine der Nachbarn, die wir noch nicht interviewt haben.«

»Umtrunk um halb vier.« Knowles studierte die Einladung. »Essen gegen fünf. Das klingt nach einem angenehmen Nachmittag.« Er begann nachdenklich zum hinteren Teil des Hauses zu schlendern.

»Das können wir doch nicht – oder?« Preston folgte ihm. Sie blieben dort, wo einst die Küche gewesen war, stehen und starrten in die angrenzenden Gärten. »Es ist recht eigenartig, daß sie geglaubt hat, wir könnten kommen.«

»Ach, ich weiß nicht«, sagte Knowles. »Viele Leute meinen, an Weihnachten habe alles andere keine Gültigkeit. Denk doch an all die Verwandten, die einander dreihundertvierundsechzig Tage im Jahr nicht ausstehen können und dennoch meilenweit reisen, um den ersten Weihnachtsfeiertag miteinander zu verbringen.«

»Wie zum Beispiel in jenen Geschichten über das erste Weihnachtsfest im Ersten Weltkrieg«, erinnerte sich Preston. »Die Truppen sollen auf beiden Seiten das Feuer eingestellt haben, und es kam zu einer plötzlichen Waffenruhe. Beide Seiten spazierten auf dem Niemandsland hin und her, sprachen miteinander und überreichten einander Zigaretten und kleine Geschenke ...«

»Bis die hohen Offiziere entdeckten, was da vor sich ging, und sie dazu brachten, einander wieder zu töten.« Knowles kannte die Geschichte auch. »Aber du hast recht. Viele Leute, besonders die Amateure unter den Mördern, sehen Weihnachten als einen Tag der Amnestie an.«

Die Vorhänge teilten sich plötzlich im Haus gegenüber. Eine grauhaarige Dame erschien am Fenster eines Raumes, der offensichtlich die Küche war, und sah einen Augenblick gleichgültig zu ihnen hinüber, fing dann an zu winken und machte ihnen unverständliche Zeichen.

Knowles zögerte und winkte dann zurück.

»Sie ist vielleicht eine nette, freundliche Mitbürgerin«, meinte Preston nachdenklich, »die nur ihren Teil dazu beitragen möchte, ›unsere tapferen Jungs von der Polizei‹ aufzuheitern.« Auch er deutete ein zaghaftes Winken an.

Die Frau machte noch eine letzte Handbewegung und verschwand dann vom Fenster.

»Oder«, schloß Preston, »sie *könnte* auch so verrückt sein wie sonst etwas.«

»In diesem Fall wäre es vielleicht keine schlechte Idee, hinüberzugehen und sie sich aus der Nähe anzusehen.«

30. Kapitel

Hab auch du ein frohes Weihnachtsfest …

Als Maude ins Zimmer zurückkehrte, sah sie verdächtig zufrieden aus, weitaus zufriedener, als es das einfache Einschieben der Kartoffeln zum Rösten rechtfertigte. Iris fragte sich, was sie wohl gemacht hatte, und ging auf sie zu.

»Was ist denn das?« fragte Patti plötzlich. Die anderen hörten auf zu reden und horchten.

Ein holperiges Bemühen um stimmlichen Wohlklang schien die Treppe herunterzuschallen und durch den Flur näher zu kommen. Die Worte waren verschwommen, und die Melodie war nicht sofort zu erkennen.

Iris änderte ihre Richtung und stieß die Tür auf.

»*… Morgenland sind …*« Der Chor zitterte, gewann dann an Festigkeit. »*Wir drei Könige aus dem Morgenland sind …*« Es gab eine Unterbrechung, ein Durcheinander von Tönen und Silben, und der Satz begann von neuem. Ihre Identität schien das einzige zu sein, dessen sie sicher waren.

»Wir drei Könige vom Morgenland sind ...«

Schüchtern, aber entschlossen marschierten sie in das Zimmer und schwenkten dabei bunt eingepackte Päckchen.

»*Dafür* waren also die Bettlaken!« rief Maude aus.

»Gnädige Frau, verehrte Gastgeberin ...« Jacob Stein steuerte auf sie zu. »Wir bringen Weihrauch, Myrrhe und Gold ...« Er hielt ihr sein Geschenk entgegen. Es gurgelte darin.

»Oder eine angemessene Nachbildung«, schloß er in leiserem Ton.

Maude brach als erste in Lachen aus, und Major Entwistle fing als erster an, Beifall zu klatschen.

Mit Verbeugungen stolzierten sie durch den Raum, wobei sie ihre Laken fester um den Körper schlangen. Nur Achmed schien sich in seinem improvisierten Faltenwurf wohl zu fühlen. Jacob Steins Gewand löste sich allmählich dort, wo es festgemacht war, und an den strategisch wichtigen Stellen von Tom Imutus Überwurf blitzten schamlos Sicherheitsnadeln.

»Aha!« Tom Imutu scherte aus der Reihe aus, als er an seiner Verlobten vorbeikam. Er stürzte auf sie zu und hob sie auf seine Arme.

»Meine Wüste wartet ...«, schmetterte er rauh.

»Sie fallen aus der Rolle!« Mr. Stein versuchte, ihn zur Ordnung zu rufen. »Das ist Häuptling Red Shadow und nicht die Drei Weisen aus dem Morgenland.«

»Das ist Ihre Meinung«, erwiderte Tom Imutu. »Mir scheint es weise genug!«

»Bitte«, sagte Achmed. »Du verdirbst den Effekt.«

»Na gut, ich bin überstimmt.« Tom setzte Anne wieder auf die Füße, und sie hing lachend an ihm. »Sie ist sowieso kein Federgewicht.« Er wich einem gespielten Schlag aus.

»Lassen Sie den Weihrauch nicht fallen«, befahl Jacob Stein. »Überreichen Sie ihn unserer Gastgeberin, bevor Sie anfangen zu zechen.«

»Verzeihung.« Tom streckte Maude mit einer tiefen Verbeugung sein Geschenk entgegen, hielt sich krampfhaft den Rücken, als er sich wieder aufrichtete, und wankte krummbeinig zu Anne zurück.

»Oh, danke schön.« Maude mühte sich verwirrt mit dem Geschenkpapier ab, während Jacob Stein und Achmed auf sie zugingen und ihr auch ihre Geschenke überreichten. »Eins nach dem anderen«, protestierte sie lachend.

»Wir wollen jetzt *alle* die Geschenke auspacken!« sagte Patti spontan. »Worauf warten wir noch?«

Vielleicht fiel nur Iris auf, daß Maude verstohlen auf die Uhr sah.

»Prima!« ... »Gute Idee!« ... »Warum nicht?« ... Die anderen wirbelten auf den Weihnachtsbaum zu.

Maude sah auf und runzelte die Stirn.

»Viertel nach vier«, sagte Preston. Es war ein grauer, düsterer Tag gewesen, der nicht gerade belebt worden war durch die Ausstrahlung des verkohlten Gerippes, das immer bedrückender wurde, je weiter der Tag fortschritt. Als jetzt der trübe Schein der tragbaren Gaslampen das einzige Licht darstellte, reichte es aus, selbst einen starken Mann zum Erschaudern, wenn nicht gar zum Weinen zu bringen. »Meinst du nicht, wir sollten jetzt hinübergehen? Wir kommen zu spät.«

»Aus wessen Sicht?« Knowles hob sein von finsteren Schatten bedecktes Gesicht, seine Augen glänzten tief in den Augenhöhlen.

»In der Einladung hieß es halb vier.«

»Zum Umtrunk. Aber die Dame fügte hinzu, daß das Essen ›gegen fünf‹ stattfinden würde. Ich sehe das als eine Einladung mit flexiblen Zeiten an.«

»Vielleicht«, meinte Preston zweifelnd.

»Da gibt es kein Vielleicht. Die Dame sieht ein, daß wir im Dienst sind. Meines Erachtens hat sie uns die Wahl gelassen, entweder zum Umtrunk und zum Essen oder nur zum Essen zu kommen, je nach unseren Verpflichtungen.«

»Vielleicht.« Preston hatte immer noch Zweifel. »Aber ich finde, wir sollten ihr sagen, daß wir später kommen.«

»Das ist sehr höflich von dir, du bist offensichtlich gut erzogen.« Knowles' Stimme wurde scharf. »Wie kommst du eigentlich darauf, es für eine mordsgesellige Angelegenheit zu halten? Sind dir schon die Weihnachtssterne zu Kopf gestiegen und haben dich blind gemacht? Oder denkst du einfach nur an deinen Bauch?«

Preston horchte plötzlich auf. »Nein, Sir«, sagte er steif.

»Na, also.« Knowles' Stimme kehrte wieder in ihre normale Tonlage zurück. »Dann will ich dir sagen, was wir machen. Wir werden es nicht zulassen, daß ein möglicher Gegner die Zeit bestimmt, zu der wir irgendwo sein sollen. Wir warten ab und lassen die Party ruhig anfangen. Alle sollen ein wenig aus dem Gleichgewicht geraten und vielleicht glauben, daß wir überhaupt nicht kommen. Sie sollen sich entspannen und uns im Trinken schon ein bißchen voraus sein.

Wir werden bestimmen, wann wir kommen.«

Es gab das auf Weihnachtsgesellschaften unvermeidliche Problem: Sollte man alle Geschenke mit einemmal verteilen und sich dann, wenn alle einen Stapel neben sich hatten, einer Orgie des gleichzeitigen Auspackens hingeben? Oder sollte man immer nur ein Geschenk ausgeben und abwarten, bis es geöffnet und bewundert worden war, bevor man das nächste Geschenk jemand anderem überreichte?

Auf ein Zeichen von Maude hatte Major Entwistle alle Gläser bis oben gefüllt, um ihnen allen über die anfänglich peinliche Situation hinwegzuhelfen. Er selbst war jedoch am schüchternsten, und sein Glas war den ganzen Nachmittag unberührt geblieben.

Iris dachte, daß es natürlich Leute gab, die nicht zu trinken wagten.

Und es gab andere, von denen man es nicht erwartete. Es war keineswegs so, daß religiöse Gründe Achmed etwa daran gehindert hätten. Nur sein glasiger Blick verriet, daß er nicht an Alkohol gewöhnt war und sich zügig seiner Toleranzgrenze näherte. Iris hoffte, daß er bis zum Essen durchhielt; wenn er erst einmal etwas zu essen bekam, würde es ihm schon wieder besser gehen.

Vielleicht hatte Maude denselben Gedanken. Sie sah erneut

mit besorgtem Stirnrunzeln auf die Uhr. Als sie aufblickte, merkte sie, daß Iris sie beobachtete.

»Ich glaube, es wird Zeit, den Rosenkohl aufzusetzen. Nein. Ich mach' das schon...« Sie bremste Iris' Gang in Richtung Küche. »Du bleibst hier und achtest darauf, daß alles unter Kontrolle bleibt. Ich bin gleich wieder zurück.«

Unter Kontrolle. Was für einen seltsamen Ausdruck Maude benutzte. Warum sollte denn nicht alles *unter Kontrolle* sein? Die Party lief schwungvoll, und alle kamen recht gut miteinander aus. Obwohl das Essen noch bevorstand, konnte die Party schon als Erfolg angesehen werden.

Iris fragte sich plötzlich, ob Maude ihre Kopfschmerzen *unter Kontrolle* hatte. Maude hatte sie nicht wieder erwähnt – aber das würde sie auch nicht, nicht einmal wenn die Schmerzen unerträglich wären. Sie würde sich irgendwie durch den Tag kämpfen und, nachdem die Gäste gegangen waren, zusammenbrechen.

»Iris! Iris! Achtung!« Jacob Stein hatte sich zum Meister der Hoflustbarkeiten ernannt und streckte ihr ein langes, schmales, von Rauschgold funkelndes Päckchen entgegen. »Das ist für Sie.«

»Danke schön.« Iris nahm das Paket und merkte, wie innen Holzstücke aneinanderrollten. Bleistifte? Zeichenkohle?

»Na, los!« Jacob Stein zwinkerte ihr zu. Seine Krone aus Theaterrequisiten war ihm über ein Ohr gerutscht und gab ihm ein liederliches Aussehen. Er versuchte, sich gleichgültig zu verhalten, aber es bestand kein Zweifel, von wem das Geschenk kam. »Öffnen Sie es!«

Iris spürte, wie sie errötete. Alle Blicke waren auf sie gerichtet. Zu spät erinnerte sie sich, wie sehr sie solche Augenblicke immer verabscheut hatte. Heute hatte sie nicht einmal die Ausrede, daß schließlich alle um sie herum Familienmitglieder waren. Oh, aber sie meinten es doch so gut. Sie mühte sich mit der Verpackung ab, die unter dem Rauschgold aus einem Kokon von Tesa-Film-Streifen zu bestehen schien.

»Oh!« Die Mühe hatte sich gelohnt. »Eine ganze Garnitur Pinsel! Und noch dazu aus Zobelhaar! Woher wußten Sie das?« Sie hatte sie schon sehnsüchtig im Laden für Kunstbedarf betrachtet, aber sie waren so teuer.

»Sie sollten immer in Öl malen. Sie sind gut darin. Sie sollten die beste Ausstattung haben.« Er wurde plötzlich gewahr, daß er zu ernst wurde, und zog eine Grimasse. »Natürlich Zobelhaar. Wenn Sie mich gut behandeln, können Sie aus der nächsten Million Pinsel einen Mantel machen.« Er zuckte mit den Schultern. »Na ja, vielleicht eine Jacke.«

»Was ist mit diesen hier?« Patti stürzte sich auf die winzigen Päckchen, die Eva Manning auf den Zweigen verteilt hatte. »Geben Sie diese Geschenke doch als nächste aus, Mr. Stein. Bitte. Ich vergeh' vor Neugier.«

»Auf besonderen Wunsch...« Zuvorkommend ließ er die Pakete in seine Hände purzeln und fing an, die Beschriftungen vorzulesen, die fast so groß waren wie die Päckchen selbst. »Noch etwas für Iris – welch beliebte junge Dame! Und Pammi, und Anne, und Maude...« Er hielt Pattis Geschenk boshaft bis zuletzt zurück.

»Der Major... und Tom...« Für jeden gab es ein Geschenk. »Und sogar für Sie, Patti. Sind Sie sicher, daß Sie es verdienen?«

»Na, nun kommen Sie schon!« Patti entriß es ihm und zerrte an der Verpackung.

»Oh!« Pattis Gesichtsausdruck änderte sich schlagartig, als sie den Deckel des kleinen Lederkästchens hob. »Oh, sie ist wunderschön, Miß Manning, aber...« Sie nahm eine wertvolle viktorianische Opalbrosche heraus. »Das hätten Sie nicht tun sollen.« Ihre Stimme zitterte im Brustton der Überzeugung. »Das hätten Sie wirklich nicht tun sollen.«

Die anderen blickten unbehaglich auf ihre eigenen Päckchen und zögerten plötzlich, sie zu öffnen. Eine Welle der Unruhe ging durch den Raum. Welche Geschenke sie auch immer für Eva Manning ausgesucht hatten, sie würden in keinem Verhältnis stehen zu den Geschenken, die sie ihnen machte.

»Unsinn!« sagte Eva Manning mit gezwungener Heiterkeit. »Nur Kleinkram, kleine Andenken. Los, öffnen Sie sie!« Mit befangener Miene nestelte Major Entwistle an seinem Päckchen herum und sah dann bestürzt auf. »Sehr verehrte Dame, das ist wirklich viel zu üppig.«

»Gefallen sie Ihnen nicht?« Eva Manning schien den Tränen nahe. »Ich hatte es doch *so* gehofft.«

»O doch. Doch, sie sind – sie sind …« Es schien ihm unmöglich zu sein, weiterzusprechen. Er hob ein Paar Manschettenknöpfe mit schwarzen Perlen aus dem Schmuckkästchen und starrte sie hilflos an. »Äh, genau das Richtige.«

»Und Sie …« Eva Manning wirbelte zu Iris herum. »Gefällt Ihnen Ihr Geschenk?«

Wie von einem Zauber befreit, fingen die anderen an, ihre Päckchen zu öffnen. Iris spürte Eva Mannings ungeduldigen Blick, während sie ihres öffnete.

»Ja, danke. Es ist wunderschön.« Worte waren unzureichend. Sie hoffte, daß ihr Gesichtsausdruck reine Dankbarkeit vermittelte und nicht die tiefe Bedrängnis erkennen ließ, die sie fühlte. Der schwere Mugelschliffgranat-Anhänger mit der winzigen Perle hing an einer langen Goldkette, war zu überladen und bei weitem zu kostbar.

Betreten dachte sie an ihre eigenen Geschenke, die noch nicht ausgepackt worden waren. Sie hatte von allen Mietern Zeichnungen – fast Karikaturen – gemacht und sie in schlichte Wechselrahmen gefaßt, so daß man sie gleich aufhängen oder, wenn man die Kosten nicht scheute, in konventioneller Form rahmen konnte. Als sie daran arbeitete, hatte sie es für einen geistreichen Einfall gehalten. Jeder mochte Bilder von sich selbst, und sie alle hatten verschiedentlich ihre Arbeit gelobt. Sie hatte geglaubt, daß ein persönliches Geschenk, bei dem sie ihre Zeit und ihre Begabung einsetzte, auf geschickte und preisgünstige Art und Weise das Problem der Schenkerei lösen würde.

Jetzt schien es einfach ärmlich.

»Wunderschön …«

»Das hätten Sie doch nicht sollen …« Auch die anderen versuchten, ihren peinlich berührten Dank zum Ausdruck zu bringen. Es sah so aus, als hätte Eva Manning ihren Schmuckkasten geleert – aber es war ihr nicht gelungen, Dank zu erkaufen. Mit Lesezeichen hätten sich alle glücklicher und wohler gefühlt.

»Das ist wirklich *zuviel*!« murmelte Maude ärgerlich, während sie einen großen Amethystring von einem Finger auf den anderen schob in dem Bemühen, einen zu finden, auf den er paßte. »Ist es nicht *typisch* die gute Eva Manning, alles falsch zu verstehen?«

»Das hätten Sie nicht tun sollen …« Pammi wiederholte die Worte ihrer Schwester, während ein Armband aus vergoldetem Silber ihr schlankes Handgelenk hinunterdrückte.

»Unsinn!« wiederholte Eva Manning. »Ich habe diese Sachen mein Leben lang besessen und nur selten getragen. Sie sollten an euch junge Leute übergehen – Sie können noch Gebrauch davon machen. Ich habe niemanden, dem ich sie hinterlassen könnte«, ihr Gesicht verfinsterte sich, »und keine Gelegenheit, zu der ich sie jetzt tragen könnte.«

»Ich hoffe, Sie haben *einige* Ihrer hübschen Sachen für sich zurückbehalten.« Major Entwistle beugte sich feierlich über sie. »Ich würde Sie gerne im neuen Jahr in die Oper ausführen, als ein Teil Ihres Weihnachtsgeschenks.«

»Gut, ja, natürlich. Ich habe alle Sachen meiner Mutter behalten – mich von *ihnen* zu trennen, hätte ich nicht ertragen. Aber wie aufregend! Was sehen wir denn?«

»Äh, was Sie möchten. Sie haben die Wahl.« Sein Zögern verriet, wie wenig er mit dem Opernprogramm im Covent Garden vertraut war. Er hatte offensichtlich aus einem spontanen Einfall heraus gesprochen, um sein eigenes Geschenk, das er für unzureichend hielt, zu vervollständigen. Aber was war mit den anderen?

»Wir werden auch noch etwas machen«, versprach Patti hastig. »Wie wär's mit …«

»Ruhig, bleiben Sie doch ruhig, Herrschaften.« Jacob Stein unterbrach die schüchternen Beteuerungsversuche. »Warten Sie nur ab, was Achmed verteilt. Wir bekommen alle eine Schenkungsurkunde über eine Ölquelle.«

Alle außer Achmed lachten.

»Es ist schon spät«, sagte Maude und sah dabei wieder prüfend auf ihre Uhr. »Ich glaube, wir sollten nicht mehr viel länger warten, sonst ist das Essen ruiniert. Was halten Sie davon, wenn wir jetzt essen und den Rest der Geschenke nach dem Essen auspacken?« Es war eher ein Befehl als ein Vorschlag, aber ein ausgezeichneter.

Sie gingen dankbar ins Eßzimmer. Genau das brauchten sie in diesem Augenblick: eine lange Pause voller Ablenkung, die die Stimmung lockerte, bevor weitere Geschenke geöffnet wurden. Etwas, das sie auf andere Gedanken brachte; Essen und Wein würden die Vergegenwärtigung der eigenen Unzulänglichkeit gegenüber Eva Mannings Freigebigkeit mildern.

Maude hatte wie immer genau den richtigen Ton getroffen.

Ich kann das nicht mehr viel länger ertragen! Wie lange soll das noch so weitergehen? Schau sie dir alle an – *zum Teufel* mit ihnen!

Zum Teufel mit ihrem Lachen, ihren spöttischen Gesichtern! Zum Teufel mit ihrer blasierten Überheblichkeit! *Zum Teufel mit ihnen!*

Und *sie!* Schau nur, wie sie da steht. So zufrieden, so selbstgefällig, so selbstsicher. Was gibt ihr das Recht, so selbstsicher zu sein?

Sie alle halten sich in ihrer eigenen kleinen Welt für so gescheit, so sicher, so *geborgen.* Sie glauben, daß nichts ihnen je etwas antun könnte, daß die Außenwelt sie niemals berühren könnte.

Sie glauben, daß sie das Recht haben, über andere Leute die Nase zu rümpfen, sie zu bevormunden.

Jemand sollte ihnen eine Lektion erteilen.

Aber ich kann daran jetzt nicht denken. *Mein Kopf.* Die Aspirin haben nicht gewirkt. Vielleicht habe ich nicht genug davon genommen. In meinem Kopf klopft es unaufhörlich, und in meinen Ohren dröhnt es jetzt so seltsam.

Und das Licht! Diese nadelspitzen Strahlen, reflektiert vom Silber, den Gläsern – dem Tranchiermesser. Die Helligkeit – hart wie ein körperlicher Schlag – vermehrt die Schmerzen noch. Ich muß meine Augen abwenden, sie sogar schließen.

Ich darf das Tranchiermesser nicht ansehen.

Was soll ich nur machen? Ich kann mich doch nicht entschuldigen, während wir uns gerade alle am Tisch niederlassen. Und selbst wenn ich wegginge, um mehr Aspirin zu nehmen, würde es einige Zeit dauern, bis sie anfangen zu wirken. Ich muß dieses Essen irgendwie überstehen.

Vielleicht hilft es, noch etwas zu trinken. ›Vertreibt jeglichen Schmerz‹ – heißt es nicht so? Bei einigen Leuten scheint es zu helfen.

Wieviel habe ich eigentlich schon getrunken? Ich weiß es nicht. Man verliert den Überblick, wenn das Glas ständig wieder gefüllt wird.

›Nachfüllen‹ hieß es unaufhörlich.

Ich kenne ihre Tricks! Sie möchten sehen, wie ich mich betrunken selber schändlich entehre. Das würde ihnen ihre Überlegenheit bestätigen. Dann könnten sie alle um so mehr lachen und spotten. Diese Befriedigung werde ich ihnen nicht geben!

Aber ich muß etwas unternehmen, um diese heftigen Schmerzen in den Griff zu bekommen. Vielleicht noch ein Glas. Schon jetzt fühle ich mich unter den Schmerzen angenehm locker. Noch ein Glas – oder zwei – nimmt mir vielleicht die Schmerzen und läßt nur die lockere Empfindung zurück. Das *wäre* schön.

»Major Entwistle«, rief Maude zum zweitenmal. »Würden Sie bitte den Wein eingießen?«

»Wie bitte?« Major Entwistle hatte wie in Trance dagestanden und dabei auf den Tisch gestarrt. Er hob den Kopf und sah Maude vage an.

»Den Wein«, half sie geduldig nach. »Würden Sie bitte, bevor Sie sich setzen, den Wein einschenken?«

»Oh, natürlich. Selbstverständlich.« An seine Pflicht erinnert, nahm Major Entwistle eine der schlanken Flaschen von der Anrichte und begann die Gläser zu füllen.

Er war Millionen Kilometer weit weg gewesen, dachte Iris. Wahrscheinlich ging es ihnen allen so, oder zumindest einem kleinen Teil von ihnen. Das war heute unvermeidlich. Erinnerungen an andere Weihnachtsfeste würden den ganzen Tag an ihnen zerren, würden kommen und gehen, sobald irgendein vertrauter Aspekt des traditionellen Brauchs sie zurückwarf in jene ihnen in vergangenen Zeiten bekannte Welt.

»Da schau her! Knallbonbons!« Mr. Stein brach den Zauber, griff nach dem leuchtendroten und -goldenen Gegenstand neben seinem Teller und schwenkte ihn. »Alle ziehen!«

Kleine Explosionen ertönten um den Tisch herum, als sie sich ihren Partnern zuwandten und an den Zipfeln der Knaller zogen.

Pattis und Pammis Lächeln war eine Spur zu strahlend, und sie sahen einander kaum an, während sie übereifrig die Papierhüte herauszogen und das Papier mit dem Sinnspruch glätteten. Die winzigen Angebinde ließen sie achtlos aufs Tischtuch fallen.

Eva Manning und Achmed stießen beide fast ihren Wein um, verwirrt von der Handhabung dieser – zumindest für Achmed – unbekannten Gegenstände.

Achmed zuckte bei dem Lärm zusammen und langte unsicher nach seinem Weinglas, während ganz allein Eva Manning der Versuch überlassen blieb, Weihnachtsstimmung zum Ausdruck zu bringen.

»Sehen Sie nur!« rief sie aus. »Sehen Sie, Achmed, Sie haben einen niedlichen kleinen Pferdehuf bekommen. Das bringt angeblich Glück, wissen Sie, ein Pferdehuf ...«

Er sah sie mit verständnislosem Blick an. Sie erschauderte sichtlich und versuchte es noch einmal.

»Es ist doch wirklich aufmerksam von Maude, an *all* den Weihnachtsputz zu denken, finden Sie nicht auch?« Sie bemerkte offenbar zu spät, daß Achmed keine Ahnung hatte, was ›Weihnachtsputz‹ war – vielleicht nicht einmal, was Weihnachten bedeutete. Sie lächelte ihn übertrieben strahlend an und griff nach ihrem Glas.

»Vielleicht«, Maude stand zögernd in der Tür, »vielleicht könnten Sie so nett sein, Major Entwistle, und den Truthahn für uns hereintragen? Er ist ziemlich schwer ...«

»Selbstverständlich, selbstverständlich.« Major Entwistle sprang zuvorkommend auf.

»Sagen Sie ...« Jacob Stein blickte um den Tisch herum. »Wir sind noch nicht vollzählig, nicht wahr?« Er sah interessiert auf die zwei leeren Plätze am Ende der Tafel. »Jemand von uns scheint noch zu fehlen.«

»Niemand fehlt«, meinte Maude kühl. Sie warf einen Blick auf die Uhr und dann auf die leeren Plätze. »Ich fürchte, ich – habe mich verzählt. Es sind alle da, Mr. Stein.«

»Oh.« Beschämt sah er sich nach einer Ablenkung um. »Hier!« Er nahm ein Stück Papier auf, das aus seinem Knallbonbon gefallen war, und schüttelte es voller Widerwillen aus. »Ich nehme das hier nicht an! Ich lehne eine Degradierung ab!«

Man konnte ihn verstehen. Der schlaffe Papierring mit den mickrigen Spitzen würde nur einen ärmlichen Ersatz darstellen für die glitzernde Krone aus Folie, die er schon auf dem Kopf trug.

»Was meinen Sie dazu?« Er sah seine königlichen Gefährten an.

»Richtig!« Tom Imutu schleuderte seinen Papierhut beiseite. »Das kann man uns nicht antun. Wir behalten unsere einmal erteilten Rollen und nehmen keine neuen an. Nicht wahr, Achmed?«

Als Achmed seinen Namen hörte, drehte er sich um und blinzelte zerstreut in die Richtung, aus der die gebieterische Stimme kam.

»Unser Kollege ist der gleichen Meinung«, übersetzte Tom Imutu vergnügt. »Fort mit dem zweitrangigen Königsschmuck!« Er nahm die Papierkrone wieder auf und schleuderte sie noch weiter von sich fort. Es war gut, daß Maude noch nicht die Kerzen in der Mitte des Tisches angezündet hatte.

Achmed blinzelte, dann schloß er sich ihrem Beispiel an.

»Nicht dorthin«, sagte Maude energisch. »Lassen Sie Platz für den Truthahn.« Major Entwistle erschien in der Tür mit der schwerbeladenen Platte.

»Bitte genau dorthin, Major«, ordnete Maude an. »Direkt neben das Tranchiermesser und die Aufleggabel. Iris, würdest du mir helfen ...«

Iris begann die Kartoffeln und den Rosenkohl, die Saucenschüssel und die Brottunke hereinzutragen, während Maude jeder Schüssel ihren Platz zuwies und darauf achtete, daß der Major die Gläser wieder auffüllte.

Endlich war alles zu Maudes Zufriedenheit hergerichtet, und mit einem kleinen, abschließenden Seufzer blickte sie um den Tisch herum.

»Nun, also, Major Entwistle«, sagte sie, »möchten Sie tranchieren?«

Die Luft draußen war geringfügig wärmer als in dem ausgebrannten Haus, was aber nicht viel besagte. Der Himmel war schwarz, und es drohte zu regnen oder möglicherweise zu hageln. Die Lichter des Hauses gegenüber leuchteten hell und festlich und versprachen Wärme, Essen, Trinken und Behaglichkeit, wenn nicht gar angenehme Geselligkeit. Aber man konnte schließlich nicht alles haben.

»Meinen Sie nicht, daß es für uns an der Zeit wäre, hinüberzugehen?« fragte Preston hoffnungsvoll. »Sie sollten mittlerweile schon ziemlich locker sein.«

»Ja, wahrscheinlich«, stimmte Knowles zu.

»Benutzen wir die Haustür oder den Hintereingang?« In der Einladung war zwar erwähnt worden, daß man die Hintertür für sie eingeklinkt lassen würde, aber wenn Knowles irgend jemanden aus dem Gleichgewicht bringen wollte, wäre es vielleicht besser, zur Haustür herumzugehen und zu läuten. Es würde einfach ein leichter Hinweis darauf sein, daß dieses ein offizieller Besuch sein könnte.

»Gute Frage.« Knowles schritt auf dem versengten Gras aus. »Was meinst du?«

Ein plötzlicher Schrei drang durch das nachdenkliche Schweigen, dann noch einer. Schrille Entsetzensschreie, die von mehr als einer Stimme in diesem hellerleuchteten Haus herrührten.

»Los!« Sie rannten zum Loch im Zaun.

Als sie es erreichten, hörte das Geschrei schlagartig auf. Die plötzliche Stille war schlimmer als das Schreien.

»Es ist lange her«, wandte der Major ein. »Ich bin nicht sicher, ob ich die Kniffe noch weiß...« Er langte nach dem Tranchiermesser.

Eva Manning riß es den Bruchteil einer Sekunde vor ihm an sich.

Ungläubig betrachtete Major Entwistle die lange, schmale Schnittwunde quer über seinen Handteller. Selbst als er seine Hand zurückzog, quoll das Blut hervor und tropfte auf das strahlend weiße Tischtuch.

»Nein! Neiiiin!« Ein markerschütternder Schrei kam von Patti und wurde sogleich von Pammi aufgenommen.

Achmed drehte sich benebelt um und fiel gegen seinen Stuhl, wobei er eine Hand ungläubig hob, um die tiefe, klaffende Wunde, die sich quer über seinem Hals zeigte, zu bedecken.

»Tom, nicht!« Anne klammerte sich an Tom Imutu, als er aufzustehen versuchte. »Sie ist geisteskrank! Das Messer ...«

»Sie ist verrückt geworden!« Maudes Stimme wurde hart. »Ausgesprochen verrückt.«

»Nennen Sie mich nicht so!« Eva Manning trat, das Messer vor ihrem Körper, vom Tisch zurück.

Patti und Pammi hörten schlagartig auf zu schreien, da sie merkten, wie gefährlich es war, die Aufmerksamkeit in irgendeiner Weise auf sich zu lenken.

Bleich von dem Schock nahm Major Entwistle geistesabwesend seine Serviette auf und band sie um seine verletzte Hand. Achmed lag zurückgelehnt in seinem Stuhl und verfolgte mit den Augen die Spur seines Blutes, das an dem um seine Schultern geschlungenen Laken herunterfloß.

Sie starrten abwartend auf Eva Manning und wagten nicht, sich zu bewegen, aus Angst, sie dadurch erneut zu reizen.

Das war doch unmöglich, dachte Iris. Solche Sachen passieren keinen Leuten, die man kannte, und nicht in wohlgeordneten Haushalten. Und dennoch, das waren genau die Leute, bei denen so etwas passierte, genau die Orte, an denen es passierte. Man las jeden Tag darüber in den Zeitungen. *Die Zeitungen ...*

»O Gott!« flüsterte Iris. »Diese anderen Leute. Alle aus unserer Gegend und immer näher ... Und das Feuer ...«

»Sie!« Eva Manning wirbelte herum und bewegte sich langsam auf Iris zu. »Ich weiß alles über *Sie!* Mich ausspionieren! Lügen über mich verbreiten!«

»Nein, Miß Manning ...« Iris versuchte ihren Stuhl zurückzuschieben, aber sie war auf der einen Seite von Jacob Stein und auf der anderen von Pammi eingeklemmt, die beide ebenso wie sie vor Entsetzen wie gelähmt waren. Sie konnte nicht weg. »Bitte ...« Hilflos starrte sie auf die scharfe Spitze des Messers, das immer näher kam.

»Zuerst Sie«, sagte Eva Manning. »Dann werde ich mit den anderen abrechnen.« Versunken in ihre eigene, todbringende Welt bewegte sie sich mit funkelnden Augen ständig vorwärts. Plötzlich fing sie mit hoher, schriller Stimme an zu singen.

»Am ersten Weihnachtstod ...«

Iris nahm zwar verschwommen Gestalten in der Küchentür wahr, aber sie konnte ihre Blicke nicht von dem Messer lassen. Es war, als glaubte sie, es irgendwie durch ihren Blick unter Kontrolle halten zu können; wenn sie für einen Augenblick fortsah, würde sie sofort den scharfen Stich der Klinge spüren und... Es passierte alles gleichzeitig. Maude warf mit der Saucenschüssel. Jacob Stein kippte seinen Stuhl hintüber und landete dabei zwar krachend auf dem Boden, lenkte aber von Eva Mannings Ziel ab. Die Polizei stürzte vor, um sie zu ergreifen.

Die anderen lösten sich vom Tisch und beeilten sich, der Polizei bei der Überwältigung von Eva Manning zu helfen. Es gab einen kurzen, heftigen Kampf, der damit endete, daß sie plötzlich zusammenbrach und das Messer fallen ließ, als sie zu Boden ging.

In der plötzlichen Stille versuchte Jacob Stein wieder mühsam auf die Beine zu kommen und hielt sich dabei *krampfhaft* den Rücken.

»Maude«, respektvoll schüttelte er den Kopf, »lassen Sie sich nie nachsagen, Sie würden keine wilden Partys veranstalten.«

31. Kapitel

Nehmt Abschied, Brüder, ungewiß ist alle Wiederkehr …

Gegen viertel vor zwölf hatten sich alle in Maudes Wohnung eingefunden. Anne und Tom waren die letzten Ankömmlinge gewesen, und Maude hatte sie aufgehalten, bevor sie die Treppe erreichten. Sie schienen nicht überrascht zu sein.

»Wir sind ausgegangen zum Essen, aber plötzlich konnte ich es nicht mehr länger in dem Restaurant aushalten«, erklärte Anne. »Jedenfalls nicht, um das neue Jahr dort zu begrüßen. Es schien mir irgendwie nicht angemessen. Ich hatte das Gefühl, als ob wir statt dessen hierher zurückkehren sollten.«

»Uns ging es genauso«, sagte Patti. »Pammi fliegt morgen nach Toronto zurück, und wir sind auch ausgegangen, um ganz privat Abschied zu feiern. Nur, dann schien es uns plötzlich nicht in Ordnung, uns abzukapseln. Wir alle«, sie machte eine das ganze Zimmer umfassende Handbewegung, »haben so viel zusammen durchgemacht, haben in wenigen Stunden ein ganzes Leben durchlebt. Wir hatten das Gefühl, daß wir alle zusammensein sollten, um das alte Jahr zu verabschieden …«

»Und das neue Jahr zu begrüßen«, sagte Maude mit fester Stimme. »Ein *glückliches* neues Jahr.«

»Es könnte wohl kaum viel schlimmer kommen«, meinte Iris ruhig.

Es war immer noch schwer zu glauben, daß die Weihnachtsparty und die vergangenen Tage tatsächlich stattgefunden hatten. Aber die Wundverbände, die Achmed und der Major trugen, waren nur zu lebhafte Hinweise darauf, daß dem so war. Und Mr. Stein, der steif und aufrecht dasaß, war ein weiteres Beispiel – sein Therapeut hatte ihm versichert, daß es ihm in weiteren sechs Monaten wieder so gut wie zuvor gehen würde, vorausgesetzt, sie würden beide daran arbeiten.

»Wenn man *bedenkt,* daß sie all diese schrecklichen Dinge getan hat«, Patti erschauderte, »und dann in *dieses* Haus zurückgekommen ist, und daß niemand von uns je einen Verdacht hatte …«

»Ja.« Maude preßte die Lippen zusammen. Es war schließlich *ihr* Haus.«

»Sie hat es selbst nicht gewußt«, sagte Mr. Stein. »Das ist vielleicht das Schlimmste an der ganzen Sache.«

»Gut, daß sie nie wieder das Bewußtsein erlangt hat«, sagte Major Entwistle. »Sie hätte doch nicht so leben können, wenn die Operation Erfolg gehabt hätte und sie gezwungen gewesen wäre, sich zu vergegenwärtigen, daß sie für all diese schrecklichen Morde verantwortlich war.

»Nicht *verantwortlich*«, verbesserte Maude. »Sie hat sie zwar begangen, aber sie war nicht wirklich dafür verantwortlich.«

»Dieses Lied, das sie gesungen hat«, sagte Patti. »Das war doch ›Die Zwölf Weihnachtstage‹, nicht wahr? Nur, sie verwandelte es im Geiste in ›Tote‹. Sie hätte uns alle umgebracht, wenn sie nicht daran gehindert worden wäre. Und sie brachte tatsächlich zwölf Leute um – wenn man ihre Person mitzählt –, wie man feststellte, als man alles zusammenzählte ...«

»Ich finde, wir sollten darüber nicht mehr nachgrübeln«, sagte Mr. Stein. »Die Medien haben die Geschichte schon genug zerpflückt. Wir wollen es uns alle zum Neujahrsvorsatz machen, daß wir nicht mehr darüber sprechen wollen.«

»Aber es war alles so schrecklich«, sagte Pammi. »Und Patti und ich, wir fühlen uns so unwohl wegen der Schmuckstücke, die sie uns kurz vor ihrem Anfall gab. Meinen Sie, wir sollten sie in ihren Besitz zurückgeben? Wer sind überhaupt die Erben?«

»Ich glaube, es gibt irgendwo eine Kusine«, sagte Maude. »Sehr weit weg – ich bin nicht sicher, ob sie einander je begegnet sind. Wir gehörten mehr zu ihrem Leben als ihre Verwandten.«

»Genau.« Major Entwistle starrte nachdenklich auf die schwarzen Perlen in seinen Manschetten. »Sie wollte, daß *wir* diese Sachen besitzen. Ich glaube, daß es die letzte Geste der *wirklichen* Eva Manning gewesen sein könnte, bevor der ihr Gehirn zerstörende Tumor sie in das Monster verwandelte.«

»Die arme Frau«, krächzte Achmed. Er würde noch einige Zeit Schwierigkeiten mit seinem Hals haben.

»Wenn man es so betrachtet«, sagte Patti, »dann können wir die Sachen gar nicht zurückgeben, oder? Es wäre, als würden wir uns von ihr abwenden. Und sie *war* nett, als sie noch sie selbst war.«

»Wahrscheinlich werden wir den Schmuck eines Tages tragen«, sagte Pammi. Der Gedanke an die Wirklichkeit verfinsterte ihr Gesicht. »Wahrscheinlich werden wir, wenn es lange genug zurückliegt, sogar ein Gesprächsthema daraus machen. Jedenfalls wird es sicherlich eine Geschichte sein, die wir unseren Enkeln erzählen werden.«

Die Uhr begann zwölf zu schlagen, für jedes Opfer einschließlich Eva Mannings ein Schlag der Totenglocke ...

»Mitternacht«, sagte Maude.

»So ist denn das alte Jahr endlich vorüber«, sagte Anne Christopher. Sie langte nach Tom Imutus Hand.

Sie alle hoben ihre Gläser, und es entstand ein nachdenkliches Schweigen, so als ob niemand als erster den Toast aussprechen wollte. Dann sprachen sie plötzlich alle gleichzeitig.

»Ein Glückliches Neues Jahr!«

Karen Kijewski

KATAPULT

DANK

Die Autorin bedankt sich an dieser Stelle bei Chief John Anderson von der California Highway Patrol und bei Detective Russ Martin vom Sacramento County Sheriff's Department für die Zeit, die sie opferten, sowie für ihre unschätzbare Hilfe und ihr Fachwissen. Alle Fehler, über die der Leser stolpern könnte, sind natürlich der Autorin zuzuschreiben. Ein herzlicher Dank geht an Dan Evans für seine Kenntnisse auf dem Gebiet der Musik und an Don Trethewey für Hintergrundinformationen zum Lokalkolorit. Und ein besonderer Dank und höchste Anerkennung für Dianne Epperson und Linda Grant, weil sie immer da waren.

1

Mein Tag fing um fünf in der Früh an, und zwar mit einer Leiche. Mit einer Leiche und einem Anruf, aber nicht in dieser Reihenfolge.

Zuerst kam der Anruf. Ich ging nicht ran, schließlich hatte ich den Anrufbeantworter eingeschaltet.

Detektivbüro Kat Colorado.

Verdammt, ich hatte vergessen, die Lautstärke runterzudrehen.

Sprechen Sie nach dem Piepston.

Ich hielt mir die Ohren mit dem Kissen zu.

Ich rufe Sie zurück.

Daunenkissen sind auch nicht mehr das, was sie mal waren. Ich hörte sogar noch den Piepston.

»Mein Gott, Kat, hör auf mit dem Versteckspielen«, klang Almas beleidigte Stimme herüber. »Ich weiß, daß du da bist, mir machst du nichts vor.« Sie schwieg einen Augenblick. Ich versuchte aufzuwachen. »Katy, du bist doch da, oder?«

Ich seufzte und nahm den Hörer in die Hand. »Ja.«

Almas Stimme klang plötzlich alles andere als fest. »Katy, die Polizei ist da.« Sie sprach das Wort aus wie Po-li-zei. Der Morgen ist nicht gerade meine stärkste Zeit, aber trotzdem wachte ich nun auf.

»Sie sagen, Johnny ist tot, aber das kann doch nicht sein, oder? Es darf einfach nicht wahr sein. Gestern ist's ihm doch noch gut gegangen. Da hab' ich ihm noch ein Roggenbrot gemacht, dunkler Roggen, mit Corned beef, Senf und Essiggurke, genau so, wie er's mag. Da kann er doch nicht tot sein. Oder? Nein, das ist völlig unmöglich.«

Sie klang ein wenig erleichtert. Alma glaubt fest an die Macht guter Hausmannskost – was für sich genommen ja auch völlig in Ordnung ist; aber eben nur für sich genommen. Ich dagegen glaube an die Logik der Polizei. Wenn's um die Identifizierung einer Leiche geht, schenk' ich der Polizei auf jeden Fall mehr Glauben als einer Scheibe Corned beef.

»Er *sagt*, er ist von der Polizei. Aber ich weiß nicht so recht. Er hat ganz normale Kleider an. Polyester«, fügte sie verächtlich hinzu. Alma glaubt auch fest an alle natürlichen Gewebe.

»Hast du dir seinen Ausweis zeigen lassen?«

»Nein.«

»Alma, du läßt mitten in der Nacht einen Fremden ins Haus, bloß weil er dir erzählt, daß er ein Polizist ist?«

Sie schwieg eine ganze Weile beleidigt. »Es ist nicht mitten in der Nacht; es ist hellichter Morgen. He, Sie da«, ihre Stimme klang ein bißchen weiter weg, »zeigen Sie mir mal Ihren Ausweis.« Dann war ihre Stimme wieder deutlich zu hören. »Okay, hab' ihn gesehen.«

»Sieht er so aus wie auf dem Bild?«

Pause.

»Kann ich den Ausweis noch mal sehen?« Wieder eine Pause.

»Ja. Also, was macht er hier?«

Sie fragte mich das, nicht ihn. Ich hab's inzwischen aufgegeben, aus Alma schlau werden zu wollen; schließlich antworte ich auch nicht immer auf alles, was sie mich fragt. Er hatte ja gesagt, warum er da war, wegen Johnny. Ich bekam ein ungutes Gefühl in der Magengegend. Vergessen wir das Corned beef auf Roggenbrot, die Essiggurke und den Senf. Und das Polyester. Ein Polizist blieb ein Polizist. Und ich hatte Angst. Um Johnny und dann um Alma. Und – zum Teufel noch mal, ja – auch um mich.

»Gib mir den Mann von der Polizei mal, Alma.« Ich sprach das Wort Polizei richtig aus.

»He, Bulle.«

Sie legte den Hörer mit einem Krach weg. Alma ist einundachtzig und glaubt, daß sie sich solche Sachen erlauben kann. Bis jetzt hat sie damit unglücklicherweise auch recht gehabt. Ich verstehe überhaupt nicht, wo sie Wörter wie Po-li-zei oder Bulle herhat. Ich stell' mir immer vor, daß sie ein ziemlich abgeschiedenes Leben führt. Aber da täusche ich mich offenbar.

»Detective Barkowski am Apparat.«

»Würden Sie mir bitte sagen, was vorgefallen ist?« Ich versuchte, förmlich und würdevoll zu klingen, als könnte ich die Vorgänge durch die Macht der Worte kontrollieren.

»Ihr Name, Ma'am?«

Ich unterdrückte meine Ungeduld. »Kat Colorado.«

»In welcher Beziehung stehen Sie zu Mrs. Flaherty?«

Meine Ungeduld verwandelte sich zu einem Gefühl der Übelkeit.

»Sie ist meine Enkelin, Bulle«, hörte ich Alma im Hintergrund sagen.

»Johnny. Sagen – Sie – mir – was – mit – Johnny – ist.« Ich sprach jedes einzelne Wort sorgfältig aus, um die Realität durch die Sprache in den Griff zu bekommen, aber es wollte mir immer noch nicht so recht gelingen.

»Wir haben noch nichts Eindeutiges, Ma'am. Heute morgen gegen drei wurde ein junger Mann tot in Mrs. Flahertys Wagen gefunden. Deshalb sind wir hier. Und sie hat gesagt, sie hatte das Auto ihrem Enkel geliehen.«

»Und Sie haben keinen Ausweis bei der Leiche gefunden?«

»Nein, Ma'am.«

Die Hoffnung erhob sich wie ein verdreckter, tropfnasser Phönix aus der Übelkeit. Kein Ausweis. Also mußte es nicht Johnny sein. Vielleicht war es nur sein Mitbewohner. Wieder zog sich mir das Herz zusammen. Oder vielleicht war der Wagen auch gestohlen. Noch einmal Erleichterung. Gestohlen, das war die angenehmste Lösung. Ich legte mir lieber keine Rechenschaft darüber ab, warum jemand wohl einen türkisfarbenen Dodge Dart Baujahr 1973 stehlen würde. Ich stellte diese Frage gar nicht erst, weil ich die Antwort darauf bereits wußte. Einen solchen Wagen würde man nicht stehlen.

»Detective, ich komme sofort. Sie werden wahrscheinlich sehr viel mehr aus Alma herausbekommen, wenn ich dabei bin.«

»Das hoffe ich, Ma'am.« Er klang müde. Für ihn war die ganze Sache nur ein Job, ein Job und eine Leiche. Der Phönix geriet wieder ins Wanken.

»Bitten Sie Alma, Kaffee und Toast zu machen. Sie ist am besten zu haben, wenn's was zu essen gibt.«

»Ja, Ma'am. Könnten Sie so schnell wie möglich herkommen?«

»Ich könnt's in einer halben Stunde schaffen. Ich komme von Orangevale.« So lange würde ich von dem ländlichen Vorort Orangevale zu Almas Haus im viktorianischen Stil inmitten von Sacramento brauchen.

»Geben Sie mir den Hörer wieder, mein Lieber«, sagte Alma mit gebieterischer Stimme.

»Katy, kommst du? Du bringst doch Ordnung in dieses ganze Durcheinander, oder?«

»Ja, Alma, ich komme, und dann finden wir gemeinsam heraus, was los ist. Mach dem Detective einen Kaffee und dazu ein Zimtbrötchen oder so was. Wahrscheinlich ist er schon die ganze Nacht auf.« Ich konnte fast hören, wie sie sich von einer empörten Bürgerin in eine besorgte Hausfrau verwandelte. Wir legten mit dem tröstenden Gedanken an etwas zu essen auf.

Ich stand auf und schlüpfte in meine Jeans. Und ich spürte, wie meine Körpertemperatur mit einem Schlag um gute zehn Grad sank. In dem Haus war es eiskalt. Als ich das T-Shirt auszog, das ich normalerweise zum Schlafen trage, verflüchtigten sich noch ein paar weitere Grade. Als ich dann endlich Socken und Schuhe anzog, zitterte ich ordentlich. Und dann waren meine Hände an der Reihe. Sie fielen mir vor Kälte fast ab, als ich das Eis von den Scheiben des Bronco II abkratzte.

Um zehn nach fünf morgens war noch kein Verkehr, und ich konnte das Gaspedal richtig durchdrücken. Erst als die Heizung endlich funktionierte und ich ein bißchen auftaute, fing auch mein Gehirn an zu arbeiten. Verdammt. Ich hätte Johnny anrufen sollen. Ich schlug mit der Hand auf das Lenkrad. Ziemlich fest. Dann hätte ich vielleicht schon Bescheid gewußt. Warum hatte Alma ihn nicht angerufen? Oder Barkowski? Ich fuhr noch schneller und betete, daß die ganzen Streifenpolizisten bei Winchells saßen und ihre Doughnuts in ihren Morgenkaffee tunkten. Ein Polizist am Morgen war genug.

Ich rannte, zwei Stufen auf einmal, zu Almas Veranda hinauf. Ich habe einen Schlüssel, aber den brauchte ich nicht, weil nicht abgeschlossen war. Ich schaute mich schnell um und machte mich auf den Weg in die Küche. Dort war es warm und gemütlich, und es stand so ein altmodischer Herd darin, für den Yuppies einen Mord begehen, von dem Alma sich aber nie trennen würde. Dieser Herd hatte noch keinen Tag erlebt, an dem er nicht benutzt worden wäre.

Barkowski saß am Küchentisch, eine Serviette ins Hemd gesteckt und vor sich einen fast leeren Teller, auf dem sich vorher Eier, Würstchen und Zimtbrötchen befunden hatten.

Er wischte sich schnell den Mund ab und rappelte sich mit einem ein wenig verlegenen Gesichtsausdruck hoch – als ob irgend jemand Almas Kochkünsten widerstehen könnte. Ich winkte ab, während ich ihm die Hand gab. Alma umarmte mich von hinten.

»Wie willst du deine Eier, Katy?«

»Detective Barkowski? Nein, danke, keine Eier. Bloß Tee, Alma.«

»Ja, Ma'am.«

»Kat Colorado. Würden Sie mir bitte Ihren Ausweis zeigen?«

Er versuchte, seinen Kaffee in den Griff zu bekommen, und holte dann seinen Ausweis heraus und klappte ihn auf. Die Marke war echt. Auf dem Bild war ein jüngerer Barkowski zu sehen, aber es handelte sich zweifelsohne um dieselbe Person. Und auch der Name stimmte.

»Sheriff's Department. Alma hat doch was von Polizei gesagt?«

»Ein Bulle bleibt ein Bulle.« Das war Alma. Wir schenkten ihr keine Beachtung. Barkowski gewöhnte sich allmählich an sie.

»Sheriff's Department. Betrifft die Bezirkspolizei, nicht die Stadt.« Er klappte den Ausweis zu und steckte ihn weg.

»Bitte sehr, einmal Spiegeleier.« Alma knallte einen Teller vor mir auf den Tisch und drückte mich auf einen Stuhl. Ich aß meine Portion. Das war einfacher, als sich mit ihr herumzustreiten. Barkowski grinste mich an.

»Noch ein bißchen mehr, mein Lieber?«

»Äh ...«

»Gebongt.« Er grinste wieder.

»Hat schon irgend jemand bei John zu Hause angerufen?«

»Ja, Ma'am.« Ich erstarrte in meiner Bewegung. Die Spiegeleier tropften herunter und verklebten.

»Und?« preßte ich schließlich hervor.

»Ist niemand rangegangen, Ma'am.«

Ich schob die Gabel mit den Eiern in den Mund und tunkte die klebrige Masse mit einem Stück Toast auf. »Detective, sagen Sie doch Kat, Ms. Colorado oder auch bloß He Sie da zu mir, aber bitte nicht Ma'am.«

»Ja, M..., äh..., Ms...., äh..., Kat. Ich heiße Joe, Joe Barkowski.«

»Ein guter polnischer Name«, meinte Alma. Wir ignorierten auch diese Bemerkung.

»Haben Sie ein Bild Ihres Enkels, Ma'am?« fragte er, an Alma gewandt.

»Natürlich, Katy holt's schon.«

Ich stand auf und ging nach hinten, ins eigentliche Wohnzimmer. Das vordere war nur zur Show: für Gäste, Beerdigungen und Polizisten, die kein Frühstück wollten. Die Alben waren noch alle da; ich zog das neueste heraus. Es war jetzt Februar, also waren sicher jede Menge Bilder von Weihnachten drin.

Ich legte das Album auf den Küchentisch, blätterte darin herum und zeigte Barkowski, auf welchen Bildern John zu sehen war. Barkowski wählte eines davon aus, eine ziemlich gute Nahaufnahme, wie John gerade Almas Weihnachtsbaum ins Haus trug.

»Kann ich das haben?«

»Ja«, sagte ich.

»Nein.« Das war Alma.

»Alma«, sagte ich mit sanfter Stimme. »Wir müssen sicher sein. Er bringt's schon wieder zurück. Oder?« Ich wandte mich ihm zu. Ich klang ziemlich heftig, obwohl ich das gar nicht beabsichtigt hatte. Aber er ließ sich nicht aus der Ruhe bringen und sah sich weiter das Foto an.

»Natürlich.«

Dann schaute er mich an. Sein Gesicht war verschlossen und aufmerksam, es verriet nichts. Also konnte ich mir sicher sein. Ich sah meine Eier an; die Dotter waren inzwischen kalt und geronnen wie dickes, gelbes Blut. Der Phönix der Hoffnung in meinem Herzen flatterte schwach mit den Flügeln und sank sterbend in die Asche zurück. Johnny. Ich spürte, wie Tränen in meinen Augen aufstiegen, nahm die Teller und ging zur Spüle hinüber.

»Äh, Kat.« In Barkowskis Stimme klang Mitleid. Er wußte, daß ich es wußte. »Sie sind Mrs. Flahertys Enkelin, aber nicht Johns Schwester?«

»Nein. Und ich bin auch nicht Almas Enkelin.«

»Doch, das bist du schon!« Almas Stimme klang heftig.

Ich kratzte die Teller ab und spülte sie. Mein Gott, wie sehr ich diese verrückte alte Frau liebte. Und Johnny. Tränen im Spülwasser.

»Aber nicht die leibliche. Alma hat mich als Enkelin adoptiert, als ich noch sehr jung war. Wir haben alle irgendwie vergessen, daß wir gar nicht richtig miteinander verwandt sind.«

»Keine Blutsverwandten, aber verwandt«, sagte Alma, immer noch mit heftiger Stimme. »Sie und Johnny sind die besten von allen.« Ihre Stimme brach. Ich ließ die Teller in der Spüle und nahm sie in den Arm.

»Sagen Sie es uns, Joe. Sagen Sie uns, was passiert ist.« Ich führte Alma zum Tisch und setzte sie auf einen Stuhl, schenkte uns frischen Tee ein und Barkowski Kaffee.

Er sah mich ernst und sachlich an. »Ein junger Mann ist heute morgen gegen drei getötet worden. Er befand sich in dem Dodge Dart, der auf Ihre … äh …«

»Großmutter«, sagte Alma. Ihre Stimme zitterte. Sie ahnte nun allmählich auch, was los war. Sie packte meine Finger, und ihre Ringe drückten in meine Hand. Ich bewegte mich nicht.

»Großmutter zugelassen war«, sagte er.

»Ein Autounfall?« fragte ich, obwohl ich wußte, daß es kein Unfall gewesen war.

»Nein. Er ist erstochen worden, wahrscheinlich im Wagen, während er auf dem Parkplatz des Homestead Café stand. Er hat da gefrühstückt; eine Kellnerin hat ihn später identifiziert. Sieht fast so aus, als wollte er aus dem Auto heraus, um Hilfe zu holen. Aber er hat es nicht geschafft, konnte das vermutlich auch nicht, wegen seiner Wunden. Er hat ziemlich schnell Blut verloren. Als er gefunden wurde, war er bereits tot.

Das Homestead ist um diese Zeit ziemlich voll. Viele Leute essen da, wenn die Bars zumachen. Aber bis jetzt haben wir noch keinen gefunden, der etwas gesehen hätte. Doch es ist ja noch nicht viel Zeit vergangen. Wir werden weitersuchen. Und wir werden jemanden finden.«

Alma stöhnte und drückte meine Hand noch fester. Ich dachte daran, wie schnell sich die Dinge ändern, wie schwer es ist zu leben und wie leicht zu sterben.

»Erzählen Sie mir von Ihrem Enkel, Mrs. Flaherty.«

»Er war ein guter Junge.«

»War er Student? Hat er gearbeitet?«

War. Wir sprachen bereits in der Vergangenheit von ihm. Mein Herz verkrampfte sich. Ich stand auf, um noch Tee zu holen.

»Er war Student. Er wollte Tierarzt werden.«

»Er hat eine Veterinärsausbildung im Davis-College gemacht«, fügte ich hinzu.

»Was hat er in der Freizeit gemacht?«

»Er hat dort gearbeitet, im Labor. Er war ein guter Junge, hat immer gearbeitet.«

»Hat er eine Freundin gehabt?«

»Viele Mädchen, aber alles bloß Freundinnen. Nichts Festes, hat er gesagt.«

»Und Freunde?«

Sie zuckte mit den Achseln. Er sah mich an. Ich zuckte ebenfalls mit den Achseln.

»Drogen?«

»Nein!« schrie sie. »Mein Johnny war ein guter Junge.« Sie fing an zu weinen. »Ein guter Junge. Immer. Katy, hilf mir zurück ins Bett, ich will mich ein bißchen ausruhen. Jetzt ist erst mal genug.«

Barkowski stand auf. »Würden Sie mir bitte Ihre Adresse und Telefonnummer geben, Miß ... äh ... Ms. Ich muß mich noch einmal mit Ihnen unterhalten. Bald«, fügte er bestimmt hinzu. »Heute, um genau zu sein.«

Ich holte meine Tasche und kramte darin nach einer Visitenkarte. Barkowski zog die Augenbrauen etwas hoch, als er den Text darauf las. Wahrscheinlich bei der Stelle Detektivbüro.

»Wir müssen ihn eindeutig identifizieren. Vielleicht sind seine Fingerabdrücke irgendwo zu finden. Oder die Aufzeichnungen seines Zahnarztes?« Er sah mich an. Ich nickte.

»Ich kenne seinen Zahnarzt nicht.« Ich hörte, wie meine Stimme brach. »Aber ich kümmere mich darum.« Er nickte noch einmal.

»Katy, bring mich ins Bett. Mein Gott, Johnny, was für ein guter Junge.« Sie warf Barkowski einen giftigen Blick zu, aber in ihrer Stimme klang Leidenschaft mit. »Und nun verlassen Sie mein Haus!« Sie stolperte unsicher, aber voller Würde aus der Küche.

»Tut mir leid«, sagte ich. »Sie meint's nicht so. Sie ist nur aus der Fassung. Wissen Sie, früher hat man Boten mit schlechten Nachrichten umgebracht.«

»Was?« Er sah mich verwirrt an.

»Nichts. Würde es Ihnen etwas ausmachen, wenn Sie allein hinausgehen und die Tür richtig zumachen?«

Er nickte und gab mir seine Visitenkarte.

»Ich schaue bei Ihnen im Büro vorbei, sobald ich jemanden habe, der sich um meine Großmutter kümmert.« Er nickte wieder. Wir gaben einander die Hand.

Alma war die Treppe schon ein Stück hochgegangen, als ich sie einholte. Sie ließ das Geländer los und hielt sich an mir fest, und ich trug sie den Rest des Weges fast hoch. Alma, meine unerschütterliche Großmutter. So hatte ich sie noch nie gesehen. Ich brachte sie ins Bett und deckte sie gut zu.

»Alma, Johnny ist …«

»Psch, Katy, sag's nicht. Ich weiß es. Ja, ich weiß es wirklich, aber sag es bitte noch nicht.« Die Tränen standen ihr in den Augen. Genau wie mir. »Ich liebe dich, Katy. Ich hoffe, daß ich das Johnny auch gesagt habe. Immer wieder. Und in letzter Zeit.«

»Das hast du immer gemacht. Er hat's gewußt. Immer.«

»Sprich ein Gebet mit mir.« Ich setzte mich auf ihr Bett und wartete.

»Nun schließ ich meine Augen...«, sprach ich mit ihr, und die Worte und meine Stimme waren voller Tränen. Ich hatte dieses Gebet schon seit Jahren nicht mehr gehört, das sie immer mit uns Kindern aufgesagt hatte, als wir noch klein waren, das Leben voller Möglichkeiten steckte und der Tod eine Vorstellung war, an die wir noch nicht glaubten. Ich küßte ihre feuchte, verrunzelte Wange.

»Geh nicht.«

»Nein, ich bin hier. Versuch, ein bißchen zu schlafen. Rufe mich, wenn du etwas brauchst.«

Ich schaltete das Licht aus und ging nach unten. Der Himmel begann aufzuhellen. Bittere Worte, bittere Gedanken. In der Küche wärmte ich den Tee auf und setzte mich mit der Tasse, dem Fotoalbum und der Erkenntnis hin, daß Johnny keinen Tagesanbruch mehr erleben würde. Ich blätterte Seiten und Erinnerungen durch. Ich brauchte nicht lange, um das Bild zu finden, nach dem ich suchte: Johnny und ich lächelten darauf in die Kamera, und wir hatten beide ein wenig rote Augen vom Blitzlicht. Er trug das karierte Flanellhemd, das ich ihm zu Weihnachten geschenkt hatte. Wir hatten die Arme umeinander geschlungen.

Und endlich weinte auch ich.

2

Um halb neun war Alma wieder auf den Beinen – in einer schrecklichen Kombination aus Rot, Orange und knalligem Pink. Kein Schwarz. Wegen solcher Sachen liebe ich sie.

»Ich hab' mit Mrs. Rusher gesprochen. Sie kommt gleich rüber und bleibt ein bißchen bei dir.«

»Die alte Oma? Mein Gott. Warum denn?«

Ich schnaubte. ›Die alte Oma‹ war achtundfünfzig, Alma selbst einundachtzig. Aber irgendwo hatte sie recht. Alma ging Mrs. Rusher schon seit Jahren aus dem Weg, und das wußten wir alle.

»Bloß, damit du Gesellschaft hast. Sozusagen was zum Aufwärmen.« Ich nahm Alma in den Arm und drückte sie an mich. Sie machte sich los, denn sie hatte beschlossen, wieder die harte alte Lady zu sein.

»Hoffentlich bringt sie nicht einen von ihren abscheulichen Salaten mit.«

»Salate?« Nach all den Jahren kann Alma mich immer noch überraschen. Sogar ziemlich leicht.

»So grünes Zeug mit Gelatine, Marshmallows, Mandarinen und Miracle Whip. Obwohl ich nicht verstehen kann, wie sie dazu kommt, so was Salat zu nennen.«

Ich starrte sie an. »Alma, wir sind hier in Kalifornien, nicht im Mittleren Westen.«

»*Ich* weiß das«, sagte sie voller Würde. »Aber erzähl das mal *ihr*.«

Es klingelte an der Tür. Wenn ich mit Alma zusammen bin, habe ich oft das Gefühl, daß das Leben zu einer Seifenoper wird. Ich öffnete die Tür, vor der Mrs. Rusher mit einem Aluminiumbehälter stand. Der Inhalt war limonengrün mit Mandarinen und Marshmallows. Ich wandte den Blick ab.

»Hallo, meine Liebe«, begrüßte sie uns voller Überschwang. »Na, wie geht's uns denn? Ach, egal. Hier. Ich habe eine Kleinigkeit mitgebracht.«

»Letty, das hättest du doch nicht machen brauchen«, sagte Alma und meinte es auch. Sie klang unheilverkündend. Ich mischte mich in die Unterhaltung ein, da ich von Natur aus immer um den lieben Frieden besorgt bin.

»Herzlichen Dank, Mrs. Rusher, wie aufmerksam von Ihnen.« Ich nahm das limonengrüne Marshmallow-Mandarinen-Aluminium-Gastgeschenk und trug es in die Küche. Während die Tür hinter mir zuging, hörte ich noch, wie Mrs. Rusher Alma für einen Penny pro Punkt zum Cribbage herausforderte. Mitleid und Einfühlungsvermögen sind nicht gerade Mrs. Rushers Stärken; auch der gesunde Menschenverstand gehört nicht dazu. Als ich wieder ins Zimmer trat, hörte ich, wie Alma diese Herausforderung annahm. Sich mit Alma auf ein Spiel einzulassen, heißt soviel, wie einen Christen den Löwen zum Fraß vorwerfen. Egal, ob Geld oder Christen – betrachten Sie's als verloren.

»Unter zwei Cents pro Punkt fang' ich gar nicht erst an«, verkündete Alma mit wahrem Spielergeist. Mrs. Rusher willigte gelassen und ziemlich unvorsichtig ein. Kurz darauf machte ich mich auf den Weg.

Hinüber zur Ecke 7th und G, wo sich das Sheriff's Department befand, war es nur ein Katzensprung. Barkowski war nicht da. Statt dessen empfing mich Detective Henley, sein Partner. Anders als der gepflegte, athletische Barkowski mit seinen klaren Zügen, war Henley eher stämmig und wirkte heruntergekommen. Der Bauch hing ihm über den Gürtel, und auf seinen Schultern lagen Schuppen. Beides paßte nicht zu der wohltönenden Baritonstimme, die mich begrüßte.

»Mrs. Colorado? Sehr erfreut. Kommen Sie herein, setzen Sie sich. Wir hoffen, daß Sie uns dabei helfen können, ein paar Einzelheiten zu klären.«

»Das hoffe ich auch. Ich habe John sehr gern gehabt.« Ich schluckte. »Haben Sie ihn anhand des Fotos identifizieren können?«

Er nickte. »Ich glaube, es gibt keinen Zweifel, wenngleich wir noch immer eine offizielle Identifikation brauchen. Wir haben keine Fingerabdrücke von ihm. Kennen Sie vielleicht seinen Zahnarzt?«

»Nein. Da wenden Sie sich am besten an seinen Vater, Walter Benson. Als ich das letzte Mal von ihm gehört habe, hat er in Marysville gelebt. Hier ist die Nummer, die ich habe. Ich hab's schon bei ihm versucht, aber ich hab' ihn nicht erwischt.« Ich gab ihm einen Notizzettel.

»Sie gehören also nicht so richtig zur Familie?« Er zog die Augenbrauen bei der Frage hoch. Auch auf ihnen lagen ein paar Schuppen.

»Nein, Alma Flaherty hat mich unter ihre Fittiche genommen, als ich ungefähr neun war. Sie betrachtet mich als ihre adoptierte Enkelin, genauso, wie sie für mich meine Großmutter ist. Aber es geht hier um Zuneigung, nicht um Blutsverwandtschaft oder rechtliche Arrangements. Johns Mutter Sophie war Almas Nichte. Sie ist vor mindestens zehn Jahren gestorben.«

»Aber«, dabei warf er einen Blick auf seine Notizen, »Mrs. Flaherty nannte John ihren Enkel?«

»Ja. Sie nannte uns beide ihre Enkel. Eigentlich war John ihr Großneffe. Aber sie sind sich sehr nahe gestanden.«

»Was können Sie mir über Johns Vater sagen?«

Ich zögerte einen langen Augenblick. »Er ist ein erfolgreicher Geschäftsmann, in Kirche und Gemeinde aktiv, beliebt und angesehen. Er hat nie sonderlich gut in unsere Familie gepaßt, vielleicht deshalb, weil er zu distanziert und zurückhaltend ist.« Es steckte noch mehr dahinter; ich dachte es, sprach es aber nicht aus. »Er und John standen einander nicht sonderlich nahe; John war schon seit Jahren auf sich allein gestellt. Er verbrachte die Ferien immer bei Alma; Walter kam nie mit, obwohl auch er eingeladen war.«

»Gibt es noch weitere Geschwister?«

»Eine Schwester, Michaela, die schon vor ein paar Jahren von zu Hause weggelaufen ist. Es war etwas Merkwürdiges daran, aber ich weiß nicht, was. John hat kaum von ihr gesprochen, doch wenn er es tat, war er immer voller Zuneigung. Natürlich habe ich sie gekannt, wenn auch nicht gut. John und ich standen uns als Erwachsene sehr nahe, nicht jedoch als Kinder.« Meine Stimme klang nun ein wenig belegt.

Henley schüttelte den Kopf voller Mitleid. Noch ein paar Schuppenflocken rieselten herunter auf seine Schulter, zusammen mit einem einzelnen grauen Haar.

»Was können Sie mir über Johns Freunde, Kollegen, Freundinnen sagen?«

»Nichts. Wir haben uns nicht in denselben Kreisen bewegt und auch nicht viel darüber geredet. John war fast dreiundzwanzig. Ich bin dreiunddreißig. Uns hielt das Band der Familie und der Zuneigung zusammen. Ich war so etwas wie eine große Schwester für ihn und habe ihm hin und wieder ausgeholfen.«

»Hat er irgendwelche Probleme gehabt?«

»Nein, nur kleine Sachen. Ich hab' ihm manchmal Geld geliehen, ihm ein paarmal mit seinem Wagen geholfen – der war ständig kaputt – oder auf seinen Hund aufgepaßt.« Ich legte den

Kopf in die Hände; Ranger, noch etwas, um das man sich kümmern mußte.

»Was hat John denn so gemacht?«

»Er ist aufs College, hat dort im Labor gearbeitet und außerdem noch ein paar Stunden für einen Tierarzt bei ihm in der Gegend.«

»Irgendwelche Feinde?«

»Nein, Johnny hat jeder gemocht, es sei denn, na ja, nein …« Ich schüttelte den Kopf.

»Was?« Seine Stimme klang sanft, aber sein Blick wurde plötzlich scharf.

»John hat ein paarmal Ärger gehabt mit Tierschützern, die das Forschungslabor verwüstet haben. Sie haben Tiere freigelassen und einige Projekte zunichte gemacht. John war wissenschaftlich sehr begabt und war für menschliche Forschung mit Tieren. Er hat diese Leute für unvernünftige Fanatiker gehalten, aber bestimmt nicht für Feinde.«

»Kennen Sie ihre Namen oder wissen Sie etwas Näheres über sie?«

»Nein.«

Henley stellte mir noch mehr Fragen über Johns tägliche Gewohnheiten, seine Arbeit und andere Einzelheiten, die ich nicht beantworten konnte. Dann war ich an der Reihe zu fragen.

»Hat er ganz allein gegessen im Homestead? Gibt es irgendwelche Hinweise darauf, daß er dort jemanden getroffen hat oder jemanden treffen wollte?«

Er hob eine Augenbraue. »Offenbar hat er allein dort gegessen, und wir haben auch keinerlei Hinweise darauf, daß er sich dort mit jemandem getroffen hat, obwohl wir diese Möglichkeit natürlich im Auge behalten.«

»Glauben Sie, daß man ihn beobachtet und in eine Falle gelockt hat?« Die Augenbraue senkte sich wieder. Kein Kommentar. »Raubmord? Soweit ich weiß, hat seine Brieftasche gefehlt.«

»Ja, das stimmt. Nein, wir haben noch keine Erkenntnisse, die Ermittlungen haben gerade erst begonnen. Aber wir ziehen alle Punkte in Betracht, die Sie soeben erwähnt haben.«

»Und andere?«

Er nickte. Ich seufzte und gab auf. Wenn Polizisten einem nichts sagen wollen, sagen sie einem auch nichts, und damit hat sich die Sache. Das hatte ich schon oft genug erfahren müssen.

»Darf ich oder sonst jemand aus der Familie seine persönlichen Sachen aus seiner Wohnung holen?«

»Aber natürlich. Wir haben sein Adreßbuch und ein paar andere Dinge, die ihm gehörten. Sie bekommen sie zurück, wenn wir damit fertig sind.«

Ich nickte.

»Hätte irgend jemand von seinem Tod einen finanziellen Nutzen gehabt?«

Ich schüttelte den Kopf. »Das kann ich mir nicht vorstellen. Es würde mich wundern, wenn John mehr gehabt hätte als das, was er in der Tasche herumtrug, und dazu vielleicht noch ein paar hundert Dollar auf dem Sparkonto.«

»Okay, das ist es dann wahrscheinlich. Jedenfalls vorläufig.«

Ich stand auf. Genau wie Henley. Die Schuppen regneten auf seine Manschetten herab. Er schüttelte mir herzlich die Hand. Die Schuppen schwebten nun frei in der Luft herum. Ein einziger Saustall mit Schulterholster. Ich konnte ihn irgendwie leiden.

»Danke für Ihre Hilfe.«

»Ja, ich hoffe – wir wollen …« Ich schluckte.

»Ja, ja, wir bleiben in Kontakt.« Er klopfte mir freundlich auf die Schulter und führte mich hinaus. Ein einzelnes graues Haar landete auf meiner Schulter.

Ich stand draußen vor dem Sheriff's Department auf der G Street und fragte mich, was ich wohl als nächstes tun sollte, während mir der kalte Februarwind um die Nase blies. Als mir die Kälte dann bis in die Knochen drang, wenn auch nicht ganz so weit wie Johnny, ging ich wieder zum Wagen zurück.

Wahrscheinlich war es am besten, etwas zu tun, vielleicht den Bericht zu schreiben. Ich hatte Alma gesagt, daß sie mich vor dem Abendessen nicht erwarten brauchte. Ich fuhr quer durch die Stadt zu meinem Stadtbüro. Ich habe ein kleines Zimmerchen in einem nicht sonderlich renovierten oder schicken viktorianischen Haus am Rand der renovierten und schicken neo-viktorianischen Gegend hier. Die Miete ist niedrig, die Geschäftsadresse in Ordnung, und man findet immer einen Parkplatz.

Ich stellte den Bronco vorne ab und ging die Stufen des Hauses hinauf, vorbei an dem Schreibservice und dem Rechenmaschinenreparaturladen des alten Mr. Addison. Die Tür zu meinem Büro stand offen, und an meinem Schreibtisch saß jemand und las meine Post.

3

»Charity.« Ich war zu ausgebrannt, um eine stärkere Reaktion zu zeigen.

»Kat. Na, das wurde aber auch Zeit! Wo steckst du denn?«

»Wie bist du hier reingekommen?«

»Mr. Addison. Ich hab' ihm erklärt, daß es wichtig ist.«

Wie auf Stichwort kam Mr. A. herein. Er kam eigentlich ständig herein, offenbar hatte er nie etwas zu tun. Wie sollte er auch, bei so einem Geschäft? Das Rad der Zeit hatte sich weitergedreht; heute hatten alle Taschenrechner. Ich auch.

»Hallo, Kleine.«

»Hallo«, sagte ich mit gedämpfter Stimme.

»Kat, was ist denn los? Wo bist du gewesen?« Charity stand auf und ging auf mich zu. Sie ist meine beste Freundin. Sie ist zwar nicht sonderlich feinfühlig, aber wenn sie etwas merkt, kümmert sie sich wirklich um einen. »Du siehst ja zum Fürchten aus«, sagte sie freundlich.

»Da hat sie recht, Kleine, wirklich«, stimmte Mr. A. ihr zu.

»Ich war im Sheriff's Department, und davor bei Alma. Mein Vetter John (so nannten wir uns innerhalb der Familie) ist gestern nacht umgebracht worden. Heute früh, um genau zu sein.«

Charity und Mr. A. stürzten sich auf mich wie wohlgesonnene Raubvögel und erdrückten mich fast mit ihren Umarmungen und tröstenden Geräuschen. Ich ließ mich auf den nächstbesten Stuhl fallen.

»Stellt mir keine Fragen«, sagte ich. »Nicht jetzt, noch nicht.« Ich hörte das Knirschen eines Kiefers. Ich machte die Augen zu.

Im Hintergrund schepperte der Cola-Automat, dann drückte mir jemand eine kalte Büchse in die Hand.

»Trink das mal.«

»Was ist bloß aus den Bernhardinern mit ihren Brandyfäßchen geworden?« murmelte ich, aber die beiden unterhielten sich leise im Hintergrund.

»Kat«, sagte Charity mit ihrer besten Sozialarbeiterstimme, »ich lad' dich zum Essen ein.«

»Nein, danke, Charity. Ich muß noch was arbeiten.«

»Nein, das mußt du nicht. Ich hab' deinen Anrufbeantworter abgehört und deine Post gelesen, und es ist nichts dabei gewesen, was nicht warten könnte. Ach ja, doch: Hank hat angerufen; wir haben ein bißchen miteinander geplaudert. Du sollst ihn zurückrufen.«

Ich machte die Augen auf und sah sie voller Erstaunen an. Meine Post gelesen, den Anrufbeantworter abgehört? Das war sogar für eine beste Freundin ein starkes Stück. Wenigstens hatte sie noch den Anstand, rot zu werden.

»Sie hat recht, Kleine. Geh schon, das wird dir guttun. Ich halt' die Stellung hier.«

»Mace's, wir gehen zu Mace's.«

Ich machte die Augen wieder zu. »Charity, ich hab' nicht die richtigen Sachen an für Mace's. Burger King, ja – Mace's, nein.« Mace's ist elegant, erlesen und teuer, also alles, was ich nicht bin.

»Unsinn, du gehst doch mit mir. Komm schon, Kat, das wird dir guttun – du mußt was essen.«

Sie hatte recht. Zwei Bissen von den Eiern vor ein paar Stunden hatten das Loch in meinem Magen nicht gefüllt. Das hatte auch nicht nur mit dem Essen zu tun – Johnny war ein Teil dieses Lochs. Ich schluckte.

»Essen«, stimmte ich zu, »und was Alkoholisches.«

»Genau, Kleine.«

Sie führten mich zu zweit zur Tür und zu Charitys BMW. Charity ist irgendwie schizophren. Die Hälfte der Zeit ist sie das Mädchen vom Lande, arbeitet mit den Pferden und riecht nach Schweiß und Mist, und die andere Hälfte ist sie eine Yuppie-

Frau im Seidenkostüm und Beemer. Vielleicht wird man so, wenn man als Kummerkastentante Erfolg hat. Ich ließ mich auf die (echten) Lederpolster sinken und schloß die Augen. Charity quälte den Wagen in den ersten Gang, und wir fuhren langsam los.

»Warum kaufst du dir eigentlich keinen mit Automatikschaltung?« fragte ich, immer noch mit geschlossenen Augen.

»Das ist nicht *comme il faut*.« Sie klang schockiert.

»Na und? Du kannst doch mit einer normalen Schaltung überhaupt nicht umgehen.«

»Kat!«

Ich machte ein unhöfliches Geräusch. Dann schlief ich ein. Ich selber merkte das natürlich erst, als Charity mich auf dem Parkplatz des Pavillon aufweckte. Wegen der ganzen Mercedes, Volvos, BMWs und Acura Legends wußte ich sofort, wo ich war.

»Hunger?« fragte Charity schüchtern.

Ich lächelte. Sie hatte mich gern, und das war eben ihre Art, es zu zeigen. Also, warum nicht. »Bin am Verhungern.« Und das stimmte auch.

Sie lächelte zurück, wir stiegen aus dem Wagen und spazierten an den leblosen Frauenskulpturen neben dem Brunnen vorbei, quer über den Parkplatz zu Mace's.

4

Es war noch früh. Es waren ein paar Tische frei, aber wir gingen zuerst an die Bar. Man kann sich nur schwer von alten Gewohnheiten trennen, und schließlich war ich einige Jahre lang Barkeeperin gewesen. Eine Kellnerin kam zu uns herübergeschwebt und legte uns Papierservietten auf den Tisch.

»Einen Bombay Martini, sehr trocken«, sagte Charity.

»Weißwein.«

»Mmmm, ist gut, das Zeug«, fügte Charity hinzu, weil ihr keine passendere Beschreibung in den Sinn kam. Sie kannte sich bei Gin aus, dafür nicht bei Wein.

»Wir haben einen Chardonnay, einen Sauvignon blanc, einen

eleganten Fumé blanc, einen Johannesburger Riesling und ...« Sie hörte gar nicht mehr auf, und Charity und ich sahen einander an. Ich hob die Augenbrauen und schickte Charity sozusagen telepathisch ein Achselzucken hinüber. Sie grinste nur.

»Den Chardonnay bitte.«

Sie rasselte ein paar Chardonnays herunter, und ich entschied mich auf gut Glück für einen davon. Dann schwebte sie Gott sei Dank wieder weg.

»Kat ...«

»Nein, laß uns jetzt nicht mehr darüber sprechen. Später geht's vielleicht wieder, aber nicht jetzt.«

»Okay.«

»Was gibt's bei dir Neues?«

»StarBroke ist soweit. Mein Gott, ist der schön! Wir fahren nächste Woche auf eine Veranstaltung. Er gewinnt dort sicher alle Preise.«

Ich lächelte. »Und sonst?«

»Mir ist langweilig, Kat. Es muß doch mehr im Leben geben als Pferde auszubilden. Ich weiß nicht, was los ist. Nach Sam ...« Sie schwieg, und wir sahen einander an.

Nun schwebten die Drinks heran und landeten sanft genau in der Mitte der Servietten. Sam war ihr Mann, ihr Exmann. Er war gestorben, während ich Nachforschungen darüber anstellte, was er mit zweihunderttausend Dollar ihres gemeinsamen Geldes gemacht hatte. Charity hatte ihn eher gehaßt als geliebt, aber trotzdem – vermißte sie ihn. Der Mensch ist und bleibt unberechenbar. Und Pferde auszubilden, auch wenn es Pferde sind wie StarBroke, füllt die Leere nicht aus, die ein Mensch hinterläßt, wenn er geht. Ich spürte wieder das Loch, das Johnnys Tod in mir gerissen hatte.

Ich hob das Weinglas. »Salud.« Charity leerte ihren Martini auf einen Zug. Ich trank die Hälfte meines Chardonnay.

»Und was sonst noch?« fragte ich.

»Ich weiß es nicht.« Sie wirkte verwirrt. »Aber irgend etwas brauche ich.«

Der Kellner erschien und stellte uns voller Stolz die Spezialitäten des Tages vor. Ich merkte, wie mein Blick sich trübte.

»Bestell du für uns beide, Charity. Für mich bitte noch einen Weißwein. Einen Chardonnay«, fügte ich schnell hinzu, bevor er wieder mit der ganzen Liste anfangen konnte.

Das Essen war gut. Ich paßte nicht sonderlich auf, was es war, aber ich genoß es.

»Kat, die Verzierungen ißt man doch nicht.«

»Mmmm. Wenn du deine Kiwi nicht magst, ich eß sie schon. Tu sie mir rüber.« Sie seufzte. Ich grinste. »Ich wollt' ja zu Burger King.« Charity lief es kalt den Rücken herunter.

»Nachtisch?« fragte der Kellner.

»Nein.«

»Ja.« Wir sagten es gleichzeitig, so wie wir es immer tun.

Charity bestellte für uns beide. Natürlich. Sie ißt beide Desserts – was zweifelsohne erklärt, warum ich schlank bin und sie rund ist.

»Wollen wir noch ein bißchen zum Einkaufen gehen?« fragte sie mich auf dem Weg zurück zum Wagen.

Ich lachte. Auf einer Skala von eins bis zehn bekommt das Einkaufen bei mir eine minus Zwei, und Charity weiß das ganz genau. »Wieder an die Arbeit.« Ich winkte den Frauenskulpturen zum Abschied noch einmal zu.

»Na schön. Wahrscheinlich sollte ich auch wieder ins Büro, die Post abholen und so.« Wir fuhren, satt und zufrieden, schweigend durch die Stadt.

»Danke für das Essen, Charity.«

Eine schnelle Umarmung, dann war ich schon aus dem Wagen und die Treppe hoch. Mr. A. war nirgends zu sehen. Gott sei Dank. Ich schlüpfte ins Büro, machte die Tür zu, das Licht und den Computer an und nahm mir die Post vor. Was ich jetzt brauchte, war eine langweilige, monotone Büroarbeit. In der Post war nichts Besonderes, also ging ich meine Notizen durch und arbeitete weiter an dem Bericht über die Nachforschungen, die ich wegen eines möglichen Unternehmenszusammenschlusses anstellte. Spannende Sache.

Deshalb hörte ich auch nicht, wie die Tür aufging.

5

»Auf dem Schild draußen steht Kat Colorado, Detektivbüro.«

Ich sah vom Computer hoch zu dem schlanken, blonden, langhaarigen Mädchen hinüber, das gegen den Türrahmen gelehnt stand. Sie hatte häßliche Augen und eine durchdringende Stimme. Ich nickte.

»Sind Sie Kat Colorado?«

»Ja.«

Sie musterte mich mit ihren häßlichen Augen. »Sie sehen nicht aus wie eine Detektivin.«

Ich zuckte mit den Achseln. »Was hättest du denn gern: eine Pfeife, einen Notizblock und ein Vergrößerungsglas? Oder vielleicht lieber ein Hawaiihemd und eine .357er Magnum?«

Sie lächelte spöttisch. »Taugen Sie was?«

»Du willst mich also anheuern und möchtest Referenzen?« fragte ich höflich.

»Gibt's hier was zu trinken?«

»Am Gang gibt's 'nen Cola-Automaten.« Sie steckte die Hände in die Taschen, ging hinaus und kam mit einer Cola wieder.

»Sie können sich selber eine holen, wenn Sie eine wollen.« Sie klang herausfordernd. »Ich hol's Ihnen nicht.«

»Ich vermute, daß du was von mir willst. Die meisten Leute sind in so einer Situation ein bißchen höflicher.«

»Ich nicht. Ich bin ein Miststück.«

»Ja.« Ich war nicht abgeneigt, ihr da zuzustimmen.

»Stimmt.« Sie nickte voller Befriedigung. »Erwachsene geben das selten zu, wissen Sie.«

»Daß ein Kind ein Miststück sein kann?«

Sie nickte. »Sie sagen: ›Nein, nein, das bist du nicht. Du bist ganz in Ordnung. Wahrscheinlich hast du's nicht leicht gehabt, aber das kriegen wir schon wieder hin.‹«

»Und das ist nicht der Grund?«

»Nein. Doch. Na ja, vielleicht. Ich hab's nicht leicht gehabt, aber ich bin auch so ein Miststück.«

»Warum?«

»Was meinen Sie damit? Weil ich eben eins bin.«

»Oder weil du eins sein willst.« Sie starrte mich an. »Kriegst du so, was du willst?«

»Ja. Nein. Nein. Mit meinem Körper krieg' ich das, was ich will.«

Sie warf ihre langen, blonden Haare zurück und reckte ihren kleinen Spitzbusen vor.

»Was willst du?«

»Was meinen Sie?«

»Nur so. Soll keine harte Frage sein.«

Sie sah verwirrt aus. Ihre Haare fielen wieder nach vorne und in ihr Gesicht. Jetzt sah sie wieder so jung und verletzlich aus, wie sie hinter ihrer harten Fassade zweifellos auch war. Fast hätte sie mich damit weich gemacht. Aber ich ließ mir das nicht anmerken.

»Okay, wie wär's mit: Warum bist du eigentlich hier?« Genug mit dem Small Talk.

»Warum glauben Sie denn, daß ich hier bin?«

»Weiß ich nicht. Interessiert mich auch nicht sonderlich.«

Ich hatte einen harten Tag hinter mir, und dieses Mädchen machte mir die Sache auch nicht gerade leichter, obwohl sie es mir wenigstens leicht machte, unhöflich zu sein. Sehr leicht sogar. Ich wandte mich von ihr ab und machte mich wieder am Computer zu schaffen.

Es entstand eine kurze Pause, und dann knallte eine Coladose gegen die Wand. Sie zischte an meinem Ohr vorbei und hinterließ eine Flüssigkeitsspur auf meiner Schulter. Als sie von der Wand abprallte, flog sie mir direkt ins Gesicht. Ich zwang mich dazu, bis zehn zu zählen.

»Sehen Sie, jetzt hab' ich's Ihnen gezeigt.« Ihre Stimme klang bösartig und zufrieden.

»Du hast mir gar nichts gezeigt, außer, daß du unhöflich bist und nicht weißt, wie man sich benimmt.«

Ich klang ruhig, aber innerlich war ich kurz vor dem Siedepunkt. Und ich konnte nicht verstehen, warum die Erwachsenen, die sie kannten, sie für ganz in Ordnung halten konnten. Sie rührte sich nicht. Ich sagte ihr, sie solle verschwinden, und dabei klang ich nicht mehr sonderlich beherrscht.

»Ich hasse es, wenn die Leute mir so was sagen. Ich hasse es. Warum machen Sie das?« Ihre Stimme klang jetzt eher wie ein Flüstern. »Drehen Sie sich gefälligst um. Schauen Sie mich an.« Ich zählte wieder bis zehn; das kostete mich ganz schön Mühe. Dann drehte ich mich um. »Warum sagen Sie das?«

»Du benimmst dich wie ein richtiges Miststück, und du findest dich auch noch toll dabei. Das bist du aber nicht. Du weißt nicht mal, was du willst, und du stellst auch nicht die richtigen Fragen, also wirst du's nie rausfinden. Das ist genau die verkehrte Methode. Du bist hier, weil du was von mir willst, und trotzdem wirfst du mit der Coladose nach mir. Das ist ziemlich dumm. Du willst nicht, daß ich dich mag, und das tue ich auch nicht. Warum interessiert es dich also, was ich denke?«

Ihre Augen waren groß und dunkel und voller Haß. Ihre Hände verdrehten sich und bettelten. Und schließlich gewannen ihre Hände.

»Ich brauche Ihre Hilfe.«

»Dann bitte mich drum.«

»Werden Sie mir helfen?«

»Bitte.«

»Bitte«, flüsterte sie.

»Hol ein Handtuch vom Bad, am anderen Ende vom Gang. Und mach die Sauerei hier sauber.« Wieder blitzte Haß in ihren Augen auf, wie ein Warnlicht, aber sie ging. Sie kam mit zwei Handtüchern wieder, eines davon für mich, und machte oberflächlich sauber. Dann setzte sie sich mir gegenüber hin.

»Sie haben Lisa gefunden.«

»Wer ist Lisa?«

»Meine Freundin.« Der Haß verschwand aus ihren Augen. »Sie haben ihre Leiche gefunden. Ich hab's in der Zeitung gelesen.« Langes Schweigen. »Sie war kein Miststück. Und wenn ich mit ihr zusammen war, war ich auch kein Miststück. Sie wissen ihren Namen nicht, aber ich weiß, daß sie es ist. Wegen den Kleidern und der Uhr. Sie haben sie in der Zeitung beschrieben und die Bevölkerung um Mithilfe gebeten. Aber ich fühl' mich ganz schön beschissen.«

Sie legte den Kopf in die Hände.

»Und, hast du's gemacht?«

»Was?«

»Hast du dich gemeldet?«

»Nein. Ich hab' Angst.« Jetzt flüsterte sie wieder. »Jemand hat sie umgebracht. Andere Leute sind auch schon umgebracht worden. Sie könnten ...« Sie brach ab. »Sie hat eine Uhr getragen.«

»Eine Uhr?« Ich schüttelte verwirrt den Kopf. Sie war jetzt mit ihren Gedanken ganz woanders.

»In der Beschreibung hat es geheißen, sie hat eine Uhr getragen. Die hab' ich ihr geschenkt, zum Geburtstag. Sie hat sich immer eine Mickey-Mouse-Uhr gewünscht. Das hat sie mir einmal gesagt, und ich hab's mir gemerkt und ihr die beste besorgt, die ich hab' finden können.« Sie bewegte die Hände wie eine Puppe im Takt einer stummen Uhr hin und her.

»Sie ist meine beste Freundin gewesen. Ich hab' sie gern gehabt, und jetzt ist sie tot. Ich weiß es, auch wenn ich's nicht glauben will. Es war eine Uhr mit Batterie; ich hab' eine Batterie gekauft, die zwei Jahre halten sollte. Jetzt ist sie tot, und Mickey läuft immer noch. Seine Hände drehen sich an ihrem Handgelenk und sagen ihr, wann sie aufstehen muß und wann sie essen soll und sich mit mir treffen. Aber das sieht und hört sie nicht mehr. Sie gehen immer nur rund herum, an ihrem toten Arm.«

Sie starrte mich mit großen, trockenen Augen an. »Sie ist tot. Jemand hat sie umgebracht. Ich könnte auch tot sein. Andere Mädchen sind schon tot.«

»Erzähl mir davon.«

»Wissen Sie, was ich bin?«

»Das kann ich mir gut vorstellen.«

»Ich bin eine Nutte.«

Ich nickte.

»Ich hab' Angst. Helfen Sie mir. Ich will nicht wie Lisa sterben.«

»Ich bin keine Sozialarbeiterin; ich bin Detektivin.« Eine Detektivin, die bald keine Geduld mehr hat, dachte ich. »Red mit einem Sozialarbeiter. Oder mit einem Polizisten. Ich helf' dir dabei, den richtigen zu finden.«

»Die schicken mich bloß heim.«

»Gut. Da gehörst du auch hin.«

»Das kann ich nicht.«

»Hah.«

Langes Schweigen. Als ich es nicht mehr aushielt, wandte ich mich wieder meinem Computer zu.

»Das kann ich nicht. Verstehen Sie denn nicht? Ich kann's nicht. Verdammt noch mal, ich kann's nicht!« Sie fing an zu weinen.

Ich hörte auf zu arbeiten und beobachtete sie eine Weile. »Warum nicht?«

»Ich hab' kein Daheim. Mein Stiefvater, der ist immer zu mir ins Bett. Meine Mutter hat mich verprügelt und mich eine Hure genannt, als ich's ihr erzählt hab'. Dann hat sie mich rausgeworfen und gesagt, ich soll nicht mehr wiederkommen. Auf der Straße krieg' ich wenigstens Geld dafür. Und die Kerle verprügeln mich auch nicht.«

»Tatsächlich?«

Sie senkte den Blick. »Jetzt sind Sie aber das Miststück«, flüsterte sie.

»Na schön«, seufzte ich. »Tut mir leid. Aber ich bin trotzdem keine Sozialarbeiterin, und ich hab' auch keinen Zauberstab, um eine Prinzessin aus dem Aschenbrödel zu machen. Was willst du von mir?«

»Hilfe. Und ich will, daß Sie rausfinden, wer Lisa umgebracht hat. Ich hab' Angst, daß es mir genauso gehen könnte.«

Ich dachte nach. »Wenn ich beschließe, dir zu helfen, mußt du mir aber auch helfen. Das heißt, du gehst nicht mehr auf die Straße und schmeißt nicht mehr mit Coladosen nach Leuten.«

»Ich hab' absichtlich danebengezielt«, flüsterte sie.

Ich sah sie mit einem kühlen, festen Blick an, mit dem zynischen Blick des Detektivs.

»Ich war Werferin.« Sie flüsterte immer noch. »Beim Softball. Wenn ich gewollt hätte, hätte ich Sie schon getroffen.«

Ich sah sie weiter unverwandt an.

»Okay. Ja. Ich versprech's.«

»Na schön. Ich muß mit jemandem telefonieren. Warum

wäschst du dir nicht ein Viertelpfund Make-up aus dem Gesicht und wartest draußen im Gang auf mich?«

Sie machte den Mund auf, um mir etwas zu entgegnen, und ich starrte sie an und wartete. Schließlich stand sie schweigend und trotzig auf und ging. Sie schloß die Tür ein klein wenig zu laut hinter sich.

Ich nahm den Hörer in die Hand, betete, daß jemand da sein würde, und wählte. Gott sei Dank, Charity war noch im Büro.

6

Im nachhinein ... Im nachhinein hätte ich nicht nur die Tür zum Büro abgesperrt, ich hätte zusätzlich auch noch das Schild mit der Aufschrift ›BIN ZUM MITTAGESSEN‹ rausgehängt, vielleicht sogar noch das mit der Mitteilung ›WEGEN GESCHÄFTSAUFGABE GESCHLOSSEN‹. Statt dessen war es Dienstag, zwei Uhr: Johnny war tot; eine Nutte im Teenageralter versaute mir mit ihrem Make-up gerade das Bad, und Charity war wieder zu meinem Büro unterwegs.

Ich schaltete den Computer aus, schob die Tastatur beiseite und legte den Kopf auf die Arme.

»Sind Sie in Ordnung?«

Ich seufzte. ›Nein‹ war die einzig mögliche Antwort auf diese Frage. Ich richtete mich wieder auf.

»Wie heißt du?«

»Lindy.«

»Familienname?«

»Ich hab' keinen mehr.«

Ich zuckte mit den Achseln und drängte sie nicht weiter. »Hören Sie, werden Sie rausfinden, was mit Lisa war?«

»Lindy, ich bin mit meiner Arbeit sowieso schon hintendran, und ich hab' im Moment eine Menge um die Ohren. Ich geh' mit dir zur Polizei, wenn du möchtest. Schließlich ist das ihr Job, und da kostet's auch nichts.«

Sie lächelte spöttisch. »Ich hasse die Polizei.«

»Okay. Aber man wendet sich nun mal an die Polizei, wenn irgendwelche Freunde sterben.«

»Wissen Sie, was ein Bulle mal gesagt hat? Er hat gesagt, wir sind alle Müll. Unsere Eltern schmeißen uns weg, irgend jemand schmeißt uns weg. Wir sind fast wie Papiertaschentücher. Die Kerle putzen sich die Nase und spritzen in uns ab, und dann schmeißen sie uns auch weg.«

»Wenn du selbst keine Achtung vor dir hast, haben andere sie auch nicht.«

»Verfluchte Bullen.«

Ich zog die Augenbrauen hoch. »Du bist hier nicht auf der Straße, Lindy.«

»Blöde Bullen. Ich geh' nicht zu denen. Also, was ist, kriegen Sie für mich die Sache mit Lisa raus? Ich zahl' Sie, ich hab' zweihundert Dollar.«

Na toll. Ich seufzte. Kat Colorado, gemeldete Privatdetektivin, arbeitet für eine Kinderprostituierte mit einem Zweihundert-Dollar-Spesenkonto aus unsauberen Geschäften. In Peoria würden sich die sicher vor Lachen ausschütten.

»Okay? Zweihundert Dollar?«

»Das ist nur ein Tag. Weniger.«

»Aber es ist für Lisa ... Sie würden mir helfen – es ist nicht bloß eine kalte geschäftliche Angelegenheit – das wäre ein Erfolgserlebnis und so ...« Sie sah mich hilflos an, und plötzlich wirkte sie sehr jung und verletzlich, mit ihrem abgeschminkten Gesicht und ihren grellen, nuttigen Kleidern.

»Ich bin hier nicht die Heilsarmee. Mit Erfolgserlebnissen zahle ich genauso wenig meine Rechnungen wie du.«

»Miststück«, fauchte sie mir entgegen.

»Du bist das Miststück.«

»Hure.«

»Nein, die bist auch du.« Sie starrte mich an, und ihr Blick war wieder haßerfüllt.

»Ich hab' dir schon gesagt, ich mach' ein Geschäft mit dir.« Der Haß wich nicht aus ihren Augen. »Ich sehe, was ich rausfinden kann. Dafür verschwindest du von der Straße und siehst zu, daß du wieder ein Kind wirst. Versuch's jedenfalls«, fügte ich hinzu. »Vielleicht schaffst du's ja auch gar nicht.«

Sie starrte mich an und schlurfte mit den Füßen. »Ich kann

machen, was ich will.« Sie schwieg einen Augenblick. »Aber wovon soll ich leben?«

Ich versuchte, nicht über den Widerspruch der beiden letzten Sätze zu lachen. »Da helf' ich dir schon.«

»Ach.«

»Wie alt bist du? Vierzehn?«

»Fünfzehn.«

»Und Lisa auch?«

»Ungefähr. Ja. Vielleicht fünfzehneinhalb. Ich weiß nicht. Über solche Sachen haben wir uns nicht unterhalten, über Sachen, die passiert sind, bevor wir uns gekannt haben.«

Ich schwieg. Natürlich waren es diese ganzen unwesentlichen Dinge: Alter, Familienname, Wohnort, solche Sachen. Ich schüttelte den Kopf, um ihn wieder klarzubekommen.

»Okay. Sind wir uns also einig?«

»Wahrscheinlich.« Sie sah mich mit trotzigem Blick an. »Ja.«

»Gib mit die Hand drauf.«

Ich streckte ihr die Hand hin, und sie nahm sie. Und da kam Charity herein. Das Timing war perfekt, ich hätte es selbst nicht besser arrangieren können.

»Charity, das ist Lindy.«

Sie beäugten einander vorsichtig. Natürlich. Sie waren wie zwei völlig unterschiedliche Lebensformen von zwei verschiedenen Planeten.

»Charity hat eine sehr erfolgreiche Kummerspalte in einer Zeitung. Sie hat eine Ranch, züchtet Pferde und sucht nach einer neuen Aufgabe. Lindy ist eine Nutte ohne Zuhause, dafür mit einer toten Freundin und vielen Problemen.«

Ich schwieg einen Augenblick und atmete tief durch.

»Charity kann immer jemanden brauchen, der das Heu aufschichtet, die Pferde bürstet und Mist schaufelt.« Charity machte ein leises Geräusch, das fast wie ein Ächzen, vielleicht auch wie ein Knurren, klang. »Lindy sucht nach einem vorübergehenden Zuhause. Ich versuch', euch beide zusammenzubringen, und dann wieder an die Arbeit zu gehen. Was haltet ihr davon, Leute? Wäre das ein Plan?«

Sie sahen mich beide an, als sei ich verrückt und als müsse

man jetzt jede Hoffnung für mich aufgeben. Na ja, stimmt schon, ich hatte gar nicht damit gerechnet, daß es sofort klappen würde.

Ich setzte mich und wartete auf eine Eingebung, die sich nicht einstellte. Sie standen da und starrten mich mit mürrischen Gesichtern an.

»Wer nicht wagt, der nicht gewinnt«, sagte ich schließlich. Ziemlich schwach, das wußte ich schon, aber etwas Besseres fiel mir im Moment nicht ein. Keine Reaktion.

»Nächstenliebe* beginnt bei einem selbst.«

In Charitys Blick flackerte so etwas wie Schuld auf.

»Ein Freund ist jemand, für den man alles tun würde.«

Auch in Lindys Blick flackerte etwas auf.

Das Schweigen zog sich dahin und wurde immer länger.

»Na schön«, sagte ich schließlich. »Wahrscheinlich war die Sache keine so gute Idee.«

Lindy und Charity traten von einem Fuß auf den anderen. Ich starrte sie mürrisch an.

»Okay«, Charity seufzte tief und resigniert auf, ein bißchen zu melodramatisch für meinen Geschmack.

»Lindy?«

»Ja, okay.« Auch sie seufzte. Prima. Offenbar hatten sie doch ein paar Gemeinsamkeiten.

Ich stand auf und ging um meinen Schreibtisch herum. »Also ist das geregelt«, sagte ich. Sie starrten mich beide an. Und ich wartete darauf, daß sie mein Büro wieder verließen. Aber es tat sich nicht viel.

»Ist das in Ordnung, Kat?« fragte Charity schließlich mit besorgter Stimme. »Sollten wir nicht lieber mit dem Jugendamt reden oder wie das heißt?«

»Das sollten wir eigentlich«, stimmte ich zu.

»Die schicken mich heim.« Lindys Stimme klang hoch und spitz.

»Oder in ein Heim.«

»Dann renn' ich weg.«

---

* Nächstenliebe = englisch Charity (Anm. d. Ü.)

»Macht sie das tatsächlich?« fragte Charity mich.

»Wahrscheinlich.«

»Sicher werde ich das.«

»Wir probieren's erst mal so. Später können wir uns dann immer noch genauer damit befassen und die ganze Sache offiziell machen. Ich kenne eine Sozialarbeiterin, die uns dabei helfen würde.«

»Hmmm.« Charity klang nicht recht überzeugt.

»Eine Woche?«

»Ja, so in etwa.«

Wieder Schweigen.

»Eine Kummerkastentante?« meldete sich Lindy zu Wort. »Könnte ich Ihnen helfen, bei den Antworten auf die Briefe?«

»Ich weiß nicht. Könntest du das?«

»Vielleicht. Mit Problemen kenn' ich mich ganz gut aus.«

Sie schafften schon fast ein Lächeln.

»Muß ich wirklich Mist schaufeln?«

Charity nickte. »Ich habe eine ganze Menge Pferde, und die Boxen müssen saubergemacht werden.«

»Die machen ihr Geschäft in den Boxen?« Lindy klang entrüstet.

»Es gibt eben keine Pferdeklos, Lindy«, erklärte ich mit, wie ich hoffte, freundlicher Stimme. Sie warf mir einen wütenden Blick zu.

Charity schaltete sich ein. »Was hältst du davon, wenn wir zusammen ein paar Kleider einkaufen gehen?« Sie schaffte es wirklich toll, ganz neutral auszusehen und zu klingen, das mußte ihr der Neid lassen.

»Super! Oh.« Lindy sah plötzlich enttäuscht aus. »Ich kann nicht, ich hab' Kat das Geld versprochen.« Sie sah mich an.

»Nein. Wir haben einen Handel abgeschlossen.«

»Ich kauf' dir die Kleider: Kleider, Kost und Logis gegen deine Arbeit«, bot Charity ihr an.

»Warum heben wir dein Geld nicht für Lisas Beerdigung auf, falls sich keine Familienangehörigen finden?« fragte ich.

Lindys Augen leuchteten. »Das wäre toll. Würden Sie das Geld für mich aufheben? Ich würd's gern selber machen, aber ich trau' mir selber nicht so recht.«

Ich nickte, und sie griff in ihre billige Vinylhandtasche und holte ein Bündel schmutziger, zerknitterter Geldscheine heraus. Ich fragte mich, wie viele Männer das wohl gewesen waren.

»Möchtest du eine Quittung?«

»Nein, ich vertraue Ihnen.« Das klang wie ein guter Schritt vorwärts in unserer Beziehung, aber ich war zu müde, um weiter darüber nachzudenken.

»Hast du ein Bild von Lisa?«

»Ja. Es ist aber nicht sonderlich gut; sieht ihr nicht so arg ähnlich. Wir haben bloß ein bißchen rumgealbert in einem von den Fotoautomaten. Da.« Sie kramte wieder ein wenig in ihrer Tasche herum und streckte mir dann vier Bilder mit Eselsohren entgegen.

»Das war gleich, nachdem ich ihr die Mickey-Mouse-Uhr gekauft habe.« Ihre Stimme klang belegt. »Die ist auch mit auf dem Bild.«

Sie hatte unrecht, was die Ähnlichkeit anbelangte. Die Mädchen alberten zwar für die Kamera herum, aber sie waren lebendig, fröhlich und gut zu erkennen. Und sie sahen aus wie Mädchen, nicht wie Nutten.

»Wie groß ist Lisa?«

»Ungefähr so groß wie ich, vielleicht ein bißchen kleiner.«

»So einsdreiundsechzig?«

»Ja.«

»Gewicht?«

»Sie war dünn. Hat die ganze Zeit gegessen und versucht, über fünfzig Kilo zu kommen. Ich nehm' schon zu, wenn ich Süßigkeiten bloß anschau'.«

»Wie hat sie die Haare normalerweise gehabt?« Auf dem Bild waren die schulterlangen, dunklen Haare zum Teil offen und wurden zum Teil von einer Haarspange zurückgehalten.

»So wie auf dem Bild, oder offen, oder manchmal auch mit Pferdeschwanz.«

»Braune Augen?«

»Ja. Sie hat selber immer gesagt, sie hat Spanielaugen. Sie hat behauptet, daß sie zehn Dollar mehr kriegt, wenn sie gar nichts sagt und den Kerl nur traurig anschaut. Die sind alle drauf reingefallen. Ich hab's selber oft genug gesehen.«

Ich nickte. Das glaubte ich ihr gerne. Lisa hatte die Sorte Augen, die man auf Plakaten vom Kinderschutzbund sieht. Sie nahmen fast ihr halbes Gesicht ein und saugten einen in ihre unaussprechlichen Tiefen. Wenn man sie anschaute, wollte man ihr einfach Haferflocken und Sahne und Geld geben. Und sie bumsen, dachte ich verbittert. Vielleicht wollte man sie auch umbringen.

»Weißt du, was sie getragen hat?«

»Ich weiß nicht so genau. Ein Jogginganzug ist abgegangen. Grau mit rosa Streifen. Dazu wahrscheinlich hohe Turnschuhe.«

»Schmuck?«

»Sie hat ein Goldkettchen mit Medaillon gehabt und einen Ring am kleinen Finger, mit einem Herzchen. Den hat sie fast immer getragen.«

»Irgendwelche besonderen Kennzeichen?«

»Nein. Oder doch. Sie hat eine Narbe auf der Rückseite von ihrem Bein gehabt. Da ist sie mal gegen eine Heizung gestoßen. Ein Rechteck, das war ein bißchen dunkler als der Rest von ihrer Haut.« Sie bückte sich und berührte ihre rechte Wade.

»Rechtes Bein?«

»Ja. Nein. Ich glaube. Ich bin mir nicht sicher.«

»Wo hast du gewohnt? Und Lisa? Habt ihr zusammengewohnt?«

»Das brauchen Sie nicht zu wissen.« Die Feindseligkeit von vorhin war wieder da.

»Und ob ich das wissen muß. Du denkst wohl, ich bin ein Zauberer und kann die Antworten wie die Kaninchen aus dem Hut holen, was?«

Sie warf mir einen scharfen Blick zu, den ich erwiderte.

»Ich muß wissen, wo ihr gewohnt habt, ob ihr einen Zuhälter gehabt habt, außerdem alles, was du über ihre Gewohnheiten gewußt hast, solche Sachen.«

Sie zuckte nervös mit dem Kopf hin und her. Dabei fielen ihr die Haare ins Gesicht. Charity beobachtete uns mit offenem Mund.

»Also wirklich, Kat«, fing sie an. Ich warf auch ihr einen scharfen Blick zu. Er kam bei ihr an, und sie schwieg.

»Ja, wirklich.« Lindys Stimme klang wie ein häßliches Echo von Charity.

Ich zuckte mit den Achseln. »Na schön, liegt bei dir. Ich kann die Sache überprüfen, sehen, ob wir sie anhand deiner Beschreibung und der Bilder identifizieren können. Aber wenn du etwas über ihren Tod herausfinden willst, brauche ich noch mehr Informationen.«

»Ich kann nicht«, flüsterte sie. »Mir könnte sonst auch was passieren.«

»Okay.« Ich zuckte wieder mit den Achseln. »Wie du meinst. Schließlich war sie deine Freundin.« Lindy machte ein leises, kehliges Geräusch, fast wie ein Tier.

»Kat ...«, fing Charity an. Ich warf ihr einen weiteren wütenden Blick zu. Sie hielt den Mund.

»Denk drüber nach, Lindy.« Sie sah mich nicht an. Ich führte mich auf wie einer von diesen harten Detektiven, aber ich konnte es ihr nicht verdenken, daß sie Angst hatte. Man hat immer Angst, wenn man alle Brücken hinter sich abbricht.

»Ich hab' mir's anders überlegt.« Ihre Stimme klang eisig, wie ein kaltes Cola an einem heißen Tag. »Ich hätte doch gern eine Quittung.«

»Okay.« Ich ging um meinen Schreibtisch herum und zog eine Schublade heraus.

»Nein, warten Sie. Lassen Sie's.« Sie gab meinem Schreibtisch einen Fußtritt. »Ich, na ja, okay, ich denk' drüber nach.«

Ich nickte. »Wir können uns weiter drüber unterhalten, wenn du möchtest. Vielleicht hilft das.«

Sie schnaubte verächtlich und sah weg. Wir standen alle in der Gegend herum und sagten nichts. Die nächsten fünfzehn Sekunden waren für uns alle wie fünf Minuten. Dann brach Charity das Schweigen. Vermutlich ist sie ein netterer Mensch als Lindy oder ich. Jedenfalls hat sie mehr Mitleid. Und ist höflicher.

»Äh, wie wär's mit einem Eis?«

Keine Antwort.

»Vielleicht eine große Portion?«

Ich mußte grinsen. Charitys Lösung für viele Probleme ist Essen egal, ob's um Streß, Sorgen oder Frustrationen geht. Und eine besondere Hilfe für sie sind immer Nachspeisen. Sie ist gut fünf Zentimeter kleiner als ich, mit meinen einssiebzig, und wiegt wahrscheinlich zehn Kilo mehr als meine fünfundsechzig. Sie sagt mir das zwar nicht, aber das ist mir egal. An ihr sieht's auch gut aus.

Ein Lächeln spielte um ihr normalerweise so gelassenes Madonnengesicht, und sie fuhr sich mit der Hand durch ihre blonden Haare, während sie die Augen weit aufriß, sich nervös räusperte und es noch einmal versuchte.

»Ach, was soll's, vielleicht eine Riesenportion. Hat irgend jemand Interesse?« Ihre Frage verflüchtigte sich in die verstaubten Winkel meines Büros.

»Klingt gut.« Ich log, ich war immer noch voll vom Mittagessen. »Ich würde gern, aber ich muß noch diesen Bericht fertigschreiben, und dann muß ich rüber zu Alma.« Ich sah Lindy an.

»Okay, warum nicht«, sagte Lindy schließlich gnädig. »Wie wär's mit einer von den Eisdielen, wo's x verschiedene Sorten gibt? Zum Beispiel Kaugummieis.«

Mir lief es kalt den Rücken hinunter. Teenager.

»Oder Kokossorbet?« schlug ich vor.

Nun lief es ihnen kalt den Rücken hinunter. »Igitt.« Es war kaum zu entscheiden, wer das zuerst sagte.

»Schokolade, Chocolate Dip Chip«, sagte Charity.

»Carmel Pecan Fudge Twirl«, fuhr Lindy fort.

Ich strahlte sie an. Wenn Lindy es schaffte, Mist zu schaufeln, würden sie wohl ganz gut miteinander auskommen.

»Aber paß auf, daß dir kein Eis auf den neuen BMW tropft, sonst ist's aus mit der guten Laune.«

Lindy sah mich nervös an. Ich zwinkerte ihr zu. Sie versuchte es mit einem Lächeln, aber das verflüchtigte sich so schnell wieder, daß sie damit höchstens eine Schaufensterpuppe überzeugt hätte.

»Ach Kat«, rügte mich Charity spielerisch. Lindy versuchte es noch einmal mit dem Lächeln, und diesmal gelang es ihr besser.

»Viel Spaß, ihr zwei. Eßt eine Kugel für mich mit. Vielleicht Amaretto Chocolate Carrot Cheesecake.«

»Igitt«, sagten sie wie aus einem Munde. Ich grinste und wartete immer noch darauf, daß sie gingen. Nichts tat sich. Ich ging zu Charity hinüber und verabschiedete mich mit einer Umarmung.

»Dich darf ich ja wahrscheinlich nicht umarmen, oder?« fragte ich Lindy. Sie starrte mich eine ganze Weile an.

»Wir könnten uns die Hand geben«, sagte sie schließlich. Und lächelte. Ihr Gesicht hellte sich auf wie der Nachthimmel bei einem Feuerwerk. Wir gaben uns die Hand.

»Baskin Robbins?« fragte Charity.

»Leatherby's ist besser.«

»Nein!«

»Doch!«

»Ist es nicht!«

»Ist es wohl!«

Sie machten sich auf den Weg. Ich sagte auf Wiedersehen, aber niemand nahm von mir Notiz. Eiskrem, der große Feind der guten Kinderstube. Ich ging zu meinem Schreibtisch hinüber, setzte mich, schaltete den Computer an und wartete, daß er warm wurde. Ein Bündel speckiger Dollarnoten starrte mich an, George Washington obenauf mit mürrisch-ernstem Gesicht, wie immer.

Ich zählte das Geld, zweihundertvierzehn Dollar, steckte es in einen Umschlag und legte es in den Bodensafe. Der Computer blinkte mich einladend an. Ich schenkte ihm keine Beachtung. Eine Kinderprostituierte mit schlechten Manieren, ein totes Mädchen mit einer lebhaften Mickey-Mouse-Uhr, ein Mordfall und Johnny. Toll. Ich schaltete den Computer wieder aus.

Eigentlich sollte ich das Mädchen und die Informationen an die Behörden weiterleiten, aber das konnte und wollte ich nicht. Ich war das Kind einer alleinerziehenden Alkoholikerin, und ich war selbst nur zu oft alleingelassen worden. Jetzt kann ich die Lindys und Lisas, die in mein Leben schneien, nicht einfach so wegschicken. Vielleicht haben sie ja sonst niemanden. Wenn

Alma mich damals weggeschickt hätte – aber ich dachte diesen Gedanken nicht zu Ende. Er tat mir zu weh.

Ich stand langsam auf und knallte die Stuhllehne nicht gegen die Wand, auch wenn mir danach zumute war. Dann ging ich rüber zu Mr. A., um ihn zu fragen, ob er mit mir auf ein Bier in die Kneipe um die Ecke wollte. Das war besser als Eis. Und es war besser, als über vergeudete Leben zu weinen: das von Johnny, das von Lisa, vielleicht auch das von Lindy. Ich fragte mich, wo Michaela wohl steckte.

Und ich fragte mich, ob es mir wohl helfen würde, den Schmerz über den Verlust von Johnny zu überwinden, wenn ich Lindy half.

7

Natürlich half das Bier nicht. Das tut es nie. Also ging ich zurück ins Büro und starrte weiter den Computer und den Bericht an. Dann gab ich das auch auf.

Ich rief Henley kurz vor fünf an. Nicht, um ihn zu nerven, sondern lediglich, um das Gefühl zu haben, daß ich etwas tat.

»Ich hab' Walter Benson erwischt«, sagte er. »Hat nicht sonderlich kaputt geklungen.«

»Schwer zu sagen bei Walter, aber innerlich sieht die Sache wahrscheinlich ganz anders aus. Nach außen hin zeigt er ungefähr soviel Gefühl und Einfühlungsvermögen wie ein Eiswürfel.« Henley grunzte. »Einem Fremden würde er seine Gefühle sowieso nicht zeigen. Gibt's sonst was Neues?«

Er grunzte wieder. »Ich hab' den Obduktionsbericht noch nicht, aber ich sag' Ihnen, was ich mir denke. Es sieht nicht so aus, als ob es einen Kampf gegeben hätte. Ich würde wetten, daß John den Angreifer gekannt und sich in seiner Gegenwart sicher gefühlt hat. Oder in ihrer. Er hat keinerlei Grund gesehen, sich bedroht zu fühlen oder sich in acht zu nehmen.

Sagen wir mal, John weiß, daß jemand zum Auto kommt. John steigt aus, und da geht der Kerl auf ihn los. Eine schnelle, saubere Sache. Und vor allen Dingen ohne viel Lärm. John fällt wieder in den Wagen zurück, der Kerl schiebt ihn ganz hinein, macht die Tür zu und geht weg. Alles in einer Minute oder sogar noch weniger vorbei. Schön«, fügte er hinzu und räusperte sich dann, als er sich daran erinnerte, mit wem er sprach.

»Seine Brieftasche war weg«, sagte ich.

»Vielleicht, um uns zu verwirren. Sehen Sie, was das bedeutet?«

»Daß wir wieder auf Motive zurückgeworfen sind.«

»Genau.«

»Nur, wenn's jemand war, den er gekannt hat. John war ein offener, vertrauensseliger Mensch.«

»Wäre er ausgestiegen, um mit einem Fremden zu reden?«

»Vielleicht«, antwortete ich traurig.

»Tja, einfach so zum Spaß, gehen wir mal davon aus...« Er schwieg und räusperte sich verlegen.

»Ist schon gut, ich kann's verstehen.«

Er grunzte. »Tut mir leid. Gehen wir mal davon aus, daß John den Angreifer tatsächlich kannte.«

»Also wieder zurück zu den Motiven?«

»Ja. Gibt's irgendwelche?«

»Nein. Ich hab' drüber nachgedacht, aber mir ist auch nicht mehr eingefallen, als das, was ich Ihnen schon gesagt habe. Ich spreche heute abend mit Alma, vielleicht hat sie eine Ahnung.«

Er grunzte wieder. »Okay. Melden Sie sich wieder.«

»Henley.«

»Ja.«

»Danke.«

»Ja. Ist schon gut. Bis bald.«

Alma hatte tatsächlich eine Ahnung, und ihre Neuigkeiten schlugen ein wie eine Bombe. Aber noch nicht gleich. Eine Stunde lang kam ich mir vor wie ein Zivilist bei einem Luftangriff; ich wartete und lauschte fieberhaft und voller Erwartung – und betete die ganze Zeit, daß der Angriff endlich kommen, die Bomben endlich fallen und die Flugzeuge endlich wieder verschwinden würden. Denn dann konnte man, wenn man es überlebt hatte, wieder ins Bett zurück und weiterschlafen.

»Alma!«

»Wir werden zuerst was essen, Katy. Es ist immer am besten, wenn man über solche Sachen mit vollem Magen redet.«

»Über welche Sachen? Über was reden wir?«

»Deck den Tisch, meine Liebe.«

»O Gott.«

Alma sah mich mißbilligend an.

»Ich hab' heute drei Dollar fünfundvierzig Cents von Mrs. Rusher gewonnen. Ich hab' sie bei Cribbage, Casino und Canasta geschlagen«, verkündete sie voller Befriedigung.

»Du findest es also in Ordnung, beim Essen über deine Gewinne zu sprechen, aber nicht über Johnny?«

»Könntest du das Stew servieren, Katy? Dann hol' ich das Knoblauchbrot und den Salat.«

Ich gab auf. Wir redeten über eine Belanglosigkeit nach der anderen, die Alma einfiel.

»Wie lang soll ich warten, bis ich Letty ihre Götterspeisenform zurückbringe?«

»Wahrscheinlich, bis die Götterspeise alle ist.« Es sah Alma überhaupt nicht gleich, solch offensichtliche und dumme Fragen zu stellen.

»Die gehört schon längst der Vergangenheit an.«

»Du hast sie gegessen?« Ich war erstaunt.

»Ich hab' ein bißchen was davon zum Mittagessen probiert«, sagte sie mit ihrer heroischsten Stimme. »Das hat mir die Höflichkeit geboten.« Ich stimmte Alma zu. »Aber den Rest hab' ich weggeworfen, sobald Letty aus dem Haus war.« Auch bei dieser Entscheidung mußte ich ihr zustimmen.

»Alma?«

»Zur Nachspeise gibt's Eis und Kekse, Katy.«

»Nein, danke, vielleicht später. Könnten wir ...«

»Nach dem Abspülen.«

Ich seufzte. Wir spülten ab.

»Tee, meine Liebe?«

»Ja, bitte.«

»Jetzt?« fragte ich, als wir uns endlich mit einer Teekanne und einem Teller voll Makronen im Wohnzimmer niedergelassen hatten.

»Jetzt«, stimmte sie zu.

»Kannst du dir irgendeinen Grund denken, warum jemand Johnny umbringen wollte?«

»Nur das Geld.«

»Welches Geld?« Ich sah sie mit offenem Munde an, wie ein Goldfisch, und das stand mir nicht sonderlich gut zu Gesicht.

»Sophies Geld.«

»Sophie hatte Geld?«

»Sogar ziemlich viel.«

»Und wieso hab' ich davon nie was erfahren?« keuchte ich, weil ich mich an einem Makronenkrümel verschluckt hatte.

»Wirklich, Katy«, ermahnte Alma mich. »Anständige Leute reden über so was nicht.«

Richtig. Das hatte ich vergessen. Almas Ansicht nach sprechen anständige Leute nicht über Geld, Sex und darüber, wenn jemand aufs Klo geht. Natürlich tun anständige Leute das auch, aber sie sprechen nicht darüber. Ich seufzte wieder.

»Laß uns jetzt darüber sprechen. Johnny zuliebe.«

»Ja.« Sie schwieg einen Augenblick, um sich zu sammeln und einen Schluck Tee zu nehmen. »Johnnys Großvater, also Sophies Vater, James, der der Bruder deines Großvaters gewesen ist, hat ein paar Obstgärten mit Walnußbäumen in Marysville gehabt. Ihm ist's gut gegangen, sogar sehr gut. Als er gestorben ist, hat er allen drei Kindern genügend hinterlassen.«

»Wieviel?«

»Ich glaube, mindestens hunderttausend für jeden. Und wahrscheinlich auch noch Immobilien«, fügte sie vage hinzu.

Ich pfiff durch die Zähne. »Und wann war das, vor fünfundzwanzig Jahren?«

»Dreißig. Selbst, wenn man es nur ganz vorsichtig angelegt hätte, wäre das heute wahrscheinlich eine ganz nette Summe.«

Ich überschlug die Zahlen im Kopf und stimmte ihr zu. Ein schöner Batzen Geld.

»Sophie konnte nicht an das Geld ran. Das hat James so geregelt.« Ich zog die Augenbrauen fragend hoch. »Zum Teil lag das daran, daß sie ein Mädchen war, und zum andern daran, daß er altmodisch war; bei den Jungs hat er es nicht so gemacht.

Aber es hatte hauptsächlich damit zu tun, daß er Walter nicht vertraut und sich heftig gegen ihre Heirat gewehrt hat. Er hat Walter für einen Gauner und einen Opportunisten gehalten. Ich glaube, James hat sich da getäuscht.«

»Was ist mit dem Geld passiert, als Sophie gestorben ist?«

»Es wird für Johnny und Michaela, die Kinder, verwaltet.«

»Die ganze Summe oder nur die Zinsen?«

»Alles, der ganze Batzen.«

»Und wenn einer von beiden stirbt?«

»Geht das Geld an den anderen.«

»Nichts an Walter?«

»Nein.«

»Nicht mal, wenn beide Kinder sterben?«

»Ich glaube nicht. Aber das ist doch ein bißchen weit hergeholt, findest du nicht?«

»Ja, doch.« Aber trotzdem machte ich mir so meine Gedanken.

»Wann steht ihnen das Geld zu?«

»Ich glaube, mit dreiundzwanzig. Sophie war der Meinung, daß einundzwanzig zu jung ist.« Wir sahen uns an. »Michaela ist einundzwanzig«, sagte Alma, »und Johnny wäre im April dreiundzwanzig geworden.« Wir sahen uns weiter an. Dann spürte ich ein Kribbeln in mir. Das war Aufregung, Entsetzen und Ekel, alles durcheinander. Mir lief es kalt den Rücken herunter.

»Johnny hat doch wahrscheinlich von dem Geld gewußt, oder?«

»Ich bin mir nicht sicher. Natürlich hat er gewußt, daß er was kriegen würde, aber ich glaube nicht, daß er über alles Bescheid gewußt hat. Sophie und ich waren uns einig, daß es für die Kinder besser sein würde, wenn sie nichts davon erfahren. Sie wollte, daß sie es allein zu was bringen und sich nicht auf die Erbschaft verlassen.

Sie haben gewußt, daß Sophie eigenes Geld hatte, aber ich glaube, sie haben gedacht, das reicht gerade für kleine Extras: eine Sportausrüstung für Johnny, Musikstunden und Instrumente für Michaela. Sophie ist nie verschwenderisch mit Geld umgegangen, und Walter hat sich um alle Ausgaben der Familie gekümmert.«

»Also weiß Michaela auch nichts davon?«

»Das kann ich mir nicht vorstellen. Sie war siebzehn oder so, als sie von zu Hause weg ist.«

»Aber Johnny hat möglicherweise Walter gefragt?«

»Ja.«

Ich dachte ein bißchen darüber nach. »Ich schau' mir die Geschichte gleich morgen früh genauer an.«

»Nein, nicht gleich.« Ich starrte Alma an. »Als allererstes kommt Michaela. Versuch, sie zu finden, Katy.«

»Alma, Menschen findet man nicht einfach. Sie ist jetzt mindestens vier Jahre weg, und niemand hat in der Zwischenzeit was von ihr gehört.«

»Finde sie, Katy. Versuch's. Johnny ist ihr Bruder, und sie sollte bei der Beerdigung dabei sein. Das gehört sich so. Und ich weiß, daß sie selbst das auch wollen würde.« In ihren Augen standen Tränen. »Sie lebt, aber Johnny ist tot. Er kann noch ein bißchen warten.« Nun fing sie an zu weinen.

»Ich hab' so vieles falsch gemacht, Katy. Sie ist Sophies Tochter, und ich hätte so etwas wie eine Mutter für sie sein sollen. Das war ich Sophie und dem Kind schuldig. Ich hab' sie so geliebt, wie sie noch klein war, aber Teenager sind manchmal schwierig.« Sie seufzte. »Doch trotzdem habe ich einen Fehler gemacht. Ich hätte eine Mutter für sie sein sollen ... O Gott, find sie, Katy.«

»Na schön. Aber meinst du wirklich jetzt? Ich habe eine ganze Menge Dinge zu erledigen ...«

»Jetzt. Es ist *für die Familie.*«

Da war er also, der heilige Spruch. Ich konnte und wollte mich auch nicht mit ihr streiten. Alma hatte für mich die einzige Familie bedeutet, nachdem meine kleine Schwester gestorben war.

»Katy?«

»Ja.«

»Wirst du das machen?«

»Ja.«

»Gleich?«

»Gleich morgen früh. Jetzt fahre ich ins Büro zurück, um einen Bericht fertigzumachen, den ich abgeben muß.«

»O je.« Sie lächelte schwach.

Ich lächelte zurück. »Ruf diese Nummer an.« Ich kritzelte eine Telefonnummer auf einen Zettel. »Bitte Tim, auf die Tiere aufzupassen.« Tim ist mein Nachbar. Er ist zehn Jahre alt und hilft mir. »Ich schlafe heute nacht hier. Ich bin zurück, sobald es geht.« Ich beugte mich zu Alma hinüber und gab ihr einen Kuß.

Ich schrieb den Bericht zu Ende, steckte ihn in einen großen Umschlag und klebte ein paar Briefmarken darauf. Die Post macht immer einen kleinen, aber beständigen Gewinn an mir, weil ich lieber zuviel Porto auf die Briefe klebe, als aufs Postamt zu gehen.

Dann rief ich Hank an. Hank ist bei der Las Vegas Metropolitan Police. Wir haben uns letzten Sommer in Vegas kennengelernt, als ich gerade für Charity einen Fall bearbeitete, und sind seitdem zusammen. Falls man das ›zusammen‹ nennen kann: Er lebt in Vegas und ich in Sacramento. Wir haben beide absurd hohe Telefon-, Benzin- und Reisekosten.

Keine Antwort. Mist.

Ich rief Charity an. Auch dort war niemand außer dem Anrufbeantworter. Wahrscheinlich waren sie draußen in der Scheune und machten sich einen schönen Tag. Ich unterhielt mich ein bißchen mit dem Anrufbeantworter und teilte ihm mit, daß ich die nächsten paar Tage beschäftigt sein, mich aber bis Ende der Woche wieder melden würde. Der Anrufbeantworter sagte nichts.

Die fast schon alte Uhr auf dem fast schon alten Kaminsims in meinem Büro sagte mir, daß es fünf vor halb elf war, aber die Uhr ging mindestens eine Viertelstunde vor. Doch egal, schließlich arbeiteten Polizisten vierundzwanzig Stunden am Tag. Henley und Barkowski waren nicht da. Schließlich erreichte ich jemanden und hinterließ eine Nachricht, daß einer von beiden mich am nächsten Morgen bei Alma anrufen sollte.

Dann wählte ich Johnnys Nummer, weil ich hoffte, daß sein Mitbewohner da sein und bereit sein würde, kurze Zeit auf Ranger aufzupassen, einen Hund, der fast bei Tierversuchen eingesetzt worden wäre und dessen John sich angenommen hatte. Und ich hoffte, er könnte mir etwas Neues mitteilen, das mir helfen würde. In den ersten beiden Punkten hatte ich Erfolg, aber beim dritten war nichts zu machen.

»Kat, ich wünschte, ich könnte helfen. John war mein bester Freund. Er ...«

»Ich weiß«, sagte ich in das Schweigen hinein. »Danke. Hat er irgendwas gesagt, was er an dem Tag machen wollte?«

»Ich hab' ihn nicht mal gesehen. Ich hab' die Nacht davor bei meiner Freundin verbracht. Als ich am Morgen zurückgekommen bin, war er nicht mehr da. Ich habe keine Ahnung. Kat, die Polizei hat mir Fragen gestellt wegen Drogen.«

»Ja. Mir auch.«

»Aber John hat nichts als Verachtung für die Drogenszene gehabt.«

»Ja.«

»Ich kann einfach nicht glauben, daß es so was war.«

»Nein. Ich auch nicht. Was sonst? Hat er irgend jemandem Geld geschuldet, oder hat er noch Geld von jemandem gekriegt? Irgendwelche Eifersüchteleien wegen einem Mädchen? Probleme im Labor?«

»Das haben sie mich auch gefragt, aber ich weiß nichts darüber.«

»Hat John jemals was von dem Geld gesagt, das er erben sollte?«

»Tatsächlich? Wann sollte er das denn bekommen?«

»An seinem dreiundzwanzigsten Geburtstag.« Er schwieg einen Augenblick und dachte nach. »Ja und nein. Eines Abends, vor ein paar Wochen, hat er sich lange mit seinem Vater unterhalten. Da ist es zum Teil ganz schön laut geworden – John hat ziemlich rumgeschrien. Er hat gesagt, nach dem Testament würde ihm das Geld an seinem dreiundzwanzigsten Geburtstag gehören, und er würde damit anfangen, was er wollte. Er hat was davon erwähnt, daß er selbst über seine Investitionen entscheiden würde, daß er den Rat seines Vaters schätzte, aber daß er ganz gut allein zurechtkäme. So etwas Ähnliches.

Dann hat er sich nach dem anderen Testamentsvollstrecker erkundigt. Ich hab' gehört, wie er den Namen eines Bankangestellten wiederholte und den einer Bank, aber ich hab' nicht richtig aufgepaßt. Wir haben uns ein bißchen darüber unterhalten, aber ich hab' nicht sehr viel mehr darüber erfahren.«

»Hmmmm.«

»Hilft das was?«

»Im Moment hilft alles. Ist das Thema je wieder zur Sprache gekommen?«

»Nein. Wir haben uns natürlich auch nicht allzu oft gesehen. Ich bin häufig bei meiner Freundin. Ich wünschte, ich wüßte mehr, Kat, ich würde gern helfen.«

Ich folgte meinem Instinkt und nahm sein Angebot an. »Ned, ich weiß, daß es schon ziemlich spät ist, aber könnte ich noch vorbeikommen? Ich würde gern Johns Sachen durchgehen.«

»Jetzt?«

»Jetzt.«

»Ach. Na ja, klar, warum nicht. Ich lerne gerade noch für eine wichtige Prüfung, also bin ich sowieso noch eine Weile auf.«

»Also, dann bis in einer halben Stunde.«

»Ja, bis dann. Ach ja, Kat, wie geht's übrigens deiner Großmutter?«

»Okay, aber nicht gut.«

»Tut mir leid. Ich wünschte – ach, zum Teufel!«

Mir fiel auch keine bessere Zusammenfassung ein.

8

Ich bereute fast sofort, nachdem ich aufgelegt hatte, diesen Instinkt wieder. Es war schon spät, ich war müde, und Davis war fast dreißig Kilometer weit weg. Aber nur fast. Schließlich war es für Johnny.

Sie wohnten in einem älteren Haus in der Nähe von I und 4th, das aufgeteilt war, um so vielen Studenten wie möglich die Miete aus der Tasche zu ziehen. Schon vor einer ganzen Weile hatte es die Schwelle zum Zustand der Heruntergekommenheit überschritten, die Farbe blätterte von den Wänden, und die Stufen waren schon ganz schief. Im Hof sah es noch schlimmer aus; er lag verwahrlost da, als hätten die halblebendigen Dinge darin aus Mangel an Interesse noch das letzte Fünkchen Hoffnung aufgegeben. Auf der Veranda lag noch immer ein verrottender Kürbis von Halloween, dessen zahniges Lächeln inzwischen zu einer traurigen Grimasse verzerrt war.

Ned ging bereits bei meinem ersten Klopfen an die Tür. Er hatte einen Bleistift hinter dem Ohr und den Fernseher laufen. Der ›M*A*S*H‹-Helikopter landete wohl schon zum viermillionsten Male.

»Komm rein, Kat.« Er zuckte mit den Achseln und wedelte ein wenig mit den Armen. »Fühl dich wie zu Hause, schau dir nur alles an. Weißt du, wo Johns Zimmer ist?« Ich nickte.

»Hast du ein paar Minuten für mich Zeit, Ned?«

»Ja, warum nicht. Aber ich hab' auch noch diese Prüfung.«

»Ich weiß. Über was hat Johnny im letzten Monat oder so nachgedacht?«

»Über nichts Besonderes. Das Übliche.« Er schwieg und sah aus, als wolle er mir gerne helfen. Aber offensichtlich mußte man ihm ein wenig auf die Sprünge helfen. Und das tat ich.

»War er über irgend etwas wütend oder aus der Fassung?«

»Wahrscheinlich wegen diesem Tierschützer. Wie hieß er doch gleich?« Er sah mich an. Ich schüttelte den Kopf. »Gil. Das ist es. Er hat einmal direkt vor dem Labor Handzettel ausgeteilt. John hat einen genommen, ihn durchgelesen und dem Kerl gesagt, daß der Zettel voll falscher Informationen steckt und die Sache verzerrt. Daraufhin hat der Typ ihn einen Lügner und Mörder genannt. Das hat John natürlich wütend gemacht.«

Ned sah mich an, und ich nickte. »Verständlich.«

»Ja. Na ja, John hat versucht, sich vernünftig mit ihm zu unterhalten, aber Gil hat bloß die ganze Zeit ›Mörder, Metzger‹ und solche Sachen gebrüllt. Er hat John mit Hitler, Dschingis Khan und Lady Macbeth verglichen. Ist wohl ein bißchen weit gegangen, was meinst du?«

Ich stimmte ihm zu. Lady Macbeth hatte in dieser Reihe nichts zu suchen, ganz abgesehen einmal von John. Im Hintergrund goß Hawkeye sich einen weiteren Extra Dry Martini hinter die Binde. Vielleicht war das auch ein bißchen übertrieben, aber daran hatten wir uns inzwischen gewöhnt.

»Na ja, irgendwie haben sie dann zu raufen angefangen. Der Kerl hat seine Handzettel verloren und ist auf seinem Hintern gelandet. John hat nicht gegen ihn gekämpft – er ist ziemlich klein, 'ne Menge Luft in einem dünnen Klappergestell.

Ich glaube, Gil hat sich wieder hochgerappelt und hat sich, immer noch brüllend, ein bißchen zurückgezogen. Dabei hat er John wohl auch bedroht.« Hawkeye gewann gerade das Pokerspiel und ging, um sich einem Patienten zu widmen. Dann erzählte irgendso ein Kerl mit einer beruhigenden Stimme etwas über Magensäure und Rolaid. Ich wünschte mir, ich hätte welches gehabt. Ned schwieg inzwischen wieder und wartete darauf, daß ich ihm auf die Sprünge half.

»Mit was?«

»Was?«

»Mit was hat er ihn bedroht?«

»Ach, nichts Besonderes. Er hat gesagt, er würde sich wünschen, daß John genauso zerstückelt wird wie die ganzen armen Tiere, dann würd's ihm endlich auch leid tun, und er würde das bekommen, was er verdiente. Und Gil hoffte, daß das bald passieren würde.«

In meinen Ohren klang das schon nach etwas Besonderem, aber vielleicht entging mir da auch etwas.

»Lauter so blödes Zeug. Wahrscheinlich hat er's nicht mal so gemeint, vermutlich hat er nur sein Gesicht wahren wollen. Schließlich hat John ihn ganz schön dumm aussehen lassen.«

»Hast du der Polizei von dieser Auseinandersetzung erzählt?«

»Nein. Was gibt's da schon zu erzählen?«

Ich sah ihn an und blinzelte ein bißchen mit den Augen. Einer von uns befand sich wohl in einer anderen Wirklichkeit. Unser Zug hielt nicht an denselben Stationen. Ich fragte mich kurz, wie wohl die seinen hießen: Lotusland, Elfenbeinturm, Straußeninsel?

»Ned, er hat John bedroht und gesagt, er würde sich wünschen, daß er in Stücke zerhackt wird. John ist erstochen worden, und zwar ziemlich bald darauf.«

Nun blinzelte Ned. Hawkeye redete inzwischen mit einem armen, ramponierten Jungen und sagte ihm, daß er wieder in

Ordnung kommen würde. Dann starb der Junge. Hawkeye sah ganz so aus, als könnte er ein paar Rolaids vertragen. Genau wie Ned. Und wahrscheinlich auch ich.

»Ich hab' nicht gedacht, daß er's wirklich so gemeint hat, oder was sagst du?«

»Ich weiß es nicht. Um solche Sachen kümmert sich normalerweise die Polizei.«

»Du meinst, ich sollte es den Polizisten sagen?«

»Ja«, antwortete ich mit fester Stimme. »Das meine ich. Da, das ist der Typ, mit dem du sprechen solltest.« Ich holte Henleys Karte aus meiner Brieftasche und schrieb Ned Name und Telefonnummer auf. Ned sah den Zettel an wie eine Handgranate, die gleich losgehen würde. Im Hintergrund ertönte die Musik von ›M*A*S*H‹.

»Okay. Aber die halten das wahrscheinlich für blöd.«

»Nein«, versicherte ich ihm. »Das tun sie nicht.«

»Okay.« Er hatte immer noch seine Zweifel.

Ich versuchte, ihm noch weiter auf die Sprünge zu helfen. Ned wußte Dinge, die ihm nicht bewußt waren. Da steckte noch mehr dahinter, soviel war sicher. »Außerdem war da noch ein Mädchen, ein neues Mädchen.«

»Glaubst du?«

Ich nickte. Ich hatte mir das gerade erst ausgedacht, also mußte ich nachdrücklich sein.

»Ja, vielleicht hast du recht. Aber ich hatte nicht den Eindruck, daß sie wirklich zusammen waren. Er hat von ihr geredet, wie wenn sie schon vergeben wäre, verheiratet wäre, oder zumindest einen festen Freund hätte.«

»Wo hat er sich mit ihr getroffen?«

»Das weiß ich nicht.«

»Name?«

»Das weiß ich auch nicht.«

»Haben sie sich oft gesehen?«

»Nicht so oft, wie er wollte – er war ziemlich scharf auf sie. Vielleicht ein- oder zweimal die Woche, immer untertags. Mal zum Mittagessen oder auf ein Bier nach der Arbeit, solche Sachen.«

»Wie sieht sie aus?«

»Ich hab' sie nie gesehen.«

»Hat er sie beschrieben?«

»Er hat gesagt, sie ist schön.«

Toll. Was für eine Hilfe. Das schloß schon mal eine ziemliche Menge Mädchen aus. »Wohnt sie hier in der Gegend?«

»Ich glaube. Vielleicht geht sie auch aufs Davis.«

»Und macht Veterinärmedizin?«

»Ich weiß es nicht. Äh … Kat, ich muß jetzt wirklich an meine Bücher. Morgen …«

»Noch eine Frage.« Er runzelte die Stirn. »Warum hat sich Johnny mit seinem Dad gestritten?« Ned lachte, und das überraschte mich. Warum?

»Worüber man sich in dem Alter halt mit seinem Alten streitet. Sein Dad ist Börsenmakler oder so was. Jedenfalls weiß er, wie man mit Geld umgeht. Und er ist ziemlich konservativ. Er wollte, daß John das Geld langfristig anlegt, damit er auch in Zukunft noch was davon hat. Er hat sogar gesagt, er stellt ihm einen gewissen Prozentsatz zur Verfügung, damit John seine eigene Tierarztpraxis aufmachen kann, wenn er mit der Ausbildung fertig ist.«

»Klingt ziemlich großzügig.«

»Ja, war es auch. Und John hat sich darüber gefreut, er hat es für richtig gehalten. Ich glaube, sie sind nicht immer einer Meinung gewesen.«

»Warum haben sie dann gestritten?«

»Weil John gesagt hat, daß er den Rat seines Vaters nicht befolgt. Er wollte einen ziemlichen Betrag von dem Geld ausgeben. Er hat gesagt, er braucht das Geld wirklich, aber es ist eine gute Investition, und er bekommt es wieder zurück.«

»Und wofür wollte er es verwenden?«

»Keine Ahnung. Ich hätt' mir dafür einen Maserati gekauft.« Er grinste. »Aber John war da ganz anders.«

»Ja.«

»Hör mal, Kat, vielleicht können wir uns ein andermal weiterunterhalten, aber jetzt muß ich wirklich was tun.«

»Danke, Ned, war prima. Sag der Polizei, was du mir gerade

gesagt hat: die Sache mit Gil, dem Mädchen, die Auseinandersetzung mit Walter.«

»Walter?«

»Sein Vater.«

»Ja, okay.« Er klang nicht überzeugt und auch nicht sonderlich begeistert. Ich hoffte, daß er mir meine Bitte trotzdem erfüllen würde. Ned schlenderte in sein Zimmer, und ich machte mich auf den Weg in das von John.

Abgesehen von einem Gefühl der Trauer und des Eindringens in eine fremde Privatsphäre fand ich dort nichts. Die Trauer hatte ich wahrscheinlich selbst mitgebracht; das andere Gefühl kam daher, daß Fremde Johnnys Sachen durchgegangen waren. Ich fand nichts Persönliches: keine Notizen, keine Tagebücher, keine Briefe, nichts. Ich schaltete den Computer ein und sah mir das Inhaltsverzeichnis an. Alles sah so aus, als hätte es mit seiner Ausbildung zu tun. Ich warf einen Blick auf ein paar Files, die mir vielversprechend erschienen, und dann noch willkürlich auf einige andere. Nichts.

Nichts in seinen Taschen, in seinem Schreibtisch oder unter seinem Kissen. Entweder es gab tatsächlich nichts, oder die Polizei hatte es bereits gefunden. Dann setzte ich mich und dachte darüber nach, wie gut ich Johnny kannte und gleichzeitig wie wenig. Der Johnny, den ich kannte, würde niemanden anrempeln, nicht einmal einen Spinner wie Gil, und seine Handzettel durch die Gegend schleudern. Oder sich auf eine verheiratete Frau einlassen. Oder einen Haufen Geld für einen Zweck ausgeben, von dem ein konservativer Börsenmakler abraten würde. Der Johnny, den ich kannte, war locker und nett, ging sparsam mit seinem Geld um und hatte einen unverbrüchlichen Sinn für Moral.

Und der Johnny, den ich nicht kannte? Genau das war's. Den kannte ich eben nicht.

Auf meinem Weg nach draußen klopfte ich an Neds Tür. Ich dankte ihm noch einmal, aber das war nicht der eigentliche Grund. Ich wollte die Telefonnummer seiner Freundin. Ned war nicht sonderlich erbaut, aber er gab sie mir trotzdem.

»Sally weiß nichts davon. Johnny und sie haben sich kaum gekannt.«

»Gut. Ich würde auch nur gern mit ihr reden.« Wenn sie auf ähnliche Weise nichts wußte wie Ned, konnte ich wahrscheinlich etliches herausfinden.

Ich verließ das Haus durch die hintere Tür. Ich mußte nicht nach Ranger, Johnnys Hund, rufen, er kam von selbst angerannt. Ich nahm ihn in den Arm und sagte ihm die Sache mit Johnny. Ich weinte. Eigentlich wollte ich das nicht, aber ich tat es trotzdem. Er ließ die Ohren hängen, hörte auf, mit dem Schwanz zu wedeln und bekam plötzlich einen leeren, einsamen Blick. Vielleicht war es nur die Trauer in meiner Stimme. Vielleicht auch nicht. Ich verabschiedete mich von Ranger, sagte ihm, ich würde ihn so bald wie möglich holen, und machte mich dann auf den Weg zu A. J. Bumps Saloon in der G Street.

Ich rief Sally, Neds Freundin, von dort aus an. Es klang so, als sei sie erfreut über meinen Anruf, über irgendeinen Anruf.

»Klar können Sie mir einen Drink spendieren, vielleicht auch zwei oder drei. Eigentlich soll ich ja bei Ned vorbeischauen, aber egal, ich glaub', mit Ihnen zusammen hab' ich mehr Spaß. Also dann, so bis in zehn Minuten.«

Es waren nicht mal zehn Minuten, sondern höchstens acht. Sie war lebhaft und hübsch, und es fiel mir schwer, sie mir zusammen mit Ned vorzustellen. Sie bestellte sich einen Alabama Slammer, und da gab ich die Vorstellung endgültig auf.

»Es geht um John, hab' ich recht?«

»Richtig.«

Sie nickte. »Dacht' ich mir's doch. Ich weiß zwar nichts, aber ich kann mir ein paar Sachen denken.«

»Gut. Dann lassen Sie mal hören.«

»Johnny war ein stilles Wasser, wenn Sie wissen, was ich meine.« Sie kippte ein Drittel ihres Slammer herunter. Ich nickte. »Bei manchen Leuten kann man außen sehen, was innen drin vorgeht. Da stimmt das Innere und das Äußere zusammen, wissen Sie. Aber John war nicht so. Von außen hat er ganz cool gewirkt, aber in seinem Inneren hat's ganz schön gebrodelt. Wie ein Kessel mit kochendem Wasser. Wenn der Deckel drauf ist, merkt man nicht, daß es kocht; aber nehmen Sie den Deckel ab, und dann...« Sally schob mit dem Strohhalm ihre Kirsche auf den Boden des hohen Glases, spießte sie auf, fischte sie heraus und aß sie.

»Und weswegen hat er so gekocht?«

»Tja, das ist eine schwierige Frage.« Sie trank aus. »Kann ich noch so einen haben?«

»Klar. So viele Sie möchten.«

»Danke.« Sie seufzte. »Ich mag die wahnsinnig gern, aber mir sind sie zu teuer, und Ned ist ein bißchen geizig.« Bei vier Dollar pro Stück und der Geschwindigkeit, mit der sie sie herunterkippte, war das verständlich. Der Barkeeper stellte ihr einen weiteren Slammer hin, und sie machte sich darüber her.

»Ich glaube, er war ziemlich oft wütend. Wahrscheinlich sind ihm viele Dinge schwergefallen, und er hat ganz schön schuften müssen, damit alles so lief, wie er sich das vorstellte. Die meiste Zeit hat er eingesehen, daß das Leben eben so läuft, aber manchmal ist er vermutlich durchgedreht, weil alles so kompliziert und anstrengend war.

Dann hat er vielleicht darüber nachgedacht, wie unfair alles ist, und dieses Gefühl hat er dann an anderen Leuten oder bei anderen Gelegenheiten ausgelassen. Wie bei dem Tierschützer. Klar, der ist ein Spinner, aber trotzdem ist John ziemlich hart mit ihm umgesprungen. Verstehen Sie, was ich meine?« Sie sah mich an, intelligente braune Augen über einem Alabama Slammer.

Aber ich verstand es nicht. Der lockere, legere Johnny sollte innerlich vor Wut kochen? Wie ein unsichtbarer Vulkan, von dem man denkt, daß er nicht mehr tätig ist, der aber nur auf den rechten Augenblick zum Ausbruch wartet?

»Ned hat gesagt, daß Sie Johnny nicht so besonders gut gekannt haben.«

»Na ja, wir haben ziemlich viel miteinander unternommen. Und wenn Ned früh ins Bett ist, bin ich noch mit John aufgeblieben, und wir haben uns ziemlich lange unterhalten. Wir kannten uns schon. Ned gibt das nicht gern zu, weil er ein bißchen eifersüchtig war, daß wir uns so gut verstanden haben. Vielleicht hat er Angst gehabt, daß ich ihm wegen John den Laufpaß gebe. Und vielleicht hätte ich das auch gemacht, wenn John Interesse gehabt hätte, aber das hat er nicht.« Sie schwieg voller Bedauern, leerte ihr Glas und hob dann fragend die Augenbraue. Ich nickte und bestellte einen weiteren Drink.

»Hat John eine neue Freundin gehabt?«

»Ja. Er hat mir von ihr erzählt, aber er hat mir nicht allzu viel gesagt. Er war da ziemlich zurückhaltend. Vielleicht hat sie ihn hingehalten, vielleicht auch war die Situation schwierig.«

»Die Situation?«

»Möglicherweise war sie verheiratet oder fest mit einem Typ zusammen.«

»Wissen Sie, wie sie heißt?«

»Er hat mir's gesagt.« Sie runzelte die Stirn. »Ich weiß noch, daß ich den Namen ziemlich blöde gefunden habe. Er hat nicht mit der Sorte Frau zusammengepaßt, mit der ich mir John vorgestellt habe.« Sie runzelte wieder die Stirn. »Belinda, das war's. Manchmal hat er sie sogar Bella genannt.«

»Haben Sie sie je gesehen?«

»Nein.«

»Wissen Sie, wie sie ausgesehen hat?«

Sie schüttelte den Kopf. »Oder warten Sie mal. Er hat gesagt, sie hat ganz kurze dunkle Haare, die sich um ihren Kopf schmiegen; nur eine *sehr* schöne Frau kann es sich leisten, die Haare so zu tragen. Ja, ja.« Sie klang gehässig und warf ihre Haare zurück.

»Hat er sonst noch was über sie gesagt?«

»Nein. Natürlich hab' ich ihm Fragen gestellt. Er hat sich nicht direkt geweigert, was zu sagen, aber er ist mir irgendwie ausgewichen und hat von was anderem gesprochen.«

Ich trank mein Bier aus, während sie ihr Glas leerte. »Sind Sie mit dem Auto da?«

»Nein, mit dem Fahrrad.«

Die Drinks heißen nicht umsonst Slammer, Kamikaze, B-52. »Ich fahr' Sie heim. Wir können Ihr Rad hinten in den Kofferraum tun.«

Sie lächelte. Ihre Zähne waren ein wenig schief. Und ihr Blick war auch nicht mehr ganz gerade. Sie hatte eine ganze Menge Alkohol innerhalb kurzer Zeit zu sich genommen. »Gut, danke.«

Ich brachte sie heim und fuhr zurück auf die Autobahn. Es

war immer noch ganz schön was los. Irgendwann zwischen drei und vier in der Früh ist mal zehn Minuten nicht ganz soviel Verkehr auf der I-80. Irgendwann und manchmal. Die großen Laster donnerten auf der Überholspur an mir vorbei.

Ich hatte jetzt einige Informationen mehr, aber die fielen unter die Rubrik Spekulation, nicht unter Fakten. Die Sache ging irgendwie auf, aber warum, wußte ich nicht.

Auch das schien zu der ganzen Angelegenheit zu passen.

9

Das Telefon klingelte um halb acht am nächsten Morgen. Es war Henley, der mich offenbar in Verlegenheit bringen wollte.

»Ms. Colorado, ich hab' Ihre Nachricht bekommen. Was ist los?«

Was war los?

Mein Gott. Mit mir jedenfalls noch nicht viel um diese Zeit, schließlich war's erst halb acht. Ich versuchte, mein Gehirn in die Gänge zu bekommen.

Henley wartete geduldig.

»Alma hat mir gestern etwas erzählt.« Ich räusperte mich und versuchte, den schläfrigen Klang meiner Stimme loszuwerden.

»Ja.«

»Geld. Motiv. John sollte am elften April, seinem dreiundzwanzigsten Geburtstag, einen ganzen Batzen Geld erben.«

Henley stieß einen Pfiff aus. »Wieviel?«

»Das weiß ich nicht. Vor dreißig Jahren betrug das Kapital mindestens hunderttausend Dollar. Sophie, Johns Mutter, hat es von ihrem Vater, James Budroe, geerbt. Sie konnte an dieses Kapital nicht heran und hat vermutlich auch nicht viel von den Zinsen ausgegeben. John hätte die Hälfte davon an seinem Geburtstag bekommen. Michaela erbt an ihrem dreiundzwanzigsten Geburtstag, in zwei Jahren. Sie kriegt jetzt alles.«

»Wo steckt sie?«

»Fangen Sie nicht mit Michaela an. Das ist eine ganz andere Geschichte, eine lange Geschichte, und darüber müssen Sie zuerst mit Alma reden. Sie meint, daß beide nicht genau über die Summe Bescheid wußten. Sie wußten lediglich, daß ihre Mutter noch ein bißchen Geld ›nebenher‹ hatte.«

»Ist Mrs. Flaherty im Moment beschäftigt?«

»Keine Ahnung, Henley. Ich bin ja noch kaum wach. Ich weiß kaum, was ich *selber* mache, wie soll ich es da von anderen wissen?«

Er lachte.

»Alma ist einundachtzig und kommt nicht mehr viel raus. Können Sie um halb zwölf vorbeikommen? Ich sag' ihr, daß Sie zum Mittagessen vorbeischauen.«

»Hm.«

»Am besten ist sie drauf, wenn's ums Essen geht. Vertrauen Sie mir.«

»Ist sie eine gute Köchin?«

»Die beste.«

Er seufzte glücklich. »Gut. Ich komme.« Er wollte auflegen.

»Warten Sie, da ist noch was.« Endlich funktionierte mein Gehirn, wenn auch nicht auf Volldampf. Ich erzählte ihm von meiner Unterhaltung mit Ned und fragte nach Gil. Ich verriet ihm mehr, als ich von ihm herausbekam, aber wenigstens gab er mir den Familiennamen von Gil und eine Adresse in Davis. Dann setzte ich ihn auf Walter an.

»Ich denke, es wäre ganz interessant, das Testament zu sehen, herauszufinden, wer das Geld all die Jahre hindurch verwaltet hat, und festzustellen, wie's jetzt damit steht.«

»Ja«, antwortete Henley. »Da haben Sie recht.«

»Es sieht fast so aus, als wären Walter und eine Bank die Nachlaßverwalter gewesen.«

»Ich überprüfe das. Sonst noch was?«

Ich dachte nach, aber mir fiel nichts mehr ein. Inzwischen war es fünfundzwanzig vor acht. Heißer Tee, das wäre schön. Verdammt. Ich wußte, daß ich irgendwas vergaß, aber mir fiel einfach nicht ein, was.

»Ms. Colorado?«

»Nein, ich glaube nicht.«

»Irgendwas mit Michaela?«

»Später, später«, wich ich ihm aus. »Reden Sie zuerst mit Alma.«

»Gut. Also dann bis später.«

»Ja, aber nicht heute. Ich muß mich noch um ein paar Familienangelegenheiten kümmern.«

»Kein Problem.«

Kein Problem? Ich hielt das für übertrieben optimistisch, aber schließlich kannte er auch nicht die ganze Geschichte. Ich zwar auch nicht, aber ich hatte zumindest kein optimistisches Gefühl.

Wir legten auf, und ich nahm ein Bad in Almas ewig langer Wanne mit den Krallenfüßen und wachte noch ein bißchen mehr auf.

»Was jetzt, Liebes?« fragte Alma, während sie mir einige Alternativen fürs Frühstück vorstellte.

»Ich fahr' heim und zieh' mich um, und dann fahre ich nach Marysville. Ich werde wohl bei Walter anfangen, auch wenn er mir wahrscheinlich nicht viel helfen kann.«

»Ich meine, was willst du zum Frühstück? Du kannst doch den Tag nicht mit einem leeren Magen anfangen.«

Ich seufzte und fragte mich, wie viele hundert, tausend, ja hunderttausend Male ich den Spruch schon gehört hatte. Ich habe am Morgen nur selten Hunger, aber ich machte mir keine Mühe, mich mit Alma zu streiten. Ich weiß, wann ich den kürzeren ziehe.

»Hafermehl, bitte.«

Sie bereitete es mit Rosinen zu und legte mir mit bestimmter Miene eine Banane auf den Teller. Ich aß alles auf. Ich trank sogar meine Milch, obwohl ich Milch hasse, besonders zum Frühstück.

»Alma, erzähl mir von Michaela.«

Sie dachte eine Weile nach. »Sie war ein stilles Kind. Das waren sie beide, aber Johnny ist ein bißchen mehr aus sich herausgegangen, als er erwachsen geworden ist. Micha hat das nie gemacht.«

»Micha – das hatte ich ganz vergessen.«

»So hat ihre Mutter sie genannt. Nachdem Sophie gestorben ist, hat niemand mehr so zu ihr gesagt. Sie ist damals elf gewesen, und sie hat sich den Tod ihrer Mutter ziemlich zu Herzen genommen. Ich hab' versucht, ihr zu helfen, aber ich bin damals nicht so viel mit dem Auto gefahren, und Walter hat die Kinder nicht so oft vorbeigebracht, obwohl ich ihn darum gebeten habe.« Sie seufzte.

Ich stand auf und stellte den Teekessel auf den Herd.

»Ich hab' einen Fehler gemacht, Katy; ich hätte mir mehr Mühe geben sollen.«

Ich lehnte mich gegen den Ofen und sah auf den Kessel, in dem das Wasser natürlich nicht zu kochen anfing.

»Sie war ein hübsches Kind, hat ihrer Mutter so ähnlich gesehen. Sie haben beide wunderschöne große Augen und dichtes, welliges braunes Haar gehabt, auch wenn das von Sophie am Schluß wegen ihrer Krankheit grau geworden ist.« Sie war den Tränen nahe.

Ich wandte den Blick von dem Kessel ab, und nun fing das Wasser zu kochen an. Ich machte Tee.

»O Katy, ich hätte mir mehr Mühe geben sollen!« Ich drückte sie auf einen Stuhl und stellte ihr eine Tasse Tee vor die Nase. »Sie hat so viel Talent gehabt. Sie hat Geigenstunden genommen und später auch noch Gitarre gelernt. Und ihre Stimme erst, mein Gott, was für eine Stimme! Die Engel im Himmel beugten sich herab, um ihr zuzuhören, und weinten, weil ihr Gesang so schön war.«

Sie trank ihren Tee auf einen Zug und streckte mir die Tasse hin, damit ich nachfüllte. Ihre Speiseröhre muß mit einer Asbestschicht überzogen sein. »Sie hat außerdem auch gut Tennis gespielt. Mein Gott, wie sie mit dem Stecken herumgeschlagen hat.«

»Den Schläger geschwungen hat«, sagte ich ganz automatisch, aber sie schenkte mir keine Beachtung.

»Ich hab' einen Fehler gemacht, Katy, ich hätte ...«

Ich war es müde, ihre Selbstvorwürfe zu hören. »Alma ...«

»Jetzt hör mir mal zu, junge Dame.«

Wow. Zuhören? Fast hätte ich salutiert.

Ihre Gesichtszüge wurden etwas weicher. »Tut mir leid, Katy. Ich hab' einen Augenblick lang ganz vergessen, wer du bist und welches Jahr wir schreiben. Es hat ja keinen Sinn, immer nur an die Vergangenheit zu denken. Am Schluß glaubst du noch, ich hab' nicht alle Töpfe im Schrank.« Sie seufzte. Ich blinzelte.

»Alle Tassen, Alma.«

»Nein, danke, meine Liebe, zwei Tassen reichen.« Ich schenkte mir selbst noch Tee nach.

»Sie war so ein liebes Kind, aber dann ist irgendwas schiefgelaufen. Ich weiß, daß alle Teenager schwierig sind, aber da steckte noch mehr dahinter. Irgendwas war nicht in Ordnung, und ich ...« Sie seufzte, ein Seufzen, das einem das Herz zerreißt und dann einen dumpfen Schmerz hinterläßt.

»In unserer Welt gibt es Gutes und Böses, Katy. Alles Gute, was man tut, verändert das Gleichgewicht im Universum. Ich weiß, daß du das weißt, mein Liebes. Und ich weiß, daß du das, was du tust, unter anderem aus diesem Grund tust.«

Ich sah sie erstaunt an. So hatte ich die Sache noch gar nicht betrachtet.

»Auch wenn du wahrscheinlich nicht Gut und Böse dazu sagst.« Sie seufzte. »Aber das ist es, und es ist egal, wie man dazu sagt.«

Sie seufzte wieder.

»Ich betrachte mich als eine von den Guten, aber all die Dinge, die ich nicht getan habe, verfolgen mich. Wir sind nicht nur für das verantwortlich, was wir tun, sondern auch für das, was wir sehen. Etwas Böses zu bemerken und es einfach zu ignorieren, ist eine Sünde und verändert das Gleichgewicht. Das Gleichgewicht hat sich in diesem Kind verändert, und ich habe dem keine Beachtung geschenkt.«

Ich starrte Alma völlig verblüfft über diese Kombination aus alter Volksweisheit und neuem Bewußtsein an. Ich sagte nichts. Zum Glück.

»Finde sie für mich, Katy. Ich will nicht, daß es schon zu spät ist.«

»Das könnte es aber sein.«

»Ja, ich weiß.« Tränen standen ihr in den Augen. »Ich muß es versuchen.«

»Na gut. Erzähl Henley das alles und alles, was er dich vielleicht noch fragt. Spiel nicht Räuber und Gendarm mit ihm, Alma, die Polizei steht auf unserer Seite.« Sie sah verletzt und unschuldig drein, aber damit konnte sie mich nicht täuschen. Oder besser: Ich hatte mich schon zu oft davon täuschen lassen.

»Und laß ihn ja nicht rein, ohne daß du dir seinen Ausweis zeigen läßt.«

»Nein«, erwiderte sie mit lieber Stimme, »und ich nehm' auch keine Süßigkeiten von fremden Männern.« Ich zuckte mit den Achseln. Jetzt mußte Henley sehen, wie er zurechtkam.

»Ich muß mich um ein schwieriges Mädchen kümmern.«

Sie hob die Augenbrauen.

Ich schüttelte den Kopf. »Das ist eine lange Geschichte. Ich hab' jetzt keine Zeit.«

»Bring sie mit zu mir.«

Ich schüttelte wieder den Kopf. »Sie ist auf dem Land besser aufgehoben. Ich hab' sie bei Charity und den Pferden untergebracht. Sie ist mit ein Grund dafür, warum ich die Stadt im Moment nicht verlassen möchte.« Alma zog die Augenbrauen noch ein Stückchen weiter hoch. »Und Johnny ist der andere Grund«, fügte ich hinzu.

Sie schüttelte den Kopf. »Die Toten müssen den Lebenden dienen, Katy.«

Vor meinem geistigen Auge sah ich, wie Lisa und Johnny mich wehmütig betrachteten. Ich versprach ihnen, daß ich sie nicht vergessen, daß ich zurückkommen würde. Das war's. Verdammt. Ich hatte vergessen, Henley von Lisa zu erzählen. Der wehmütige Ausdruck veränderte sich zu einem vorwurfsvollen, und ich machte innerlich noch weitere Versprechungen.

»Katy? Katy, bist du mit deinen Gedanken noch da?«

»Ja.«

»Und was jetzt?«

»Heim, umziehen und dann nach Marysville. Kommst du zurecht heute? Und auch heut abend, wenn ich nicht zurückkommen sollte?«

»Ja.«

»Ich ruf dich an.«

»Glaubst du, der Detective mag Brötchen zum Eintopf?«

»Klar.«

»Und einen Custard Pie zum Nachtisch?«

»Er wird dir seine ewige Liebe erklären. Heb ein Stück für mich auf. Und mach nicht so viel Muskatnuß drauf wie sonst. Zimt ist sowieso besser.«

Sie schnitt ein Gesicht, während ich ihr einen Abschiedskuß gab.

10

Marysville ist nur ungefähr fünfzig Kilometer entfernt, aber man braucht fast eine Stunde, weil man den größten Teil der Strecke auf schmalen Straßen fahren muß. Da landet man ganz leicht hinter einem Pick-up-Transporter, der gemütlich mit sechzig dahintuckert. Manchmal nervt mich das, manchmal nicht. Heute war ein Tag, wo es mir nichts ausgemacht hätte. Aber ich begegnete keinen Transportern und schaffte es in weniger als fünfzig Minuten.

Walter ist schon seit Jahren Börsenmakler. Ich denke mir immer, daß er schon bei der Geburt wie einer ausgeschaut und dann ganz natürlich diesen Beruf ergriffen hat. Seine Schläfen wurden schon grau, als er noch keine dreißig war. Und als er dann über dreißig war, wurde aus dem Grau Weiß. Ich würde ihn als distinguiert bezeichnen, aber das war's dann auch schon. Alma sagt immer, daß die Schönheit bei ihm gerade bis zu den Knöcheln reicht.

Wir waren beide Walter gegenüber nicht sonderlich freundlich. Und wir waren ihm gegenüber wohl auch nicht besonders fair. Aber so ist das eben.

Ich hatte nicht angerufen, um mich anzumelden. Walter hatte sich aus niemandem von Sophies Familie nach ihrem Tode viel gemacht, und es war nicht sehr wahrscheinlich, daß sich in dieser Hinsicht etwas geändert hatte. Vermutlich war es besser, wenn ich einfach so hereingeschneit kam.

Ich hatte keine Mühe, sein Büro zu finden, das genauso steif, achtbar und förmlich wirkte wie immer. Ja, sogar altmodisch. Ein paar von Sophies Antiquitäten waren hier gelandet. Die

Sache stank nach Geld und Etabliertheit. Ich machte den Reißverschluß meiner Handtasche zu, als ich eintrat.

Walter begrüßte mich förmlich, wenn auch freundlich und voller Respekt – eine Mischung, die wohl potentielle Klienten becircen und sie dazu bringen sollte, Brieftasche und Scheckheft zu zücken. Es war schon lange her, daß wir uns gesehen hatten, und er erkannte mich nicht.

»Hallo, Walter, ich bin's, Kat Colorado, Alma Flahertys adoptierte Enkelin.«

Freundlichkeit und Förmlichkeit verflogen. Der echte Walter trat kühl, distanziert und steif auf mich zu.

»Was willst du?« Wenn er nicht ein achtbarer, treuer Kirchengänger gewesen wäre, hätte er mich wohl hinausgeworfen. Das sagte mir jedenfalls sein Tonfall. Und er hätte überhaupt keine Probleme dabei gehabt, sondern sogar ein gewisses Vergnügen.

»Darf ich mich setzen?«

Ich ließ mich auf ein hübsches, viel zu schweres Brokatding nieder, ohne auf eine Antwort zu warten. Das war auch gut so, denn die Antwort hätte vermutlich nein gelautet. Endlich setzte er sich ebenfalls gnädig hin, und zwar so, wie Abraham Lincoln in Washington in seinem Memorial sitzt. Aber ohne die Freundlichkeit, die Weisheit und auch ohne das entsprechende Mitleid.

»Ich wollte dir mein Beileid aussprechen wegen Johns Tod.« Ich verschluckte mich fast an den Worten, an den Tränen, aber ich bekam sie heraus. Schließlich hatte ich eine gute Kinderstube.

Er nickte. »Danke.« Dieser Mann machte nicht viele Worte. »Was willst du?«

»Alma hat mich gebeten, für sie Nachforschungen anzustellen. Du weißt, wie sehr sie Sophie und die Kinder geliebt hat. Sie trauert sehr um John und möchte, daß ich Michaela finde. Natürlich hoffe ich, daß du uns helfen kannst.« In dieser Hinsicht gab ich mich wohl übertriebenen Erwartungen hin.

Er wurde dunkelrot, und seine Wangen bekamen interessante, wenn auch nicht unbedingt attraktive Flecken.

»Ich wünschte, ich könnte es, aber ich weiß nichts über sie. Sie ist meine Tochter, und ich habe es bei Gott versucht. Ich will helfen und tun, was ich kann; ich wünschte, ich wüßte, wo sie ist und was ich tun kann.« Ein klassisches Beispiel väterlicher Zuneigung und Sorge. Ich war beeindruckt, aber nicht zu stark.

»Sie hat sich selbst und der Familie Schande gemacht, besonders mir. Doch das ist egal, sie ist immer noch meine Tochter.« Er sah besorgt aus.

Schande gemacht? Ich machte mir so meine Gedanken über Leute, denen solche Dinge wichtig sind. »Wie hat sie sich Schande gemacht?«

»Das geht dich nichts an, und es wäre auch Michaela gegenüber nicht fair, das Thema aufzubringen.«

Die Flecken auf seinen Wangen verschwanden. Dafür wurde das Rot intensiver und bekam einen leicht purpurfarbenen Rand. Ich beobachtete ihn voller Interesse. Diese farblichen Veränderungen waren fast, wie wenn man einen Sonnenuntergang betrachtete.

»Hast du eine Ahnung, wo sie hin ist, als sie weg ist?« Er schüttelte den Kopf. »Gibt's irgendwelche Freunde oder Familienangehörigen, die das wissen könnten?«

»Nein, ich glaube nicht. Sie ist nicht mal mit John in Verbindung geblieben, vielleicht, weil er nicht ...« Er brach mitten im Satz ab. Ich wünschte, er hätte das nicht getan; schließlich kam er gerade zu den interessanten Sachen.

»Wie steht's mit ihren Freunden hier? Hat sie eine Nachricht oder etwas Ähnliches hinterlassen, woraus man schließen könnte, wo sie hin ist?«

»Auf die Gefahr hin, daß ich mich wiederhole, sage ich, daß ich es nicht weiß. Ich wünschte, ich könnte dir helfen, aber ich kann es nicht.« Er machte Anstalten aufzustehen. Was für ein Glück, daß ich mich nicht so leicht entmutigen lasse.

»Es fällt mir schwer, zu glauben, daß sie nie versucht hat, mit dir in Kontakt zu treten. Siebzehn ist ziemlich jung, um so ganz auf sich selbst gestellt zu sein. Sie hat nie geschrieben oder angerufen, um Geld zu bekommen?«

»Ich wünschte, sie hätte es getan«, sagte er traurig.

Die Farbe in seinem Gesicht änderte sich wieder. Er schien

traurig zu sein, aber er sah nicht traurig aus – doch vielleicht war es auch umgekehrt.

»Aber John hat doch sicher ein- oder zweimal von ihr gehört, oder? Schließlich sind sich die beiden sehr nahegestanden.«

Volltreffer. Das Gleichgewicht von Rot und Purpur veränderte sich. Er machte den Mund auf und schloß ihn wieder.

»Was ist passiert, Walter?«

Ich beugte mich vor. Er stand unvermittelt auf, so schnell, daß er sich den Oberschenkel an der Ecke des Schreibtisches anschlug, weil er mich so hastig loswerden wollte. Ich ließ ihn noch ein paar Sätze krächzen, bevor ich aufstand. Sogar wenn er Einlagen in den Schuhen trägt, bin ich noch gute zwei Zentimeter größer als er.

»Unglücklicherweise werden wir das nie erfahren.« Er schluckte an den Worten. »Zuerst Michaela, dann John. Was für ein Schlag für einen Vater! Ich wünschte ...«

Ich wartete voller Interesse auf seinen Wunsch, aber er unterbrach sich, hatte es sich wohl anders überlegt.

»Wenn du mich entschuldigen würdest, ich muß versuchen zu arbeiten. Grüße doch bitte Alma von mir.« Er mußte ein wenig nach oben schauen, um mich zu sehen. In seinem Mundwinkel hing ein Speichelfetzen. Ich versuchte, Verständnis und Einfühlungsvermögen zu zeigen, aber dabei wurde mir fast übel.

»Danke für deine Hilfe, Walter. Du hast mir einen großen Gefallen getan.«

Trotz meiner besten Vorsätze klang ich sarkastisch, und vielleicht war ich das auch ein bißchen. Ich ging aus dem Büro und ließ die Tür hinter mir offen, so daß er sie zumachen mußte. Er schlug sie nicht zu.

Ich kann mir nie so recht klar darüber werden, ob ich mich durch meine Meinung über die Natur des Menschen nun ermutigen oder entmutigen lassen soll. Aber ich werde wohl eher entmutigt. Denn letztlich stehe ich dem Menschen ziemlich zynisch gegenüber. Ein Laster brummte knirschend vorbei. Ich atmete tief durch und füllte meine Lunge mit einer kräftigen Ladung Abgasen und Kohlenwasserstoff. Das war eine richtiggehend gesunde Abwechslung zu der Atmosphäre drinnen. Dann dachte ich über das nach, was ich gerade gehört hatte.

Was kann ein sechzehn- oder siebzehnjähriges Mädchen schon Böses anstellen? Marysville ist eine Kleinstadt, mit zwölftausend Einwohnern. Es ist nicht viel los da. Keine Banden, keine Verbrechen wie in der Großstadt. Die Jugendlichen hier halten sich schon für mutig und aufmüpfig, wenn sie mal eine Pfandflasche aus einem fahrenden Wagen werfen. Sich selbst und ihrer Familie Schande gemacht? Das klang archaisch, eher nach neunzehntem als nach zwanzigstem Jahrhundert.

Drogen? Alkohol? Ein Freund? Eine Schwangerschaft? Ich stieg in den Bronco und machte mich auf den Weg zur High School von Marysville. Es war letztlich egal, ob ich dort anfing oder woanders. Ich wußte noch so ungefähr, wo sie lag. Aber ungefähr reichte nicht, also fuhr ich fast zehn Minuten ziemlich orientierungslos in der Gegend herum, bis es mir endlich wieder einfiel. Ich fuhr an Ellis Lake vorbei, unter der Bahnlinie durch, stellte den Wagen ab und ging hinüber zur Schule.

Eine ziemlich hagere Frau um die fünfzig, die aussah, als hätte sie zu viele Kinder beim Rauchen auf dem Klo erwischt und könnte nun ob dieser ganzen sorgenvollen Last nicht mehr so richtig lachen, begrüßte mich höflich. Sie erwiderte meinen Blick nicht. Hatte wahrscheinlich Angst, ich könnte eine Zigarette zücken und anzünden. Ich hätte ihr sagen können, daß da keine Gefahr bestand, aber ich verkniff mir das dann zugunsten wichtigerer Dinge. Außerdem veränderte ich meine Geschichte ein bißchen.

»Ich suche nach einer jungen Frau namens Michaela Benson, die hier vor vier Jahren Schülerin war. Irgendwann während ihres letzten Jahres oder kurz danach ist sie von zu Hause weggelaufen. In ihrer Familie ist jemand gestorben, deshalb ist es wichtig, daß ich sie ausfindig mache. Ich frage mich …«

Das Telefon klingelte. Sie legte die Hand auf den Hörer. »Wie traurig.« Sie hob ab. »Entschuldigen Sie mich, bitte.«

Da ich ohnehin keine andere Wahl hatte, nickte ich. Und ich versuchte, nicht auf meinem Stuhl herumzurutschen. Auf ihrem Schreibtisch lag ein Lineal.

»Ja?« Sie legte auf und wandte sich wieder mir zu.

Mußte ich noch einmal von vorn anfangen? »Ich suche nach Michaela. Könnte ich mit ihrem Tutor sprechen oder ...«

»Tragen Sie sich bitte hier in das Besucherbuch ein. Die Büros der Tutoren befinden sich am anderen Ende des Ganges, auf der rechten Seite.«

Das Telefon klingelte wieder. Diesmal machte sie sich nicht die Mühe, sich zu entschuldigen. Ich bedankte mich bei ihrem Profil, unterschrieb in dem Buch und ging.

Ich fragte die erste Tutorin, die mir über den Weg lief. Sie war ein wenig hektisch, aber freundlich und außerdem bereit, für mich den Namen des Tutors von Michaela nachzuschlagen. »Bob Evans«, teilte sie mir mit.

»Arbeitet er noch hier?«

»O ja. Er ist gleich im nächsten Büro.«

Ich dankte ihr und ging eine Tür weiter. Ich hatte Glück. Er war da.

»Mr. Evans?«

Ein süßes, rundes Eulengesicht, das zum Teil hinter Horngläsern versteckt war, blinzelte mich an. Er hatte eine ziemlich hohe Stirn und trug ein Cordsakko mit Wildlederflicken auf den Ellbogen, so etwas wie die männliche Version des ältlichen Schulfräuleins.

»Kann ich Ihnen behilflich sein?« Er erhob sich halb. Ich stellte mich vor, und wir gaben uns die Hand.

»Ich hoffe, daß Sie sich an eine frühere Schülerin erinnern.«

»Versuchen Sie's. Wenn es noch nicht zu lange her ist...« Seine Stimme driftete ab.

»Michaela Benson.«

Ein konzentrierter Ausdruck machte sich auf seinem Gesicht breit, dann ein Lächeln.

»Michaela, ja, ich erinnere mich. Ein ziemlich eigenes Mädchen...« Er schwieg. »Darf ich fragen, warum Sie sich erkundigen? Sie hat doch keine Probleme, oder?«

»Nein, nicht daß ich wüßte. Ihr Bruder ist gestorben, und ihre Großmutter hätte gerne, daß sie zur Beerdigung nach Hause kommt. Sie ist vor vier Jahren von zu Hause weggegangen, und seitdem hat niemand mehr von ihr gehört. Ich nehme an, Sie wußten das?«

»Daß sie von zu Hause weg ist? Ja.« Die Brille rutschte ihm die Nase herunter, und er schob sie wieder hoch.

»Sie haben gesagt, sie war ziemlich eigen?«

»Ja, intelligent und musikalisch höchst begabt. Sie war sehr ruhig, hatte aber gute Freunde. Alle mochten sie: Lehrer, Schüler, einfach alle. Sie war eine gute Schülerin, hat hart gearbeitet, war freundlich und wollte in der Schule gut abschneiden und weiter aufs College. Und dann…« Er brach ab.

»Und dann änderten sich die Dinge«, beendete ich den Satz für ihn.

»Ja.«

»Wie? Warum?«

»Ich weiß es nicht; aber wie über Nacht schien sie sich zurückzuziehen und zu distanzieren. Plötzlich wurden ihre Noten schlechter, und sie sonderte sich von ihren Freunden ab. Das einzige, was sie nicht aufgab, war die Musik. Sie ging weiter in die Stunden, sang im Chor und übte genauso viel, vielleicht sogar mehr, als zuvor.«

Er machte eine Pause. »Aber ihr Vater hat das unterbunden. Er hat ihr die Musik verboten, weil die Noten nicht besser wurden. Er hat es gut gemeint, wollte sie wieder zum Lernen motivieren, aber es hatte genau die gegenteilige Wirkung. Ich war sehr dagegen und habe ihm das auch gesagt.« Wieder eine Pause. »Aber er ist kein Mensch, der zuhört oder sich von irgend jemand Ratschläge geben läßt.« Das war noch eine ziemlich wohlwollende Einschätzung von Walter.

»Was hat Michaela dazu gesagt?«

»Nichts. Sie wollte nicht reden, jedenfalls nicht zu mir oder zu ihren Lehrern. Sie ist ziemlich mürrisch und schweigsam geworden und hat dann die Schule drei Monate vor ihrem Abschluß abgebrochen.«

»Was halten Sie davon?«

Er schob die Brille hoch und starrte seine Knöchel an.

»Drogen?«

»Ich – nein. Nein, das glaube ich nicht. Sie war nicht mit solchen … Nein, das glaube ich nicht.«

»Ein Freund?«

»Vielleicht. Sie hat sich mit einer ganzen Reihe von Jungen gut vertragen, aber ich denke, es gab da niemanden, der ihr besonders am Herzen gelegen wäre. Jedenfalls nicht hier an der High School.«

Ich nickte. »Was bleibt uns dann noch?«

»Probleme daheim?« Er formulierte es als Frage.

»Zum Beispiel?«

»Na ja, es war wahrscheinlich nicht leicht für sie, nachdem ihre Mutter gestorben war.«

»Nein, aber daran war sie gewöhnt. Sophie starb, als Michaela elf war.«

»Manchmal haben Väter Probleme damit, wenn ihre Töchter sich in junge Frauen verwandeln. Sie werden übertrieben streng, und es fällt ihnen schwer zuzusehen, wie sie mit den Jungen ausgehen.«

»Haben Michaela und ihr Vater sich vertragen?«

»Äh, das weiß ich nicht.« Er war nervös. »Ich habe wohl nicht genügend Informationen, also …« Seine Stimme wurde tonlos. Es klang, als würden seine Batterien allmählich leer.

»Mr. Evans, Sie wollten mir gerade etwas erzählen, aber dann haben Sie aufgehört. Warum?«

»Äh«, lautete seine beredte Antwort. Dem Mann sollte man einen Tritt verpassen. Ich war wütend.

»Was wollten Sie andeuten?«

Er wurde rot. »Nichts, überhaupt nichts. Sie müssen mich jetzt entschuldigen. Ich habe noch einen Termin.« Ich stand auf.

»Versuchen Sie, Susie Goodnough ausfindig zu machen. Sie hat einen Jungen namens Barton geheiratet. Susie war Michaelas beste Freundin.«

Ich dankte ihm für seine Hilfe und gab ihm meine Karte. Er wurde wieder rot und schob seine Brille hoch, als ich hinausging. Er hatte mich auf eine Idee gebracht, die mir nicht besonders gefiel.

Die mir überhaupt nicht gefiel.

11

Ich fand Susie Goodnough Barton im Telefonbuch: Steve und Susan. Sie war zu Hause. Und nach dem Lärm zu urteilen noch mindestens zwei Kinder. Ich erklärte ihr die Situation und fragte sie, ob ich mit ihr sprechen könne. Sie klang erfreut, interessiert und besorgt. Die Wegbeschreibung, die sie mir gab, war gut. Ich war innerhalb von fünf Minuten bei ihr.

Susie machte die Tür auf, mit einem vielleicht Zweijährigen auf dem Arm. Im Hintergrund raste ein drei- oder vierjähriges Kind hin und her. Sie trug ihre Haare zu einem Pferdeschwanz zusammengebunden und hatte ein hellblaues T-Shirt mit dem Aufdruck 9-8-7-6-5-4-3-2-1-Baby! an, der von oben nach unten verlief. Sah mir ganz nach einem Countdown aus.

»Susie? Kat Colorado.«

Ich streckte ihr die Hand entgegen, aber das Baby packte sie, bevor sie das tun konnte. Wir schüttelten uns feierlich die Hände.

»Die Leute sagen jetzt Susan zu mir. Kommen Sie doch herein. Entschuldigen Sie das Durcheinander. Ich hab' den ganzen Tag noch keine Minute frei gehabt.«

Ich sah mich um. Auf dem Kaffeetisch lag ein aufgeschlagenes Bilderbuch, darauf ein Grahamcracker; auf dem Boden waren ein umgekipptes Dreirad und im Flur ein einzelner Turnschuh. Durcheinander ist eine recht relative Angelegenheit.

»Kommen Sie mit in die Küche? Ich hoffe, es macht Ihnen nichts aus, ich war gerade dabei, die Lasagne fürs Abendessen herzurichten. Joey, hör sofort auf damit!« Sie zog das größere von dem kleineren Kind weg und sah mich mit fragendem Blick an. Ich versicherte ihr, daß es mir nichts ausmachte.

»Wie kann ich Ihnen helfen?« fragte sie, nachdem ich mich auf einen Küchenstuhl gesetzt hatte, eine Tasse frischen Kaffee vor mir auf dem Tisch.

»Bob Evans hat gesagt, daß Sie Michaelas beste Freundin waren.«

»Bob Evans?«

»Ein Tutor an der Marysville High School.«

»Ach so, *Mr.* Evans. Ja. Das stimmt. Ich war ihre beste Freundin. Jedenfalls, bis sie sich von all ihren Freunden distanziert hat.«

»Was ist passiert, Susan?«

»Ich weiß nicht alles. Wirklich nicht. Ich habe mir diese Frage selbst schon oft genug gestellt. Robby, nein! Nicht beißen!« Sie zog die beiden Kinder auseinander, nahm das kleinere von beiden, wahrscheinlich Robby, auf den Arm und blickte geistesabwesend um sich.

»Da, Sie haben doch nichts dagegen, oder?« Sie setzte mir das Kind auf den Schoß, ohne eine Antwort abzuwarten. Na schön. Vielleicht hätte ich möglicherweise sogar ja gesagt.

»Ich hoffe, daß das nächste ein Mädchen wird. Steve wünscht sich so sehr ein Mädchen. Ich auch. Ich glaube, noch einmal stehe ich das nicht durch.«

Ich nickte voller Verständnis. Robby machte sich über meinen Finger her. Ich kniff ihm in die Wange. Fest. Der Mund blieb ihm vor Erstaunen offen stehen. »Mach das noch einmal, Kleiner«, zischte ich ihm ins Ohr, »dann kriegst du große Probleme.« Ich bezweifle, daß er das, was ich sagte, verstand, aber er bekam mit, was ich meinte, und wollte von meinem Schoß herunter.

Susan schichtete nachdenklich die Einzelteile der Lasagne übereinander.

»Sagen Sie mir einfach, was Sie wissen«, sagte ich.

Eine Lage Ricotta, Mozzarella und Fleischsauce. »Mr. Evans hat Ihnen sicher erzählt, wie sie sich verändert hat, oder?« Sie sah mich an, und ich nickte. »Ich war ihre beste Freundin, und ich wußte nicht, was los war. Sie hat mir nichts gesagt. Nicht, daß ich sie nicht gefragt hätte. Ich hab' sie immer wieder gefragt.«

»Drogen?«

»Nein, ich glaube nicht. Vielleicht.« Sie zögerte.

»Ein Freund?«

»Ja und nein. Sie hat einen Typ ganz gern gemocht, aber ...« Sie zuckte mit den Achseln. »Ihr größter Wunsch war es, aufs Konservatorium zu gehen. Ich wollte heiraten und Kinder kriegen.«

Sie lächelte voller Reue. »Jetzt habe ich da so meine Zweifel, aber die hatte ich damals noch nicht. Steve und ich waren schon zusammen. Aber Michaela war da ganz anders. Ich konnte es gar nicht glauben, wie sie plötzlich alles in den Bach gesetzt hat, ihre Noten und alles.«

»Haben Sie sie gefragt?«

»Ja, natürlich.«

»Und?«

»Und sie hat mir gesagt, ich soll mich zum Teufel scheren, und das hat ihr überhaupt nicht ähnlich gesehen.« Sie schwieg eine ganze Weile. Genau wie ich. Da war noch etwas, aber ich wußte einfach nicht, was.

»Da war noch etwas.«

Aha, da kommt es also, dachte ich.

»Sie ist eines Tages zu mir gekommen und hat mich gefragt, ob sie die Nacht bei mir verbringen kann. Das haben wir oft gemacht – also war das keine große Sache. Natürlich habe ich ja gesagt. Ich habe sie gefragt, was los ist, aber sie wollte mir immer noch nichts erzählen. Dann bin ich mitten in der Nacht aufgewacht und habe gehört, daß sie weint. Wir hatten zwei einzelne Betten in meinem Zimmer. Ich bin aufgestanden, zu ihrem Bett hinübergegangen, hineingeschlüpft und habe sie in den Arm genommen. Sie hat geweint, als müßte sie sterben. Ich habe ihr gesagt, daß sie mir alles erzählen muß. Also hat sie das gemacht, wenigstens einen Teil.«

Susan atmete tief durch. Wir sahen einander an. Sie überlegte. Ich wartete. Endlich sprach sie.

»Sie hat mir das Versprechen abgenommen, daß ich es niemandem erzähle, und das habe ich bis jetzt auch nicht ...« Sie sah mich fragend an. Ich nickte. »Sie hat mir erzählt, daß sie schwanger ist, daß sich ihr Vater für sie schämt und sie in ein Heim für ledige Mütter in Minnesota schicken will, so eine Sache von der Kirche. Sie hat die ganze Zeit geweint.

Ich habe sie gefragt, wer der Junge ist. Sie wollte es mir nicht sagen. Sie hat gesagt, es war bloß so ein Typ, und sie ist jetzt nicht mehr mit ihm zusammen. Ich habe mir viele Gedanken darüber gemacht. Ich glaube, ich weiß, wer es war.« Ich hob die Augenbrauen.

»Es war kein Junge, sondern ein Mann, jedenfalls für uns. Wir waren ja noch so jung. Es war ein Musiker, der in einer Bar in der Stadt gespielt hat. Sie hat ihn toll gefunden und für einen großen Künstler gehalten. Natürlich war er das nicht. Wir waren damals ziemlich naiv«, sagte sie entschuldigend. Ich nickte und hielt das für sehr erfrischend. Ich persönlich kannte nämlich keine naiven Siebzehnjährigen.

»Sie hat ihn fast wie einen Gott verehrt. Das war nicht gut, und das habe ich ihr auch gesagt. Er war fünfundzwanzig, viel zu alt für sie. Und dann hat sie angefangen, sich nachts aus dem Haus zu schleichen, um mit ihm zusammenzusein. Er hat sie zu sich in die Bar geholt, ihr Drinks, vielleicht sogar Drogen gekauft. Das weiß ich nicht sicher, aber es ist möglich. Ich weiß nur, daß er selber welche genommen hat. Sie hat aufgehört, mir weiter zu erzählen, als ich ihr gesagt habe, daß sie ihn nicht mehr treffen soll.

Natürlich hat Mr. Benson die Sache herausgefunden, und er ist in die Luft gegangen. Er ist gegen Sex, Trinken, Rauchen, Drogen, eigentlich gegen alles. Und«, fügte Susan hastig hinzu, »in diesem Falle hatte er völlig recht. Es ist nur schlimm, daß er so spießig war und sie so in die Mangel genommen hat. Er war ein guter Vater, aber als Mutter hat er nicht viel getaugt. Michaela hätte damals wirklich eine Mutter nötig gehabt.« Sie seufzte.

»Ich glaube, der arme Mann war ziemlich verzweifelt, deshalb hat er sie nach Minnesota geschickt. Michaela hat gesagt, daß er sich schämt, aber so einfach war die Sache nicht. Er hat sie gern gehabt, und ich bin mir sicher, daß er sein Bestes gegeben hat, um sie von all den Dingen abzuhalten, die er als schlechten Einfluß sah. Und das waren sie auch«, fügte sie hinzu. »Sie hatte wirklich mit schlechten Einflüssen zu tun. Da hatte er völlig recht.« Sie seufzte wieder. »Armer Mr. Benson. Arme Michaela.« Die Kinder hörten einen Augenblick zu streiten auf, und die Stille wirkte sehr laut.

»Ich habe ihr gesagt, sie ist verrückt, wenn sie nach Minnesota geht. Schließlich ist das keine so große Angelegenheit – so viele Mädchen kriegen Kinder, ohne verheiratet zu sein. Aber da hat sie nur noch mehr geweint. Ich habe ihr gesagt, sie soll zu ihrer Großmutter gehen. Und sie hat wieder geweint. Sie hat die ganze Zeit nur geweint. Sie hat mir nichts mehr erzählt, nur noch geweint. Ich bin mit ihr im Arm eingeschlafen, aber als ich am Morgen aufgewacht bin, war ich allein. Sie lag in meinem Bett.« Susan strich sorgfältig die letzte Schicht Nudeln glatt.

»Danach wollte sie nicht mehr mit mir reden, sie hat mir nicht einmal mehr in die Augen geschaut. Ein paar Tage später hat sie die Stadt verlassen.«

»Und das war alles?«

»Ja. Nein. Sie hat mir einmal aus Minnesota geschrieben.«

Ich atmete langsam aus. Mir war gar nicht aufgefallen, daß ich den Atem angehalten hatte.

»Wegen dem Brief mußte ich wieder weinen. Sie hat mir darin dafür gedankt, daß ich ihr eine Freundin war, und sie hat geschrieben, es tut ihr so leid, daß sich die Dinge zwischen uns so entwickelt hätten. Sie nahm die Schuld dafür auf sich und wünschte mir alles Gute. Ich habe ihr zurückgeschrieben, aber ich habe nie wieder etwas von ihr gehört.«

»Haben Sie den Brief aufgehoben?«

Sie nickte. »Ich weiß nicht, warum, aber ich hab's gemacht. Würden Sie ihn gern sehen?«

»Ja, gerne.«

Sie ging hinaus, um ihn zu holen, und ließ mich mit den Kindern allein. Sie waren friedlich, bis ihre Mutter aus der Tür war. Dann fielen sie mit einem Zorn übereinander her, der in mir ein größeres Verständnis für Kain und Abel aufkommen ließ. Ich zog sie mehrmals auseinander. Susan schien ewig wegzubleiben.

»Ich habe ihn doch nicht finden können.« Sie war ein wenig außer Atem. Verdammt. »Nur den Umschlag.« Sie streckte ihn mir entgegen, der Absender war deutlich zu lesen. Gut. Ich seufzte erleichtert auf; ich saß wieder im Sattel.

Ich schrieb die Adresse ab, bedankte mich und ging. Sie sagte mir eine ganze Menge Dinge, die ich Michaela erzählen sollte, aber Joey und Robby übertönten den größten Teil davon. Ich lächelte und nickte und winkte allen dreien, einschließlich dem Countdown-Baby, zu.

Auf meinem Weg aus der Stadt holte ich mir einen Milchshake und Pommes. Ein ordentlicher Fett- und Kohlehydrateschub kam mir jetzt gerade recht. Mit ein bißchen Glück hielt er die halbe Strecke bis nach Hause vor.

Das tat er zwar nicht, aber ich merkte es nicht. Wenn man es mit Schüssen zu tun hat, vergißt man solche Sachen leicht mal.

Ich fuhr auf dem Highway 65, vorbei an der Abzweigung nach Sacramento. Ich hatte beschlossen, nach Hause zu fahren, nicht ins Büro. Der Highway 65 ist eine Zeitlang vierspurig, hat aber dann den größten Teil nur noch zwei Spuren. Ich schaltete auf Automatik und stopfte mich mit Pommes und Milchshake voll.

Ich entdeckte den Trans Am im Rückspiegel. Er fuhr in Schlangenlinien dahin, und zwar viel zu schnell. Auf einer langen Geraden begann er, mich zu überholen. Drin saßen drei Jungs und mindestens zwei Revolver. Und sie schienen sich alle zu bewegen und Lärm zu machen. Über die erste Kugel, die in den Bronco einschlug, war ich noch überrascht. Der Trans Am war auf gleicher Höhe mit mir, die Spur vor mir frei. Ein alter Chevy-Pick-up fuhr direkt auf den Trans Am zu.

Ich trat auf die Bremse und fiel schlingernd ein bißchen zurück. Der Kleintransporter fing an zu hupen und bremste, der Trans Am beschleunigte. Sie rasten vielleicht zehn Zentimeter aneinander vorbei. Der Typ in dem Chevy riß mit fahlem Gesicht die Augen auf und sah aus, als würde er gleich einen Herzinfarkt bekommen. Das konnte ich ganz gut verstehen. Der Trans Am fuhr in einer Staubwolke davon. Ich konnte noch einen Teil des Nummernschildes ausmachen, CA 1MZD2 irgendwas. Das genügte, um rauszukriegen, wem der Wagen gehörte, auch wenn er höchstwahrscheinlich gestohlen war. Ziemlich wahrscheinlich.

Der Typ in dem Pick-up hielt genausowenig an wie ich. Ich blieb erst ungefähr zehn Kilometer weiter, in Wheatland, stehen, weil ich es nicht sonderlich amüsant finde, als leichte Zielscheibe auf einer zweispurigen Landstraße herumzufahren. In Wheatland hielt ich vor einer Tankstelle und ging über die Straße in ein Café.

Ich fragte nach dem Telefon und der Toilette. Eine pummelige Kassiererin starrte mich an und deutete nach rechts. Ich hatte den Milchshake im Gesicht, und Schokoladenbraun steht mir eigentlich nicht so sonderlich gut. Nach einem ziemlich wirkungslosen Versuch, mich sauberzumachen, gab ich den Polizisten anonym ein paar Informationen. Ich erzählte ihnen von den Jungen, den Revolvern, der Marke und Farbe des Wagens und dann noch von dem Nummernschild. Wie immer wollten die Polizisten mehr wissen, aber ich hatte keine Lust herumzusitzen, auf sie zu warten und ihnen dann den ganzen Nachmittag irgendwelche Fragen zu beantworten. Milchshake im Gesicht macht mir immer schlechte Laune.

Den Rest der Strecke konzentrierte ich mich, keine Automatik mehr, aber es passierte nichts. Das ist ganz normal, wenn man auf der Hut ist. Ich brauchte ungefähr dreißig Minuten, bis ich daheim war.

Im Seitenfenster des Bronco war ein Loch, noch zwei in der Windschutzscheibe und mindestens zwei in der Karosserie. Die Löcher waren ganz schön groß, hier ging's nicht um Spielzeugpistolen. Ich hatte kein tolles Gefühl dabei, aber das hat man selten, wenn jemand auf einen schießt. Ich schenkte mir auf dem Weg ins Bad ein Glas Wein ein und versuchte, mir einen Reim auf die Geschichte zu machen. Kinder? Vielleicht. Irgendeine Verbindung zu dem Fall, mit dem ich mich gerade beschäftigte? Ich verstand es nicht. Ich kam letztlich zu keinem Ergebnis, was mich nicht sonderlich ermutigte.

Mein Kater Xerxes wand sich um meine Knöchel und schnurrte mir etwas vor, um meine Aufmerksamkeit auf sich zu lenken. Ich ließ mir das Badewasser ein und streichelte ihn kurz, dann schlüpfte ich aus meinen Kleidern. Xerxes setzte sich neben mein T-Shirt und leckte die Milchshakereste davon ab; wir mögen Schokolade beide sehr gern. Ich machte es mir in dem dampfenden Wasser bequem. Das Telefon klingelte, aber ich schenkte ihm keine Beachtung, also schaltete sich der Anrufbeantworter ein. Ich glitt unter das Wasser und ließ Blasen hochsteigen. Ich hatte genug davon, über die Probleme anderer Leute nachzudenken und keine Antworten darauf zu finden. Nach meinem Bad und einem kleinen Snack rief ich Hank an. Ich rechnete nicht damit, daß er zu Hause sein würde, und das war er auch nicht. Im Büro war er auch nicht. Ich hinterließ eine Nachricht, obwohl ich die Sekretärin mit den Verhaltensstörungen an der Strippe hatte und wußte, daß sie die Nachricht nicht weitergeben würde.

»Ihr Name?«

Ich sagte ihn ihr. Natürlich weiß sie so ziemlich alles über mich: meinen Namen, meine Stimme, meine Haarfarbe, wahrscheinlich sogar meine Sozialversicherungsnummer. Und meinen Platz in Hanks Leben. Und genau damit hat sie Probleme.

»Und Ihre Nachricht?«

»Sagen Sie Hank einfach nur, daß ich angerufen habe, daß ich aus geschäftlichen Gründen ein paar Tage wegfahre, ihn aber wieder anrufe, wenn ich zurück bin.«

»Ich richte es Detective Sergeant Parker aus.«

Sie betonte seinen Dienstgrad. Ja, ja. Sie selbst sagte genauso wenig Detective Sergeant zu ihm wie ich. Wieder die Geschichte mit den Verhaltensstörungen. Sie hatte das Gefühl, daß niemand außer ihr Hank das Wasser reichen konnte. Und ihr Problem lag darin, daß er mir gehörte. Aber so ist das Leben eben; ihr Pech, daß sie nicht philosophischer damit umging.

»Bitte, richten Sie ihm das wirklich aus.«

»Natürlich.« Die Eiszapfen rutschten mir förmlich durch die Leitung entgegen.

Tja. Er bekam nie die Nachrichten, die ich ihr durchgab. Normalerweise tauchten sie dann im nächsten Jahr unter irgendeinem Stapel Aktenordnern wieder auf. Wieder einmal wünschte ich mir, daß Hank sich zu Hause einen Anrufbeantworter anschaffen würde. Aber zumindest hatte ich alles versucht.

Ich rief Alma an und fragte, wie es ihr ging. Dann klingelte ich bei Charity an, um sie zu bitten, daß sie mich am nächsten Morgen zum Flughafen brachte. Ich wollte nicht unbedingt einen Wagen voller Einschußlöcher auf dem Parkplatz stehen lassen – da war er bei mir zu Hause, in der Auffahrt, noch besser aufgehoben. Charity bot mir an, ihren eigenen kleinen Transporter vorbeizubringen, damit ich wieder einen Wagen hätte, wenn ich zurückkäme. Ich nahm dankbar an. Das Auto würde zwar nach Pferden stinken, aber das war allemal besser als Einschußlöcher.

12

Es war noch nicht mal fünf, aber der Tag war schon ziemlich lang gewesen, und ich war reif fürs Bett. Aber das konnte ich mir nicht leisten. Der Gedanke an Johnny nagte noch immer an mir, und der an Lisa und Lindy. Sie verschafften mir mehr Ablenkung, als mir lieb war.

Ich schob Xerxes, meinen lieben Katzenfünfzehnpfünder, von meinem Schoß und griff wieder nach dem Telefon. Schon beim ersten Klingeln hob jemand ab.

»Mr. Richards?« zirpte ich. »Hier ist die Sunshine-Reinigung. Wir wollten Ihnen mitteilen, daß wir wie vereinbart morgen um acht Uhr früh kommen. Hat Mrs. Richards sich inzwischen entschieden, ob sie das Sofa und das Tête-à-Tête auch machen lassen möchte? Wenn wir ohnehin da sind, sind die zusätzlichen Kosten gering, und ich kann Ihnen versichern, daß das Ergebnis Sie befriedigen wird.« Ich holte Atem. Die Stimme am anderen Ende der Leitung klang hoch, nicht sehr männlich, wie ein Motor kurz vor dem Anspringen.

»Was? Wer? Sie haben die falsche Nummer. Hier gibt's keinen Richards.«

»Ach«, sagte ich mit fröhlicher Stimme, »aber vielleicht kann ich *Sie* für unser Angebot interessieren, Mr. ...« Ich schwieg einen Augenblick.

»Jones«, antwortete er ganz automatisch.

»Mr. Jones. Wir haben diese Woche ein Sonderangebot für die Teppiche in drei Räumen, und für einen unerheblichen Aufpreis machen wir auch noch Ihr Sofa und Ihr Tête-à-Tête. Haben Sie ein Sofa und ein Tête-à-Tête, Sir?«

Er schnaubte verächtlich. »Tête-à-Tête – ich hab' nicht mal

einen Teppich. Verschlissenes Linoleum, das kann ich Ihnen bieten.« Dann legte er auf.

Gut. Gil war also daheim. Xerxes sprang wieder auf meinen Schoß und stupste mit seinem Kopf meine Hand an, um mir zu sagen, daß ich ihn kraulen dürfte.

Das war ein schönerer Gedanke, als Gil zu besuchen, aber Xerxes mußte warten. Ich schob ihn weg, stand auf, suchte nach meiner Tasche und den Autoschlüsseln und machte mich auf den Weg. Wieder Davis. Wieder die I-80. Mit ein bißchen Glück würde Gil zum Abendessen daheim sein, und ich würde ihn erwischen.

Sein Haus wirkte sogar noch heruntergekommener als das von Ned und John. Hoffnungsloser, hilfloser und verwahrloster. Die Farbe blätterte von der Haustür ab, am Klopfer fehlte eine Schraube, und am Briefkasten hatte es wohl früher mal eine Tür gegeben. Ich klopfte und wartete.

Der Typ, der die Tür aufmachte, paßte zu Neds Beschreibung von Gil: ein unsympathisches Knochengestell.

»Gil Jones?«

»Ja.«

»Ich heiße Kat Colorado.« Ich streckte ihm die Hand entgegen, und er ergriff sie ganz automatisch. »Ich hoffe, ich störe Sie nicht, aber ich interessiere mich sehr für Ihre Arbeit für den Tierschutz. Ich glaube, das würde einen guten Artikel abgeben. Haben Sie ein paar Minuten Zeit für ein Interview?«

»Eigentlich nicht.«

»Es dauert nicht lange.« Ich schob den Notizblock unter meinem Arm in eine günstigere Position und stellte den Fuß in die Tür.

»Na schön. Ich mache grad das Abendessen. Macht Ihnen das was aus?« Ich schüttelte den Kopf und folgte ihm in die Wohnung. Dabei fragte ich mich, ob ich gerade hinter Johnnys Mörder herging. Aber dieser Gedanke brachte mich nicht weiter, also verdrängte ich ihn.

In der Küche herrschte heilloses Durcheinander. Auf der Arbeitsfläche türmten sich die schmutzigen Teller; in der Spüle drängten sich ein Mop, ein Farbeimer und ein Pinsel mit eingetrockneter roter Farbe; an den schmutzigen Fenstern hingen keine Vorhänge. In dem Raum standen drei Stühle, nur einer davon war leer. Er dirigierte mich darauf zu. Ich bemerkte den Gestank erst, als ich mich setzte. Ich saß auf einem Haufen Abfall. Ich kippte den Stuhl; das half ein bißchen, aber nicht viel.

»Kaffee?« Er holte eine große Tasse von der Arbeitsfläche, drehte sie um, schüttelte etwas heraus, goß Kaffee hinein und reichte sie mir. Dieses Etwas konnte gut und gern eine Küchenschabe gewesen sein.

»Nein danke.« Ich ließ mich nicht überreden.

»Na schön.« Gil griff nach einer ältlichen Dose mit Schweinefleisch und Bohnen und suchte nach einer Pfanne. »Verdammt«, murmelte er. »Was für ein Chaos.«

Er trat gegen den Schrank, fand einen Löffel und fing an, das Zeug kalt aus der Dose zu essen. Er blieb dabei an die Arbeitsfläche gelehnt stehen. Ich sah ihm voll angewiderter Faszination zu und vergaß einen Augenblick den eigentlichen Grund meines Kommens.

»Ja?« fragte er mit offenem Mund. Ich holte meinen Notizblock und meinen Stift hervor.

»Wie groß ist Ihre Gruppe, und wie lange gibt es sie schon?«

»Wir sind zu fünft. Seit sechs Monaten«, antwortete er mit vollem Mund. Eine halbzerkaute Bohne hing ihm am Kinn und rutschte dann herunter. Sie hinterließ eine bernsteinfarbene Spur wie der Schleim einer Schnecke.

»Sind Sie Studenten?«

»Engagierte Bürger.«

»Welche Ziele haben Sie?«

»Die Lehr- und Forschungsinstitute von Davis. Was dort passiert, ist kriminell!« Halbzerkaute Bohnen ergossen sich aus seinem Mund. Ich rückte meinen Stuhl ein Stück zurück, wieder in den Abfall. Das war das geringere der beiden Übel. »Sie schlachten unschuldige, hilflose Kreaturen ab, Haustiere – unsere Haustiere. Sie sind genauso schlimm wie Hitler!« Jetzt hatte er den Faden gefunden. Als er kurz Luft holte, unterbrach ich ihn.

»Soweit ich weiß«, sagte ich mit sanfter Stimme, »befolgen sie die Regeln der Menschlichkeit und halten sich an die strengen

Richtlinien der Kommunen, des Landes und des Bundes. Lehre und Forschung dort dient doch sicher dem Zweck einer besseren Lebensqualität für Mensch und Tier und nicht…«

So weit kam ich. Dann begann Gil wieder mit seinen wüsten Beschimpfungen und seinen Hinweisen auf Mord und Schlachterei. Für einen Mann, der sich für die friedfertige Behandlung von Tieren einsetzte, war sein Vokabular der Gewalt ganz beachtlich.

»Verdammte Faschistenschweine. Die werden doch alle von der pharmazeutischen Industrie und vom Establishment finanziert…« Ich blinzelte. Eine neue Variation über ein altes Thema. »Alle Geschöpfe Gottes haben ein Recht auf Leben und einen natürlichen Tod. Wir sollten diese verdammten Experimente mit den verdammten Forschern selber anstellen.«

Offenbar gab es Ausnahmen zu der Theorie vom natürlichen Tod. Ich verinnerlichte sie mir schweigend.

»Sollen *die* sich doch unters Messer legen. Vielleicht ändern sie dann mal ihre verdammte Meinung.«

Das war der perfekte Einstieg für mich, und ich hakte sofort ein. »Soviel ich weiß, wurde John Benson, ein junger Mann, der in dem Labor arbeitete und mit dem Sie aneinandergeraten sind, letzte Woche ermordet. Hat Ihre Gruppe die Verantwortung dafür übernommen?«

»Was reden Sie da?« Er knallte die Büchse mit den Bohnen auf die Arbeitsfläche und starrte mich erstaunt an.

»Man hat beobachtet, wie Sie Benson bedroht haben. Sie haben gesagt: ›Die sollten euch genauso zerstückeln wie die Tiere.‹ Kurze Zeit darauf hat man ihn erstochen aufgefunden.«

»Sind Sie wahnsinnig?« schrie er mich an. Inzwischen vermischte sich die Spucke auf seinem Kinn mit der Bohnenspur.

»Sind Sie das?« konterte ich, aber eigentlich wollte ich darauf keine Antwort.

Sein Blick war wild und wirr, wie der von Manson an einem seiner besseren Tage.

»Hören Sie, ich hab' Benson nicht leiden können. Das ist eine Tatsache, und es ist kein Geheimnis. Mein Gott, ich hätte den nicht mal angepinkelt, wenn er lichterloh gebrannt hätte. Ja, ich freue mich sogar, daß er tot ist, aber ich hab' ihn nicht umgebracht. Wir sind keine Metzger, das sind die.«

Er kam mit wedelndem Löffel auf mich zu und deutete damit in meine Richtung, um mir seine Argumentation klarzumachen. »Das sind«, fuchtel, »die«, fuchtel. »Vielleicht malen wir manchmal Parolen an die Wände«, dabei deutete er auf den Pinsel und den Farbeimer. Jetzt hatte er Schaum vor dem Mund. »Aber wir sind keine *Mörder*. Was glauben Sie eigentlich, wer Sie sind?«

Ich stand auf. Ich wußte, wer ich war, und ich wußte auch, daß ich genug hatte. Mehr als genug.

»Verschwinden Sie sofort hier«, brüllte er mich an, während ich, mit dem Notizblock in der Hand, auf die Tür zuging. Der Löffel traf mich am Rücken. Ich drehte den Türknopf und riß mich am Riemen. »Metzger, Schlächter, Mörder, das seid ihr! Mörder!«

Er brüllte noch immer, als ich die Tür schloß. Ich lief die Stufen nicht zwei auf einmal herunter, aber das kostete mich ziemlich Konzentration. Vielleicht war er nicht verrückt, aber mit Sicherheit hatte er auch nicht alle Tassen im Schrank.

Meine Hände zitterten, als ich den Bronco aufschloß. Ich fragte mich, wie oft er die Worte Mord und Mörder verwendet hatte. Und ich machte mir auch so meine Gedanken darüber, daß ein so gewalttätiger Mann über den Frieden sprach, über Menschlichkeit und Unantastbarkeit des Lebens.

Ich war mir nicht so sicher, ob die Gewalttätigen in Frieden leben konnten. Aber ich war mir sicher, daß sie eines Mordes fähig waren.

Xerxes freute sich, mich zu sehen, aber lange nicht so, wie ich mich heute, ihn zu sehen.

13

Am nächsten Morgen um halb neun saß ich im Flugzeug nach Minnesota. Ich hatte zuerst versucht, das Weyland House für junge schwangere Frauen telefonisch zu erreichen, aber sehr schnell, so ungefähr nach dreißig Sekunden, wurde mir klar, daß ich so nicht weiterkommen würde. Dieses Spielchen nennt man Bürokratie.

»Es tut mir leid, aber wir können nicht über die jungen Frauen reden, die zu uns kommen. Hier im Weyland House tun wir das nicht.«

Und noch eins oben drauf:

»Nein, tut mir leid, aber ich kann nicht einmal Ihre Angaben bestätigen.«

Toll.

»Nein, die Vorgesetzte, die es bestätigen könnte, ist heute nicht hier. Und selbst wenn sie hier wäre, würde sie es nicht tun.«

So ging das eine ganze Zeit. Mich langweilte das zuerst. Schließlich waren das meine Telefonzehner, also legte ich auf. Ich war sowieso noch nie in Minnesota gewesen. Ich fragte mich, ob Lake Woebegon wohl ein zu großer Umweg wäre.

Sacramento gehört zu den Städten, von denen aus es verdammt schwer ist, irgendwohin zu kommen. Wir landeten so gegen halb fünf Ortszeit in den Twin Cities. Alles war weiß, abgesehen vom Himmel, der war grau. Ich mietete mir einen Wagen und trat hinaus in die monochrome Landschaft. Keine kalifornische Kleidung, nicht einmal der beste Schianorak, nützt was gegen den Winter von Minnesota. Das ist ein Unterschied wie Tag und Nacht. Ich zitterte mich vor bis zu meinem Mietwagen.

Nichts sieht mehr so aus wie früher. Fast-Food-Ketten und Gebrauchtwagenhändler haben einen großen Teil Amerikas zu einer nichtssagenden und langweiligen Einförmigkeit verschmolzen. Es fällt schwer, Städte und Staaten voneinander zu unterscheiden. Crossroads war eine Kleinstadt ohne sonderlichen Reiz. Ich hielt an einer Tankstelle, um mich nach dem Weg nach Weyland Home zu erkundigen.

Dem Jungen dort sagte der Name nichts, aber aufgrund der Adresse und der Beschreibung konnte er etwas damit anfangen.

»Ach so, *das* meinen Sie.« Er grinste vielsagend. »Das ist für Mädchen, die Schwierigkeiten haben.« Er grinste wieder und rieb sich die Hände. »Wird wohl von der Kirche geleitet. Mein

Gott, die kommen nie raus da.« Die Enttäuschung stand ihm im Gesicht geschrieben, und nicht nur da. Er rieb sich die Hände an der Jeans ab. »Nie.« Auf seinem Kinn war ein reifer Pickel. Ich dankte dem Jungen und ging.

Das alte, zweistöckige Haus befand sich außerhalb der Stadt, auf einem großen Grundstück mit vielen Quadratmetern Schnee rund herum, der sich im Frühling wahrscheinlich in Mais oder Getreide verwandeln würde. Über der Einfahrt ragte ein beeindruckender Bogen aus Schmiedeeisen auf. Die Buchstaben über dem Bogen ergaben zusammen WEYLAND HOME. Ich fuhr darunter hindurch und stellte den Wagen auf dem halbkreisförmigen Besucherparkplatz vor dem Gebäude ab. Außer meinem war kein Auto da. Nicht eben ein vielversprechender Anfang.

Wie sich herausstellte, kam ich gerade zum Tee recht.

»Miß Colorado, sagen Sie?«

Eigentlich hatte ich Ms. gesagt, aber dieses Wort existierte in ihrem Vokabular offenbar nicht.

»Ich bin Miß Weyland, Miß Margaret Weyland. Meine Schwester ist Miß Penelope Weyland.«

Ich nickte und hätte einiges darauf gewettet, daß noch nie jemand Maggie und Penny zu den beiden gesagt hatte. Miß Margaret war siebzig, vielleicht sogar noch älter, und so gepflegt wie eine empfindliche Treibhauspflanze. Aber sie sah ungefähr so empfindlich aus wie Stahlbeton.

»Sie wollen uns also Fragen stellen. Natürlich hoffe ich, daß wir Ihnen helfen können, aber jetzt ist Zeit für den Tee, Sie verstehen hoffentlich, wie wichtig es ist, eine feste Routine für die Mädchen beizubehalten.«

Ich nickte, aber das war eine Lüge. Ich war mir nicht so sicher, ob ich sie überhaupt verstand. Vielleicht hatte ich auch bei ›feste Routine‹ abgeschaltet.

»Sie trinken doch einen Tee mit uns mit, nicht wahr?« Sie stellte diese Frage im selben Tonfall wie ein General und hatte sich bereits wieder von mir abgewandt, als ich antwortete.

»Danke, gern.« Das war wieder so ein Kompromiß mit der Wahrheit.

Sie nickte und ging mir voran aus dem Büro in ein großes

Wohnzimmer, das bequem, wenn auch ziemlich nüchtern, eingerichtet war. Eine gewaltige, altmodische Teemaschine stand auf dem Sideboard. Um sie herum waren Teller mit Vollkornschnitten und frischem Obst. Etwa zwölf Mädchen saßen schweigend und gedrückt mit gefalteten Händen auf dem, was von ihrem Schoß noch zu sehen war. Sie sahen mich voller Interesse an. Ich zog meinen ohnehin schon kleinen Bauch ein und lächelte.

»Guten Tag, Mädchen.«

»Guten Tag, Miß Margaret«, antworteten sie im Chor. Ich staunte. »Auf, ihr Kinder, auf und singt, bis es immer besser, immer besser klingt...« Dieses Lied ging mir noch aus der Schulzeit durch den Kopf. Niemand lächelte. Niemand sah glücklich aus. Niemand sagte etwas. Und mit Ausnahme von Miß Margaret und mir waren alle schwanger.

»Jenny, schenk du ein. Und paß auf, daß du nichts verschüttest. Elizabeth, die Sandwiches; Laura, das Obst.« Die Mädchen quälten sich hoch und taten, was man ihnen gesagt hatte. Natürlich. Nur wenige Menschen sind gegenüber ihren Wärtern aufmüpfig.

Miß Margaret sprach ein Tischgebet, und dann aßen und tranken wir schweigend und ohne Freude. Noch ein Gebet, dann durften die Mädchen gehen. Ich hatte Hunger, aber ich aß nicht viel. Die Mädchen langten besser zu. Aber die aßen ja auch für zwei.

»Nun, wie kann ich Ihnen also helfen, Miß... äh...«

»Colorado.«

»Ja.«

Ich sagte es ihr. Ich übertrieb die Tragödie, die verzweifelte und trauernde Familie und die Suche nach Michaela, damit sie zu den Beerdigungsfeierlichkeiten kommen konnte. Die Geschichte war gut. Fast hätte ich selbst darüber geweint. Das passiert mir oft bei meinen eigenen Geschichten.

»Nun ja, ich kann natürlich in den Akten nachsehen, aber ich glaube, Sie täten besser daran, wenn Sie mit der Betreuerin sprechen. Sie hat ein ganz *außergewöhnliches* Gedächtnis.« Miß Margaret strahlte mich voller Stolz an. »Wenn Sie bitte hier warten wollen – ich hole sie herunter.«

Ich wartete und sah zu, wie eine ältere Frau, mit säuerlichem Gesicht und weißer Schürze, das Teegeschirr abräumte.

Die Betreuerin sah aus wie die weibliche Version des Grimmigen Schnitters. Je genauer ich sie mir anschaute, desto mehr taten mir die Mädchen leid. Das Gespräch mit ihr änderte nichts an diesem Eindruck. Ihr letztes Lächeln hatte sich vermutlich irgendwann in der Regierungszeit von Truman ereignet. Und zwar in den Anfängen.

»Ich erinnere mich an das Mädchen. Sie hatte keine guten Manieren.«

»Hatten Sie den Eindruck, daß sie sich über etwas besondere Sorgen macht?«

Die Betreuerin starrte mich an, zweifellos war sie über meine Beschränktheit erstaunt. »Die Mädchen wären wohl kaum hier, wenn sie keine Sorgen hätten, nicht wahr?« In ihrer Stimme klang Verachtung mit.

»Hat sie irgendwann einmal etwas Bestimmtes erwähnt?«

»Nein, aber solche Dinge fördern wir hier auch nicht. Die Mädchen sollen beten, gut essen, Gymnastik machen und eine gesunde Einstellung bekommen. Das ist alles.« Ihr Mund klappte zu. Ihr Herz hatte das ziemlich sicher schon vor Jahren getan.

»Haben Sie eine Ahnung, wo sie hin ist, nachdem sie hier weg ist?«

»Sobald ein Mädchen achtzehn wird, geht uns das natürlich nichts mehr an.«

Ich sah sie an, ohne mich zu bewegen oder etwas zu sagen. Wir starrten uns gegenseitig an. Ich ging als Siegerin aus dem Wettbewerb hervor, aber nur ganz knapp; sie war eine ziemlich zähe Alte.

»Möglicherweise ist sie zusammen mit einem anderen Mädchen weggegangen. Ich glaube, ihr Name war Julia Hyde. Sie brachten ihre Kinder ungefähr zur selben Zeit auf die Welt. Es passiert häufig, daß sich Mädchen anfreunden, die etwa zu gleichen Zeit gebären sollen.«

Ich bedankte mich bei der Betreuerin und machte mich auf die Suche nach Miß Margaret, um sie nach Namen und Adressen zu fragen. Statt dessen fand ich Miß Penelope. Ich erkannte sie sofort als Urheberin aller hier herrschenden unantastbaren Regeln wie Sprech-, Lach- oder Informationsverbot. Sie erkannte meine Stimme vom Telefon nicht wieder. Trotzdem war sie mir nicht sonderlich gewogen. Doch ich entlockte ihr zumindest die Chicagoer Adresse der Hydes. Dann wagte ich mich noch ein bißchen weiter vor: Eindrücke von Michaela und Julia, davon, was sie von der Zukunft erwarteten, was sie davon hielten, ihr Baby aufzugeben. Bei allen drei Fragen Fehlanzeige.

Ich fragte Miß Penelope, ob ich ein wenig mit den Mädchen sprechen und mir einen Eindruck davon verschaffen könne, wie das Haus geleitet werde. Von dem Einfall hielt sie offenbar nicht sonderlich viel.

»Meine Nichte«, murmelte ich und wurde dabei innerlich rot, wieder einmal verärgert darüber, wie leicht mir das Lügen fällt.

Miß Penelopes Einstellung mir gegenüber veränderte sich plötzlich. »Natürlich.« Am Rande meines Blickfeldes huschte eine Gestalt vorbei. Eine knorrige, sehnige Hand packte sie wie eine Eidechse eine Fliege. »Jenny, würdest du bitte Miß Colorado ein wenig herumführen?«

»Ja, Ma'am.« Jenny preßte ein Lächeln auf ihre Lippen und sah dabei so aus, als würde sie lieber Rasierklingen schlucken. Miß Penelope machte sich forschen Schrittes in ihr Büro auf, um den Telefonhörer abzuheben.

»Was würden Sie gerne sehen, Miß Colorado?« fragte das Mädchen höflich.

»Eigentlich würde ich lieber mit Ihnen, vielleicht auch noch mit ein paar anderen Mädchen, reden. Und bitte sagen Sie Kat zu mir.«

»Hier lang«, erwiderte sie, immer noch übertrieben höflich. Wir gingen eine breite hölzerne Treppe hinauf. Sie zog sich ein wenig am Geländer hoch. »Wußten Sie schon, daß Miß Margaret und Miß Penelope dieses Haus von ihrem Vater geerbt haben? Er war ein wohlhabender Farmer hier aus der Gegend, aber ich vermute, er hat so ziemlich alles in der Depression verloren.«

Sie sah mich fragend an, und ich nickte, um das Wort ›Depression‹ zu bestätigen.

»Miß Margaret und Miß Penelope haben nie geheiratet.« Unsere Blicke trafen sich und signalisierten gegenseitiges Verständnis. Sie kicherte. »Sie beschlossen, das Haus der Kirche zu geben, hier zu bleiben und Gottes Werk zu tun.«

Vielleicht, dachte ich, vielleicht auch konnten sie es sich nicht leisten, selbst die Kosten für das Haus aufzubringen, und schenkten es deshalb der Kirche gegen lebenslanges Wohnrecht und eine kleine Rente. Und natürlich bedeutete Gottes Werk auch Unterschiedliches für verschiedene Leute: Der heilige Franziskus wandelte barfuß unter den Armen; Jim Bakker hatte eine Hundehütte mit Airconditioning und bumste seine Sekretärin; Miß Margaret und Miß Penelope verdarben den Mädchen, die ihnen anvertraut wurden, jede Lebensfreude.

»Die Kirche?« fragte ich.

»Ja, die Fundamental Further Church of Christ First.« Sie zog die Nase hoch. »Oder so was Ähnliches.«

Ich nickte. Das, was ich gesehen und gehört hatte, paßte ganz gut zu einer fundamentalistischen christlichen Sekte.

»Es heißt immer noch Weyland Home?«

»Ja.«

»Für Mädchen auf Abwegen?«

Sie sah mich überrascht an und grinste dann unvermittelt. »Tja, scheint wohl so, oder?«

»Ja.«

»Die meisten von uns sind bloß vier oder fünf Monate hier, aber diese Monate sind ziemlich lang.« Sie drückte eine Tür zu einem Gemeinschaftszimmer auf. Sechs Köpfe gingen hoch und sahen uns an. Es war mucksmäuschenstill: kein Fernsehen, kein Radio, keine Stereoanlage, keine Gespräche zwischen den Mädchen.

»Mädchen, das ist Kat. Sie will was über das Leben hier erfahren. Sie ist in Ordnung.«

Ein vielstimmiges Stöhnen folgte auf Jennys Ankündigung. Dann erzählten sie mir von ihrem Leben hier. Das Heim war sauber und warm, die gesundheitliche Versorgung in Ordnung, aber die Philosophie, die dahintersteckte, und die Freudlosigkeit erinnerten mich an die Lowood Institution in *Jane Eyre.* Ich stellte ihnen Fragen.

»Jane wer?«

»Eyre.« Ich wollte es ihnen gerade erklären.

»Ihr wißt schon«, sagte da jemand, »die Frau in der Sendung *Hello America* oder so was Ähnliches.«

»Ach.« Verwirrte Gesichter.

»Nein, eigentlich nicht.«

»Was?«

Ich bohrte weiter. »Wie ist das Leben hier?«

»Es geht gar nicht darum, wie es ist, sondern darum, was wir verpassen.« Alle stimmten Jennys Feststellung zu.

»Keine Jungs.«

»Kein Fernsehen.«

»Keine Telefonate, nur von den Eltern.«

»Keine Musik.«

»Kein Spaß.«

Alle lachten.

»Gesunder Geist in gesundem Körper.«

Buhrufe.

»Essen, Gymnastik und eine gesunde Einstellung.«

Stöhnen.

»Und Gebete. Vergiß nicht die Gebete.«

Noch mehr Stöhnen. Ein paar unanständige Geräusche. Ich grinste die Mädchen an, und sie grinsten zurück.

»Wir sitzen normalerweise nicht zusammen und lachen.«

Ich schüttelte den Kopf. »Das ist nicht gut. Was macht ihr dann?«

»Wir stricken.«

»Oder häkeln.«

»Und dann gibt's noch Nadelspitzenarbeiten.«

»Außerdem sollen wir uns Gedanken über unsere Verfehlungen machen.«

»Und beten, um bessere junge Frauen zu werden.«

Wieder *Jane Eyre*. Die beiden Misses Weyland und ihre Kirche hatten offenbar ein paar Jahrzehnte verpaßt. Die Mädchen sahen mich voller Erwartung an, und ich sah zurück.

»Auf mich wirkt ihr ganz okay. Jeder macht mal Fehler. Und wenn man Fehler macht, ist man deshalb noch lange kein schlechter Mensch.«

»Da sind Sie aber die einzige hier, die das denkt«, sagte eine ruhige Stimme aus dem Hintergrund.

»Und was ist mit euch? Was denkt ihr?«

Das war als Herausforderung gedacht. Niemand antwortete.

»Reißt euch zusammen. Seid ihr selbst. Sie können euch zwar herumkommandieren; aber an euer Inneres kommen sie nicht heran. Niemand kann euch daran hindern, daß ihr eure eigenen Gedanken habt oder lacht oder euer eigenes Leben lebt.«

»Aha. Woher wollen Sie das denn wissen?« Die Fragen und die Stimme klangen feindselig.

»Wollt ihr meine Narben sehen?« Die Stille zog sich dahin. »Meine Mutter war Alkoholikerin. Ich habe auf mich selbst und auf meine Schwester aufpassen müssen. Meine Mutter war zu betrunken, um zu der Abschlußfeier von der Schule zu kommen. Ich hab' sie gefunden, wie ich nach Hause gekommen bin; sie war die Treppe runtergefallen und hat sich das Genick gebrochen. Ich hab' auch meine Erfahrungen gemacht.« Ich versuchte, den Klang meiner Stimme neutral zu halten.

Die Stille umfing uns.

»Was können wir tun?« fragte jemand zögernd.

Ich zuckte mit den Achseln. »Laßt euch nicht von denen ins Bockshorn jagen. Ihr seid nur ein paar Monate da. Versucht, euch euren Sinn für Humor zu bewahren. Seht zu, daß ihr selbst die Initiative ergreift.«

»Was?« Das war eine ziemlich einstimmige Antwort.

»Ihr habt kein Fernsehen, kein Kino, keine Musik, kein Telefon, keine Briefe und keine Jungs. Also erzählt euch Geschichten. Redet miteinander.« Ich hätte noch mehr gesagt, aber da ging die Tür hinter uns auf, und der Gesichtsausdruck der Mädchen warnte mich.

Schweigen senkte sich über den Raum. Ich spürte, daß Miß Penelope hinter mir stand. Ich mußte mich nicht umdrehen, um mich zu vergewissern, denn die Temperatur in dem Zimmer war um etliche Grade gefallen.

»Nun«, sagte sie. Sie klang wie ein Scharfrichter, der die Schärfe seiner Klinge überprüft und mit dem Ergebnis nicht so ganz zufrieden ist.

Ich drehte mich um und lächelte. »Herzlichen Dank, Miß Weyland. Ich weiß es zu schätzen, daß Sie und die Mädchen mir soviel Zeit geopfert haben. Sie haben mir sehr geholfen. Ich glaube«, damit wandte ich mich wieder den Mädchen zu, »ihr braucht einen Wahlspruch.«

Sie starrten mich stumm an. Ich trat einen Schritt vor, so daß Miß Penelope mein Gesicht nicht sehen konnte.

»Die humorlosen alten Jungfern sollen sich zum Teufel scheren.« Ich bewegte nur die Lippen und machte dazu ein paar kleine Gesten. Die Mädchen lachten, sie konnten sich einfach nicht zurückhalten. Ich drehte mich um und sah in Miß Penelopes wütendes Gesicht.

»Gott segne dieses Heim«, sagte ich laut. Die Mädchen wiederholten den Spruch. Dagegen konnte sie kaum etwas sagen, also versuchte sie es erst gar nicht. Sie wußte, daß ich log, aber sie hatte keine Möglichkeit, es mir zu beweisen.

»Hier entlang, Miß Colorado«, sagte sie mit würdevoller Stimme und ging mir zur Tür voraus. Ich folgte ihr und kramte dabei in meiner Handtasche herum. Dann gab ich den Mädchen gleich neben mir ungefähr ein Dutzend Visitenkarten.

»Rührt euch mal.« Ich zwinkerte ihnen zu. Sie hätten zurückgezwinkert, aber Miß Penelope drehte sich zu schnell um.

»Vergeßt den Wahlspruch nicht.« Ich winkte ihnen zum Abschied noch einmal zu und hörte ein unterdrücktes Kichern. Wieder drehte Miß Penelope sich um.

»Gotte segne unser Heim«, sagte jemand voller Demut und Frömmigkeit.

»Wo immer das auch sein mag«, fügte ich hinzu.

»*Kommen* Sie, Miß Colorado.« Miß Weyland wurde allmählich ein wenig ungeduldig. Ihre knochigen Finger schlossen sich um mein Handgelenk. Sie waren kalt und feucht. Ich drehte mich um und zwinkerte den Mädchen noch einmal zu. Diesmal zwinkerten ein paar sogar zurück.

Ich stelle mir gern vor, daß ich eine ganz gute Revolutionärin abgegeben hätte.

14

Die Fahrt zurück zum Flughafen dauerte über eine Stunde. Ich war müde und hungrig und machte mir über viele Dinge Gedanken, zum Beispiel über Julia Hyde. Ich war nicht sonderlich scharf darauf, nach Chicago zu fliegen, aber ich wollte in Kontakt mit ihr treten. Ich beschloß, an einem Motel zu halten, etwas zu essen und ein paar Telefonate zu erledigen.

Zuerst der Flughafen. Normalerweise kommt man nicht direkt nach Sacramento: Man muß über Chicago oder Denver fliegen. Einmal blieb ich sogar mal eine Nacht in Salt Lake City hängen, und das hat mich verändert, wie es eine Stadt wie Salt Lake City eben tut. Diesmal mußte ich sie anflehen, mich über Chicago fliegen zu lassen. Und sie berechneten mir sogar noch extra dafür. Nächstes Mal bettle ich nicht mehr.

Dann rief ich die Hydes an. Ich bekam Mrs. Hyde an den Apparat und begann mit dem üblichen Wer/Was/Wo/Warum und Wann. Aber das war nicht nötig. Sie hatte sofort Verständnis für mein Anliegen. Es stellte sich heraus, daß sie Michaela gut leiden konnte.

»Ich mag sie sehr gern. Sie ist ein nettes Mädchen, aber sie hat Probleme. Ich habe versucht, mit ihr zu sprechen, doch sie wollte über nichts anderes als die Musik reden. Aber das Mädchen hat Talent. Sie hat stundenlang Klavier gespielt, bevor sie und Julia ausgezogen sind.«

»Sie und Julia wohnen zusammen?«

»Ja, das haben sie, aber jetzt nicht mehr. Ich weiß nicht, was los war. Ich gebe Ihnen Julias Nummer. Sie müssen mit ihr reden.«

Ich bedankte mich. Sie nahm mir das Versprechen ab, daß ich wieder anrufen würde, wenn ich etwas brauchte oder wenn sie Michaela helfen konnte.

»Und wenn Sie nach Chicago kommen und einen Platz zum Schlafen brauchen, müssen Sie zu uns kommen. Versprechen Sie mir das.«

Ich versprach es ihr. Wir legten auf, und ich wünschte mir, daß ich auch eine solche Mutter gehabt hätte. Tja, ja, wenn Wünsche Wirklichkeit wären ... Als ich mit der Wünscherei fertig war, rief ich Julia an.

Julia war nicht da, aber ihre Mitbewohnerin versicherte mir, daß sie in ein paar Stunden wiederkommen würde. Und sie sagte, sie selbst habe noch nie etwas von Michaela gehört. Ich erklärte ihr, ich würde mich wieder melden. Als nächstes rief ich in Sacramento an, in der Hoffnung, Rafe zu erreichen, der mich vom Flughafen abholen sollte. Er ist ein guter Freund, aber schwer einzuschätzen und unzuverlässig. Er war nicht zu Hause. Natürlich. Tja. Ich machte mich auf die Suche nach etwas zu essen und fand ein anständiges Lokal mit Wachstuchtischdecken. Ich hätte nicht gedacht, daß solche Wachstuchtischdecken immer noch hergestellt werden.

Ich möchte nicht behaupten, daß man im Mittleren Westen nur Fleisch, Kartoffeln, Sauce, Eisbergsalat und Götterspeise bekommt, aber oft genug ist das so. Und hier wurde überhaupt nichts anderes angeboten. Ich bestellte Brathähnchen. Die Kellnerin wollte mir noch mehr Kartoffelpüree und Sauce bringen und schalt mich, weil ich die Götterspeise nicht aß. Bis zum Auseinanderteilen kam ich noch, aber essen wollte ich sie dann doch nicht. Auf dem Weg zurück ins Motel kaufte ich mir als Nachspeise einen Schokoriegel.

Julia war zu Hause und hob schon beim zweitenmal Klingeln ab. »Hallo, ich hab' gerade mit meiner Mutter gesprochen. Sie hat mich angerufen. Wie kann ich Ihnen helfen?«

»Ich hab' morgen drei Stunden Aufenthalt in Chicago. Könnten wir uns am Flughafen treffen? Natürlich zahle ich Ihnen dafür etwas.«

Ja und nein. Ja, wir konnten uns treffen; nein, ich würde ihr nichts bezahlen. Wozu sonst waren Freunde schließlich gut? Sie klang ganz wie ihre Mutter, und ich fand sie schon ziemlich sympathisch.

»Sagen Sie mir, wo Sie ankommen, dann hole ich Sie am Gate ab. In O'Hare verpaßt man sich leicht. Ich hab' rote Haare, Sie können mich eigentlich gar nicht übersehen.«

Julia hatte recht. Ich erkannte sie sofort. Ihre roten Haare waren einfach atemberaubend.

»Haben die Leute Sie als Kind Red genannt?«

Sie grinste. »Nur einmal, weil ich ihnen die Tour ziemlich schnell vermasselt habe. Ich habe das Temperament, das man der Haarfarbe normalerweise zuschreibt.« Sie streckte die Hand aus. »Schön, Sie zu sehen. Michaela war eine gute Freundin von mir. Hoffentlich kann ich Ihnen helfen.«

»Sie *war?*«

»Na ja, ist. Ich hab' nur schon eine ganze Weile nichts mehr von ihr gehört, und ich weiß nicht, was los ist.«

Ein Geschäftsmann rempelte mich mit seinem Koffer an und murmelte etwas, das nicht nach Entschuldigung klang.

»Mein Gott, was sind manche Leute unhöflich.« Julia sagte das mit lauter Stimme.

»Suchen wir uns ein ruhiges Eckchen. Mittagessen?«

»Gut. In die Richtung.«

Sie marschierte voraus, und ich folgte ihr. Eine ganze Menge anderer Leute hätte es mir fast nachgemacht. Mit ihren roten Haaren wirkte sie wie der Rattenfänger von Hameln, und wir waren die Hypnotisierten. Aber keine Ratten und auch keine Kinder. Beim Mittagessen redete Julia, und ich hörte zu.

»Wir haben uns kennengelernt, als wir gesessen sind.«

Ich blickte erstaunt von meinem Salat mit den Shrimps und den harten Avocados hoch. Sie lachte. »So haben wir zu unserem Aufenthalt in Weyland Home gesagt.«

»Das ist verständlich.«

»Mir hat das nicht so viel ausgemacht. Um mich unterzukriegen, ist mehr nötig, und außerdem wollte ich dort sein, oder jedenfalls woanders als in Chicago bei meiner Familie. Ich hab' mich selbst dafür entschieden, deshalb war es für mich anders als für Michaela. Sie hat die ganze Geschichte gehaßt. Sie ist sehr sensibel, viel sensibler als ich. Nur die Musik hat sie aufrechterhalten. Es gab ein Klavier dort; sie hatte noch nie Klavier gespielt, aber sie brachte es sich selbst bei. Es war erstaunlich.« Julia warf ein oder zwei Pfund dichtes rotes Haar über die Schulter zurück. Ich versuchte noch einmal, in die Avocado zu beißen, und brach mir dabei fast einen Zahn aus.

»Wir haben unsere Kinder ungefähr zur selben Zeit zur Welt gebracht. Jungs«, sagte sie sanft. Ihre Stimme klang ein wenig belegt.

»War's schlimm?«

»Für mich schon. Für Michaela nicht. Sie hat gesagt, sie hat einfach die Augen zugemacht und das Kind nicht mal angeschaut. Sie hat ›es‹ zu ihrem Baby gesagt. Sie wollte überhaupt nichts davon wissen, nur die Blutgruppe. Das war merkwürdig.« Sie runzelte die Stirn. »Sie hat ihr Kind nie gesehen, es nie im Arm gehalten und nie danach gefragt. Sie hat sofort die Papiere unterzeichnet und es somit zur Adoption freigegeben.« Sie runzelte wieder die Stirn.

»Sie haben ein ziemliches Trara um die Sache gemacht, aber sie ist dabei geblieben. Sie hat ihnen gesagt, sie sollen sich verpissen. Entweder sie bekam das, was sie wollte, oder sie würde die Papiere für die Adoption nicht unterschreiben. Miß Margaret hätte fast einen Anfall bekommen.« Sie sah mich an und zuckte leicht mit den Achseln. »Michaela und ich haben über fast alles gesprochen, aber darüber wollte sie nicht reden.«

»Und danach, nachdem die Papiere unterschrieben waren?«

»Wir haben beide nicht gewußt, was wir machen sollen, aber ich hatte wenigstens ein Zuhause.«

»Und Michaela nicht?«

»Es hat jedenfalls nicht so geklungen, also hab' ich sie dazu überredet, daß sie mit zu mir fährt. Ich bin wieder in die Schule, und sie hat sich als Sängerin einer Band in der Gegend angeschlossen.«

»Welche Art von Musik?«

Sie schüttelte den Kopf. »Ich erinnere mich nicht mehr. Sie ist sowieso nicht lang geblieben. Sie ist dann zu einer Gruppe übergewechselt, die so was wie Jazz gespielt hat und ein bißchen Blues. Ich weiß es nicht so genau, ich kenn' mich mit Musik nicht so aus. Sie mochte die Gruppe, aber da gab es ein Problem – sie wollte nicht mit einem Typ in der Band schlafen, und er hat sie nicht in Ruhe gelassen.« Sie zuckte mit den Achseln. »So ist das Leben. Kann ganz schön hart sein, was? Also ist sie weg. Wissen Sie, sie hat eine tolle Stimme.«

Ich nickte. Ich wußte es zwar nicht, aber ich hatte es gehört, und es überraschte mich nicht.

»Alle, die sie hörten, wollten sie wieder hören. Oder für ihre eigene Gruppe anwerben. Sie war fast wie eine Sirene. Das hat sich herumgesprochen, und wo sie aufgetreten ist, war alles bis auf den letzten Platz ausverkauft. Manchmal haben die Typen – Musiker, besonders Männer sind ziemliche Primadonnen – das nicht verkraftet.

Michaela ist intelligent, aber nicht gerissen. Sie wußte nicht, wie man mit solchen Sachen umgeht, hat vieles verbockt. Ich hab' versucht, ihr zu helfen; sie hat versucht zu lernen, aber das ist ihr nicht leichtgefallen, nicht wie die Musik.«

»Hat sie glücklich gewirkt?«

»Na ja, ja und nein. Wir haben eine Menge Spaß miteinander gehabt, aber sie ist immer auch ein bißchen melancholisch gewesen. Trotzdem war es eine schöne Zeit.«

»Was war mit anderen Freunden oder einem bestimmten Freund?«

Sie schüttelte den Kopf. »Ich war ihre einzige enge Freundin. Sie hat eine Menge Musiker gekannt, und es hat auch ein paar Männer gegeben, die sie näher kennenlernen wollten, aber sie hat das nicht zugelassen. Sie hat ihnen einfach die kalte Schulter gezeigt.«

»Hat sie jemals von ihrer Familie erzählt?«

»Nein. Und ich hab' auch nie irgendwelche Briefe gesehen oder was von Anrufen gehört. Es war fast, wie wenn ihre Familie gar nicht existiert. Ach ja, abgesehen von ihrem Bruder; sie hat ihn ein paarmal erwähnt. Ich hatte den Eindruck, daß sie ihn sehr gern hat und daß sie sich nahegestanden haben. Ich wußte nicht, ob das immer noch so war. Das war ein ganz starkes Gefühl: Trauer, Wut, vielleicht noch etwas anderes, aber ich konnte mir keinen Reim darauf machen. Sie wollte nicht drüber reden, und nach einer Weile habe ich dann gelernt, nicht mehr nachzufragen.«

»Wann ist sie weg?

»Ungefähr vor sechs Monaten. Sie hat gesagt, Chicago ist ihr zu groß, sie braucht was Kleineres, Langsameres.«

»Wo ist sie hin?«

»Wieder nach Hause. Nach Kalifornien.«

»Nach Hause?«

»Jedenfalls nach Kalifornien. Ich weiß es nicht. Was heißt schon nach Hause?«

»Marysville? Sacramento?«

Sie schüttelte den Kopf. »Kommt mir nicht bekannt vor.«

»Hören Sie noch von ihr?«

»Sie ruft manchmal an, aber sie schreibt nie. Wenn sie anruft, fragt sie mich, wie's mir geht. Und sie fragt nach meiner Mutter – sie und meine Mutter mögen sich sehr. Sie fragt auch nach unseren anderen Freunden und nach der Schule, solche Sachen.«

»Und was ist mit ihr?«

»Sie erzählt nicht viel. Bloß, daß alles in Ordnung ist, sie macht wieder Musik.«

»Jazz? Blues?«

»Nein. Country Western, glaube ich. Wir haben uns drüber lustig gemacht. Sie hat gesagt, sie hätte nie gedacht, daß sie mal Country Western machen würde.«

»Hat sie irgendwann mal was davon gesagt, wo sie lebt?«

»Nein. Ja. Sagt Ihnen Hangtown was?«

Ich nickte. »Das ist im Nordosten von Sacramento. Damals, in der Zeit des Gold Rush, hieß der Ort Hangtown. Heute heißt er Placerville.«

»Sie hat mal was davon gesagt, daß sie in ein paar Klubs im Tal auftritt. Gibt's in Kalifornien ein Tal?«

Ich war ziemlich verblüfft. So geht mir das oft mit Leuten von der Ostküste. »Ja.« Das war eine ziemliche Untertreibung. »Mehrere.« Ich drehte mich um und suchte nach einer Uhr. Mein Flug würde mit Sicherheit nicht pünktlich abgehen, aber wenigstens mußte ich so tun und rechtzeitig am Gate erscheinen. Ich übernahm die Rechnung, und wir gingen hinaus.

»Sie hatte einen Künstlernamen, wußten Sie das?«

»Nein.«

»Micha. Keinen Familiennamen, einfach nur Micha.« Es traf mich, den Kosenamen zu hören, den Sophie Michaela als Kind gegeben hatte.

Julia brachte mich zum Gate zurück. »Melden Sie sich wieder? Bitte sagen Sie Michaela, sie soll sich wieder mal rühren. Gern als R-Gespräch ...«

Ich versprach es ihr und gab ihr meine Visitenkarte, verabschiedete mich und stieg ins Flugzeug. Wir schafften es in Rekordzeit – sogar zu früh, verkündete der Pilot, wegen Rückenwindes. Unglaublich. Ich stieg genauso schnell aus dem Flugzeug aus.

»Kat!«

Ich hörte ihn, noch bevor ich ihn sah. Rafe war da. Gut. Ich stieß einen Seufzer der Erleichterung aus. Ich hatte ihn von Chicago aus noch einmal angerufen, und er hatte versprochen, mich abzuholen, aber Rafe war ungefähr so zuverlässig wie ein altes Auto an einem kalten Tag. Er latschte zu mir herüber, schlang mir einen Arm um die Schulter und umarmte mich. Die Leute starrten uns an. Das tun sie immer.

»Na, Kleines, was gibt's Neues? Ich hab' von der Sache mit John gehört. Tut mir wirklich leid.« Er drückte meine Schultern noch einmal.

»Danke, Rafe. Wie geht's Alma?«

»Gut. Ich hab' sie gestern abend zum Bingo mitgenommen. Sie hat einer Gruppe von katholischen Ladies mit blauen Dauerwellen und Kreuzen in den Händen den letzten Pfennig abgenommen. Hab' sie da rausholen müssen, bevor sie Gelegenheit zum Lynchen gehabt haben.«

Rafe neigt zu Übertreibungen. Hyperbeln sind für ihn keine literarische Figur, sondern die Norm. Deshalb fällt er den Leuten auf. Außerdem ist er einfach überwältigend. Mit seinen einsfünfundachtzig, den blonden Haaren und den blauen Augen kann er jede Frau haben. Ich bin offenbar die einzige, die seinem Charme und seiner Schönheit widerstehen kann. Vielleicht sind wir deshalb so gute Freunde.

»Danach sind wir noch ins Pine Cove.«

»Was?«

»Alma und ich.«

»Erzähl mir doch nichts. Warum?«

»Sie war ein bißchen deprimiert. Ich hab' gedacht, sie braucht ein bißchen Aufmunterung.«

Rafe ist der einzige, den ich kenne, der eine einundachtzigjährige Frau mit in eine Kneipe nehmen würde, um sie aufzumuntern. Ich war eine Weile sprachlos. Ich kenne Rafe jetzt schon ein paar Jahre, aber er schafft das immer noch. Immer wieder. Das macht mich ganz wahnsinnig.

»Und, hat's funktioniert?« fragte ich schließlich.

»Ja. Sie hat zwei Manhattans getrunken und dazu jede Menge Popcorn gegessen. Und mit einem Polizisten in Zivil geflirtet. Alle haben sie gemocht. Sie hat mir das Versprechen abgenommen, daß ich sie wieder mal mitnehme. Hast du Gepäck, Kat?«

Wie näherten uns der Gepäckausgabe und dem Ausgang. Der Sacramento Metro Airport ist nicht allzu groß.

»Nur das, was ich in der Hand habe.«

Er hatte den Wagen mitten in der Ladezone vor dem Eingang abgestellt. Und er hatte keinen Strafzettel. Bei Rafe ist das immer so. Früher hab' ich mich darüber noch gewundert, aber inzwischen halte ich es für selbstverständlich.

Er und Alma haben eine Menge gemein, deshalb sind sie vermutlich auch Freunde. Freunde ist wahrscheinlich der beste Ausdruck dafür. Manchmal schießen mir auch Worte wie Kumpels oder Kumpane durch den Kopf. Sie reden nicht wie normale Menschen, wie normale Freunde, miteinander.

»Alma, wenn du vierzig Jahre jünger wärst, würde ich dir so lange nachsetzen, bis du dich mir ergibst.« Soweit Rafes Vorstellung von Ritterlichkeit und Small Talk.

»Wenn ich zwanzig Jahre jünger wäre, würde ich dich lassen.« – Soweit Almas Vorstellung von einer angemessenen Antwort.

Sie neckten sich schon eine ganze Weile so. Es hatte eines Abends damit angefangen, daß Rafe Alma zu Bingo oder irgend so einem Spiel mitnahm, wo selbst alte Damen ausflippen dürfen. Rafe hatte das gut gefallen, und so machten die beiden es sich zur Gewohnheit. Es fing mit Gesprächen und Bingo an. Jetzt gingen sie schon ins Pine Cove und soffen zusammen. Wer weiß, was als nächstes kam.

»Alma will, daß ich ihr Poolbillard beibringe.« Da hatte ich meine Antwort. Ich machte mir so meine Gedanken über meine saufende, Popcorn essende und Billard spielende Großmutter.

»Und wie geht's dir, Kat? Wollen wir noch zu Mack's und einen draufmachen?«

»Ich bin zu müde, Rafe. Ich will heim und mich entspannen.« Und Hank anrufen, dachte ich schuldbewußt. »Aber laß uns zuerst zu Alma fahren.«

Wir stiegen in Rafes schwarze Corvette, Baujahr 1969, und brausten davon. Er machte extra für mich eine große Show draus, vorsichtig zu fahren; Vorsicht zählte schließlich nicht zu seinen alltäglichen Erfahrungen. Er war vorsichtig und schweigsam, und natürlich machte mich das mißtrauisch. Er ist ungefähr genauso oft schweigsam, wie er vorsichtig ist.

»Was verschweigst du mir?« fragte ich.

»Hmmm?« Er tat so, als konzentriere er sich völlig auf den Verkehr. Aber das war ein schlechter Witz. Es gab nämlich überhaupt keinen Verkehr.

»Rafe?«

»Ach, ihr geht's gut. Mach dir keine Sorgen.«

»Wer?« Alma? Charity? Gedanken und Möglichkeiten schossen mir durch den Kopf.

»Sie will, daß du dir keine Sorgen machst.«

»Rafe!«

»Jemand hat versucht, sie umzubringen.«

Ich erstarrte. Ich mach' mir über sehr viel weniger wichtige Dinge Sorgen. Und außerdem wußte ich immer noch nicht, um wen es ging.

15

»Wer?« fragte ich wieder.

»Alma.«

Ich sagte eine ganze Weile nichts. Ich konnte einfach nicht. Ich hatte die Zähne zusammengepreßt, die Hände verkrampft, und meine Gedanken waren außer Rand und Band.

»Kat.« Rafe tätschelte mir sanft das Knie. Ich konnte ihm keine Antwort geben. »Kat.«

»Sag es mir«, brachte ich dann schließlich heraus.

»Gestern morgen ist so ein Typ ins Haus. Wahrscheinlich durch die Hintertür. Jedenfalls ist er da wieder raus. Du weißt doch, daß Alma sich nie die Mühe macht, die Tür zuzusperren.«

»Mein Gott«, hauchte ich. Ich machte Alma innerlich Vorwürfe, weil sie so vertrauensselig war, und ich machte mir Vorwürfe, weil ich es nicht war und Alma Vorwürfe machte.

»Er ist in der Küche, wo sie gerade gekocht hat, von hinten an sie ran. Mit einem Revolver.« Wieder knirschten meine Zähne, so sehr, daß mir die Füllungen weh taten.

»Natürlich hat sie ihn nicht gehört. Sie hat sich eine von diesen blöden Talkshows im Radio angehört. Er hat sie richtig anbrüllen müssen. Sie hat sich umgedreht und ihn gefragt, was er will. Als Antwort hat er ihr die Waffe unter die Nase gehalten. Sie hat sich wieder zum Herd umgedreht, eine Pfanne mit Fett, Speck und Würstchen gepackt und sie ihm ins Gesicht geschleudert. Hat ihn voll getroffen. Er ist zu Boden gegangen. Alma ist ihm auf die Hand gestiegen und hat versucht, ihm die Waffe abzunehmen.«

Ich stöhnte. Ich wünschte mir oft, daß sie sich nicht so viel Krimis im Fernsehen anschauen würde. Dadurch kam sie nur auf dumme Ideen.

»Das hat nicht funktioniert, also ist sie zu Rushers nach nebenan und hat den Kerl mit dem Fett, den Würstchen und seinen Schmerzen da am Boden liegen lassen.«

»Und hat die Polizei gerufen?«

»Rusher hat das gemacht. Alma hat mich angerufen.«

Ich seufzte. Ja. Richtig. Warum sich die Mühe machen und die

Polizei anrufen, wenn man sich doch genausogut an die Bürgerwehr wenden konnte? »Hast du oder die Polizei den Kerl noch gesehen?«

»Nein.«

»Hat die Polizei dir irgendwas sagen können?«

»Ich weiß nicht. Nein, hat sie nicht.«

Nein, natürlich nicht. Ich würde Rafe und Alma an ihrer Stelle auch nichts sagen. »Die Sache gefällt mir nicht, Rafe.«

Das war, gelinde gesagt, eine Untertreibung.

Ich erzählte Rafe davon, daß man auf mich geschossen hatte, während ich in meinem Bronco fuhr. Ihm gefiel das auch nicht.

Das war ziemlich offensichtlich und eine weitere Untertreibung. Wir hatten beide keinerlei Hinweise, geschweige denn eine Antwort.

Das war genauso offensichtlich.

Rafe hielt vor Almas Haus. Ich hastete die Stufen zwei auf einmal hinauf, klingelte und kramte in meiner Tasche nach einem Schlüssel. Die hintere Tür ist nie verschlossen, die vordere jedoch schon. Was für eine Logik. Alma war an der Tür, bevor ich den Schlüssel fand.

»Katy, meine Liebe, komm doch rein. Wie geht's dir? Erzähl mir von deiner Reise.«

»Alma.« Meine Stimme klang belegt.

»Na, na.« Sie tätschelte mir die Hand. »Komm in die Küche, dann mach' ich uns einen Tee. Ich backe gerade einen Kuchen.« Rafe tappte hinter uns her und gab bei der Aussicht auf etwas zu essen anerkennende Geräusche von sich. Wenn's ums Essen geht, können sich die Pawlowschen Hunde mit ihren Reflexen hinter Rafe verstecken.

»Erzähl's mir, Alma.«

Das tat sie. Doch die ganze Sache war eher ein dramatischer Vortrag mit Pfanne; es war ganz amüsant, aber nicht sonderlich erhellend. Ich ertappte mich dabei, wie ich murmelte: »Die Fakten, Ma'am, nur die Fakten«, doch niemand schenkte mir Aufmerksamkeit. Nichts Neues für Alma und Rafe.

»Vergiß den Telefonanruf nicht«, sagte Rafe.

Alma runzelte die Stirn. Ich konnte sehen, daß sie den Anruf bereits als unerheblich abgelegt hatte. Ihr Blick wanderte zwischen uns hin und her.

»Na spuck's schon aus, Alma.« Ich blieb hart.

»Heute morgen hat mich ein Mann angerufen und mir gesagt, ich soll meine alte Nase nicht in fremder Leute Angelegenheiten stecken. Andernfalls würde ich es bereuen. Stell dir das vor! Nennt mich *alt*, der Kerl.«

»Hast du die Stimme erkannt?«

»Nein.«

»Wie hat sie geklungen?«

»Wie wenn er hart und gemein klingen will.«

»Und – hat er das?«

Sie zögerte. »Ja.«

»Alma, die ganze Sache gefällt mir überhaupt nicht. Du solltest deine Türen von jetzt an zusperren, dich ruhig verhalten und am besten nicht blicken lassen. Und ...«

»Das werde ich ganz bestimmt nicht tun.« Sie war entrüstet. »Was werden die machen, mich umbringen?«

»Na ja, ich denke schon.« Mir fiel auf, daß meine Stimme fast entschuldigend klang. »Ich habe so das Gefühl, genau das möchte dir jemand sagen.«

»Die sollen zum Teufel gehen, Katy.« Ich zuckte zusammen. Ich fluche selber, aber ich kann es nicht leiden, wenn Alma so was macht; irgendwie klingt das bei ihr nicht richtig. Dabei macht sie es die ganze Zeit; eigentlich müßte ich mich inzwischen daran gewöhnt haben. »Ich laß mich von keinem herumkommandieren.«

»Warum ziehst du nicht zu ...«

»Nein, ich geh' nicht weg von meinem Haus.« Ich starrte sie hilflos an. »Ich bin eine starrköpfige alte Frau, Katy, und damit hat sich die Sache. Außerdem bleibt Rafe eine Weile hier bei mir, oder?« Sie wandte sich ihm zu.

»Aber klar.« Er grinste, und dabei gingen ihm Visionen von Süßspeisen durch den Kopf.

Ich nickte benommen. Das war besser als gar nichts. Sogar viel besser. Wenn sie die Sache überlebte, würde das Endergebnis natürlich folgendermaßen aussehen: eine starrköpfige alte

Dame, die hoffnungslos dem Pine Cove mit seinen Manhattans und dem faden Popcorn und obendrein noch dem Poolbillard verfallen wäre. Ich seufzte.

»Wir könnten doch heute abend ein bißchen zum Billardspielen gehen, oder?« sprach der stets hilfreiche Rafe meine Gedanken aus.

»Gute Idee.« Alma richtete sich auf.

Ich seufzte wieder. Warum konnte ich keine Großmutter haben, die Spitzendeckchen häkelte und *Reader's-Digest*-Bücher im Großdruck las?

»Rafe, bring mich heim, ja?«

»Du bleibst nicht zum Abendessen?« Alma sah überrascht aus, genau wie Rafe. Ich schüttelte den Kopf. »Ich hab' zuviel zu tun. Vielleicht morgen.«

Dabei ließen wir es bewenden. Jedenfalls ich. Aber nicht die beiden. Also mußte ich jedes einzelne Detail meiner Reise ein zweites Mal erzählen. Dann wollte Alma Spekulationen von mir hören. Sie war ganz aufgeregt und wollte mich immer noch nicht gehen lassen, als ich ihr einen Abschiedskuß gab und Rafe hinaus zum Wagen zerrte.

Die Fahrt verlief schweigsam. Ich war mit meinen Gedanken beschäftigt, und schließlich gab Rafe es auf, mich in ein Gespräch verwickeln zu wollen. Er hielt vor meinem Haus, hinter Hanks 65er Mustang. Mein Herz überschlug sich fast vor Freude. Ich sprang aus dem Wagen und den Weg hinauf, erinnerte mich an meine Tasche und kam noch einmal zurück. Und gerade rechtzeitig besann ich mich auch auf meine gute Kinderstube, bedankte mich bei Rafe und verabschiedete mich. Er zwinkerte mir zu.

»Hank«, rief ich, während ich die Tür aufmachte. »Wo steckst du?«

Mars, Hanks fast völlig schwarzer Labrador, kam herausgesprungen, um mich zu begrüßen. Ich ließ meine Sachen auf den Boden fallen und machte mich, den Hund streichelnd, auf den Weg ins Wohnzimmer. Die Lage war nicht sonderlich vielversprechend. Soweit ich sehen konnte, war Mars der einzige, der sich darüber freute, mich zu sehen. Hank saß inmitten einer ganzen Batterie von leeren Bierdosen und starrte trübe vor sich hin.

»Wo hast du gesteckt? Ich hab' mir Sorgen um dich gemacht, Kat.« Er klang nicht besorgt, sondern wütend. Und er sah auch so aus. »Ich hab' dich angerufen und auf den Anrufbeantworter gesprochen. Du hast mich nicht zurückgerufen.«

»Ich ...«

»Was soll ich davon halten?«

»Hank ...«

»Ich hab' mir Sorgen gemacht, Kat.«

»Verdammt noch mal, Hank. Du weißt, daß ich auf mich selbst aufpassen kann.«

»Ja, stimmt.« Wieder starrte er trübe vor sich hin. Ich starrte zurück. Ich kann wirklich auf mich selbst aufpassen. Jedenfalls meistens. Ich muß zugeben, daß man sich manchmal darüber streiten kann, aber darüber wollte ich mich jetzt nicht auslassen.

»Die meisten Leute haben keine fünf Einschußlöcher in ihrem Wagen.«

Hmmm, gutes Argument. Er zerquetschte eine Bierdose zu einem ordentlichen kleinen Pfannkuchen und starrte sie an, bevor er sie sorgfältig auf den Beistelltisch legte. Wir starrten einander an. Verdammt. Wir stritten uns schon, bevor wir uns noch richtig begrüßt hatten.

»Du bist also einfach hier eingebrochen?« Ich hatte ihm keinen Schlüssel gegeben – das war ein ganz irrationaler Wunsch nach Unabhängigkeit, den ich noch nicht überwunden hatte.

»Ja, und das war ziemlich schwer, Kat. Ich hab' durch das Loch in dem Fliegengitter am Schlafzimmer gegriffen, den Riegel zurückgeschoben, das Fenster aufgemacht und bin reingeklettert. Dreißig Sekunden, das war alles. Ziemlich einbruchssichere Bude hast du, das muß man dir lassen.«

Mars drückte sich gegen mich und begann, mir die Hand zu lecken. Er kann es nicht leiden, wenn wir streiten. Genausowenig wie ich.

»Beruhig dich, Hank.«

Ich ging in die Küche, um ein Glas Wein zu holen. Mars folgte mir. Wir hörten, wie Hank hinter uns die Bierdosen zerkleinerte.

Mars und ich sahen uns an. Ich holte ein paar Crackers und Käse heraus und warf Mars die schimmeligen Teile zu: Hank näherte sich mir von hinten und schlang mir die Arme um die Taille.

»Kat, tut mir leid, Liebes, aber ich hab' mir Sorgen gemacht.«

Er küßte meinen Nacken und meinen Hinterkopf und hielt mich fest. Mars drückte sich gegen meine Knie, um mehr Käse zu bekommen. Ich stand schweigend und starr da und wartete darauf, daß Hanks Küsse mich ein bißchen auftauten.

»Du hast mich nicht angerufen, und du hast dich nicht gemeldet, als ich dich angerufen habe …«

»Doch, Hank.« Ich umarmte ihn nun auch und stellte mich auf die Zehenspitzen, um ihn zu küssen. »Wahrscheinlich hat's deine blöde Sekretärin vermasselt, wie immer.«

Er schenkte mir keine Beachtung.

»Also bin ich hergekommen. Kat …« Er schwieg. »Wir hatten doch ausgemacht, daß du keine solchen Sachen machst.«

Soweit also das Liebesgeflüster.

»Ich hab' nichts gemacht«, sagte ich, und das stimmte auch zum größten Teil. »Ich hab' eine Nachricht bei deiner Sekretärin hinterlassen, bei der, die dir nie was ausrichtet. Hast du die Nachricht bekommen?«

»Nein.«

»Hank, bitte unternimm was wegen der Frau. Außerdem – wenn du dir zu Hause einen Anrufbeantworter zulegen würdest, müßte ich nicht …«

»Verdammt, Kat, ich hasse diese Apparate. Ich schaff' mir keinen an.«

»Okay, dann beschwer dich aber auch nicht, wenn ich dir keine Nachrichten hinterlassen kann.«

Er riß die Kühlschranktür auf und holte eine Dose Bier heraus. Als er sie aufmachte, spritzte ein bißchen heraus.

»Hank, tut mir leid.«

Es fiel mir schwer, das herauszupressen, aber es stimmte. Es tat mir wirklich leid. Aber trotzdem konnte ich nichts an meinem Leben, an meinem Job, ändern, und ich konnte Hank auch nicht dazu bringen, keine Angst um mich zu haben. Seine Frau war von einem Kerl getötet worden, der es eigentlich auf ihn abgesehen hatte; darüber kam er nicht hinweg, und auch nicht über seine Angst, mich zu verlieren.

»Hast du dir gedacht, daß ich in Ordnung bin?«

»Ja, schon.«

»Wie?«

»Das Haus hat ausgesehen wie immer, dein Bett war gemacht, die Nachrichten auf deinem Anrufbeantworter waren alle noch frisch, und es war kein Blut in dem Bronco. Eine ganze Menge Dinge.«

»Und Tim ist vorbeigekommen, um die Tiere zu füttern, und hat dir gesagt, daß ich geschäftlich weg bin?«

»Ja.«

Wir lachten. Ich lehnte mich in seinen Armen zurück und entspannte mich. Es macht mir Angst, wenn jemand sich um mich Sorgen macht, aber irgendwie gefällt mir das auch.

»Hank?«

»Mmmm«, sagte er in meine Haare.

»Laß uns doch das Bett ein bißchen in Unordnung bringen.«

Wir liebten uns, und Mars fraß die Cracker und den Käse.

16

»Im Kühlschrank ist nichts zu essen, Kat.«

Ich streckte mich faul im Bett aus und wollte es mir auf Hank bequem machen. Essen? Wer machte sich schon was aus Essen? Hanks Magen knurrte. Da hatte ich meine Antwort: Ein Hüne mit einsfünfundachtzig, der stundenlang auf der Straße unterwegs gewesen war, machte sich was draus.

»Hast du das ganze Bier auch getrunken?«

»Ja. Laß uns einkaufen gehen.«

»Ich glaube, ich hab' noch eine Büchse Spaghettisauce und ein paar Dosen Bohnen im Schrank.«

»Einkaufen«, wiederholte er mit bestimmter Stimme.

»Na schön.«

Hank ist ein richtiges Goldstück: clever, nett und liebevoll;

groß, dunkel und obendrein noch gutaussehend. Wieso ich ihn liebe? Tja – erstens ist er ein großartiger Koch. Na ja, das ist eigentlich nicht der wichtigste Grund ...

»Kat, kommst du, Liebes?«

Hank stand vor mir, während ich noch im Bett lag und vor mich hinträumte. Er war noch ein bißchen feucht von der Dusche und hatte sich ein Handtuch um die Hüften geschlungen. Ich versuchte, es ihm wegzuziehen, aber er war zu schnell.

»Irgendwo da draußen wartet ein Steak auf dich oder ein Heilbutt in Weinsahnesauce mit Schalotten, vielleicht auch Hühnchen mit ...«

Ich stand auf. Schließlich bin ich auch nur ein Mensch.

»Vielleicht mach' ich uns eine Bananensahnetorte, während du das Abendessen kochst.« Bananensahnetorte ist Hanks Lieblingsnachspeise, und er ist Wachs in meinen Händen, wenn ich sie für ihn mache. Backen kann ich, nur mit dem Kochen hapert's.

»Was ist das denn?« Seine Finger strichen über meine Schulter und den blauen Fleck dort.

»Ach das.« Ich dachte nach, aber es fiel mir nicht mehr ein. Vielleicht war das die Coladose, die Lindy nach mir geworfen hatte, vielleicht war ich auch gegen das Lenkrad gestoßen, als ich den Kugeln ausgewichen war.

»Ich muß dir eine Menge erzählen, Hank.«

»Gut, erzähl du. Ich fahre.« Er umarmte mich. »Meinst du, du solltest dich vielleicht vorher anziehen?«

»Mein Gott, seid ihr Polizisten schlau. Euch entgeht wohl nichts, was?«

Er versetzte mir einen Schlag aufs Hinterteil, während ich meine Jeans anzog.

Die Einkaufsfahrt dauerte nicht lange genug, um alle Einzelheiten zu erzählen. Also beschränkte ich mich aufs Wichtigste: Johnnys Tod, Lindy und Lisa; meine Suche nach Michaela; die Angriffe auf Alma und mich. Als ich fertig war, spürte ich, wie eine große Last von meinen Schultern fiel. Es war ein gutes Gefühl, Hank hier neben mir zu haben. Ein tolles Gefühl.

»Heilbutt?« fragte ich.

»Ja, warum nicht.«

»Spinat und Pilzsalat?«

»Klingt gut.«

»Ich bin froh, daß du da bist, Hank.«

Er legte mir die Hand auf den Nacken, und wir fuhren den Rest der Strecke in angenehmem Schweigen dahin. In erwartungsvollem Schweigen.

Ich verbrachte den nächsten Tag mit Hank, erledigte aber zuerst ein paar Telefonate, um mehr über Michaelas gegenwärtigen Aufenthaltsort herauszufinden. Kein Glück. Sie hatte offenbar kein Telefon, und auch die Bars, die ich anrief, wußten nichts von ihr. Am Montag oder Dienstag würde ich ebenfalls nichts herausfinden, erst wieder später in der Woche, wenn es in den Bars Livemusik gab. Dann konnte ich mit den Leuten reden. Das war's also vorerst.

Hank fuhr am nächsten Morgen wieder, und wir nutzten die Zeit miteinander. Ich brauchte einen vernünftigen Menschen, mit dem ich reden konnte, und erzählte ihm alles, was mir einfiel. Alles. Der Abschied fiel schwer, aber das ist immer so bei uns. Daran hatten wir uns schon gewöhnt.

Johnny, Lindy, Lisa, Michaela: Ich kam mir vor wie ein Jongleur mit zu vielen Bällen. Als erstes rief ich Henley an. Er war da und klang erfreut, von mir zu hören. Ich glaube, das hatte nichts mit meinem Charme zu tun.

»Schön, daß Sie anrufen, Ms. Colorado. Warum kommen Sie nicht hier bei mir im Büro vorbei? Ich würde gern ein paar Dinge mit Ihnen besprechen.«

Bei Polizisten hat man eigentlich nie die Möglichkeit, eine solche Einladung auszuschlagen. Sie gehen einfach davon aus, daß man kommt. Und meistens haben sie recht. Trotzdem hatte ich nicht das Gefühl, daß das etwas mit meinem Charme zu tun hatte.

»Na schön. Ich habe auch ein paar Sachen für Sie.« Er grunzte etwas und verbarg seine Begeisterung geschickt. »Ich bin spätestens in einer Stunde da.« Er grunzte wieder etwas. Ende des Gesprächs.

Ich rief Charity an. Keine Antwort, also machte ich mich auf den Weg zu Henleys Büro.

»Das wird Ihnen nicht gefallen«, sagte Henley, als ich bei ihm erschien.

Ich zuckte mit den Achseln. »Ich bin härter, als ich aussehe.« Er deutete auf einen Stuhl.

»Setzen Sie sich. John Bensons Tod sieht aus wie die Folge eines Drogengeschäfts, bei dem etwas schiefgelaufen ist.«

Plötzlich bekam ich Gummiknie, und ich sank auf den Stuhl. Scheiße. Ich war doch nicht so hart im Nehmen, und er hatte recht: Es gefiel mir gar nicht. Und ich glaubte es nicht. Das sagte ich ihm auch.

Er schüttelte den Kopf. »Hören Sie mir zuerst zu. Ich weiß, wie Sie sich fühlen. Wir haben eine halbe Unze Kokain in dem Wagen gefunden. Eine ganze Menge davon war in Halbgramm- und Grammpäckchen verpackt. Das ist ganz normal für kleine Drogendeals.« Er sah mich an, um festzustellen, ob ich ihm folgen konnte. Das konnte ich. »Außerdem haben wir eine ganze Menge Eis gefunden. Wissen Sie, was das bedeutet?« Er stellte die Frage mit ziemlich grimmiger Stimme. Ich nickte niedergeschlagen. Es ging hier um eine starke Form von Crack.

Ich starrte ihn an und wußte, daß mein Gesicht weiß war. Es konnte gar nicht anders sein, das ganze Blut war mir hinunter in die Zehen geflossen. »Es fällt mir sehr schwer, das zu glauben«, sagte ich schließlich und verachtete mich dafür, daß ich nicht rundheraus sagte: »Das glaube ich nicht.« Ich wollte es, aber ich schaffte es nicht. Ich hatte in der letzten Zeit eine ganze Menge neuer Dinge über Johnny gehört, und ich wußte nicht, was ich glauben sollte.

»Tja«, er zuckte mit den Achseln. »Wir haben auch Drogenspuren im Kofferraum und auf dem Rücksitz gefunden.«

»Hallo, Henny, gehst du mit zum Mittagessen?« Ein Polizist in Hemdsärmeln und mit Hosenträgern und einem Schulterhalfter streckte den Kopf zur Tür herein. Henley schüttelte den Kopf, und der Typ verschwand.

»Henny?« fragte ich. Etwas anderes fiel mir nicht ein.

Er wurde ein bißchen rot. »Nein, sagen Sie nicht so zu mir. Ich heiße Bill. Hören Sie, Kat.« Er schwieg einen Augenblick. Ich saß immer noch ziemlich dumm herum. »Hören Sie, wir überprüfen das noch. Es kann ganz anders ein, als es aussieht.«

»Es könnte ein Trick sein.«

»Könnte es, aber warum?«

Darauf wußte ich keine Antwort, also sagte ich auch nichts. Er schwieg eine Weile höflich und fuhr dann fort. »Wir bilden uns keine überstürzte Meinung, das tun wir normalerweise nicht. Wir überprüfen alles. In seiner Wohnung haben wir nichts gefunden. Wenn sein Lebensstil nicht auf Drogenhandel hindeutet, suchen wir weiter.«

Wieder nickte ich. Seine Aussage hatte mich schwer getroffen. Ich merkte, daß ich in diesem Falle keine Privatdetektivin war, sondern eine Familienangehörige. Auch Henley wußte das, deshalb ging er ziemlich sanft mit mir um.

»Wir haben uns mit der Polizei von Davis in Verbindung gesetzt. Mehrere Leute, besonders Forscher, haben in letzter Zeit von Drohungen berichtet. Die Tierschützer haben, wenn man das so nennen kann, die Verantwortung für die Drohungen übernommen. Auch das überprüfen wir sorgfältig.«

Ich nickte. »Gil Jones?«

»Er steht auf der Liste.«

Gut, dachte ich. Da gehört er auch hin.

»Interessiert es Sie, was wir über Walter Benson herausgefunden haben?«

Ich nickte wieder, immer noch wie ein geschlagener Hund, dem ein netter Kerl ein paar Knochen hinwirft. »Hat sich nichts zuschulden kommen lassen. Das Geld der Benson-Kinder ist noch alles da und stimmt bis auf den letzten Cent. Es ist ohne großes Risiko zu mittleren Erträgen angelegt. Die Hälfte davon ist längerfristig und deshalb ein wenig höher verzinst angelegt, wahrscheinlich, weil das Mädchen erst in zwei Jahren darauf Anspruch hat. Der Rest ist bereits jetzt zugänglich oder wird bis zu Johns Geburtstag fällig, so daß er selber darüber entscheiden hätte können, wie er es anlegen wollte. Alles wunderbar und blitzeblank sauber.«

Ich nickte. Alma hatte mir schon gesagt, daß Walter nie etwas von Sophies Geld ausgab, geschweige denn unnütz ausgab. Und er hat, weiß Gott, Geschick in solchen Dingen.

»Und Michaela erbt von John?«

»Ja.«

»Direkt? Sie muß nicht warten, bis sie dreiundzwanzig ist?«

»Nein. Direkt.«

»Und wer erbt, wenn Michaela etwas zustößt?«

»Warum?« Er hob die Augenbrauen. »Wird ihr etwas zustoßen?«

»Woher soll ich das wissen? Ich frage nur aus Neugierde.«

»Rhonda Porter.« Er wartete auf meine Reaktion. Aber die kam nicht. »Nun?«

»Keine Ahnung, es sei denn ...« Ich zuckte mit den Achseln. »Vielleicht ist das die kleine Ronny.«

»Die kleine Ronny?«

»Eine Nichte von Sophie. Ist aber nicht mehr klein. Sie und Michaela sind ungefähr gleichaltrig, und sie haben als Kinder immer zusammen gespielt. Ich hab' sie schon lange nicht mehr gesehen, Jahre nicht mehr. Sophie hat sie immer sehr gern gemocht.«

»Finden Sie's heraus.«

»Darf ich mal Ihr Telefon benutzen?« Er nickte. Es klingelte neunmal, bevor Alma ranging.

»Katy, meine Liebe, du weißt doch, daß ich es hasse, wenn du anrufst, während die Seifenopern im Fernsehen laufen.«

»Tut mir leid. Ich stör' dich auch nicht lange.«

»Luke will gerade ein Verhältnis mit seiner Stiefschwester anfangen. Eigentlich ist sie seine Halbschwester, aber das weiß er nicht. Sie küssen sich. Das nächste ist dann richtiger Sex und Inzest«, fügte sie befriedigt hinzu.

»Doch nicht in den Seifenopern?«

»Und er ist Aids-gefährdet.«

»Luke ist schwul?« Henley starrte mich an. Ich versuchte, ihm stumm zu erklären, daß es um Seifenopern ging, aber ich glaube nicht, daß er mich verstand.

»Bi. Wer hätte das gedacht; er sieht so männlich aus.«

»Alma, wie heißt Ronny mit Familiennamen.«

»Ronny?« Sie klang verwirrt. »Welche Seifenoper?«

»Keine Seifenoper. Sophies Nichte.«

»Ach so. *Die* Ronny. Porter, warum?«

»Hast du gewußt, daß sie erbt, wenn Johnny und Michaela was passiert?«

»Hab' ich das? Hmmmm. Ich glaube schon. Sophie hat sie immer sehr gut leiden können, aber mir fällt im Moment nicht ein, warum. Ich hab' sie immer für ein hinterhältiges, gemeines Luder gehalten. Meine Liebe, ich muß los. Jetzt ist Jolene, dieses Miststück dran, und du weißt doch, daß ich sie besonders gern sehe.« Sie verabschiedete sich und legte auf, ohne auf meinen Gruß zu warten.

»Haben Sie das mitgekriegt?« fragte ich Henley.

»Rhonda Porter ist Sophies Nichte.«

»Ja.«

»Und wer ist schwul?«

»Bi. Luke, aber das ist eine Seifenoper, nicht das richtige Leben.« Henley knabberte eine Weile schweigend an dieser Information herum.

»Sie haben gesagt, Sie wollen mir etwas erzählen?« fragte er schließlich.

Ich versuchte, mich wachzurütteln, von den ganzen Drogengeschichten und Seifenopern. Henley sah auf die Uhr, auch wenn er nicht sonderlich in Eile zu sein schien. Sein Magen knurrte. Ach so, es war ja Zeit fürs Mittagessen. Ich holte die Fotos von Lisa und Lindy heraus, ging sie durch und gab ihm das deutlichste von Lindy.

»Ich habe Grund zu der Annahme, daß das Mädchen mit den dunklen Haaren und Augen eine von Ihren nicht identifizierten Leichen ist. Wenn dem so ist, hieß sie Lisa, war vierzehn oder fünfzehn Jahre alt, von zu Hause weggelaufen und ging hier in der Stadt auf den Strich.«

Henley sah mich mißtrauisch an. »Woher wissen Sie das?«

»Informationen von einem Klienten.«

»Wir müssen mit Ihrem Klienten sprechen.«

Ich nickte. »Da stimme ich Ihnen zu, aber im Moment geht

das nicht. Ich werde das arrangieren, wenn und falls ich das kann.«

»Wie hat Ihr Klient das herausgefunden?«

»Es ist in der Zeitung gestanden: Beschreibung usw., dazu die Bitte, sich an die zuständige Polizeidienststelle zu wenden.«

»Und er hat nicht angerufen?«

»Nein, aber ich habe die Information, und ich gebe sie an Sie weiter.«

»Alles, was Sie wissen?«

»Alles, was ich im Moment weiß.«

»Kann ich das Bild behalten?«

»Ja. Und, Henley.« Er sah mich unverwandt an. »Sehen Sie nach, ob das Mädchen eine Mickey-Mouse-Uhr getragen hat.« Ich schwieg einen Augenblick, um die wesentlichen Dinge in die richtige Ordnung zu bringen. »Außerdem würde ich gerne wissen, wie sie gestorben ist, was ...«

»Ja, gut«, unterbrach er mich in nicht gerade vielversprechendem Tonfall.

»Und ob die Uhr noch geht«, fügte ich hinzu. Er sah mich mit merkwürdigem Blick an.

»Ich sehe, was ich herausbekommen kann.«

»Und Sie lassen es mich dann wissen?«

Er seufzte. »Und ich lasse es Sie wissen.« Er wippte ein wenig mit seinem Stuhl vor und zurück. »Hören Sie, Kat, in diesem Geschäft befassen wir uns mit den offensichtlichen Dingen. Die Chancen stehen nämlich ziemlich gut, daß wir damit auf einen grünen Zweig kommen. Eine kleine Prostituierte stirbt, weil die Straße einfach nicht der richtige Ort ist für ein junges Mädchen, egal, wie hart dieses Mädchen ist. Und die hier«, damit deutete er auf das Bild, »sieht mir nicht besonders hart aus.

Sieben von zehn weiblichen Mordopfern sind Frauen, die von ihren Ehemännern oder Freunden umgebracht werden. Die meisten Morde werden von Menschen verübt, die die Opfer kennen, oft sogar gut.

In diesem Fall trifft das wahrscheinlich nicht zu. Sie ist schon die dritte Prostituierte innerhalb von neun Monaten, die stirbt. Alle waren jung, hübsch und dunkelhaarig. Alle wurden erwürgt. Dieses Mädchen, glaube ich, auch. Vermutlich haben wir es mit einem Psychopathen zu tun, dem immer nur junge, dunkelhaarige, hübsche Nutten im Kopf herumspuken. Wie gesagt, wir fangen beim Offensichtlichen an. Vielleicht gibt es die großen Gangstersuperhirne, aber mir ist noch nie eines davon über den Weg gelaufen.«

Er rückte seinen Stuhl zurück und faltete die Hände über seinem üppigen Bauch. »Stellen Sie mir lieber Fragen über die Dummheit.« Aber ich mußte ihn nicht fragen, er redete von ganz allein weiter. »Ein Typ und ein Mädchen rauben eine Tankstelle aus. Während der Typ den Überfall durchzieht, füllt das Mädchen einen Teilnahmeschein für die Verlosung einer Reise nach Hawaii aus und wirft ihn ein. Wir haben schon auf die beiden gewartet, als sie heimgekommen sind. Ein anderer Kerl hat eine Bank überfallen und seine Anweisungen für den Kassierer auf die Rückseite eines Überweisungsvordrucks geschrieben. Und zwar auf einem von seinem Konto. Bewundernswertes kriminalistisches Denken.

Wir bringen fünfundsiebzig Prozent der Mordfälle zum Abschluß, und bei vielen anderen kennen wir den Täter, aber wir haben keine Beweise oder können ein falsches Alibi nicht knacken.« Sein Magen knurrte wieder, und er stand auf. »Ich geh' zum Mittagessen. Kommen Sie mit?«

Ich erhob mich ebenfalls und schüttelte den Kopf. »Nein, danke, ich hab' eigentlich keinen Hunger.«

Er grinste. »Mir hat's den Appetit auch mal verschlagen, im August '68, das war das erste Mal, wo ...«

»Halten Sie den Mund, Henley.«

»... ich einen Kerl gesehen hab', der vier Tage lang bei brüllender Hitze in einem Kofferraum gelegen ist.« Er grinste.

»Was sind Sie doch für ein netter, einfühlsamer Mensch.«

»Tja, das sagt meine Frau auch.« Er zog seinen Mantel an. Ein paar Schuppen landeten auf dem dunkelblauen Polyesterstoff. Wir gingen zusammen hinaus.

»Ich wünsche Ihnen, daß Ihr Hamburger verkohlt ist und Ihr Eis schmilzt«, sagte ich mit düsterer Miene.

Er lachte. »Ich lass' es Sie wissen.«

»Und Sie finden heraus, ob die Mickey-Mouse-Uhr immer noch geht. Vergessen Sie das nicht.«

Er schüttelte den Kopf und wurde plötzlich ernst. »Sie lassen sich zu sehr auf den Fall ein, Kat. Halten Sie sich zurück, gehen Sie ein bißchen auf Distanz.«

Er drückte meinen Arm. Ein graues Haar schwebte an mir vorbei.

»Ja.« Er hatte recht, und das wußte ich auch.

Aber das nützte nichts.

17

Charity und Lindy warteten auf mich, als ich nach Hause kam. Nein, das ist der falsche Ausdruck. Warten bedeutet passives Verhalten, und ich hätte mir kaum ein unpassenderes Wort für die beiden denken können.

»Hallo, Bande«, sagte ich, als ich in die Küche ging. Charity winkte mir zu. Sie haßt es, mit vollem Mund zu reden.

»Hallo, Kat«, sagte Lindy, die sich gerade einen Schokoladenkeks mit ungefähr zehn Zentimeter Umfang in den Mund stopfte. »Zeit fürs Mittagessen. Haben Sie Hunger?« Anders als Charity, machte es ihr nichts aus, mit vollem Mund zu sprechen. Und offenbar hatten beide auch keinerlei Hemmungen, sich bei mir wie zu Hause zu fühlen. Wieder einmal fragte ich mich, warum ich Charity einen Schlüssel zu meinem Haus gegeben hatte.

»Mmmm, schmeckt toll, Kat. Wieso hast du so viele gute Sachen hier?« ›Gehabt‹ wäre richtiger gewesen. Sie machten sich wie die Heuschrecken über meine Einkäufe her. Sie waren fast wie menschliche Müllschlucker.

»Hat sie normalerweise nichts da?« fragte Lindy.

»Nein, Joghurt, hartgekochte Eier, Äpfel, solche Sachen.«

»Igitt.« Lindy nahm einen Topflappen und holte eine extragroße Pizza aus dem Herd.

»Pizza, Kat?«

»Nein.«

Aufgedunsene, stinkende Leichen, die vier Tage lang bei brüllender Hitze in einem Kofferraum gelegen waren, schossen mir durch den Kopf. Verdammter Henley.

»Sie schauen nicht so besonders aus.« Mir lief es kalt den Rücken herunter. »Sie sollten was essen.« Lindy lächelte mich vorsichtig an. Zuerst die Geschichte mit den Leichen, und jetzt versuchte eine kleine Prostituierte, mich zu bemuttern. Irgendwo waren Grenzen. Mir lief es wieder kalt den Rücken herunter. »Ich trinke einen Saft«, sagte ich schließlich.

»Okay«, damit öffnete Lindy die Kühlschranktür. »Ist allerdings nichts Besonderes da. Kein Hawaiian Punch und kein Traubensaft oder ...«

»Es gibt Orangen-, Apfel- und Preiselbeerensaft.«

»Ja, wie gesagt: nichts Besonderes. Kein Hawaiian Punch oder so was.«

»Hawaiian Punch ist ein ganz und gar künstliches Getränk. Ich würde wetten, daß kein einziger Bestandteil davon Hawaii auch nur aus der Nähe gesehen hat.«

»Beruhige dich, Kat.«

Charity sah mich besorgt an. Na schön. Ich verlor also die Nerven wegen nichts und wieder nichts. Es waren einfach zu viele Leichen: die von Johnny, die von Lisa, und jetzt auch noch die, von denen Henley erzählt hatte. »Preiselbeere, bitte.« Ich sagte das ziemlich gedämpft.

Lindy klapperte ein bißchen herum und stellte mir dann ein Glas Saft und ein Stück Pizza vor die Nase. Ich trank den Saft und schob die Pizza eine Weile von einer Ecke des Tellers zur anderen. Dann aß ich sie. Ich aß auch noch das nächste Stück und mußte mich um das dritte raufen. Charity und Lindy verstehen keinen Spaß, wenn's ums Essen geht; sie stürzen sich auf alles Eßbare.

»Nachspeise?« fragte Lindy.

»Schokoladenkekse im Schrank und noch ein Rest Bananensahnetorte im Kühlschrank«, antwortete ich.

»Tja, die sind nicht mehr da.«

»Nicht mehr da?«

»Weg.« Charity und Lindy hatten zumindest so viel Anstand, ein bißchen Schuldgefühl zu zeigen.

»Ihr habt vor dem Essen schon ein Dutzend Kekse und Bananensahnetorte verspeist und euch trotzdem noch um das letzte Stück Pizza gestritten?«

Sie zuckten mit den Achseln.

»Eis?« fragte Charity Lindy voller Hoffnung.

»Nein, hab' schon nachgeschaut.« Das Telefon klingelte.

Lindy war nicht gerade ein schüchterner Teenager. Sie machte die Schranktür auf und hob gleichzeitig den Hörer ab. »Hey, hier sind ja noch Schokoladenkekse«, sagte sie, ohne irgend jemand Bestimmten damit anzusprechen. »Hallo«, sagte sie in den Hörer. »Ja, sie ist da. Bleiben Sie dran.«

»Für Sie.« Sie drückte mir den Hörer in die Hand und machte den Deckel der Keksverpackung mit den Zähnen auf. »Wer spricht da überhaupt?« Sie riß mir den Hörer aus der Hand, um diese Frage zu stellen, grinste dann und gab ihn mir zurück. »Jemand, der schlechte Laune hat.« Sie grinste wieder. Ich grinste nicht zurück. Aus dem Hörer drang eine quäkende Stimme.

»Meine Güte, Katy, wer war denn diese Person?«

»Hallo, Alma. Mir geht's gut, und wie geht's dir?«

»Katy.« Almas Stimme klang vorwurfsvoll.

»Das ist eine lange Geschichte. Die erzähl' ich dir später. Wie geht's dir?«

»Pah. Hast du Michaela gefunden?«

»Nein. In den eineinhalb Tagen, in denen wir nicht miteinander gesprochen haben, hat sich nichts verändert.«

»Katy, meine Liebe.« Ihre Stimme klang noch vorwurfsvoller. Ich seufzte. Schuldgefühle, die geistige Bremse des armen Mannes. »Und Johnny?«

»Die Polizei arbeitet an dem Fall.«

»Was hat sie herausgefunden?«

»Bis jetzt noch nichts Definitives.« Ich entschied mich für die Halbwahrheiten und verschwieg ihr lieber die Geschichte mit den Drogen.

»Katy, du überläßt doch nicht alles der Polizei?«

»Doch, das tue ich. Jedenfalls das meiste. Schließlich ist das die Aufgabe der Polizei, und im allgemeinen macht sie ihre Arbeit recht gut. Viel besser, als ich es jemals könnte.«

»O je«, sagte Alma und legte auf. Ich starrte den Hörer einen Augenblick mit dümmlichem Gesicht an, dann nahm Lindy ihn mir freundlicherweise ab und legte ihn auf die Gabel.

»Das muß Hank gewesen sein. Ich wünschte, er würde öfter herkommen«, sagte Charity.

»Was?« fragte ich immer noch ziemlich dümmlich.

»Hank. Ich wünschte, er würde öfter herkommen.«

»Ja, ich auch. Warum?« fragte ich voller Neugierde.

»Wegen dem Essen. Wenn er da ist, hast du immer was zu beißen im Haus. Das Mittagessen war wirklich gut. Das gefällt mir, wenn du was zu essen hier hast.«

Hatte, dachte ich verdrießlich und warf einen Blick auf das schmutzige Geschirr in der Spüle. Meine Vorräte entsprachen jetzt wieder dem normalen Status quo: Joghurt, eine Tüte Äpfel, eine halbvolle Milch, wahrscheinlich sauer. Und Lindy hatte inzwischen fast alle Schokoladenkekse vertilgt.

»Haben Sie inzwischen schon was über Lisa herausgefunden?« fragte sie, stopfte sich die letzte Handvoll in den Mund und warf das zusammengeknüllte Papier in den Abfalleimer.

»Du hast danebengeworfen.«

»Ja, tatsächlich?«

»Also, wie wär's, wenn du das Papier aufhebst?« Wir starrten einander wütend an.

Endlich bückte sie sich.

»Und, haben Sie nun was rausgefunden?«

»Ich hab' heute morgen mit einem Polizeibeamten gesprochen. Er läßt es mich wissen, ob die junge Frau in der Beschreibung Lisa war.«

»Bullen, verdammte Bullen!«

»Lindy!« kreischte Charity.

»Hört auf damit«, sagte ich mit gefährlicher Stimme. Sie sahen mich an und beruhigten sich zusehends.

»Ich habe gedacht, Sie werden das herausfinden.« Ich schüttelte den Kopf. »Privatdetektive lösen keine Mordfälle, dafür sind die Polizisten zuständig. Bloß im Fernsehen und im Kino lassen die Privatdetektive die Polizei immer dumm aussehen.« Sie wirkte nicht sonderlich überzeugt.

»Im wirklichen Leben lösen die Polizisten die Morde; Privatdetektive machen die Arbeit, für die die Polizei keine Zeit hat. So ist das eben, Kleine.« Sie schnaubte verächtlich. Ich seufzte. Für heute hatte ich von den beiden genug. »Ich arbeite dran, Lindy. Ich höre mich um und rede mit den Leuten. Aber dafür brauche ich Informationen.« Sie wirkte nervös.

»Zum Beispiel, wo ihr beiden gewohnt habt. Und wo ihr gearbeitet habt. Und euch rumgetrieben habt. Ich brauche Beschreibungen von Lisas Stammkunden.«

»Ich will nicht darüber reden. Ich will nicht darüber nachdenken. Das gehört jetzt der Vergangenheit an.« Sie sagte das mit sittsamer Stimme, aber dahinter hörte ich noch etwas anderes.

Ich zuckte mit den Achseln. »Okay. Dann kann ich auch nicht viel machen. Überleg dir's noch mal.«

Das Spiel hatten wir schon einmal gespielt, und wir wußten das beide.

»Verflucht!«

»Ja. Lindy, du kannst dich wirklich bewundernswert gut ausdrücken. Mach nur weiter so, Kleine, dann bringst du's eines Tages noch weit.«

Sie starrte mich trotzig an. »Verflucht! Verflucht, verflucht.«

»'ne Menge andere Sachen wären vielleicht wichtiger«, erwiderte ich. Sie fing an zu weinen.

»Sollen wir noch mal von vorn anfangen?«

»Verflucht!«

»Viel Spaß bei der Pferdeschau, Charity. Wir sehen uns, wenn ihr wieder zurück seid. Warum macht ihr euch nicht auf den Weg? Ich hab' noch ein paar Sachen zu erledigen.« Ich nickte und zwang mich zu einem Lächeln, drehte mich um und ging aus dem Zimmer.

»Okay«, sagte Lindy mit tränenerstickter Stimme. Ich ging weiter. Hinter mir hob lautes Jammern an. Ich ging immer noch weiter, machte sogar noch ein bißchen schneller.

»Kat.« Ich war schon aus der Küche und fast im Wohnzimmer. »Kat – bitte.« Verdammt. Ich blieb stehen, aber ich drehte mich nicht um. »Kat, tut mir leid.« Sie sagte das so leise, daß ich es fast nicht hören konnte. Ich wartete. »Ich hab' gesagt, es tut mir leid! Okay? Okay?« brüllte sie.

»Okay.« Ich drehte mich um und kam zurück.

»Und jetzt?«

»Und jetzt versuchen wir zusammenzuarbeiten und herauszufinden, wer Lisa umgebracht hat.«

Sie war den Tränen nahe. »Ja. Okay.«

»Habt ihr zusammengewohnt?«

»Nein, aber sie hätte das gern gemacht. Nächsten Monat – das hatten wir vor... Es ist wie mit der Mickey-Mouse-Uhr...« Inzwischen weinte sie. »Die Pläne sind immer noch Wirklichkeit. Im Kopf ticken sie immer noch weiter wie die Uhr, aber Lisa, Lisa ist nicht mehr da, also sind die Pläne Scheiße«, sagte sie mit bitterer Stimme. »Einfach nur Scheiße.« Charity rutschte voller Unbehagen hin und her. »Und Pläne allein zählen nicht. Sie zählen nicht, wenn keiner mehr da ist, mit dem man sie zusammen macht.«

»Wo hast du gewohnt?«

»Im Halfpenny Motel, zusammen mit zwei anderen Mädchen.«

»Und Lisa?«

»Im Hideaway.«

»Die Namen sagen mir nichts. Wo sind die Motels?«

»Am Auburn Boulevard.«

»In der Nähe von der Bell Street?« Sie nickte. Die Gegend war allgemein als Strich bekannt. Viele Mädchen lebten und arbeiteten dort.

»Du bist dort auf den Strich gegangen?«

»Ja.«

»Ihr beide?«

»Meistens. Manchmal sind wir auch in die Stadt, zur J Street, aber meistens waren wir da unterwegs.«

»Gib mir die Namen von ein paar Mädchen, mit denen ich sprechen könnte.«

Sie zögerte einen langen Augenblick. »Sagen Sie ihnen nicht, daß ich...« Sie sah mich fragend an.

»Nein.«

»Trinka. Sie weiß, was los ist.«

»Sonst noch jemand?«

»Ich – nein.«

Ich bohrte nicht nach. »Die Stammkunden von Lisa? Denk genau drüber nach, Lindy. Das ist eine schwierige Frage.«

Sie nickte und sah ernst drein. »Ja, es ist bloß, daß – verdammt!« Charity stöhnte leise vor sich hin. Lindys Blick wanderte zu Charity hinüber und dann wieder zu mir. »Tut mir leid. Es ist bloß – ich weiß es nicht. Sie hat nicht so viele Stammkunden gehabt, die meisten Typen waren von außerhalb der Stadt.«

»Aber ein paar?«

»Ja. Ein paar.«

»Könntest du sie beschreiben?«

»Ich weiß nicht so genau.« Ich interpretierte das als ein Nein. »Ich glaube, es hat da so einen älteren Typ gegeben.«

»Wie alt?«

»Weiß ich nicht. So alt wie Sie, vielleicht auch älter.« Ich schluckte das schweigend herunter. Ich bin dreiunddreißig und würde mich selbst eigentlich nicht als alt bezeichnen.

»Würdest du sie erkennen?«

»Äh ...« Ihre Stimme driftete ab.

»Haben ihre Stammkunden sie angerufen oder sie irgendwo auf der Straße abgeholt?«

»Wahrscheinlich haben sie sie abgeholt, aber ich bin mir da nicht so sicher. Sie hat ein paar feste Termine jede Woche gehabt.«

»Wenn wir da hinfahren und eine Weile warten – würdest du sie dann wiedererkennen?«

»Ja. Ich bin mir ziemlich sicher, daß ich das könnte. Vielleicht würde ich dann auch die Autos wiedererkennen. Vielleicht.«

»Kat!« Charity klang schockiert.

»Mach dir mal keine Sorgen, Charity. Glaube, Hoffnung, du kennst doch den Spruch.«

»Kat!«

Ich kannte den Spruch auch. Und ich hoffte, daß ich mich nicht in hochhackige Schuhe, einen Minirock aus Leder und einen engen Pullover schmeißen mußte, um auf dem Strich verfügbar und erwartungsfroh zu wirken. Das gehörte eigentlich nicht zu meinem Job. Und außerdem hatte ich gar keinen Minirock aus Leder. Und keine hochhackigen Schuhe.

»Wollen wir das wirklich machen?« Lindy wirkte nervös. »Haben Sie eine Waffe? Nehmen Sie sie mit? Haben Sie zwei Waffen? Kann ich auch eine haben?«

»Keine Chance, Kleine«, sagte ich mit grimmiger Stimme. »So verzweifelt sind wir noch nicht, und wir sind auch nicht verrückt.«

»Zum Glück«, sagte Charity. Sie klang erleichtert, wenn auch nicht überzeugt.

»Warum sollten wir eine Waffe brauchen?« fragte ich neugierig.

»Jemand hat Lisa umgebracht. Und noch ein Mädchen ist verschwunden. Es gehen Gerüchte, daß es sie erwischt hat.«

»Wie hat sie geheißen?«

Sie zuckte mit den Achseln. »Weiß ich nicht. Hab' sie nicht persönlich gekannt, hab's nur gehört. Kat, Sie müssen das herausfinden. Die Uhr tickt immer noch vor sich hin. Ich weiß, daß sie das tut. Ich kann sie in meinen Träumen hören, ich meine, in meinen Alpträumen.«

Ich nahm sie bei den Schultern und rüttelte sie leicht. »Lindy, hör auf damit. Steigere dich nicht so rein, sieh zu, daß du ein bißchen Distanz bekommst.« Klang ganz wie Henley. Ich hatte das zwar nicht vor, aber es kam so raus. »Du läßt das zu sehr an dich ran, die Sache macht dich noch ganz verrückt. So hilfst du Lisa nicht.«

»Wirklich? Wahrscheinlich haben Sie recht, aber ich kann einfach nicht anders.«

»Wovor hast du Angst?« fragte ich, noch immer sanft.

Sie sah mich erstaunt an. »Meine beste Freundin erwischt's, und Sie fragen mich, wovor ich Angst habe? Genügt das denn nicht?«

Ich sah sie an und dachte darüber nach. Wahrscheinlich hatte sie recht. Außerdem war sie selbst ja noch ganz nahe dran am Leben auf der Straße. Die Straße ist nie ein sicherer Ort für ein Kind/eine Frau allein. Besonders nach Einbruch der Dunkelheit. Sie sah jung und sehr verletzlich aus.

Ich überraschte uns beide, indem ich mich vorbeugte und sie umarmte. Sie entspannte sich einen Augenblick, nein, eine Nanosekunde, und erstarrte dann.

»Verdammt!« sagte sie. »Verdammt!«

Ich seufzte. Wir waren offenbar wieder am Anfang angelangt.

»Also dann – ein schönes Wochenende wünsch' ich euch. Zeigt's ihnen auf der Pferdeschau, Charity, du und StarBroke. Bis dann.«

Charity sagte nichts. Vielleicht konnte sie das nicht. Sie sah ziemlich verblüfft aus, während Lindy im Hintergrund immer wieder ›verdammt‹ vor sich hin fluchte. Wieder einmal beschloß ich, niemals Kinder zu bekommen. Babys sind süß und zwanzig Prozent der Zeit putzig, aber sie wachsen unweigerlich zu Teenagern heran.

Ich schlug die Tür nicht hinter ihnen zu. Soviel Würde hatte ich noch. Aber nicht viel mehr.

18

Für Country-music gibt's eigentlich nur ein paar logische Möglichkeiten. Ich versuchte es zuerst in diesen Kneipen und hatte sofort Pech. Der Texas Saloon spielte keine Country-music mehr, inzwischen hieß die Kneipe Tex's, und man konnte darin Billard und Karten spielen. Das war schon eine ganze Weile so. Das erinnerte mich wieder mal daran, daß ich nicht mehr oft genug rauskomme.

Dann versuchte ich mein Glück bei Skip's am Auburn Boulevard, östlich von Fulton. Der Traum eines High-Tech-Musikers. Ich warf als erstes einen Blick aufs Schwarze Brett: jede Menge Schlagzeuger, die nach einer Band suchten; dazu noch ein paar Leadgitarristen mit demselben Anliegen; eine religiöse Band, die Backgroundsänger wollte, und noch eine Hardrockband auf der Suche nach einem Bassisten – »wirklich hart, keine Schwächlinge und Lahmärsche«. Keine Spur von einer Leadsängerin namens Micha.

Das Mädchen hinter der Theke machte sich gleich an die Arbeit für mich: fragte die Leute, rief ihren Agenten an, ratterte ein paar Bars herunter, die ich aufsuchen und dazu noch ein paar Leute, mit denen ich reden sollte. Niemand hatte von einer größeren Sache in der Gegend um Placerville gehört. Es half auch nicht sonderlich, daß ich weder Namen noch Hinweise hatte. Aber trotzdem ging ich mit vollem Programm.

Als erstes stand das Yellow Rose auf der Liste. Es war gar nicht weit weg, nur ein Stück den Auburn Boulevard weiter runter. Ich kam kurz vor neun dort an, als die Band gerade die Instrumente stimmte, und unterhielt mich mit der Barkeeperin, einem netten Mädchen, das sich keine sonderliche Mühe gab, auf Western Country zu machen. Sie trug ein T-Shirt, Jeans und ungefähr fünfzehn überflüssige Kilo. Auf ihrem T-Shirt war eine Rose und auf ihrer Hand eine Tätowierung.

Ich bestellte mir ein Bier vom Faß.

»Spielt die Band schon lange hier?«

»Fast ein Jahr.«

»Wer ist der Leadsänger?«

»Billy.« Sie schaute hinauf zur Bühne. »Aber der ist noch nicht da.« Sie drehte sich um, zapfte mein Bier und knallte es mir auf den Tresen. Die Tätowierung zeigte ein Hakenkreuz. Ich schaute mir ihr Gesicht an. Sie sah immer noch ganz nett aus, aber nun machte ich mir so meine Gedanken. So eine Wirkung haben Hakenkreuze. Sie legte mir das Wechselgeld für meinen Zehner auf die Theke und schaute noch einmal hinauf.

»Jetzt ist Billy da. Wenn Sie mit ihm sprechen wollen, spendieren Sie ihm besser einen Drink.«

»Okay, dann geben Sie mir, was er normalerweise trinkt.«

»Er fängt mit Bier an.«

Ich nickte, und sie stellte mir ein Bud auf den Tresen und knöpfte mir noch mehr Geld ab. Das Bier und ich machten uns auf den Weg hinüber zu Billy. Er sah mich ohne großes Interesse an. Ich gab ihm das Bier.

»Sie könnten mir einen Gefallen tun, also hab' ich mir gedacht, wir fangen am besten so an.«

Er grinste. »Warum nicht. Auf Ihr Wohl.« Er nahm einen Zug und fing dann an, seine Gitarre zu stimmen. Dabei steckte eine

Zigarette oben zwischen den Saiten des Instruments. »Was kann ich für Sie tun?«

»Ich suche nach einer Sängerin namens Micha. Sie ist neu in der Stadt, aber ich habe gehört, daß sie hier in der Gegend singt.«

Er dachte nach und schüttelte dann den Kopf. »Kenn' ich nicht. Ist sicher nicht in einem von den großen Klubs. Versuchen Sie's mal in den kleineren, draußen in West Sac, Elk Grove, Rio Linda, Auburn.« Er ratterte ein paar Namen herunter. »Fragen Sie bei Sam's nach Joe.« Mit dieser kryptischen Zeile schloß er.

»Danke.«

Er nickte und drehte sich weg, schaute hinüber zu der Band und trat ans Mikrofon. Sie fingen mit ›On The Road Again‹ an. Ich war wieder an der Bar, bevor mich die Leute auf der Tanzfläche zu Tode trampeln konnten. Ich schaffte es gerade noch. Die Tänzer hier nehmen ihre Sache ernst, und sie waren in der Überzahl. Rüschenblusen und -röcke, Westernhemden, Jeans und Gürtelschnallen in der Größe von Radkappen. Und Stiefel. Sie tanzten, wirbelten herum, machten Figuren und Loops (oder machen die nur Flugzeuge?).

»He, willst du tanzen?«

Ein gutaussehender Cowboy stand vor mir, zwei Meter Muskeln und Lachen. Ich schluckte und schüttelte den Kopf. Wenn das Tanzen war, wußte ich nicht, wie Tanzen ging. Ich trank mein Bier und ging.

Als nächstes war das Nashville West an der Reihe. Dort gefiel es mir besser. Man mußte keine Rüschenbluse und keinen Rock anhaben, um dazuzugehören. Man konnte, aber es war kein Zwang.

Heut abend hat mich die Flasche im Stich gelassen.

Die Hawaiigitarre jammerte und jaulte, während ich mich durch die Menge drückte, an der Wand mit der Budweiser-Werbung und acht Clydesdales vorbei. Subtil. Unauffällig. Ich machte mich auf den Weg zur Theke. Dort stand ein Barhocker, den ich mir schnappte. Der Barkeeper sah mich an.

»Bud light.«

Ich sagte es, ohne nachzudenken. Offenbar wirkt die Werbung; ich mag Bud nicht einmal besonders. Die Clydesdales klapperten mit ihren Geschirren für mich.

Mein einziger wahrer Freund hat mich verlassen,
Heut abend hat mich die Flasche im Stich gelassen.

Ich trank mein Bier und sah mich um. Ein Mädchen mit einem weichen, pinkfarbenen Oberteil, einem kurzen Rock und einer aufgetürmten Frisur aus den fünfziger Jahren saß neben mir. Sie trank einen Margarita und kaute dazu Kaugummi. Ein Typ forderte sie zum Tanzen auf. Sie schaute ihn von oben bis unten an, ließ ihre Kaugummiblase zerplatzen, nickte und stand auf.

Ich wartete darauf, daß die Band eine Pause machte, und war froh, daß ich keinen Kaugummi, keine aufgetürmte Frisur, dafür aber einen Freund hatte.

»Willst du tanzen?«

Déjà vu? Ich schaute hoch. Nein, diesmal war es ein kleiner, stämmiger Kerl, mit einem Alligator auf dem Hemd und einem hämischen Grinsen auf den Lippen. Ausgerechnet ein langsames Lied. Ich schüttelte den Kopf. Er murmelte etwas, als er wegging. Ich glaube nicht, daß es ein Kompliment war; aber das war mir egal. Die Band machte eine Pause, und ich rutschte von meinem Hocker.

»Hey, ich suche nach ...«

Ich rasselte die inzwischen schon vertrauten Sätze herunter. Die Leadsängerin, ein hübsches Mädchen in engen Hosen und einem glänzenden Top, lächelte mich an. Die Band hieß Hang 'Em High. Ich konnte keine rechte Verbindung zwischen dem Namen und ihr herstellen.

»Nein«, sagte sie höflich. »Ich hab' noch nie von ihr gehört.«

Sie holte einen von den Jungs, und er stimmte ihr zu; auch er hatte noch nie etwas von Micha gehört. Ich fragte nach Placerville. Der Bassist, ein Typ mit langen Haaren, einem herunterhängenden Schnurrbart und einer Glatze, bekam das mit.

»Versuchen Sie's im Alibi Inn. Da gibt's eine gute Band mit einer Sängerin.« Er sprach langsam, teilte sich die Worte ein, sparte sie auf, wahrscheinlich für seine Songs. »Weiß nicht, könnte neu sein.«

Ich bedankte mich. Bis jetzt war das die größte Ausbeute. Dann ging ich. Meine Kleider und meine Haare stanken nach Zigarettenrauch, und mir gingen ständig Country Songs durch den Kopf.

Ich seh' mich nicht mehr in deinen Augen.
Ich ersäuf' meine Sorgen, mit jedem Schluck eine.
Mir bleiben nur noch die Tränen.

Zum Teufel damit. Ich hatte immer noch keine Antworten, und ich war müde. Ich fuhr heim; morgen war immer noch Zeit. Und ich mußte die Sache organisieren. Allein in Bars in West Sac, Rio Linda oder Elk Grove zu gehen, war nicht unbedingt mein Geschmack. Das ist die harte Wahrheit. In manchen von den Bars ging's ganz schön rund. Ich rief Rafe an.

Er freute sich zwar, von mir zu hören, gab mir aber einen Korb.

»Kann nicht, Süße, hab' eine tolle Verabredung.«

»Bring sie doch mit.«

»In so eine Bar?«

Er klang schockiert. Nicht schlecht für jemanden, der schon jede Menge weinselige Stunden in Spelunken verbracht hatte.

»Muß ja nicht lange sein, Rafe, nur ...«

»Nächste Woche, Katy. Wenn ich toll sage, dann *meine* ich auch toll.«

Ich gab's auf. Aus früheren Erfahrungen, sogar vielen früheren Erfahrungen, zu vielen, um der Wahrheit die Ehre zu geben, weiß ich, daß man mit männlichen Hormonen nicht mehr diskutieren kann, wenn sie erst mal in Fahrt sind. Sie sind einfach nicht rational oder vernünftig.

Ich gab auf, aber nicht sonderlich wohlwollend.

»Mensch, Scheiße!« sagte ich. Er grinste, das wußte ich ganz genau, auch wenn ich es nicht sehen konnte.

»Später, Baby.« Damit legte er auf. Und so was schimpft sich Freund.

Okay. Also nun zu Plan B. Dann war ich eben feige und erledigte die Sache von meinem sicheren Wohnzimmer aus. Ich konnte wieder ein paar Bars streichen – alle, die ich in Elk Grove, West Sac und Rio Linda anrief. Aber nicht das Alibi Inn.

Dort kam ich nicht mal bis zu meiner eigentlichen Frage. »Wie heißt Ihre Band?« brüllte ich ins Telefon und in den ohrenbetäubenden Lärm.

»Ja, wir haben eine Band.«

»Mit einer Sängerin?«

»Getränke zwei Dollar, Bier eineinhalb.«

»Haben Sie schon mal was von Micha gehört?« Meine Stimme kippte wegen der Lautstärke fast um.

»Die Band spielt bis halb zwei.«

Er legte auf. Ich saß eine Weile lustlos da und beschloß dann, hinzufahren und mir die Sache anzusehen. Nicht unbedingt der vielversprechendste Hinweis, den ich hatte.

Aber der einzige.

19

Ich hatte keine Probleme, das Alibi Inn zu finden. Ich war nicht die einzige, die hinwollte. Der Parkplatz war voll: Pick-up-Trucks, die typischen Provinzwagen und ein paar kleinere japanische Autos.

Mein klappriger Bronco II fügte sich ganz gut ins Bild. Ich quetschte mich zwischen eine Stange und einen ramponierten Ford Transporter.

Das Gebäude war alt, lang und niedrig. Es kauerte auf dem Boden wie ein trotziger Alter. Die Fassade aus Holz war verwittert und heruntergekommen, müde, aber nicht hoffnungslos. Innen hätte es bei Tageslicht wahrscheinlich genauso ausgesehen, vielleicht sogar ein wenig traurig. In der Nacht wirkte es mit der Musik warm und lebhaft; nach ein paar Bier würde die Sache sogar noch besser aussehen.

Ein zwölf Meter langer Tresen zog sich die ganze eine Seite des Gebäudes dahin, und überall, außer auf der Tanzfläche und der Bühne, drängten sich die Tische. Die Band machte gerade

Pause, dafür war die Jukebox an. Ich schob mich zur Bar und bestellte bei einem Typ, der aussah und roch wie ein ungewaschener und ungekämmter Goldgräber, brüllend ein Bier. Es war nur noch Platz zum Stehen. Ich nahm mein Bier und lehnte mich gegen einen der schweren Holzbalken, die das Gebäude aufrechterhielten. Es war brechend voll, laut und rauchig, und ich begann zu warten – zwanzig Minuten, wie sich später herausstellte.

Die Bandmitglieder kamen einzeln wieder auf die Bühne; die Sängerin als letzte. Sie war schlank, ungefähr einssechzig groß und hatte lockige dunkle Haare. Sie trug Blue jeans, ein weißes Hemd, dessen Ärmel bis zu den Ellbogen hochgerollt waren, einen breiten Ledergürtel mit einer großen Silberschnalle und Cowboystiefel. Es war Michaela.

Ich war mir sicher. Fast. Ich würde mir ganz sicher sein, wenn ich ihre Augen sah. Der Leadgitarrist nahm das Mikrofon und begann mit dem Stück. Michaela folgte. Die Menge johlte, brüllte, trank Bier und tanzte.

Und ich war überzeugt.

Das letzte Lied, das sie vor der nächsten Pause sangen, war schon ziemlich alt, man hörte es nicht mehr so oft. *»Sag nicht Jolie zu mir«*, sang Micha, und die Biertrinker in der Kneipe waren gerührt. *»Kennst du denn nicht meinen Namen?«* Sie sahen ihre Freundinnen oder Ehefrauen an, die sie anschauten, und die Kerle sagten ›Liebling‹ oder ›Schatz‹ zu ihnen, oder – wenn sie clever waren, ihren Namen. Weißt du, sagten sie, ich kenne deinen Namen, ich weiß, daß du nicht Jolie heißt. Und dann gingen sie auf die Tanzfläche und schoben Wange an Wange zu dem herzzerreißenden Text hin und her.

In dem Lied geht's um eine Frau, die eigentlich Leah heißt, aber mit einem Mann zusammen ist, der sie Jolie nennt, weil Jolie, eine frühere Freundin, ihn wegen eines anderen Mannes sitzengelassen hat. *Ich bin hier, ich gehöre dir*, sagt Leah ihm. *Liebe mich. Sie war treulos, doch ich bin treu.* Aber sie erklärt nicht, warum sie nach all den Jahren noch immer mit einem Kerl zusammen ist, der ihren Namen nicht im Kopf hat. Sie hätte ihn sitzenlassen sollen, genau wie Jolie.

Der Song bekam viel Applaus, und die Band ging in eine kurze Pause.

Ich stellte meine leere Bierflasche auf einem Tisch in der Nähe ab und machte mich auf den Weg zur Bühne. Micha wollte gerade nach hinten, vermutlich zum Hinterausgang.

»Michaela.« Sie blieb einen Augenblick stehen, sah sich nicht um und ging dann weiter.

»Michaela.« Ich holte sie ein und berührte sie leicht am Ellbogen. Nun drehte sie sich um.

»Ich heiße nicht Michaela.« Keine von uns lächelte über diese Zeile aus dem Song. Ihre Augen waren groß, braun und unergründlich: Sophies Augen.

»Ich bin's, Katy, Michaela.«

»Laß mich in Frieden.« Ihre Stimme klang wütend, fast verzweifelt. »Ich will nichts mit dir zu tun haben.«

»Nicht mit mir, mit der Familie.«

»Ich hab' keine Familie.« Sie sagte das mit bitterer Stimme.

»Nicht mal Johnny?«

»Johnny?« Ihre Stimme klang belegt. »Nach draußen. Komm mit.« Die Nacht war klar und kalt. Mich fröstelte. Michaela warf den Kopf zurück und atmete tief und gleichmäßig durch. »Was?« fragte sie schließlich.

»Das ist eine lange Geschichte. Kann ich dich zum Frühstück einladen, wenn du hier fertig bist?«

»Nein.«

»Michaela ...«

»Rede«, forderte sie mit harter Stimme.

Na schön. »Johnny ist tot.«

Sie sank mit einem Stöhnen in sich zusammen, als hätte sie jemand in die Magengrube geschlagen. Und das hatte auch jemand. Ich. Die Behauptung, daß Worte nicht verletzen, ist eine Lüge. Eine große Lüge. Ich hielt mich zurück, sie in den Arm zu nehmen, aber es fiel mir schwer.

»Wie?« wimmerte sie schließlich.

»Er ist auf dem Parkplatz des Homestead Café getötet worden, am frühen Morgen. Es hat in der Zeitung gestanden.«

Sie starrte mich mit leerem Blick an. »Ich lese keine ...« Ihre

Stimme brach. »Mein Gott. Mein Gott. Mein Gott. Wann?« fragte sie mit flüsternder Stimme.

»Um drei Uhr früh, am Sonntag.«

»Sonntag?« fragte sie dümmlich.

»Spät Samstagnacht.«

Sie stöhnte wieder. »Nein, mein Gott, nein. Das kann nicht sein. Nicht Johnny. Nicht dort. Nein. Warum? Warum?«

»Ich weiß es nicht.«

Ihre Augen waren klar, als sie mich mit düsterem Blick ansah, aber die Tränen waren in ihrem Hals, in ihrer Stimme.

»Wer?«

»Das weiß ich auch nicht. Wenn die Polizei weiß, warum die Sache passiert ist, findet sie wahrscheinlich auch noch heraus, wer's war.« Sie lehnte sich mit erhobenem Kopf gegen die Hauswand zurück. Jetzt konnte ich die Tränen sehen.

»Nicht Johnny, mein Gott, doch nicht Johnny? Das kann einfach nicht sein.« Sie sah mich an, und ich nickte. Sie stöhnte wieder.

»Nein. Es kann nicht sein. Es kann nicht sein. Ich hab' mich immer darauf verlassen, daß Johnny da sein würde. Wir haben uns erst vor kurzem unterhalten. Er wollte …« Sie schwieg und wartete.

»Was wollte er?« fragte ich. Sie stöhnte wieder, den Kopf in den Händen.

»Es ist Zeit, daß du nach Hause kommst, Michaela.«

Sie schüttelte sich. »Ich hab' dir schon gesagt, daß ich kein Zuhause habe.«

»Alma …«

»Nein.«

»Was passiert ist, gehört der Vergangenheit an. Sie will dich sehen, gutmachen, was geschehen ist …«

»Nein.«

»Michaela …«

»Ich heiße nicht so, das habe ich dir schon gesagt.«

»Micha.«

»Es ist zu spät«, sagte sie mit trauriger Stimme, »viel zu spät.«

Die Tür ging krachend auf. »Micha, wir sind dran.«

»Ja, okay.«
»Die Beerdigung ist ...«
»Es ist zu spät, das habe ich dir schon gesagt.«
»Für Johnny?«
»Für uns alle. Wenn Johnny noch am Leben wäre und mich bräuchte, würde ich kommen ...« Ihre Stimme klang belegt. »Jetzt ist es zu spät für ihn und für mich.«
»Alma?«
»Wir haben uns schon vor Jahren für unterschiedliche Richtungen entschieden.«
Wieder ging die Tür krachend auf. »Micha!« Ein Lichtstrahl von der Bar fiel auf ihr Gesicht. Der Lärm und der Rauch hüllten uns ein.
»Micha!«
»Ist ja schon gut; ich komme.« Sie sah mir ins Gesicht. »Verschwinde, laß mich in Ruhe. Die Vergangenheit ist tot.«
»Nicht die Vergangenheit. Johnny.« Ich schwieg einen Augenblick. Die Tür stand offen, und das Licht fiel auf uns beide. Sanftes Licht, harte Worte.
»Johnny war kein Nachtlicht wie du. Aber er hätte sich trotzdem mitten in der Nacht mir dir getroffen, wenn du ihn darum gebeten hättest. Hast du dich am Samstag nach der Arbeit zum Frühstück im Homestead mit ihm getroffen?«
Einen Moment hatte ich den Eindruck, daß ihr Blick betroffen und verängstigt wirkte, aber das Licht war zu trübe, und sie verschwand zu schnell in dem Gebäude.
»Verschwinde!« sagte sie mit heftiger Stimme und zog dann die Tür hinter sich zu.
Und ich verschwand.

20

Das Telefon klingelte um halb sieben morgens. Natürlich schlief ich noch. Das tue ich immer um halb sieben in der Früh. Es war entweder Hank oder Alma. Beide glauben, ich freue mich so sehr über ihren Anruf, daß es egal ist, wann sie sich melden. Damit haben sie nur zum Teil recht.

»Hallo, Schatz.«

»Hallo«, murmelte ich. »Hast du heut nicht frei? Warum bist du schon so früh auf?«

»Früh? Es ist halb sieben, Kat.« Hank spielte das Spielchen mit der Guten-Morgen-Laune, und dafür lohnte es sich eigentlich kaum wachzubleiben. Ich gähnte. »Jemand hat den Wagen von Als Tochter gestohlen. Wir machen uns auf die Suche danach.« Ich gähnte wieder. Al war ein anderer Polizist.

»Wer wäre wohl dumm genug, die Tochter von einem Polizistenauto zu klauen?«

»Mmmm. Ich hab' dich aufgeweckt, was, Kat?«

»Hank, es ist halb sieben. *Natürlich* hast du mich aufgeweckt.« Ich klang verärgert, obwohl ich das eigentlich nicht wollte. Das stimmte nur zur Hälfte. Ich war verärgert, aber ich wollte nicht so klingen.

»Kannst du dich nächste Woche drei Tage frei machen? Wir könnten in die Wüste, zum Campen.«

»Ich weiß es nicht. Im Moment sieht die Sache nicht so vielversprechend aus.« Ich gähnte wieder, ich konnte einfach nicht anders. Ich war erst um halb drei in der Früh von Placerville nach Hause gekommen. Und ich hatte nicht sonderlich gut geschlafen.

»Hast du irgendwas rausgefunden?«

»Ich hab' Michaela aufgespürt.«

»Wo?«

»Sie singt in einer Bar in Placerville.«

»Und?«

»Und das ist erst der Anfang, noch nicht das Ende.«

»So geht das meistens.«

»Hank«, gähnte ich, »ich ruf' dich später zurück, wenn ich richtig wach bin, ja?«

»Gut. Paß auf dich auf.«

»Ja. Du auch.«

»Und denk über nächste Woche nach.«

»Okay.« Wir legten mit einem Lächeln und dem üblichen Liebesgeflüster auf. Ich war kurz vor dem Einschlafen, als das Telefon wieder klingelte. Zehn vor sieben. Hank hatte schon angerufen, also blieb nur noch Alma.

»Hallo, Alma.«

»Katy, meine Liebe, das ist ja erstaunlich. Wie hast du das gemacht? Ihr Detektive seid wirklich ein eigener Schlag.« Ihre Stimme klang bewundernd. Ich beschloß, ihr die Sache nicht zu erklären. Ich hatte das bei früheren Gelegenheiten schon ohne Erfolg versucht.

»Was ist los, Alma?«

»Es geht um Johnny. Und Michaela. Sie – haben – gestern – die… äh… Johnny freigegeben. Der Gedenkgottesdienst ist übermorgen, oder lieber später? Michaela, was ist mit Michaela? Glaubst du…«

»Ich hab' sie gefunden, Alma.«

»Katy, das ist ja wunderbar, meine Liebe! Wie geht's ihr? Wo ist sie? Ich kann's gar nicht erwarten, sie zu sehen! Geht's ihr gut?«

»Ja und nein. Ich hab' sie in einer Bar in Placerville gefunden. Sie singt dort.« Ich atmete tief durch und suchte nach einem Weg, es ihr zu erklären.

»Wann kommt sie vorbei? Heute? Katy, meine Liebe, du bist wirklich toll.«

»So einfach ist die Sache nicht, Alma.« Der Klang meiner Stimme hatte sie aufhorchen lassen.

»Nein? Nein, natürlich nicht. Erzähl's mir.«

»Sie war schockiert und verletzt über Johnnys Tod, aber sie wollte nichts mit mir zu tun haben. Und auch nicht mit dir, besonders nicht mit dir. Sie hat verbittert geklungen und gesagt, daß du dich schon vor langer Zeit entschieden hast.«

»Ja«, stimmte Alma mir traurig zu. »In vieler Hinsicht hat sie recht.« Ich sagte nichts. Ich hatte nichts zu sagen. »Der Gedenkgottesdienst? Kommt sie zu dem Gedenkgottesdienst?«

»Nein. Sie hat gesagt, sie hätte alles für Johnny getan, aber dafür ist es jetzt zu spät. Er ist tot, und jetzt ist alles egal. Sie hat fast wie du geklungen. Sie hat gesagt, für sie ist es auch zu spät.«

Alma seufzte, das traurige Seufzen einer alten Dame, das sich jammernd um ein paar Blocks herumtrieb und sich dann in einem staubigen Winkel niederließ. »Hast du sie gefragt, was sie so getrieben hat?«

»Nein. So weit bin ich gar nicht erst gekommen. Das hat sie nicht zugelassen. Ich hab' Glück gehabt, daß sie mir überhaupt so viel gesagt hat. Sie hat gesagt, ich soll verschwinden und ihr ihre Ruhe lassen. Sie hat gesagt, die Vergangenheit ist tot.«

»Ach. Aber das stimmt nicht.«

»Nein, sonst wäre sie nicht so verbittert darüber.«

»Singt sie heute abend wieder?«

»Ja.«

»Dann fahren wir hin.«

Ich wollte gerade etwas dagegen sagen, aber dann dachte ich mir, daß das wahrscheinlich gar keine so schlechte Idee war. Vielleicht keine besonders gute, aber auch keine besonders schlechte.

»Okay, ich hol' dich um acht ab. Schlaf vorher ein bißchen. Das wird eine lange Nacht.«

Ich legte auf und beschloß, auch noch ein bißchen zu schlafen. Gleich jetzt. Warum warten? Nach dreieinhalb Stunden Schlaf war ich nicht unbedingt in Topform. Ich war gerade wieder kurz davor, ins Reich der Träume hinüberzudriften, als Xerxes mit einem hungrigen Miauen aufs Bett sprang. Ich lockte ihn unter die Decke und in meine Arme, wo er sich endlich zusammenrollte und dieses Betonmischergeräusch von sich gab, das bei ihm als Schnurren zu interpretieren ist, und schlief ein. Wir schliefen bis neun. Xerxes fraß sein Frühstück und setzte sich dann auf den Rand der Badewanne, um sich das Gesicht zu waschen, während ich ein Bad nahm. Dann lasen wir die Zeitung, und ich aß mein Frühstück.

Alma wartete schon, als ich um acht bei ihr vorbeikam. Sie stand auf der vorderen Veranda und zog die Tür hinter sich zu, als ich aus dem Wagen stieg. Ich machte ihr die Autotür auf und stieg wieder ein. Dann stritten wir uns wie üblich über die Sicherheitsgurte.

»Ich bin einundachtzig, und ich muß, verdammt noch mal...«, ich zuckte zusammen, »keinen Sicherheitsgurt tragen, wenn ich nicht will.«

»Das stimmt«, sagte ich. »Nur, wenn du mit mir fährst, trägst du einen. Ich will nicht, daß eine verrückte Alte hier bei mir im Auto herumfliegt, wenn wir irgendwo drüberfahren.«

»Verdammt, Katy!«

Aber ich kann stur sein. Schließlich hatte ich eine gute Lehrerin gehabt. Ich saß mit verschränkten Armen da und wartete. Schließlich gab sie nach und schnallte sich an.

»Und wenn du ihn wieder abnimmst, wie letztes Mal, drehe ich um, und wir fahren schnurstracks wieder heim. Das ist mein Ernst, Alma.«

Sie schniefte verächtlich. »Ich wünschte, du würdest mich nicht immer wie ein Kind behandeln, Katy.«

Darauf gab es eine Antwort, die auf der Hand lag, aber die ersparte ich ihr. Zehn Punkte für mich. Sie schniefte wieder.

»Sag mir noch mal, wie Michaela aussieht, Katy.«

Ich dachte nach. »Erwachsen und hübsch, sehr hübsch. Ich wußte noch, wie schön ihre Augen waren, aber mein Gedächtnis hat untertrieben. Ihre Haare sind kurz und lockig, wie die von einem Kind.« Wie die von Lisa, dachte ich; nein, kürzer. »Sie ist schlank und anmutig.«

»Und sie singt wie ein Engel.«

»Ja.« Ich hätte das nicht so ausgedrückt, aber Alma hatte recht. »Das Publikum ist Wachs in ihren Händen. Sie kann mit den Leuten machen, was sie will.«

»Vielleicht weiß sie es.«

»Weiß sie was?«

»Vielleicht weiß sie, daß Schönheit Macht bedeutet – das ist wie mit der Motte und dem Licht. Sophie hatte diese Macht auch, aber sie war sich dessen nie bewußt. Walter schon«, fügte sie hinzu, »aber der wollte natürlich nicht, daß sie das merkt, da kannst du Arsen drauf nehmen.«

»Ich hab' gedacht, das heißt ›Gift drauf nehmen‹.«

»Katy«, seufzte Alma, »paß doch bitte auf, meine Liebe.«

Ich knirschte mit den Zähnen und überholte einen Wagen, der mit sechzig dahinzockelte. Dabei quälte ich den Gang. Das mache ich nur, wenn mich etwas nervt.

»Kannst du denn nicht schneller fahren, Katy? Wir machen ja grade mal fünfundachtzig.«

»Neunzig«, sagte ich, aber das besänftigte sie nicht. Alma fährt gern hundert bis hundertzwanzig auf der Überholspur. Deshalb ist sie auch gern mit Rafe in seiner Corvette unterwegs. »Schönheit?« fragte ich und versuchte, sie wieder auf das eigentliche Thema zu bringen.

»Sophie war schön. Sie hat zwar nichts für ihre eigenen Begabungen getan, aber sie hat die ihrer Kinder gefördert. Michaela hat die Schönheit ihrer Mutter geerbt. Ich habe gedacht, vielleicht merkt sie das durch die Musik. Hat sie es gemerkt?«

»Ich weiß es nicht, das könnte ich nicht sagen. Sie kennt ihre Wirkung und wie sie sie einsetzen muß. Aber ich glaube, das ist etwas anderes, als die Macht der Schönheit zu kennen.«

»Das werden wir sehen.«

»Was hast du vor, Alma?«

Sie zuckte mit den Achseln. »Ich weiß noch nicht, meine Liebe. Wir improvisieren einfach.«

Mir lief es kalt den Rücken herunter. Alma hat mich mit ihren Improvisationen schon ganz schön in Verlegenheit gebracht.

»Ich will mit ihr reden, und sie muß, sie muß einfach zu dem Gedenkgottesdienst kommen.« Alma klang bestimmt.

»Sie ist eine erwachsene Frau, kein Kind mehr. Du kannst ihr nicht einfach sagen, was sie zu tun oder zu lassen hat.«

»Das werden wir sehen.« Wieder lief es mir kalt den Rücken herunter.

Ich hatte keine Probleme, einen Parkplatz zu finden, weil es noch früh am Abend war. Wir stiegen aus dem Auto. Ich war mißtrauisch. Alma wirkte aufgeregt. Ich nahm ihre Hand.

»Mach langsam, Alma. Das ist ein schwerer Brocken für sie. Sie hat erst gestern abend von der Sache mit Johnny erfahren.« Ich hoffte, daß das stimmte. Ich hoffte zu Gott, daß sie es nicht schon seit letztem Samstag wußte. »Und jetzt kommen wir auch noch zu zweit daher.« Ich drückte ihre Hand. »Das ist ein ganz schöner Brocken.«

»Ja, meine Liebe. Ich will sie ja nur liebhaben, weißt du.« Sie sagte das mit ruhiger Stimme. Ich wollte etwas darauf sagen, merkte dann aber, daß es darauf nichts zu sagen gab. Es stimmte. Vielleicht schaffte sie es auch bei Michaela. Bei mir hatte sie es damals geschafft.

Wir gingen hinein, und die Musik schmiß uns fast um. Der Rauch war noch nicht so schlimm. Und es waren auch noch nicht so viele Leute da. Ich bahnte mir einen Weg durch die Tische hindurch und setzte Alma an einen davon, ziemlich weit vorne. Wir konnten Michaela sehen, und sie sah uns. Ihre Augen weiteten sich ein wenig, als wir uns setzten.

»Was darf ich Ihnen bringen?« Die Kellnerin trieb sich bei unserem Tisch herum.

Ich sah Alma an. »Einen Manhattan mit zwei Kirschen, bitte«, sagte sie.

»Ein Light-Bier, Flasche, kein Glas«, fügte ich hinzu. Von dem Augenblick, wo wir den Raum betraten, wandte Alma den Blick nicht mehr von Michaela ab. Sie hätte sich fast neben ihren Stuhl gesetzt, weil sie nicht richtig aufpaßte.

»Eine Stimme wie ein Engel«, sagte sie leise zu mir, vielleicht auch nur zu sich selbst, das konnte ich nicht so genau beurteilen.

Danach redeten wir nicht mehr viel. Wir tranken und lauschten der Musik und beobachteten Michaela. In der Pause verschwand Michaela schnell von der Bühne. Ich wollte aufstehen und ihr folgen, aber Alma legte mir die Hand auf den Arm.

»Laß sie«, sagte sie. Sie bestellte noch eine Runde Drinks bei der Kellnerin. Ich zuckte mit den Achseln. Es war ihre Sache.

Michaela kam erst wieder, als ihr Auftritt begann. Sie wirkte ziemlich steif, hielt den Blick gesenkt und vermied es, uns anzusehen. Wir saßen bis zur nächsten Pause da; Alma nippte an ihrem Manhattan und sang mit krächzender Stimme ein paar von den Songs mit. Sie lernte die Texte und Refrains schnell. Sie hatte nicht gerade die Stimme eines Engels, aber zum Glück hörte das nur ich.

Michaela schaute ein paarmal verstohlen zu uns herüber, wenn sie sich unbeobachtet fühlte. Bei der nächsten Pause trippelte sie wieder davon. Ich warf Alma mit hochgezogener Augenbraue einen Blick zu, doch die schüttelte den Kopf und bestellte sich noch einen dritten Manhattan. Ich wechselte zu Seven Up.

Im dritten Set wirkte Michaela nervös. Sie hatte uns noch immer nicht direkt angeschaut oder uns zu verstehen gegeben, daß sie uns gesehen hatte. Alma saß mit stoischer Gelassenheit da, wie der Felsen von Gibraltar, der Manhattans schlürfte und zu viele Cocktailkirschen aß. Ich hatte mich inzwischen mit der Situation abgefunden, war ein wenig rastlos und mehr als nur ein wenig neugierig. Und traurig. Michaela zu sehen, brachte eine Menge Erinnerungen zurück. Von meiner Jugend. Von Johnny.

Die Band begann nun mit dem Set, das ich am vorigen Abend gehört hatte. *»Sag nicht Jolie zu mir; kennst du denn nicht meinen Namen?«* sang Michaela, doch beim erstenmal vertat sie sich mit dem Text. Es kam heraus: *»Sag nicht Micha zu mir.«* Sie sah mich einen kurzen Moment an. Ich fragte mich, ob sie sich wirklich mit dem Text vertan hatte oder ob es nicht ein Hinweis, ein Aufschrei war. Ich glaube nicht, daß es irgend jemandem außer mir auffiel.

Am Ende des Set blieb Michaela einen Augenblick am Mikro stehen, hielt es fest, hielt es gepackt, klammerte sich daran wie an einen Strohhalm. Dann kam sie von der Bühne herunter und auf unseren Tisch zu. Der Stuhl knarrte ein wenig, als sie ihn herauszog. Ansonsten herrschte Stille. Sie setzte sich, schwer, ohne Anmut, und sah von mir zu Alma.

»Also schön, ich bin da. Was wollt ihr?« Ihre Stimme klang aggressiv; ihr Blick war voller Argwohn. Sie wirkte fast, als hätte ihre Seele Schaden genommen. Ich überließ Alma die Antwort.

»Wir sind eine Familie, und wir haben Johnny verloren. Ich weiß, ich hab' dich im Stich gelassen, aber trotzdem mag ich dich. Ich hab' immer geglaubt, daß es eine Zeit geben würde, wo wir alles wieder ins Lot bringen könnten. Und dann ist Johnny gestorben, und wir haben die Chance vertan und die Zeit ...« In ihren Augen standen Tränen.

»Benutze nicht Johnny, um mich um den Finger zu wickeln. Mach das ja nicht!«

»Komm zu dem Gedenkgottesdienst, Michaela.«

»Wo warst du, als ich dich gebraucht habe?« platzte sie mit heftiger, harter Stimme heraus.

»Ich war nicht da, und das tut mir leid. Aber du bist auch

nicht zu mir gekommen und hast mich um Hilfe gebeten. Ein Anruf, eine Nachricht, dann wäre ich gekommen. Dein Vater …«

»Mein Gott, warum Johnny? Warum nicht er? Johnny war so gut, und er …« Sie brach ab.

»Er?« fragte ich nach. Sie sah mich mit abwesendem Blick an.

»Mein Vater ist kühl und distanziert. Er war nicht der Richtige, um uns Kinder nach dem Tod meiner Mutter aufzuziehen.«

»Du siehst Sophie unglaublich ähnlich«, sagte Alma sanft. Michaela wurde rot.

»Ich verwende ihren Namen.«

»Micha?«

»Micha Budroe.« Sie lachte. »Das ist ein ganz schön schwerfälliger Name.«

»Es ist ein guter Name.« Alma nickte zustimmend. »Johnny hätte das gefallen …«

»Ich hab' dir schon gesagt – verwende nicht Johnny, um mich um den Finger zu wickeln!« Ihre Stimme klang heftig und rauh. »Verdammt, verdammt, verdammt.« Bei jedem ›Verdammt‹ schlug sie leicht auf den Tisch.

»Hey, Micha, magst du einen Drink?« rief die Kellnerin ihr über mehrere Tische hinweg zu.

»Nein. Ja. Einen Doppelten. Kahlua und Sahne.« Sie wischte sich die Tränen aus dem Gesicht.

»Johnny hat über euch beide erzählt. Ziemlich viel. Er hat euch geliebt.« Sie sagte es widerwillig, aber sie sagte es. Alma standen immer noch die Tränen in den Augen. »Er hat gesagt, Katy ist eine heiße Nummer, und du bist eine zähe Alte.«

»Ich bin nicht zäh«, sagte Alma. Ich sah zu Michaela hinüber. Ihr Blick zeigte, daß sie sich innerlich zurückzog.

»Bitte, kein falsches Mitleid, Alma«, sagte ich.

»Nein«, stimmte Michaela mir zu.

Die Kellnerin knallte den Drink vor Michaela auf den Tisch und verschüttete ein wenig davon. Ich deutete auf das Geld neben meinem Glas. Sie nahm es und blieb noch ein bißchen stehen.

»Der Typ da drüben möchte, daß du ›Your Cheatin' Heart‹ singst. Kennst du das?«

Michaela nickte geistesabwesend.

»Micha?«

»Ich kenn's. Ich sag's den Jungs.«

»Okay.« Sie stolzierte weg.

Michaela kippte ungefähr ein Viertel ihres Drinks auf einen Zug hinunter und wischte sich dann den Mund mit dem Handrücken ab. Die Geste wirkte kindlich und rührte mich irgendwie an.

»Du täuschst dich. Johnny wäre es egal, ob ich zu dem Gedenkgottesdienst komme oder nicht. Er hätte gesagt, das Leben ist für die Lebenden.«

»Du hast mich nicht ausreden lassen«, erwiderte Alma. »Er würde sich was draus machen, daß wir zusammen sind, daß wir wieder eine Familie sind.«

Michaela starrte sie eine lange Weile an, schob dann ihren Stuhl zurück, nahm ihren Drink und ging. Sie verabschiedete sich nicht. Alma seufzte, sah sich um, winkte der Kellnerin und bestellte sich noch einen Manhattan. Ich seufzte ebenfalls. Ich wollte dem Abend ein Ende machen, aber ich machte mir gar nicht erst die Mühe, es zu versuchen. Wir würden erst gehen, wenn Alma das wollte, und das wußte ich auch. Diese Erkenntnis machte mich aggressiv.

»Das ist schon dein vierter Manhattan.«

»Der dritte.«

»Der vierte, und die achte Kirsche. Die Kirschen schaden dir wahrscheinlich mehr als die Manhattans.«

Sie zuckte mit den Achseln. »Was macht das schon, in meinem Alter?«

»Mir macht das was. Schließlich muß ich dich ertragen.« Die Musik fing wieder an. Na schön.

Im nächsten Set sang Michaela ›Your Cheatin' Heart‹ und ›Crazy‹. Alma sang mit, sang, daß sie verrückt war, es wieder zu versuchen, zu weinen, zu lieben. Ich saß da und dachte darüber nach, wie verrückt wir alle waren. Wegen der Liebe. Oder wegen anderen Dingen. Danach riß eine Saite der Leadgitarre, und die Musik hörte eine Minute auf.

Michaela kippte den Rest ihres Drinks herunter und kam zu unserem Tisch herüber.

»Na schön. Ich komme.« Sie klang wütend. »Wann ist es?«

»Donnerstag.«

»Wo?«

Alma sagte es ihr.

»Bis dann.«

Alma nickte. »Danke, meine Liebe.«

»Aber das ist alles. Versprich dir nichts davon.« Ihre Stimme klang aggressiv und wütend. »Und sag nicht ›meine Liebe‹ zu mir.«

Die Leadgitarre war mit dem Stimmen fertig und rief Michaela wieder auf die Bühne zurück. Sie starrte uns an und forderte uns mit ihrem Blick heraus, etwas zu sagen. Aber das taten wir nicht. Sie wirbelte herum und ging.

»Danke, meine Liebe«, sagte Alma sanft in den rauchigen Dunst, den Michaela wie einen Schleier hinter sich herzuziehen schien.

»Laß uns gehen.«

Alma nickte, aß ihre letzte Kirsche und kippte den Rest ihres Drinks auf eine Art und Weise herunter, die sich überhaupt nicht für eine alte Dame ziemt. Sie versuchte, das Geld mitzunehmen, das ich für die Kellnerin auf dem Tisch ließ, aber ich erwischte sie dabei.

»Fünfzig Cents reichen, Katy.«

»Nein, die reichen nicht. Die Zeiten haben sich geändert.« Sie runzelte die Stirn. Ich lächelte sie an. »Aber mit allem anderen heut abend hast du recht gehabt.«

Später versuchte sie mich auf dem Heimweg zur Geschwindigkeitsübertretung zu überreden. Doch auch dazu ließ ich mich nicht breitschlagen.

21

Alma legte den Sicherheitsgurt ohne einen Mucks an und schlief ein, sobald ich losfuhr. Michaela hatte das als Baby auch gemacht. Wiegenlieder machten sie wach und aufgeweckt, aber ein fahrendes Auto lullte sie in den Schlaf. Alma lehnte sich gegen die Wagentür und schnarchte leise vor sich hin. Ich dachte über Michaela nach.

Was wußte ich von ihr? Ich kannte das Baby, das immer im Auto einschlief, und ich kannte ein fünfjähriges Mädchen mit schiefen Zähnen und sorgfältig gebundenen Haarbändern. Ich hatte etwas über das Mädchen von der High School erfahren, das Susans Freundin war, und über die junge Frau, die sich in Weyland Home aufhielt und Julia kannte. Und ich hatte mit Micha gesprochen. Ich wußte eine ganze Menge; ich hatte viele Leute kennengelernt. Aber ich kannte Michaela deswegen noch lange nicht.

Ich weckte Alma vor den El Dorado Hills auf. Ich mußte sie rütteln. Das waren sicher die vier Manhattans.

»Hmm. Was ist, meine Liebe? Ich hab' mir meine Augen ausgeruht.« Sie ging in Habachtstellung und räusperte sich. »Mein Gott, was haben diese Kirschen für einen schlechten Nachgeschmack.«

»Würde Michaela Johnny umbringen?«

»Warum?«

»Ich weiß es nicht. Würde sie es?«

Alma trommelte mit den Fingern auf die Armstütze und dachte über meine Frage nach. Sie hat eine beneidenswerte Begabung, sich nicht von Gefühlen verwirren zu lassen und eine Situation ganz nüchtern zu analysieren.

»Ich glaube nicht. Jedenfalls nicht die Michaela, die ich als Kind gekannt habe. Warum sollte sie das? Sie hat Johnny doch gern gehabt.«

»Geld.«

»Johnnys Geld?«

»Ja.«

»Unsinn. Sie hat bald ihr eigenes Geld, und das ist mehr als genug.«

»Aber das bekommt sie erst in zwei Jahren. Und Johnnys Geld kriegt sie gleich.« Meine Scheinwerfer trafen auf die schreckgeweiteten Augen eines Rehs. Ich ging mit dem Tempo herunter, und es blieb am Rand der Straße stehen. Seine Augen erinnerten mich an die von Michaela neulich abend.

»Was sind schon zwei Jahre?« Mit einundachtzig hatte Alma die zeitliche Perspektive der Jugend aus den Augen verloren, wo das Jetzt ein Immer ohne Ende oder Hoffnung sein kann.

»Mit einundzwanzig sind zwei Jahre eine lange Zeit, besonders wenn man nicht glücklich ist.«

Alma versuchte erst einmal, diese Aussage zu verdauen. »Würde Geld sie glücklich machen?«

»Wahrscheinlich nicht, aber ich wette, daß das Konservatorium sie glücklich machen würde, und dazu braucht man Geld. Ich zweifle daran, daß die Singerei im Alibi Inn ihre Vorstellung von der Zukunft ist.«

»Johnny wegen des *Geldes* umbringen?« Alma klang schokkiert. Die Neutralität war verschwunden.

»Das passiert die ganze Zeit. Gerade wegen des Geldes. Und schließlich wissen wir nichts darüber, wie Michaela jetzt ist, was ihr wichtig ist.«

Es herrschte langes Schweigen.

»Pah.«

»Mir gefällt es auch nicht, aber es ist schließlich eine Möglichkeit.«

»Na schön. Vielleicht war sie es, Katy. Aber du könntest es auch gewesen sein, oder ich. Wir wissen es nicht.«

»O doch. Manche Dinge weiß man einfach. *Du* kannst Johnny nicht umgebracht haben.«

»Ich hätte den Kerl umbringen können, der neulich in mein Haus eingebrochen ist, wenn ich bloß ein bißchen fester mit der gußeisernen Pfanne zugeschlagen hätte. Ich hab' mich beim Schlag nur zurückgehalten«, fügte sie in beiläufigem Tonfall hinzu. »Das ist meine Lieblingspfanne, und ich wollte sie nicht mit Blut- und Hirnspritzern verschmieren. Ich hätte sonst nie mehr dieselbe Einstellung dazu gehabt.«

»Alma.«

»Doch, das stimmt. Und wenn ich seine Waffe erwischt hätte«, sie schüttelte den Kopf, »dann hätte er sich ganz schön vorsehen müssen.«

»Das ist nicht dasselbe.«

»Nein, aber inzwischen sind wir immerhin so weit, zu sagen,

daß ich oder du oder jeder Beliebige in der gegebenen Situation töten könnte.«

»Da sind aber ziemlich viele Unbekannte dabei.«

»Ja, zum Glück.«

»Warum solltest du Johnny umbringen? Oder ich? Es gibt keinen Grund.«

»Ich könnte mir ein paar Gründe denken.«

»Dann sag sie mir.«

Das Schweigen wurde so lang, daß ich nachschaute, ob sie wieder eingeschlafen war.

»Also gut«, sagte sie schließlich. »Sagen wir mal, ich erwische Johnny dabei, wie er mein Geld unterschlägt und meine Antiquitäten stiehlt. Wir fangen zu streiten an, und ich …«

»Nein. Du mußt dich an die Tatsachen halten. Johnny würde kein Geld unterschlagen, und er würde dich auch nie bestehlen. Außerdem hast du nicht so viel Geld, und die einzige Antiquität in deinem Haus bist du selber.«

Meine Argumentation rief mürrisches Schweigen hervor.

»Na schön. Ich habe die Alzheimersche Krankheit, werde irrational und beschließe, Johnny umzubringen. Ich fahre zum Homestead hinüber, bringe ihn um und komme zurück.«

»Du hast nicht die Alzheimersche Krankheit; du kannst nicht fahren; und außerdem bist du nicht stark genug, um Johnny umzubringen, selbst wenn du ihn überraschen würdest.«

»Doch, bin ich schon.« Sie widersprach mir, aber das war der schiere Trotz. Ich sagte nichts. »Okay, ich heuere einen Killer an.«

»Einen Killer? Mein Gott, Alma, du kennst doch gar keine Killer.«

»Nein, aber Angelinas Söhne.« Sie sagte das mit triumphierender Stimme. Und sie erwischte mich kalt. »Siehst du!« Sie ließ mich eine Weile in meinem eigenen Saft schmoren. »Na schön, also hast du ihn umgebracht.«

»Und wie?« fragte ich mit vernünftigerer Stimme.

»Du hast herausgefunden, daß er es ernst meint mit dieser schrecklichen jungen Frau …«

»Deshalb hab' ich ihn umgebracht«, beendete ich den Satz fröhlich. »Besser der Tod als die Ehe.«

Wieder mürrisches Schweigen.

»Na schön, du wolltest es nicht, aber ihr habt euch gestritten und gerauft ...«

»Mit einem Messer? Und ich hab' weder den Krankenwagen noch die Polizei geholt?«

Alma seufzte. »Du hast's nicht getan.«

»Genau. Und du auch nicht.« Ich sagte das so, aber der Killer ging mir immer noch nicht aus dem Kopf.

»Und Michaela?« fragte sie mit sanfter Stimme.

»Das wissen wir nicht. Wir wissen nichts über sie.«

»Ach, Katy, meine Liebe, ich kann mir nicht vorstellen, daß...« Sie hörte auf, weil sie es sich vorstellen konnte, das aber nicht wollte. Auch ich konnte es, und auch ich wollte es nicht.

»Können wir nicht schneller fahren, Katy?« fragte Alma bockig.

Ich lächelte und nickte und behielt die Geschwindigkeit bei. Als Alma wieder eingeschlafen war, schaltete ich das Radio ein. Hank Williams sang gerade ›Your Cheatin' Heart‹. Das war schon das zweite Mal heute abend, und dabei hatte ich das Lied vorher sicher schon fünf Jahre nicht mehr gehört. Ich fragte mich, wieviel wohl nötig war, damit ein Herz untreu wurde: wieviel Geld; wieviel irregeleitete Liebe; wieviel verratene Ehre; wieviel zurückgewiesene Leidenschaft; wie viele verlorene Träume?

Ich dachte darüber nach und über die Menschen, die ich liebte oder geliebt hatte: Alma, Johnny, Michaela – und darüber, wie wenig ich vielleicht trotzdem noch über sie wußte. Die Fragen, die mir mein Gehirn stellte, gefielen mir überhaupt nicht. Die Fragen gefielen mir nicht, und ich gefiel mir nicht, weil ich sie stellte. Aber ich konnte nicht anders. Und auch das gefiel mir nicht.

Alma schnüffelte und schnarchte, und ich fuhr weiter. Inzwischen hatten wir alle Rehe hinter uns gelassen. Ich sah an jenem Abend keine schreckgeweiteten Augen mehr.

22

Am nächsten Morgen rief Charity mich an, um mir zu sagen, daß sie den Kleintransporter abholen würde. »Ist dein Bronco wieder in Ordnung?«

»Ja. Danke.«

»Wir fahren jetzt. Mein Nachbar bringt mich vorbei.«

»Gut. Komm doch zum Frühstück. Ich mache Waffeln.«

»Belgische?«

Ich schnaubte verächtlich. Ich habe mein Waffeleisen vor zehn Jahren bei Sears gekauft, und Charity weiß das auch.

»Echter Ahornsirup?«

»Wenn du ihn mitbringst.« Ich kaufe normalerweise was Billigeres mit einem Anteil Ahornsirup, und das weiß sie ebenfalls.

»Mach lieber ein bißchen mehr Teig. Ich bringe Lindy mit.« Sie klang grimmig.

»Gut. Was ist los? Wie hat StarBroke bei der Schau abgeschnitten?«

»Großartig. Er hat alle meine Hoffnungen erfüllt und sogar noch ein bißchen mehr.« Ihre Stimme klang flach und hohl.

»Charity, was ist los?« Meine Gedanken überschlugen sich: die anderen Pferde? Ihr Eis war geschmolzen? Ihr Kummerkasten langweilte sie? Lindy?

»Bis dann, Kat.« Sie legte auf, bevor ich mich verabschieden konnte. Ich hatte noch immer jede Menge wirre Gedanken im Kopf. Ich trank noch eine Tasse Tee und füllte dann einen kleinen Bottich mit Waffelteig. Ich hatte Lindy bis jetzt noch nicht beim Frühstück erlebt, aber Charity haut ganz schön rein. Ich las gerade die Zeitung zu Ende, als die Tür aufflog, gegen die Wand schlug und dann vermutlich wieder auf Lindy zurückprallte. Jemand schrie auf: »Aua!«

»Tja, da sind wir also.« Charity baute sich mit ihren einsfünfundsechzig vor mir auf, stemmte die Hände in die Hüften und starrte mich wütend an.

»Hallo. Willkommen hier.« Ich lächelte. Charity und Lindy machten ein finsteres Gesicht. Mein Lächeln fühlte sich einsam und verschwand. »Na, wie wär's mit Frühstück?« fragte ich mit fröhlicher Stimme – ein letzter Versuch. »Es ist Saft im Kühlschrank, Kaffee auf dem Herd …«

»Sag's ihr!« brüllte Charity. Ich glotzte sie voller Erstaunen an. Charity brüllt nie und verliert nur selten die Fassung.

»Sofort! Sag's ihr!«

»Könnten wir damit nicht bis nach dem Frühstück warten?« fragte ich.

»Nein!« brüllte Charity noch einmal.

»Okay.« Ich zuckte mit den Achseln und schaute zu Lindy hinüber, die ihre Füße ansah. »Sag's mir lieber, Kleine. Augen zu und durch.« Sie murmelte etwas. »Was?«

»Sag's ihr!« kreischte Charity.

»Der Stich«, murmelte sie wieder.

Was? Ich kapierte das nicht. »Stich? Was für ein Stich?«

»Nicht *Stich!*« Wir schenkten Charitys letztem Aufschrei keine Beachtung. Endlich sah Lindy mich direkt an. »Nicht Stich, sondern Strich.« Ihr Gesicht war mürrisch und verschlossen. Charity tanzte und hüpfte wie eine wütende Elfe immer auf demselben Fleck herum. Ich seufzte, stand auf und schenkte mir selbst eine Tasse Tee und Lindy ein Glas Saft ein. Sie sagte mit wütender Stimme nein, nahm es aber trotzdem und leerte es.

»Charity, beruhig dich. Wir können nicht miteinander reden, wenn du die ganze Zeit so rumhüpfst.« Sie warf ihre Haare vor und zurück – wahrscheinlich verbringt sie zuviel Zeit mit den Pferden, dachte ich leidenschaftslos – und ließ sich schließlich ziemlich plump auf einen Stuhl fallen.

»Ich hab's nicht glauben können …«

»Still«, unterbrach ich sie. »Lindy, erzähl du die Geschichte.« Langes Schweigen. »Lindy?«

»Ich hab's gemacht. Ich hab's Ihnen doch gesagt. Ich bin auf den Strich gegangen.«

»Bei der Pferdeschau?« Sie nickte. »Warum?«

Sie zuckte mit den Achseln. »Vielleicht hab' ich Lust drauf gehabt.«

»Hast du das?«

»Ja. Nein. Ich hab's nur einfach satt gehabt, daß sie mich die ganze Zeit rumkommandiert.«

»Ich kommandiere niemanden rum«, Charitys Stimme schwoll wieder zu einem Kreischen an. »Das könnte ich gar nicht. Ich hab' ihr nur erklärt, wie man die Dinge macht.«

»Mach dies, mach jenes. Mach das nicht und das auch nicht. Du kannst kein Hot dog haben, blablabla. Ich hab's satt; ich hab' diese ganzen dummen Regeln satt.«

»Hot dogs sind aber wirklich nicht gut für dich«, jammerte Charity.

»Und die Regeln sind gut für mich?« knurrte Lindy.

Ich mischte mich ein. »Ja, das sind sie.« Sie sah mich überrascht an.

»Es war nicht nur das. Ich hab' das Geld gebraucht.«

»*Ich* hätte dir das Geld gegeben«, sagte Charity in gequältem Ton.

»Wofür hast du das Geld gebraucht?« fragte ich mit meiner praktischen Ader.

»Für einen Hot dog und ein Seven Up.«

»Ach. *Dafür* hätt' ich dir kein Geld gegeben.«

»Du bist also für einen Hot dog und ein Seven Up auf den Strich.« Ich versuchte, nicht allzu gläubig zu klingen.

»Für Geld. Es ist dabei um viel mehr als nur um einen Hot dog und ein Seven Up gegangen.« Draußen bellte ein Hund, und jemand schlug ein Tor zu. »Ich kann machen, was ich will.« Sie sagte das mit trotziger Stimme, und ich seufzte.

»Nein«, sagte ich schließlich, »das kannst du nicht. So haben wir nicht gewettet.«

»Wir haben nicht ausgemacht, daß ich mich ständig von ihr gängeln lassen muß.« Sie deutete mit einer obszönen Geste auf Charity.

»Wir haben ausgemacht, daß du nicht mehr auf die Straße gehst.«

»Tja, daran hab' ich mich auch gehalten. Fast.«

»Fast ist nicht gut genug.«

Ihre Augen flackerten wütend. »Was erwarten Sie also von mir?«

»Sag einfach nein, Lindy, genau wie's Mrs. Reagan macht.«

Charity bemerkte das in frömmlerischem Tonfall. Der Hund bellte wieder.

»War diese Mrs. Reagan eine Nutte?«

Lindy sah mich an, und ich schüttelte den Kopf. Wissen denn die Kinder heutzutage überhaupt nichts mehr? »Natürlich nicht.«

»Aber sie *konnte* nein sagen.« Charity sah mich hilfesuchend an.

Ich nickte und hatte ein bißchen Schuldgefühle dabei. Sicher, sie konnte das, aber nur bei Sachen, die für sie sowieso keine Versuchung darstellten. Zum Beispiel bei Kokain. Wenn man ihr eine Kollektion Designerklamotten unter die Nase gehalten hätte, hätte sie auch zu schnüffeln angefangen.

»Siehst du«, sagte Charity, immer noch mit entnervend frömmlerischer Stimme. »Es ist ganz einfach. Du brauchst nur nein zu sagen.«

Ich sprang dazwischen, bevor Lindy sich auf sie stürzte. »Na, gib der Kleinen mal 'ne Chance. So einfach ist das auch wieder nicht, seine Gewohnheiten zu ändern, selbst wenn man das will.«

»Ha!«

»Wann hast du das letzte Mal nein gesagt, als man dir eine Nachspeise angeboten hat?«

Charity wurde rot, und Lindy lachte, tat aber dann so, als huste sie.

»Lindy hat einen Fehler gemacht.« Ich sah sie an. Nichts. »Also, was sagst du, Kleine?« Nichts. Ich wartete eine ganze Weile.

»Hopp, Lindy.«

»Tut mir leid«, murmelte sie.

»Okay. Also: Wieder alles in Ordnung?« Nichts. »Hey, Leute, darauf sagt man einfach ja.« Sie murmelten mir beide etwas vor.

Besser als gar nichts.

Das Waffeleisen war heiß und einsatzbereit. Ich löffelte den Teig hinein. Die Fronten waren halbwegs geklärt, und es war Zeit zum Essen. Charity vergaß, daß es keine belgischen Waffeln waren. Und Lindy und mir machte das sowieso nichts aus.

Wir schlugen uns den Bauch voll.

Nachdem sie gegangen waren, wußte ich nicht so recht, was ich anfangen sollte. Ich folgte einer Eingebung und griff nach dem Telefonbuch. Rhonda war leicht zu finden. Aber es war nicht Rhonda oder Ronny, sondern Rhoni. Affektiertheit oder modischer Schnickschnack? Vielleicht beides? Sie war zu Hause und ging beim ersten Mal Klingeln hin. Ihre Stimme klang hoch, atemlos und eifrig.

»Hallo«, hauchte sie mit ausländischem Akzent ins Telefon. Akzent?

»Ronny, ich bin's, Kat Colorado. Erinnerst du dich?«

»Kat?« Lange Pause. »Katy?«

»Ja.«

»Was willst du?« Ihre Stimme fiel um eine Oktave, hatte keinen Akzent mehr und klang jetzt flach und hart.

»Ich würde gern mit dir sprechen. Darf ich?«

»Worüber?«

»Das kann ich dir am Telefon nicht sagen.« Natürlich konnte ich das, aber ich wollte sie sehen. Schweigen. Neugierde und mangelndes Interesse kämpften gegeneinander an. Die Neugierde siegte.

»Wann, jetzt?«

»Klar.« Ich faßte das als Einladung auf. »Sag mir, wie ich zu deiner Wohnung komme.«

Sie gab mir eine Adresse in Carmichael.

»Ich bin schon unterwegs.«

Sie öffnete mit topmodischen Kleidern, Make-up und Manieren. Das hatte sie in den zwanzig Minuten, die seit unserem Telefongespräch vergangen waren, nicht zuwege bringen können, also sah sie vermutlich immer so aus. Sie stand in einstudierter Pose an der Tür, eine Hand auf der Hüfte, die andere am Türrahmen.

»Darf ich reinkommen?«

»Bitte«, winkte sie mich voller Anmut herein.

»Lange her, Ronny, wie geht's dir?« Sie beäugte mich voller Argwohn. Wußte wahrscheinlich, daß ich innerlich ihren Namen falsch buchstabierte.

»Gut.«

»Was machst du denn? Schule? Arbeit?«

»Ich bin Fotomodell.«

»In Sacramento?«

Sie wurde rot.

»Nein, natürlich nicht. Ich bin grade fertig mit der Ausbildung. Das große Geschäft macht man in LA, New York, Paris, Rom...« Sie machte eine Pause. »Aber nicht in *Sacramento*.« Nein, nicht in Sacramento. »Ich würde alles geben für den großen Erfolg. Alles. Ich würde dafür sterben oder jemanden umbringen.« Sie lachte. »Wenn ich das nötige Geld hätte, würde ich meine Ausbildung in Paris fortsetzen.« Sie putzte sich und machte einen Schmollmund. Auf mich wirkte sie nicht gerade wie die Richtige für Paris.

»Alles?«

»Alles?«

»Würdest du Johnny umbringen?«

»Johnny?«

»Johnny Benson.«

»Für eine halbe Million, klar. Hat er denn eine halbe Million gehabt?«

»Eher eine Viertelmillion.« Ich übertrieb ein bißchen.

Sie starrte mich an. »Ehrlich?«

»Und jemand hat ihn umgebracht.«

»Ehrlich? Was hat das mit mir zu tun?«

»Noch nichts. Seine Schwester kriegt das Geld. Aber wenn ihr was zustößt, bekommst du's. Es war Sophies Geld, und sie hat dich immer gut leiden können.«

»Ehrlich? Eine Viertelmillion Dollar. Ehrlich!«

»Hast du das gewußt?«

»Was gewußt?« Ihr Gesicht nahm einen gerissenen, frettchenhaften Ausdruck an. Vielleicht wußte sie es, vielleicht auch nicht. Jedenfalls sagte sie es nicht.

»Gewußt, daß du nach Johnny und Michaela die nächste Erbin bist?«

»Na ja, meine Mutter hat mir gesagt, daß... äh... Sophie... äh... nein. Wie sollte ich das?« Die Gerissenheit verschwand und wich unverhohlener Hinterhältigkeit.

»Vielleicht hat jemand es dir gesagt.«

»Das hat niemand gemacht. Ich hab' gelesen ...«

»Was gelesen?«

»Nichts. Wie geht's Michaela?« In ihrer Stimme klang Gier mit.

»Gut.« Sie sah enttäuscht aus. »Weißt du was, ich spar' dir 'nen Flug nach Paris.«

»Was soll das heißen?« Der enttäuschte Ausdruck verwandelte sich in einen verwirrten.

»Vergiß die Sache mit der Fotomodellkarriere. Du hast nicht, was dazu nötig ist, weder den Körper noch den Geist.« Das war gemein, ja sogar kindisch. Daß ich die Wahrheit sagte, machte die Sache auch nicht besser.

»Raus hier, du Miststück.« Sie stand auf, ging zur Tür und riß sie auf.

Ich ging. Ich hatte meinen Abgang bereits glänzend inszeniert.

Ich bildete mir ein zu hören, wie sie sagte: »Ich als Nächste! So, so! Ha. Einer draußen, einer ist noch da«, während sie die Tür hinter mir zuknallte. Ich wünschte ihr mehr Klasse.

Aber die hatte sie wahrscheinlich nicht.

23

Der Gedenkgottesdienst fand in einer der älteren Kirchen von Sacramento statt. Johnny hätte das gefallen, dachte ich, bevor ich noch etwas dagegen machen konnte. Merkwürdig, wie man plötzlich über solche Dinge nachdenkt und versucht, ihnen Sinn zu verleihen. Dabei haben sie überhaupt keinen Sinn. Den hat nur das Leben.

Ich saß in der ersten Reihe und versuchte weiter, den Dingen Bedeutung zu geben, wie man das eben tut, wenn jemand gestorben ist, den man geliebt hat. Dann wurde ich unruhig, also stand ich auf und lief ein wenig herum. Alma folgte mir wie ein alter, runzliger Schatten.

Eine Menge Leute kamen: Freunde von der High School, Freunde vom College, Nachbarn, Freunde der Familie, Walter, seine Verlobte und ihre zwei Töchter, alle in Schwarz. Ich hasse den Anblick schwarzgekleideter junger Mädchen. Ich glaubte, auch Henley zu entdecken, aber vielleicht täuschte ich mich da. Vielleicht brachte mich nur der Anblick von dunkelblauem Polyester einen Augenblick aus dem Gleichgewicht.

Außerdem war ein junger Mann da, der gut und gerne Gil hätte sein können – wenn Gil sich die Haare hätte schneiden lassen, sich zwei Stunden lang geduscht, saubere Kleider gekauft, sich rasiert und eine dunkle Brille aufgesetzt hätte. Das war ziemlich unwahrscheinlich, aber ich wollte doch lieber sichergehen. Doch ich konnte nicht zu ihm hinüber, weil ich von so vielen Kondolierenden umringt war. Michaela kam erst, als wir schon alle saßen. Es waren keine Sitzplätze mehr frei, also blieb sie ganz hinten stehen, bereit zur Flucht. Sie trug eine ausgewaschene Jeans, einen schweren Mantel und sah traurig aus.

Der Pfarrer hatte Johnny nicht gekannt, also erging er sich in Platitüden und Selbstgefälligkeit. Es fiel mir leicht, abzuschalten. Statt dessen versuchte ich, mich ganz von den Erinnerungen an Johnny, von seinem Aussehen und seiner Gegenwart, erfüllen zu lassen. Ich fragte mich, wie lange das noch gehen würde, wie lange die Erinnerungen noch kommen würden, wenn ich sie riefe. Und ich fragte mich, ob man sich an den Tod gewöhnen konnte. Aber ich kannte die Antwort: Sie lautete nein.

Danach fragte der Pfarrer, ob irgend jemand etwas über John sagen wollte.

Walter stand auf und sprach ernst über die Liebe des Vaters zu seinem einzigen Sohn, auch wenn er ein verlorener Sohn ist. Und dann erzählte er von Abschlüssen und Neuanfängen, und wie glücklich er doch sei über seine baldige Heirat und seine beiden neuen Töchter. Seine zukünftige Braut rutschte unruhig hin und her und lächelte ein bißchen dümmlich, und die beiden Mädchen sahen aus, als könnte sich der Boden jede Sekunde auftun und sie verschlingen: Sie waren bereit, sogar ungeduldig. Walters Rede war voller Liebe und rührte alle an, auch wenn er seinen Namen nie aussprach, sondern immer nur ›mein Sohn‹ sagte.

Alma erhob sich und sagte einfach nur: »Ich habe Johnny geliebt, und ich werde ihn vermissen. Ich wünschte, es hätte mich statt ihn erwischt.« Das erschütterte alle; die Trauergäste schnieften und holten die Taschentücher hervor. Danach sagten noch viele Leute etwas: Sie sprachen von Liebe und weinten und gebrauchten Worte, die man nur dann verwendet, wenn es um Leben und Tod geht. Ich sagte nichts; ich konnte es einfach nicht; ich weiß nicht, warum. Statt dessen sprach ich in meinem Herzen zu Johnny.

Die allgemeine Stimmung schien sich gerade etwas zu beruhigen, als eine schlanke Frau mit kurzen, kunstvoll geschnittenen Haaren sich erhob. Sie war Anfang Dreißig, und Johnny hatte recht gehabt: Sie war schön – atemberaubend schön. Ihre Stimme klang belegt, und sie mußte sich zweimal räuspern, bevor sie etwas hervorbrachte. Trotzdem war diese Stimme sanft. Ich beugte mich vor, um ihr zuzuhören.

»Ich habe das nie gesagt, als John noch gelebt hat, und das tut mir leid, lieber Gott, so leid. John, ich liebe dich«, schloß sie mit einem Flüstern. »Und ich hoffe, daß du mich hören kannst. Es tut mir leid.« Ihre leise Stimme brach zu einem Schluchzen.

Dann lief sie plötzlich weg. Ich setzte ihr sofort nach.

Sie war mir ein gutes Stück voraus, und einen Augenblick glaubte ich, sie verloren zu haben. Aber ich holte sie ein ganzes Stück den Block hinunter wieder ein. Sie stand mit einer Hand vor den Augen, die andere auf einen Baum gestützt, da. Als ich näher herankam, sah ich, daß sie weinte. Und ich konnte es hören.

»Bella?«

Einen Augenblick lang erstarrte sie, dann wollte sie weg. Ich streckte die Hand aus und berührte sanft ihren Arm.

»Ich heiße Kat. Ich bin Johns Kusine. Ich habe ihn auch sehr gern gehabt.« Endlich sah sie mich an. Ihre Augen waren feucht, wie zarte Brunnen kurz vor dem Überlaufen. Ihre Haare waren etwas durcheinandergeraten, und sie sah reizend aus damit. Ihr Make-up war makellos und ihre Nase kein bißchen rot. Sie war ein lebendiges Kunstwerk. Trotz dieser Perfektion (Alma hatte mir beigebracht, keinem Menschen zu vertrauen, der selbst beim Weinen noch gut aussieht) glaubte ich ihr, daß sie Johnny liebte. Das machten ihre Augen: Sie waren dunkel, einsam und düster.

»Dann tut es mir für uns beide leid«, sagte sie schließlich, drehte sich um und ging weg.

»Bella.« Keine Antwort.

»Belinda.« Sie zog die Schultern ein wenig hoch und ging schneller. Genau wie ich. »Ich muß mit Ihnen reden. Bitte.« Endlich blieb sie stehen, und ich holte sie ein. »John ist umgebracht worden.« Sie sah mich ausdruckslos an. »Ich will, daß der Schuldige bestraft wird, und Sie?«

»Ich auch, aber das hat nichts mit mir zu tun.«

Ich atmete tief durch. »Sie haben gerade erst gesagt, daß es Ihnen leid tut, gewisse Dinge nicht gesagt oder getan zu haben. Jetzt können Sie etwas tun. Helfen Sie mir dabei, John zu verstehen. Helfen Sie mir dabei, seinen Mörder zu finden.«

»Das ist nicht Ihre Aufgabe; das ist die Aufgabe der Polizei.«

»Ich bin Privatdetektivin; es ist meine Aufgabe. Und ich habe ihn gern gehabt.«

»Aber es ist nicht meine Aufgabe.«

»Sie haben ihn auch geliebt.«

»Ja, aber wenn Sie glauben, daß ich hier vor Ihnen Seelenschau betreibe, damit Sie Ihre Neugierde befriedigen können, täuschen Sie sich.« Ihr Gesicht war ruhig und verschlossen. Es ging ein leichter Wind, aber der brachte weder ihre Haare noch ihr Gesicht in Unordnung. Während ich nicht aufgepaßt hatte, hatte jemand ganz schnell ihre Gesichtszüge glattgestrichen und sie zusammen mit ihren Haaren mit Lack überzogen. Sie war sicher und geschützt unter einer durchsichtigen Schale. Ein Kunstwerk, das sich nicht mehr bewegte.

Bella griff in ihre Handtasche, holte einen Schlüsselbund heraus, sperrte die Autotür auf und kletterte in einen dunkelgrünen Käfer. Ich versuchte, die Tür auf der Beifahrerseite zu öffnen, doch die war verschlossen, also steckte ich meine Visitenkarte unter den Scheibenwischer. Sie schenkte ihr keine Beachtung. Ich stand in den Auspuffgasen und sah zu, wie sie wegfuhr. Und ich merkte mir ihre Nummer.

Die Kirche war noch immer voller Leute, als ich zurückkam. Sie zogen und zerrten physisch und emotional an mir, bis ich erschöpft war und das Gefühl hatte, auch eine Schellackschicht um mich herum zu haben. Ein älterer Mann stellte sich mir als ein Lehrer Johns an der tierärztlichen Fakultät vor. Wir gaben uns freundlich die Hand, und er sagte mir, was für ein guter Student John gewesen war, wie vielversprechend, wie fleißig. Das war der John, den ich gekannt hatte, nicht der, der ein Verhältnis hatte mit einer rätselhaften, dunkelhaarigen Frau, die zehn Jahre älter war als er.

»Professor«, unterbrach ich seine Lobeshymne und biß mir dann auf die Zunge, in der Hoffnung, daß er diese Unterbrechung als Zeichen meiner Trauer interpretieren würde, nicht als Mangel an Manieren. Natürlich war es beides. »Wissen Sie, wer die dunkelhaarige Frau war, die am Ende gesprochen hat?«

Er sah etwas verwirrt aus und schüttelte dann den Kopf. »Nein.«

»Sie war keine Kommilitonin von ihm?«

»Nein.« Er klang ziemlich überzeugt.

»O doch, das tust du schon, Schatz.« Der Professor sah verärgert aus, seine Frau selbstgefällig. Bis jetzt hatte sie wie sein stummer Schatten gewirkt.

»Was tue ich?«

»Du weißt, wer sie ist.« Sie wartete darauf, gefragt zu werden. Und ich wartete auch. Ich merkte, daß das ein Spiel war, das sie häufig spielten. Er machte sie nieder, und sie rächte sich so dafür. Wir warteten lange. Mir wurde das Spielchen vor den beiden langweilig.

»Wer?« fragte ich. Sie schenkten mir beide keine Beachtung; offenbar nahm ich an dem Spiel nicht teil.

»Nun«, sagte er ungeduldig.

»Du weißt es doch, Schatz«, sagte sie in entnervend geduldigem und überheblichem Tonfall.

»Wer?«

»Du erinnerst dich doch.«

»Muriel ...« In seiner Stimme klang Verärgerung mit.

»Das war die junge Frau aus der Galerie«, sagte sie schnell. Weiter konnte sie ihr Spielchen offenbar nicht mehr treiben. »Erinnerst du dich noch an die Vernissage letzten Monat? Sie war eine von den Künstlerinnen, da bin ich mir ziemlich sicher.«

»Ach.« Er nickte nachdenklich, würdevoll und wieder völlig beherrscht. »Du hast recht.«

»Erinnern Sie sich noch an ihren Namen?« Doch das taten sie nicht. »Oder an den Namen der Galerie?«

Das Gesicht des Professors wirkte ausdruckslos. »Nouveau«, sagte die Frau triumphierend, als sie ihm die Hand auf den Ellbogen legte und ihn wegschob.

»In Davis?« rief ich ihnen hinterher. Sie drehte sich nicht um, das hätte ihr ihren triumphalen Abgang verdorben, aber ich hatte den Eindruck, daß sie nickte. Ich dachte noch immer darüber nach, als Alma mich am Arm packte und an mir zerrte. Es überrascht mich immer wieder, wieviel Kraft sie hat. Dabei wiegt sie selbst in völlig durchnäßtem Zustand nicht mal fünfzig Kilo, und ihre Arme sehen aus wie vertrocknete Karotten.

»Komm, Katy.«

»Warum?« fragte ich und ging mit.

»Komm!« Sie zerrte mich mit. »Michaela braucht dich.«

Alma hatte recht. Michaela brauchte mich, brauchte irgend jemanden, der sie rettete. Ein Helicopter wäre ideal gewesen. Walter hatte sie in eine Ecke gedrängt, tätschelte ihren Arm, lächelte wohlwollend und redete auf sie ein. Es sah fast so aus, als wollte er ihr auch noch in die Backe kneifen, aber vielleicht hatte er das schon getan. Seine Verlobte und ihre Kinder standen um ihn herum und versperrten Michaela jede Fluchtmöglichkeit. Sie war ganz blaß im Gesicht und stumm.

»Hallo, Walter«, sagte ich, schob mich durch seine Rückendeckung und stellte mich, vielleicht eine Schulterbreite von Michaela entfernt, vor sie hin. Sie seufzte und ergriff meine Hand. Ich erinnerte mich plötzlich daran, wie sie das immer als Kind gemacht hatte. Ihre Hand war kalt. Ich drückte sie, aber sie drückte nicht zurück. Sie seufzte wieder.

»Bist du in Ordnung?« fragte ich sie. Sie schüttelte den Kopf. Walter strahlte uns väterlich an. Aus irgendeinem Grunde schloß er mich in sein Lächeln ein.

»Ich wollte Micha ...«

»Nenn mich nicht so!«

Er räusperte sich. »Ich wollte Michaela meiner Verlobten

vorstellen und unseren aufrichtigen Wunsch ausdrücken ...« Er machte eine Pause. Die Verlobte verzog das Gesicht und sah ganz so aus, als hätten ihre Wünsche überhaupt nichts mit Michaela zu tun, nicht einmal am Rande. Walter warf ihr einen Blick zu, und sie setzte schnell ein Lächeln auf. Das war eine richtige Beleidigung. Michaelas Finger schlossen sich um meine.

»Unser aufrichtiger Wunsch ist es, daß du zu unserer Hochzeit kommst«, fuhr Walter fort. »Schließlich gehörst du zur Familie. Du bist meine Tochter«, sagte er voller Gefühl. »Und jetzt, wo John ...« Er brach ab und fuhr sich mit der Hand über die Augen, obwohl ich keine Tränen entdecken konnte. Die Verlobte murmelte ein paar Trostesworte und hängte sich bei ihm ein. Er legte seine Hand auf die ihre.

»Danke, Schatz.« Sie sahen sich verliebt an. Ich bekam einen Kloß im Hals. »Du kommst doch?« fragte er Michaela, als er sich schließlich von den feuchten Augen seiner Verlobten losriß.

»Tut mir leid«, sagte sie förmlich. »Ich glaube, ich habe schon was vor.«

»Aber ich habe doch den Tag noch gar nicht gesagt.« Er wirkte verwirrt. Michaela wurde noch weißer im Gesicht.

»Sie hat Auftrittstermine«, improvisierte ich. »Sie ist die nächsten sechs Wochen bis oben hin ausgebucht.« Michaela nickte stumm.

»Ich will mein Geld«, sagte sie mit einem Flüstern, »ich will's jetzt, sofort.« Auf ihrem Gesicht war ein störrischer Ausdruck zu sehen, den ich noch von früher her kannte. Offenbar erkannte auch Walter ihn wieder. Seine Stirn runzelte sich wie ein Feld, das von einem betrunkenen Bauern umgepflügt worden war. »Jetzt.« Ihre Stimme wurde ziemlich laut und unzivilisiert. Ich mußte mich sehr beherrschen, um nicht zu lächeln.

»Aber meine Liebe ...«

»So solltest du auch nicht zu mir sagen.« Walter sah ziemlich hilflos aus.

Ich mischte mich ein und machte auf zivilisiert. »Ich rufe dich morgen an. Wir machen dann einen Termin aus.«

»Gut«, sagte Walter erleichtert, mit kräftiger Stimme.

»Nein«, sagte Michaela. Ich versetzte ihr einen Stoß. »Na schön«, stimmte sie zu, nachdem sie eine ganze Weile geschwiegen hatte.

Die Rückendeckung wurde allmählich ungeduldig. Aus den Augenwinkeln sah ich, daß Alma sich näherte. Auch Walter sah das. Er nickte uns förmlich zu. »Also, Schatz?« wandte er sich an seine Verlobte. Sie hatte die Lippen zusammengepreßt und wirkte erstarrt, und das schien ihm Sorgen zu bereiten. »Wir müssen wirklich los.«

Sie machten sich auf den Weg, aber sie waren nicht schnell genug. Alma erwischte sie noch. Sie war wie ein großer Hai, der sich über große, dumme, hilflose andere Fische hermacht.

»Aha«, verkündete sie, »es muß also erst jemand sterben, damit ihr euch wieder auf die Familie besinnt. Das ist ja ganz schön armselig und eine schöne Beschwerung.«

Walter wirkte verwirrt. »Bescherung«, erklärte ich. Die Verlobte sah ungeduldig und verlegen aus.

»Komm, Schatz«, sagte sie und zerrte an Walters Arm.

»Ich bin Alma Flaherty, Sophies Tante. Und wer, zum Teufel, sind Sie?«

Die Verlobte sah aus, als hätte sie einen Frosch verschluckt. Ich verschluckte ein Grinsen. Walter fing an, vor sich hinzubrummeln, und Michaela wollte sich verdrücken. Ich verdrückte mich mit ihr.

»Du hast kein Recht gehabt, dich einzumischen!« Sie war schon wieder überheblich und hatte sich in der Hand; sie hatte bereits vergessen, daß ich sie gerettet hatte, daß sie meine Hand wie ein kleines, verängstigtes Kind gehalten hatte.

»Was hast du denn erwartet? Daß er dir einen Koffer mit kleinen Scheinen überreicht? Ein paar Wertpapiere aus der Hosentasche zieht? Denk mal nach. Wahrscheinlich gibt's sowieso noch ein paar Formalitäten zu erledigen.«

»Ich will mein Geld, und zwar sofort.«

»Ich bin mir sicher, wir finden einen Weg, daß du gleich was davon haben kannst. Walter weiß sicher ...«

Sie schnaubte verächtlich. »Ich vertraue ihm nicht.«

»Schließlich ist er dein Vater, Michaela. Egal, wie euer Verhältnis in der Vergangenheit gewesen ist ...«

»Du! Du weißt doch überhaupt nichts!«

»Na schön.« Ich zuckte mit den Achseln. »Dann setz dich mit dem zweiten Nachlaßverwalter in Verbindung.«

»Du! Wahrscheinlich steckst du mit ihm unter einer Decke.«

»Unter welcher Decke?«

»Ihr wollt doch alle nur, daß ich mein Geld nicht kriege.«

Ich schüttelte den Kopf. »Ich halte zu dir. Ich habe immer zu dir gehalten, zu dir und Johnny.«

»Du bist Johnny eine große Hilfe gewesen, was? Wirklich eine große Hilfe. Und wo ist er jetzt?« Tränen standen ihr in den Augen. »Er ist tot. Da ist er jetzt. Ja, du bist ihm wirklich eine große Hilfe gewesen.«

Alma stieß gerade rechtzeitig zu uns, um die letzten paar Sätze noch mitzubekommen. Sie sah Michaela einen langen, stummen Augenblick an und gab ihr dann eine Ohrfeige. »Eigentlich sollte man dir den Mund mit Seife auswaschen, junge Frau.«

Die Röte schoß Michaela ins Gesicht. »Schert euch zum Teufel. Ich brauch' euch nicht, keinen von euch!« Sie wirbelte herum und rannte weg. Ich sah ihr schweigend nach und wandte mich dann Alma zu.

»Sie hat ein paar dumme Sachen gesagt. Na schön. Ihr einziger Bruder ist umgebracht worden, und sie hat ihren Vater seit vier Jahren zum erstenmal wieder gesehen. Das ist ihre Entschuldigung. Und wie sieht deine aus?«

Alma traten die Tränen in die Augen. »Mein Gott, Katy, irgendwann sterb' ich noch an meinem Jähzorn. Wann werde ich das noch lernen?«

Ich gab ihr keine Antwort. Alma war einundachtzig, und ich hatte in dieser Hinsicht wenig Hoffnung. Das war die Geschichte mit den alten Gewohnheiten. Und ihr Jähzorn versprach nichts Gutes.

Es war Zeit zu gehen. Und das tat ich auch.

24

Es war dunkel, als das Telefon klingelte. Abgesehen davon hatte ich keinerlei Orientierung. Schließlich fand ich den Wecker auf dem Boden. Offenbar hatte ich ihn am Abend zuvor unbeabsichtigt vom Nachtkästchen gestoßen. Das mache ich oft. Er war wieder mal stehengeblieben. Von da war also keine Hilfe zu erwarten. Das Telefon fand ich ungefähr nach dem fünften Klingeln.

»Katy?« Ich kannte die Stimme nicht. »Katy, bist du dran? Ich bin's, Micha.« Ich kannte die Stimme immer noch nicht. »Katy!« Sie weinte. »Katy!«

»Ich bin dran, Micha.«

»Katy, bitte sei nicht böse auf mich. Tut mir leid wegen vorher. Bitte hilf mir. Bitte. Du hilfst mir doch, oder?«

»Was ist los, Michaela?«

»Du hilfst mir doch?«

»Ja.«

»Gott sei Dank!«

»Was ist los?«

»Es hat mich grad jemand angerufen. Er hat lauter so scheußliche Dinge gesagt, er hat gesagt ...«

»Langsam, langsam.« Sie wurde hysterisch. »Atme zuerst tief durch.«

»Katy!«

»Mach, was ich dir sage!« Sie machte es. »Gut?«

»Besser.«

Sie schluchzte vor sich hin.

»Wann hat er angerufen?«

»Gerade erst, vor zehn Minuten. Ich hab' den Hörer neben die Gabel gelegt und bin zitternd dagesessen und hab' überlegt, was ich machen soll.«

»Hast du die Stimme erkannt?«

»Nein.«

»Wie hat sie geklungen?«

»Tief. Die Stimme war angenehm, aber er hat diese ganzen scheußlichen Dinge gesagt.«

»Was hat er gesagt?«

»Er hat Hure und Nutte zu mir gesagt und gemeint, ich bin unerwünscht. Er hat gesagt, es war ganz gut, daß ich die Stadt verlassen hatte, und ich hätte wegbleiben sollen. Er hat gesagt«, ihre Stimme zitterte, »wenn mir meine Gesundheit lieb ist, soll ich sofort wieder aus der Stadt verschwinden. Er hat so geklungen, wie wenn er meint, was er sagt. Katy, ich hab' Angst.« Wieder klang Hysterie in ihrer Stimme mit. »Was soll ich bloß machen? Soll ich die Polizei anrufen?«

»Das hat keinen großen Sinn. Bei einem anonymen Anruf können die kaum was machen.«

Sie schluchzte im Hintergrund vor sich hin. »Mein Gott, Katy. Ich hör' ein Geräusch! Da ist jemand im Haus.«

»Bist du allein?«

»Ja.«

»Was für ein Geräusch?«

»Ein Knarren.«

»Knarrt's öfter bei dir im Haus?«

»Ja. Mein Gott, ich hör's schon wieder!«

»Hast du die Türen zugesperrt?« Sie stöhnte. Ich deutete das als Ja. »Hast du irgendwas gehört, was wie ein Einbrecher geklungen hat?«

»N-n-nein.«

»Bist du im Bett?«

»Ja.«

»Steh auf, zieh dich an. Laß den Hörer neben der Gabel liegen. Ich bleibe dran.«

»Mein Gott, das kann ich nicht, das kann ich nicht. Ich hab' Angst.«

»Sei kein Feigling, Michaela. Du bist eine Frau, keine Schnecke.«

Sie hörte auf zu weinen und ließ den Telefonhörer fallen. Ich wartete und lauschte auf die undeutlichen Geräusche im Hintergrund.

»Okay«, schluchzte sie. »Ich bin angezogen.«

»Hast du deine Autoschlüssel?«

»Die sind im anderen Zimmer.«

»Du kommst zu mir. Schaffst du's allein, oder soll ich kommen und dich holen?« Sie schluchzte. »Mach dir keine Sorgen, Micha. Der Kerl hat dich bedroht. Jetzt läßt er dir erst mal Zeit, aus der Stadt zu verschwinden.«

»Ach.« Ein erleichtertes Seufzen. »Glaubst du das wirklich?«

»Ja.« Ich sagte das, aber ich glaubte es nicht unbedingt. Schließlich wußte ich es nicht genau. Ich konnte mir das denken, ich konnte hoffen, aber ich konnte es nicht wissen.

»Wirklich?«

»Ja.« Ich log; zum Glück war ich die einzige, die das wußte. »Kannst du fahren, oder soll ich dich abholen?«

»Das schaff' ich schon«, sagte sie mutig.

»Prima.« Ich erklärte ihr den Weg. »Du brauchst ungefähr vierzig Minuten von dir aus. Ich warte.«

»Okay.« Ihre Stimme zitterte wie ein herbstliches Blatt im Rinnstein.

»Michaela.«

»Ja.«

»Mach kein Licht an. Kannst du dein Auto vom Haus aus sehen?«

»Ja.«

»Beobachte den Wagen und die Straße fünf Minuten lang. Schau auf die Uhr. Wenn du irgendwas Ungewöhnliches siehst, rufst du die Polizei an und rührst dich nicht vom Fleck. Okay?«

»Okay.«

»Hast du irgendwas, was du als Waffe verwenden kannst?«

»Nein. Ja, einen Stock.«

»Einen schweren Stock?«

»Ja.«

»Sieh zu, daß du damit stichst und nicht haust. In den Bauch. Gib ihm einen Tritt in die Knie und in den Unterleib. Halt die Schlüssel fest. Damit kannst du auf seine Augen und seinen Hals losgehen. Hast du mich verstanden?«

»Ja. Ich hab' Angst.«

»Ich gebe dir die nötigen Informationen, und die sind dein Schutz. Nutze sie. Du bist nicht dumm und hilflos. Du bist kein hilfloses Opfer.«

»N-n-nein.«

Sie klang zweifelnd, und ich war nicht eben beruhigt. »Sag mir, was du tun wirst.«

»Ich beobachte den Wagen und die Straße fünf Minuten lang. Dann gehe ich und fahre zu dir.«

»Nimm nichts mit außer den Schlüsseln und dem Stock.«

»Meine Handtasche?«

»Nein. Laß dir die Hände frei zum Kämpfen, wenn du sie brauchst. Verstanden?«

»Ja.«

»Kämpfe, wenn du mußt. Schrei. Aber ich glaube nicht, daß du das mußt. Leg jetzt auf. Bis bald.« Sie schluchzte noch einmal und legte dann auf.

Ich stand auf, zog mich an und legte Holz in den Kamin. Dann wartete ich. Ich hasse das Warten, und ich kann es auch nicht gut. Die Zeit holperte dahin wie ein altes Auto. Ich lief im Zimmer auf und ab. Ich machte Kakao mit Marshmallows, ein Getränk, das Michaela als Kind besonders gern gemocht hatte. Ich wartete. Die Marshmallows waren zerschmolzen, genau richtig, also aß ich sie. Dann wartete ich noch eine Runde. Xerxes gähnte, wusch sich das Gesicht und wunderte sich, warum ich schon so früh auf den Beinen war.

Ich wunderte mich auch. Und ich fragte mich, übrigens nicht zum erstenmal, warum ich mir nicht einen anderen Beruf ausgesucht hatte.

Ich hörte ein Motorengeräusch und das Knirschen von Kies, als ein Wagen die Auffahrt heraufkam. Michaela stürzte herein, als ich die Tür aufmachte. »Ich hab's geschafft!« schrie sie. »Ich hab's geschafft. Sie haben mich nicht erwischt!«

Ich lächelte. »Komm rein in die Wärme.«

»Ich hab' Angst gehabt, schreckliche Angst, aber sie haben mich nicht erwischt.«

»Nein.«

Natürlich war die Sache noch nicht vorbei. Ich wußte das, auch wenn sie es vielleicht nicht tat. Sie nahm Xerxes auf den Arm. Er war ziemlich wütend darüber, hatte aber zuviel Würde, um sie anzufauchen. Ich ging in die Küche, ließ noch ein paar Marshmallows in den Kakao fallen und schaltete den Herd an.

Michaela folgte mir.

»Aua!« Sie ließ Xerxes fallen; er verschwand. »Deine Katze hat mich gekratzt.«

»Er hat's nicht gern, wenn Fremde ihn auf den Arm nehmen.«

»Ach. Ist das Kakao? Kann ich welchen haben?« Sie fischte sich mit den Fingern ein Marshmallow aus der Pfanne und leckte sich die weiße, klebrige Masse ab. Ich machte noch ein paar. Ich ließ sie zuerst ihre erste Tasse Kakao trinken, bevor ich anfing, ihr Fragen zu stellen. Ich wartete, weil ich wußte, daß ich mich selbst deswegen nicht besonders gut würde leiden können. Es ist nicht nett, die Schwächen anderer Leute auszunützen. Es ist nicht nett, aber es ist ein guter Weg, um Informationen zu bekommen.

»Erzähl mir alles von Anfang an, Michaela.«

»Was?« Sie riß die Augen unschuldig auf und fischte das letzte Marshmallow mit den Fingern aus der Tasse. »Kann ich noch welche haben?« Ich nickte. Sie machte sich am Herd zu schaffen.

»Dieser Kerl hat dich doch aus einem bestimmten Grund bedroht. Er kennt diesen Grund, und du auch. Wenn du willst, daß ich dir helfe, muß ich ihn auch erfahren. Was hast du vor vier Jahren angestellt? Was war so schlimm, daß jemand deshalb gedroht hat, dich umzubringen?« Sie wurde ganz weiß im Gesicht. Es war fast, als sehe man im Zeitrafferverfahren, wie sich Eis auf einem Teich bildete. Und ich wußte, daß sie es mir nicht sagen würde.

»Nichts. Ich hab' wie viele Mädchen einen Fehler gemacht und bin schwanger geworden. Ich wollte den Jungen nicht heiraten, und ich wollte auch das Baby nicht behalten.« Sie lächelte bitter. »Ich hab' nicht geheiratet, aber ich hab' das Kind gekriegt. Ich hab's zur Adoption freigegeben. Das ist alles.«

Ich sah sie unverwandt an. Sie rutschte auf ihrem Stuhl herum, stand auf und ging wieder zum Herd hinüber. Ich schaute zu, wie sie das letzte Marshmallow in den Mund steckte und den Rest Kakao in ihre Tasse goß.

»Das ist alles. Wirklich, das ist alles.«

Sie war eine lausige Lügnerin, und sie wußte, daß ich es wußte, während sie sich die Finger abschleckte und mich geistesabwesend anlächelte. Xerxes sprang auf meinen Schoß. Michaela wollte nach ihm greifen, zuckte jedoch zurück, als er sie anfauchte. Sie hatte an seiner Würde gerührt.

»Worüber hast du dich damals mit Johnny beim Frühstück unterhalten?«

»Nach dem Frühstück; ich hab' nichts gegessen. Ich...« Die Tasse rutschte ihr fast aus den Fingern, und eine Kakaospur tröpfelte vorne an ihrem Pullover herunter. Ihr Blick war jetzt nicht mehr unschuldig, sondern verängstigt. Und ihre Augen waren nach wie vor groß. »Wann? Was meinst du damit?«

»In der Nacht, als Johnny umgebracht wurde.«

»Ich hab' nicht... Wie hätte ich auch sollen? Ich...« Sie machte eine Pause und warf mir einen wütenden Blick zu. »Du versuchst, mich reinzulegen. Zuerst hilfst du mir, und dann versuchst du, mich reinzulegen. Ich versteh' das nicht«, flüsterte sie.

Ich schüttelte den Kopf. »Ich versuche, dir zu helfen. Was versuchst du zu verbergen?«

»Nichts.«

»Du warst in jener Nacht mit Johnny zusammen.« Sie winkte ab. »Es ist zu spät. Du hast es mir schon gesagt. Du kannst mir auch noch den Rest erzählen.«

»Verdammt, Katy. Verdammt.«

Sie fing an zu weinen. Ich wartete geduldig. Schließlich wischte sie sich die Nase mit dem Handrücken ab und schaute mich an.

»Vielleicht bin ich dran schuld, daß er tot ist, Katy. Er hat sich mit mir getroffen, weil ich ihn darum gebeten habe. Ich hab' darauf bestanden. Ich hab' ihm gesagt, daß ich verzweifelt bin, und das stimmte auch; es stimmt immer noch. Er wollte sich ein andermal mit mir treffen, vielleicht am Sonntag zum Brunch. Weißt du noch, wie ungern er spät aufgeblieben und dafür früh aufgestanden ist? Ich hab' nein gesagt, ich hab' gesagt, daß ich nicht so lange warten kann. Ich hab' ihn angefleht.

Also ist er gekommen. Natürlich ist er gekommen. Ich wußte,

daß er kommen würde. Er ist immer für mich dagewesen, wenn ich ihn gebraucht habe. Mein Gott, wenn ich ihn nicht darum gebeten hätte, wäre er jetzt noch am Leben. Ich hab' ihn umgebracht, Katy. Ich hab' ihn umgebracht!« Die Worte überstürzten sich und kullerten und polterten aus ihrem Mund wie die Kieselsteinchen von Demosthenes.

»Ich hab' ihn umgebracht.« Ich sah ihr in die Augen und sagte nichts. »Ich hab' ihn umgebracht, fast, als hätte ich ihn eigenhändig erschossen.«

»Er ist erstochen worden, Micha.« Sie winkte ab. Offensichtlich war das für sie nur eine unbedeutende technische Frage.

»Das ist egal. Ich hab' ihn umgebracht.«

»Warum warst du so verzweifelt?«

»Die Band. Geld. Dann ist da noch dieser Typ – Geld. Ach, einfach alles«, schluchzte sie.

»Die Band?«

»Ja. Im Moment geht's. Ich komm' um die Runden, aber letztlich ist das gar nichts. Und die Musik. Mein Gott, Katy! Gebrochene Herzen, untreue Herzen, Schlägereien, Rauchen, Trinken, Drogen. Mein Gott, Katy, das bin nicht ich! Das ist nicht das, was ich will.«

Sie klang wie ein verzogenes Kind, aber ich wußte, daß das ein verzweifelter Aufschrei war, und ich erinnerte mich daran, daß ich auch schon so aufgeschrien hatte. Wenn man jung ist, glaubt man, daß es nur recht und billig ist, das zu bekommen, was man will. Wenn man dann älter ist, erkennt man, wie schwierig das ist.

»Der Typ?«

»Was für ein Typ?«

»Der, den du erwähnt hast.«

»Ach.« Sie wurde zuerst rot, dann blaß. »In der Band. Er läßt mir keine Ruhe. Ich *hasse* ihn. Ich hasse *ihn.*«

»Dann sag ihm doch, er soll sich verpissen.«

»Das mach' ich ja, aber das stört ihn gar nicht. Er sagt, wenn ich nicht mit ihm schlafe, sorgt er dafür, daß ich gefeuert werde und daß mich auch keine andere Band mehr anheuert. Katy, ich hab' einfach nicht mehr gewußt, was ich machen soll.« Sie hatte

Tränen in den Augen. »Ich weiß nicht, was ich machen soll, damit sie mir meine Ruhe lassen«, flüsterte sie. »Ich weiß nur, wie man wegrennt.«

»Und dafür hast du Johnnys Hilfe gebraucht?«

Sie nickte. »Ich hab' Geld gebraucht«, sagte sie.

»Johnnys Geld?«

»Ja.«

»Und wo wolltest du hin?«

»Ich wollte aufs Konservatorium. Ich bin eine Künstlerin. Ich meine, ich weiß, daß ich eine sein könnte. Ich brauche nur die nötige Ausbildung dazu und eine Chance.«

»Und das Geld.«

»Ja, und das Geld.«

»Johnny ist tot. Jetzt gehört's dir.«

»Schau mich nicht so an. Ich hab' ihn nicht umgebracht. Du glaubst doch nicht – Katy, ich war's nicht! Das würde ich nie machen!«

»Wie oft hast du mir gerade gesagt, daß du's getan hast?«

»Ja, aber ich hab' doch nicht gemeint, daß ich ihn *wirklich* umgebracht habe. Ich hab' gemeint, ich hätte ihn nie dazu überreden sollen, mich mitten in der Nacht an einem so furchtbaren Ort wie dem Homestead zu treffen. Wenn ich nur Geduld gehabt hätte.« Sie rang die Hände. »Wie kannst du so was sagen? Ich würde Johnny nie was zuleide tun. Niemals. Ich hab' ihn geliebt.«

»Du warst am Tatort, du profitierst von seinem Tod, du hast dir leicht ein Messer besorgen können. Nach so was suchen die von der Polizei bloß. Bis jetzt bist du ein todsicherer Tip.«

Sie brach in Tränen aus.

25

»Katy hat gesagt, *ich* habe Johnny umgebracht.« Michaela sah Alma an, und ihre Augen füllten sich mit Tränen, während sie ihren Mund am nächsten Morgen mit Würstchen, Eiern und Maisbrot füllte.

»Ich hab' dich gefragt.«

Michaela sah traurig drein, während sie kaute und schluckte. »Gibt's noch mehr Maisbrot?«

Alma nickte und deutete auf den Ofen. »Hast du Johnny umgebracht?«

Michaela schüttelte nüchtern den Kopf. »Natürlich nicht. Sei doch nicht lächerlich.« Dieser ruhige Tonfall war überzeugender als ihre Tränen und ihre Hysterie von vorhin.

»Du warst verzweifelt.«

»Wegen dem Geld hab' ich ihn nicht umbringen müssen. Johnny wollte es mir sowieso geben.« Ich machte mir so meine Gedanken darüber. John war großzügig, aber er war auch davon überzeugt, daß sich die Menschen ihr Geld verdienen sollten. »Nicht geben, sondern leihen, und auch nur, bis ich dreiundzwanzig wäre und mein eigenes Geld bekäme. Er hat gesagt, er sieht die Sache als eine kurzfristige Investition mit hohen Erträgen. Als Gegenwert für seine kleine Hilfe würde er jahrelange Freude an der Musik bekommen. Jahrelange Freude.« Wieder standen ihr die Tränen in den Augen.

»Nur ist es nicht so gelaufen.« Sie schmierte sich Butter auf einen riesigen Kanten Maisbrot. »Ich wollte ihm Zinsen zahlen und alles.« Das Maisbrot verschwand allmählich.

»Hast du dich in dem Restaurant mit ihm getroffen?«

Sie nickte mit vollem Mund. »Ich war spät dran, und er hatte schon gefrühstückt. Er trank nur Kaffee.«

»Wie spät war es?«

»Ich weiß nicht, ich hab' nicht auf die Uhr geschaut. Vielleicht Viertel nach zwei. Ich bin gekommen, sobald wir mit der Band fertig waren.«

»Hast du dich hingesetzt?«

»Ich wollte. Johnny hat mich gefragt, ob ich frühstücken will, aber das wollte ich nicht, nicht mal Kaffee. Es war laut und voll da. Lauter Betrunkene. Betrunkene aus den ganzen Bars, die nüchtern werden wollten, bevor sie nach Hause fuhren. Ich hatte für den Abend schon genug von so was und hab' ihn gefragt, ob wir uns einfach ins Auto setzen und reden können. Also hat er die Rechnung bezahlt, und wir sind raus.«

»Und?«

»Den Rest hab' ich schon erzählt.«

»Wie lang habt ihr euch unterhalten?«

»Ich weiß nicht, vielleicht eine halbe Stunde. Wir hätten noch länger geredet, aber es war zu kalt. Und außerdem war ich müde.«

»Also bist du gegangen?« Sie nickte.

»Johnny hat mich noch zum Auto gebracht und sich vergewissert, daß ich die Türen zusperre, und dann ist er zu seinem eigenen Wagen zurück – Almas Wagen, denke ich.« Ich nickte. »Ich hab' noch gesehen, wie er eingestiegen ist und dann die Tür zugemacht hat. Anschließend bin ich weggefahren.«

»Hat er die Türen zugesperrt?«

»Das weiß ich nicht.« Sie seufzte. »Bitte zwing mich nicht mehr, darüber zu reden, Katy. Ich will das nicht.« Ein Gähnen, ein Strecken. »Alma, kann ich den Rest von dem Maisbrot noch essen? Bitte«, fügte sie hinzu. Ich stand auf.

Alma nickte geistesabwesend. »Was willst du jetzt machen, Katy?«

»Ich fahr' rüber zu Michaelas Wohnung und hole ein paar Kleider und was sie sonst noch braucht für die nächsten Tage. Wahrscheinlich ist das bloß so ein Verrückter, aber ...«

Ich beendete meinen Satz nicht. Und das tat auch niemand sonst.

Im Tageslicht wirkte Michaelas Haus ruhig und ungefährlich. Trotzdem hatten wir beide nicht das Bedürfnis, uns unnötig dort aufzuhalten. Sie packte schnell und geübt und war schon fast fertig, als das Telefon klingelte.

»Soll ich rangehen?« fragte ich.

»Nein.« Sie schüttelte den Kopf – sie wirkte jetzt in der Morgensonne wieder ziemlich lässig – und hob den Hörer ab. Sie hörte zu und winkte mir dann mit angstverzerrtem Gesicht. Sie reichte mir wortlos den Hörer. Ich erkannte die Stimme nicht, aber die Worte waren vertraut und unmißverständlich.

»Ich erwisch' dich schon. Ich krieg' dich, wo du auch hingehst. Ich krieg' dich. Ich beobachte dich die ganze Zeit. Jetzt zum Beispiel. Ich weiß, wo du steckst. Immer. Du bist das letzte, und ich krieg' dich: in der Arbeit, bei dieser Privatdetektivin. Egal, wo du hingehst, ich finde dich, und dann ...«

Er begann zu erklären, was er tun würde, wenn er Michaela fand. Vergewaltigung und sexuelle Mißhandlungen waren ihm offenbar besonders wichtig. Ich legte auf und ließ den Hörer dann neben dem Apparat liegen.

»Bist du fertig?« Sie gab mir keine Antwort; dazu war sie nicht in der Lage. Ich sah mir den Koffer an – er schaute gepackt aus. Das, was sie eingepackt hatte, mußte einfach reichen. Ich machte den Koffer zu. »Komm.« Sie saß völlig betäubt da, wie ein kleines Tier vor einem Raubtier.

»Micha.« Ich schob ihr die Hände unter den Armen durch und zog sie auf die Füße, packte den Koffer und dirigierte sie aus dem Haus und in den Wagen.

»Wo fahren wir hin? Eigentlich ist es ja egal, weißt du. Er kriegt mich sowieso, also könnte ich genausogut hier sitzen bleiben und einfach warten. Einfach hier warten.« Ihre Stimme klang belegt und leblos, wie Sauce, die über Nacht auf dem Teller eingetrocknet ist.

»Ich hab' nicht gedacht, daß du sowenig Rückgrat hast und so feige bist.« Ich legte ihr den Sicherheitsgurt an. Sie fing zu weinen an. »Was ist aus deinem Kampfgeist geworden?«

»Du bist gemein zu mir. Ich hab' Angst, schreckliche Angst, und dir fällt nichts Besseres ein, als gemein zu mir zu sein.«

»Es ist ein Unterschied, ob man Angst hat oder ob man zum Opfer wird. Du kannst Angst haben und dich trotzdem wehren.«

»Das kann ich nicht.«

»Dann lern's lieber, sonst erlebst du vielleicht das Konservatorium nicht mehr.«

»Ich – will – weg«, schluchzte sie.

»Du kannst nicht ewig wegrennen.«

»Er hat gesagt, er erwischt mich in der Arbeit.«

»Ja. Da hat er's zu leicht. Ruf an und sag, daß du krank bist oder Angst hast oder was auch immer. Jedenfalls gehst du nicht hin. Hast du jemanden, der dich vertreten kann?«

»Ja.«

»Gut. Dann machen wir das jetzt aus.« Ich fuhr zu einer Tankstelle mit einer Telefonzelle und stieg aus. Dabei schenkte ich Michaelas nervösen Fragen keine Beachtung. Die ganze Sache dauerte zwei Telefongespräche und weniger als eine Minute.

»Wo fahren wir hin?«

»Sunrise Mall.«

»Ich schwebe in Lebensgefahr, und dir fällt nichts Besseres ein als Einkaufen«, jammerte sie.

»Wenn das Leben schwierig wird, gehen die Harten ...«

»Das tun sie *nicht*, sie gehen nicht zum Einkaufen.«

»Aber sie jammern auch nicht.«

Sie zog sich in mürrisches Schweigen zurück, das andauerte, bis wir hielten und ausstiegen.

Wir schauten uns in den Geschäften um, bis ich zufrieden war.

»Du kaufst doch gar nichts, oder? Du schaust dir doch nicht mal was an.«

»Richtig«, stimmte ich zu.

»Was machen wir dann hier?«

Ich schenkte ihrer Frage keine Beachtung und machte mich auf den Weg zu Sears. Ich hatte Rafe gesagt, er solle am südlichen Ausgang, gleich bei der Werkzeugabteilung, auf mich warten. »Wir gehen zusammen zu einem Ausgang. Ich zeige ihn dir, und du gehst raus. Verabschiede dich nicht und stelle auch keine Fragen, sondern geh einfach raus. Draußen wartet ein großer blonder Mann in einer schwarzen Corvette auf dich. Er heißt Rafe, und er ist ein Freund von mir. Er bringt dich raus zu Charitys Ranch, das ist auch eine Freundin von mir. Da bist du sicherer als bei mir zu Hause. Ruf das Mädchen, das für dich singen soll, von Charity aus an. Ich bring' dir deine Sachen später. Jetzt. Die Tür da rechts.«

Ich bog nach rechts zu den Elektrowerkzeugen ab. Ich hatte die Kreissäge meiner Träume noch nicht gefunden, als ich sah, wie Michaela durch die Tür verschwand. Ein schwarzer Wagen fuhr vor. Ich seufzte erleichtert auf und verlor jegliches Interesse an Leistungsstärke und Bedienungsfreundlichkeit. Gerade noch rechtzeitig. Ein Verkäufer steuerte mit entschlossenem Blick auf mich zu.

Ich machte mich aus dem Staub.

Ich fuhr an jenem Abend zum Alibi Inn in Placerville. Ich hatte keine Ahnung, ob Michaela das Mädchen informiert hatte, das für sie singen sollte. Ich hoffte es. Wenn nicht, würde ich es tun. Und ich wollte mich umsehen.

Es war wieder genauso wie neulich abends: laut, voller Leute und Besoffener, die am Freitagabend ihre Energie austoben wollten. Die Band klang ziemlich gewöhnlich, ohne Michaelas Stimme. Ich holte mir ein Bier und lehnte mich an einen Balken. Zum Sitzen war nichts mehr frei.

»Verdammt gute Band, was?« Ein Typ in Jeans und Westernhemd lächelte mich an. Ich nickte, aber ich lächelte nicht zurück. »Früher haben die keinen müden Hund hinterm Ofen vorgelockt, aber jetzt bringen sie die Bude voll. Das ist die Sängerin, die ist das reinste Dynamit.« Er schwieg einen Augenblick, und ich nickte. Ich trug nicht allzuviel zu der Unterhaltung bei. »Gefällt sie Ihnen?« Ich nickte. »Sie ist jetzt schon drei Monate bei der Band.«

»*Dieses* Mädchen?« Ich war so überrascht, daß ich fragte.

»Ja. Wollen Sie tanzen?«

»Nein, danke«, fügte ich hinzu, aber es war schon zu spät.

»Na gut. Ich auch nicht.« Er zuckte aggressiv mit den Schultern und ging weg. Ich sah mir das Mädchen an, das für Michaela sang. Sie sah nicht aus wie Micha, und sie klang auch nicht so, aber offenbar genügte dem Typ die Ähnlichkeit. Ihm und wahrscheinlich noch einer ganzen Menge anderer Leute. Sie war klein und dunkelhaarig. Das Set war zu Ende, und ich ging auf die Bühne zu.

Je näher ich kam, desto geringer wurde die Ähnlichkeit. Sie sah aus wie fünfunddreißig und ziemlich hart; noch war sie ganz hübsch, aber das würde nicht mehr allzulange dauern. Auf ihren rechten Backenknochen waren zwei kleine blaue Tränen tätowiert. Wenn sie traurig war, ging ihr das bis in die Knochen, das war keine oberflächliche Sache.

»Ich bin Kat. Ich bin eine Freundin von Micha.«

»Ja. Und?« Sie klang, als hätte sie noch ein Hühnchen zu rupfen und erwartete dasselbe von mir.

»Hat sie Ihnen gesagt, warum Sie hier für sie auftreten?« Die Sängerin schüttelte den Kopf. Verdammt, Micha! dachte ich.

»Hey, Glory, laß uns gehn«, sagte ein Typ in Lederklamotten und winkte ihr mit dem Kopf. »Wir haben Zeit für 'ne Nummer.«

»Ich muß los.«

»Glory.«

Sie drehte sich um. »Für Sie bin ich immer noch Gloria.«

»Gloria. Jemand hat Micha gedroht, daß er sie umbringen will. Ich glaube, Sie sollten nicht rausgehen. Bleiben Sie hier drin, bei den anderen Leuten.«

Der Ledertyp hörte mich und lachte. »Ihr passiert schon nichts. Deswegen hat sie doch mich.«

»Ja.« Sie lächelte, und die blauen Tränen kräuselten sich. »Ja. Deswegen habe ich Hughie. Der ist ein ganz schöner Scheißkerl.«

Er zwinkerte mir zu. Ich zuckte mit den Achseln und ging. Ich hatte gesagt, was ich sagen wollte. An der Tür blieb ich stehen und sah mich noch einmal um. Es waren viele Stammgäste da; ein paar von ihnen erkannte ich bereits. Keine finsteren Typen. Die Leute sahen aus, als machte ihnen die Sache hier großen Spaß. Ich trat hinaus in die kalte Nachtluft.

Die Sterne wirkten zum Greifen nah und glitzerten, wie das häufig so ist in kalten, klaren Nächten. Die Luft war eisig genug, um weh zu tun, als ich sie einsog und dann dampfend wieder ausstieß. Der Schuß kam überraschend, aber Schüsse kommen wohl immer überraschend. Ein lautes Knallen in der Dunkelheit. Es klang nicht allzu weit weg, aber das kann man nur schwer beurteilen.

Ich wartete einen Augenblick, um zu sehen, ob es noch weitere Schüsse geben würde. Nichts. Mein Atem hing dampfend in der Luft. Die Stille war bedrückend und unheilverkündend, als ich in die Schatten schlüpfte, hinüber zu der Seite des Gebäudes, wo Micha ihre Pausen verbrachte und Glory und Hughie gerade eine Nummer abzogen.

Glory lag zusammengekrümmt auf dem Boden. Es war Blut auf ihrer Brust und Blut auf den blauen Tränen ihrer Wange. Ihre Augen waren zu. Hughie hielt ihre Hände und stöhnte. Sein Blick wirkte glasig. Ob das nun Trauer oder Drogen waren, konnte ich nicht beurteilen. »Ihr passiert nichts. Deshalb hat sie doch mich«, stöhnte er.

»Das war ein Revolver, Hughie. Mit einem Revolver kann jeder den starken Mann spielen. Sogar ein Achtjähriger könnte dich mit einem Revolver kleinkriegen.« Ich kniete mich zu Glory und stand dann wieder auf. »Sie ist am Leben, sie braucht Hilfe.«

»Ihr passiert nichts …«

Die Tür ging auf, und ein junger Kerl, vielleicht einundzwanzig oder so, kam raus.

»O mein Gott!« Er wurde ganz weiß im Gesicht.

»Rufen Sie einen Krankenwagen«, sagte ich, »und die Polizei.«

Er drehte sich um und rannte wieder hinein. Ich hatte hier nichts mehr verloren. Und ich mußte sichergehen, daß Michaela in Ordnung war.

»Ihr passiert nichts. Deshalb hat sie doch mich«, sagte Hughie immer wieder.

Das klang wie eine religiöse Beschwörung, aber welchem Gott sie galt, wußte ich nicht. Ich glaube, Hughie wußte das auch nicht.

26

Ich hielt an einer Tankstelle, um anzurufen. Eine junge, weibliche Stimme, die ich nicht erkannte, meldete sich schon nach dem zweiten Klingeln. Im Hintergrund herrschte ein Lärm wie in einem Mädchenschlafsaal. Die Frauenstimme sagte hallo und kicherte. Ich fragte nach Charity. Dann wartete ich.

»Ja?«

»Charity, ist Michaela in Ordnung?«

»Hallo, Kat, ja, ihr geht's gut. Uns geht's allen gut.«

»Irgendwelche Anrufe? War irgend jemand da, den du nicht kennst?«

»Nein, nichts. Die Hunde sind draußen, wir würden das merken.« Im Hintergrund ein Krachen und Gelächter.

»Was ist denn los bei euch?«

»Ein paar von Lindys Freundinnen sind da.«

Ich dachte darüber nach. Ein weiteres Krachen im Hintergrund. »Machst du so was wie 'ne Party für Kindernutten?«

»Und für Michaela.«

»Wie läuft's?«

»Gut. Na ja, wir haben kein Popcorn mehr und kein Eis, keinen Saft und keine Schokoriegel; außerdem hab' ich den Mädels ein paar Drogen abgenommen, und du kannst dir gar nicht vorstellen, was die für eine Sprache haben! Meine Güte, Kat, wo lernen die das bloß?«

»Auf der Straße. Für eine Kummerkastentante führst du aber ein reichlich behütetes Leben.«

»Deshalb bin ich eben Kummerkastentante. Da sitze ich am Schreibtisch und treibe mich nicht auf der Straße rum. Nein!« brüllte sie. »Das dürft ihr aber wirklich nicht. Tut das weg!«

»Was?«

»Rum. Sie wollten Rum in ihr Cola schütten.« Sie klang abwesend. »Kat, ich muß aufhören.« Ihre Stimme driftete ab.

»Ich hab' dich angerufen, weil ich schlechte Nachrichten habe, Charity.«

»Was?« Ihre Stimme war wieder da. Sie klang scharf und besorgt.

»Jemand hat auf das Mädchen geschossen, das für Michaela singt.«

»Du lieber Himmel!«

»Ich würde sagen, dieser Jemand war hinter Michaela her, nicht hinter dem anderen Mädchen. Da bin ich mir ziemlich sicher. Sag ihr nichts davon, nur, wenn's unbedingt nötig ist, nur wenn sie leichtsinnig wird. Aber paß gut auf sie auf. Achte auf alles und jeden. Ruf die Polizei an, wenn irgendwas Ungewöhnliches passiert. Mach das dann sofort; es kann Ewigkeiten dauern, bis man zu dir rauskommt.«

»Okay.« Ihre Stimme klang leise und verängstigt.

»Willst du, daß ich dir Rafe vorbeischicke?«

»Mit den ganzen Mädels hier?« Sie klang entrüstet.

»Charity, das sind doch noch Kinder. Rafe ist ein verantwortungsbewußter, erwachsener Mann; na ja, jedenfalls ist er erwachsen, und er ist ein Gentleman.«

»Um ihn mache ich mir keine Sorgen, sondern um die Mädchen. Ich versuche doch, sie wieder auf den rechten Pfad zu bringen, und wenn ein Mann da ist, kann ich das nicht.«

Ich sagte nicht, was ich dachte, nämlich daß mir das Leben im Moment wichtiger erschien als der rechte Pfad. Ich sagte eine ganze Weile überhaupt nichts. »Äh, läuft Ripper frei rum?« Mir kam da ein blendender Gedanke.

»Nein, meinst du …?«

»Ja. Führ ihn den Mädels vor, damit sie wissen, was Sache ist. Dann gehen sie nicht raus, und es kommt auch keiner rein.«

»Na schön.«

Ripper ist ein unglaublich bösartiger Hund (er heißt so nach Jack the Ripper). Er hält Charity für seinen ganz persönlichen Engel und alle anderen, von eintägigen Fohlen bis zu alten, gebrechlichen Leuten, für eingeschworene Feinde, die er, Ripper, dezimieren und zu Hackfleisch verarbeiten muß. Normalerweise liegt er an einer Stahlkette, die an einem Metallpfosten befestigt ist, und der ist fast zwei Meter in den Boden getrieben. Doch die meisten von uns halten das noch nicht für ausreichend.

Charity ist die einzige, die ihn unter Kontrolle halten kann. Sie findet ihn süß, und er sabbert sie voller Bewunderung von oben bis unten voll und scharwenzelt um sie herum. Alle Nachbarn versuchen schon seit Jahren, ihn zu vergiften oder ihn ganz ›zufällig‹ zu erschießen.

»Willst du rauskommen, Kat?«

Bei dem Gedanken lief es mir kalt den Rücken herunter. »Heute abend nicht, wenn du in Ordnung bist.«

»Uns geht's gut.«

Im Hintergrund waren ein Krachen, ein Knall und ein Schrei

von Charity zu hören, und dann war die Leitung tot. Ich fuhr heim.

Der Anrufbeantworter blinkte fröhlich vor sich hin; sechs Anrufe warteten schon auf mich. Ich legte Holz in den Kamin und drückte dann auf dem Weg in die Küche und zu einem Sandwich auf den Knopf.

»Hallo, ich bin's, Betty von der Multiscore-Versicherung. Ich frage mich, ob Sie wissen…« Ich kramte im Kühlschrank herum und fand ein bißchen trockenes Brot, Käse, eine ziemlich verschrumpelte Tomate und eine Avocado, die von außen ganz in Ordnung aussah, sich beim Aufschneiden aber als längst hinüber herausstellte. Ich hoffte, daß noch ein Glas Mayonnaise im Küchenschrank war.

Betty erzählte mir noch immer, welche phänomenalen Vorteile ich durch Multiscore haben könnte, während ich die Schränke durchsuchte. Ich fand schließlich noch ein kleines Glas Mayonnaise und staubte es ab. Ich schaute lieber nicht auf das Verfalldatum, um mir nicht den Appetit zu verderben.

Nach Bettys Anruf folgten mehrere geschäftliche Telefonate, eines von Alma und eines von einer Freundin in Oklahoma, die wissen wollte, wie es mir ging und ob sie bei mir wohnen könnte, wenn sie alle nach Disneyland fuhren? (Disneyland ist über sechshundert Kilometer von mir weg. Die Leute haben offenbar überhaupt keine Ahnung von Kalifornien. Hier in unserem Staat gibt's auch noch ein paar andere Sachen außer Los Angeles und San Francisco, aber den größten Teil der amerikanischen Bevölkerung interessiert das offenbar nicht.) Ich steckte das trockene Brot in den Toaster.

Ich wurde aufmerksam, als der nächste Anruf abspulte: »Na, du Miststück…« Ich steckte das Messer in das Mayonnaisenglas und ging hinüber, zum Anrufbeantworter. Die Stimme klang tief, kehlig und vertraut. Sogar sexy, und das machte die Sache noch häßlicher und unheimlicher.

»Hörst du mir zu, du Miststück? Hörst du mir gut zu? Diese kleine Nuttensängerin hat nicht zugehört, nicht gut genug. Und jetzt kann sie nicht mehr zuhören. Ihr ist was zugestoßen, genau wie ich gesagt habe. Und jetzt sage ich dir was. Ich krieg' dich auch noch. Jederzeit. Denk ja nicht, du kannst jetzt Nachforschungen anstellen über ihren Tod. Sie ist über den Jordan, und damit hat sich die Sache. Und du bist die Nächste, wenn du dich nicht vorsiehst, Miststück. Ich meine das genau so, wie ich es sage. Und dir mach' ich die Sache nicht so einfach wie dieser Sängernutte. Ich …«

Seine Stimme klang jetzt sanft und freundlich, und er beschrieb mir in liebevollen Einzelheiten, wie er sich an meinem Körper und meinem Geist vergehen würde. »Das ist eine Warnung. Führ dich anständig auf, oder du bekommst es mit mir zu tun, du Miststück.«

Er lachte, und das Lachen klang vertraut. Ich kannte dieses Lachen. Ich wartete darauf, daß mir einfiel, woher. Als ich wußte, woher, bekam ich Angst. Ich kannte eigentlich nicht dieses spezielle Lachen, sondern die generelle Sorte. Man hört es immer in Horrorfilmen, wenn die Leute kurz vor dem Überschnappen sind. Da hören sie dieses Lachen. Und sie schnappen über.

Ich zwang mich dazu, in die Küche zurückzugehen, mein Sandwich fertig zu machen und es zu essen. Dann ließ ich den letzten Anruf noch einmal ablaufen. Freitag, halb elf abends, sagte mir die Maschine, wenige Minuten, nachdem auf Glory geschossen worden war. Ich holte das Band heraus, beschriftete es und archivierte es. Dann goß ich mir ein Glas Wein ein und überlegte. Überlegte, ob ich mir Ranger, Johnnys Hund, holen oder mit der Waffe ins Bett gehen sollte. Aber ich dachte nicht daran aufzugeben. Jedenfalls noch nicht jetzt.

Das war nur eine Drohung, eine telefonische Drohung, und ein anonymer Anruf ist etwas sehr Feiges. Es ist feige, aber nicht unwirklich, rief ich mir ins Gedächtnis. Da war schließlich noch Glory, mit ihren auftätowierten roten und blauen Bluttränen. Ich hoffte, daß sie noch am Leben war. Ich war nicht so überzeugt davon.

Ich hatte mein erstes Glas Wein und eine ganze Reihe Überlegungen hinter mir, als ich das Jaulen hörte. Das klang wie eine Katze aus der Hölle. Und es gefiel mir überhaupt nicht.

Xerxes braucht nur selten meine Hilfe, aber ich ging trotzdem hinaus, um nachzusehen. Ich nahm meinen Revolver mit, eine neue .380er Automatik. Nichts. Ein fast schon halber Mond hing halb oben am westlichen Himmel. Der Mann im Mond zwinkerte mir zu und lächelte. Zwischen seinen Zähnen steckte grüner Käse. Ich rief nach Xerxes. Nichts. Mich fröstelte. Ich hätte einen Pullover anziehen sollen. Und Schuhe. Xerxes würde sicher erst kommen, wenn er wollte. Die Pläne der Katzen haben nur wenig mit denen der Menschen zu tun.

Wieder fröstelte mich. Das Gras war feucht, und meine Socken waren völlig durchnäßt. Die Waffe schnitt mir in die Taille. Der Mann im Mond zwinkerte mir nicht mehr zu. Er hatte die Augen zu, sein Gesicht wirkte verschlossen und kalt. Wie kann der Mond nur so herzlos wirken und trotzdem als Symbol der Liebenden gelten?

Ich beschloß, mich schnell hinten in der Laube umzusehen. Im Sommer war der Innenhof unter diesem Laubdach grün und kühl. Jetzt waren die scharfen Umrisse der Weinranken vor dem mondhellen Himmel zu sehen. Die Schatten spielten ein dunkles, verstohlenes Spiel im Mondlicht, wie unentzifferbare Überbleibsel aus dem Paläolithikum. Ich stieß mir die feuchte, kalte Zehe an einer herausstehenden Bodenplatte an und fluchte. Xerxes' Lieblingsbank an einem warmen geschützten Fleck war leer.

Ich hatte genug. Ein Kanonenofen, ein Glas Wein und ein Kissen riefen nach mir. Und der Chor dieser Stimmen klang nachdrücklich und vernünftig. Nur ein Narr würde sich ihm widersetzen. Ich war kein Narr, und mein kalter, angestoßener Zeh tat mir weh.

Fast wäre ich über das warme, feuchte Ding gefallen. Ich stieß zuerst mit dem Fuß dagegen, aber ich wußte nicht, was es war. Mein Füße waren so kalt, daß sie ganz gefühllos und tot waren.

Genau wie das warme, feuchte Ding.

Es hatte ein Fell, große, vorquellende Augen und lag in einer Pfütze aus dickem, dunklem Öl. Als es noch am Leben war, war es Xerxes gewesen. Ich streckte die Hand aus, um es zu berühren; es war noch nicht starr. Meine Gedanken wurden unklar. Der Mond leuchtete hell. Auf Liebende und Leichen.

»Was ist passiert, Xerx?« flüsterte ich. »Warum? Warum? Oh, mein Gott.« Ich fing an, ihn zu streicheln, aber ich ertrug es nicht, seinen bewegungslosen, kalten Körper zu fühlen. »Warum?« Das Maul stand ihm offen, die Zunge hing ein wenig heraus, an seinem Körper war keinerlei Verletzung zu sehen. Ich wunderte mich über das Öl. Er hatte so etwas wie ein Lätzchen davon am Bauch, wie ein süßes, sauberes Kätzchen. Ich steckte den Finger in die Pfütze. Kein Öl, sondern Blut. Man hatte ihm den Hals durchgeschnitten.

Die Gedanken wirbelten durcheinander wie bei einem Betrunkenen auf dem Karussell. Endlich hörte das Wirbeln auf, aber deshalb ergab das alles immer noch keinen Sinn. Ich hörte keine Musik, dafür aber ein rauhes Geräusch, meinen eigenen Atem, wie ich nach einer Weile merkte.

»Xerx«, flüsterte ich im Licht des Mondes, »irgendwie hab' ich dich in dieses Schlamassel hineingebracht, und das tut mir leid.«

Aber das war nicht genug, nicht für mich und nicht für Xerxes. Ich wippte auf den Fersen zurück und betrachtete das Blut und das nicht mehr so warme, feuchte Ding, das einmal Xerxes gewesen war und mich nie wieder mit dem Kopf anstoßen würde, um sich kraulen zu lassen, das nie mehr auf dem Kühlschrank sitzen und mir etwas erzählen würde, während ich das Abendessen zubereitete, das nie mehr Schmetterlinge im Sonnenschein fangen würde.

Und ich erinnerte mich an Hughie, der neben Glory gestöhnt hatte: »Ihr passiert nichts. Deshalb hat sie doch mich.«

Aber die Sache war anders gelaufen: bei Glory und bei Xerxes. Der Mond schien herab auf Liebende und Leichen. Ich hatte Angst, Angst wie Michaela vorige Nacht. Aber sie hatte wenigstens noch mich gehabt, die sie beruhigen konnte. Endlich stand ich mit der Waffe in der Hand auf.

Das Haus war warm, aber das machte keinen Unterschied, es wirkte immer noch kalt auf mich. Ich ging zum Telefon und wählte langsam, betäubt und ganz mechanisch eine Nummer.

»Hank?«

»Kat! Ich wollte dich später auch anrufen. Was ist los, Schatz?«

»Hank ...« Ich hörte, wie meine Stimme schwand.

»Kat, bist du in Ordnung?«

»Nein. Nein, das bin ich nicht.«

»Was ist los?«

»Hank, du hast gesagt, wenn ich dich brauche, kommst du. Ich brauche dich.« Wieder schwand meine Stimme. Ich konnte sie nicht kontrollieren. Sie war wie ein Radiosender, der zu weit weg war und immer schwächer wurde.

»Kat, was ist los?«

»Ich brauche dich.« Nur noch ein Flüstern.

»Bist du verletzt?«

»Nein. Ja, innerlich. Und ich habe Angst.« Langes Schweigen. Der Hörer wurde mir zu schwer, und ich fragte mich, ob ich ihn noch weiter halten könnte. Ich hätte am liebsten geweint. Das Schweigen dauerte an.

»Hank?« Die Angst verschlug mir fast die Sprache.

»Ich komme, Kat. Ich muß die Sache nur planen.« Wieder eine Pause. »Ich laß die Arbeit sausen und bin bis Mitternacht auf der Straße. Ich bin morgen nachmittag da.«

»Nein.« Inzwischen brachte die Angst alle Buchstaben durcheinander. Das ›N‹ kam gleich in dreifacher Ausfertigung heraus. »Nimm das Flugzeug, das geht schneller. Das allererste. Ich bleibe hier neben dem Telefon sitzen. Ruf mich an und sag mir, wann du fliegst. Ich hol' dich ab. Ich kann fahren«, meine Stimme stolperte. »Nein, ich fahr' los, wenn du angerufen hast, und warte am Flughafen. Ich ...« Ich hörte auf. Ich wußte nicht, was ich machen sollte. Mein Kater war tot; ich hatte ihn nicht beschützt, es war meine Schuld. Er hatte mich beschützt, und ich war nicht dagewesen. Mein Gott, was kam wohl noch alles.

»Kat, ruf Charity an.«

»Das kann ich nicht.«

»Rafe? Alma?«

»Das kann ich auch nicht.«

Mein Kater war tot. Die schöne Laube war nicht sicher. Ich hatte keinen Ort, keinen sicheren Ort, wo ich hin konnte.

»Was ist passiert, Kat?«

»Nicht jetzt, das sage ich dir, wenn du da bist.« Ich flüsterte noch immer.

»Gut. Bleib sitzen. Ich rufe dich sofort zurück wegen den Abflugzeiten. Kopf hoch, Schatz.«

»Ja«, sagte ich.

Der Hörer fiel mir aus der Hand. Ich brauchte lange, um ihn wieder in die Hand zu nehmen und zurück auf die Gabel zu legen. Ich saß eine Weile da, und wirre Gedanken über die Toten wirbelten durch meinen Kopf: Johnny, Lisa, Xerxes. Und über die toten Träume. Johnny würde nie Tierarzt werden und Lisa nie ihren Abschluß an der High School machen. Xerxes würde nie mehr eine fette kleine Maus fangen. Sogar Glory hatte Träume gehabt – noch eine weitere Nummer, noch ein Lied.

Die Musik hatte aufgehört.

Xerxes war da draußen in der Kälte und der Feuchtigkeit und dem Mondlicht. Mich fröstelte. Ich hatte immer noch die feuchten Socken an. Plötzlich konnte ich es nicht mehr ertragen, daß Xerxes da draußen in der Kälte lag. Das war dumm, das wußte ich, aber ich konnte es einfach nicht mehr ertragen.

Ich nahm die Waffe in die Hand und ging hinaus, um ihn zu holen. Auf dem Weg nach draußen hoffte ich, daß ich mich vielleicht doch getäuscht hatte. Auch das war dumm. Mein Kopf war ganz durcheinander. Und ich war leichtsinnig.

Das war das Dümmste überhaupt.

Als ich vor Xerxes stand, hörte ich ein Geräusch hinter mir. Etwas war auf einen Ast getreten. Nicht etwas, sondern jemand. Und es war keine Katze. Die Katze war tot. Der Körper der Katze war noch warm gewesen, ihr Hals durchgeschnitten. Da draußen trieb sich jemand herum, mit einem Messer und Lust auf Blut. Mit der Waffe in der Hand begann ich, mich umzudrehen. Doch etwas erwischte mich und wirbelte mich herum. Der Knüppel traf mich am Bauch, und als ich mich zusammenkrümmte, an der Brust.

Ich spürte Schmerz, ziemlich viel Schmerz. Aber das war in Ordnung, das brachte mein Gehirn wieder in Gang. Ich war am Leben, und es war wichtig, am Leben zu bleiben.

Dann hatte ich das Gefühl, von einem hell erleuchteten Raum in eine dunkle Kammer geschoben zu werden.

Die Tür schlug zu, und alles war schwarz. Schwarz und traumlos.

27

Als ich aufwachte, war alles um mich herum weiß. Ich bin Detektivin, also zog ich aus dem Weiß meine Schlüsse. Im Himmel konnte ich nicht sein, so gut hatte ich mich nicht aufgeführt (und außerdem roch es im Himmel doch sicher besser, oder?). Also blieben noch ein Labor oder ein Krankenhaus. Eine Schwester huschte vorbei und klärte diese Frage.

»Ist sie wach? Kann ich sie sehen? Ist sie in Ordnung? Hey! Hey, Kat, bist du da?«

»Timmy?«

»Ja. Die wollten mich nicht reinlassen, dabei wollte ich doch nur nachschauen, ob du in Ordnung bist. Ich stör' dich auch nicht. Ich hab' ihnen versprochen, daß ich das nicht mache.«

»Du störst mich nicht. Komm doch rein.«

Ich suchte nach Knöpfen, auf die ich drücken konnte, um herauszufinden, wo ich war und was ich hier machte. Meine Brust tat mir weh, mein Gehirn war mit Haferschleim verklebt, und mein Gedächtnis war alles andere als rasant. Und außerdem konnte ich den Knopf für die Schwester nicht finden.

Ich überlegte mir schon, ob ich aufstehen und einfach den Gang hinunterbrüllen sollte, aber ich hatte eins von diesen Krankenhausnachthemden an, die alle anderen und einen selber bloß verlegen machen. Ich würde damit schon fertig werden, aber Timmy war noch jung und leicht zu beeindrucken.

»Du hast mir einen Schrecken eingejagt, Kat.«

Scheiße! Also war's schlimmer, als ich mir gedacht hatte. Ich versuchte, mich zu erinnern, aber das gelang mir nicht.

»Wirklich? Timmy, was hab' ich denn gemacht?«

»Du bist im Regen da draußen gelegen und …«, seine Augen füllten sich mit Tränen, »und Xerxes auch.« Jetzt fiel mir alles wieder ein. Verdammt, verdammt, verdammt. »Kat, Xerxes ist…«

Ich sah ihn düster an. »Ich weiß.«

»Ich hab' Angst gehabt, daß du auch tot bist, wie Xerxes. Du warst ganz kalt und bist einfach bloß dagelegen. Und da war auch noch Blut, oder?« Ich nickte. »Ich hab' eigentlich keine richtige Angst gehabt, nur Angst um dich.«

»Ja.« Ich nickte. »Aber du warst tapfer.« Er zuckte mit den Achseln und zitterte dann ein bißchen. »Was hast du gemacht?«

»Ich bin heimgelaufen. Mami und Papi waren nicht da, aber ich hab' neun-eins-eins angerufen, genau wie sie mir gesagt haben. Du hast mir das auch gesagt, Kat.«

»Ja.« Es tat mir weh, wenn ich nickte, also sagte ich nur noch ja.

»Ich hätte von deinem Haus aus anrufen sollen. Das wäre schneller gegangen.« Er sah mich an. »Es war das Blut«, fügte er hinzu.

»Nein, du hast's schon richtig gemacht. Sieh immer zu, daß du von einem sicheren Ort aus anrufst.« Er wirkte erleichtert.

»Die sind wirklich ganz schnell gekommen. Ich hab' sie dazu gebracht, daß sie mir sagen, wo du bist, damit ich dich am nächsten Tag besuchen konnte. Heute«, verbesserte er sich. Ich sah aus dem Fenster hinaus. Es hatte zu regnen aufgehört, aber der Himmel war noch immer grau und bewölkt.

»Kat?« Er klang besorgt.

Ich schaute ihn an und lächelte. »Du hast das wirklich toll gemacht. Danke, Timmy.« Er lächelte mich schüchtern an. »Warum bist du denn gestern abend vorbeigekommen?«

»Ich weiß es nicht.« Er runzelte die Stirn. »Ich hab' nur plötzlich das Gefühl gehabt, daß ich Xerxes höre, und hab' gedacht, vielleicht braucht er mich, ich weiß nicht…«

»Ms. Colorado?« Eine Schwester streckte den Kopf herein, lächelte mich an und warf gleichzeitig Timmy einen halben mißbilligenden Blick zu. »Sind Sie wach? Gut. Ihr Mann ist da.« Jetzt schenkte sie Timmy einen vollen mißbilligenden Blick. »Sie sollten nicht so viele Besucher haben. Ich würde sagen, nur die engste Familie.« Timmy fing zu stottern an.

»Er gehört zur Familie«, sagte ich. »Was für ein Mann?« wollte ich gerade fragen, hielt mich aber gerade noch rechtzeitig zurück. Sie merkte das und warf uns beiden einen wütenden Blick zu. Dann marschierte sie hinaus, ganz in Weiß, mit dunklem Murmeln.

»Mann?« sagten Timmy und ich gleichzeitig in die Stille des Krankenzimmers hinein. Die Tür ging mit einem Knall auf, und Hank kam herein. Das Krachen der Tür schwang in meinem Kopf nach.

»Kat...« Er streckte die Arme nach mir aus und umarmte mich, küßte mich und machte meinen Kopf ganz durcheinander vor lauter Schmerz und Freude.

»Bist du mein Mann?«

Er sah mich verdutzt an, dann klärte sich sein Gesicht auf. »Sie wollten mich nicht reinlassen. Schatz...« Er brach ab und küßte mich wieder. »Verdammt, Kat, kannst du dich denn nicht eine Minute aus Schwierigkeiten raushalten?«

Ich seufzte. »Sind Ehemänner normalerweise nicht netter? Was ist bloß aus dem schönen Satz geworden: ›Hallo, Liebes, wie geht's dir denn?‹ oder ›Schön, dich zu sehen.‹ Wie wär's mit ›Hallo, Schatz, ich bin da‹? Das ist auch ziemlich beliebt.« Timmy kicherte.

»Das ist kein Scherz, Kat.«

»Nein«, stimmte ich ihm zu. »Da hast du recht.« Hanks gut geschnittenes Gesicht bekam diesen betonharten Ausdruck. »Timmy hat mir erzählt, was passiert ist. Ich kann mich nicht mehr besonders gut erinnern.«

»Du weißt die Sache mit Xerxes?« Ich nickte und sah weg. Mir fielen wieder Einzelheiten ein. Es wäre mir lieber gewesen, ich hätte sie vergessen.

»Ich hab' ihn gefunden, dann bin ich rein, um dich anzurufen. Danach bin ich durchgedreht. Tut mir leid. Ich weiß nicht, was...« Hank setzte sich aufs Bett und legte den Arm um mich. »Ich glaub', ich bin wieder in Ordnung. Verrückt, traurig, aber in Ordnung. Ich weiß nicht, warum ich so durchgedreht bin.« Ich schwieg einen Augenblick. »Jedenfalls konnte ich den Gedanken nicht ertragen, daß Xerxes so ganz allein und kalt da draußen im Regen liegt. Ich weiß, das ist dumm, aber...«

Timmy war inzwischen ganz blaß und schüttelte den Kopf. »Es ist nicht dumm, Kat. Das ist es nicht!« Ich lächelte ihn an. Ziemlich schwach, genau wie ich mich fühlte.

»Dann erinnere ich mich an nichts mehr.«

»Jemand hat dir in den Magen und gegen die Brust geschlagen – fest genug, um dir den Atem zu nehmen, und offenbar auch fest genug, daß du das Bewußtsein verloren hast. Außerdem hast du eine Beule am Kopf, aber die hast du dir wahrscheinlich geholt, als du hingefallen bist. Als sie dich hier eingeliefert haben, bist du unter Schock gestanden und warst unterkühlt.«

Ich sah Hank voller Bewunderung an. »Du hast einen Arzt dazu gebracht, daß er dir das alles erzählt?« Er wurde rot.

»Eine Schwester.«

Timmy und ich kicherten.

»Du gutaussehender Charmeur, du ...«

Die Tür flog auf, und herein marschierten: Alma, Charity, Lindy, Rafe und ein paar Mädchen in Hot Pants, Stiefeln und mit einer Gänsehaut. Schließlich war es erst Februar. Sie hatten Blumen, Süßigkeiten und Luftballons dabei. Rafe hatte eine Kazoo in der Hand und spielte entweder ›For She's a Jolly Good Fellow‹ oder ›Hail to the Chief‹. Man konnte das nicht so genau sagen. Sie überschwemmten mich mit Küssen, Blumen und Schokolade. Jemand ließ einen Luftballon zerplatzen.

»Hallo«, wollte ich gerade sagen, aber dann beschloß ich, statt dessen ein Stück Nußschokolade zu essen. Ich war schon halb verhungert. Eine Schwester kam herein, ihr Gesicht ein einziger Ausdruck der Mißbilligung. Ich kaute schneller und schluckte. »Die gehören alle zur Familie«, versicherte ich ihr.

Sie nannte mich zwar keine Lügnerin, aber das dachte sie offenbar. Ihr Blick wanderte übers Zimmer und blieb an den Mädchen mit den Hot Pants hängen. Die Entscheidung war ziemlich logisch, das mußte ich zugeben. Sie zog die Augenbrauen hoch. Ich lächelte.

»Die gehören nicht zu Ihrer Familie. Die ...« Sie zögerte.

»Proben gerade für die Schulaufführung«, beendete ich den

Satz für sie. »Was spielt ihr denn dieses Jahr, Mädels? *Ende gut, alles gut?*«

Die Mädchen machten kein Hehl daraus, daß sie keine Ahnung hatten, wovon ich sprach, aber sie nickten fröhlich mit hüpfenden und klimpernden Ohrringen. Rafe begann, entweder ›Row, Row, Row Your Boat‹ oder ›When the Saints Come Marching In‹ zu spielen. Alma gab mit dem Fuß den Takt an und aß ein Stück Schokolade. Genau wie Timmy. Und ich. Die Ärztin kam herein. Ich bot ihr auch ein Stück an.

»Sie sollten nicht so viel Besuch haben. Vielleicht im Augenblick wirklich nur die Familie.« Sie lächelte.

»Mein Mann und mein Sohn«, sagte ich. Hank machte ein finsteres Gesicht, und Timmy grinste. Hank haßte es, wenn ich flunkerte. Pech, schließlich hatte er damit angefangen. »Meine Großmutter«, Alma nickte, den Mund voller Schokolade.

»Meine Schwester, ihr Mann und ihre Mädchen.« Charity wurde ganz blaß ob dieser plötzlichen Neuerwerbungen, und Rafe fing ein Stück an, das gut und gerne ›Here Comes the Bride‹ hätte sein können. Die Mädchen kicherten, gaben Rafe einen Knuff und nannten ihn Daddy. Er hörte auf zu spielen und sagte ihnen, sie sollten den Mund halten. Es war eine rührende Familienszene. Die Ärztin machte sich geschickt eine Pause in der Unterhaltung zunutze.

»Wie fühlen Sie sich?«

»Mein Kopf tut mir weh, ich hab' blaue Flecken und Hunger, aber ansonsten geht's mir gut.«

»Die Röntgenaufnahmen haben nichts ergeben. Alles andere ist in Ordnung, und Ihre Gesichtsfarbe sieht schon wieder ganz gut aus. Sie können genausogut heimgehen. Aber Sie sollten sich ausruhen«, fügte sie mit zweifelndem Blick hinzu. Ich nickte ihr freundlich zu. Sie sah weiterhin zweifelnd drein und ging.

»Ich hab' dir ein paar Kleider mitgebracht, Kat.« Das sah Charity gleich, daß sie an so etwas dachte. Ich war ihr dankbar und sagte ihr das auch. »Also los, Leute. Komm, Timmy, wir nehmen dich mit.«

»Ich seh' dich dann bei dir zu Hause, Kat.« Das war Rafe.

»Nein.« Charity mischte sich ein. »Sie braucht Ruhe. Vielleicht morgen.« Ich nickte, wieder dankbar. Das Zimmer wurde allmählich leer. Ich aß noch ein Stück Schokolade und lehnte mich in Hanks Armen zurück.

»Willst du auch was?« fragte ich.

»Nein.«

Hank haßt es, wenn ich so viel durcheinander esse, besonders, wenn ich mit der Nachspeise anfange. Ich aß noch eine Süßigkeit. Ihm schien das nicht aufzufallen, deshalb wurde ich hellhörig.

»Hank?«

Er küßte mich. »Ich hab' dir nicht alles gesagt, Schatz.«

Er streichelte mir sanft den Arm und gab mir das Gefühl, nach Hause zu wollen. Ich biß in einen Karamel-Marshmallow-Riegel.

»Als sie dich gefunden haben, hatte dir jemand einen roten Schmiß auf den Hals gemalt. Mit Katzenblut.«

Ich würgte und übergab mich auf seinen Schoß.

28

Ich wollte mir an den Hals fassen, zog aber die Hand wieder zurück. »Ist er immer noch da?«

»Was?«

»Der Schmiß.« Er schüttelte den Kopf. »War es das Blut von Xerxes?«

»Ja.« Er stand auf, machte einen Waschlappen naß und wusch mir das Gesicht. Dann wischte er sich den Schoß ab.

»Tut mir leid.« Er sah verwirrt aus. »Daß ich mich auf dich übergeben habe.«

Sein Gesicht klarte auf. »Kat, Leute, die ich viel weniger leiden kann als dich, haben mir schon viel Schlimmeres angetan. Zieh dich an, Schatz, wir fahren heim.«

»Xerxes?«

»Ich hab' ihn begraben.«

»Wo?«

»Unter dem Apfelbaum.« Ich nickte stumm. Der Apfelbaum war einer seiner liebsten Orte zum Faulenzen und Klettern gewesen. Das war ein guter Ort für sein Grab. Nur – wenn man tot ist, gibt es eigentlich keine guten Orte mehr.

Hank lenkte meinen Bronco. Ich fragte ihn nicht, wie er in die Stadt gekommen war und wie er herausgefunden hatte, daß ich im Krankenhaus lag. Er würde mir das später schon noch erzählen, und im Moment war es mir egal. Ich drehte die Heizung voll auf, bis Hank vor Hitze fast verging, aber mir wurde trotzdem immer noch nicht warm. Ich rutschte so nahe zu ihm wie nur irgend möglich und verfluchte die Schalensitze. Er hielt meine Hand auf seinem Knie und spielte mit meinen Fingern.

»Was passiert, wenn man den Biß verliert, Hank?«

Seine Finger hörten auf, mit den meinen zu spielen, und drückten sie dafür. »Manchmal kommt man drüber hinweg, manchmal schafft man das nicht.«

»Passiert das jedem?«

»Ich weiß es nicht, Kat. Nein, wahrscheinlich nicht. Schließlich erlebt nicht jeder die Situation, über die du sprichst. Und die, denen es passiert? Das ist unterschiedlich. Ich kenne eine Frau, die mit zweiundzwanzig einen Unfall gehabt hat. Sie ist jetzt fünfunddreißig und hat seitdem kein Steuer mehr angefaßt; wahrscheinlich wird sie das auch nicht mehr. Andere Leute stürzen im Gebirge ab, brechen sich fast alle Knochen und holen gleich die Seile und Haken heraus, sobald sie sich wieder ein bißchen rühren können.

Ich habe schon Polizisten gesehen, auf die geschossen worden ist, die aus dem Krankenhaus herausgekommen sind, die Uniform angezogen und sich wieder an die Arbeit gemacht haben. Ich habe auch schon andere Polizisten gesehen, die das nicht geschafft haben. Sie haben ihren Beruf an den Nagel gehängt oder sind in den Ruhestand gegangen.«

Ich zitterte, mir war immer noch kalt. Hank stand der Schweiß auf der Stirn.

»Extremsituationen wie Konzentrationslager oder Folter zerbrechen die meisten von uns. Und bei allem anderen«, er zuckte mit den Achseln, »tut man, was man kann. Man holt sich Hilfe, wenn man sie braucht, und man macht sich keine Vorwürfe dafür, daß man sie braucht oder darum bittet.«

»Ich hätte ...«

»Nein, Kat.«

»Hank, ich hab' solche Angst gehabt.«

»Ja. Das war auch richtig so; schließlich hat einem die Situation auch Angst machen können. Wagemut bedeutet nicht, keine Angst zu haben, sondern trotz der Angst zu handeln.«

»Das hab' ich nicht gemacht.«

»Du hast mich angerufen. Du hast das Krankenhaus verlassen. Du gehst dein Leben wieder an. Urteile nicht so hart über dich selbst, Kat. Du versuchst schon wieder, hart zu sein.«

Ich kaute eine Weile an dem herum, was er mir gerade gesagt hatte.

»Und du ärgerst dich über dich selbst, weil du mich um Hilfe gebeten hast.«

Ich seufzte. Er hatte recht. Ich war schon lange allein und unabhängig. Es fiel mir schwer, mich an Hanks Schulter zu lehnen, schwer zu glauben, daß er immer für mich da sein würde, auch wenn er mich noch nie im Stich gelassen hatte.

»Dafür sind Freunde schließlich da, Kat.« Ich seufzte. »Und ich bin mehr als nur ein Freund.« Ich seufzte wieder. »Du ...«

»Ach, hör auf damit, Hank«, sagte ich mit mürrischer Stimme. »Das klingt ja fast wie eine Mischung aus Stimmungsmache und Vortrag in der Sonntagsschule.«

Er grinste mich an. »Siehst du, dir geht's schon wieder besser.«

»Stimmt nicht«, antwortete ich, immer noch zum Streiten aufgelegt. »Und außerdem hab' ich ziemlich großen Hunger.«

»Hast du was zu essen daheim?«

Ich dachte über seine Frage nach und wußte es nicht mehr.

»Wahrscheinlich nicht«, sagte ich schließlich, um mich herauszuwinden. »Warum sollte ausgerechnet heute etwas anders sein als sonst? Hat der Pasta Palace mittags offen?«

»Ich glaub' schon.« Mein Magen blubberte vor sich hin. »Laß uns doch nachschauen.«

Der Pasta Palace ist eins von meinen Lieblingsrestaurants. Es ist in Ranche Cordova, kein großer Umweg, wenn wir zu mir nach Hause wollten. Das Essen ist billig und prima, und die Inneneinrichtung, wie der Name schon sagt, schrecklich. Wenn man hereinkommt, sieht man als erstes eine riesige Collage aus getrockneten Bohnen, die zusammen den Namen Pasta Palace ergeben. Und ›Palace‹ ist mit zwei ›l‹ geschrieben.

An der hinteren Wand hängt ein gerahmtes Bild mit getrockneten Spaghetti auf tomatensuppenroter Pappe. Knallig rote und grüne Kerzen, die wohl noch vom letzten Weihnachten übrig sind, stecken in langhalsigen Coors- und Bud-Flaschen. Außerdem gibt's noch ein Bild von Marco Polo und Venice, Kalifornien. Es gehört nicht viel dazu, um festzustellen, daß der Pasta Palace von der Mode, dem Einfluß der Yuppies und sämtlichen modernen Trends im Restaurantwesen unberührt geblieben ist.

Wir setzten uns. Ein chinesischer Kellner namens Segovia brachte uns einen Korb mit Knoblauchbrot und nahm unsere Bestellung auf. Die Butter tropfte mir auf die Finger. Ich schleckte sie mir ab und bestellte mit vollem Mund. Auf das Knoblauchbrot folgte eine Karaffe mit trockenem roten Wein. Ich wollte über Johnny reden, aber Hank ließ mich erst, nachdem ich zwei Stück Knoblauchbrot, meinen Salat und ein Glas Wein hinter mir hatte. Gute Taktik.

»Ich trete auf der Stelle, Hank. Nichts tut sich.« Er sah mich mit hochgezogener Augenbraue an. »Ich weiß jetzt viel mehr als vorher, aber nichts paßt zusammen.«

»Laß mich mal hören.«

»Da gibt's Gil Jones, den Tierschützer. Ich fang' mal mit ihm an. Er ist so ziemlich der abstoßendste Mensch, den du dir vorstellen kannst. Er ist besessen von den Rechten und der menschlichen Behandlung der Tiere, aber er selbst behandelt Leute, die nicht seiner Meinung sind, auf irrationale, gemeine und gewalttätige Weise.

Er hat Johnny nicht leiden können und gibt das auch zu. Er geht sogar so weit, zu sagen, daß er glücklich ist über Johnnys Tod. Er hat mit Sicherheit ein paar Schrauben locker«, sagte ich und aß einen Bissen Linguine mit Venusmuschelsauce.

»Er ist zu zerstörerischem Verhalten gegen Sachen fähig: Gebäude, Laborausstattungen und -einrichtungen. Also ist er auch zu Gewalt fähig. Mord? Das weiß ich nicht. Mir ist die Verbindung von Gewalt, Irrationalität und Besessenheit jedenfalls unheimlich.«

Hank nickte. »Ganz zu Recht.«

»Ich hab' auch schon über Johnnys Mitbewohner Ned nachgedacht, aber das scheint mir nicht so wahrscheinlich. Er war ein bißchen eifersüchtig auf John, auf seine Begabung und sein Geld, und dann war da noch die Tatsache, daß Sally, seine Freundin, John ganz gern gesehen hat. Das ist vielleicht eine ganz schöne Belastung für eine Freundschaft, aber es reicht wohl kaum dazu, jemanden gleich zu ermorden. Das gleiche gilt für Sally, obwohl sie noch weniger Grund gehabt hat, ihn umzubringen. Sie war ein wenig eifersüchtig auf Bella, die neue Frau in Johnnys Leben.«

Ich schob Hank meinen Teller hinüber, damit er ihn leerte, und fischte mir ein Ravioli von seinem. »Es ist möglich, aber nicht sehr wahrscheinlich.«

»Wenn man voraussetzt, daß alle sich rational und vernünftig verhalten.«

»Ja.«

»Aber diese Voraussetzung erweist sich häufig als falsch.«

»Ja.«

»Bella.« Ich dachte darüber nach. »Sie ist faszinierend und rätselhaft, vielleicht zehn Jahre älter als Johnny. Sie ist außerdem schön, exotisch und eine Künstlerin. Ned und Sally haben gesagt, daß Johnny ganz scharf auf sie war. Sie glaubten auch, daß sie einen Mann oder einen festen Freund hat, weil sie Johnny weder am Abend noch bei sich zu Hause treffen wollte. Sie hat ihn immer nur ganz kurz getroffen und nicht sehr oft. Dreiecksverhältnisse stecken voller Möglichkeiten, interessanter und unvorhersehbarer Möglichkeiten.« Ich nahm einen Schluck Wein.

»Genau wie Drogen.« Hank sah mich an. »Sie haben Drogen in Almas Wagen gefunden. Ich glaube nicht, daß es Johnny gewesen ist, aber«, fügte ich lahm hinzu, »sie waren da.«

Der Kellner tauchte auf, räumte unsere leeren Teller ab und

fragte uns nach der Nachspeise. Hank bestellte Kaffee, und ich trank den restlichen Wein aus.

»Walter erscheint mir als der Wahrscheinlichste«, sagte ich, der Wein ätzend und bitter auf meiner Zunge, und das Bedauern bittersüß in meinem Mund. »Schließlich war er verantwortlich für die Verwaltung eines großen, zweifelsohne verführerischen Vermögens. Wer würde sich da nicht versucht fühlen, sich ein wenig persönlich zu bereichern?«

»Und?«

»Nein. Er hat sich durch den zweiten Nachlaßverwalter, die Bank, und die Polizei abgesichert. Obwohl ...«

Hank lachte. »Laß es, Kat. Deine Vorurteile spielen dir da einen Streich.«

»Mmmm.«

Er hatte recht, aber es fiel mir schwer, diesen Gedanken aufzugeben. Ich hatte all die Jahre nicht allzu viel von Walter gehalten; das stempelte ihn schon fast zum Sündenbock ab. Das war zu leicht. Ich seufzte. Mein Ansatz war nicht gerade objektiv, und das verstimmte mich ein wenig.

»Hat er irgend etwas von Johns Tod?«

»Nein.«

»Und wenn Michaela stirbt?«

»Immer noch nein.«

»Dann hat er also kein Motiv, Kat.«

»Ich *weiß.*«

Das einzige, was mich noch mehr ärgert als die Einsicht, daß ich beruflich nicht ganz objektiv bin, ist die Tatsache, daß jemand mich so vernünftig, hilfsbereit und höflich darauf hinweist. Hank grinste, und ich streckte ihm die Zunge heraus, gerade als der Kellner kam. Er sah mich mit seinem unergründlichen chinesisch/italienischen Gesicht an, das, wie wir alle wissen, doch nur eine Maske für seine Verachtung ist, und schenkte Hank noch ein bißchen Kaffee nach. Ich streckte seinem Rücken noch einmal die Zunge heraus.

»Ich glaube nicht, daß du deinen Biß verloren hast, Kat.«

Ich hielt die Luft an. »Es ist nicht besonders mutig, jemandem die Zunge rauszustrecken.«

»Stimmt«, stimmte er mir zu.

»Also?«

»Unter Biß versteht man die psychische Verfassung, nicht einen willkürlichen Akt des Körpers.«

Er lächelte mich an. Der Kellner knallte die Rechnung auf den Tisch, und Hank zahlte. Normalerweise zahlt jeder für sich, oder wir laden einander abwechselnd ein, aber meine Handtasche war zu Hause, oder zumindest hoffte ich, daß sie da war. Auch daran konnte ich mich nicht mehr so genau erinnern.

Während Hank den Wagen lenkte, aß ich Schokolade.

»Da ist noch was, was ich dir noch nicht gesagt habe«, sagte ich schließlich, ohne ihm viel zu sagen.

»Was?« fragte er. Ich zögerte ziemlich lange, und Hank sah mich an. »Dann sag mir's nicht«, sagte er mit vernünftiger Stimme.

»Da meldet sich wieder das Vorurteil zu Wort.« Hank erwiderte nichts. »Es geht um Michaela.« Wir hielten an einer roten Ampel und bogen nach links ab, als es grün wurde. »Sie hat sich in der Nacht, in der Johnny umgebracht wurde, mit ihm im Homestead getroffen. Sie haben sich in Almas Wagen gesetzt und sich unterhalten. Sie hat sich verzweifelt ein neues Leben gewünscht und Geld, damit sie aufs Konservatorium kann. Und sie ist immer noch verzweifelt.« Ich schwieg einen Augenblick und atmete tief durch.

»Sie hat gesagt, Johnny wollte es ihr leihen. Dann ist sie gegangen. Sie hat erst erfahren, daß etwas nicht in Ordnung ist, als ich es ihr gesagt habe.« Ich merkte, wie ich Hank durch meinen Tonfall anbettelte, mir zu glauben, wie ich mich selbst anbettelte, mir zu glauben.

»Eine mögliche Verdächtige hält sich am Tatort auf. Sie hat ein starkes Motiv, und sie hat leichten Zugang zur Mordwaffe.« Seine Stimme klang kalt und mitleidlos.

»Ja«, stimmte ich jämmerlich zu.

»Das bedeutet nur, daß sie es getan haben kann, Kat, nicht, daß sie es tatsächlich war.«

»Alma und ich streiten uns deswegen schon die ganze Zeit

herum. Sie behauptet, wir sind alle fähig, jemanden umzubringen.«

»Jemanden umzubringen? Ja, da stimme ich ihr zu. Aber irgend jemanden? Nein, das glaube ich nicht.«

Das war ein Trost, wenn auch nur ein kleiner.

»Ich habe das der Polizei noch nicht gesagt.«

Hank sah nicht sonderlich überrascht aus. »Je mehr die Polizei weiß, desto wahrscheinlicher wird der Mord gelöst. Nun trau der Polizei doch ein bißchen was zu, Kat.« Ich sagte nichts. »Du willst doch, daß der Fall aufgeklärt wird, selbst wenn Michaela für die Tat verantwortlich sein sollte, oder?«

Ich antwortete ihm nicht, ich wußte es einfach nicht. Und dieses Gefühl war nicht gerade behaglich.

Am nächsten Morgen wachte ich in Hanks Armen auf. Außerdem spürte ich einen dumpfen Schmerz in der Brust, von dem Schlag, der mir vor zwei Tagen versetzt worden war. Mein Körper tat mir weh, und es war ein grauer, kalter und nebliger Morgen, aber mein Biß war wieder da. Ich lächelte, gähnte und streckte mich. Hank zog mich näher an sich heran und küßte mein Ohr.

»Warum sollte jemand Michaela bedrohen?« fragte ich. Er küßte mich auf den Mund. »Oder sie umbringen wollen?« Er küßte mich auf Augen und Mund. Ich gab auf. Ich konnte nichts sehen. Ich konnte nichts sagen. Michaela würde warten müssen.

Als wir aufstanden, war es schon spät, aber noch nicht zu spät zum Frühstücken. Wir entschieden uns für Omeletts und Hash Browns.

»Kat, ich wünschte, du würdest das nicht immer machen.« Die Mißbilligung war deutlich aus Hanks Stimme herauszuhören. Ich schleckte mir die Finger ab.

»Was?« fragte ich unschuldig.

»Vor dem Frühstück Süßigkeiten essen. Du verdirbst dir bloß den Appetit, und außerdem sind die nicht gut für dich.« Ich lachte. Hank kann manchmal ziemlich mütterlich sein.

»Nur noch eins.« Er runzelte die Stirn. Ich aß ein Minzblättchen und schob die Schachtel dann weg. »Hmmm. Mach mir bitte kein großes Omelett. Ich hab' keinen großen Hunger.« Er warf mir einen wütenden Blick zu, und ich grinste. »Ich hab' nur Spaß gemacht. Ich eß sogar obendrein noch alle Hash Browns auf.«

»Ich schreib' dir ja gar nicht vor, was du zu tun und zu lassen hast, Kat.« Er nahm mich in die Arme.

»Doch, das tust du wohl.« Ich wußte, da steckte noch mehr dahinter.

»Flieg heute mit mir zurück. Ich muß noch ein paar Sachen erledigen, aber nächste Woche kann ich mir einige Tage freinehmen. Dann fahren wir mit dem Wagen wieder zurück.«

Ich schüttelte den Kopf. »Ich kann jetzt nicht weg, und Michaela ...« Ich brach ab. Ich wußte nicht so recht, was ich sagen sollte, aber jedenfalls mußte etwas geschehen.

»Das ist gefährlich, Schatz.« Ich sah ihn an und verkrampfte mich innerlich. Diese Diskussion hatten wir schon öfter geführt.

»Das Leben ist eben gefährlich«, antwortete ich in vernünftigem Tonfall. »Statistisch gesehen, ist unsere Chance, auf der Straße umzukommen, am höchsten.«

Er schüttelte den Kopf. »Vielleicht, aber im Augenblick hast du es mit einem Psychopathen zu tun, der schon einmal einen Mordversuch begangen hat« – ich erinnerte mich wieder an Glorys blutige Tränen –, »dich mit Katzenblut vollmalt und nicht nur dich, sondern auch Michaela bedroht hat. Nicht einfach nur Morddrohungen, sondern Folter und Verstümmelung.« Hank sah mich mit unverwandtem Blick an. »Das hast du in deiner Statistik nicht berücksichtigt.«

Mir lief es kalt den Rücken herunter. Er hatte recht, das hatte ich wirklich nicht berücksichtigt.

»Flieg mit mir nach Vegas. Nächste Woche kommen wir zurück. Ich bleibe ...«

»Ich kann nicht, Hank.« Er ließ mich los und wandte sich von mir ab. »Wenn du vom Pferd fällst, mußt du gleich wieder aufsteigen, bevor du zuviel Angst bekommst. Und du mußt das ganz allein machen. Da kann dir niemand helfen.«

Er drehte sich nicht um.

Ich legte die Arme um ihn und lehnte meinen Kopf gegen seinen Rücken. Sein Bauch fühlte sich unter meinen Händen ganz angespannt an. »Ich passe jetzt auf, und ich gehe kein Risiko mehr ein. Ich komme schon zurecht.«

»Das ist verrückt, Kat.«

»Nein, das ist es nicht. Du hast selbst gesagt, daß Mut bedeutet, trotz seiner Angst zu handeln. Ich will mutig sein, Hank, ich will dem Leben in die Augen sehen und mir nicht den Schneid abkaufen lassen.«

»Ich hasse es, wenn du das tust«, sagte er voller Verzweiflung.

»Aber gerade deshalb liebst du mich doch.«

»Ja.«

Wir machten die Omeletts. Ich aß alles auf, schaffte aber die Hash Browns nicht mehr ganz, also überließ ich Hank den Rest. Am Flughafen küßten wir uns ziemlich lange. Glücklicherweise macht man das so auf Flughäfen. Hank nahm mir das Versprechen ab, Ranger, Johnnys Hund, zu holen und immer eine Waffe bei mir zu tragen.

Damit hatte ich keine Probleme.

29

Ranger freute sich, mich zu sehen und das Haus zu verlassen, das ohne Johnny kein Zuhause mehr für ihn war. Das konnte ich ihm nicht verübeln. Das Leben war ziemlich trübe gewesen seit Johnnys Tod. Ich hatte ein unsicheres Gefühl dabei, mir nach dem, was mit Xerxes passiert war, wieder ein Haustier anzuschaffen, aber Ranger war ein Australischer Schäferhund und hart im Nehmen. Er blinzelte mich zuerst mit einem blauen und dann mit einem braunen Auge an und zeigte mir, daß ich mir keine Sorgen machen mußte. Wir machten uns noch am selben Abend auf den Weg zu mir nach Hause.

Ich sah es schon einen Häuserblock entfernt.

Ich hätte es sogar dann gesehen, wenn ich nicht sonderlich aufgepaßt hätte – man hätte blind sein müssen, um das nicht zu sehen. Mein Haus war hell erleuchtet wie ein Weihnachtsbaum, alle Lichter im Haus und im Garten waren an. Ich stellte den

Wagen am Ende des Häuserblocks ab, nahm die .380er aus meiner Handtasche und steckte sie mir in den Hosenbund, schob die Tasche unter den Sitz und die Autoschlüssel in meine Tasche. Ranger und ich gingen den Rest zu Fuß. Die Waffe hielt ich in der Hand.

Ranger folgte mir auf dem Fuße und winselte hin und wieder nervös. Wir konnten die Musik schon aus einiger Entfernung hören. Ich erkannte sie zwar nicht, aber das hatte nichts mit der Lautstärke zu tun. Ranger winselte wieder. Erst als wir das Haus schon fast erreicht hatten, sah ich Charitys BMW halb versteckt unter den Schatten der Auffahrt. Ich steckte die Waffe wieder in den Hosenbund und ging die Stufen hinauf.

Die Haustür stand ein wenig offen und gab Zeugnis von der Furchtlosigkeit, Achtlosigkeit oder Nonchalance des Menschen im Haus gegenüber meinen Heizkosten. Vielleicht war es eine Kombination von allen drei Dingen. Die Musik zerrte an meinen Nerven, aber die offene Haustür machte mir schlechte Laune.

Ranger polterte mit hochaufgerichtetem und wedelndem Schwanz ins Haus, und ich trottete ihm niedergeschlagen und wütend hinterher.

»Hey«, brüllte jemand, »ein Hund!« Die Küche war voll mit Leuten. Zugegeben, es waren nur vier, aber es war die Sorte, die schon zu wenigen wie eine ganze Menschenmenge wirkt: Charity, Lindy und die beiden kleinen Prostituierten, die inzwischen ihre Hot Pants gegen Jeans eingetauscht hatten. Eine von ihnen holte gerade etwas aus dem Ofen. Sie rempelte mit mir zusammen und stieg mir auf den Fuß. Richtig fest.

»Tut mir leid, bin ich im Weg?« fragte ich, nicht ohne Sarkasmus.

»Nein, Kat. Natürlich nicht. Komm nur rein, das ist schon in Ordnung.«

Die Mädchen nickten. Ich starrte sie an. Sarkasmus war hier offenbar noch zu subtil. Ich schaltete das Radio aus und wollte gerade den Mund aufmachen, um weniger subtil zu werden.

»Hätten Sie gern ein Plätzchen?« Ein Mädchen mit süßem Gesicht hielt mir einen Spachtel mit einem dampfenden Plätzchen entgegen.

»Wir haben den Teig im Kühlschrank gefunden, Kat«, sagte Lindy. »*Die* wollten ihn roh essen, aber ich hab' gesagt, wir müssen ihn erst backen, stimmt doch, oder?«

Falsch. Mir wäre roher Plätzchenteig allemal lieber gewesen.

»Wir sind vorbeigekommen, um nach dir zu sehen und zu schauen, ob du in Ordnung bist.« Charity warf mir einen besorgten Blick zu, und ich nickte halbherzig.

»Wir haben ein paar Sachen für Sandwiches mitgebracht. Hättest du gern eins?« Ich schüttelte den Kopf. »Na ja, auch gut. Ist sowieso nicht mehr viel da.« Ich sah mir die Reste auf dem Küchentisch an. Es hatte Brot, Käse, Salami, Pickles, Zwiebeln und Oliven gegeben. Es waren noch zwei Oliven, eine Essiggurke und ein Berg Zwiebeln übrig. Ich aß ein Plätzchen. Dann aß ich noch ein zweites.

»Gut, was? Trinka hat sie gemacht.« Ich begrüßte Trinka, die mich anlächelte. Dann schaute ich mir das andere Mädchen an. »Das ist Sasha.«

Ich begrüßte auch sie, aß noch ein Plätzchen und überlegte, ob Prostituierte wohl immer Namen haben, die auf einen Selbstlaut enden. »Wo ist Michaela?«

»Auf der Ranch.«

»Allein?«

»Rafe und Ripper sind auch draußen. Sie wollte nicht so viele Leute um sich haben. Aber ihr geht's gut.« Wahrscheinlich stimmte das, aber ich machte mir trotzdem ein bißchen Sorgen.

»Haben Sie noch was wegen Lisa rausgefunden?« fragte Lindy.

»Nein.«

»Oder Johnny?« mischte sich Charity ein.

»Nein.«

»Ist Hank weg?«

»Ja.« Ich aß noch ein Stück von einem Plätzchen und gab den Rest Ranger.

»Kat, warum bist du so schlecht aufgelegt?«

»Meine Katze ist tot, ich bin frisch aus dem Krankenhaus entlassen, und mir gehen jede Menge Dinge im Kopf herum.«

»Deswegen sind wir da«, sagte Lindy, »um Sie ein bißchen aufzumuntern.«

»Und«, fuhr ich erbarmungslos fort, »mein Haus ist voll mit Teenagern, das ganze Essen ist weg, und meine Hoffnungen auf einen geruhsamen Abend kann ich mir wohl abschminken.«

Plötzlich war es still im Raum. Ich bekam ein schlechtes Gewissen. Ich war mufflig und ließ meine Laune an Freunden aus.

Trinka räusperte sich. »Wahrscheinlich ist sie bloß traurig, weil sie so mies ausschaut.« Lindy und Sasha nickten weise.

»Ja«, stimmte sie ihr zu.

»Wissen Sie, man fühlt sich immer besser, wenn man gut ausschaut. Haben Sie Ihren Freund wirklich in dem Aufzug zum Flughafen gebracht?« Trinka stellte die Frage, als könne sie es kaum glauben, nicht einmal, wenn sie ihre Fantasie ein wenig anstrengte.

»Warum, wie sehe ich denn aus?« fragte ich, ohne zu überlegen. Abgesehen von der Waffe natürlich, denn Waffen sind nicht unbedingt modische Accessoires. Sogar Charity sah mich voller Erstaunen an.

»Kat, ich hab' gedacht, du weißt es, und dir macht's bloß nichts aus. Willst du damit sagen, daß du's gar nicht weißt?« Ich sah an mir herunter. Ich trug ein Flanellhemd über einem Pullover mit rundem Ausschnitt und hatte das Ganze in eine Jeans mit Gürtel gesteckt. Dazu hatte ich Stiefel an. Ich hatte das Gefühl, daß ich so ganz ordentlich aussah. Aber ich traute mich nicht, das zu sagen.

»Wir zeigen Ihnen, wie Sie sich besser kleiden können.« Sasha lächelte mich schüchtern an.

»Danke, aber Hot Pants sind nichts für mich.«

»Ach das.« Sie winkte ab. »Die sind doch bloß für die Arbeit.«

»Ich brauche keine kleinen Prostituierten, die mir sagen, wie ich mich anziehen soll.«

Ich streckte die Hand nach einem weiteren Plätzchen aus und hielt mich dann doch zurück. Ranger schielte sehnsüchtig nach dem Teller und hechelte ein bißchen dabei.

»Warum nicht?«

»Es könnte doch nicht schaden«, sagten sie nun alle im Chor.

Zum Teufel noch mal. Ranger und ich genehmigten uns noch ein Plätzchen. »Hört mal zu, Leute, danke, daß ihr vorbeigekommen seid und mir Plätzchen gemacht habt und so, aber jetzt…« Ich gähnte. Als Hank da war, hatte ich gut gegessen, aber zu wenig Schlaf bekommen. Dafür hatte ich aber auch keine Sorgen gehabt. »Ich fürchte, ich muß jetzt dann ins Bett.«

»Also gut, Mädchen, dann räumen wir jetzt auf.«

»Das mach' ich morgen.« Sie sahen mich voller Zweifel an. »Wirklich.«

»Kat, komm mit raus auf die Ranch, da bist du sicherer.«

»Ich bin sicher. Ich hab' Sicherheitsschlösser hier und Ranger und eine Waffe. Mach dir keine Sorgen, Charity.«

»Das tu' ich aber.«

»Mach's trotzdem nicht.«

»Wo soll ich schlafen?« fragte Lindy.

»Das weiß ich nicht. Frag Charity.«

»Nein. Ich meine, wo soll ich hier schlafen? Ich bleib' bei Ihnen. Sie brauchen jemanden.«

»Nein, das ist gefährlich«, wollte ich gerade sagen. Charity sah mich mit ihrem Siehste-hab'-ich's-doch-gewußt-Blick an. Verdammt. »Es ist gefährlich für Lindy, wenn ich nicht da bin«, berichtigte ich mich.

»Dann begleite ich Sie eben«, sagte sie.

Ich schüttelte den Kopf. »Ich muß morgen arbeiten, und ich habe 'ne Menge vor.«

»Wo, Kat?«

»Lindy, ich mein's ernst. Es ist wirklich gefährlich. Ich sage das, weil ich mir was aus dir mache.«

»Hier ist sie sicherer als die ganzen Monate zuvor auf der Straße.«

Dem etwas entgegenzusetzen, fiel mir schwer, also ließ ich es sein. Ich seufzte und gab auf.

»Wo, Kat?«

»In meinem Arbeitszimmer. Ich hab' ein Sofabett da drin.« Die Mädchen polterten aus der Küche, um es auszuklappen.

»Charity, rede mit Michaela. Sie verschweigt etwas. Etwas Wichtiges.«

»Jeder verschweigt irgendwas«, sagte Trinka, die gerade wieder in die Küche zurückkam. »Ich.« Sie sah zu Sasha und Lindy hinüber. Sie nickten. »Die beiden.« Sie schaute mich an. »Sie. Charity. Alle.«

»Und das heißt noch lange nicht, daß man es sagen müßte, Kat«, meinte Charity.

Das war ein guter Abgang. Unglücklicherweise blieben sie noch zwanzig Minuten.

Ich war schon früh auf den Beinen. Es war nicht allzu naß, also liefen Ranger und ich erst mal eineinhalb Kilometer. Danach hatte ich genug, auch wenn er immer noch rennen wollte. Als ich wieder daheim war, kochte ich mir Kaffee und erledigte ein paar Anrufe. Alma und Henley waren beide da und würden mich empfangen. Alma klang erfreut; Henley eher resigniert. Na ja.

Lindy marschierte um zehn zerzaust wie ein kleines Kätzchen in die Küche. Ich sah von meinem Kaffee und der Zeitung hoch, um ihr guten Morgen zu sagen.

»Du bist früh auf.«

»Tatsächlich?« Sie gähnte und streckte sich und fiel dann fast über Ranger. »Charity hat die ganze Zeit versucht, uns um sieben aus den Federn zu kriegen. ›Mit den Hähnen raus‹, lauter solches Zeug. Das bin ich nicht gewöhnt. Und die anderen auch nicht. Wir arbeiten in der Nacht, wissen Sie. Meistens bin ich so zwischen sieben und zwölf oder eins in der Früh unterwegs. Aber in guten Nächten kommen die Typen halt immer wieder.« Sie zwinkerte mir zu und grinste anzüglich. Dadurch wirkte sie nicht besonders erfahren oder schlau, sondern eher wie eine Drittkläßlerin, die die Kleider ihrer Mutter und dazu noch ihre hochhackigen Schuhe anprobiert. Das machte mich traurig; ich versuchte, es ihr nicht zu zeigen.

»Die kommen und kommen«, sagte sie und setzte sich mir gegenüber am Tisch nieder. Sie zuckte mit den Achseln. »Natürlich ist in anderen Nächten dafür wieder überhaupt nichts los. Da kann man machen, was man will. Dann hören wir früher auf.«

»Und was macht ihr dann?«

»Manchmal gehen wir was essen, wenn wir das Geld haben. Wenn nicht«, sie zuckte mit den Achseln, »holen wir uns eine Tüte Kekse und einen Viertelliter Milch. Eine von uns hat 'ne ganze Menge Modehefte. Die sehen wir uns dann an und unterhalten uns und so. Manchmal nehmen wir auch Drogen.«

»Und was?«

»Aufputschmittel, Koks oder Speed. Speed ist billiger und reicht länger. Manche von den Mädels nehmen Crack, aber das mach' ich nicht. Ich hab's mal probiert. Ich mag den Anfang, aber den Crash am Schluß mag ich nicht. Macht einen bloß down. Zuerst total up, und dann total down.« Sie summte ein Lied, das ich nicht erkannte.

»Auf und ab«, sang sie und imitierte mit schwüler Stimme eine Nachtclubsängerin. »In meinem Leben gibt's zu viele von diesen verdammten Aufs und Abs.« Innerhalb eines einzigen Satzes und eines Herzschlages sprang sie von fünfzehn zu vierzig. »Ist das Kaffee?« fragte sie und fuhr fort, bevor ich etwas sagen konnte. »Kann ich welchen haben?«

Ich nickte.

Sie schenkte sich eine halbe Tasse ein und füllte sie dann mit Milch und Zucker auf. Ich sah ihr verblüfft zu.

»Magst du Kaffee, Lindy?«

»Eigentlich nicht.«

»Warum trinkst du ihn dann?«

»Weiß ich nicht. Er ist halt da. Er ist heiß. Er ist – ich weiß es nicht. Wahrscheinlich bin ich einfach dran gewöhnt, Dinge zu machen, die ich nicht mag. Ist ja keine große Sache.«

»Es gibt auch noch Milch, Saft, Tee oder Kakao.«

»Könnte ich Kakao haben? Bitte«, fügte sie hinzu.

»Schokolade und Marshmallows sind im Schrank hinter dir. Die Milch ist im Kühlschrank.« Ich wandte mich wieder meiner Zeitung zu.

»Kann ich Plätzchen zum Frühstück haben?«

»Klar, aber nicht zu viele. Ich bring' dich später noch zu Alma, und die kocht dir was Richtiges.«

»Kann ich die Seite mit den Comics haben?« Ich schob sie ihr hinüber. Sie nahm sie nicht in die Hand. »Kat, wieso sind Sie nicht schockiert?«

Ich schaute hoch. »Soll ich das denn sein?«

»Na ja, ich weiß nicht. Ja, wahrscheinlich. Die meisten Leute sind jedenfalls schockiert.«

»Worüber? Du bist eine Nutte. Nutten reißen Männer auf. Die meisten Nutten sind dumm genug, um Drogen zu nehmen. Sie sind dumm genug, oder ihnen ist es egal«, berichtigte ich mich. »Also paßt du doch wunderbar zu den übrigen neunundneunzig Prozent der Nutten. Tolle Sache. Das ist doch alles Schnee von gestern.« Sie starrte mich an.

»Wenn du mich schockieren willst, mußt du schon was anderes bringen.« Ihre Lippen zogen sich zu einem Knurren zurück. Ich schüttelte den Kopf, und das Knurren verschwand fast.

»Ich bin noch nicht fertig. Du fängst an, nicht mich zu schockieren, das ist das falsche Wort, sondern zu überraschen. Du bist jetzt schon über eine Woche von der Straße weg. Du fängst an, dich mit Charity zu arrangieren. Du hast sogar ein paar Freundinnen dazu gebracht, darüber nachzudenken.«

Das Knurren verschwand völlig. »Ich war mir nicht sicher, ob du das schaffen würdest. Ich hab's gehofft, aber ich war mir nicht sicher. Ich bin mir immer noch nicht sicher.« Ich stand auf und ging hinüber zum Herd. »Kakao?«

»Ja.« Sie preßte das Wort zwischen erstarrten Lippen hervor.

»Du hast Leute, die dir helfen, Lindy. Mich, Charity. Und es gibt noch andere. Aber es ist immer noch deine eigene Entscheidung – du mußt selber was machen. Die Leute können dir helfen, aber sie können's nicht für dich machen.« Ich machte ihr einen Kakao und schenkte mir noch Kaffee nach. »Ich glaube an dich, ich glaube, daß du's schaffst.«

»Waren Sie schon mal high, Kat?«

»Ich trinke.«

»Drogen?«

»Nein, illegale Sachen mache ich nicht.«

»Sie fahren zu schnell.«

»Ich nehme keine illegalen Drogen«, berichtigte ich mich. »Und auch keine legalen. Mir gefällt nicht, was die Drogen mit dem Körper machen.« Ich sah auf die Uhr. »Wir müssen los.« Lindy trank den Kakao aus. »Hast du saubere Sachen zum Anziehen? Ich hätte da ein Flanellhemd, das du dir borgen kannst.«

Lindy drehte sich um und sah mich an, dann lachte sie. »Ich könnte Sie mögen. Vielleicht.«

»Tatsächlich? Dann arbeite mal weiter dran, Kleine.«

»Ich könnte Sie mögen, aber nicht Ihre Flanellhemden.« Ich zuckte mit den Achseln. Fünfzig Prozent waren schon mal gar nicht so schlecht.

Erst später, im Wagen, brachte ich die Rede auf Lisa. »Die Polizei weiß zwar nicht, wer's war, aber sie weiß was.«

»Und was?«

»In den vergangenen neun Monaten sind hier in der Gegend um Sacramento mindestens drei Mädchen umgebracht worden. Sie waren alle jung; sie waren alle Prostituierte; und sie waren alle klein und dunkelhaarig.«

Das Schweigen zog sich lange Zeit dahin. »So ein Verrückter?«

»Ja, das würde ich mal annehmen.«

»Es hat also nichts mit Lisa persönlich zu tun gehabt?«

»Nein.«

»Er hat sie nur umgebracht, weil sie so ausgesehen hat, wie sie ausgesehen hat? Er hat sie umgebracht, und er hat sich nicht mal was aus ihr gemacht?«

»Ja.«

Sie fing an zu weinen.

»Wenigstens hätte es ihm etwas ausmachen können, wer sie war, ein eifersüchtiger Freund oder so was. Wenigstens hätte ihm das was ausmachen können.«

»Es hat ihm nichts ausgemacht. Sie war ihm egal. Sie war einfach nur eine junge, dunkelhaarige Prostituierte.«

»Es ist nicht egal. Lisa ist nicht egal.«

»Ihm ist sie egal, aber dir nicht. Anderen Leuten ist sie auch egal. Und der Polizei. Du bist auch wichtig, Lindy, aber draußen auf der Straße bist du nicht mehr sonderlich wichtig.«

Sie tat das mit einem Achselzucken ab. »Ich bin blond. Ich brauch' keine Angst zu haben.«

»Glaubst du nicht, daß da draußen vielleicht auch noch so ein Verrückter rumläuft, der es auf Blonde abgesehen hat?«

Sie sah mich einen langen Augenblick an. »Ich weiß es nicht. Gibt's da einen?«

»Ich weiß es auch nicht. Aber wahrscheinlich schon.« Das Schweigen zog sich fast bis vor Almas Haustür hin.

»Alma ist Ihre Großmutter?«

»Meine adoptierte Großmutter. Ich war genau wie du, ein Kind, das niemand wollte. Alma hat mich bei sich aufgenommen.«

»Alle Menschen sind wichtig, nicht wahr, Kat?«

»Ja.«

Ich lieferte Lindy schnell bei Alma ab. Sie sollten selbst schauen, wie sie miteinander zurechtkamen, denn ich war schon zu spät dran zu meinem Treffen mit Henley.

30

Henley brummte gerade etwas ins Telefon, als ich hereinkam. Er winkte mir zu, daß ich mich auf einen Stuhl setzen solle, und knallte den Hörer auf die Gabel.

»Ja?« knurrte er mich an.

»Ich bin spät dran. Tut mir leid.«

Er zuckte mit den Achseln. »Sind Sie da, um mir was zu sagen, oder wollen Sie Informationen?«

»Beides.«

»Dann fangen Sie an.«

Ich fing an. »Ich habe Michaela Benson gefunden.« Er machte den Mund auf, um etwas zu sagen, aber ich redete einfach weiter. »Sie trägt jetzt den Namen Micha Budroe und lebt in West Sac.« Ich gab ihm die Adresse. »Und sie arbeitet als Sängerin in Placerville, im Alibi Inn.« Er grunzte. Das klang ein wenig besser gelaunt als vorher, aber so genau konnte ich das nicht beurteilen.

»Wann haben Sie sie gefunden?«

»Kurz vor dem Gedenkgottesdienst.« Er sah sauer aus. »Henley, ich war beschäftigt, ich hab's vergessen.« Er wirkte sauer und nicht überzeugt.

»Treffe ich sie an dieser Adresse an?«

»Nein.« Er knackte mit den Schultern, und ein Schuppenregen und ein paar graue Haare senkten sich herab und blendeten mich.

»Was, zum ...«

»Ich erzähl's Ihnen doch gerade«, erklärte ich geduldig. »Geben Sie mir halt eine Chance.« Der Schuppenregen ließ nach. »Michaela hat mehrere Drohanrufe bekommen. Keine vagen Drohungen, sondern ziemlich deutliche. Drohungen, sie umzubringen. Sie war zu verängstigt, um allein zu bleiben. Sie ist die Nacht über bei mir geblieben, und dann hab' ich sie auf die Ranch einer Freundin in Wilton gebracht.« Er sah mich mit gezücktem Bleistift an, und ich gab ihm die gewünschten Informationen.

»Rufen Sie zuerst an«, sagte ich und dachte dabei an Lindy und die Mädchen. »Sie arbeiten ziemlich viel mit den Pferden. Und so«, fügte ich lahm hinzu.

Er nickte, als habe er mir schon so viel abgekauft, warum nicht auch noch das?

»Am Abend der zweiten Drohung ist Michaela nicht in die Arbeit gegangen. Sie hat ein Mädchen gebeten, für sie aufzutreten. Und auf das Mädchen wurde geschossen.« Henley wurde plötzlich aufmerksam.

»Das Alibi Inn in Placerville?« Ich nickte. »Sie waren zur Tatzeit da?«

»Ich war grad am Gehen.«

»Aber Sie haben gesehen, was vorgefallen ist?«

»Nein. Ich bin am Tatort eingetroffen, als schon alles vorbei war. Sobald Hilfe gerufen war, bin ich gegangen. Mir war klar, daß das ein Fall für die Polizei war, und natürlich wollte ich mich nicht einmischen.« Ich sagte das mit gesenktem Blick, vielleicht war der Blick eine Spur zu weit gesenkt. Henley schnaubte wieder.

»Haben Sie mit dem Mädchen gesprochen?«

»Davor.«

»Warum?«

»Um sie zu warnen.«

»Und?«

»Sie hat's mit einem Achselzucken abgetan. Ihr Freund, so ein Ledertyp, hat mich ausgelacht und gesagt, er kann schon auf sie aufpassen.«

Ich hatte zuletzt gelacht, aber das verschaffte mir keine rechte Befriedigung.

»Ledertyp?«

»Hatte ein Emblem von den Hell's Angels auf der Jacke.«

»Haben Sie irgendwas gesehen?«

»Ich habe einen Schuß gehört. Ich hab' mich umgesehen und nichts entdeckt.«

»Und Sie haben nicht auf die Polizei von Placerville gewartet?«

Ich seufzte. »Moment mal, Henley. Schließlich bin ich jetzt hier, und das müßte ich gar nicht.«

Er kratzte sich an der rechten Schläfe, und eine große Schuppe löste sich, die auf seiner Augenbraue landete. Ich wartete auf eine Bestätigung oder auf ein Dankeschön. Aber die kamen nicht. Überraschung.

»Jemand scheint sich tatsächlich in den Kopf gesetzt zu haben, Michaela umzubringen. Anonyme Anrufe und Morddrohungen sind eine Sache, Schüsse eine andere. Es sei denn, jemand hat es auf Gloria abgesehen. Aber das wäre ein ziemlich interessanter Zufall.«

Henley schenkte meinen Spekulationen keine Beachtung. »Ist das Mädchen tot?«

»Ich weiß es nicht. Ich hab' am nächsten Tag die Zeitung durchgeschaut, aber seitdem hab' ich nichts mehr gesehen. Die Leute im Krankenhaus wollten mir keinerlei Auskünfte geben, und ich wollte nicht die Polizei anrufen. Lassen Sie es mich wissen, wenn Sie es herausgefunden haben, ja?«

Henley grunzte und machte sich eine weitere Notiz auf den Block vor ihm. »Was haben Sie sonst noch für mich?«

»Auf mich ist auch jemand losgegangen.«

Er schüttelte den Kopf, und wieder ergoß sich ein bemerkenswerter Schuppenregen auf seine Schultern. Sah er denn nicht fern und las er keine Illustrierten? Hatte er noch nie etwas von Spezialshampoos gehört? Merkte seine Frau es nicht? Wollten seine Kinder es ihm nicht sagen? Ich machte mir so meine Gedanken, aber ich fragte ihn nicht.

»Kat?« In seiner Stimme klang Sorge mit. Jedenfalls hielt ich es für Sorge. »Kat?«

»Ja.«

»Was ist passiert?« Fast hätte er eine Hand nach mir ausgestreckt, um mir den Arm zu tätscheln, aber dann hielt er ein. Schließlich sind Polizisten hart.

»Ich war zu Hause und habe etwas gehört, das nach dem Schrei einer Katze klang. Als ich hinausging, um nachzusehen, fand ich zuerst nichts, aber dann entdeckte ich meinen Kater. Jemand hatte ihm die Kehle durchgeschnitten.« Ich spürte, wie mir die Tränen in die Augen stiegen, aber ich blinzelte sie wieder zurück. »Ich hab's verloren«, sagte ich leise.

Er nickte. »Das kommt vor.« Er urteilte nicht, sondern stellte nur fest. »Was haben Sie gemacht?«

»Ich bin ins Haus gestolpert und hab' meinen Freund angerufen. Er ist Polizist in Vegas.« Henley nickte, als ergebe das für ihn Sinn. In meinen Ohren klang es ziemlich dumm, aber das war heute, heute am hellichten Tag und im Gespräch mit einem Polizisten. In jener Nacht hatte die Sache anders ausgesehen.

»Dann bin ich wieder raus. Ich hab's einfach nicht ausgehalten, daß Xerxes, das war mein Kater«, erklärte ich, und er nickte, »da draußen ganz allein in der Kälte liegt. Ich weiß, das war dumm, ziemlich dumm.«

»Das kommt vor«, erwiderte er, immer noch nicht urteilend.

»Der Kerl ist von hinten an mich ran. Ich hab' ihn zwar gehört, aber leider nicht rechtzeitig. Ich hab' mich umgedreht, und er hat mich erwischt. Ich hab' die Nacht im Krankenhaus verbracht. Mein zwölfjähriger Nachbar hat mich gefunden.«

»Gut.«

»Ja.«

»Aber Sie haben noch mehr Informationen.« Er formulierte das als Feststellung, nicht als Frage.

»Auf meiner Kehle war ein frischer Schmiß aus Katzenblut.« Meine Stimme zitterte. Ich merkte es, aber ich konnte nichts dagegen machen. Er dachte nach.

»Haben Sie den Angreifer gesehen?«

»Nein.«

»Sind Sie jetzt wieder in Ordnung?«

»Ja.«

»Brauchen Sie bei irgendwas Hilfe?«

»Nein.« Er nickte. »Dank der Nachfrage.«

Er nickte wieder. »Ich hab' was für Sie.« Ich hob die Augenbrauen. »Gil Jones, der Tierschützer?«

»Mr. Charm.«

»Ja. Sein richtiger Name ist ...«

»Sam Spade.«

Henley schnaubte verächtlich. »Nun mal langsam, Kat. Sie wagen sich zu oft auf dünnes Eis.« Er machte eine Pause. »Gilmer Caldwell. Jones ist ein Deckname.«

»Erzählen Sie mir doch nichts. Niemand würde sich den Decknamen Jones zulegen. Das ist doch zu offensichtlich. Nicht mal Gil kann so dumm sein.«

Henley zuckte mit den Achseln. »Der Durchschnittskriminelle hat acht Schuljahre hinter sich. Außerdem ist Caldwell einschlägig bekannt.«

»Weswegen?«

»Drogen, Einbrüche, Hehlerei, Randaliererei. Alles Vergehen gegen Sachen, nicht gegen Personen.«

»Und?«

»Also ist die Chance groß, daß er nicht der ist, den wir suchen. Wahrscheinlich hat er sich über Nacht nicht völlig verändert.«

»Das wissen wir nicht«, sagte ich, weil es mir gar nicht recht war, Gil von der Liste der Verdächtigen zu streichen.

»Nein, ich denke mir das nur. Aber ich habe mir schon meine Gedanken darüber gemacht.«

»Na schön«, stimmte ich ihm zögernd zu. »Und was jetzt?«

»Sie haben mir noch nicht alles gesagt.«

»Ich hab' Ihnen mein Herz ausgeschüttet, Bill.«

Ich sah ihm direkt ins Gesicht und verdrängte dabei mein Wissen über Michaelas Frühstückstreffen mit Johnny.

»Na gut«, sagte er nach einer Pause, die ein wenig zu lang war.

»Tja«, meinte ich mit bestimmter Stimme. »Ich hab' Ihnen eine ganze Menge erzählt, und das einzige, was Sie mir dafür sagen, ist die Geschichte mit Jones' Decknamen. Tolles Geschäft.«

Henley grunzte. Ich schenkte dem keine Beachtung. Polizisten bekommen immer mehr Informationen, als sie selbst geben.

»Wissen Sie was von Bella?« fragte ich nach einem Augenblick.

»Bella?« plapperte er mir leise nach.

»Bella«, sagte ich noch einmal.

Er wartete darauf, daß ich weiterredete. »Na, spucken Sie's schon aus, Kat«, meinte er schließlich.

»Ich hab' von Ned und Sally über sie gehört, das sind Johns Mitbewohner und seine Freundin. Sie ist zu dem Gedenkgottesdienst gekommen, hat geweint und gesagt, daß sie Johnny geliebt hat. Vermutlich ist sie Künstlerin, wahrscheinlich in Davis. Ihren Familiennamen habe ich nicht in Erfahrung bringen können.«

Er warf mir einen angewiderten Blick zu. »Wissen Sie, wie viele Künstler es in Davis gibt?« fragte er mit säuerlicher Miene. »Die sind wahrscheinlich im Dutzend billiger.«

Ich ignorierte die Unterbrechung. »Sie hat einen dunkelgrünen Käfer mit kalifornischem Kennzeichen gefahren, Nummer...« Ich ratterte sie herunter.

Er grinste. »Gute Arbeit, Kat.«

Ich warf einen unverhohlenen Blick auf den Computer. »Und?« Er grinste wieder, schaltete ihn an, wartete darauf, daß er warm wurde, und gab die Informationen ein, die er hatte.

»Belinda?« Er sah mich an. Ich nickte.

»Bella ist ein Kosename.«

»Doveccio. Wohnt in Davis.« Er schrieb die Adresse so auf, daß ich sie sehen konnte, und damit kam das Gespräch zum Erliegen.

»Was ist mit Johnny?« fragte ich schließlich.

»Wir untersuchen den Fall immer noch, Kat.«

Ich seufzte. Genau das sagen Polizisten immer, wenn sie nichts wissen oder Informationen haben, die sie einem aber nicht zukommen lassen wollen.

»Gehen Sie immer noch der Sache mit den Drogen nach?«

»Nicht sehr intensiv. Wir haben in seiner Wohnung nichts gefunden und auch nichts in den Aussagen seiner Freunde und Kollegen. Vielleicht war das das erste Mal für ihn, vielleicht war auch ein Freund in die Sache verwickelt. Vielleicht finden wir das heraus, vielleicht auch nicht.«

»Das sind aber ganz schön viele Vielleichts.«

»Ja. Ich interessiere mich für Michaela. Sie profitiert schließlich von der Sache.«

»Warum sollte sie Johnny umbringen? Wegen des Geldes?« Ich schüttelte den Kopf. »Sie bekommt ihre Hälfte in zwei Jahren, und die ist mehr als genug. Und die beiden hätten einander ausgeholfen, wenn einer von ihnen Geld gebraucht hätte.«

»Vielleicht.«

»Mein Gott, Henley.« Meine vorherige Übereinstimmung mit ihm verflog. »Eine Frau bringt nicht den Bruder, den sie liebt, für ein paar Dollar um. Denken Sie sich was Besseres aus.«

»Nein. Leute begehen doch die ganze Zeit Morde wegen Geld. Erst letzte Woche hat ein Tankstellenwächter für zweiundsechzig Dollar ins Gras beißen müssen. Für zweiundsechzig Dollar. Und hier geht's um Tausende, nicht bloß um ein paar Kröten.«

Ich schüttelte den Kopf. »Nicht Michaela.«

Henley beugte sich vor. »John würde sich nicht mit Drogen abgeben, Michaela würde niemanden umbringen. Das ist also Ihre Basis, Kat. Aber eine gute Detektivin geht nicht so vor. Vielleicht kommt sie irgendwann mal zu dem Ergebnis, nachdem sie die Fakten überprüft hat, aber sie fängt nicht gleich so an.«

Ich wurde rot.

»Sie wissen das, und ich weiß, daß ich Ihnen das nicht sagen muß. Keiner von uns kann bei Dingen objektiv sein, die ihn persönlich betreffen, und die Familie betrifft uns am meisten. Überlassen Sie den Fall uns. Wir wollen genauso sehr, daß er gelöst wird, wie Sie.« Ich wollte aufstehen. Er streckte die Hand aus.

»Verstehen Sie mich nicht falsch, Kat. Jemand hat meinen Vetter umgebracht, und die haben mir den Fall nicht gegeben. Persönliche Gefühle verstellen einem das objektive Urteil. Und nichts ist persönlicher als die eigene Familie.«

»Warum wohl will jemand Michaela umbringen?«

Er zuckte mit den Achseln.

»Das müssen Sie mir sagen. Worum ging's in den Drohanrufen?«

»Ein Mann hat sie eine Hure und eine Nutte genannt. Er hat gesagt, es war gut, daß sie vorher aus der Stadt weg ist, und sie hätte besser nicht zurückkommen sollen. Er hat gedroht, sie umzubringen, wenn sie nicht wieder verschwindet.«

»Warum ist sie das erste Mal weg?«

»Sie ist als Teenager schwanger geworden. Ihr Vater hat sich dafür geschämt.«

»Also ist sie gegangen, hat das Kind bekommen und ist wieder zurückgekommen?«

»Nein. Das war vor vier Jahren. Sie ist erst wieder seit einem Monat oder so zurück.«

»Also hat sie das Baby zur Adoption freigegeben?« Ich nickte. »Das klingt alles nicht nach einem plausiblen Grund, ihr mit dem Tod zu drohen. Gibt's noch irgendwo einen alten Freund?«

»Das weiß ich nicht. Es gibt eine ganze Menge, was sie mir nicht erzählt.« Soviel war sicher. »Fragen Sie sie, sehen Sie zu, was Sie herausfinden können.«

»Kein Problem.«

»Johnny ist tot, und jemand versucht, auch noch Michaela umzubringen.«

»Das wissen Sie nicht.«

»Glauben Sie vielleicht, daß Gloria das eigentliche Ziel war, oder Hughie, ihr Freund?«

»Das weiß ich noch nicht. Ich werde mir die Sache ansehen. Sie haben gesagt, der Typ hat eine Jacke von den Angels getragen. Da könnten Drogen im Spiel sein, oder eine Menge andere Dinge.«

»Auf den ersten Blick sehen Gloria und Michaela einander ähnlich. Sie sind beide klein und dunkelhaarig. In der Nacht und auf eine gewisse Entfernung könnte man sie gut und gerne miteinander verwechseln.«

»Möglich.«

Er wollte sich nicht festlegen.

»Henley, mein Gott, der Zufall wäre doch zu groß. Es muß eine Verbindung bestehen.«

»Vielleicht, vielleicht auch nicht. Gehen Sie nie von Vermutungen aus, Kat.«

Natürlich hatte er recht. Ich ging, und zwar mit schlechter Laune. Als ich beim Auto war, fiel mir ein, daß ich vergessen hatte, mich über Lisa und die anderen Prostituiertenmorde zu erkundigen. Das machte meine Laune noch schlechter.

Mein Gott, was war ich doch für eine lausige Privatdetektivin.

31

Michaela wartete schon auf mich, als ich zu Alma zurückkam. Sie war ordentlich angezogen, und ihr Blick war voll von unausgesprochenen Gedanken und Hoffnungen. Sie war fürchterlich nervös. Wir hatten um zwei Uhr einen Termin bei Walter Benson.

»Treffen wir uns in meinem Büro?« Das war eher eine Bestätigung als eine Frage. Schließlich hatten wir uns darauf schon vorher geeinigt.

»Nein.« Sie überraschte mich.

»Wo dann?«

»In seinem Büro.«

»Warum?«

»Das weiß ich nicht. Wahrscheinlich hat er ... Es schien einfach ... Ich weiß es nicht.« Ihre Stimme driftete ab.

»Hast du ihm die Führung überlassen?«

»Ja, vermutlich hab' ich das«, gestand sie mit jämmerlicher Stimme. »Ich wollte das nicht, aber ich hab's doch getan.«

»Wir treffen uns bei ihm; das ist ein Vorteil für ihn.«

»Ich weiß, ich *weiß.* Reib's mir nicht auch noch unter die Nase.«

»Ich reib's dir gar nicht unter die Nase, Michaela, ich mache dich nur drauf aufmerksam, wie die Sachen laufen. Schließlich bist du diejenige, die gesagt hat, daß sie ihm nicht vertraut.«

»Das tue ich auch nicht.«

»Ruf ihn an. Arrangiere das Treffen neu und laß ihn hierher kommen. Oder triff dich mit dem anderen Nachlaßverwalter.«

»Nein, ich kann das nicht – mein Gott, gehen wir doch einfach und bringen wir's hinter uns.«

Die Fahrt war alles andere als angenehm. Michaela sah finster drein und weigerte sich, mit mir zu reden, also schaltete ich einen Sender mit Country-music ein. Ab und zu ließ sie sich über meinen schlechten Musikgeschmack aus. Ich sagte ihr, sie solle sich zum Teufel scheren, und fragte mich, warum ich Henley gegenüber nicht reinen Tisch gemacht hatte. In ihrer Gegenwart erschien mir die Familienloyalität weit weniger attraktiv als noch vorher.

Je näher wir an Marysville herankamen, desto unruhiger wurde sie. Als wir die Brücke in die Stadt überquerten, kaute sie an ihren Nägeln und auf ihrer Lippe herum und murmelte unverständliches Zeug vor sich hin.

»Willst du drüber reden?«

»Nein. Ich will bloß mein Geld und dann hier verschwinden. Laß uns die ganze Sache schnell hinter uns bringen.«

»Wie du möchtest. Das hängt ganz von dir ab.« Ich stellte den Wagen ab und ging ins Büro. Walter saß ruhig und in voller Pracht, mit einem dreiteiligen Anzug, am Schreibtisch und arbeitete.

»Guten Tag.« Er stand lächelnd auf und ging um den Schreibtisch herum, um uns zu begrüßen. Er hatte die Hände ausgestreckt, als wolle er Michaela bei den Schultern nehmen und ihr einen Kuß geben.

»Rühr mich nicht an«, zischte sie ihn an. Er war ziemlich verdutzt. Genau wie ich. »Es geht hier um eine rein geschäftliche Angelegenheit, nichts weiter. Ich will mein Geld. Ich will es sofort, und dann will ich hier raus.«

Sie war nicht sonderlich höflich, dafür aber sehr zielorientiert. Walter räusperte sich und wandte sich mir zu. Er streckte mir die

Hand entgegen. Ich nahm sie und erwiderte seine Begrüßung. Sein Händedruck war freundlich, fest und beruhigend. Er hielt meine Hand einen winzigen Augenblick zu lange fest.

»Bitte. Setzt euch doch.« Er dirigierte uns mit freundlicher Miene zu den Stühlen vor seinem Schreibtisch.

»Nein«, fauchte Michaela ihn an. Ich seufzte und setzte mich. Michaela erschien mir ein wenig zu alt für solch pubertäre Aufstände, und die Verbitterung über eine Entscheidung, mit der sie vor vier Jahren nicht einverstanden gewesen war, hätte inzwischen doch eigentlich verschwunden sein müssen.

Walter setzte sich neben mich. Das war offenbar ein Zugeständnis; er sah ganz so aus, als hätte er sich hinter seinem Schreibtisch bedeutend wohler gefühlt. Und ich sah vermutlich so aus, als hätte ich mich an jedem anderen Ort der Welt wohler gefühlt. Und, bei Gott, das stimmte auch.

»Sieh zu, daß du ein bißchen bessere Laune bekommst, Michaela«, sagte ich. »Die Sache hier läuft leichter, wenn du dich stärker auf unpersönliche Formalitäten und weniger auf persönliche Antipathien verläßt.«

Walter lächelte vorsichtig. »Danke, Kat. Darf ich euch eine Tasse Kaffee anbieten?«

»Ja.«

»Nein.«

Wir sprachen gleichzeitig. Von ihr kam natürlich das Nein. Walter und ich bekamen unseren Kaffee, und Michaela starrte mit mürrischem Gesicht zur Decke.

»Ich will mein Geld«, sagte sie, als wir es uns wieder bequem gemacht hatten. »Ich will's jetzt sofort.«

»Meine Liebe ...«

»Sag nicht so zu mir, ich hab' dir das schon mal gesagt.«

Walters Gesichtsausdruck wurde starr und kalt. Ich konnte es ihm nicht verdenken, daß er die Geduld verlor.

»Na schön, dann fangen wir an. John ist tot, und du bist seine Erbin. Das Geld steht dir jedoch nicht sofort zu.«

Sie machte den Mund auf, um etwas zu sagen, aber er hob die Hand. Es sah fast so aus, als wolle er sie schlagen; sie zuckte ein wenig zusammen und schwieg dann.

»Zum Glück sind die Personen, die das Geld verwaltet haben, am Leben, so daß es keine Testamentsformalitäten gibt. Das hätte die Angelegenheit um ein halbes bis ein Jahr verzögert.« Michaela riß die Augen auf. »Wie gesagt, ist das nicht der Fall. Trotzdem müssen wir gewisse Formalitäten beachten. Du kannst dir nicht einfach so das Geld nehmen und abhauen.«

Ein verkrampftes, dünnlippiges Lächeln breitete sich auf Walters Mund aus. Er machte mir damit nichts vor: Spaß machte ihm die Sache hier nicht. Auch Michaela glaubte das offenbar nicht.

Sie jammerte leise vor sich hin. »Ich will mein Geld.«

»Das kann ich verstehen; es steht dir gesetzlich zu, aber du kannst es noch nicht gleich haben.«

»Ich will eine vollständige Aufstellung sämtlicher Vermögenswerte – meiner eigenen, der von Johnny, alles.«

Walters dünnes Lächeln verkrampfte sich noch mehr und verschwand dann ganz. »Natürlich habe ich diese Informationen noch nicht vorliegen, aber du bekommst sie im Laufe dieser Woche. Ich habe zwar sehr viel zu tun, aber …«

»Jetzt!« verlangte Michaela. Ich sah seinen Computer an und fragte mich, warum er ihr nicht einfach das gleiche sagte wie der Polizei.

»Nächste Woche stehe ich wieder ganz zu deiner Verfügung. Wie du dich vielleicht erinnerst, heirate ich dieses Wochenende, am Sonntag, um genau zu sein. Am Samstag gehen wir noch einmal alles durch, und am Abend findet ein großes Essen statt. Der Rest der Woche ist mit Vorbereitungen verplant. Es tut mir leid, aber deine Bitte muß leider noch ein bißchen warten.«

Wieder wimmerte sie: »Ich will mein Geld.« Wie eine Platte mit einem Sprung.

»Ich würde dir gerne das, was du brauchst, aus meinem persönlichen Vermögen zur Verfügung stellen, weil du im Moment noch keinen Zugang zu dem Erbe hast.« Er holte ein Scheckbuch und einen Stift aus seiner Sakkotasche.

»Dein Geld? Nein!« Sie sagte das voller Haß.

»Mein Gott, Michaela, nimm's doch. Nimm, was du kriegen kannst. Verlang einfach mal tausend.«

»Ich habe im Moment keine tausend Dollar zur Verfügung«, sagte Walter steif. »Würden fünfhundert reichen?«

»Nein! Ich nehme nichts von ihm. Keinen Cent!«

Ich zuckte mit den Achseln. »Also, sagen wir nächste Woche. Montag morgen, zehn Uhr in meinem Büro?« Walter nickte und machte sich eine Notiz.

»Ich will mein Geld am Montag. Keinen Tag später!«

Michaelas Stimme klang schrill und unangenehm. Ich sah Walter nicht in die Augen. Diesen Gedanken wollte ich ihm nicht zeigen. Es fiel mir immer schwerer, nicht aus dem Gedächtnis zu verlieren, daß ich auf Michaelas Seite stand.

Die Heimfahrt verlief schweigend, Michaela war obendrein noch mürrisch. Ich sah keinen Sinn darin, eine Unterhaltung anzufangen, und ich konnte es gar nicht erwarten, sie loszuwerden. Ich brachte sie zu Alma und machte mich dann auf den Weg nach Davis.

Bella wohnte in einem älteren Viertel der Stadt, nicht weit von der High School und der Ecke D und 6th entfernt. In der Gegend gab es nette kleine Häuschen mit drei oder vier Zimmern und gepflegten Rasenflächen. Die Straße wurde von Bäumen gesäumt, deren Äste jetzt nackt und kahl waren, aber im Sommer würde es hier kühl und grün sein. Ich fand ihr Haus ohne Probleme – es war aus weißgestrichenen Ziegeln und hatte ein Schindeldach mit rotem Rand.

Es war ordentlich und ziemlich durchschnittlich, was mich überraschte. Vermutlich hatte ich mir immer vorgestellt, daß Künstler in ganz anderen Häusern als der Rest der Menschheit leben. Vielleicht ist das Äußere aber auch so banal, weil ihr Innenleben sich so sehr von allen anderen unterscheidet. Wahrscheinlich kommt es auf die Gesamtbalance an.

In der Auffahrt standen keine Autos, und vor dem Haus waren keine Dreiräder oder Spielzeuglaster. Ein Weihnachtsstern, der offenbar nach Weihnachten eingepflanzt worden war, wuchs ohne große Lust vor sich hin. Ich ging zur Haustür und klopfte. Mehrere Male. Es wunderte mich nicht, daß niemand aufmachte. Auf dem Briefkasten stand kein Name. Ich klopfte noch einmal und ging dann um das Haus herum. Es war zugesperrt. Eine ältere Dame um die Fünfundsechzig marschierte aus dem Nachbarhaus, wischte sich die Hände an ihrer Schürze ab und beobachtete mich genau. Graue Panther auf der Hut.

»Hallo.« Ich winkte. »Ich kann gar nicht verstehen, daß Bella nicht da ist. Sie hat gesagt, ich soll sie am Morgen hier treffen, oder«, ich kramte in meiner Handtasche herum, »verdammt, ich hab' die Adresse verloren. Aber ich bin mir ziemlich sicher, daß es in Davis ist. Wissen Sie, ich bin nicht von hier und ...«

Ich schwieg und versuchte, ein wenig verloren und hilflos zu wirken. Das kann ich nicht sonderlich gut, deshalb kaufte sie es mir auch nicht sofort ab, erst nach einer gewissen Zeit. Gott sei Dank.

»Wahrscheinlich ist sie in der Galerie. Sie arbeitet vier Nachmittage in der Woche da.«

»Die Galerie. Hab' ich mir's doch gedacht. Haben Sie den Namen?«

»Nouveau«, sagte sie mit freundlicher Stimme. »Ich persönlich finde ja, daß das ziemlich doof klingt, viel zu ausländisch. Wäre denn was Amerikanisches so schlecht? Darf ich Ihnen ein Plätzchen anbieten? Ich wollte sie gerade aus dem Ofen holen.«

»Ach, nein, danke ...«

»Es macht mir keine Mühe. Kommen Sie einfach rüber und essen Sie ein paar. Und bringen Sie Bella auch ein paar mit. Das Mädchen ißt ja wie ein Spatz. Ich mache mir Sorgen um sie. Sie muß ein bißchen Fleisch auf die Knochen kriegen.« Ich folgte ihr, weniger, um zu essen, als um zu reden.

»Ich heiße übrigens Rosa.« Sie lächelte mich an.

»Kate.« Ich entschied mich für die konservativere Form.

»Sie sehen auch nach einer Kate aus.« Sie nickte zustimmend, und ich versuchte zu lächeln wie eine Kate. Rosa machte die Ofentür auf und fing an, mit unglaublicher Geschwindigkeit Plätzchen vom Blech zu lösen. »Wollen Sie Milch zu den Plätzchen oder Kaffee?«

»Kaffee, bitte.« Ich probierte ein Plätzchen. Sie waren besser als die von Alma. Ich war beeindruckt. Sie lächelte mich an wie ein Engel.

»Ich habe das Rezept aufgeschrieben. Sie können's haben; alle wollen's haben, wenn sie ein Plätzchen von mir probieren«, sagte sie stolz. Ich dankte ihr. Das konnte nicht schaden. Schließlich mußte ich an Hank und diese ganzen kleinen Prostituierten denken.

»Ich mach' mir ein bißchen Sorgen um Bella.« Ich nahm einen Schluck Kaffee und überlegte, wie ich Rosa dazu bringen konnte, mir etwas zu erzählen, ohne daß ich ihr selbst viel sagte. »In letzter Zeit ist sie so ganz anders.«

Rosa schüttelte traurig den Kopf. »Ja, da haben Sie recht. Greifen Sie doch zu, meine Liebe.« Ich wollte kein Plätzchen mehr, sondern mehr Informationen. Sie sah mich voller Erwartung an. Ich nahm ein Plätzchen und knabberte daran herum.

»Vielleicht war es dieser Mann ...« Ich brach ab. Ich wußte immer noch nicht, ob Bella verheiratet war oder nicht.

»Ach, *der*«, sagte Rosa mit angewiderter Stimme. »Ich hab' ihn nie leiden können und hab' ihr das auch gesagt. Obwohl«, sie machte eine bewundernde Pause, »der Junge essen konnte. Das war eine reine Freude.« In ihrer Stimme klang so etwas wie Ehrfurcht mit. »Was der alles in sich reinstopfen konnte.« Sie schüttelte den Kopf.

»Aber er war nicht der Richtige für sie, das weiß ich ganz genau. Mein Gott, was für ein Angeber! Er ist ständig mit diesem teuren Sportwagen vorgefahren. Und seine Schönheit war auch nur oberflächlich«, sagte sie geheimnisvoll. »Nur oberflächlich.«

»Was für ein Wagen?«

»So eine ausländische Marke.« Das Wort ›ausländisch‹ war für sie offenbar der Grund allen Übels.

»Vielleicht ein Porsche?«

»Ja.«

Sie sah mich an und konnte sich wohl nicht so recht entscheiden, ob sie sich darüber freuen sollte, daß ich den Wagen kannte, oder ob sie bestürzt sein sollte, weil ich ein ausländisches Wort wußte.

»Angeber?«

»Ja, er hat Gewichtheben gemacht und Bodybuilding.« Sie schnaubte verächtlich. »Die reine Eitelkeit. Warum hat er sich keine richtige Arbeit gesucht: Brücken bauen oder auf dem Bauernhof arbeiten oder so was, wenn er schon Muskeln wollte?«

Ich hielt mich zurück. Ich sah keinen Grund, ihren Redefluß mit der Feststellung zu unterbrechen, daß Davis keine Brücken braucht und daß die Bauernhöfe einer nach dem anderen verschwinden.

»Was macht er denn?«

»Was er macht? Du lieber Himmel, wer soll das wissen? Ich hatte den Eindruck, daß er gar nichts macht, außer rumstolzieren wie der Gockel auf dem Mist und seine Schönheit herzeigen. Er ist zu allen möglichen Tages- und Nachtzeiten hergekommen, und sie hat ihn auch noch reingelassen. Ich weiß ja nicht«, sagte sie. »Ich weiß wirklich nicht.«

Ich wußte es auch nicht. »Aber Bella hat etwas erwähnt, daß die Sache so gut wie vorbei ist.«

Sie zuckte mit den Achseln. »Wahrscheinlich, aber ich weiß es nicht so genau. Er ist in letzter Zeit nicht mehr oft dagewesen. Eigentlich hab' ich ihn gar nicht mehr gesehen, und den Monat davor war er auch bloß mehr selten da. Sie hat gesagt, sie hat seine Eifersuchtsszenen satt. Deshalb ist er auch zu allen Tages- oder Nachtzeiten hier aufgetaucht, wissen Sie. Er wollte ihr nachspionieren. Stellen Sie sich das mal vor!« platzte sie heraus und schenkte uns beiden noch ein bißchen Kaffee nach. »Nehmen Sie sich doch noch ein Plätzchen, meine Liebe.«

»Nein, danke, ich bin mehr als satt.« Was stimmte, denn diese Plätzchen machten wirklich ganz schön voll.

»Ich bestehe darauf«, sagte sie, und ich schweig. Ich nahm ein Plätzchen. Diesen Preis zahlte ich eben für diese Unterhaltung.

»Na ja«, fuhr sie jetzt, wo ich wieder etwas zu essen hatte, fort, »mein Mann ist überhaupt nicht eifersüchtig, und das liegt überhaupt nicht daran, daß er mich nicht liebt. Das tut er wohl. Er liebt mich und meine Kochkünste«, fügte sie mit einem Lächeln hinzu. »Nein, er vertraut mir. Und was ist eine Beziehung schon wert, wenn sie nicht auf Liebe und Vertrauen aufgebaut ist? Und was sind Männer schon wert, die kein Vertrauen haben, frage ich Sie?«

Ich konnte ihr keine Antwort geben, denn mein Mund war

voll. Sie antwortete für uns beide, und ich nickte zustimmend. »Überhaupt nichts, überhaupt nichts.« Soweit also ihre Meinung über Muskelmänner und Porschefahrer.

»Was meinen Sie, gab's da einen neuen Mann in Bellas Leben?« Ich schluckte hastig hinunter. »Ich hab' irgendwie den Eindruck gehabt, daß es da einen Neuen gab.«

»Ich glaube auch«, nickte sie. »Bella war nicht mehr so oft da wie früher, und ich glaube, ich hab' ab und zu mal jemanden vorbeikommen sehen. Ein älterer Wagen, glaube ich, und eine merkwürdige Farbe, vielleicht Türkis. Ich hab' ihn leider nicht so gut sehen können. Natürlich wollte ich ihr nicht nachspionieren.«

»Natürlich«, stimmte ich ihr zu.

»Essen Sie doch noch ein Plätzchen, meine Liebe.«

»Ich kann nicht mehr.«

Und das war die Wahrheit. Noch eines, und ich würde platzen. Das heißt, das war also das Ende der Informationen für heute.

»Da, nehmen Sie die für Bella mit.« Sie reichte mir einen Teller mit Alufolie. »Und kommen Sie doch wieder. Montags, mittwochs und freitags backe ich immer. Mein Mann, der ißt so gern.« Das mußte er auch, dachte ich, während ich mich bei ihr bedankte. Und ich fragte mich, wie groß dieser Mann wohl war.

Es war nicht schwer, die Galerie auf der 2nd zwischen D und E zu finden, und auch einen Parkplatz hatte ich schon bald. Allerdings vergaß ich die Plätzchen und mußte deshalb noch einmal umkehren.

Bella empfing mich freundlich, wie ein Verkäufer einen potentiellen Kunden empfängt, als ich hereinkam. Dann sah sie mich genauer an. Sie runzelte die Stirn fragend. Und die Verwirrung verstärkte sich noch, als ihr Blick von meinem Gesicht zu den Plätzchen und wieder zurück wanderte. Ich streckte sie ihr entgegen. Sie schüttelte den Kopf.

»Kein Strychnin«, sagte ich, »kein Arsen, keine Überdosis Drogen. Nur Plätzchen, von Rosa.«

»Ach«, sagte sie, und dabei runzelte sich ihre Stirn noch mehr, doch ihr Blick klarte auf, »Sie sind das.«

»Ja«, stimmte ich ihr zu und stellte den Teller mit den Plätzchen auf der Theke vor ihr ab.

»Sie spionieren mir also nach.«

»Ja.«

»Scheiße.«

Das Wort klang merkwürdig aus dem Munde einer so eleganten Frau. Sie schlug die Folie zurück, nahm ein Plätzchen und begann, es nachdenklich zu essen.

»Sie wollen sich wahrscheinlich nicht verpissen?« Das klang sogar noch schlimmer.

»Nein.«

»Man müßte Sie also überzeugen?«

»Ja«, stimmte ich ihr zu.

»Und wie schwer sind Sie zu überzeugen?« Ich zuckte mit den Achseln. Sie legte das Plätzchen weg und griff unter die Theke. »Genügt das?« Ich sah in den Lauf eines Revolvers.

32

Ihre Stimme klang ruhig und distanziert, ihre Hand zitterte. Ihr Finger war am Abzug.

»Genügt das?« wiederholte sie.

Vielleicht genügte das. Es gibt kaum etwas, das mit dem Blick auf einen Revolverlauf aus nächster Nähe zu vergleichen wäre. Aber noch schlimmer ist es, zu wissen, daß die Frau am Abzug Angst hat und wahrscheinlich überhaupt nichts über Waffen weiß.

»Legen Sie sie weg, Bella.« Ich versuchte, die Panik aus meiner Stimme herauszuhalten, ruhig und cool zu bleiben.

»Warum? Mir gefällt das. Mir gefällt die Macht. Jetzt kann ich Ihnen sagen, daß Sie sich hier verpissen sollen.« Sie wedelte etwas mit der Waffe herum. »Offenbar verstehen Sie meine Worte nicht so richtig. Das hier spricht ein bißchen lauter, nicht wahr?« Da hatte sie recht, aber das sagte ich ihr nicht.

Sie lächelte. Es war nicht ihr ganzer Mund, der lächelte, sondern nur die Mundwinkel; sie verzog sie auf häßliche, gemeine

Weise. Dieses Lächeln gefiel mir nicht. Mir gefiel zwar auch ihr übertünchtes Aussehen nicht, aber das hier gefiel mir noch weniger.

»Also, warum verpissen Sie sich nicht? Und kommen Sie ja nicht wieder. Nicht hierher, nicht zu mir nach Hause und auch sonst nirgendwohin.«

»Legen Sie die Waffe weg. Sie wissen nicht, wie Sie damit umgehen müssen.«

»Man drückt einfach den Abzug«, sagte sie leise, und dann wieder dieses Lächeln.

»Aber zuerst muß man entsichern.«

Das Lächeln verflüchtigte sich von den Mundwinkeln nach innen. Revolver haben keine Sicherung; ich wußte das, aber sie offenbar nicht. Sie sah nach unten. Ich schlug ihr mit der Handkante gegen das Handgelenk. Ziemlich fest. Die Waffe schlug auf den Tresen auf und schlitterte hinunter, auf den Boden. Ich hob sie auf, holte die Patronen heraus und ließ sie in meine Hand gleiten.

»Verdammt. Verdammt!«

Ich steckte die Patronen in meine Tasche. »Es war doch sowieso bloß ein großer Bluff, oder?« Sie starrte mich mit Tränen in den Augen an. »Sie hätten sie nicht benutzt.« Ich ließ die Waffe in meine andere Tasche gleiten.

Sie senkte den Blick. »Nein. Sie ist nur hier, weil, weil wir manchmal noch spät am Abend hier arbeiten. Wir haben eine Menge wertvolle Ausstellungsstücke hier.«

»Ziehen Sie nie eine Waffe, wenn Sie nicht auch bereit sind, sie zu verwenden.«

»Ach, verpissen Sie sich.« Sie machte ein obszönes Geräusch und die passende Handbewegung dazu.

»Warum fluchen Sie eigentlich so viel?« Ich war neugierig.

Sie sah mich staunend an. »Was hat das mit allem zu tun?«

»Alles ist wichtig, auch Worte. Sie sind zu clever, um sie so falsch einzusetzen, wie Sie das tun.«

»Ach, verpissen Sie sich«, sagte sie wieder, in angewidertem Tonfall.

Es erschien mir der richtige Zeitpunkt, das Thema zu wechseln.

»Kann ich mir ein paar von Ihren Gemälden ansehen?«

»Ich bin keine Malerin.«

»Was dann?«

»Bildhauerin.«

Sie zögerte. Ich wartete. Dann deutete sie in eine Ecke der Galerie. Borde und Regale waren mit dunkelblauem Samt überzogen. Und darauf standen, tanzten, ja flogen die kleinen Figuren fast herum. Ich hielt den Atem an und ging hinüber. Sie waren wunderschön und steckten voller Leben – sie überschritten die Grenze von der reinen Dekoration zur Kunst. Das liegt nicht an der Technik, ich habe auch schon Kinder gesehen, die das konnten. Ich weiß nicht, was es ist, aber es muß innen drin stecken.

»Sie können so etwas schaffen, und da brauchen Sie immer noch eine Waffe, um sich mächtig zu fühlen?« Ich wandte mich zu ihr um, und sie begann zu weinen. »Lassen Sie uns einen Kaffee trinken.« Sie schüttelte den Kopf. »Wir werden uns unterhalten. Vorher gehe ich nicht.«

»Bitte, lassen Sie mich in Ruhe.«

»Nein. Menschen sind auch wichtig. Johnny war wichtig.« Sie fing wieder an zu weinen. »Lassen Sie uns gehen.«

Sie seufzte. »Na schön.« Sie tauchte unter die Theke.

»Moment mal«, sagte ich. Sogar mir selbst erschien meine Stimme hart und gemein.

»Was?«

»Kommen Sie da raus. Ich hole Ihnen schon, was Sie brauchen.«

»Es ist schon in Ordnung.« Sie breitete hilflos die Hände aus. »Ich wollte Sie vorher nur erschrecken. Ich hätte Sie nicht erschossen.«

Ich schüttelte den Kopf. »Trotzdem. Ich falle ungern zweimal am Tag auf ein und denselben Trick herein.«

»Es ist schon in Ordnung«, sagte sie wieder, aber sie kam heraus. Ich holte ihre Sachen, und sie waren wirklich in Ordnung. Trotzdem fühlte ich mich besser. Natürlich komme ich mit meinen Sicherheitsmaßnahmen meistens zu spät.

»Wo wollen wir hin? Sie kennen sich hier aus.«

»Hier lang. Wir können zu Fuß gehen, es sind bloß ein paar Blocks.«

Sie führte mich zum Baker's Square. Nett, vorhersehbar, unpersönlich. Ihre Wahl überraschte mich.

»Es gibt auch noch andere Sachen, schönere Lokale, zum Beispiel ein Café, wo man auch Croissants bekommt...« Sie brach ab. »Aber dort könnte mich jemand erkennen.« Sie sagte das ganz nüchtern, nicht, um mich zu beleidigen, sondern um zu erklären. Ich nickte. Eine lebhafte kleine Person mit braun-ziegelrot kariertem Rock nahm unsere Bestellung auf.

Dann saßen wir eine Weile schweigend da. Ich beschloß, es einfach auszusitzen. Ich sah mir die große Frau neben uns an. Sie war Anfang Fünfzig und wog gut und gerne zweiundachtzig Kilo, trug ein braungeblümtes Kleid und dazu schwedische Clogs. Während sie das *Wall Street Journal* las, bewegte sie die Lippen und wackelte mit dem Stuhl hin und her, hin und her. Immer wieder sehe ich solche Leute, trotzdem kann ich es kaum glauben.

»Muß ich Ihnen die Würmer denn einzeln aus der Nase ziehen?« fragte ich schließlich.

»Nein«, antwortete sie mit trauriger und resignierter Stimme. »Ich erzähle es Ihnen ja schon. Ich habe John vor ein paar Monaten kennengelernt. Zu der Zeit hatte ich gerade eine unglückliche Beziehung zu einem anderen Mann.«

»Der Muskelporsche?«

Sie lächelte. »Er heißt Stan, und so ist er auch. Jedenfalls war ich auf dem Campus der Universität und habe geholfen, eine Ausstellung aufzubauen. Da habe ich John gesehen. Sein Gesicht war hochinteressant – die Schatten und das Spiel des Lichts auf seinen Zügen.« Ihr Blick wurde verträumt. »Ich bin ihm nach und habe ihn gefragt, ob er für mich Modell stehen möchte. Das klingt ziemlich dreist, ich weiß, aber so hatte ich es nicht gemeint. Er hat es auch nicht so aufgefaßt. Er war ein guter Mensch.«

»Ja.« ›War‹ kann ein ziemlich trauriges Verb sein. Ich versuchte, nicht darüber nachzudenken.

»Eigentlich wollte er nicht so recht; er hat gesagt, er ist immer beschäftigt, aber er hat mir versprochen, am nächsten Tag auf einen Kaffee bei mir in der Galerie vorbeizukommen und sich meine Arbeiten anzuschauen. Er war fasziniert von mir«, sagte sie einfach und ohne Eitelkeit, als wäre das nur, was ihr zustünde, »er war interessiert.«

Ich nickte. Das überraschte mich nicht. Die Kellnerin füllte heißes Wasser in unsere Teekannen nach, und Bella schwenkte ihren Teebeutel ein wenig mit ihrem Löffel herum. Dann stocherte sie an ihrem Karottenkuchen mit den drei Schichten und dem Zuckerguß herum, einer wahren Kalorienbombe. Ich warf einen Blick auf mein Apfel-Kleie-Muffin und gab mich einer Stimmung des Bedauerns hin. Und wartete.

»Er war beeindruckt von meinen Arbeiten.«

»Ja.« Das überraschte mich auch nicht.

»Ich habe ihn schließlich dazu gebracht, daß er mir wenigstens für ein paar Skizzen Modell saß. Und so hat die Sache angefangen. Er hat sich in mich verliebt; er konnte einfach nicht anders. Ich bin älter als er, eine Künstlerin, und habe Manieren und Lebenserfahrung. Ich glaube nicht, daß er vor mir schon jemals eine ähnliche Frau gekannt hat.«

»Nein.« Das glaubte ich auch nicht. In Marysville gab es nicht gerade viele Leute wie sie, und wahrscheinlich auch nicht in der tierärztlichen Fakultät.

»Ich konnte diesen Lichtspielen, seiner Schönheit einfach nicht widerstehen. Das kann ich nie«, sagte sie mit elender Stimme. »Nie. Sogar wenn es verrückt ist und ganz und gar dumm. Wie bei Stan.« Sie wirkte hilflos. »Ich habe seinen Körper gerne angeschaut, ihn berührt, aus ihm geschaffen, also war ich seine Geliebte. Er ist ein Spinner, eifersüchtig und gewalttätig. Ich liebte seinen Körper, aber ich haßte ihn.

Sie haben gefragt, warum ich trotz meiner Macht eine Waffe brauche, aber manchmal weiß ich nicht, ob ich diese Macht beherrsche oder sie mich. Ich frage mich, ob nicht manche von den Hexen, die im Mittelalter verbrannt wurden, Künstlerinnen waren oder doch zumindest Menschen mit einer außergewöhnlichen Wahrnehmungskraft, Menschen, die von etwas besessen waren, wenn vielleicht auch nicht von übernatürlichen Kräften. So fühle ich mich jedenfalls.« Ich nickte.

»John war ein guter, netter und ganz normaler Mensch, genau die Sorte Mensch, die beruflich mit anderen Menschen oder Tieren zu tun haben sollte. Er hat einfach alles Lebendige geliebt. Das tue ich nicht; darum kümmere ich mich nicht besonders. Ich sehne mich nach der Schönheit. Und das hat mich in Schwierigkeiten gebracht.«

»Ja. Ich verstehe das.«

»Genau wie Stan.«

»Ja.«

»Oder Johnny. Aber bei ihm war das anders. Mir fällt es leicht, die Schönheit zu lieben, aber es fällt mir schwer, Menschen zu lieben. Doch ich verletze niemanden willentlich. Anders als Stan, der gern andere verletzt. Er war so ein grausames Kind, das Käfer aufspießt und ihnen dann Beine und Flügel einzeln ausreißt. Langsam und sadistisch. Schmetterlinge sind am schlimmsten.« Sie erzitterte. »Weil sie so schön sind.«

»John war eine Motte, wie eine schöne Motte der Nacht, und ich war sein Licht. Aber ich wollte ihn nicht verletzen, ihn nicht verbrennen. Wirklich, ich habe es nicht getan.«

Sie sah mich an, sah mich an, als wolle sie, daß ich ihr glaubte. Und das tat ich auch.

»Wir hatten ein Verhältnis. Irgendwie liebte ich ihn sogar, aber es war immer noch nicht mehr als nur ein Verhältnis. Er konnte das einfach nicht verstehen. Er wollte mich heiraten, auf ewig zusammenleben. Wie im Märchen«, sagte sie voller Unglauben. Ich nickte. Das klang genau wie Johnny.

»Ich wollte mich nicht einmal so oft öffentlich mit ihm zeigen. Ich habe eine gewisse Stellung innerhalb der Gesellschaft, und die wollte ich nicht verlieren. Er war erst zweiundzwanzig und nur ein Student. Er konnte auch das nicht verstehen.«

Nein. Das konnte er auch nicht. Johnny sah nur Schwarz und Weiß und war über alle Maßen loyal. Für ihn gab es nur alles oder nichts.

»Und ich bin Künstlerin, ich bin etwas Besonderes. Ich konnte nicht einfach einen ganz normalen Wald-und-Wiesen-Tierarzt heiraten.« In ihrer Stimme klang Schrecken mit. »Und das konnte er überhaupt nicht verstehen. Statt dessen hat er versucht, alles in eine Liebesgeschichte mit einem märchenhaften Ende zu verwandeln. Aber das Leben ist nicht so.«

Nein. Und Johns Ende war alles andere als märchenhaft gewesen.

»Das ist es.«

Sie trank ihren Tee und stocherte weiter an ihrem Karottenkuchen herum.

»Bella, wo waren Sie in der Nacht, in der John starb?«

Sie starrte mich an. *»Bitte.«* Sie sah angewidert aus. »Seien Sie doch um Himmels willen realistisch.«

»Es ist nur eine Routinefrage.« Ich zuckte innerlich zusammen bei dem Klischee. »Wo waren Sie?«

Sie seufzte und legte das Kinn in ihre Hand. »Zu Hause«, sagte sie schließlich.

»Allein?«

»Nein.« Sie errötete. »Ich ... äh ... Stan war da. Er ist einfach kurz vorbeigekommen. Wenn er mich angerufen hätte, hätte ich ihm abgesagt, aber das hat er nicht. Er ist vorbeigekommen, und ich konnte ihm nicht widerstehen, ich konnte ihn nicht wegschicken. Verstehen Sie?« fragte sie mit jämmerlicher Stimme. »Können Sie das verstehen?«

Ich nickte, aber ich konnte es nicht verstehen. Und ich hielt sie für schwach. Doch ich sagte ihr das nicht; ich versuchte, diesen Eindruck vor ihr zu verbergen.

»Wann ist er zu Ihnen gekommen?«

»Um zehn.« Sie errötete wieder.

Es war Samstagabend, zehn Uhr, und er hatte noch keine im Bett, also kam er bei ihr vorbei, denn sie war ihm sicher. Vielleicht brauchte Bella tatsächlich eine Waffe. Jedenfalls brauchte sie etwas.

»Sie waren die ganze Nacht zusammen?«

»Nein. Er ist ungefähr um halb zwei weg. Ich erinnere mich daran, weil wir uns zusammen einen Film angesehen haben. Er wollte noch das Ende anschauen. Dann ist er weg, um irgendwo noch was zu trinken.«

»In einer Bar?«

»Ja.«

»In welcher?«
»Das weiß ich nicht.«
»Sie wollten nicht mitgehen?«
»Er hat mich nicht gefragt.«
Noch schnell was trinken. Muskeln und Porsche – möglicherweise wollte Stan noch einen letzten Treffer landen. »Welcher Film?«
»Was?«
»Welchen Film haben Sie in jener Nacht angeschaut?«
»Ich … äh … ich weiß nicht mehr. Ein alter Film.«
»Wer hat mitgespielt?«
»Ich weiß es nicht mehr.«
»Wie alt?«
»Keine Ahnung.«
»Worum ging's darin?«
Sie starrte mich wütend an. »Verdammt. Ich weiß es nicht mehr. Es ist mir auch egal. Das wär's dann.«
»Na schön.« Ich machte eine Pause. »Wer würde John wohl umbringen wollen, Bella?«
»Ich weiß es nicht.« Ihr Gesichtsausdruck wurde wieder sanfter.
»Wie Sie gesagt haben: Er war ein guter Mensch, nett, liebevoll und rücksichtsvoll. Wer würde ihn umbringen wollen? Und warum?«
»Ich weiß es nicht. Ich weiß es wirklich nicht. Ich würde es Ihnen sagen, wenn ich eine Ahnung hätte. Er gehört zu den Menschen, die nicht sterben sollten. Warum? Das weiß ich auch nicht. Wenn es Stan gewesen wäre …« Sie brach ab und zuckte mit den Achseln. »Tja, dann hätte ich das verstehen können.«
»Wie eifersüchtig, besitzergreifend und gewalttätig ist Stan?«
»Nein«, sagte sie. »So war das nicht. Fangen Sie nicht damit an. Tun Sie das nicht. Es war sowieso vorbei mit uns. Und das hat er auch gewußt.«
»Tatsächlich? Schließlich ist er zurückgekommen. Und Sie haben ihn hereingelassen. So sieht es für Sie aus, wenn es ›vorbei‹ ist?«
»Das war nur – das hat eigentlich nicht gezählt. Er hat ge-

wußt, ich habe gewußt – daß es vorbei war.« Na schön, es war also vorbei. Sie verstanden das, und die Tatsache, daß ich es nicht tat, war mein Problem.

»Wie eifersüchtig, besitzergreifend und gewalttätig ist Stan?«

»Hören Sie auf damit! Ich hab's Ihnen doch gesagt. Hören Sie jetzt auf damit. Das ist mein Ernst. Ich möchte gehen, lassen Sie uns hier verschwinden.«

Ich nahm die Rechnung und zahlte an der Kasse. Dann gingen wir zur Galerie zurück. Die Stille wog schwer.

»Kommen Sie nicht herein«, sagte sie, als wir vor der Tür standen. »Ich möchte das nicht.«

»Gut.«

»Kann ich meinen Revolver zurückhaben?«

Ich gab ihr den Revolver, aber ich behielt die Patronen. Sie bedankte sich nicht. Und auch ich bedankte mich nicht.

Es gab nicht eben viel, wofür man sich hätte bedanken können.

33

Ich fuhr ins Büro, nicht nach Hause. Ich mußte mich noch um ein paar Dinge kümmern. Dann rief ich Michaela draußen bei Charity an. Ich hatte keine allzu große Lust, mit ihr zu reden, deshalb hielt ich die Einleitungsfloskeln ziemlich kurz.

»Hast du jemals etwas Schriftliches über deine Erbschaft von deinem Vater, dem Mitverwalter, einem Anwalt oder sonst irgend jemandem bekommen?«

»Nein.« Sie klang ungefähr so begeistert darüber, mit mir zu sprechen, wie ich mit ihr.

»Nichts?«

»Nein.«

»Nie?«

»Nein.«

»Weißt du, wie der Mitverwalter heißt?«

»Everett.«

»Vor- oder Nachname?«

»Nachname. Dave Everett.«

Das erinnerte mich an etwas. Aber ich wußte nicht genau, an was. »Welche Bank?«

»Harding Savings and Loan.«

»Woher weißt du das?«

»Johnny hat's erwähnt. Außerdem hab' ich auch meinen...« Sie brach ab. »Ich habe Walter gefragt.«

»Hast du Everett oder einen seiner Stellvertreter kennengelernt oder von Everett gehört?«

»Nein. Worauf willst du hinaus, Katy?«

»Nichts. Das sind reine Routinefragen.«

»Also, wann kriege ich mein Geld?«

»Ich weiß es nicht, ich arbeite noch dran.«

Ich verabschiedete mich, bevor sie noch etwas sagen konnte, und legte auf. Dann rief ich Henley an. Auch wir ließen alle Höflichkeitsfloskeln weg. Polizisten können das ganz gut. »Was wissen Sie über Benson und Everett?«

»Wer zum Teufel ist Everett?«

»Der Mitverwalter.«

»Was soll das heißen, was weiß ich über sie?«

»Könnten wir mit der Nacht anfangen, in der Johnny umgebracht wurde?«

»Benson hat ein Alibi für die Nacht. Seine Verlobte war bei ihm und bestätigt das auch.«

»Sie waren die ganze Nacht zusammen?« Ich war überrascht. So etwas war zwar heute gang und gäbe, aber die beiden sahen einfach nicht danach aus.

»Sie waren zusammen auf einer Campingfahrt, die ihre Kirche veranstaltet hatte. Es gab getrennte Übernachtungsmöglichkeiten für die Männer, die Frauen und die Kinder.« Er raschelte mit Papier herum. »Fast zwanzig Leute können für ihn aussagen.« Also ein hieb- und stichfestes Alibi.

»Was ist mit Everett?«

»Was soll mit ihm sein?« Sein Tonfall klang eher wie: Was soll der Scheiß? Doch das war vielleicht sogar noch zu höflich übersetzt.

»Was hat er gemacht?«

»Der Beamte, der mit ihm gesprochen hat, Kat«, sagte er mit

geduldiger, fast schon herablassender Stimme, »hat ihn über die finanziellen Angelegenheiten befragt. Er ist Bankmanager und Mitverwalter des Vermögens. Er profitiert in keiner Weise vom Tode einer der betroffenen Parteien. Er bekommt eine nominelle Summe dafür, daß er«, wieder kurzes Schweigen und noch mehr Rascheln von Papier, »den Letzten Willen von Sophia Budroe Benson und die darin vorgesehenen Regelungen erfüllt.«

»Und für die Buchhaltung. Haben Sie sich die genau angesehen?«

Er seufzte. »Wir haben sie uns genau genug angesehen, um festzustellen, daß sie völlig in Ordnung ist. Wir haben sie nicht im einzelnen überprüft und keine genaue Analyse angestellt, aber uns ist auch kein größerer Posten entgangen. Worauf wollen Sie hinaus?« Seine Stimme gab mir zu verstehen, daß es auf jeden Fall das Falsche war.

»Ich frag' ja bloß.«

»Ja. Ist es das? Ich hab' zu tun.«

Ich legte auf. Es nagte noch immer etwas an mir, aber ich wußte nach wie vor nicht, was es war oder warum es an mir nagte. Ich wandte mich wieder einem Fall zu, an dem ich zu arbeiten hatte. Die Eingebung kam mir erst nach ungefähr zwei Stunden. Und selbst dann kam sie nicht plötzlich, sondern tröpfelte sozusagen herein.

Everett. Der Name war mir vertraut.

Ich dachte weiter über den anderen Fall nach, aber ganz hinten in meinem Kopf spielte ich mit dem Namen und sah ihn mir aus unterschiedlichen Perspektiven an, um endlich die Verbindung herzustellen. Als mir das schließlich gelang, war es keine große Sache, aber immerhin – es war etwas. Ich sah meine Unterlagen durch, fand, was ich suchte, und griff nach dem Hörer. Ted Kramer war mir noch etwas schuldig.

»Kramer Construction.«

»Ted, ich bin's, Kat.«

»Hallo, wie geht's?«

»Bin neugierig.«

Er lachte. »Ja, was gibt's Neues? Das ist doch nichts Neues.«

»Erinnerst du dich noch an das Geschäft vor sechs Monaten,

wo ich mich ein bißchen für dich umgeschaut habe? Du hast jemanden für die Finanzierung und/oder einen Partner gebraucht und hast dir überlegt, ob du mit einem Dave Everett zusammenarbeiten wolltest.«

»Ich erinnere mich.«

»Und, hast du's gemacht?«

»Nein.«

»Und warum nicht?«

»Zum Teil waren das die Sachen, die du rausgefunden hast. Erinnerst du dich noch an die Einzelheiten? Ich nicht mehr.«

»Der ist vor ein paar Jahren ganz knapp an einer Verurteilung vorbei. Offenbar hat ihm in letzter Sekunde jemand aus der Patsche geholfen. Seitdem hat er sich nichts mehr zuschulden kommen lassen. Soweit ich mich erinnere, hatte seine Bank bei weit mehr fragwürdigen Geschäften die Finger mit im Spiel als andere Banken. Das waren keine eindeutig illegalen Sachen, aber jede Menge Grauzonen.«

»Ja. Auf solche Sachen lasse ich mich nicht ein. Wie gesagt, das war zum Teil der Grund, und dazu kam noch, daß ich andere Möglichkeiten hatte. Ich hab' jemand anders gefunden, und das Geschäft ist wunderbar gelaufen. Hat ganz gut geklappt für mich.«

»Und was ist los mit Everett? Arbeitet er mit irgendeinem anderen Bauunternehmer oder Makler zusammen?«

»Nicht, daß ich wüßte.«

»Würdest du es wissen?«

»Schwer zu sagen. Nicht unbedingt, aber wahrscheinlich schon. Ich hör' mich mal um und sag' dir dann Bescheid.«

»Danke, Ted.«

»Kein Problem.«

Jetzt, wo ich mir schon Gedanken über Everett machte, konnte ich ruhig auch noch über Walter weiter nachdenken. Ich hatte ihn vor ein paar Tagen einmal kurz überprüft und nichts Unerwartetes herausgefunden. Er war sowohl geschäftlich als auch privat hoch angesehen, hatte einen treuen Kundenkreis, arbeitete hart für sie und verdiente für sie und sich selbst gutes Geld. Auch sein Privatleben schien über jeden Zweifel erhaben. Seine

Verlobte war offenbar seit Jahren die erste Frau, deren Name ernsthaft mit ihm in Verbindung gebracht wurde. Beide waren für die Kirche aktiv.

Die meisten hätten hier wahrscheinlich mit ihren Nachforschungen aufgehört. Die meisten Leute sind so vernünftig.

Ich nahm wieder den Hörer in die Hand. Diesmal mußte ich die Nummer nicht nachschlagen, denn Judy gehört zu den liebsten Menschen, die ich kenne. Wir sehen uns kaum jemals, aber wir kennen uns schon so lange, daß wir uns unbedingt aufeinander verlassen können. Sie hob bereits beim ersten Klingeln ab, ließ den Hörer fallen und sagte dann kurz angebunden und mit angespannter Stimme: »Hallo!«

»Hallo, Schätzchen.«

»Kat! Was gibt's denn?«

»Ich kann's gar nicht glauben, daß ich dich erwischt habe.« Manchmal brauche ich Tage und unzählige Gespräche mit ihrem Anrufbeantworter, bis ich sie endlich selbst an der Strippe habe.

»Ich auch nicht.«

»Arbeitest du immer noch achtzig Stunden die Woche?«

»Ja.« Judy ist fast so etwas wie ein Genie als Finanzberaterin. Ich habe zwar nie so richtig herausgefunden, was das eigentlich ist, aber soviel steht fest: Sie macht ständig Überstunden und verdient die dicke Kohle.

»Kann ich dir noch was aufhalsen?«

»Mach mal«, sagte sie fröhlich.

»Walter Benson ist Makler in Marysville. Ich möchte alles wissen, was du herausfinden kannst: Geschäfte, Privatleben, Gerüchte – gute oder schlechte. Einfach alles.«

»Du hast es schon so gut wie in der Hand.«

»Danke.«

»Muß die Sache schnell gehen?«

»Ja.«

»Bis wann?«

»Gestern.«

Sie lachte. »Immer noch die alte Kat.«

»Mmmm.«

»Ich ruf' dich an.«

»Ich schulde dir was. Mittagessen? Abendessen?« Wir lachten beide. Abgesehen von Geschäftsessen war es ungefähr zwei Jahre her, daß irgend jemand Judy dabei beobachtet hatte, wie sie sich genug Zeit für eine ordentliche Mahlzeit nahm.

Sie meldete sich erst am nächsten Tag wieder bei mir, aber ihre Nachrichten waren es wert. Sie erreichte mich zu Hause; es war schon spät.

»Er ist ein richtiger Pfadfinder, Kat.«

»Ach.« Sie lachte über meine Enttäuschung. »Ehrlich, loyal und treu. Hilft alten Damen über die Straße, kauft kleinen Mädchen Kekse, spendet für wohltätige Zwecke. Er hat eine schöne lange Liste von Tugenden. Wahrscheinlich ist er auch höllisch langweilig, aber man kann eben nicht alles haben.«

»Mmmm. Danke, Judy.«

Sie lachte noch einmal über die unverhohlene Enttäuschung in meiner Stimme. »Das war damals.« Ha. Ich hielt den Atem an und fühlte mich schon ein bißchen besser. »Und dann wäre da noch das Jetzt.« Ich atmete deutlich hörbar aus. Wieder lachte sie.

»Schmutz?«

»So weit würde ich nicht gehen.«

»Aber da ist etwas.«

»Eindeutig.«

»Spuck's schon aus.« Ich ging mit dem Telefon in die Küche und schenkte mir ein Glas Wein ein. Ein bißchen Feiern konnte nichts schaden.

»Nach außen hin ist er immer noch der Musterknabe, aber in letzter Zeit haben sich immer wieder kleine Fragen ergeben.« Ich runzelte die Stirn und drückte den Korken wieder in die Flasche zurück.

»Was meinst du damit?«

»Ich bin mir nicht so sicher. Ich habe nicht genügend Informationen, vielleicht sind die relevanten Informationen auch gar nicht zugänglich. Jedenfalls ist sein Name in letzter Zeit mit ein oder zwei fragwürdigen finanziellen Transaktionen in Verbindung gebracht worden. Das ist früher nie passiert.«

»In welcher Hinsicht fragwürdig?«

»Er steht auf der Seite des Gesetzes, aber offenbar hat er mit Leuten zu tun, die da nicht immer so kleinlich sind. Es war eine Weile das Gerücht im Umlauf, daß er in eine Schneeballinvestition verwickelt war.«

Ich stieß einen Pfiff aus.

»Ja. Na ja, das Gerücht hat sich zwar ziemlich schnell wieder gelegt, aber das Mißtrauen ist dennoch geblieben. Und ein übler Nachgeschmack. Eine Schneeballinvestition ist ein ganz schön ungewöhnlicher Schritt für unseren Saubermann.«

Ich stieß wieder einen Pfiff aus. »Noch was?«

»Außerdem hat man eine Weile gemunkelt, daß er zusammen mit ein paar Maklern versucht hat, billig Land aufzukaufen. Das Land war für landwirtschaftliche Nutzung eingetragen, aber offenbar hatten sie – hatten sie wahrscheinlich so etwas wie Garantien dafür erworben, daß es als Wohngebiet ausgewiesen werden würde. Soweit ich weiß, ist daraus nichts geworden.«

»Über wieviel Geld sprechen wir hier?«

»Schwer zu sagen. Manche dieser Geschäfte werden mit erstaunlich wenig Geld abgewickelt. Aber natürlich würde er etwas dafür brauchen. Eigentlich«, sie machte eine kurze Pause, »hätte ich nicht gedacht, daß er das nötige Geld hat, um mit den Großen Geschäfte zu machen, auch wenn's ihm beruflich nicht schlecht geht.«

»Und den nötigen Mumm.«

»Hmmm. Schwer zu fassen. Manchmal sind diese kleinen grauen Mäuse erstaunlich aggressiv. Man kann das nie so genau sagen.«

Das stimmt. Für Geld genau wie für Mord. Die Liste der Fragen, auf die die Antwort ›Ich weiß es nicht; das kann man nie so genau sagen‹ lautet, ist ziemlich lang.

»Gute Arbeit, Judy. Und danke.«

»Gern geschehen. Wann gibst du mir endlich ein bißchen Geld, mit dem ich für dich herumspielen kann? Ich bring' dich ganz groß raus.«

»Du und die Lotterie.«

»Verlaß dich lieber auf mich, bei mir fährst du sicherer.«

Sie hatte recht, das wußte ich. »Das Problem ist nur, wie ich das Geld auftreiben soll. Manchmal suche ich ganz unten in meiner Geldbörse nach Vierteldollarmünzen.« Sie lachte. »Mittagessen?«

»Klar.«

»Ruf mich an.« Wir wollten gerade auflegen. »Ach, übrigens, Judy.«

»Ja.«

»Wie schwierig ist es, zwei verschiedene Buchhaltungen zu machen?«

»Kinderleicht.«

»Ist es schwierig, das herauszufinden?«

»Wenn man's gründlich machen will, ist das 'ne ganze Menge Arbeit, ja, aber machbar ist alles. Es dauert halt. Man braucht Zeit und die richtige Methode. Es gibt Firmen und Buchhalter, die sich auf so was spezialisieren, aber im Grunde genommen kann das jeder herausfinden, der die nötigen Informationen hat. Die Fälschung fliegt auf, wenn man Nachweise für die falschen Zahlen verlangt, weil es diese Belege nicht gibt.

Die kleinen Gangster erwischt's meistens nicht mal da. Häufiger schießen sie einfach übers Ziel hinaus. Dann haben sie es mit einem Mangel an flüssigen Mitteln zu tun, und das ganze Kartenhaus kommt zum Einsturz.« Ich versuchte, diese Informationen zu verdauen. »Und, hat das etwas mit unserem ehemaligen Pfadfinder zu tun?« fragte sie.

»Das frage ich mich. Er und ein Banker mit einer nicht gerade strahlend weißen Weste verwalten zusammen ein nicht unerhebliches Vermögen.«

»Und wie hoch wäre das Vermögen?«

»Ich bin mir in bezug auf die Summe nicht so sicher. Wohl ein paar Hunderttausend.« Sie stieß einen Pfiff aus. »Vielleicht auch mehr.«

»Das könnte schon eine Versuchung sein, selbst für einen Pfadfinder. Manchen Leuten fällt's schwer, die Finger von solchen Sachen zu lassen.«

»Besonders, wenn die Sachen anderen gehören.«

»Besonders dann«, stimmte sie mir zu. »Laß mich wissen, was du herausbekommst, Kat. Jetzt bin ich auch neugierig.«

Ich versprach es ihr. Dieses Versprechen war wahrscheinlich leicht zu halten.

Aber manchmal täusche ich mich.

34

Ich kämpfte eine Weile mit meinem Gewissen. Im nachhinein war mir klar, daß ich es nicht lange genug und auch nicht intensiv genug getan hatte. Aber so ist das eben. Im nachhinein ist vieles klarer; deshalb sind die alten Leute auch so klug.

Nach meinem Gespräch mit Judy zählte ich eins und eins zusammen: das Geld, Walters Verzögerungstaktik, Everetts finanzielle Machenschaften, Walters Mauscheleien und das Essen am Samstag abend, also am Vorabend der Hochzeit.

Und als Ergebnis dieser Überlegungen stand ich am Samstag abend um halb acht mit dem Wagen vor Walters Büro in Marysville. Ich habe noch nie dazu geneigt, meine Rechnungen lange zu überprüfen, wenn ich sie mal abgeschlossen habe. Ich hatte das Werkzeug dabei. Und ich habe auch noch nie dazu geneigt, allzu aufmerksam auf meinen gesunden Menschenverstand zu hören.

Trotzdem hasse ich es, wenn ich mich selbst dazu überrede, ein Verbrechen zu begehen, denn genau darum handelt es sich nämlich bei einem Einbruch. Ich hatte genug über Walter erfahren, um keine Gefahr einzugehen – das hoffte ich jedenfalls. Ich hatte ohnehin nicht vor, mich erwischen zu lassen; wahrscheinlich waren sowieso alle bei dem großen Essen. Planung ist eben alles.

Walters Büro befindet sich in einer ruhigen Straße, nicht weit von der Stadtmitte entfernt, in einem kleinen Haus, das wohl einmal seinen Reiz gehabt hatte, dann aber aufgemotzt und zu einem Bürogebäude umgewandelt worden war, das Walter sich mit einem Anwalt und einem Versicherungsmakler teilte. Nette Gesellschaft. Der Rasen vor dem Haus und die Veranda waren hell erleuchtet, doch dahinter, genau wie auf der Straße, war alles dunkel. Ich stellte den Wagen an einer besonders dunklen Stelle einen halben Block weiter unten ab und ging schnell wieder zurück. Dann schlüpfte ich auf die Rückseite des Hauses und versuchte, die erleuchteten Abschnitte zu umgehen.

Vier Stufen führten hoch zu der Hintertür und dem, was – da war ich mir ziemlich sicher – früher einmal die Küche gewesen war. Vor mir waren zwei Schlösser, eines davon ein Sicherheitsschloß, das andere ein einfacher Riegel. Das Sicherheitsschloß war nicht zugesperrt, und der Riegel war überhaupt kein Problem, den konnte man mit einer Kreditkarte hochdrücken. Ich konnte keine Anzeichen für eine Alarmanlage entdecken. Die Leute sind einfach zu vertrauensselig. Innerhalb von dreißig Sekunden war ich im Haus; noch ein paar Sekunden mehr, und ich stand in Walters Büro.

Das Büro war ein Eckzimmer, es hatte Fenster nach zwei Seiten. Davor waren Jalousien und Vorhänge. Die Jalousien waren heruntergelassen, aber nicht geschlossen. Ich schloß sie und die Vorhänge und leuchtete dann mit meiner Stablampe im Zimmer herum. Natürlich würde ich mit meiner Suche im Aktenschrank anfangen. Ich stürzte mich auf den Buchstaben B. Volltreffer. Sophia Budroe Benson war keine Akte, sondern eine ganze Abteilung. Ich überblätterte das Testament und widmete mich den Einträgen zu Treuhandfonds und Investitionen. Dabei stellte ich eine Akte auf den Kopf, um die Stelle, aus der ich die Papiere entfernt hatte, gleich wiederzufinden. Ich legte die Sachen hinter Walters Schreibtisch auf den Boden. Dort drang das Licht nicht heraus, so daß ich leichter lesen, von draußen aber nicht so schnell gesehen werden konnte.

Ich fand nichts Ungewöhnliches. Alles war einfach und ohne Schnörkel angelegt. Keine Schocks, keine Überraschungen, nichts. Das war zweifelsohne die Version, die die Polizei gesehen hatte. Ich stellte die Sachen zurück und fing an, mich durch den Rest zu arbeiten. Und ich begann zu denken. Walter war kein besonders einfallsreicher Mann. Welchen Namen oder Code würde er wohl verwenden?

Im anderen Zimmer klingelte schrill und beharrlich ein Telefon. Vor lauter Schreck hätte ich mir fast die Schublade auf die Finger geknallt. Ich stand einen Augenblick wie angewurzelt da, das Adrenalin schoß mir durch den Körper und machte mich nervös, unruhig und mißtrauisch.

»Verdammt, verdammt, verdammt«, fing ich dann leise und wenig einfallsreich zu fluchen an. »Verdammt, verdammt, verdammt.«

Warum rief wohl jemand kurz vor acht an einem Samstagabend hier an? Arbeiteten der Anwalt oder der Versicherungsmakler etwa am Samstagabend? Nach achtmal hörte das Klingeln auf. Die falsche Nummer? Hatte jemand das Licht gesehen, gesehen, wie ich hereingekommen war, mich der Polizei gemeldet? Wieder fing es zu klingeln an und hörte dann unvermittelt auf. War alles in Ordnung, oder war ich aufgeflogen?

Ich wartete, der Zeit und dem Adrenalin ausgeliefert, fünf Minuten lang. Nichts. Ich hoffte, daß sich jemand verwählt hatte. Ich sah schnell die Akten zu Ende durch und machte mich dann über Walters Schreibtisch her. Abgesehen von einem Versandhauskatalog für Golferkleidung fand sich nichts Unerwartetes. Ich stellte mir vor, daß Walter in Limonengrün ganz gut aussehen würde. Jedenfalls mal anders.

Der Computer war meine letzte Hoffnung und Chance. Ich schaltete ihn an, verfluchte das dumpfe, bernsteinfarbene Licht und knipste meine Taschenlampe aus. Es dauerte ewig, bis er warm wurde. Ich suchte mir sofort die Files heraus. Die Liste war ziemlich lang. Ich überflog sie schnell, und als mir nichts Besonderes auffiel, fing ich noch einmal von vorne an.

Ich versuchte, nicht an das Telefon zu denken oder daran, wie lange ich schon hier war. Ich versuchte, nicht an eine Haftstrafe wegen Einbruchs zu denken. Wie lange würde sie wohl ausfallen, fragte ich mich. Wenn man für einen Mord nur sieben oder acht Jahre bekam, würde es doch sicher für einen Einbruch auch nicht mehr sein? Fünf, vielleicht sechs Jahre, sagte ich mir, aber das munterte mich nicht gerade auf. Würde Hank auf mich warten?

Ich merkte mir ein paar Files, die vielversprechend aussahen, und holte sie mir eine nach der anderen. Nichts. Nichts. Nichts.

Wieder zurück zum Verzeichnis. Draußen knallte eine Wagentür zu. Geräusche setzen sich in Dunkelheit und Angst schneller fort als sonst, aber diese Geräusche waren trotzdem schon zu nahe. Jetzt hörte ich Stimmen.

Ich wollte aus dem Computer heraus. Schritte auf den Holzstufen. Die Sache mit dem Computer dauerte eine Ewigkeit. Ein Schlüssel im Schloß. Ich drückte auf den Aus-Schalter und verschwand unter Walters Schreibtisch. Als das Licht im Gang anging, zog ich den Stuhl noch ein bißchen zu mir heran.

»Hmmm, das ist ja wunderschön. Und welches ist deins?«

»Da drüben.«

Die Tür schlug zu.

»Dir geht's nicht schlecht, was?« Er lachte. »Ihr Anwälte. Ihr habt immer Geld, auch wenn's uns anderen dreckig geht.«

Ich stöhnte innerlich. Ein geiler Anwalt und eine Nutte. Was für ein Glück, was für ein Timing. Über mir summte etwas. Summte?

»Ich würde mich gern ein wenig umschauen. Darf ich?«

»Klar.«

Summte? Der Computer? Mein Gott, hatte ich etwa nicht fest genug auf den Aus-Schalter gedrückt? Ich schob mich ein wenig unter dem Schreibtisch hervor. Ihre Stimme kam näher. Ich erstarrte. Das Licht ging an.

»Oh, das ist auch schön.«

Hank würde nicht auf mich warten. Fünf Jahre waren einfach zu lang. Er würde mich ein oder zwei Jahre lang besuchen, dann genug davon haben und sich eine andere suchen. Vielleicht würde er mir dann noch ein paar Jahre Postkarten schreiben, aber …

Verdammt. Ich knöpfte meine Jacke auf, so daß ich an meine .380er herankam, wenn es nötig war. Wahrscheinlich war das Essen im Gefängnis auch fürchterlich.

»Das ist ja fast noch schöner als dein Büro.« Ihre Stimme klang nahe, zu nahe.

»Nein. Hier gibt's nämlich keine Couch.«

Sie kicherte.

»Komm, hol dir deinen Drink.« Das Licht ging aus, die

Stöckelschuhe verschwanden klickend auf dem Gang. Ich fing wieder an zu atmen, schlüpfte schnell unter dem Schreibtisch hervor und drückte den Aus-Schalter des Computers. Dann wartete ich darauf, daß sich mein Gehirn erholte und endlich wieder zu arbeiten anfing.

Konnte ich mich aus dem Staub machen, ohne bemerkt zu werden? Sollte ich es aussitzen? Ich hatte das, weswegen ich gekommen war, schließlich noch nicht gefunden.

»Wo ist denn hier die Toilette?« fragte die Nutte, und im Gang klapperten Schritte. Das beantwortete meine erste Frage. Ich schlüpfte unter den Schreibtisch und hielt wieder den Atem an.

»Charlie! Du Teufel. Schwarze Unterwäsche, wer hätte das gedacht?« Sie kicherte, und ich seufzte. Abgesehen von allem anderen mußte ich mir auch noch dieses Liebesgesäusel anhören.

»Komm her.« Hmmmm. Wie süß, ergreifend und romantisch. Charlie war ein richtiger Meister des Wortes.

»Mmmmm.« Die Nutte begann zu säuseln und zu gurren. Charlie war offenbar auch noch in anderen Dingen ganz gut drauf. Ich begann, in Gedanken die Akten noch einmal durchzugehen. Aber ich kam auf nichts. Das Säuseln verwandelte sich in Stöhnen. Ich hielt mir die Ohren zu.

Natürlich mußte die Akte nicht hier sein, sie konnte sich genausogut bei Walter zu Hause befinden. Mir sank der Mut. Ich dachte objektiv über die Frage nach. Nein, wahrscheinlich nicht, alles andere war offenbar auch hier. Mir war zum Beispiel die Akte zu Walters Einkommenssteuer aufgefallen.

Im Hintergrund steigerte sich das Stöhnen nun allmählich zu Schreien. Ich steckte mir die Finger so tief in die Ohren, daß sie mir weh taten. Es hatte wahrscheinlich schon etwas auf sich mit dieser heimlichen Liebe. Vermutlich mußte man dabei schreien, um das Gefühl zu haben, auch wirklich befriedigt worden zu sein. Die Schreie wurden wieder zu Stöhnen und hörten dann ganz auf. Ich nahm versuchsweise die Finger wieder aus den Ohren. Leises Stöhnen, das war nicht mehr so schlimm. Etwas ging mir nicht aus dem Kopf, nagte an mir.

Was? Es war da irgendwo in meinem Kopf, aber es wollte einfach nicht heraus. Je heftiger ich es zu greifen versuchte, desto mehr entwand es sich mir. Ich ging noch einmal die Files durch. Ich glaubte nicht, daß es dort war. Vielleicht die Akten im Schrank? Aber die hatten noch weniger vielversprechend ausgesehen als die Aufzeichnungen im Computer.

Das Säuseln wurde wieder lauter. Die Nutte kicherte. »Mensch, du bist ja ganz schön fit.« *Scheiße*, fingen die etwa schon wieder an? »Ooooo, noch ein bißchen mehr.« Sie fing richtig zu quietschen an. Offenbar hielt Charlie sich an ihre Anweisungen. Ich seufzte und steckte mir wieder die Finger in die Ohren. Dann warf ich innerlich einen Blick auf Walters Büro: Schreibtisch, Stühle, Beistelltische, Aktenschrank, großes Regal mit Fachbüchern und Computersoftware.

Das war's. Fast hätte ich einen Freudenschrei ausgestoßen. Ich nahm die Finger aus den Ohren und streckte den Kopf etwas unter dem Schreibtisch hervor, um einen Blick auf das Regal zu werfen.

»Oooo, oooo, oooo.« Es klang wie eine Sirene im Hintergrund. Ich steckte die Finger wieder in die Ohren. In Walters Schreibtisch hatte ich eine Floppy Disc ohne Beschriftung gesehen. Das war das einzig Ungewöhnliche in dem ansonsten makellos ordentlichen Büro. Ich setzte alles darauf. Dann nahm ich die Finger wieder aus den Ohren. Stille. Gott sei Dank.

Steht auf. Zieht euch an. Verschwindet, wünschte ich mir.

»Hast du's schon mal auf dem großen Schreibtisch da drin gemacht?« fragte die Nutte. Ich wurde kreidebleich. Was für ein großer Schreibtisch? Dieser hier? Das Blut gefror mir in den Adern und hörte dann ganz auf zu fließen. Ich rutschte ein wenig zur Seite, so daß ich den beruhigenden Druck der .380er in meinem Kreuz spüren konnte.

»Nein. Willst du's da machen?«

Seid ihr verrückt? schrie ich sie innerlich an. Heute ist Samstag, und am Samstagabend geht man aus. Geht aus und macht euch 'ne schöne Zeit, hebt euch noch was für morgen auf. Teilt euch die Sache ein bißchen ein!

»Klar.«

Er lachte. »Walter würde durchdrehen, wenn er das wüßte.«

Mein Gott, sie meinten also tatsächlich seinen Schreibtisch.

Sie kicherte. »Ist wohl ein ziemlicher Langweiler, was?«

Nein. Ich ergriff Partei für Walter. Habt doch ein bißchen Achtung vor dem Büro eines Mannes, vor seinem Schreibtisch.

»Hast du Hunger? Laß uns doch was essen gehen.«

Ja. Gute Idee, stimmte ich Charlie zu. Nach diesen ganzen Gymnastikübungen seid ihr doch sicher schon fast verhungert. Und ihr braucht eure Kraft noch. Protein, Kohlehydrate, holt sie euch. Nun zieht schon diese teuflischen schwarzen Shorts und die Klickerstöckel an...

»Mmmmm«, säuselte sie. Schamlose Nutte.

»Komm, Baby, laß uns gehen.«

»Gut.«

Ich seufzte vor Erleichterung. Beeilt euch, macht euch auf die Socken, schwingt die Schenkel: Ich hörte Geräusche in der Toilette, dann das Knistern von Kleidern. Schließlich ging das Licht aus, und die Tür fiel ins Schloß und wurde zugesperrt. Ich saß völlig erschöpft und schweißgebadet da. Ich hatte das Gefühl, daß sie stundenlang dagewesen waren. Ich sah auf die Uhr: zwanzig vor neun. Vierzig Minuten. Die Zeit schleicht dahin, wenn man in seinem eigenen Angstschweiß badet.

Ich rappelte mich unter dem Schreibtisch hoch und streckte mich. Ich fand die Floppy, ohne das Licht anzumachen, schaltete den Computer ein, wartete, daß er warm wurde, und steckte die Floppy hinein. Es war alles drauf, was ich erwartet hatte. Und die Software war mit meiner eigenen zu Hause kompatibel. Volltreffer.

Bei den Floppy Discs im Regal fand ich eine leere. Ich hoffte, daß sie bereits formatiert und einsatzbereit war. Der Prompt blinkte einladend. Der Monitor zeigte mir seine Bereitschaft an, und auch ich war bereit. Ich drückte auf eine Taste. Ich machte eine Kopie. Und dann machte ich nur noch, daß ich da rauskam. Ich ging raus aus dem Computer, legte die Floppy wieder in Walters Schreibtisch zurück, stellte den Schreibtischstuhl gerade hin und sah mich um. Ich wollte das Büro genau so verlassen, wie ich es vorgefunden hatte.

Ich war schon fast an der Hintertür, als es mir einfiel. Verdammt. Ich wurde nachlässig. Wieder in Walters Büro, machte ich die Vorhänge auf und stellte die Jalousien wieder so ein wie vorher. Das dunkle, abgeschlossene Büro wäre am nächsten Morgen ein todsicherer Hinweis gewesen. Ich schaute mich noch einmal um, war zufrieden und machte mich aus dem Staub.

Der Bronco wartete ruhig und gelassen dort, wo ich ihn hingestellt hatte, und sprang gleich beim ersten Mal an. Zeit, hier wegzukommen. Ich hatte Hunger, aber ich wollte nicht anhalten, jedenfalls nicht in Marysville. Ich trank den Rest einer Pepsi, die ich vorher aufgemacht hatte. Inzwischen war die Kohlensäure raus, und es schmeckte fade. Das war mir egal. Beim Fahren fummelte ich die Chirurgenhandschuhe von meinen Händen herunter und warf sie ins Handschuhfach, zu den Einbruchswerkzeugen, die ich nicht gebraucht hatte.

Ich war so richtig high. Im Radio sangen die Beach Boys darüber, wie sie in der Weltgeschichte herumkamen. Ich war mir sicher, daß ich Walter in der Falle hatte. Diese Floppy war der zweite, der echte Rechenschaftsbericht über die Anlage von Sophies Geld. James Brown brüllte ins Mikro, daß es ihm gutging. Und mir auch. Ich dachte daran, in Citrus Heights eine Pizza einzuwerfen. Ich kam schon fast um vor Hunger, aber ich tat es trotzdem nicht. Ich wollte heim zu meinem Computer und Walters Floppy Disc.

Ranger freute sich, mich zu sehen, aber noch mehr hätte er sich über eine Pizza gefreut. Tja, schade. Außerdem mag er sowieso keine Peperone, auch wenn ich ihm noch so oft erkläre, wie viele lebenswichtige Vitamine und Mineralien die enthalten.

Ich machte mich auf den Weg in mein Arbeitszimmer und an meinen Computer und zog unterwegs die Jacke aus. Ich schaltete den Computer an und legte die .380er auf den Schreibtisch. Die Floppy Disc steckte ich in den Computer. Es war alles drauf. Walter hatte den größten Teil des Geldes abgezweigt für ein Geschäft, das sich – da war ich mir sicher – unter Insidern als guter Deal herausstellen würde. Ich konnte mir nicht denken, wie er sonst einen solchen Gewinn hätte machen sollen. Ich würde morgen Judy anrufen. Zusammen würden wir der Sache schon auf die Spur kommen.

Es ging so ungefähr um hundertfünfundsiebzigtausend Dollar. Darüber wußten Michaela und Johnny Bescheid, und das war bei Gott ein ganz schöner Batzen. Aber das war erst der Anfang.

Sophie hatte vierzig Morgen Land geerbt, die damals noch zu dem Walnußgarten ihres Vaters gehört hatten. Damals war der Grund nicht sonderlich viel wert gewesen. Aber heute? Abgesehen mal von Barstow, bedeutet Grundbesitz in Kalifornien viel, viel Geld. Und die betreffende Gegend gehörte zu den besten landwirtschaftlichen Gebieten überhaupt. Eine ganze Menge davon ist bereits erschlossen; und eine ganze Menge mehr wird es noch werden. Walter hatte den Grund belastet und so weitere zweihundertfünfzigtausend Dollar aufgetrieben. Er war jetzt ein großer Fisch. Also ging's um viel Geld und um viel Risiko.

Und es lohnte sich, dafür zu töten.

Ranger, der zu meinen Füßen saß, fing an zu knurren und dann wie wild zu bellen. Jemand hämmerte gegen die Tür. Ich steckte die .380er in den Hosenbund und stand auf.

35

Das Hämmern hörte nicht auf. Dazu noch ein paar Schläge, wie wenn jemand der Tür Fußtritte versetzt.

»Hey, wachen Sie auf, Kat. Sind Sie da? Ich bin's, Lindy. Kat? Hey, Kat!«

Ich machte die Tür mitten im letzten Wort auf. Sie grinste mich an.

»Hallo.«

Sie hörte auf, als sie die Waffe in meinem Hosenbund sah. Sie riß die Augen auf wie ein kleines Kind: erschreckt, unschuldig und fasziniert gleichzeitig. Das rief mir ins Gedächtnis zurück, daß sie trotz allem immer noch so etwas wie ein Kind war.

»Lindy«, ich wandte mich um und sah auf die Uhr. »Es ist schon fast halb elf und ein bißchen spät für Besuche. Wie bist du hergekommen?«

»Per Anhalter.« Ich runzelte die Stirn. »Was ist? Kein ›Wie geht's‹?«

»Lindy«, sagte ich mit strenger Stimme.

»Kat.« Sie sah mich an und lächelte. »Kein Hallo?«

»Hallo.«

Sie lächelte mich wieder an. »Ich hab' Sie vermißt.« Ich starrte sie an. Natürlich. »Na ja, irgendwie. Charity und ich haben uns schon wieder gestritten, und da hab' ich mir gedacht, daß ich lieber bei Ihnen bleiben würde.«

Ich seufzte, weil ich nicht wußte, ob ich ihr einen Vortrag darüber halten sollte, daß man nicht einfach vor Problemen davonrennt, statt sich ihnen zu stellen, oder ob ich froh darüber sein sollte, daß sie zu mir gekommen war, statt wieder auf die Straße zu gehen. Ich war müde, in meinem Kopf wirbelten immer noch Walters finanzielle Klimmzüge herum, und meine Reaktionszeit war ziemlich lahm.

»Tragen Sie daheim immer eine Waffe mit sich rum?« Sie griff danach, und ich trat einen Schritt zurück.

»Wollen Sie mich denn nicht reinbitten?« Ich nickte, und sie kam herein. »Hallo, Ranger.«

Ranger wedelte mit dem Schwanz. Ich machte die Tür hinter ihr zu, sperrte das Sicherheitsschloß zu und sah Lindy und Ranger zu, die im Wohnzimmer Fangen spielten. Schließlich wälzten sie sich in einem Durcheinander von Kichern und Wedeln auf dem Boden herum. Ich hatte immer noch nicht entschieden, was ich tun würde.

»Kat, könnte ich wohl was zu essen haben?«

»Klar. Ich weiß zwar nicht, was da ist, aber bedien dich ruhig.«

»Sind Sie beschäftigt?« Ich nickte. »Dann machen Sie weiter. Ich komm' schon allein zurecht.«

Ich ging wieder an den Computer zurück, hörte, wie die Schranktüren zuknallten und die Schubladen knirschten und versuchte, mich zu konzentrieren.

»Ich mach' Thunfischsandwiches«, brüllte sie herüber. »Wollen Sie auch eins?«

»Nein, danke.«

»Haben Sie schon was gegessen?«

Ich dachte darüber nach. Nach diesem Abend in Walters Büro

schien das Abendessen ganz, ganz weit entfernt. »Nein«, sagte ich schließlich.

»Dann mach' ich Ihnen eins.« Ich zuckte mit den Achseln und versuchte wieder, mich zu konzentrieren.

»Wollen Sie hier oder drüben essen?«

Ich gab auf, stand auf und ging hinüber in die Küche. Dafür, daß es Thunfischsandwiches waren, sahen sie ziemlich gut aus.

»Sie schleppen immer noch die Waffe mit sich rum, Kat.«

Lindy wischte sich einen Batzen Mayonnaise vom Kinn. Ich hielt mich gerade noch zurück, ihr zu sagen, daß sie nicht mit vollem Mund reden solle.

»Das war eben so eine Woche, Lindy.«

»Was für eine Woche?«

»Eine Woche, in der man ganz gern seine Waffe bei sich trägt.«

Das brachte uns wieder an unseren Anfangspunkt zurück. Sie sah mich an und ließ das Thema fallen.

»Gibt's hier auch eine Nachspeise?«

»Äpfel.«

»Igitt.« Sie fing an, die Schränke zu durchwühlen. »Hey, ich hab' ein paar Kekse gefunden.«

»Dann nimm sie dir.«

Ich konnte mich nicht mehr daran erinnern, sie gekauft zu haben, was bedeutete, daß sie sicher schon Monate hier herumlagen. Aber egal, sie steckten wahrscheinlich sowieso voller Konservierungsmittel.

»Igitt, das sind ja Feigenkekse.«

»Die sind gut für dich.«

Sie ließ sie angewidert fallen, nahm sie aber dann doch wieder in die Hand und riß die Packung auf. »Na ja, besser als gar nichts.«

»Lindy, ich will ja nicht unhöflich sein, aber im Moment ist es mir nicht so recht, wenn du da bist. Ich bringe dich zu Alma.«

»Warum?«

»Das hab' ich dir doch gerade gesagt.«

Sie starrte mich an. »Das ist nicht der wahre Grund.«

»Doch.«

»Nein, Sie sind wütend. Ich weiß, daß Sie wütend sind. Ich

hab' alles vermasselt, und jetzt schicken Sie mich weg. Ich mach' immer alles falsch. Schicken Sie mich nicht weg, Kat. Bitte. *Bitte!* Geben Sie mir noch eine Chance.« Sie war den Tränen nahe. Ich kam mir vor wie ein widerliches Ekel.

»Hör mir doch mal zu!« brüllte ich und seufzte dann. Teenager. Was für eine Situation! Was für ein Timing! »Lindy, ich schicke dich nicht weg, und ich bin nicht wütend. Es ist nur für heut nacht. Okay? Vertraust du mir?« Ich legte ihr den Arm um die Schulter und drückte sie. »Okay?«

»Sind Sie sicher?«

»Ja.«

»Wirklich?«

»Wirklich.«

»Okay.«

»Großartig.« Ich wollte ihr keine Zeit lassen, darüber nachzudenken. »Hol deine Jacke, und dann raus zur Hintertür. Der Wagen steht in der Auffahrt.«

Sie tat tatsächlich einmal ohne große Widerrede das, was man ihr sagte. Ich holte die Schlüssel, steckte die Waffe unter die Jacke und rief den Hund. Wir gingen und schlossen die Tür hinter uns zu.

»Kat?«

»Hmmm?«

»Kann Ranger auch mitkommen?«

»Klar.« Ich pfiff. Wir kletterten alle zusammen in den Bronco.

»Irgendwas stimmt nicht, oder?«

»Hmmm?«

»Kat!« Lindy klang verärgert. »Sie passen nicht auf, was ich sage. Irgendwas stimmt nicht, das spüre ich. Sie tragen normalerweise keine Waffe, oder?«

»Nein.«

»Kann ich Ihnen helfen?«

»Nein. Danke.« Ich fügte hinzu: »Im Moment ist alles ein bißchen durcheinander, aber in ein, zwei Tagen ist alles wieder in Ordnung.«

»Aber, Kat, ich *will* Ihnen helfen.« Sie klang über sich selbst überrascht. Und das war ich auch.

Ich zwang mich dazu, mich zu entspannen, sie anzusehen und anzulächeln. »Danke, vielleicht ein andermal. Heute nicht.«

Sie sah mich verwirrt an. »Freunde helfen einander, das haben Sie mir selbst gesagt.«

Ich nickte. »Aber nicht bei dieser Sache, nicht jetzt.«

Ich schaltete ab, lauschte auf den Klang der Reifen auf der Straße und versuchte vergeblich, meine Gedanken in den Griff zu bekommen. Ich hörte, wie Lindy sich mit Ranger unterhielt, und das Klopfen von Rangers Schwanz – beruhigende Geräusche. Da ich Alma nicht vorher angerufen hatte, kam ich noch kurz mit Lindy hoch, um hallo zu sagen. Ich hielt mich nicht lange auf.

»Lindy, möchtest du, daß Ranger hier bleibt?«

Ihre Augen strahlten. Dann schüttelte sie den Kopf. »Nein, es ist besser, wenn er wieder mit Ihnen zurückfährt.« Ich nickte, zu müde, um noch über diese Frage zu diskutieren. Die Heimfahrt verlief zügig. Es war schon spät, also fuhr ich zu schnell. Ranger war nervös und unruhig. Ich war erleichtert, wieder daheim zu sein, und wollte nur noch ins Bett.

In der Auffahrt begann Ranger zu winseln und hin und her zu rennen. Er wollte nicht seinen üblichen Abendauslauf machen, sondern umkreiste mich ständig und lief mir immer wieder zwischen die Beine, bis ich ihn anschnauzte. Er fing an zu knurren, als wir ins Haus traten und ich das Licht einschaltete. Walter stand da und lächelte mich an. Es gibt Dinge, die mir mehr Freude gemacht hätten, viel mehr. Es fiel mir schwer, ihn ebenfalls anzulächeln, also ließ ich es.

»Elf ist ein bißchen spät für einen Besuch, nicht wahr?«

»Es ist kein Besuch.«

»Wie bist du reingekommen?«

»Durchs Schlafzimmerfenster. Man muß bloß durch das Loch im Fliegengitter greifen, den Riegel umlegen und aufdrücken.«

Verdammt! Hank würde ganz schön sauer sein. Ich hatte ihm versprochen, mich gleich drum zu kümmern.

»Laß uns in die Küche gehen. Ich brauche einen Kaffee.«

Walter zögerte, folgte mir dann aber doch. Genau wie Ranger. Er knurrte immer noch. Ich machte Kaffee.

»Du hast nicht fair gespielt, Katy.« Seine Stimme klang kalt. Tja. Aber es ist schon mehr nötig, um mich zu erschrecken. Ich schenkte uns zwei Tassen Kaffee ein.

»Das hättest du tun sollen, Katy. Wirklich.« Walter zog eine Waffe heraus und richtete sie auf mich. Seine Hand war fast ruhig. Das war's; das erschreckte mich nun wirklich. Ich beschloß, ihm das nicht zu zeigen.

»Ja?«

»Ja.«

Ich schüttete ihm die Tasse mit dem Kaffee ins Gesicht. Er kreischte hoch und schrill, wie eine alte Frau. Vielleicht ist das die Wirkung von siedend heißem Kaffee. Die Waffe klapperte auf den Boden, und er schlug sich die Hände vor Gesicht und Augen. Ich trat ihm gegen die rechte Kniescheibe – ein gut getimter Tritt mit durchschlagender Wirkung. Er fiel, immer noch schreiend, hin. Im Hintergrund fing Ranger wie verrückt zu bellen an. Ich beugte mich herunter, um Walters Waffe aufzuheben.

»Lassen Sie sie liegen.«

Die Waffe war noch immer in Reichweite. Ich drehte mich ein wenig um. *Scheiße!* Das war schon das dritte Mal diese Woche, daß ich in eine Revolvermündung schaute. Eigentlich wollte ich mir das nicht zur Gewohnheit machen. Ich richtete mich auf.

»Rufen Sie Ihren Hund zurück.« Ich tat nicht, was er mir sagte. »Kümmern Sie sich drum, sonst mache ich das.« Er fuchtelte mit seiner Waffe herum. Also kümmerte ich mich drum. Ranger stand neben mir, ruhig und wachsam. Er zitterte ein wenig und knurrte ab und an.

»Ich hätte eigentlich wissen sollen, daß du das allein nicht schaffst, Walter.« Er gab ihm einen Tritt ins Hinterteil. »Steh auf, reiß dich zusammen.« Walter stand auf und ging dann zur Spüle, um sich das Gesicht zu waschen. Er hinkte ein wenig und war ganz rosa im Gesicht, nichts Ernstes.

»Dave Everett?« fragte ich.

»Genau der.«

»Nehmen Sie zu Ihren Besuchen immer die Waffe mit?«

»Das ist kein Besuch.«

»Was ist es dann?« Das Spiel war schon zu weit fortgeschritten, um sich dumm zu stellen, aber ich versuchte es trotzdem.

»Wir haben uns schon gedacht, daß Sie hinter uns her sind«, sagte Everett.

»Möchte irgend jemand Kaffee?« fragte ich und wollte zum Herd hinübergehen.

»Bleib weg da«, kreischte Walter. Toll. Everett unterstützte ihn mit seiner Waffe. Na schön, dann blieb ich eben weg. Mußten wir halt später Kaffee trinken.

»Hinter Ihnen her?« fragte ich. Dann fiel mir ein, daß mein Computer noch an war. Die Stromrechnung der Pacific Gas and Electric konnte ich ja verkraften, aber Walters Zahlenmaterial auf dem Bildschirm zu erklären, würde mir wohl schwerer fallen. Ich bekam langsam den Eindruck, daß es mich sehr viel Mühe kosten würde, mich da herauszureden.

»Hören Sie doch auf damit. Wir wissen, daß Sie heute abend im Büro waren.«

»Ich war den ganzen Abend mit Lindy hier.«

Everett schüttelte den Kopf. »Damit kommen Sie nicht durch.«

Trotzdem sah er ein bißchen verwirrt aus. Das machte zwar keinen großen Unterschied – schließlich hatten sie mir schon zuviel erzählt. Und wenn ich das wußte, wußten sie es bestimmt auch.

»Wir haben Trivial Pursuit gespielt. Sie sind da auf einer völlig falschen Fährte.«

Es herrschte einen Augenblick Schweigen. Walter brach es.

»Wir wissen, was Sache ist, Katy. Weißt du, ich habe die Unterlagen für die Hochzeit im Büro vergessen. Deshalb bin ich heute abend noch mal hin; ich wußte, daß ich am Morgen noch eine Menge erledigen müßte.« Walter klang irgendwie vage und unzusammenhängend. Er rieb die ganze Zeit an seinem Knie und tastete an seinem Gesicht herum.

»Als ich die Schreibtischschublade aufgemacht habe, ist mir aufgefallen, daß ein Stapel, der Stapel mit der Floppy Disc mit den Belegen, nach denen du gesucht hast, ein bißchen verschoben war. Nicht viel«, sagte er, wohl als Kompliment. »Das hätte kaum jemand gemerkt. Ich wäre selbst nicht sicher gewesen, wenn da nicht noch etwas anderes gewesen wäre, wenn du das Licht auf der Veranda nicht ausgemacht hättest. Das ist nämlich immer an. Immer. Das läuft über eine fotoelektrische Zelle.«

Ich stöhnte innerlich auf. Die Nutte. Da mußte ich mich also glatt für noch etwas bei ihr bedanken. Zuerst einen ganzen Abend kostenlose Unterhaltung und jetzt noch die Fortsetzung.

»Das war dumm, Kat.«

»Stimmt, aber ich war das nicht.« Everett hob Walters Waffe auf und gab sie ihm.

»Setzen Sie sich«, sagte er zu mir. Kein Bitte. Soweit also seine Manieren.

»Kommst du mir ihr zurecht?«

»Ja.« Everett starrte Walter an, dessen Gesicht noch immer ganz rot und schmerzverzerrt war. »Ich schaff' das schon, das hab' ich dir doch gesagt.«

»Okay, dann schau' ich mich ein wenig um.«

Er machte sich auf den Weg in mein Arbeitszimmer, und ich fragte mich, wie lange ich mir wohl noch Gedanken würde machen müssen. Ich wußte jedenfalls, wie lange Everett brauchen würde, um festzustellen, was da auf meinem Computer vor sich hinblinkte.

»Tja, ja, ja.« Everett kam zurück in die Küche. »Schau dir mal den Computer an, Walter.«

»Das ist es«, stimmte Walter zu, als er ein wenig blaß und zitternd zurückkehrte.

»Hinter Ihnen her?« äffte Everett mich nach. »Wir haben den ganzen Abend Trivial Pursuit gespielt.« Er spuckte in die Spüle. »Ja, richtig.« Er spuckte wieder. Das war ziemlich grob und eklig, genau wie er selbst. Ich hatte Banker immer für kultivierter gehalten.

»Ich habe euch unterschätzt«, sagte ich. Everett schnaubte verächtlich. »Eine nette Geschichte, die ihr euch da ausgedacht habt. Wer hat die Sache eingefädelt?«

Walter plusterte sich ein wenig auf, als Everett mit dem Daumen in seine Richtung deutete. Ich versuchte, mir vorzustellen, wie er mit einem dreiteiligen Anzug eine Bank leitete. Das war ziemlich schwierig. Natürlich war es nur eine Sparkasse in

Marysville. Das machte es etwas leichter. Everett ging wieder aus dem Zimmer, um sich weiter umzusehen.

»Netter kleiner Trick, Walter«, sagte ich. Walter verzog noch immer das Gesicht voller Schmerzen.

»Das war überhaupt kein Trick. Ich hatte keinerlei Absicht, meine Kinder hereinzulegen. Wirklich nicht. Im Gegenteil – sie hätten einen schönen Gewinn gemacht durch meine Spekulationen.«

»Insidergeschäfte, was?« Er rutschte unruhig hin und her. Walter schien nicht sonderlich begeistert vom Konzept der Wahrheit. »Ich würde wetten, sie hätten dabei längst nicht so viel Gewinn gemacht wie du. Und wenn du dabei Verluste gemacht hättest, wären es natürlich ihre Verluste gewesen. Das ist immer ein beruhigender Gedanke.« Doch er wirkte nicht besonders beruhigt.

»Ich wollte meiner Frau ein Haus kaufen.« Die Gier, was macht sie bloß aus dem Charakter eines Menschen. »Sie ist an Besseres gewöhnt. Ich wollte, daß sie glücklich wird. Und die Mädchen«, fügte er hinzu.

»Also hast du dir ihr Glück mit dem von Johnny und Michaela erkauft.«

»Nein«, antwortete er voller Geduld, »natürlich nicht. Ich habe mir ihr Geld nur eine Weile ausgeliehen. Einfach nur ausgeliehen. Ich bin fast fertig mit dem Geschäft; inzwischen ist fast wieder alles auf ihren Konten. Und wir haben alle ein bißchen gewonnen dadurch.«

»Johnny wird es nie ausgeben können.«

»Verdammter Junge!« Walter wurde rot, vermutlich über diese Beschimpfung. »Warum hat er so stur sein müssen? Er wollte einfach nicht hören; er wollte das Geld gleich an seinem Geburtstag. Das hätte ich nicht geschafft, nicht, ohne alles zu verlieren. Alles«, unterstrich er. »Ich wollte das alles nie so machen. Er hat mich dazu gezwungen.«

»Du hast Johnny umgebracht und dann die Drogen ins Auto getan, damit's so aussieht, wie wenn's ein Drogenmord wäre.«

»Nein, nein, das war ein Unfall.«

»Stichwunden in die Brust würde ich nicht gerade einen Unfall nennen.« Ich streckte mich und wollte aufstehen.

»Nein, nein.« Walter fuchtelte wie wild mit der Waffe nach mir. Ich setzte mich wieder.

»Du hast mich mit den Schüssen auf meinen Wagen, den Drohungen und dem Tod meiner Katze abschrecken wollen.« Ich bemühte mich, meine Stimme gleichmäßig zu halten. »Wen hast du dazu gebracht, Alma zu bedrohen? Und Michaela? War das Everett?« Walter schien mich nicht gehört zu haben.

»Und dann wollte Michaela ihr Geld auch noch gleich.« Er schüttelte traurig den Kopf. »Ich hätte nur noch ein bißchen Zeit gebraucht, dann hätte es ihnen gehört. Sie hätten nur noch ein bißchen warten müssen, aber das wollten sie nicht. Sie sind ja so ungeduldig. Kinder sollten auf ihren Vater hören.«

Walter klang nicht so, als ginge es ihm allzu gut. Aber das war mir egal. Ich machte mir um sein Leben weniger Sorgen als um mein eigenes, also spielte ich weiter. »Du hast sie mit anonymen Anrufen bedroht, damit sie die Stadt verläßt. Als das nicht funktioniert hat, hast du versucht, sie umzubringen. Aber statt dessen hast du das andere Mädchen erwischt.«

»Ich wollte die Sache nie so angehen«, sagte er. »Das ist alles so schmutzig, so geschmacklos.« Ich hielt diese Adjektive für ein wenig untertrieben, wenn es um den Mord beziehungsweise Mordversuch an den eigenen Kindern ging, aber das sagte ich nicht. »Ich bin ein konservativer Geschäftsmann«, erklärte er. Walter, der zaudernde Mörder. Das brach mir fast das Herz. Aber nicht ganz.

Mein Telefon klingelte zehn- oder elfmal. Niemand ging ran. Everett kam wieder in die Küche. Endlich hörte das Klingeln auf.

»Hast du ihr jetzt alles erzählt?« fragte er rauh. »Eigentlich hätte ich dich für intelligenter gehalten, Walter. Sogar viel intelligenter, denn sonst hätte ich mich nicht mit dir eingelassen.« Er schlug mit der Faust auf die Arbeitsfläche. »Komm, laß uns hier verschwinden. Wir halten uns schon zu lange auf. Wir müssen uns um sie kümmern und dann weg hier.«

Ich brauchte noch mehr Zeit, viel mehr Zeit.

Ich hatte noch zwei Karten. Eine davon spielte ich jetzt aus.

Ich lehnte mich auf meinem Stuhl zurück und streckte mich. Dabei sah ich wohl weit entspannter aus, als ich eigentlich war.

»Aufstehen, Miststück.« Miststück. Ich erkannte die Wortwahl und die Stimme von den anonymen Anrufen wieder. »Deine Zeit ist abgelaufen, jetzt bist du dran.«

»Walter hat Ihnen nichts von dem Grund erzählt, oder?«

»Aufstehen.« Everett fuchtelte mit der Waffe hin und her.

»Welcher Grund?« Walter fing an zu stottern.

»Johnnys und Michaelas Mutter hat vierzig Morgen Walnußgärten von ihrem Vater geerbt. Sie wissen, was das Land heute wert ist. Und Walter hat den Grund belastet. Davon haben Sie noch nichts gehört, nicht wahr? Und Sie hätten auch nie was von den Erträgen gesehen. Das war Walters kleine Dreingabe.«

Es herrschte langes, häßliches Schweigen, und dann wandte Everett sich Walter zu. »Ist das wahr?«

»Nein«, antwortete Walter.

»Ich hab' Beweise drüben, im anderen Zimmer.«

»Na ja, ja und nein«, redete Walter sich heraus. »Ich war mir nicht sicher, ob das Geschäft klappen würde, also wollte ich es lieber nicht erwähnen.«

»Es sollte eine Überraschung werden«, erklärte ich hilfsbereit, »nur daß er lügt. Er war sich sicher; das Geschäft hat geklappt. Der Beweis ist im Zimmer nebenan.«

»Du hinterhältiger kleiner Hurensohn«, sagte Everett. Ich nickte. So ungefähr schätzte ich Walter auch ein. »Wolltest mich hinters Licht führen. Du hast gesagt fifty-fifty. Wir machen alles gemeinsam, hast du gesagt. Ich hab' mich auf Mord eingelassen, meine Stellung in der Bank und in der Gemeinde aufs Spiel gesetzt, bloß damit so ein kleines, schleimiges Wiesel ...« Er brach ab und schüttelte den Kopf.

»Ich mach' das alles wieder wett«, erwiderte Walter. Seine Stimme klang flehend.

»Und ob du das tust. Eigentlich sollte ich dir's jetzt gleich heimzahlen.« Er ging auf Walter zu, der zwar bleich wurde, aber nicht wich. »Damit du nicht vergißt, wer dein Partner ist. Das sollte ich wirklich, ja.«

»Na komm schon, Dave, wir können doch darüber sprechen.«

»Sprechen. Hah.«

Er schnaubte verächtlich und gab Walter dann mit der flachen Hand eine Ohrfeige, daß es nur so knallte. Auf die Verbrennungen vom Kaffee muß das geschmerzt haben wie Hölle. Walter kreischte wieder hoch und schrill, stolperte zurück und über einen Küchenstuhl und schlitterte an der Arbeitsfläche entlang, wo er die Gläser mit meinen Lebensmittelvorräten mitriß.

Überall lagen Reis, Nudeln, Bohnen und Glas herum. Er lag auf dem Boden, inmitten der ganzen Lebensmittel und des Glases, und Everett versetzte ihm Tritte in Brust, Schulter und Bauch. Walter schützte sein Gesicht und weinte und schniefte. Diese Reaktion war nicht unbedingt die richtige, um Everett zur Nachsicht zu bringen. Und sie tat es auch nicht.

»Du hinterhältiges kleines Biest.« Everett versetzte ihm einen weiteren heftigen Tritt. »Eigentlich sollte ich dir alle Knochen im Leib brechen.«

Walter war verständlicherweise von dieser Idee nicht allzu begeistert. Er lag da und stöhnte und wimmerte. Ranger bewegte sich unruhig an meiner Seite hin und her. Everett trat knirschend einen Schritt zurück, auf breite Eier- und große Muschelnudeln. Er stand mit dem Rücken zu mir. Jetzt war der richtige Zeitpunkt, um meine zweite Karte auszuspielen.

»Stehenbleiben, Everett. Ich habe eine Waffe.«

Insgeheim dankte ich all den miesen, zweitklassigen Filmen, die ich je gesehen hatte, denn denen verdankte ich diese Dialogzeile. Er erstarrte. Offenbar war er sich nicht sicher, aber er wollte auch nicht die Probe aufs Exempel machen.

»Walter?« krächzte er. Walter tastete vorsichtig sein Gesicht ab, zuckte zusammen, schaute vom Boden zu mir hoch und dann zu Everett und nickte.

»Ja, das stimmt.«

In seiner Stimme klang Befriedigung mit, als hätte er plötzlich die Seiten gewechselt. Aber darauf wollte ich mich nicht verlassen.

»Ganz langsam, oder ich schieße.« Wieder eine Hommage an die alten Filme. »Nehmen Sie die Hände herunter, lassen Sie die Waffe fallen, und schieben Sie sie mir mit dem Fuß herüber. Drehen Sie sich nicht um.

Und dich erschieße ich auch, Walter, wenn du dich rührst«, fügte ich mit liebenswürdiger Stimme hinzu. Walter erstarrte, wollte wieder sein Gesicht abtasten und hielt ein. Everett tat, was ich ihm gesagt hatte. Ich bückte mich und griff nach der .45er. Die Waffe war zu viel für ihn. Sie war zu viel für jeden. Also steckte ich sie mir in den Hosenbund und seufzte erleichtert auf.

Und damit hatte ich mich verrechnet; es war noch längst nicht vorbei.

Hinter mir knarrte die Tür und öffnete sich. Kalte Luft drang in den Raum und spielte wie eine kleine Katze in der Küche herum. Ich zitterte.

»Mein Gott«, flüsterte eine Stimme. »Kat, ich bin's, Lindy. Ich bin da, ich bin zurückgekommen.«

Verdammt. Verdammt. Verdammt!

»Ich hab' mir Almas Wagen geborgt (soll heißen: Ich hab' ihn genommen, ohne zu fragen, dachte ich verbittert) und bin zurückgekommen, um Ihnen zu helfen. Ich hab' gedacht, vielleicht brauchen Sie mich.« Sie sagte das ziemlich mutig, und ihre Stimme klang jetzt kräftiger.

»Ich konnte nicht einfach wieder weglaufen. Sie haben mich von der Straße geholt und mir gesagt, daß jetzt Schluß ist mit der Wegrennerei. Sie haben gesagt, ich soll mich mit meinen Problemen auseinandersetzen. Also hab' ich das gemacht«, sagte sie einfach. »Ich hab' Angst gehabt, aber ich bin trotzdem zurückgekommen, um Ihnen zu helfen, weil Sie mir geholfen haben. Ich wollte Ihnen eine Freundin sein, genau, wie Sie mir eine waren.«

Ich stöhnte. Everett lachte.

»Kat, hab' ich was falsch gemacht?« Ihre Stimme klang verletzt und verletzlich.

Ich stöhnte wieder, ich konnte einfach nicht anders.

»Kat?«

»Nein, Lindy, aber du könntest mir jetzt am meisten helfen, wenn du die Polizei anrufst. Geh den Weg wieder hinaus, den du gekommen bist. Geh zu den Nachbarn. Ruf neun-eins-eins an. Sag ihnen, was du hier gesehen hast. Komm nicht hierher zurück, ich will dich nicht hier haben, wenn die Kerle da sind. Hast du verstanden?«

»Ja.« Ihre Stimme klang sanft. Sie stand direkt hinter mir, und ich spürte ihren Atem auf meinem Haar.

»Geh.«

Sie zögerte, und dann begann das Telefon zu klingeln; es schepperte beharrlich, rüde und ganz nüchtern vor sich hin. Es zerstörte die Anspannung und baute neue auf. Wir standen alle wie erstarrt da und warteten darauf, daß jemandem die richtigen Worte einfallen würden. Lindy sagte zuerst etwas.

»Soll ich hingehen?« Wieder spürte ich ihren Atem in meinem Haar.

»Nein!«

Ich wandte den Blick für einen Moment von Everett ab. Das war ein Fehler, den wohl jeder gemacht hätte, aber trotzdem war er dumm.

Er griff nach Lindy und zog sie zu sich heran; er drückte ihre Arme gegen ihre Seiten und hielt sie fest. Und er grinste. Das Telefon klingelte noch weitere sieben oder acht Male. Die Kräfteverhältnisse hatten sich verschoben, und das wußten wir alle. Die Stille lastete schwer auf uns; sie wurde nur von Lindys flachem, schnellem Atem durchbrochen.

»Tja, ja, ja«, sagte Everett schließlich. »Sie haben die Waffen, ich hab' das Mädchen. Wollen wir tauschen?« Lindy stöhnte. Ihre Augen verdrehten sich nach oben, und Everett rüttelte sie. »Also?«

Ich nickte. »Zuerst geht das Mädchen, dann kriegen Sie die Waffen.«

Er lachte. »Das glaube ich nicht.« Lindy ächzte wieder. »Steh auf, Walter.«

»Das würde ich an deiner Stelle nicht«, sagte ich mit freundlicher Stimme.

»Mach, was ich dir sage.«

Everetts Stimme klang rauh und befehlend. Walter wog die Alternativen ab und begann, aufzustehen. Die Kugel schlug in den Schrank hinter ihm ein. Verdammt. Zuerst meine Gläser und jetzt meine Schränke. Jetzt würde ich wahrscheinlich noch weniger Motivation zum Kochen haben als sonst schon.

»Ich hab' absichtlich danebengeschossen«, sagte ich, noch immer mit freundlicher Stimme. »Beim nächsten Mal ist es keine Warnung mehr.« Walters rotes Gesicht wurde weiß und erstarrte.

Lindy fing an zu weinen, Tränen, so groß wie Zehncentmünzen, liefen ihr die Wangen herunter. Wie machte sie das bloß?

»Lassen Sie das Mädchen los.«

»Den Teufel werde ich.« Ich sah ihn an und nickte langsam und nachdenklich. »Ich könnte ihr ganz schnell das Genick brechen«, sagte er. Ich nickte wieder.

»Das könnten Sie«, stimmte ich ihm zu. Lindys Tränen waren jetzt schon so groß wie Fünfundzwanzigcentmünzen. »Aber das werden Sie nicht.«

»Und ob ich das werde.«

»Dann sind Sie ein toter Mann.« Ich sprach leise und mit freundlicher Stimme. Lindy starrte mich voller Verblüffung an.

»Kat!« Sie fing an zu jammern.

Ich schüttelte den Kopf. »Halt den Mund, Lindy.«

Das Jammern hörte auf, dafür fing sie wieder zu weinen an. Sie sah mich an, als sei ich eine Kreuzung zwischen Lizzie Borden und Lucrezia Borgia.

»Sie werden das Leben des Mädchens nicht aufs Spiel setzen.«

»Dann passen Sie mal auf.« Ich sah Lindy nicht an. »Ohne Waffe sind wir beide tot. Das wissen Sie, und das weiß ich. Also spielen wir lieber keine Spielchen.«

»Ich würde das Mädchen freilassen.«

»Nein«, antwortete ich, »das würden Sie nicht.«

Er lachte. »Na, Sie sind aber ein Witzbold.«

Ich sagte nichts darauf.

»Tja, dann kommen wir wohl nicht weiter.«

»Ich kann warten.« Das Telefon fing an zu klingeln. »Das ist

Alma. Sie macht sich Sorgen wegen dem Mädchen. Wenn wir diesmal nicht hingehen, holt sie die Polizei.«

Ich sagte das voller Überzeugung und Autorität in der Stimme. Jeder, der Alma nicht kannte, hätte mir wahrscheinlich geglaubt. Ich hoffte zu Gott, daß sie nicht hier herauskam, mit ihrer gußeisernen Pfanne in der einen Hand und einem Schürhaken in der anderen. Das Telefon hörte auf zu klingeln.

»Und ich habe noch ein As im Ärmel.« Sie starrten mich alle an. »Den Hund.«

Everett drückte Lindy enger an sich. Sie schnappte nach Luft.

»Ich werd' ihn gleich auf Sie hetzen, Dave.« Ranger knurrte und verkrampfte sich neben meinem Knie. Gerade richtig. Everett spannte die Muskeln an und drückte noch fester zu. »Sie können ruhig versuchen, das Mädchen als Schild zu benutzen, aber das funktioniert nicht. Sag was zu Ranger, Lindy.«

»Hallo, Ranger«, blökte Lindy. Ranger wedelte mit dem Schwanz und winselte aufgeregt.

»Er kennt sie – er wird ihr nichts tun. Dann verabschieden Sie sich mal von Ihren schönen Waden, Dave. Na, Ranger?«

Ranger knurrte tief und kehlig; es klang häßlich und bedrohlich. Ich lächelte. Das Telefon fing wieder an zu klingeln. Lindy ließ sich nach vorne fallen, und ich brüllte: »Faß, Ranger.«

Everett wußte nicht, ob er Lindy festhalten, sich vor dem Hund schützen oder beides gleichzeitig machen sollte. Eine Reihe knurrender Hundezähne in nächster Nähe läßt einem da nicht viel Wahl. Er stieß Lindy Ranger entgegen. Sie stolperte, und beide verhedderten sich und rollten auf dem Boden herum. Lindy knallte gegen eine Wand.

Das Telefon hörte auf zu klingeln, weil der Hörer heruntergerissen wurde. Er schwang sanft hin und her und schlug ab und zu gegen die Wand. Ich konnte nicht hören, wie er gegen die Wand knallte, weil der Hund so laut knurrte.

Everett hatte einen Küchenstuhl in der Hand und versuchte, Ranger abzuhalten. Für den Augenblick funktionierte die Sache.

»Lindy, sieh zu, daß du hier rauskommst!« Sie nickte mit blassem Gesicht und humpelte auf die Hintertür zu.

»Raus!« kreischte ich sie an. Sie fuhr zusammen, bekam fast

einen Krampf, und stolperte nun um einiges schneller aus der Tür. Gott sei Dank. »Ruf die Polizei!« brüllte ich sie und das Telefon an. »Neun-eins-eins!« Der Hörer schwang immer noch teilnahmslos hin und her.

»Rufen Sie Ihren Hund zurück, oder er stirbt.«

Everett hatte es satt, den Löwenbändiger zu spielen. Und das mußte er auch nicht mehr. Er hatte eine .25er in der einen Hand und den Stuhl in der anderen. Scheiße! Ich hätte ihn mir genauer ansehen sollen; er hatte zwei Waffen.

»Sofort!«

Ich tat, was er mir sagte. Ranger zog sich knurrend zu mir zurück. »Laß uns hier verschwinden«, sagte ich zu dem Hund und begann, mich nach rückwärts zu bewegen.

»Bleiben Sie stehen!«

Everett preßte die Worte knurrend hervor. Dann knurrte Ranger. Er klang viel besser als Dave, bedeutend überzeugender. Ich schüttelte den Kopf und ging weiter. Er fuchtelte mit seiner Waffe vor mir herum. Ich war nicht so leichtsinnig und hielt die meine weiterhin auf ihn gerichtet. Außerdem war meine größer. Aber das machte keinen großen Unterschied. Ein gut gezielter Schuß aus einer .25er genügt auch.

Ranger und ich bewegten uns immer noch nach rückwärts, und der Hund knurrte weiterhin. Walter machte jetzt die merkwürdigsten Geräusche, er winselte und schälte sich aus den Glas- und Nudelresten, rutschte auf den Bohnen herum. Ranger drehte sich um und knurrte auch noch ihn an.

Jedenfalls glaubte ich das. Ich beobachtete Everett, nicht Ranger oder Walter – Everett und die Waffe. Ranger und ich mußten uns mit zu vielen Fronten auseinandersetzen. Wir waren einfach ein wenig überfordert.

»Noch einen Schritt weiter, und ich schieße.«

»Ich auch«, sagte ich mit freundlicher Stimme. »Laß uns hier verschwinden, Ranger.« Ich ging jetzt schneller. Alles verlief nach Plan. Everett fuchtelte mit seiner Waffe herum; ich hielt die meine weiter auf ihn gerichtet. Nur Amateure fuchteln mit der Waffe herum. Ich lächelte grimmig und fiel dann über Ranger. Falscher Plan. Nur Amateure fallen über ihre Partner.

Ich hielt die Waffe fest, aber das nutzte auch nichts; Everett stieg mir aufs Handgelenk. Ranger war gleich neben mir und zog seine knurrende Hound-of-the-Baskervilles-Show ab. Und er wartete auf Befehle.

»Holen Sie ihn weg, bevor ich ihm den Kopf wegpuste!«

»Raus, Ranger«, sagte ich mit bestimmter Stimme. Ich wollte nicht, daß mein Hund über mir erschossen wurde. Seine Augen, das eine blau, das andere braun, flehten mich an, ihm die Erlaubnis zum Angriff zu geben. »Raus!« Er ging.

Zwei weg, einer steht noch aus. Jetzt mußte ich mich nur noch um mich selbst kümmern. Ich versuchte, eine positive Einstellung zu diesem Gedanken zu finden, aber das war gar nicht so leicht. Everett bückte sich und holte die .45er aus meinem Hosenbund. Toll. Es war mir gar nicht recht, daß sie nicht mehr da war.

Er trampelte mir fest genug auf das Handgelenk, daß es auch richtig schön weh tat und mir jegliches Gefühl aus den Fingern wich. Dann lachte er. Sadistisches Schwein. Everett schienen solche Sachen große Freude zu machen. Im Geschäft spendet er dafür wahrscheinlich fleißig. Daheim trampelt er lieber herum und lacht schadenfroh.

Der würde von mir keinen einzigen Punkt für Einfühlsamkeit bekommen. Soviel war klar.

»Stehen Sie auf, Fräulein Privatdetektivin.« Er lachte wieder. Ich stand mit der wenigen Würde, die mir noch verblieben war, auf. Das Telefon tutete im Hintergrund. Walter humpelte herüber.

»Wir müssen hier raus, Dave.« Er sagte das mit besorgter und ungeduldiger Stimme, als liefen sie Gefahr, zu einer Besprechung in der Bank zu spät zu kommen. »Die Bullen – der Mensch am Telefon – wir müssen raus hier.«

»Ja, das weiß ich.«

»Was ist mit dem Mädchen? Sie kann uns identifizieren.«

»Was?« Er war ganz woanders mit seinen Gedanken.

»Das Mädchen, sie kann …«

Everett winkte ab. »Vergiß es, vergiß sie. Sie ist bloß eine Ausreißerin oder eine Nutte. Wer glaubt schon einer Nutte, wenn er die Aussage eines Bankers oder eines Maklers haben kann? Außerdem fällt Kindern sowieso nicht viel auf. Wahrscheinlich kann sie den Bullen ohnehin nichts sagen. Wenn sie überhaupt zur Polizei geht. Was sie nicht macht, weil sie eine Nutte ist.«

Ich versuchte, durch meinen Gesichtsausdruck nichts zu verraten. Walter sah nicht eben überzeugt aus.

»Laß uns gehen. Machen wir uns auf die Socken, Walter.« Everett gab ihm meine .380er. Walter zuckte zurück.

»Ich will sie nicht.« Er versteckte die Hände hinter dem Rücken. Ich nickte anerkennend. So ein Mann war in einer Notlage sicher eine große Hilfe. »Paß auf sie auf«, knurrte Everett. Das tat Walter, wenn auch nur widerwillig.

»Strecken Sie die Hände weg«, knurrte Everett mich an, während er meine Taschen durchsuchte. Ich machte, was er mir sagte, aber ohne große Begeisterung. Als er mir die Handschellen anlegte, war ich noch weniger begeistert. Aber wenigstens schloß er sie mir vorn und nicht hinten zusammen. In schwierigen Situationen bekommt man einen Blick für kleine Dinge. Ein Geschenk ist ein Geschenk, egal, wie klein es ist.

»Und was jetzt?« krächzte Walters Stimme.

»Wir müssen sie loswerden.«

»Wir?«

Seine Stimme hörte auf zu krächzen und kippte wieder um. Ich fragte mich, was seine Verlobte wohl an ihm fand. Vielleicht war er ja im Bett gut? Ich versuchte, mir das vorzustellen, aber es wollte mir nicht so recht gelingen. Und ich glaube nicht, daß das an meiner Fantasie lag.

»Wir?« winselte er wieder.

»Ich.« Everett klang angewidert. »Ich mach' hier die Drecksarbeit, damit du dir deine hübschen, kleinen, weißen Hände nicht schmutzig machst, richtig?« Walter nickte, obwohl er selbst die Sache wahrscheinlich nicht so ausgedrückt hätte, das konnte ich sehen. »Und dafür teilen wir dann fifty-fifty.«

»Genau, Dave.« Walter klang jetzt wieder männlich und schien sich gefangen zu haben.

»Richtig.« Dave sah jetzt auch angewidert aus. »Vergiß nicht,

Walter, du steckst bis zum Hals in dieser Scheiße mit drin. Fifty-fifty.«

»Mord«, erklärte ich hilfsbereit, »zweimal; Mordversuch, zweimal; Unterschlagung, frisierte Bankunterlagen, Insidergeschäfte«, ich zählte das alles an den Fingern meiner Hände ab, die sich noch immer in Handschellen befanden. »Vielleicht kann man die obszönen Anrufe irgendwie mildernd geltend machen. Gibt möglicherweise ein oder zwei Wochen weniger Gefängnis.«

»Zwei Morde?« blökte Walter.

»Johnny und das Mädchen in Placerville, das Mädchen, das für Michaela gesungen hat. Das letzte, was ich gehört hab', ist, daß sie's nicht schafft. Ihr Freund ist ein Hell's Angel, und die haben eine Menge Freunde im Knast, eine ganze Menge. Ich würde wetten, daß die euch einen Besuch abstatten. Das wird sicher lustig«, sagte ich fröhlich.

Walter sah aus wie ein großer Junge mit einem roten Gesicht, der sich nicht so recht entscheiden konnte, ob er nun weinen oder kotzen wollte.

»Drei«, sagte Everett.

»Was, drei?« blökte Walter wieder.

»Drei Morde.« Er deutete mit dem Kopf auf mich. »Sie auch noch, und deswegen landen wir nicht im Knast.« Noch ein Konflikt für Walter. Er wußte nicht, ob er sich Sorgen darüber machen sollte, wie schnell die Zahl der Morde hier anstieg, oder ob er sich freuen sollte, daß er nicht im Knast landete. Schließlich siegte die Erleichterung.

Für ihn, aber nicht für mich.

Mir lief der Schweiß in Strömen herunter.

Und ich lauschte auf Geräusche von draußen. Aber da waren keine.

»Was willst du mit ihr machen?« Das war wieder der alte Walter, Walter, der Besorgte.

»Erschießen und in den Sumpf schmeißen.«

In was für einen Sumpf, fragte ich mich. Es gibt Dutzende davon. Andererseits: Was machte das schon aus, das war schließlich eine rein theoretische Frage.

»Welcher Sumpf?« fragte Walter.

»Unten bei Grand Island, ich kenne da schon eine gute Stelle.«

Ist hübsch da unten, dachte ich. Im Sommer ist das der richtige Ort zum Bootfahren. Es ist heiß da und macht Spaß. Heute würde es kalt sein, und das Wasser wäre sogar noch kälter. Ich zitterte ein wenig. Aber das würde ich ohnehin nicht so lange merken, dafür würde schon die Kugel sorgen. Komisch, so hatte ich mir meinen Abgang eigentlich nicht vorgestellt.

»Da.« Walter streckte Everett ungeschickt meine Waffe entgegen. Er schüttelte den Kopf.

»Nimm sie mit. Wir werden die später los, nachdem wir uns um sie gekümmert haben.«

Das Mädchen loswerden und die Waffe loswerden. Ich zitterte wieder. Innerlich. Ich war zu stolz, um es ihnen zu zeigen.

»Raus hier, wir sind gleich hinter Ihnen.«

Everett fuchtelte mir wieder mit der Waffe vor der Nase herum. Ich sah mich in meiner Küche um. Zum letzten Mal? Ich spürte die Tränen in meinen Augen. Sie waren heiß und brannten. Ich unterdrückte sie. Everett schaltete das Licht aus, und wir gingen hinaus. Ich dachte nicht einmal daran, wegzulaufen. Die .25er drückte mir ins Kreuz, und auf die Entfernung ist es ziemlich schwierig, danebenzuzielen.

»Bis morgen, bei der Hochzeit. Ich versuche, rechtzeitig in die Kirche zu kommen«, sagte Everett und lachte. Walter lachte nicht.

Und ich auch nicht.

37

Everett bedrohte mich mit der Waffe, während Walter mich mit ein paar Runden Klebeband an den Sitz seines Toyota-Truck fesselte. Einfach, aber höchst effektiv. So konnte ich mit Sicherheit nicht weg.

»Tut mir leid, Katy.« Er sah mich an und kaute auf seinen Lippen. »Ich wünschte, es wäre nicht so weit gekommen. Ich wollte wirklich nicht ...«

Ich starrte ihn voller Überraschung an. Das war doch sicher kein Mitleid. Wahrscheinlich Schuldgefühle.

»Ist das Geld das wert, Walter? Die Morde, Johnny tot, die Alpträume, die du haben wirst.« Ich hoffte jedenfalls, daß er die haben würde.

»Dafür ist es jetzt ein bißchen spät, oder?«

Everetts Stimme klang rauh. Er schob Walter weg, schlug die Wagentür zu und machte sich auf den Weg zum Fahrersitz. Walter, der jetzt im Licht der Straßenlaterne leichenblaß erschien, sah mir verträumt nach. Er war eine ziemlich jämmerliche Gestalt, und wir wußten das alle. Das war kein großer Trost. Walter ging zu seinem Auto. Everett fuhr mit quietschenden Reifen los, machte eine Kehre und verschwand mit mir.

»Meine Nachbarn hassen das. Wahrscheinlich stehen sie jetzt schon am Fenster und schreiben sich die Marke und die Nummer Ihres Wagens auf.«

Er lachte. »Das würde Ihnen so passen.«

Ich sagte nichts. Eigentlich hatte er ja recht, und mir verging die Lust auf schlagfertige Antworten. Everett fuhr schweigend dahin, und ich brütete vor mich hin. Ich hatte vermutlich noch ungefähr eine Stunde Zeit, um mir etwas einfallen zu lassen.

»Ich hab' noch nie einen Banker wie Sie kennengelernt. Sie sind auch nicht so schrecklich typisch für Ihren Beruf, oder?« Er lachte wieder. »Anzug, gute Manieren, Redegewandtheit, Intelligenz, Sie wissen schon.«

»Ach, die Intelligenz habe ich. Bei den übrigen Dingen hapert's zugegebenermaßen ein bißchen. Aber das ist mir scheißegal, genau wie die Grammatik. Meine Familie hat früher Vermögen und einen guten Ruf gehabt, und die Leute bei mir in der Gegend haben gern welche aus ihren Reihen als Banker.

Tja, so ist das, Ma'am«, er tippte einen Finger an seine Baseballmütze. »Ich bin ein Mann aus dem einfachen Volk, und wenn man denen schon nicht vertrauen kann, wem soll man dann vertrauen?« Gute Frage. Darauf hatte ich keine Antwort.

»Ich bring' Sie zu einem von meinen Lieblingsflecken. Hoffentlich verdirbt mir das die Geschichte nicht für die Zukunft.« Er dachte darüber nach, während er ein wenig zu schnell auf die I-80 zufuhr. »Nein, ich glaube nicht. Erstaunlich, was man durch Geld alles vergessen kann. Tja, ich kauf' mir ein Rennboot, einen sieben Meter langen Sea Bay Day Cruiser, das feinste vom Feinen. Vielleicht taufe ich es Katerwaul, nach Ihnen.« Er lachte. »Nein, vielleicht auch nicht.«

»Sind Sie eigentlich verheiratet, Dave?«

»Ja, warum?« Er sah mich neugierig an.

»Nette Frau?«

»Ja, ein richtiger Goldschatz.«

»Kinder?«

»Drei.«

»Und die lassen sich von Ihnen einen Kuß geben?« Mich interessierte das wirklich.

»Ach, halten Sie den Mund.« Das Schweigen dauerte von diesem Abschnitt der I-80 bis zur I-5 South.

»Hunger, Dave? Was halten Sie davon, wenn wir anhalten und einen Happen essen?« Ich sah das Rusty Duck von der Straße aus. »Wie wär's mit dem Duck? Da gibt's ganz ordentlichen Fisch und Meeresfrüchte.« Mir knurrte der Magen. Ich mußte wirklich wieder regelmäßiger essen. Alma hatte da schon recht.

»Kleine, *Sie* werden jetzt gleich Futter für die Fische sein, nicht umgekehrt.«

Wie billig. Ich zitterte, obwohl ich das eigentlich nicht wollte. Wir fuhren an der Ausfahrt J Street und Old Sacramento vorbei. Ich dachte voller Sehnsucht an die Holzbohlen auf dem Gehsteig, an die Straßen mit dem Kopfsteinpflaster, an die alten Gebäude, das Lachen und Leben dort. Ich versuchte es noch einmal.

»Vielleicht Cocktails im Delta King?« Er lachte. Na schön, dann eben nicht.

»Sie kommen heut abend dafür noch zu einer Bootsfahrt.«

In seiner Stimme klang Befriedigung mit, Befriedigung und noch etwas anderes. Erregung? Mir wurde ganz übel. Und das will was heißen.

»Die geben Ihnen keinen Kuß, das machen sie sicher nicht.« Zu dem Schluß war ich inzwischen gekommen. Er lachte wieder.

Ich dachte an Hank. Fast hätte ich zu weinen angefangen. Ich dachte an Xerxes mit seiner durchgeschnittenen Kehle. Das machte mich wütend.

Und das war um etliches besser.

Die Stadt verschwand allmählich hinter uns, und die I-5 erstreckte sich in einer langen, flachen Schwemmebene vor uns; die nur hin und wieder von ein paar Bäumen durchbrochen wurde. Ein grün-weißer Wegweiser kam in Sicht:

Stockton	60 km
Los Angeles	600 km

Ich stellte mir vor, daß ich übers Wochenende nach Los Angeles fuhr, oder nach San Diego, das war besser. Ich rutschte etwas unter dem Klebeband herum, und Everett warf mir einen wütenden Blick zu. Ich konnte mich sowieso nicht rühren.

Okay, vergiß San Diego, vergiß Los Angeles. Stockton. Stockton klang ganz in Ordnung. Oder Modesto. Oder Fresno. Wir nahmen die Hood-Franklin-Ausfahrt. Verdammt. Zum erstenmal wirkte das Delta nicht so anziehend auf mich.

Everett folgte der Straße nach Hood und bog nach links auf die 160, eine gewundene Dammstraße, mit dem Fluß auf der rechten Seite, vielleicht fünf Meter unter uns, und Birnbäumen auf der linken.

Es war zu dunkel, um irgend etwas zu sehen, also mußte ich mich auf mein Gedächtnis verlassen: der Fluß und die Häuser, und dazwischen hin und wieder eine Palme. Ein paar von den Häusern stammten noch aus dem neunzehnten Jahrhundert. Manche waren frisch gestrichen und renoviert und ein bißchen aufgemotzt, andere waren zuerst allmählich pittoresk verkommen und dann schließlich völlig verfallen.

Ich fragte mich, warum mir nicht schon früher mehr Dinge hier aufgefallen waren. Jetzt erschien mir jede Einzelheit wichtig. Ich suchte in der Dunkelheit nach den Details, die ich nicht erkennen konnte, bis es zuviel wurde.

»Warum, Everett?«

»Warum was?« Er klang abwesend.

»Das sind eine ganze Menge Morde.« Ich paraphrasierte meine Frage von vorher. »Ist es das wert?«

Er lachte. »Geld ist so was immer wert. Ich hab' bei Null angefangen, nur mit einem alten Namen und ein bißchen Einfluß, und das zählt hier in der Gegend, aber – aber ohne Geld ... Geld zählt mehr. Ich weiß noch gut, wie das ist, nichts zu haben. Ich habe so manches Auf und Ab erlebt, ziemlich viele Abs sogar, wenn ich's recht überlege, aber keine völligen Ausfälle. Und es ist auch nicht so, daß ich keine Sorgen hätte.« Er kratzte sich am Kinn.

»Wissen Sie, Gott gibt Ihnen keine Versicherungspolice mit auf die Welt. Die müssen Sie sich schon selber besorgen.« Das war eine interessante Sehweise.

»Wissen Sie, Sie sind mir eigentlich egal.« Er zuckte mit den Achseln. Die Heizung war voll aufgedreht, aber innerlich war mir kalt. Genau wie bei Lisa, ging es gar nicht um mich. »Bloß daß Sie Ihre Nase zu tief in Dinge gesteckt haben, die Sie nichts angehen. Und jetzt wissen Sie zuviel.«

Wir fuhren durch Cortland, Einwohnerzahl fast Null, bogen nach rechts ab, nahmen eine Zugbrücke über den Fluß und bogen dann wieder nach links. Inzwischen war der Fluß zu unserer Linken und das Land zu unserer Rechten. Ein Schild sagte uns, daß hier tausend Dollar Strafe für das Wegwerfen von Abfall drohten.

Ich fragte mich, ob das auch für Leichen galt. Leichen waren schließlich abstoßender als Bierdosen, Cheeseburger-Papiere oder alte Köderbehälter aus Styropor. Sogar viel abstoßender. Besonders die meine. Nach diesem Gedanken schaltete ich ein wenig ab. Das wollte ich eigentlich nicht, aber ich tat es trotzdem. Als ich wieder aufwachte, fuhr der Wagen langsamer. Wir befanden uns auf einer zweispurigen Sumpfstraße, aber ich wußte nicht, wo. Was für ein Sumpf?: Snodgrass, Steamboat, Georgina, Potato? Dreadman's Slough? Nein, falscher Gedankengang.

»Sie kommen nicht so einfach davon.«

Ich verzog das Gesicht und ärgerte mich über mich selbst. Nicht einmal eine Krisensituation ist eine Entschuldigung für eine so überstrapazierte Zeile. Aber Everett fiel das nicht auf. Ich bluffte weiter; was hatte ich schon zu verlieren?

»Zu viele Leute wissen Bescheid. Die Polizei weiß zwar noch nicht alles, aber sie wird's herausfinden.«

Ich sprach mit mehr Überzeugung, als ich selbst empfand. Er lachte. Der Wagen wurde noch langsamer. Wir fuhren an einem kleinen Kramerladen mit einer Telefonzelle und einer Tankstelle vorbei. Tot, in der Wintersaison geschlossen.

»Ich mach' nichts mit Ihnen, dann erwischen sie mich. Ich bringe Sie um, dann erwischen sie mich nicht. So sehe ich das. Sie auch, Kat?«

Er parkte den Wagen und grinste. Ja, natürlich sah ich das auch so. Es ergab schließlich Sinn.

»Und jetzt kommen Sie noch zu Ihrer Bootsfahrt. Was haben Sie doch für ein Glück!«

Ich verbarg meine Begeisterung gut. Er schob seine Baseballmütze zurück, kratzte sich am Kopf, grinste wieder und stieg aus. Ich saß da und konnte immer noch nirgends hin. Er hatte ein Taschenmesser in der Hand, als er die Tür öffnete. Ich zuckte zusammen, ich konnte einfach nicht anders. Ich erinnerte mich an Johnny.

»Nein«, er tätschelte sanft meinen Arm und schnitt das Klebeband durch. »Machen Sie sich mal keine Sorgen. Zuerst kommen Sie noch zu Ihrer Bootsfahrt. Hat sowieso keinen Sinn, den Wagen zu versauen.«

Während ich mich aus dem Klebeband herauswand, steckte er das Messer in die Tasche und holte dafür die .25er heraus. Ich stieg aus und holte tief Luft. Die Jukebox hatte aufgehört zu spielen, und ich hatte keine Vierteldollarmünzen mehr. Verdammt. Und dabei hätte ich noch Lust auf ein paar weitere Songs gehabt. Ich schaute mich um. Es war kalt, feucht und still. Und menschenleer.

»Ist niemand in Hörweite«, sagte Everett fröhlich. Er holte ein paar Ruder aus dem Wagen, fuchtelte mir mit der Waffe vor der Nase herum, und wir setzten uns in Bewegung. Der Mond war ungefähr drei Viertel voll, und sobald meine Augen sich an das Licht gewöhnt hatten, konnte ich ganz gut sehen. Wir gingen vom Parkplatz zu einem kleinen Strand hinunter.

Dort lagen ein paar Boote, alle bis auf eines oder zwei leer.

Alles sah abgeschlossen, winterfest aus. Das sollte es auch. Ich sah ähnlich aus. Obwohl ich das nicht sollte. Noch nicht.

Everett dirigierte mich zu einem Dinghi, das hoch auf den Strand hinausgezogen war. »Schieben Sie's ins Wasser.«

Ich drehte es um und zerrte es zum Wasser hinunter. Er folgte mit den Rudern.

»Steigen Sie ein.«

Ich tat, was er sagte, und paßte auf, daß ich mir die Füße nicht naß machte. Fast hätte ich darüber lachen müssen. Everett fiel das nicht auf. Er stieg ein, stieß das Boot mit einem Ruder ab und setzte sich dann hin, um zu rudern. Ab und an machte er eine Pause und sah sich um, wie weit wir schon vom Ufer weg waren.

Ich nieste und rutschte unruhig hin und her, und er sagte mir, ich solle ruhig sein. Einmal hielt er an und streckte seine Hände. Bankerhände haben nicht genug Schwielen zum Rudern. Endlich verfiel er in einen gleichmäßigen Rhythmus. Ich verkrampfte mich, entspannte mich wieder und wartete ab. Er zog die Ruder ein wenig ein, lehnte sich leicht darauf und drehte sich dann um, um unsere Lage zu überprüfen.

In der sitzenden Position hat man nicht unbedingt die beste Schlagkraft. Andererseits war ich aber motiviert genug. Und ein bißchen Adrenalin konnte ja nicht schaden.

Ich stürzte mich mit aller Kraft auf ihn.

Und diese Kraft genügte.

Mit meinem rechten Fuß trat ich gegen den Griff des rechten Ruders. Eigentlich hätte er es nicht loslassen sollen, aber er tat es. Er war zu selbstgefällig und zählte bereits sein Geld und seine Leichen.

Das Ruder flog weg, landete im Wasser, lag dort einen Moment bewegungslos und trieb dann träge mit der Strömung weg. Everett schoß in einer Reflexbewegung hoch und griff danach.

»Du Miststück ...«

Ich erwischte ihn am linken Knöchel und zog. Er war weit weniger anmutig als das Ruder; außerdem spritzte er auch viel stärker. Und noch etwas spritzte, ein bißchen weniger lautstark – die Waffe, vermutete ich.

Er beendete seinen Satz nicht, und ich fand auch nie heraus, was er mir noch sagen wollte. Ich konnte es mir denken, aber ich war mir nicht sicher. Natürlich war es mir eigentlich egal.

Ich hatte das andere Ruder in den Händen und machte mich bereit, Everett damit windelweich zu schlagen. Aber das mußte ich gar nicht.

»Hilfe! Hilfe! Ich kann nicht schwimmen!«

Ich wartete ein bißchen, um zu sehen, ob er mich reinlegen wollte. Er ging unter. Ich lachte. Und dann tat es mir leid. Es tat mir leid, weil er mich nicht gehört hatte.

Ich fing an zu paddeln. Die Sache war ziemlich schwierig, und die Handschellen halfen mir auch nicht gerade, aber wenigstens kam ich voran. Ich steuerte auf die nächste Uferbank zu, wo die Strömung nicht so stark war, und wo ich entlangstaken konnte, wenn es nötig wäre. Er tauchte wieder auf.

»Hilfe! *Bitte* helfen Sie mir!«

Helfen? Ich fühlte mich in keiner Weise versucht. Pah. Ich interessierte mich nicht einmal für seinen Vorschlag. Nicht einmal das Bitte rührte mich. Er brüllte und planschte herum und verbrauchte seine Energien unglaublich schnell. Der Abstand zwischen mir und ihm wurde immer größer.

»Die Wasserwacht!« schrie ich ihm zu.

»Hilfe! Kat, helfen Sie mir!«

»Versuchen Sie's doch mal mit der Wasserwacht. Soweit ich weiß, gibt's da gute Schwimmkurse. Und gar nicht so teuer.«

Ich glaube, den letzten Teil bekam er nicht mehr mit. Schade. Er tauchte wieder auf. Wieder schade.

»Sie sind gar nicht so weit weg von ein paar Bohlen, Dave. Versuchen Sie, sie zu erwischen, das ist Ihre letzte Chance.«

Er tauchte auf und ging wieder unter und schaute sich verzweifelt um. Die Bohlen waren ungefähr fünf Meter von ihm entfernt. Die Strömung war in der richtigen Richtung, aber sie würde ihn nicht mitnehmen, wenn er den Hintern nicht hochnahm.

»Mein Gott«, sagte er verzweifelt und ging wieder unter.

»Sinken oder schwimmen«, rief ich ihm fröhlich zu, als er wieder auftauchte, nach Luft schnappte, hustete und wie wild um sich schlagend zu den Bohlen zu kommen versuchte. Sie waren schon ziemlich alt und verrottet. Er hoffte, daß sie ihn aushalten würden. Mir war das egal.

Vielleicht halten Sie mich jetzt für herzlos, aber das beschreibt meine Gefühle nicht ganz richtig. Besser schon kalt und skrupellos, ja, das traf es eher. Raus mit den Kanonen. Am liebsten hätte ich ihn eigenhändig erschossen. Und ein paar Leute hätten mir im Hintergrund zugejubelt: Johnny, Michaela, Glory.

Na, stirb schon endlich!

Wie wär's mit langsam und schmerzhaft? Das konnte ich mir auch ganz gut vorstellen. Mir wurde ganz übel dabei, und es war mir peinlich, daß ich einem Menschen gegenüber solche Gefühle haben konnte. Ich dachte an Everett. Und die Übelkeit und die Peinlichkeit verflogen.

»Kat, helfen Sie mir, lassen Sie mich nicht einfach hier!«

Er hatte panische Angst und klammerte sich an den Bohlen fest. Dave war nicht wie ein Kapitän, der mit seinem Schiff unterging. Ich paddelte weiter und sah zu, wie das Licht des Mondes auf dem Wasser spiegelte.

»Gott hat uns keine Versicherungspolice mit auf die Welt gegeben«, zitierte ich ihn, »aber Sie haben Arme und Beine. Halten Sie sich einfach fest.«

Er stöhnte. »Es ist rutschig und schleimig, und es ist schwer, sich festzuhalten. Bitte, Kat, ich ...«

»Es ist alles relativ, Dave. Denken Sie nur, Sie könnten inzwischen schon eine Wasserleiche sein, aber das sind Sie nicht, Sie haben noch eine Chance.« Ich paddelte weiter. Ich hatte nicht den Eindruck, daß ich dem Ufer schon näher gekommen war, aber das mußte ich, denn er war weiter weg von mir.

»Kat!«

»Ich schicke Ihnen Hilfe, Dave. Nach einem heißen Bad, einem Abendessen, ein paar Drinks am Feuer.« Ich zitterte. »Vielleicht rufe ich auch die Polizei an. Vielleicht kommen sie sogar rechtzeitig hier an.«

»Mein Gott ...« Seine Stimme klang schwächer. Ich paddelte weiter und dachte nach, dachte intensiv nach; darüber vergaß ich fast, wie sich meine Handgelenke in den Handschellen anfühlten.

Was für eine Dummheit, was für eine Arroganz, in einem Boot hinauszufahren, wenn man nicht schwimmen kann! Hybris hätten die Griechen das genannt, Anmaßung und Stolz, die uns mit den Göttern in Konflikt bringen, manchmal auch mit einer unterschätzten Privatdetektivin. Ich hielt Everett sogar für einen Mann, der Frauen grundsätzlich unterschätzte. Leben und lernen.

»Kat…« Seine Stimme klang schwächer.

Ich gab ihm keine Antwort. Ich war müde, ich hatte Hunger, und mir war kalt. Meine Handgelenke taten mir weh, wo die Handschellen rieben. Meine Arme schmerzten ob dieser ungewohnten Anstrengung. Ich zwang mich, nicht an den Schmerz und die Müdigkeit zu denken oder sie auch nur zu spüren. Ich fing an, die Ruderschläge zu zählen. Eins – zwei – drei – vier – fünf…

Als ich bei hundert war, fing ich wieder von vorne an. Es war zu schwierig, mit hunderteins und hundertzwei weiterzuzählen. Ich war schon ziemlich oft bei hundert angelangt, und zählte auch das nicht mehr, bevor ich die Küste sah. Inzwischen reagierte ich fast nur noch wie ein Roboter.

Einmal rutschte ich ab und verlor fast das Ruder, und ich verlor auch wertvolle Zentimeter, als die Strömung mich wieder zurücktrieb. Ich weinte darüber, bis es zu anstrengend wurde, deswegen zu weinen, und zählte dann nur noch. Irgendwann war auch das zu anstrengend, und ich paddelte nur noch.

Es war nicht mehr viel von mir übrig, als der Unterboden des Bootes endlich am Strand entlangschürfte. Ich wollte herausklettern. Das Boot war noch nicht hoch genug am Strand, und die Strömung trug es wieder ein Stück zurück. Ich griff nach dem Ruder, rutschte aus, fiel hin und schlug mit dem Kinn gegen die Kante des Bootes. Ich schmeckte Blut. Die Handschellen gruben sich in das rohe Fleisch. Ich hatte keine Tränen mehr, sonst hätte ich sicher wieder geweint.

Ich stakte das Dinghi wieder den Strand hoch und kletterte hinaus, in das kalte, wadentiefe Wasser. Ich war wieder an Land, zwar nicht auf dem trockenen Land, aber immerhin auf dem Land. Fast wäre ich hingefallen bei dem Versuch, aus dem Wasser herauszukommen. Und ich wäre fast noch einmal hingefallen bei dem Versuch, das Boot herauszuziehen. Ich konnte es nicht sehr weit hochziehen, aber weiter schaffte ich es einfach nicht.

Ich wollte mich hinsetzen, mich ausruhen, aber ich war mir nicht sicher, ob ich wieder auf die Beine kommen würde, wenn ich das täte. Und ich hatte Angst vor der Kälte. Ich zwang mich dazu, den Strand hochzugehen. Ein Schritt, dann noch einer; ich dachte lieber nicht daran, wie weit es bis zum nächsten Telefon war und wie lange es deshalb noch dauern würde, bis Hilfe kam.

In der Telefonzelle brauchte ich eine ganze Zeit, bis ich meine Brieftasche aus der Jeans gezerrt hatte und noch länger, bis ich meine Telefonkarte und die Visitenkarte von Henley gefunden hatte. Er hatte mir seine Privatnummer gegeben. Es fiel mir schwer, aufrecht zu stehen, es fiel mir schwer zu wählen – eigentlich fiel mir alles schwer.

Das Telefon klingelte schon eine ganze Weile. Es war eins, vielleicht sogar schon zwei in der Früh. Meine Füße wurden kälter, und meine Finger wurden immer klammer. Endlich ging seine Frau ran. Sie klang verschlafen. Henley klang wacher, als er dran ging.

»Bill, ich bin's, Kat.«

»Scheiße, denken Sie sich lieber einen hieb- und stichfesten Grund aus.«

»Ja.« Ich atmete tief durch und versuchte so, die Kraft zum Weitersprechen zu bekommen. »Ich habe einen guten Grund.« Langes Schweigen.

»Gut, dann lassen Sie mich an das Telefon in der Küche gehen.« Wieder Schweigen. Ich mühte mich ab, auf den Beinen zu bleiben. Meine Füße taten mir nicht mehr weh. Ich erinnerte mich vage, daß das ein schlechtes Zeichen war.

»Was ist los?«

Er klang mürrisch, und das konnte ich ihm nicht verdenken. Ich erzählte die Geschichte nicht sonderlich zusammenhängend, sondern brabbelte vor mich hin. Aber zumindest wurde ich alle wichtigen Einzelheiten los. Fast alle.

»Und wo sind Sie?«

»Das weiß ich nicht.«

»Mein Gott, Kat!« Ich fing an zu schluchzen. »Wie lautet die Nummer auf dem Telefon, von dem aus Sie anrufen?« Seine Stimme klang sanfter. Ich gab sie ihm durch.

»Ich könnte auflegen und neun-eins-eins wählen. Dann können die den Standort ermitteln.«

»Vergessen Sie's, über die Nummer kriegen wir raus, wo Sie sind, Kat. Wahrscheinlich kommt zuerst ein Streifenwagen zu Ihnen. Ich bin schon unterwegs.«

»Henley!« rief ich, weil ich Angst hatte, daß er zu schnell auflegen und mich verlassen würde.

»Ja.« Er klang ganz nahe und beruhigend. »Was?«

»Bringen Sie einen Handschellenschlüssel mit.«

»Wieso, zum Teufel, das denn?« Ich schwieg. »Tragen Sie Handschellen?« Er fing an zu lachen.

Unsensibles Schwein. Ich knallte den Hörer auf die Gabel und schluchzte noch ein bißchen vor mich hin.

38

Zuerst kam ein Streifenwagen, und dann noch zwei weitere. Danach noch ein Hubschrauber. Ich war in Everetts Truck, eingehüllt in eine schmutzige Decke, die ich hinter dem Sitz gefunden hatte.

Die Polizisten wollten, daß ich mich aufsetzte, die Geschichte erzählte und ihnen zeigte, wo Everett war. Sie wollten die Handschellen nicht abnehmen. Verdammt. Ich deutete mit zwei Händen in die Richtung, in der Everett war. Dann hielt ich den Mund, bis Henley kam. Danach setzten sie sich quäkend über Funk mit einem Boot in Verbindung. Ich hatte einen Blackout. Die meisten von ihnen gingen runter zum Strand, nur ein Polizist blieb zurück, um auf mich aufzupassen. Er war jung und nett und hatte Mitleid mit mir.

»Kommen Sie, Miß, kommen Sie in meinen Wagen. Da ist es warm.« Ich starrte ihn nur blöde an. Meine Reaktionszeit war vergleichbar mit der einer Schnecke. »Kommen Sie, ich helfe Ihnen.«

Er hievte mich aus dem Truck und trug mich fast hinüber zu seinem Streifenwagen. Ich saß hinten, hinter Gittern und Türen, die ich selbst nicht von innen aufmachen konnte.

Er schaltete den Motor an und drehte die Heizung voll auf, dann machte er die hintere Tür auf und bot mir eine Packung Lifesavers an.

»Wollen Sie eins?«

Er streckte sie mir entgegen und zuckte dann zusammen, als er meine Handgelenke sah. Meine Finger waren zu kalt und steif, also wickelte er einen Lifesaver mit Ananasgeschmack für mich aus. Ich machte den Mund auf, und er steckte mir den Lifesaver in den Mund. Offenbar wandten sich die Dinge zum Besseren – Ananas ist eine von meinen Lieblingssorten. Er packte noch drei weitere aus und legte sie mir aufs Knie. Die restliche Packung warf er mir auf den Schoß. Der Wagen wurde allmählich warm.

»Wie heißen Sie?«

»Kat.« Meine Stimme klang merkwürdig schwach.

Er nickte. »Ich heiße Jerry. Sagen Sie es mir, wenn Sie irgendwas brauchen.« Er nickte wieder und machte dann die Tür zu.

Ich nahm noch zwei Lifesavers in den Mund und schlief in der dumpfen Hitze des Wagens ein. Später bemerkte ich im Hintergrund jede Menge Lichter, laute Stimmen und Geräusche. Ich machte die Augen auf, aber es fiel mir zu schwer, sie offen zu halten, also machte ich sie wieder zu und lauschte so einer gelangweilten Männerstimme.

»Sie haben das Recht, die Aussage zu verweigern. Alles, was Sie sagen, kann und wird gegen Sie verwendet werden ...«

Ich machte die Augen auf, um sicherzugehen, daß sie nicht mit mir sprach. Sie befaßte sich mit Everett, der inzwischen viel unterkühlter und elender als ich selbst aussah. Ich machte die Augen wieder zu und döste befriedigt weg.

»Hey, Kat!«

Henleys Stimme holte mich aus den Nebeln des Schlafes. Ich hatte nicht einmal gehört, wie die Tür aufging. Die Lifesavers klebten noch auf meiner Zunge, ich war eingeschlafen, bevor ich sie zu Ende gelutscht hatte.

»Geben Sie mir Ihre Hände.«

Ich streckte ihm die Hände hin und zuckte zusammen, als die Handschellen daran rieben. Er schloß sie auf und drehte meine Hände um, um nachzusehen, in welchem Zustand sie sich befanden. Er grunzte voller Mitleid, nachdem er einen Blick auf meine abgeschürfte, aufgerissene Haut geworfen hatte. Er zog mir vorsichtig die Ärmel herunter.

»Kommen Sie.«

Er griff nach meinen Ellbogen und hob mich fast heraus, dann half er mir hinüber zu seinem eigenen Wagen. Das Gehen fiel mir schwer. Meine Füße glaubten offenbar, zu jemand anders zu gehören. Ich glaubte das übrigens auch.

»Sind Sie in Ordnung?« fragte er.

»Mehr oder weniger.«

»Ja.« Irgend etwas klang in seiner Stimme mit. »Sie sind ganz schön hart im Nehmen.«

Ich war wirklich hart im Nehmen. Ich hoffte, daß keine Tränenspuren auf meinen Wangen zu sehen waren. Henley packte mich auf den Beifahrersitz seines Wagens. Ich zog den letzten Lifesaver von meinem Knie und steckte ihn in den Mund. Und zitterte.

»Bill?«

»Ja.«

»Könnten Sie die Heizung anmachen?«

»Ja, klar.« Er zündete den Motor, fummelte an der Heizung herum und holte dann eine Papiertüte vom Boden.

»Da, essen Sie das. Es gibt auch noch eine Thermoskanne mit Kaffee. Haben Sie nasse Füße?« Ich nickte. »Hier sind Socken und Hausschuhe. Ziehen Sie sie an.«

»Okay. Bill?«

»Ja.«

»Könnten Sie mir helfen, meine Schuhe auszuziehen?«

Er seufzte. »Haben Sie ein Glück, daß ich ein netter Kerl bin, Kat.«

»Ich weiß«, sagte ich, und das war mir ernst.

Er zupfte eine Weile an den Schnürsenkeln herum und holte dann ein Taschenmesser heraus, um sie durchzuschneiden. Gute Idee. Ich wickelte inzwischen die Sandwiches aus – riesige Scheiben Schinken, Käse und Tomaten auf einem frischen, knusprigen Brötchen mit viel Mayonnaise. Mir traten die Tränen in die Augen. Ich fing sofort zu essen an. Henley zog mir Schuhe und Socken aus und betastete meine Zehen.

»Mein Gott!«

»Schlimm?« fragte ich fröhlich. Es ist erstaunlich, wie sehr Nahrung die Lebenseinstellung verändert. »Ich spüre nicht viel.« Ich nahm einen weiteren großen Bissen von dem Sandwich.

»Ziehen Sie die Socken und Hausschuhe an und halten Sie Ihre Füße nicht direkt unter die Heizung. Massieren Sie sie, wärmen Sie sie nach und nach wieder auf.«

»Okay.« Ich aß noch mehr von dem Sandwich, als er ausstieg und die Wagentür hinter sich schloß.

Er blieb nicht lange weg, jedenfalls nicht lange genug, als daß ich das Sandwich und die beiden riesigen Schokoladenplätzchen hätte fertigessen können. Ich trank gerade Kaffee und überlegte, ob ich mich auch noch über den Apfel hermachen sollte, als er wieder in den Wagen stieg. Ich entschied mich dafür.

»Und?« fragte ich mit dem Mund voller Apfel, und er warf mir einen mißbilligenden Blick zu. »Nehmen Sie doch auch ein Plätzchen, ich hab's Ihnen extra aufgehoben.« Ich hielt es ihm hin, und er aß es geistesabwesend. »Kaffee?« Wir tranken aus derselben Tasse.

Er legte den Rückwärtsgang ein und setzte den Wagen zurück. Ich seufzte erleichtert und verabschiedete mich von dem Parkplatz, dem Laden, der Tankstelle und der Telefonzelle. Mir war es ganz recht, wenn ich das alles nie wieder sah, sei es nun in diesem Leben oder in einem anderen.

»Erzählen Sie mir alles, Kat.«

Das tat ich. Ich fing mit dem Einbruch in Walters Büro an, obwohl ich diesen Punkt eigentlich ganz gerne ausgelassen hätte.

»Scheiße, und Sie haben immer noch Ihre Zulassung?« Ich

schwieg. Tja, die hatte ich noch, aber ich wußte nicht, wie lange noch. »Hey, noch ein bißchen Kaffee?« Seine Stimme klang jetzt wieder fröhlicher.

Ich schenkte ihm noch was ein, gab ihm die Tasse und fühlte mich schon ein wenig besser. Er sah mich an und schüttelte den Kopf. »Es muß doch eine bessere Methode geben.«

Ich stimmte ihm zu. Sogar ziemlich nachdrücklich. »Hat Everett eine Aussage gemacht?«

»Ja, das hat er. Er hat uns mehr erzählt, als er eigentlich hätte sagen sollen.«

»Hat er Walter verpfiffen?« Ich biß in den Apfel.

»Sie haben's erraten.«

»Wie ist Johnny genau gestorben?«

Henley sah mich lange genug an, um mich nervös zu machen. Er war ein guter Fahrer, aber wir befanden uns auf einer Dammstraße voller Kurven. Ich hatte für diese Nacht schon genug Spaß im winterlichen Wasser gehabt. Und nicht nur für diese Nacht.

»Das hat er Ihnen nicht gesagt?«

»Nicht wie. Er war nicht sonderlich gesprächig, und ich war außerdem damit beschäftigt, meinen eigenen Kragen zu retten.«

Henley grunzte. »Walter hat seinen Sohn verraten.«

Ich spürte, wie mir die Tränen in die Augen traten. Eigentlich hatte ich das schon erwartet, aber trotzdem fiel es mir schwer, es auch noch zu hören. Johnnys Vater, mein Gott.

Ich schluckte und begann zu husten.

»Sind Sie in Ordnung?« fragte Henley. Ich schüttelte den Kopf, und er klopfte mir auf den Rücken. Es half nicht sonderlich viel.

»Danke«, preßte ich schließlich hervor. »Ich hab' den letzten Bissen Apfel in die falsche Kehle gekriegt.« Und meinen Kummer. Und meinen Ärger. »Wie?«

»Offenbar hat Johnny seinem Vater erzählt, daß er sich an dem Abend mit Michaela treffen würde. Und Benson hat das wiederum Everett gesagt.«

»Hat er Johnny gekannt?«

»Von früher. Und er hatte Visitenkarten dabei, seine eigene

und die von Benson, um sich John gegenüber auszuweisen. Das hat genügt.« Tja, das stimmte wohl.

»John war zu vertrauensselig.« Ich hörte die Verzweiflung in meiner Stimme.

Henley schüttelte den Kopf. »Das ist ein bißchen viel verlangt, Kat. Ich glaube, in einer ähnlichen Situation hätten Sie sich wahrscheinlich genauso verhalten. Und ich auch. John war nicht leichtsinnig, er ist nur einfach von dem ausgegangen, was er gesehen hat, und in neun von zehn Fällen funktioniert das wunderbar.«

»Wahrscheinlich haben Sie recht«, seufzte ich. »Und Everett sieht nicht gerade wie ein Killer aus. Ausgerechnet ein Banker.«

Das war eine blöde Bemerkung; ich wußte es und bereute sie auch sofort. Als ob das Aussehen irgendeine Rolle spielte. Ich wünschte, ich würde endlich lernen, so dumme Dinge nur noch zu denken und nicht mehr auszusprechen. Aber Henley ließ sie mir durchgehen.

»Everett hat die nötige Ausbildung dafür.«

»Wofür?«

»Fürs Töten.«

»Militär?«

»Mmmm. Spezialeinheiten.«

»Warum hat er Ihnen das alles erzählt, wenn er schon so ein harter Kerl ist?«

»Die zwei Dinge gehören nicht unbedingt zusammen.« Das stimmte. Wieder so eine dumme Äußerung. »Wer weiß?« Er zuckte mit den Achseln. »Die Nacht und das Wasser haben sicher ihren Teil dazu beigetragen. Und außerdem wollte er, daß Benson hinter Gitter wandert.«

»Und, wird er das?«

»Ja.«

»Holen Sie ihn sich heute nacht?«

Er grunzte. »Das könnte ich. Aber ich würde mir lieber zuerst noch einen Haftbefehl holen.«

»Er heiratet morgen.«

»Tatsächlich? Wissen Sie, wo?«

Ja, nur wo? Er hatte es erwähnt, daran erinnerte ich mich, und ich hatte es irgendwo in dem Durcheinander verstaut, aus dem mein Gehirn im Moment bestand.

»Es fällt mir sicher wieder ein.«

»Ja.«

Schweigen. Wir hatten die I-80 verlassen und waren auf dem Weg durch die Stadt, nach Orangevale, zu meinem Haus.

»Kann ich die Heizung runterschalten, Kat? Es ist brüllend heiß hier drin.« Ich nickte und zitterte gleichzeitig. Er bekam es aus den Augenwinkeln mit. »Na schön ...« Er kurbelte sein Fenster einen Spalt herunter.

»Wie spät ist es?«

»Vier?«

Erst? Ich hatte das Gefühl, daß Tage vergangen waren, dabei waren es immer noch zwei Stunden bis zur Morgendämmerung. Ich gähnte.

»Das nächste Mal, wenn ich hierherkomme, ist es Sommer, und dann nehme ich einen Picknickkorb mit und ...« Ich brach ab, als wir in meine Straße einbogen.

»Ja ...«, sagte Henley mit sanfter Stimme. »Was, zum Teufel ...«

Wir sahen es beide. Eine dunkle Gestalt saß auf den Stufen vor meinem Haus, eine kleine, zusammengekauerte Gestalt. Eigentlich waren es zwei Gestalten; eine davon war Ranger.

»Ich weiß es nicht.«

Wir stellten den Wagen ab, und ich stieg aus. Ich war zu müde, um zu laufen, zu kämpfen oder mich um irgend etwas zu kümmern. Zum Glück mußte ich nichts davon machen, denn ich hatte ja Muskeln dabei, Muskeln mit einer Polizeimarke. Ich wartete beim Auto, bis Bill ausstieg. Die Gestalt wirkte irgendwie vertraut.

»Kat? Mein Gott, ich warte schon eine Ewigkeit hier, und es ist ganz schön kalt. Wo warst du? Wer ist das? Wieso funktioniert dein Telefon nicht? Ich hab' die ganze Zeit angerufen.« Sie klang müde und unglücklich, aber nicht mißmutig. »Ich muß mit dir reden.« Ranger stupste meine Hand an, damit ich ihn streichelte.

»Ich kann jetzt nicht, Michaela. Ich bin völlig fertig.« Ich stolperte ein wenig, als ich den Pfad hochging. »Das muß bis zum Morgen warten.«

»Es ist schon Morgen.«

»Dann eben bis zum Vormittag.«

»Aber genau das ist es, darüber muß ich doch mit dir reden.«

»Worüber?«

»Mein – Walter heiratet heute morgen. Ich geh' hin, und ich möchte, daß du mitkommst. Ich brauche dich.«

»Okay.«

»Kat, ich brauche dich. Ich ...« Sie brach ab und starrte mich an. »Okay? Du machst das? Du kommst mit?«

»Ja.«

»Versprochen?«

»Ja.«

»Danke, Kat, du bist ein Schatz.«

Ich stolperte wieder, diesmal auf den Stufen. Nicht unbedingt ein Schatz, dachte ich mir, ich kam mir eher vor wie ein durchweichter Tennisball – keine Sprungkraft, kein Elan.

»Hey, das sind ja hübsche Pantoffeln.« Wir sahen alle auf die großen, pinkfarbenen, kuscheligen Hausschuhe an meinen Füßen. Michaela grinste mich an. »Du hast überhaupt keinen Geschmack, was Kleider anbelangt.«

Ich schüttelte den Kopf. Vielleicht stimmte das, vielleicht auch nicht. Diesmal eher nicht.

»Bist du in Ordnung? Wenn ja, fahre ich wieder zu Alma zurück. Sie macht sich Sorgen um dich. Und Lindy auch.« Ich stieß einen Seufzer der Erleichterung aus; Lindy war also bei Alma. »Oder möchtest du, daß ich bleibe?«

Ich schüttelte wieder den Kopf. »Wie bist du hergekommen?«

»Ich bin gefahren. Der Wagen steht in der Auffahrt.«

Okay. Gut, dachte ich und pennte schon halb weg. »Wann ist die Hochzeit?« Ich rappelte mich noch einmal hoch. »Und wo?«

Sie sagte es mir. »Ich hole dich ab. Dann können wir zusammen gehen, okay?«

»Ja.«

»Dann bis zum Morgen.« Sie umarmte mich kurz. »Ich

wünschte, wir könnten uns jetzt unterhalten.« Sie sagte das schwermütig und gleichzeitig voller Hoffnung.

Ich schüttelte den Kopf. »Am Morgen.«

»Gut, bis dann.«

Henley brachte mich zum Haus und überprüfte alles. Dann machte er sich auf den Weg zur Tür.

»Henley?«

»Ja. Am Morgen. Bis dann«, sagte er wie Michaela.

Ich schlüpfte aus den Pantoffeln und stolperte zum Bett.

Todmüde, aber nicht tot.

39

Die Hochzeit sollte um zwei stattfinden, und Michaela stand um zwölf bei mir auf der Matte. Ich hatte nur die Unterwäsche an und suchte nach einem halbwegs passenden Kleidungsstück für einen solch festlichen Anlaß. Damit war ich schon etwa zwanzig Minuten beschäftigt; nach den Anstrengungen der vergangenen Nacht war ich nicht unbedingt in Topform. Michaela nahm mir die Aufgabe ab.

»Wie wär's denn damit?« Sie hielt mir eine graue Wollhose und eine Seidenbluse hin – langärmelig, um den Verband um meine Handgelenke zu verdecken. Ich nickte, obwohl ich kaum hingesehen hatte, und zog dann die Sachen an.

»Hey«, sie nahm sie mir noch einmal weg. »Ich bügle die Sachen zuerst.« Schon um halb eins ging sie mir auf die Nerven. Toll.

»Kat, bist du fertig? Wir sollten jetzt gehen. Wirklich.«

»Such mir doch bitte ein Paar passende Ohrringe, ja?« Ich schenkte ihren Kommentaren keine Beachtung.

»Gut. Noch eine Halskette dazu?«

»Was du finden kannst. Behäng mich ruhig wie einen Pfingstochsen.«

»Bist du dann fertig?«

»Dann eß ich noch schnell was.«

»Nein«, jammerte sie. Ich ignorierte sie einfach und ging in die Küche, wo ich noch Cracker, Käse und kleingeschnittene Karotten, Sellerie und Äpfel fand.

»Setz dich hin und iß was.« In der Küche herrschte immer noch ein Durcheinander aus Nudeln, Reis und zerbrochenem Glas. Das meiste davon hatte ich einfach in eine Ecke gekehrt. Michaela fiel das nicht einmal auf. »Wir haben noch eine halbe Stunde Zeit.«

»Ich könnte jetzt nichts essen; na ja, vielleicht doch einen Bissen.« Sie setzte sich und häufte sich ihren Teller voll.

»Was wolltest du mir heute nacht sagen?«

Das brachte ihre Kaubewegungen einen Augenblick zum Stillstand. Dann aß sie weiter.

»Ich hab' mir's anders überlegt.«

»Sprich nicht mit vollem Mund.«

Sie starrte mich wütend an. »Ich bin ein erwachsener Mensch, Katy.«

»Tut mir leid.« Das hatte ich vergessen. Mein Gott, schalt ich mich selbst, wie war das möglich? »Warum?«

»Warum was?«

»Warum war's heute nacht so wichtig für dich, und heute morgen hast du dir's anders überlegt?«

Sie atmete tief durch und setzte sich gerade hin. »Es ist immer noch genauso wichtig, und ich hab's mir grundsätzlich auch nicht anders überlegt. Ich sag's bloß *dir* nicht.«

Aha. Na schön, das war eine klare Aussage. Ich aß schweigend meine Cracker und wünschte mir, daß sie nicht ganz so trocken wären.

»Ist es jetzt Zeit?« fragte sie. Ich sah auf die Uhr.

»Fast.« Das Telefon klingelte.

»Geh nicht ran.«

Ich zuckte mit den Achseln und ließ den Anrufbeantworter ran.

»Du fährst, okay?

Ich nickte. Sie sprang und hüpfte herum wie ein kleines Mädchen, das aufs Klo muß. Es machte mich nervös und mürrisch. Sie rutschte fast die ganze Fahrt über auf ihrem Sitz herum und wurde schließlich merkwürdig ruhig und nachdenklich. Ich sah ein paar Mal zu ihr hinüber und beschloß, ihr ihre Ruhe zu lassen. Als wir dann in Marysville ankamen, kaute sie an ihren Fingernägeln und machte häßliche Schmatzgeräusche. Ich sagte nichts, aber das fiel mir schwer. Ich hoffe, daß irgend jemand mir das irgendwo hoch anrechnet.

Die Kirche war weiß, aus Holz und mittelgroß. Sie befand sich am Stadtrand und war von einem großen Parkplatz und riesigen, schattenspendenden Bäumen umgeben, deren Äste jetzt jedoch kahl und nackt in die Wintersonne ragten. Der Parkplatz war zu etwa zwei Dritteln belegt, und auf den Stufen vor der Kirche standen überall lächelnde Freunde und Gratulanten mit glücklichen Gesichtern. Ich hatte nicht den Eindruck, daß wir zu einer der beiden Gruppen gehörten.

Ich stellte den Wagen ab und warf Michaela einen Blick zu, die tief durchatmete und ausstieg. Wir gingen schweigend zu den Stufen der Kirche. Es war kurz vor zwei. Ich setzte ein Lächeln auf und kniff Michaela in den Ellbogen.

»Das ist eine Hochzeit, kein Begräbnis.«

Sie sah mich an und runzelte die Stirn. Dann klarte ihr Gesicht ein wenig, wenn auch nicht viel, auf. Die Sitzordnung war locker, niemand teilte uns auf die Seite des Bräutigams oder der Braut ein. Ich hatte den Eindruck, daß die meisten Anwesenden die Kirchenfreunde des Brautpaares waren. Michaela schob mich in die hinterste Bank rechts und bis ganz an die Wand, obwohl vor uns noch einige Sitze frei waren.

Okay. Kein Problem. Schließlich wollte sie die ganze Sache hier. Ich war ja nur das Anhängsel.

»Du hast kein Geschenk mitgebracht«, sagte ich zu Michaela.

»Doch«, antwortete sie.

»Wo ist es?«

»Du siehst es schon noch.«

Es hatte keinen Sinn, sie war einfach nicht in der Laune, sich mit mir zu unterhalten.

»Es ist schon alt. Ich warte schon Jahre drauf, daß ich es ihm geben kann.«

Ich sah sie an. Sie hatte keine Handtasche dabei, und sie hatte die Hände in den Taschen vergraben.

»Offensichtlich ist es ziemlich klein.«

»Nein.« Sie sagte das mit nachdenklicher Stimme. »Es ist sogar sehr groß, aber ...« Sie machte eine lange Pause. »Aber es nimmt keinen Raum ein.«

Aha, Rätsel. Aber bei Rätseln bin ich noch nie gut gewesen. Die Orgel begann zu spielen, und die letzten Leute, die noch vor dem Eingang standen, kamen nun herein und setzten sich. Die Kirche war fast voll. Gerade, bevor die große Doppeltür geschlossen wurde, trat ein großer Mann in schwarzer Polyesterkleidung ein und setzte sich ans Ende unserer Bank.

Er sah nicht aus wie ein Hochzeitsgast, er sah eher aus wie ein Polizist in Zivil und mit Schuppen. Ich wettete innerlich, daß das nicht Henleys Bruder war. Und außerdem wettete ich, daß er ein Geschenk dabei hatte, eins, das nicht viel Raum einnahm und eine Überraschung darstellen würde. Vielleicht kam ich doch noch hinter diese ganzen Rätsel.

Die Musik veränderte sich. Vorne in der Kirche traten der Pfarrer und der Bräutigam ein und bezogen Stellung. Ich machte mich klein auf meinem Sitz. Ich glaubte nicht, daß Walter mich bemerken würde, aber ich wollte kein Risiko eingehen. Soweit er wußte, war ich tot.

Die Braut näherte sich von hinten. Sie wurde von einer rundlichen Brautjungfer und ihren beiden Töchtern begleitet, die immer noch so aussahen, als würde sich gleich die Erde auftun und sie verschlingen und sie hätten nichts dagegen.

Ich spürte plötzlich Mitleid in mir aufwallen, und das verschaffte mir ein Gefühl der Übelkeit und Schwäche. Es ist so schwer, erwachsen zu werden, und unmöglich, ohne Verletzungen erwachsen zu werden. Michaela nahm meine Hand. Ihre Finger waren kalt und trocken, und sie packte mich ziemlich fest. Das gehörte wahrscheinlich auch mit zu dem Rätsel. Ich hielt ihre kalte Hand in meiner warmen.

»Meine lieben Freunde«, hob der Pfarrer an. Michaela drückte noch fester zu. Bald würden wir beide ganz zerquetschte, weiße Hände haben. Ich sah kurz zu Henley hinüber. Er wirkte ruhig, entspannt und interessiert. Der Pfarrer leierte weiter seinen Text herunter. Ich begann mich ein wenig zu entspannen, angesichts der vertrauten Worte und der Schönheit der Hochzeitsfeierlichkeiten. Doch das war ein Fehler, ein großer Fehler.

»Ist irgend jemand unter den hier Versammelten, der etwas dagegen einzuwenden hätte, daß dieser Mann und diese Frau durch den heiligen Bund der Ehe zusammengeschlossen werden? Er möge vortreten.« Er machte nicht einmal eine Pause. Das war ja nur eine Floskel. War etwa schon jemals jemand vorgetreten und hatte seine Einwände vorgebracht? – Außer vielleicht in *Jane Eyre* oder den Hollywood-Filmen? »Dann ...« Michaela ließ meine Hand los und stand auf.

»Ich habe etwas dagegen einzuwenden.«

Ihre Stimme klang klar und kräftig. Die Anwesenden schwiegen – sie waren verblüfft, als hätte man ihnen einen Schlag versetzt. Auch dem Pfarrer verschlug es die Sprache.

»Mein Name ist Michaela Benson. Ich bin vor vier Jahren von zu Hause weg. Ich war schwanger, und mein Vater schämte sich für mich. Das Kind in meinem Bauch war sein Enkel.« Sie machte eine Pause. »Und sein Sohn.«

Du heilige Scheiße. Ich dachte das, aber ich sagte es nicht.

Erstauntes Raunen machte sich in der Kirche breit. Doch Michaela fuhr erbarmungslos fort:

»Ich habe Beweise, medizinische Befunde. Ich kann nicht einfach hier stehen und zusehen, wie mein – mein ...«, sie kam zum erstenmal ins Stocken, »... mein V-Vater eine Frau mit zwei Töchtern im Teenageralter heiratet und ihr nichts davon sagt. Ich könnte es nicht ertragen, wenn – wenn – wenn das noch einmal passieren würde.« Ihre Stimme brach ab. Sie setzte sich unvermittelt wieder hin.

Das Schweigen war laut, verblüfft und überwältigend. Henley brach es schließlich. Er sprach, während er den Gang nach vorne schritt. Ich sah ihm zu und dachte mir dabei, was er doch für eine lausige Braut abgeben würde; er hatte überhaupt nicht die richtige Haltung für so etwas. Was für ein Glück, daß er bereits verheiratet war.

»Walter Benson, ich nehme Sie fest wegen des Mordes an John Benson und des versuchten Mordes an Gloria Hernandez.«

Plötzlich tauchten uniformierte Polizisten im Hintergrund

auf. Michaela atmete tief aus und sank mit weißem, angespanntem Gesicht auf die Kirchenbank zurück. Es war schwierig, ihrem Auftritt noch eins draufzusetzen, aber Henley hatte das geschafft.

»Nein, nein, nein«, jammerte sie wie eine tödlich verletzte Kuh. »Nein, nein, nein.«

»Sie haben das Recht, die Aussage zu verweigern. Alles, was Sie sagen …«

Ich hörte diese Sätze schon das zweite Mal in zwei Tagen. Offenbar gab ich mich einfach mit den falschen Leuten ab. Ich mußte etwas dagegen unternehmen.

Jemand fing an zu kreischen – vermutlich die Braut. Man kann nicht ewig darauf warten, daß sich die Erde auftut und einen verschlingt – irgendwann muß man selbst was unternehmen. Und rennen, als wäre der Teufel hinter einem her.

Nun begannen auch noch andere zu kreischen und zu weinen. Die Uniformierten hatten die Hand auf der Waffe und wirkten aufmerksam. Walter trug inzwischen Handschellen. Seine Braut, in ihrem lavendelfarbenen Tüll, schlug mit Fäusten auf ihn ein und wirbelte ihren Brautstrauß durch die Luft.

Niemand versuchte, ihn aufzufangen.

Es war nicht gerade eine alltägliche Hochzeit.

Es war eher, wie man in LA sagen würde, ein ›durchschlagender Erfolg‹.

Nach einer Weile beugte sich ein Uniformierter zu unserer Bank vor und tippte mir auf die Schulter.

»Vielleicht wäre es gar nicht so schlecht, wenn Sie und die junge Dame jetzt gingen, Miß.«

Ich nickte. Warum sollten wir dem Mob Gelegenheit geben, sich die nötigen Lynchwerkzeuge zu besorgen und auf uns loszugehen? Wir sahen beide Michaela an, die mit dem Kopf zwischen den Händen dasaß und immer noch vor sich hin jammerte wie eine verletzte Kuh. Sie war nicht gerade gut drauf. Wahrscheinlich konnte ich Unterstützung brauchen.

»Können Sie mir helfen, sie hier rauszubringen?«

Er nickte. »Dann mal los. Hoppla, junge Dame.« Er klang nett, bestimmt und ein bißchen väterlich – eigentlich ein bißchen zu alt für ihn. Er war vielleicht Anfang Dreißig, aber was soll's, es funktionierte. Michaela ließ sich von ihm aufhelfen und wegführen. Der Beamte machte sich forschen Schrittes auf den Weg nach draußen, Michaela im Schlepptau. Ich war noch vor ihnen beim Wagen und machte die Beifahrertür auf.

Er schob Michaela hinein wie eine lächelnde Gartenhacke, legte ihr den Sicherheitsgurt an und drückte den Knopf an ihrer Tür herunter. Dann tätschelte er sanft Michaelas Knie.

»Gratulation, Sie haben tolle Arbeit geleistet, und ich weiß, daß Ihnen das gar nicht leichtgefallen ist.« Sie sah ihn mit leerem Blick an. Er lächelte sie an und tätschelte noch einmal ihr Knie. »Sie kommen wieder in Ordnung, das weiß ich ganz genau.«

Er lächelte wieder, machte die Tür zu und paßte auf, daß uns nicht eine ganze Schar von Rächern folgte. Er winkte uns nach, als wir um die Ecke bogen. Ein netter Kerl.

»Werde ich das?« fragte Michaela.

»Wirst du was?«

»Werde ich wieder in Ordnung kommen?«

Ich dachte darüber nach. Auf diese Frage gab es keine leichte Antwort, denn es war auch keine leichte Frage. Wahrscheinlich dachte ich zu lange nach.

»Werde ich das, Katy?« Sie weinte. »Werde ich das? Werde ich das?«

»Ja, nach einer Zeit und mit ein bißchen Anstrengung. Die Weglauferei, das Versteckspielen und die Angst, das alles muß aufhören. Sonst wirst du wieder zum Opfer. Aber das weißt du selber.« Ich streckte die Hand aus und berührte sie sanft am Arm. »Und du hast schon damit aufgehört. Der Beamte hat recht gehabt. Du hast wirklich gute Arbeit geleistet. Ich bin stolz auf dich.«

Ihre Augen standen voller Tränen, die Nase lief ihr. Sie lächelte schwach, wie eine Vierzig-Watt-Birne, die man noch herunterdimmt.

»Danke.«

»Versuch nur nicht, alles allein zu machen. Schließlich hast du Freunde und Familie.« Ich sah sie an und hob die Augenbrauen.

»Ja, ich weiß, du hast ja recht. Ich bin ja so froh«, fügte sie hinzu.

»Und ich meine, du solltest eine Therapie machen. Über sexuellen Mißbrauch kommt man nur sehr schwer allein hinweg.«

Sie wurde ganz weiß im Gesicht. »Du glaubst mir doch, oder?«

»Natürlich!« Meine Stimme brach.

»Okay.«

Eine Weile herrschte Schweigen, ein angenehmes Schweigen.

»Wir kennen jemanden, der deine Hilfe brauchen könnte«, sagte ich schließlich.

»Wen?« Sie klang überrascht.

»Lindy. Sie ist auch ein Opfer sexuellen Mißbrauchs. Auch sie braucht Hilfe, und auf mich hört sie nicht. Aber ich glaube, daß sie auf dich hören würde.«

»Okay.« Sie seufzte und straffte dann die Schultern. »Ich versuch's.«

Ich lächelte sie an. »Braves Mädchen.«

Manchmal fällt es einem leichter, sich selbst zu helfen, wenn man einem anderen hilft. Zwei Fliegen mit einem Stein treffen, würde Alma sagen, die die Sprichwörter immer durcheinanderbringt. Ich mache das nicht. Ich kenne meine Sprichwörter: Ein Spatz in der Tasche ist – nein, nicht das; zwei Vögel mit einer …

»Katy!«

Ich horchte auf. Michaela deutete voller Verzweiflung und mit weit aufgerissenen Augen nach vorn. Natürlich übertrieb sie. Ich bekam einen kräftigen Adrenalinstoß, trat auf die Bremse und machte langsamer. Das war wieder so ein alter Bauer, der mit seinem Pick-up-Truck voller Heuballen mit etwas mehr als fünfzig auf der Autobahn dahinzockelte.

»Scheiße!«

Michaela fing an zu lachen. Genau wie ich. Wir lachten immer noch, als wir bei Alma ankamen.

»Liebes Kind«, sagte Alma, als wir hereinkamen. Sie empfing uns mit offenen Armen. Ich ließ die beiden allein, um sich Gedanken über die Zukunft zu machen und ein paar Zäune zu reparieren. Als ich nach Hause kam, war Hank da.

Großartig! Da waren also auch ein paar offene Arme für mich.

»Ich hab' dich so gegen zwölf angerufen, Kat, um dir zu sagen, daß ich unterwegs bin. Aber es war bloß dieser blöde Anrufbeantworter da.«

Ich sah ihn schuldbewußt an – ach ja, der Anruf. Ich erinnerte mich daran, wie Michaela mir riet, nicht ranzugehen, und ich ihr ihren Willen ließ. *Der* Anruf.

»Tut mir leid.« Er grinste. »Wie bist du denn hereingekommen?« fragte ich ihn.

»Ich hab' Charity erwischt. Die hat mich hergebracht und hereingelassen.«

Ich hab' Glück mit meinen Freunden, das weiß ich. Und mit Hank.

»Ich muß dir eine Menge erzählen.« Ich wußte nicht, wo ich anfangen sollte.

»Kann das warten?«

»Ja.«

Er küßte mich und hob mich hoch. Es mußte noch eine ganze Weile warten.

Aber wir taten das nicht.

40

Michaela rief mich am nächsten Morgen um zehn Uhr an. Hank und ich waren schon fast auf. Ich wäre nicht rangegangen, tat es letztlich auch erst nach dem dreiundfünfzigsten Klingeln. Ich knurrte angriffslustig in den Hörer.

Aber dic Aggressivität reichte nicht.

»Siehst du«, sagte sie mit triumphierender Stimme. »Hab' ich's doch gewußt, daß du da bist.« Ich schwieg, sonst wäre ich wahrscheinlich in die Luft gegangen.

»Katy, ich brauche deine Hilfe. Können wir uns in deinem Büro treffen?«

»Morgen.«

»Nein, heute. Ich weiß, ich geh' dir auf die Nerven, und es tut mir ja auch leid, aber ich brauche dich wirklich. Du hast gesagt, daß ich Freunde und eine Familie habe, auf die ich mich verlassen kann.«

Ich seufzte, denn ich saß in meiner eigenen Falle gefangen.

»Heute nachmittag? So gegen drei?«

»Halb vier, und Hank kommt auch mit.«

»Okay, ich meine toll! Danke, Katy, herzlichen Dank. Ach, und zieh dir was Nettes an.«

»Warum?«

»Weil ich dich fotografieren möchte.« Das klang merkwürdig. Ich machte mir so meine Gedanken, als ich auflegte.

»Hank, hab' ich irgendwas Hübsches zum Anziehen?«

»Mir gefällt das, was du anhast.«

Er ist einfach wunderbar. Ich stellte den Anrufbeantworter an und kletterte wieder ins Bett zurück. Nackt, wie ich war.

»Wir treffen uns um halb vier mit Michaela, okay?«

»Mmmm.« Er konzentrierte sich nicht auf das, was ich sagte, das merkte ich schon. Also schön: Die wichtigen Dinge zuerst.

Um halb zwölf waren wir in die Stadt unterwegs und frühstückten dann im Rubicon. Wir ließen uns Zeit; das Essen war gut, und wir hatten jede Menge Gesprächsstoff. Auch das Bier war toll. Sie stellen es selber her; wir konnten die Edelstahlfässer von dem Platz, wo wir saßen, aus sehen. Wir kamen ein bißchen nach halb vier in meinem Büro an.

Es standen mehr Autos davor als gewöhnlich. Ich hoffe und bete, daß die Leute in der Nachbarschaft sich deswegen nicht zu sehr aufregen und mich nicht irgendwann rausekeln. Die Vordertür war nicht abgeschlossen. Nicht gut. Ich warf Hank einen Blick zu, der mit den Achseln zuckte, sich aber doch ein wenig verkrampfte.

»Vielleicht ist Mr. A. da.« Und das war er auch. Er sah von einer altertümlichen Rechenmaschine hoch, an der er gerade herumfummelte, und winkte uns zu, während wir vorbeigingen.

»Hallo, Kleine. Na, was ist los?«

»Mit mir nicht viel, ich mach' im Moment Pause.«

Ich öffnete die Tür zu meinem Büro, und vor mir schien die Welt zu explodieren: Ballons, Sektkorken, Musik, ausgelassene

Leute. Eine Rolle Toilettenpapier flog quer durchs Zimmer und dann wieder zurück. Ich kenne nicht viele Leute, die so was machen. Lindy stand am einen Ende des Raumes, Rafe am anderen. Sie winkten und brüllten. Gut – das paßte zu ihnen.

Alma war da, und Michaela, Bella und Charity. Sogar Mrs. Rusher, die stolz einen Aluminiumbehälter mit einer Rice-Krispie-Marshmallow-Chocolate-Chip-Mischung umklammert hielt. Ich stand da, zur Salzsäule erstarrt wie Lots Frau – nur hatte ich den Mund offen. Hank und Mr. A. standen hinter mir.

»Was?« stieß ich schließlich hervor.

»Wir feiern, merken Sie das nicht?« fragte Lindy. »Wir haben eine ganze Menge zu feiern.« Jemand drückte mir ein Glas Sekt in die Hand.

»Und wir feiern, um dir zu danken«, fügte Michaela hinzu.

Rafe fing an, auf der Kazoo zu spielen. Es war entweder ›Maple Leaf Rag‹ oder ›The Battle Hymn of the Republic‹.

»Michaela geht auf die Musikschule«, sagte Lindy. »Ist das nicht toll?« Ich warf Michaela einen Blick zu, die nickte und lächelte.

»Sobald alles geregelt ist und ich mich bewerben kann. Jetzt höre ich erst mal bei der Band auf und«, ihre Stimme geriet ein wenig ins Schwanken, »mache etwas anderes.«

»Und ich auch«, sagte Lindy.

Jemand schenkte mir Sekt nach. Jemand anders drückte mir eine Selleriestange mit Butter in die Hand. Igitt. Ich drehte mich nach Hank um, der solche Sachen mag. Er lehnte im Türrahmen, trank ein Bier und grinste. Ich gab ihm die Sellerie, bevor Lindy mich wegzog.

»Kat, kann ich mit Ihnen reden?« Sie sah besorgt aus. »Ich weiß, Sie haben gesagt, ich kann bloß eine Woche oder so bei Charity bleiben. Und die ist jetzt vorbei, aber ich will nicht heim oder zurück auf die Straße und ...« Charity schwebte vorbei, »könnte ich nicht bleiben. Bitte, bitte, bitte!« Eine leidenschaftliche Bitte. Charity zwinkerte mir zu. Ich schüttelte den Kopf.

»Das kannst du nicht, Lindy. Das würde nicht funktionieren.«

»Warum? *Warum?* Ich mach' keinen Ärger, ich versprech's. Ich versprech's wirklich!« Sie hob die Hand zum Schwur, wie die

Pfadfinder. Sie meinte es ernst, aber es war abzusehen, daß es trotzdem nicht klappen würde.

»Charity ist keine Dauerlösung«, sagte ich.

»Was?« Charity und Lindy sahen mich an.

»Sie ist gut als Übergangslösung, aber nicht auf Dauer. Du brauchst was auf Dauer, Lindy.«

»Das stimmt«, meinte Charity. »Das habe ich mir noch gar nicht überlegt, aber es stimmt.« Sie nickte. »Aber du kannst jederzeit vorbeikommen und mich besuchen.«

»Und zu Pferdeshows mitfahren?« Langes Schweigen. Lindy grinste. »Ich verspreche, daß ich nicht auf den Strich gehe. Wegen den Hot dogs und dem Seven Up kann ich allerdings kein Versprechen abgeben. Und ich kann Mist schaufeln.«

Tatsächlich? Ich schaute Charity lieber nicht in die Augen.

»Du kannst mitkommen«, sagte Charity dann mit ernster Stimme.

»Aber ich bin's«, verkündete Alma. Wir starrten sie alle an. Sie hatte sich von hinten an uns herangeschlichen.

»Du bist was?« fragte ich sie, jeder besseren Eingebung zum Trotze. Alma hatte eine Flasche Jack Daniels in der einen Hand und ein Törtchen in der anderen. Sie stellte beides auf meinen Schreibtisch und sah Lindy an.

»Ich bin auch auf Dauer gut. Komm doch zu mir.«

»Könnte ich das denn?« fragte Lindy, und Alma nickte.

»Könnte ich das, Kat?«

Ich dachte darüber nach. »Ich sehe eigentlich keinen Grund dagegen.«

»Mensch!« Lindy hüpfte auf und ab und nahm dann Alma schüchtern in den Arm. Sie lächelte. Das taten sie beide.

»Also, dann mal los.« Sie zogen sich zurück, um Pläne zu schmieden.

»Das ist eine gute Idee, Kat«, sagte Charity. Ich nickte. »Sie brauchen beide jemanden, den sie lieben können.«

»Ja.«

»Alma wird Lindy von der Straße fernhalten.«

»Und Lindy wird Alma aus den Billardsälen und Bars fernhalten.«

»Ach, Kat.« Charity sah ein wenig verärgert drein. »Sei doch mal ernst.«

»Das bin ich.« Und das war ich wirklich. Sie zog die Nase hoch und verschwand.

»Hallo, Partymädchen.«

Kein Polyester – nur Jeans und ein Flanellhemd. Aber die Schuppen waren da, also erkannte ich ihn.

»Bill!«

Er grinste. »Auf dem neuesten Stand?« Ich nickte. »Wir haben sie beide überführt. Wir haben Kleider mit Blutflecken und ein Messer bei Everett daheim gefunden.« Ich schluckte. »Sind Sie in Ordnung?«

»Ja.«

»Und dazu noch eine Waffe, die auf Ihren Namen gemeldet ist, in Bensons Haus. Das paßt alles zu Ihrer Geschichte.« Er wirkte erleichtert. »Wir haben die Originale der Aufzeichnungen gefunden, die Sie aus Bensons Büro haben, deshalb müssen wir … äh … die Geschichte nicht mehr eigens aufrollen.«

Ich lächelte. Was für ein Kerl.

»Kommt mir gelegen. Danke, Bill.«

Er runzelte die Stirn. »Machen Sie's nicht wieder, Kat. Mein Gott, Einbrüche. Sonst geht's um Ihre Lizenz und vielleicht noch um mehr.«

Ich nickte. »Ich weiß.« Und das tat ich auch.

»Und vielleicht auch noch um meinen Arsch. Ich bin nicht …« Ich nickte. Ich wußte auch das. »Da könnte ich gleich um meine Rente eingeben und Schuhe verkaufen.«

»Ja. Aber Sie wären sowieso ein lausiger Schuhverkäufer. Dafür haben Sie nicht die richtige Persönlichkeit.« Er starrte mich eine ganze Weile an und lachte dann schließlich.

Ich lachte noch nicht. Ich dachte an Johnny. Es war merkwürdig – jetzt, wo er tot war, wußte ich mehr von ihm, als damals, als er noch am Leben war. Ich fühlte mich ihm nahe, näher denn je, denn jetzt verstand ich ihn besser. Und gleichzeitig fühlte ich mich auch weiter von ihm entfernt, weil er tot war. Das ist es: keine Wiederholung, kein neuerlicher Versuch mehr. Ich war froh, daß der Fall abgeschlossen war. Und ich vermißte Johnny, ich vermißte ihn sehr.

»Ich hab' da was für Sie«, sagte Henley. Ich sah ihn an. Er fischte in seiner Tasche herum und holte eine Mickey-Mouse-Uhr heraus.

Lindy, am anderen Ende des Raumes, bekam große Augen und trottete zu uns herüber.

»Das ist Lindy, Bill.« Sie stand neben mir, ein wenig hinter mir. Er gab ihr die Uhr.

»Lindy, das ist Detective Henley.«

Sie atmete tief ein und biß sich auf die Zunge.

»Wegen meiner Freundin – wegen Lisa – haben Sie ...?« Sie brach ab.

Er schüttelte den Kopf. »Wir wissen noch nichts Genaueres, aber wir haben ein paar Hinweise, ein paar Möglichkeiten. Und wir suchen so lange weiter, bis wir ihn haben.«

»Ich würde es gern wissen. Könnten Sie ...« Sie schwieg wieder.

Er nickte. »Ich gebe dir meine Karte, dann kannst du mich anrufen, wenn du möchtest. Ich sage dir, was wir herausfinden.«

Sie zögerte. »Okay. Danke.« Verspätet, aber immerhin.

»Gern geschehen. Wir haben ihre Familie ausfindig gemacht. Das sind nette Leute. Ich glaube, sie würden gerne mit dir reden.« Sie sah erschreckt aus. »Wenn du soweit bist, kannst du mich anrufen.«

»Okay«, flüsterte sie. »Ja, das werd' ich machen.« Sie sah mich an. »Das Geld? Die zweihundert Dollar?«

»Ja.«

»Ich hab' ein Gedicht für Lisa geschrieben, vielleicht könnte man das auf ihren Grabstein meißeln? Wäre das in Ordnung?«

»Ich glaube schon, aber ich denke, du solltest zuerst ihre Familie fragen.«

Sie dachte darüber nach und nickte. Dann sah sie auf die Uhr. »Geben Sie mir mal Ihre Hand, Kat.« Ich tat, was sie sagte. Sie legte mir die Uhr an und hielt dann mein Handgelenk und die Uhr an ihr Ohr. »Sie tickt immer noch.«

Ich lauschte. Das stimmte.

»Lisa und ich möchten, daß Sie sie nehmen. Wir …« Tränen traten ihr in die Augen, und sie zuckte mit den Achseln.

»Ich hab's verstanden, Lindy. Danke.« Sie nickte und ging weg.

Ich putzte mir die Nase. Henley räusperte sich und trank den Rest von seinem Bier. »Nettes Mädchen.«

»Ja. Sie ist längst nicht so hart, wie sie immer tut.«

»Nein.«

Ich machte mir so meine Gedanken, aber ich sprach sie nicht aus: nämlich, daß Henley auch längst nicht so hart war, wie er immer tat. Aber das bin ich natürlich auch nicht.

»Was ist mit Glory?« fragte ich.

»Mit wem?«

»Die Sängerin in Placerville.«

»Sie ist ganz in Ordnung. Sieht so aus, wie wenn sie's schafft.«

»Haben Sie darüber schon was rausgefunden?«

»Everett hat's dann offenbar doch noch gemerkt und die Beweise verschwinden lassen. Aber ich nehme an, daß die Leute von der Ballistik feststellen werden, ob die Kugel aus einer Waffe stammt, die wir bei ihm zu Hause gefunden haben.«

»Gut.«

»Tja, allmählich erwischen wir auch noch die letzten losen Fäden. Ein Bier, Kat?« Ich schüttelte den Kopf, und er ging weg, um sich selbst eines zu holen.

»Hey, das hätte ich fast vergessen.« Er war wieder da und machte sich gerade eine Dose Bud auf.

»Was?«

»Das Geld, das Benson mit dem Vermögen aus der Erbschaft erwirtschaftet hat?« Ich nickte. »Er möchte, daß Sie und das Mädchen es kriegen. Er hat seinem Anwalt das gesagt.«

Ich starrte ihn voller Verblüffung an. Wahnsinn, ich kam also doch noch zu meinem Honorar.

»Ich hätte eigentlich einen harten und schmutzigen Kampf um das Geld erwartet.«

»Nein, Benson ist geschlagen. Und er bereut alles. Er redet die ganze Zeit davon, daß er Gott gegenüber Sünden zu büßen hat. Ich persönlich glaube ja, daß dazu mehr gehört, aber was weiß ich schon?«

»Es ist jedenfalls mal ein Anfang.«

»Das stimmt natürlich.«

»Noch ein bißchen Sekt?« Henley zwinkerte mir zu und ging weg. Ich hielt Mr. A. mein Glas zum Nachfüllen hin. Dann kam Bella herüber. Sie sah auf geübte und schöne Weise leger aus.

»Hallo.« Ich grüßte zurück. »Hören Sie, tut mir leid wegen letztem Mal. Ich war ...«

»Macht nichts.«

»Okay. Danke. Ich würde gerne nach den Skizzen, die ich habe, eine Büste von John machen. Glauben Sie, seine Familie würde ...«

Sie ließ mich den Satz zu Ende führen. »... sie gerne haben?«

»Ja.«

»Ich glaube, es würde ihnen eine Menge bedeuten.«

»Okay. Gut.« Sie sah eine Weile in die Ferne. »Ich bin nicht mehr mit Stan zusammen.« Sie sagte das mit schüchterner Stimme.

»Muskelporsche?« Sie lächelte. »Weise Entscheidung.« Sie nickte.

»Würden Sie gerne zu meiner nächsten Vernissage kommen?«

»Klar.«

»Ich sage Ihnen Bescheid. Ich muß jetzt los.« Sie winkte mir zu. »Danke – Sie wissen schon.« Ich nickte. Ich wußte es.

»Wir haben ein Geschenk für dich, Kat.«

Charity, Lindy und Michaela standen lächelnd und kichernd um mich herum. Lindy hatte die Hände um etwas gewölbt.

»Da.«

Es war ein kleiner, grau-weißer Kuschelball, und es miaute.

»Wir wissen, daß es keinen Ersatz für Xerxes gibt, aber ...«

»Aber man kann ja wieder von vorne anfangen.«

»Wir haben ihn aus dem Tierheim.«

Sie sprachen jetzt alle durcheinander.

Ich schüttelte den Kopf. »Das kann ich nicht annehmen. Noch nicht.«

Lindy setzte ihn mir auf den Pullover. Er kletterte hoch zu meiner Schulter und steckte mir den Kopf unters Kinn.

»Zu spät«, sagte Michaela.

Und sie hatte recht.

Um fünf waren alle weg. Aber sie ließen die Unordnung da. Natürlich. Unglücklicherweise. Hank und ich brauchten ungefähr eine halbe Stunde, um aufzuräumen. Das Kätzchen fraß ein bißchen von dem übriggebliebenen Schokoladenkuchen und der Eiskrem und übergab sich auf den Läufer, rülpste und sah uns mit jämmerlichem Blick an. Es war Zeit heimzufahren.

»Entschuldigung, Miß.«

Ich trank den Rest Sekt aus der Flasche, warf sie in den Abfall und drehte mich um. Ein Mann mit kaum mehr als einsfünfzig, grauem Anzug, rosigen Wangen, kahlem Kopf und Bifokalgläsern sah zu mir hoch.

»Ja?«

»Ist das das Büro von – sind Sie … äh … ich suche nach … äh … der Detektivin.«

»Das bin ich«, sagte ich und riskierte so, den ewigen Zorn von Miß Mable, meiner Grammatiklehrerin aus der siebten Klasse, auf mich zu ziehen. Er sah mich zweifelnd an, was unter den gegebenen Umständen nur verständlich war. Andererseits war es Sonntagnachmittag, also nicht gerade meine Bürostunde. »Was kann ich für Sie tun, Mr. …?«

»Äh … Smith.«

»Mr. Smith.«

Ich versuchte, so zu klingen, als kaufte ich ihm den Namen ab, was ich nicht tat. Das Kätzchen stupste einen rosafarbenen Ballon herum. Ich lief schnell hin, aber es war schon zu spät. Der Knall war ziemlich laut. ›Smith‹ hüpfte ungefähr dreißig Zentimeter hoch und kam brabbelnd und zitternd wieder auf dem Boden auf. Hank packte das Kätzchen und den Abfall und ging hinaus. Er schloß die Tür leise hinter sich.

»Wollen Sie sich nicht setzen, Mr. Smith?«

Er zitterte zu einem Stuhl, setzte sich auf die Kante, um sofort wieder aufspringen zu können, wenn nötig. Dann suchte er nach Worten. Es wurde eine lange Suche; ich beschloß, ihm ein wenig auf die Sprünge zu helfen.

»Was kann ich für Sie tun, Mr. Smith?«

»Hmmm? Oh ... äh ...« Er hatte offenbar vergessen, daß sein Name Smith lautete. Er sah noch verlorener aus als vorher.

»Ich ... äh ... möchte etwas herausfinden.«

Ich nickte höflich. Immerhin war das der Grund Nummer eins, warum die meisten Menschen einen Privatdetektiv aufsuchten.

»Es ist sehr schwierig, Miß«, dabei driftete seine Stimme wieder ab.

Ich nickte, immer noch höflich, aber schon etwas angestrengter. Auch das hatte ich schon mal irgendwo gehört. Ich dachte an Hank und das Kätzchen und wollte heim.

»Da, lesen Sie das.«

Er drückte mir ein sorgfältig ausgeschnittenes und gefaltetes Stück Zeitung in die Hand. Es war eine Bekanntschaftsanzeige. Sie war sorgfältig mit einem blauen Stift markiert.

> Bescheidene, attraktive, gläubige 55jährige weiße Dame würde gerne gläubigen weißen Herrn unter einsachtzig kennenlernen.

Ich sah ihn an.

»Was halten Sie davon?«

»Wovon?« Ich wußte nicht so recht, was er meinte.

»Von der Anzeige natürlich.« Es klang ein wenig ungeduldig. »Glauben Sie, ich könnte ...« Er brach ab. »Glauben Sie, sie ...« Er fing alle Fragen immer nur an, brachte sie nie zu Ende.

»Sie wollen auf diese Anzeige antworten?« fragte ich.

»Ja.«

»Und Sie wollen meine Meinung dazu?«

»Ja.«

»Sind Sie ein gläubiger Herr?« Mit seiner weißen Hautfarbe und seinen einsfünfzig erfüllte er die anderen Voraussetzungen bereits.

»O ja. Wissen Sie, meine Frau ist letztes Jahr gestorben, und ich… es ist…« Er setzte sich und sah mich an. »Einsam«, sagte er schließlich. »Ziemlich.«

»Sie nennt vier Bedingungen. Und Sie erfüllen sie alle. Warum also nicht?«

Das war eigentlich Charitys Ressort, nicht das meine. Ich dachte an Hank und das Kätzchen. Ich dachte an die Liebe, die Einsamkeit und den Verlust.

»Ich möchte, daß Sie die Sache überprüfen. Schließlich«, er senkte die Stimme, sah sich um und flüsterte: »Aids.«

Ich behielt Haltung, obwohl die grausige Bedrohung einer fünfundfünfzigjährigen, gläubigen weißen Dame mit Aids wie ein Damoklesschwert über uns hing. Er hatte da schon größere Probleme.

»Hier steht eine Chiffre. Warum schreiben Sie ihr nicht, lernen sie kennen, laden Sie mal zum Mittagessen ein? Ich bin mir sicher, daß Sie die Sache selbst überprüfen können.« Ich lächelte ihn an und wurde dann wieder ernst.

»Statistisch gesehen sind die Chancen, daß eine gläubige, fünfundfünfzigjährige weiße Dame Aids hat, ziemlich gering.«

Er sah mich mit einem zweifelnden Blick an.

»Glauben Sie wirklich…?«

»Ja«, sagte ich mit bestimmtem Tonfall. »Das tue ich.«

»Ihr schreiben?«

»Ja.«

»Mittagessen?«

»Ja.«

»Aber…«

»Im Leben gibt es keine Garantien, Mr. Smith.« Das sagte ich mit sanfter Stimme.

»Nein«, meinte er traurig. »Da haben Sie recht.« Er atmete tief durch, straffte die Schultern und stand auf. »Wieviel schulde ich Ihnen, Miß?«

»Nichts.«

»Ich bestehe darauf«, sagte er mit fester Stimme, weil er sich auf dem Gebiet von Geld und Dienstleistungen wieder etwas sicherer fühlte.

»Für die erste Sitzung verlange ich nichts.«

»Ach.« Wieder Unsicherheit. »Danke.«
»Gern geschehen.« Das Kätzchen miaute auf dem Gang.
»Es gibt keine Garantien?«
»Nein.«
Er schüttelte traurig den Kopf und wollte gehen. »Ich erzähle es Ihnen, ja?«
»Machen Sie das.«
Er lächelte, und ich lächelte zurück. Dann ging er.
Hank und das Kätzchen warteten auf mich. Hank fuhr; das Kätzchen schlief; ich dachte nach. Über eine ganze Menge Dinge: Anfänge, Abschlüsse, Leben, Tod, was alles wichtig ist. Ich dachte nach über den Einbruch in Walters Büro und darüber, daß ich fast dabei erwischt worden wäre und einige Zeit im Knast verbracht hätte.
»Hank, wie lange würdest du auf mich warten?«
»Zwanzig Minuten, eine Stunde, die ganze Nacht, so lange, wie du möchtest, Schatz.« Er beugte sich zu mir herüber und gab mir einen Kuß.
»Das habe ich nicht gemeint.« Ich sagte es voller Würde.
Er grinste. »Nein? Na schön: fünfundvierzig Minuten beim Einkaufen, zwei Stunden beim Zahnarzt …«
»Hank!« Er lachte. »Sei ernst.«
Er wurde ernst. »Was willst du wirklich von mir wissen, Kat?«
»Fünf Jahre?«
»Das ist eine lange Zeit, Schatz. Dann nimm mich lieber mit.«
Ich habe bis jetzt noch keine vernünftige Antwort auf meine Frage bekommen. Vielleicht ist das so eine Frage, die man nicht beantworten kann. Bis der Fall eintritt.
So ist das Leben eben.
Ohne Garantien.